平安 もの こと ひと 事典

砂崎良――著
承香院――監修
鈴木衣津子――絵

朝日新聞出版

INTRODUCTION

麗しき平安時代へようこそ

平安貴族ライフの粗野な面が、意識されるようになったのは割と最近です。

彼らの文化の、息をのむハイレベルさ。楽器の音色を演者ごとに聞き分け、会話には漢籍・古歌の引用をちりばめ、衣服の配色でセンスを競っていた平安貴族は、同時に着替えも稀でノミに悩み、雨風吹き込む部屋に住んで、貴婦人も縫い物に追われていました。

古典の授業やドラマ・映画で焦点が当たるのは文化のほう。そのため、貴族は暮らしまでゴージャスだったかのように思われがちです。しかし彼らは天人ではありません。当然、日々の生活があり、そのいちいちは今と同様、卑近なものでした。いえ、近代化以前であるだけに、暮らしぶりは現代の比でなく粗末だったのです。

水は井戸や水路に汲みに行く。炊事や暖房、明かりにさえ火を起こす。いやそれ以前に、安全・健康に暮らすのが容易でない。天皇や后の暮らしでさえ、現代人の目から見れば、悲しくなるほど貧弱です。そのような中、社会はいちおう安定していて、エリート層には富・知識が集まり、彼らの小さなムラの中では文化が極度に円熟しました。原始性と洗練の合わせ鏡――それが王朝時代です。

そんな実態を知れば知るほど、魅力いや増す平安文学。行間から立ちのぼる「人の息づかい」を、現代の読者に伝えたい。その思いからこの本は生まれました。監

修として、平安研究家・承香院氏をお迎えし、鈴木衣津子さんによるイラストは細部までこだわりぬいていただきました。平安のムードがあふれ出る素晴らしい本になったと思います。さらなるこだわりは、しつこいほど添えた例文。やはり、平安人がつむいだ文章の中でこそ、イキイキと働く古語たちを見ていただきたかったからです。見出しにした単語はほかの文中でも太字にしたので、ぜひ、言葉から言葉へとリンクをたどって、平安世界を堪能してください。「事典」仕立てなので、ランダムに読んでも楽しめることでしょう。

私たちとはまったく異なる風習・価値観の中で、時に投げやりに時に旺盛に、人生を送った平安びとの有り様を、感じていただければ幸いです。

二〇二三年十二月　砂崎良

この本のナビゲーター

この本は、砂崎良が項目選定、執筆とイラスト監修を、承香院が衣装やしつらいなどの監修をしています。

著者
砂崎 良

学校で習う、千年も前の平安世界。その雰囲気が「なんか好き」と感じてから、はや〇十年経ちます（笑） 学べば学ぶほど、「この時代を経て、今がある」と実感して、現代社会や自分の生き方をふりかえる際の「拠り所」になってくれています。

監修
承香院

平安時代の調度や装束もよく見てみると、彼らの生活や感覚や息づかいが感じられます。私たちと同じように毎日を暮らしていた平安時代の人々は、実はそれほど遠い世界の話ではなく、むしろ、深いつながりを感じさせてくれます。

平安時代の基礎知識

平安の400年間はどんな時代?

平安時代は約400年持続しました。現代と違い
社会の変化が緩やかな時代ですが、
さすがに前期・中期・後期では雰囲気が異なります。

794 延暦《えんりゃく》13
平安遷都
平安時代がスタート。前期は、武力政変や、后・皇太子の身分剥奪（廃后・廃太子）も起きる血なまぐさい時代だった。

857 天安《てんあん》1
藤原良房、太政大臣に
幼い孫を天皇にし、人臣（皇族ではない臣下身分の者）として初の太政大臣、のちには摂政に。藤原氏の栄華の礎を築く。

867 仁和《にんな》3
宇多天皇即位
人臣にくだり源氏となっていた皇子が皇籍復帰し即位。後世、天皇が政治に積極的な「親政」と理想化されることに。

894 寛平《かんぴょう》6
遣唐使停止
唐の衰退などにより、公的な使者の派遣を中止。以後の交流は民間が主体で行われた。宮廷の儀礼なども国風化してゆく。

901 延喜《えんぎ》1
菅原道真左遷
菅原道真が謀叛の罪を着せられ（昌泰の変）、大宰府へ左遷、死去。のちに怨霊化の噂が広まり都人は恐慌に陥った。

969 安和《あんな》2
冷泉天皇退位
「病」により急きょ、弟・円融天皇へ譲位。以後、冷泉・円融の子・孫らが交互に即位し、皇位の継承順が読めなくなる。

一条天皇の治世は、いわゆる「平安時代」イメージの基盤となった重要な時代です。本書はこの一条朝期を特にフィーチャーしています

後世「王朝時代」と手本にされた

一条朝期

年	元号	出来事	解説
986	寛和《かんな》2	一条天皇即位	史上最年少の天皇誕生。祖父・藤原兼家、おじの道隆・道長らが権力を握る。病弱な幼帝で兄弟もないため「中継ぎ」視された。
995	長徳《ちょうとく》1	藤原道長が実質関白に	疫病が大流行。兼家の後継者・道隆はじめ有力政治家の半数が死去。一族内では劣位だった道長がトップに躍り出る。
1000頃	長保《ちょうほう》2頃	「枕草子」「源氏物語」など傑作誕生	身内の后妃が政争の最強兵器だったため、彼女ら、その侍女らへの教育や、互いの競争が過熱。女流文学の黄金時代となった。
1011	寛弘《かんこう》8	一条天皇、崩御	享年32。しかし即位が7歳だったため「25年という稀有な長期政権を維持できた名君」と惜しまれ、後世の模範に。
1017	寛仁《かんにん》1	道長の孫、そろって天皇・皇太子に	冷泉系の皇太子が道長の圧迫に負け、位を辞退。道長は天皇位・皇太子位の双方をわが孫で占めた。皇統は円融系へ。
1086	応徳《おうとく》3	白河天皇、譲位し院政開始	藤原氏の摂政・関白が統治する時代の終焉。天皇の父たる上皇が実権者に。一条朝期の文化遺産がルール化されてゆく。
1167	仁安《にんあん》2	平清盛、太政大臣に	皇族から人臣にくだり中流貴族になっていた平氏。武芸をいかし保元・平治の乱で出世、貴族の世界で頂点を極める。
1185	文治《ぶんじ》1	壇ノ浦の合戦 源頼朝が覇権を握る	平氏同様、皇族の血を引く貴族かつ武士の源氏。因縁の死闘を制し、平氏を滅ぼす。リーダー・頼朝は鎌倉幕府を開く。

武士《もののふ》の時代へ

華やかな王朝期☆

平安時代の基礎知識

平安文学に描かれたものや人とは…？

平安文学は「作り物語」「歌物語」「歴史物語」「日記・随筆」に大別

平安中期の物語には、「歌物語」と「作り物語」がありました。また、「日記」は家や個人の備忘録ですが、『蜻蛉日記』などにより、「個人の思いを表現する」面が切り拓かれました。歌物語・作り物語・日記。その集大成が『源氏物語』です。壮大な虚構かつ歴史の記録、思いの吐露でもあるこの作品は、その後の平安文学を塗り変えました。一方『枕草子』は孤高の作品で、随筆の祖となりました。

【日記・随筆】

蜻《かげ》蛉《ろう》日記

枕《まくらの》草《そう》子《し》

更《さら》級《しな》日記

etc.

→ 中世の 方丈記 徒然草 へ続く

【作り物語】

竹《たけ》取《とり》物語

うつほ物語

落《おち》窪《くぼ》物語

【歌物語】

伊《い》勢《せ》物語

大《やま》和《と》物語

平《へい》中《じゅう》物語

影響

源氏物語

影響

【作り物語＋歌物語】

狭《さ》衣《ごろも》物語

夜の寝《ね》覚《ざめ》

【歴史物語】

栄花物語

華やかな過去の摂関政治を回想

この本の各項目の解説は、当時の物語・日記・随筆やそれに付随する絵巻などの研究により判明したことを取り上げています

貴族の暮らしが中心に描かれた

本という高価な娯楽品——描かれるのは平安人の憧れ「貴(あて)なるもの」です。端的にいえば天皇・皇族・宮中。「かぐや姫」が「后になれなかった女」と見下される世界観、それが平安文学です。視野が究極に狭いジャンル。平安人の生きた危険ばかりの環境で、「安全な場所」は霊的な聖域、つまり都、宮廷、御座所だったのでしょう。

天皇の補佐をして
政治や文化を
リード

女房として中宮様の
お世話しました

「和歌」が脚光を浴びる

身分・性別の規制が強かった平安貴族社会で、意外と開放的だったジャンルが「和歌」です。特に女性の名歌人は公私共に引っ張りだこ。身分を超え歌合に招かれたり、作歌を注文されたりしました。プライベートでは、超セレブ男性を複数手玉に取り、批判されつつも「まあ仕方ないよね」と許容されたり。まさに都の花形だったのです。

女性にとって
いちばん
身近な文学

貴人へのお手紙、
こう届けます

庶民の暮らしはどうだった？

庶民の資料はわずかですが、食料・衛生事情は凄まじいものです。貴人が「寛大にも」投げた残飯を喜んで拾い食いしたり、餓死した子どもの亡骸にも無頓着だったりします。一方で遊び事は大好きで、貴族の宴を漏れ聞き、芸能集団の猿楽に興じ、双六(すぐろく)に刃傷沙汰になる程のめり込みます。儚くもパワフルな生きざまです。

高貴なお坊さんは
身なりもステキ!

身分あるレディの
外出姿・壺装束

葵祭《あおいまつり》の見学
超たのしみ!

CONTENTS

本書の見方

烏帽子《えぼし》

貴族男性の日常的なかぶりものです。髪の束ねた部分である**髻**《もとどり》を、この中に引き入れて着用しました。**内裏**《だいり》への出勤には使用できませんでした。▼『枕草子』「いざ給へかし、内裏《うち》へ」と言ふ。「烏帽子にては、いかでか」（「さあいらっしゃい、内裏へ」と私は言いました。相手は「烏帽子で、どうして参上できましょう」と…）。

項目名は五十音順（現代仮名遣い）で配列。

解説文

項目が立っている文言は、太字にしています。ここから該当項目に移ればさらに理解が深まるはず。

イラストがある項目もあるので参考にしてください。

この項目が登場する古典作品を取り上げています。『作品名』、引用文、（現代語訳）となっています。

平安みやこ新聞

各行末に収録。当時の出来事をリアルタイムで知ることができる、臨場感あふれる読み物コラムです。

もっと語りたい！

著者・砂崎良と監修・承香院がもう少し語りたい！とか、もっとフランクに伝えたい！というときに登場します。

CHECK IT OUT.

子どもの労働

平安の宮中や貴族の屋敷では、子どもがおおぜい働いていました。大人は身分や性別により、行動の制約が多々ありましたが、子どもは比較的自由にふるまえたからです。貴人のお傍へ寄ることが許される、男でも御簾内に入ることをお目こぼしされる、女でも走ったり庭へ下りたりできる——それらは児童の特権でした。そのような特質をいかして、文（手紙）の使いや雑用、公的な儀式での介添えなどに、童・女童が活躍していました。

CHECK IT OUT.

関連する事柄を、コラムとして紹介しています。ここだけ拾い読みしても楽しく平安の習俗が理解できます。

源氏物語　東屋

「『あはれ、わが妻』といふ琴は、さりとも手馴らし給ひけむ」など問ひ給ふ。「その大和言葉だに、つきなくならひにたれば、まして、これは」と言ふ。

「わが妻」とは「吾妻」、つまり「あづま」。したがって「わが妻という琴」とは東琴を指す。要するに、「東琴（和琴）を弾けるか」と男（薫）が訊き、女（浮舟）が「大和こと（大和琴）ばにも慣れない田舎者ですので」と、謙遜して返事したわけである。和琴の別名と掛詞をいかした言葉遊びを双方が行っている。このような知的ゲームをこなせる機転は、高く評価された。

古典作品

その項目と関連する古典作品の一場面を紹介しています。より平安のリアルな世界に没頭できるはず。

ATTENTION

☑まだまだわかっていないことがたくさん　平安時代の研究は現在進行形で進んでいます。本書では、著者・監修者なりに、最新の結論を出しています。

☑ちょっとラフに描かれていることも　イラストは可能な限り最新研究をもとに忠実に描きましたが、雰囲気を重視して簡略化しているところもあります。

会ふ あう

現代と同じ「出会う、対面する」という意味もありますが、男女の場合「**結婚**する、共寝する」というニュアンスも含みます。▼『小倉百人一首』逢《あ》ふことの 絶えてしなくは なかなかに 人をも身をも うらみざらまし（逢うことがまったく不可能ならば却《かえ》って、相手やわが不運をこんなにも恨《うら》むことはなかったろうに…）

肖物 あえもの

幸運にあやかるための、お**手本**になる物・人のことです。よい例に触れることで自分もと願う、おまじないの一種でした。▼『うつほ物語』**式部卿宮**《しきぶきょうのみや》の御方は、御子をいとやすく産み給へば、あえ物にとて渡り給へり（式部卿宮の奥方さまは、お産がとても軽かった方なので、難産に苦しむ産婦の験担《げんかつ》ぎにということで、産室のある棟へやって来られました）。

葵 あおい

植物の名です。「あふひ」という響きが「逢《あ》ふ」「逢ふ日」など男女の仲や、「日に会ふ」という縁起のよさを感じさせるため、古来尊重されてきました。**賀茂**《かも》**神社**の祭りのときには、**牛車**《ぎっしゃ》や**冠**《かんむり》にその葉を飾る風習があります。

蜻蛉日記 上

橘《たちばな》の実などあるに葵をかけて、「葵とか聞けどもよそに橘の」と言ひやる。やや久しうありて、「君がつらさを今日こそは見れ」とぞある。

筆者・**藤原道綱母**《みちつなのはは》は**葵祭**の日、夫の正妻・**時姫**《ときひめ》を見かけ、葵を掛けた橘を贈りつけた。それも「葵（逢う日）なのに知らん顔で橘（立ち＝立っているの）ね、貴女は」と挑発する句を添えて。時姫は「貴女の薄情さを今日知ったわ」と返歌してきた。葵祭を代表するもう一つの植物「**桂**」を詠み込み（がつら）、橘の実の「黄実《きみ》」と「君」が掛詞《かけことば》である。こんな「教養マウンティング」はレディの交流作法だった。

葵祭　あおいまつり

賀茂《かも》神社の祭り「賀茂祭《かものまつり》」のことです。ただ「祭り」といえばこれを指すほど、都人《みやこびと》にとって重要なイベントであり、フタバアオイを飾ることから葵祭と呼ばれました。旧暦4月の中《なか》の酉《とり》の日（その月で2回めの酉の日）に行われ、初夏の風物詩でした。祭りのハイライトは、**天皇**の使者と**斎院**《さいいん》（賀茂神社に奉仕する皇族女性）が、賀茂神社へと向かう行列です。そのパレードが都人の楽しみであり、貴族から庶民まで見物に詰めかけました。

→イラストP014

白馬節会　あおうまのせちえ

正月7日の宮中行事です。**天皇**が**豊楽殿**《ぶらくいん》（のちに**紫宸殿**《ししんでん》）で白馬21頭を見、宴が開かれ、**内教坊**《ないきょうぼう》の妓《ぎ》女《じょ》による舞楽《ぶがく》も披露されました。**陰陽道**《おんようどう》や五行《ごぎょう》思想により、一年の邪気を祓《はら》うとされた行事です。白馬はこのあと、**春宮**《とうぐう》や**后**《きさい》**の宮**《みや》、**斎院**《さいいん》**の御前**にも引いていかれたといわれます。

元は「青馬」。読みは変わらず
漢字だけが変わった！

閼伽　あか

仏に捧げる水のことで、「お供え物」全体を指すこともあります。「閼伽たてまつる」という場合は、水や**花**を仏に差しあげるという意味です。

赤染衛門　あかぞめえもん

藤原道長《みちなが》の正妻・**倫子**《りんし》と、その娘で**一条天皇**《いちじょう》の**中宮**・**彰子**《しょうし》とに仕えた**女房**です。歌人として名高く『赤染衛門集』を残しました。また『**栄花物語**《えいが》』の作者ともいわれます。▼『小倉百人一首』

やすらはで　寝なましものを　さ夜更《よ》けて　かたぶくまでの　**月**を見しかな（ためらわず寝てしまえばよかった…貴方の訪れをむなしく待って、月が西へ傾くまでを見てしまったわ）

閼伽棚　あかだな

仏に捧げる**花**や清水を整えるための設備です。水を扱うので、**簀子**《すのこ》沿いなど家と屋外との境に設置さ

葵祭の様子

AOIMATSURI

→
P013

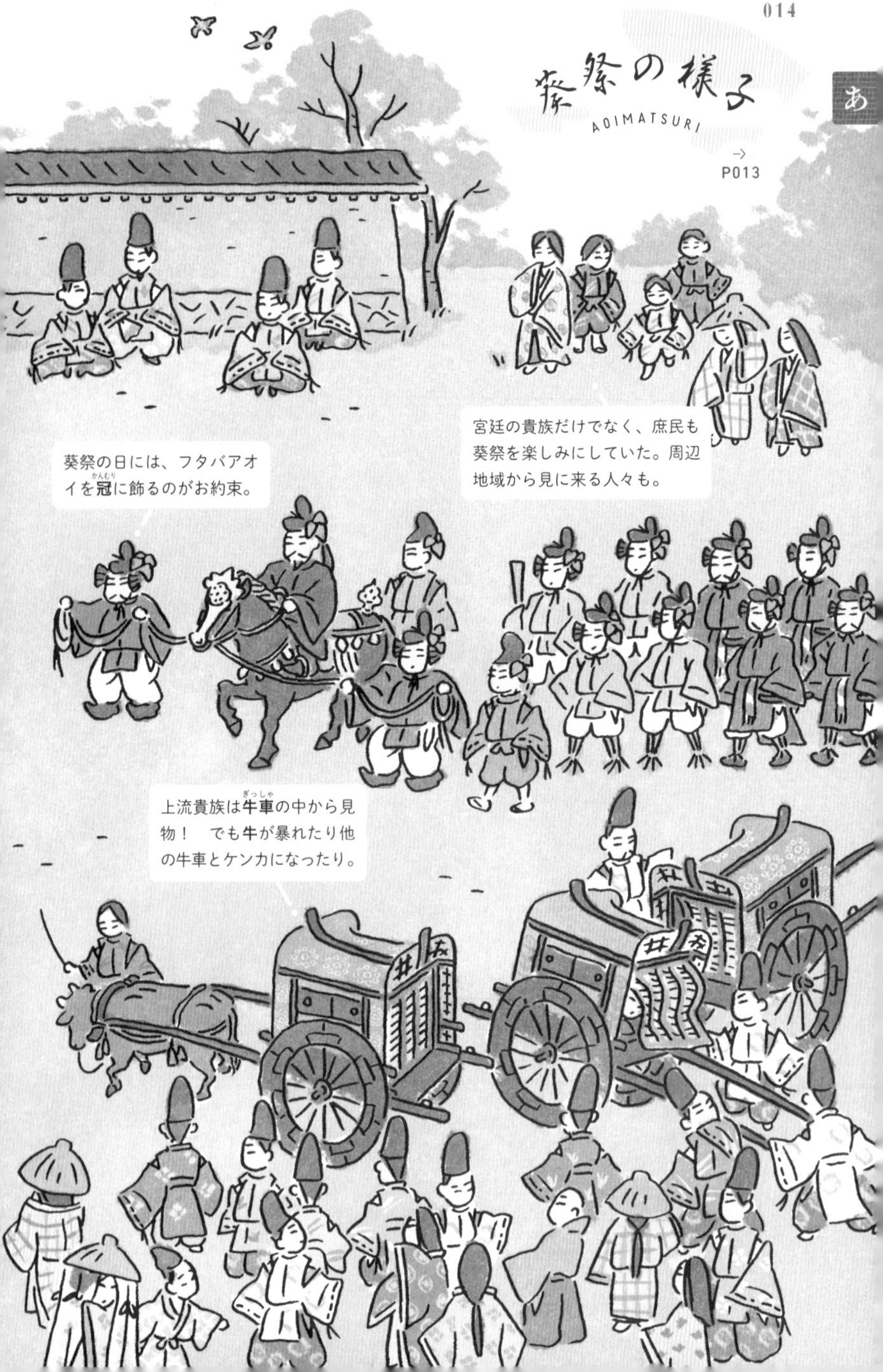
葵祭の日には、フタバアオイを冠《かんむり》に飾るのがお約束。
宮廷の貴族だけでなく、庶民も葵祭を楽しみにしていた。周辺地域から見に来る人々も。
上流貴族は牛車《ぎっしゃ》の中から見物！　でも牛が暴れたり他の牛車とケンカになったり。

風流傘《ふりゅうがさ》。鳥獣戯画《ぎが》のような動物芝居など、楽しく華やかな作り物が載せられたらしい。
偉い人に追っ払われ、履《はき》物《もの》を残して逃げた庶民。でも逞《たくま》しい彼らはすぐ戻ってきたハズ。
育ちのよい女性は、笠の端から薄い布地を垂らしたり衣をかぶったりして顔を隠す。

れました。水を汲《く》んできたり溜《た》めておいたりする桶は閼伽桶《あかおけ》といいます。▼**『今昔物語集』**閼伽棚の下に花柄《はながら》多く積もりたり（閼伽棚の下には、花の滓《かす》がたくさん積もっている。つまりこの家の住人は、お供えをひんぱんに行っている信心《しんじん》深い人だ）。

暁 あかつき

夜《よ》明け前のことです。男性と女性の間柄が恋人関係のうちは、人目につかないよう暗い暁に帰るのがクールでした。関係が長続きして公認の仲になった場合や、盛大な**露顕**《ところあらわし》（披露宴）をした**結婚**の3日め以降には、ゆったりと長居することができました。

秋 あき

暦《こよみ》の7～9月が秋とされました。現代の感覚では**夏**に感じられますが、それは暦の違いによるもので、今のカレンダーだと8月半ば～11月上旬あたりの時期に相当します。華やかに色づく**紅葉**《もみじ》が愛《め》でられる一方、枯れゆく草木に寂しさ・**世**の**無常**が感じられる、物思わしい季節でもありました。

総角 あげまき

紐《ひも》の結い方の一つです。丸く輪をつくる飾り結びで、**御簾**《みす》や**文箱**《ふばこ》などの装飾にされました。また、輪っか形に結う髪型（**角髪**《みずら》）のことも指しました。**髪**を中央で分けて左右に垂らし、耳元で丸い形をつくるもので、子どものヘアスタイルです。子どもそのものや、総角を結う年頃を表すこともありました。**催馬楽**《さいばら》という歌謡のタイトルでもあります。「離《さか》りて寝たれども　まろび合ひけり（離れて寝ていたけれど、転がっていって逢《あ》ってしまったよ）」という、素朴にして露骨な古代の恋歌で、幼なじみどうしの恋の成就を感じさせる内容です。

衵・袙 あこめ

衣服の一つです。垂領《たりくび》（現代の着

「秋」寂しい季節、恋の季節

涼しさが募る秋は「独り寝が辛《つら》い時期」で、恋を求めたり悲恋《ひれん》に泣いたりが風物詩でした。

和歌では、秋と「飽き」をよく掛詞《かけことば》にします。「(相手に飽きて)離《か》れる」を「(草木が)枯れる」と掛けるのも定番です。

(例) 秋くれば **虫**とともにぞ なかれぬる 人も草葉も かれぬと思へば (秋が来たので(あなたに飽きられたので)虫といっしょに泣いてしまいます、あなたは離れてしまい草葉は枯れてしまったと思うと)

CHECK IT OUT.

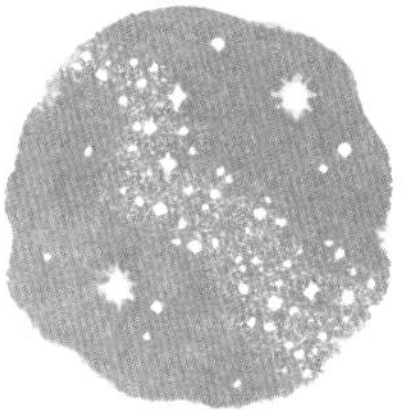

7月

乞巧奠《きこうでん》(七夕)や**相撲**《すまいの》節会《せちえ》などが行われました。これらは豊作祈願の祭事でもありました。

8月

仲秋です。空気の澄む時期で**月**や音楽、**虫**の音《ね》が愛《め》でられました。

9月

晩秋に当たり、重陽節《ちょうようのせち》会《え》や菊の着せ綿など**菊**にちなむ行事の多い月でした。

物のような、平面的な衿《えり》で右側と左側を重ねて着るスタイル)で、男女共に着用しました。**冬**には何枚も着重ねたり**夏**には省略したりと、温度調節の機能を果たしました。

袿《うちぎ》という服にも同様の機能がありましたが、衵のほうが丈が短く活動的で、主に男性や女児がまといました。

男性の場合は、**表着**《うわぎ》(**袍**《うえのきぬ》・**直衣**《のうし》・**狩衣**《かりぎぬ》)の下に着込みました。行事や宴で音楽や**舞**がすばらしかったときは、貴人が衵を脱いでパフォーマーに**禄**《ろく》(褒美)として与える習慣がありました。

女性の場合は、高等な召使《めしつかい》である**女童**《めのわらわ》が着用しました。足首丈の「切袴《きりばかま》」をボトムスとして穿《は》き、トップスに衵を数枚重ねる「衵姿」が、女童のカジュアルな場での装いでした。現代の目には裾《すそ》が長く、非活動的に見えますが、姫君はもっと長い「**細長**《ほそなが》」などをまとう時代だったので、「衵姿は動きやすく、仕える立場にふさわしい」とされていたのです。

―栄花物語― 御賀

御衣《おんぞ》脱がせ給ふに、御汗につきて、え脱がせ給はねば…ただ衵の御衣の袖《そで》をひききりて、もていきて被《かず》けたれば…。

関白《かんぱく》・藤原頼通《よりみち》が褒美（**被**《かず》**け物**）に衵を与えようとして、汗のため脱げず、袖だけもぎ取って与える場面。

朝顔 あさがお

花の名です。『**万葉集**』では**秋**の**七草**に挙げられていますが、これは**桔梗**《ききょう》のことだといわれています。平安時代以降は現在と同じ花を指したようです。古代に中国から薬草として渡来し、漢名の牽牛子を音読みして「けにごし」とも呼ばれました。旧暦の**夏**から秋にわたって咲き、夏の花とされます。一方、すぐしぼむので儚《はかな》い花、**無常**を感じさせる秋の花とも見られていたようです。朝に開花することや名前の響きから、「寝起きの顔」を指すこともあります。▼『源氏物語』寝くたれの御朝顔、**見る**かひありかし（共寝のあとの寝乱れたお顔、魅力的で見る価値がありましたよ）。

安積山・浅香山 あさかやま

安積山は福島県にある歌枕《うたまくら》（**歌**によく詠まれる名所）です。「安積山　影さへ見ゆる　山の井の　浅き心を　我が思はなくに（安積山の姿が映っている山の泉のように浅くはなく、深くあなたを想っているのに）」という歌は、「**難波津**《なにわづ》**に**」という**和歌**と並んで、字や歌の勉強をする人がいちばん初めに習うものでした。当時の和歌のバイブルであった『**古今《こきん》和歌集**』でも、序文に例として挙げられています。

浅沓　あさぐつ

「**沓《くつ》**」とだけいうこともあります。男性貴族の日常的な履物《はきもの》で、主に木で作り、黒ウルシを塗りました。文官《ぶんかん》の場合、正装時にも使用例が見られます。▼『**枕草子**』あなめでた、**大納言《だいなごん》**ばかりに沓取らせ奉り給ふよ（ああ、なんてすばらしい。関白《かんぱく》さま〈**藤原道隆《みちたか》**〉は、大納言という高位の方に、沓を取らせ申しあげなさる、結構なご身分であることよ）。

浅茅　あさじ

チガヤという植物のことです。**ムグラ・ヨモギ**と並んで、荒廃した**庭**に茂る草の代名詞でした。浅茅の野原は「浅茅生《あさじう》／浅茅原《あさじはら》」と呼びます。広大な敷地を持つ裕福だった家が落ちぶれて荒れ野のようになった様子をいうときや、わが家を謙遜《けんそん》する表現によく出てきます。

字　あざな

通称のことです。中国の風習で、漢学を学ぶ学者らが字を持ちました。姓の1字と名前の1字など、漢字2文字を音読みする名が一般的でした。▼『**うつほ物語**』**勧学院**の西**曹司《にしぞうし》**に…たよりなき学生《がくしょう》、字藤英《とうえい》、さくな季英《すえふさ》（**藤原氏**の私学・勧学院で西の部屋に住む…身寄りのない学生、字が藤英で名が季英という者がいた）。

あさましくなる

「**死ぬ**」の遠回しな言い方です。

阿闍梨　あざり

「**あじゃり**」ともいいます。僧侶の階級名です。

葦垣　あしがき

植物のアシを編んで作った**垣**（垣根）です。小家や田舎家に多い、粗末で脆《もろ》い塀だったようです。▼『**源氏物語**』葦垣しこめたる西面《にしおもて》を、やをら少しこぼちて入りぬ（家の西側の葦垣をそっと壊して入り込む）。

朝 あした

「あさ」のことです。**夜**の時間の終わりを指します。

葦手 あしで

アシは水辺に生える植物の名前であり、**手**は筆跡を意味します。つまり葦手とは、まるでアシのように見える崩し書きの書体です。水辺を描いた**墨絵**《すみえ》に隠し込むように書き、絵文字にすることもありました。書きこなすには絵心も必要な、高度に芸術的な書体です。

脚の気 あしのけ

脚の**病**のことです。後世には脚気《かっけ》というビタミンB1欠乏症を指すようになりますが、一条《いちじょう》朝期には歩行困難やむくみ、熱っぽさなど、脚の不調全般を指していたようです。

源氏物語 夕霧

「脚の気ののぼりたる心地す」と、おし下《くだ》させ給ふ。ものをいと苦しう、さまざまに思《おぼ》すには、気《け》ぞあがりける。

貴婦人が「脚の気が上がったみたい」と苦しみ、**女房**にマッサージさせて下ろそうとしている場面。心労により「気」と呼ばれるものが上体に上がり、病気を引き起こすと考えていたようだ。

阿闍梨 あじゃり

「**あざり**」とも。「弟子の**手本**となるべき徳の高い僧侶」の意味。僧侶の階級名でもあり、**僧綱**《そうごう》（僧《そう》正《じょう》・僧都《そうず》・律師《りっし》）に次ぐ立場。

網代垣 あじろがき

網代という、**竹**や薄い**ヒノキ**板などを斜めに編んだものによる**垣**（垣根）です。

網代車 あじろぐるま

網代という、**竹**や薄い**ヒノキ**板を斜めに編んだものを屋形に用いた**牛車**《ぎっしゃ》です。中型の軽装車で、**四**《し》**位**《い》**・五**《ご》**位**《い》の中級貴族や、お忍びの上流貴族が使用しました。当時、最も一般的に使用された牛車です。

網代庇車 あじろびさしのくるま

牛車《ぎっしゃ》の一つです。**網代車**に**庇**《ひさし》がつき、「眉《まゆ》」と呼ばれる部分に装飾板がついたもので、ただの網代車よりやや格が上がります。

預かり　あずかり

場所や物を所有者から預かって管理する人のことです。現代でいえば、管理人や留守番に当たります。▼『**うつほ物語**』空車《むなぐるま》に**魚**《いお》・塩積みてもてきたり。預かりどもよみとりて、店に据ゑて売る。(屋形のない荷車に魚・塩を積んで**市**《いち》へ運んできた。管理人らがそれを数え、店に置いて売る)。

東遊　あずまあそび

舞楽《ぶがく》の一つです。東国の民謡に起源をもつ**歌**・**舞**・楽器演奏で、神事や宴で披露されました。▼『**源氏物語**』ことことしき**高麗**《こま》・**唐土**《もろこし》の楽《がく》よりも、東遊の耳馴《な》れたるは、**なつかし**くおもしろく…(格式ばった高麗・唐伝来の音楽より、聞きなじみのある東遊は親しみやすく愉快で…)。

東屋　あずまや

東国ふうの粗末な家のことです。また**催馬楽**《さいばら》という歌謡の曲名でもあります。「東屋の軒下での雨宿り、濡れてしまうよ」と、上がり込みたい気持ちを仄《ほの》めかす男に「ならお入り」と女が応える恋歌です。▼『**源氏物語**』君、東屋を忍びやかにうたひて寄り給へるに、「おし開いて来ませ」と(**光源氏**さまが東屋をひっそり歌って近寄りなさると、源典侍《げんのないしのすけ》は「戸をおし開いて入っておいで」と)。

按察使　あぜち

地方行政を監督・視察する役職です。平安時代初期には、蝦夷《えみし》との戦が頻発した東北地方に設置されました。東北の安定化につれ名目的な職となり、**大納言**《だいなごん》の筆頭者が兼任しました。大納言という高級官僚の中でも、ひときわ高い地位であると同時に、その直上である**大臣**(臣下が到達できる最高位)にはあと一歩で及ばないという、ギリギリの立ち位置にありました。したがって、按察使大納言という役職には、「すばらしく高貴な方!」という良いイメージと、「(大臣には手が届かない)残念な人」というネガティブな印象の、両方がつきまとっていました。

遊び　あそび

日常から解放されて心を緩め、楽しむことです。**碁**や**蹴鞠**《けまり》、詩・**歌**を作ること、景勝地へ出かけることなども指しますが、最も一般的なのは管楽器や弦楽器での合奏です。行事や宴には合奏がつきもので、大がかりなものでは打楽器や**舞**、プロの**楽人**《がくじん》らが加わりました。現代語の「遊び」と混同して、ムダな遊興と受け止める人が多いようですが、平安貴族にとっては神々・人の心を和らげる無病息災の手段であり、公務の一環だったのです。▼『うつほ物語』仲頼《なかより》、行政《ゆきまさ》笛吹き、あるかぎりの人、拍子合はせて遊びたまふ。おもしろきこと限りなし（源仲頼と良岑《よしみね》行政が笛を吹き、いる人みな拍子を合わせて合奏なさいます。そのすばらしさ、最高です）。

遊女 あそび

あそび人ともいいます。**市**《いち》や寺社など人の集まる場所に来て、**歌**や見せ物など芸能を披露し、衣や**銭**《ぜに》などを得ていた女性たちです。▼**『更級日記』**遊女三人《みたり》、いづくよりともなく出《い》で来たり。…昔、こはたといひけむが孫といふ。…めでたく歌を歌ふ（遊女が三人、どこからともなく現れた。…「こはた」という、昔の有名な遊女の孫だと名乗る。…歌を魅力的に歌う）。

CHECK IT OUT.

遊女と売春

後世の江戸時代には、遊女というと春を売る女性のことです。その居場所は「悪所」と呼ばれるなど、非道徳的な存在とされました。しかし平安の「あそび」たちは、少女である**『更級《さらしな》日記』**作者の前に堂々と現れ、歌により対価を得ています。プロフェッショナルの芸能人だったといえるでしょう。もっとも、当時の男女関係や身分制度を考えると、あそびたちが客と**契**《ちぎ》**り**を結ぶことは珍しくなかったと思われます。また、そのような彼女らを**『源氏物語』**作者が「よしめき合へるも、疎《うと》ましう」と書くなど、批判的に見る傾向もあったようです。

朝臣 あそん

「朝臣（あそみ）」という古代の姓《かばね》で、有力者に与えられました。平安時代には、**五位**《ごい》以上の貴族の姓名につける敬称となり、臣下どうしが互いを呼ぶ際にも使いました。▼『枕草子』行成《ゆきなり》の朝臣の、とりなしたるにやはべらむ（**藤原行成**さまが取り繕《つくろ》ったのでございましょう）。

化野 あだしの

都の西、嵯峨野《さがの》のさらに奥の野原で、小倉山《おぐらやま》のふもとに当たります。「あだ（実《じつ》がない）」という語と掛詞《かけことば》にされ、浮気心を表しました。葬送（**葬儀**）地でもあり、**世**の**無常**も象徴しました。

羹 あつもの

「熱物」の意で、温かい汁物を指します。魚（**うお**）や**鳥**の肉、または野菜などを具にしたようです。▼『うつほ物語』**御前**の朽木《くちき》に生《お》ひたる菌《くさびら》ども羹にさせ…（貴人がたの目の前の朽ちた**木**に生えているキノコ類を羹に調理させ…）。

あて宮 あてみや

『**うつほ物語**』のヒロインの一人です。絶世の美女で多くの男性に求婚されました。『**源氏物語**』では「しっかり者だがズバズバ拒《こば》む女らしくない人」と評されています。

安名尊 あなとうと

催馬楽《さいばら》という**歌**の曲名です。「あな、尊（わあ、すばらしい！）」というタイトルどおり、行事などの立派さをたたえる歌です。

安倍晴明 あべのせいめい

（921〜1005）一条《いちじょう》朝期の天文**博士**です。後年、伝説の**陰陽師**《おんようじ》と語り伝えられ、**花山**《かざん》**天皇**の不意の**出家**を予言した、**藤原道長**《みちなが》にかけられた呪詛《じゅそ》を見破ったなどの逸話が残されました。

あま

海の仕事で暮らす人々のことです。海人・海士と書く場合は塩焼きや漁師など男性を、海女は海に潜って**貝**や海藻を採る女性を指します。貴族にとっては、身分の低い人や労働に明け暮れる庶民の代名詞でした。「**尼**」と掛詞《かけことば》にしたり、しほたる（潮垂る：海水で服が濡れる→**雨**や涙で袖《そで》を濡らす）とセットで悲しみを表したりと、**雅**《みやび》な言い回しによく使われました。

尼 あま

出家して仏教の修行に専念する女性のことです。肉食・殺生《せっしょう》を避け、**髪**を**尼削**《そ》**ぎ**にしてお**経**を読むなど仏を拝む生活を送りました。貴族女性は老いると尼になり、家族や自分が死後は極楽《ごくらく》へ行けることを願って、祈りの日々を送るのが一般的でした。子・孫の**育児**や家事を続ける尼もいましたが、多くは修行を重ねるにつれ、郊外に移住したり髪を剃《そ》り落としたりと、社会生活から遠ざかっていきました。

天児 あまがつ

子ども用の魔除《まよ》け人形です。本人の代わりに災いを負わせようと、**誕生**と同時に製作されました。3歳ごろまで、本人の身近に置いていたようです。▼『源氏物語』**御**《み》**佩刀**《はかし》・天児やうの物取りて乗る（幼い姫君の引っ越しの際、守り刀や天児などを持って乗車する）。

CHECK IT OUT.
子の無事を祈る気持ちは、現代まで

平安人は「人型の呪物によって災いや**穢**《けが》**れ**を本人から遠ざけられる」と感じていました。その具体例が置物である天児や、**紙**や板で作り、体を撫《な》でてから水に流す人形《ひとがた》・撫物《なでもの》です。同時に、当時も女児には人形遊びが人気で、こちらの人形は「**雛**《ひいな》」と呼ばれていました。後世、これらが混同されていき「ひな祭り」が成立、江戸時代に大流行し、庶民の間にまで広まりました。

雨皮 あまかわ

牛車《ぎっしゃ》用の雨がっぱ。**生絹**《すずし》に油を引いたもので、**公卿**《くぎょう》以上の上流貴族と、**僧綱**《そうごう》という身分ある僧侶のみが使用できました。それより下の身分の者は**筵**《むしろ》で覆いました。▼『**蜻蛉日記**』雨皮張りたる車さしよせ、男ども軽らかにてもたげたれば、はひ乗りぬめり（夫は**簀子**《すのこ》に、雨皮を張った牛車を寄せさせ、伴《とも》の男らが**轅**《ながえ》を持ちあげ水平にしたので、ちょいと乗り込んだようだ）。

甘葛 あまずら

ツル草の一種で、煮詰めて甘味料を作りました。当時砂糖は、薬として少量輸入される貴重品。そのため甘葛やハチミツが代わりに使われましたが、これらも非常に高価でした。食用のほか、**薫物**《たきもの》（お

香）の調合にも用いました。

尼削ぎ　あまそぎ

腰の辺りでバッサリと切り落とした**髪**型です。**出家**した女性はたいていこの髪型にしました。**額髪**《ひたいがみ》が短く、頬骨《ほおぼね》の辺りで切られているのが特徴です。▼『源氏物語』この**春**より生《お》ふす**御髪**《みぐし》、尼削ぎのほどにて、ゆらゆらとめでたく…（**光源氏**の娘〈明石姫君《あかしのひめぎみ》＝数え年3歳〉は、この年始から伸ばしているお髪が、尼削ぎほどの長さになっていてゆらゆらと美しく…）。

天照御神　あまてるおんかみ

現代では天照大神（アマテラスオオミカミ）という呼称のほうが一般的です。太陽の神で皇族の祖先神とされ、伊勢で未婚の皇女による祭祀《さいし》が行われていました（**斎**《さい》**宮**《ぐう》）。**内裏**《だいり》の**温明殿**《うんめいでん》にある**内侍所**《ないしどころ》にも祀《まつ》られており、このため内裏では仏教や**穢れ**《けが》を避ける必要があると感じられていました。

更級日記

「常に天照御神を念じ申せ」といふ人あり…人に問へば「神におはします。伊勢におはします。…さては内侍所に、すべら神となむおはします」といふ。

筆者・**菅原孝標女**《すがわらのたかすえのむすめ》が天照大神を知らなかったことがわかる場面。このあと筆者は内侍所を拝みに行って感動している。一方、**清水寺**《きよみずでら》などにも、神仏の差を意識せずお参りしている。当時の信仰のあり方がうかがえる。

雨眉車　あままゆのくるま

牛車《ぎっしゃ》の一つです。**唐車**《からのくるま》という格の高い牛車の一種で、屋根を弓形にし、眉《まゆ》を上へ反らせたものです。

阿弥陀仏　あみだぶつ

阿弥陀如来《にょらい》とも。西方浄土《さいほうじょうど》に住む、命あるもの全てを救おうとする仏と考えられていました。現世に絶望し、せめて**後世**《ごせ》は浄土にと願う風潮が広まる中（**末法**《まっぽう》**思想**）、篤《あつ》く信仰されるようになりました。

雨　あめ

板や**御簾**《みす》が壁代わりの家に住んでいた平安貴族は、雨を音や湿気で肌身に感じていました。また雨風は、**築地**《ついじ》（家を囲む土塀）を崩れさせ、家を破損する深刻な災害でもありました。▼『**落窪物語**』袖《そで》のすこし濡れたるを…女君「身を知る雨の雫《しずく》なるべし」と（袖が涙で少し濡れているのを…落窪《おちくぼ》の君は「わが身の不運を知らしめる涙の雨でしょう」と）。

CHECK IT OUT.

身を知る雨

平安人は、**前世**での行いの善《よ》し悪《あ》しが現世での幸・不幸を起こすと考えていました。特に女性は、**結婚**生活が不遇な場合、前世の因縁で「不運に生まれついたせい」と捉えました。雨は夫の訪れを妨げたため、多くの女性が降雨に「運のつたなさ」を痛感しました。そこから「身（の程）を知る雨」という慣用句が生まれ、雨は涙を連想させるものとなりました。

天 あめ

「あま」とも読みます。空のことです。天上の神々の世界を指すこともあります。

綾 あや

絹織物の一つです。「あや（模様）」という名のとおり、いろいろな**紋**《もん》**様**《よう》が織り出されていました。服装の豪華さを描く文章によく現れます。▼**『源氏物語』**綾など、花やかにはあらず。みづからの御**直衣**《のうし》も…無紋《むもん》をたてまつれり（喪《も》が明けても紫上《むらさきのうえ》が亡くなった悲しみは収まらず、**女房**たちは綾も派手でないものを着ている。**光源氏**さまも…紋のない衣をお召しである）。

菖蒲 あやめ

現代の**ショウブ**です。香気を放つため香料の一つと見なされ、邪気を祓《はら》うと信じられていました。5月5日の端午節会《たんごのせちえ》には、ショウブを軒や車に飾ったり、袂《たもと》に掛けたり、**薬玉**《くすだま》につけて贈ったりする習わしがありました。その**根**が長いことから、長さを競う行事「根《ね》合《あわせ》」をしたり、長寿や「心長《こころなが》さ（変わらない恋心）」に例えたりすることもありました。「文目《あやめ》（物事の道理）」とよく掛詞《かけことば》にされる草です。

源氏物語

あらはれて　いとど浅くも　見ゆるかな　あやめ（菖蒲・文目）もわかずなかれけるね（根・音）の

ショウブの根に恋文を付けて贈ってきた男（蛍兵部卿宮《ほたるひょうぶきょうのみや》）に、姫君（玉鬘《たまかずら》）が「道理もわからず声をあげて泣くほどの恋ですって？　言葉に表すと浅はかに見えますね」とピシリと反論している歌。一見、「お断りの歌」に見えるが、これが「切り返し」と呼ばれる恋歌の作法である。本当に拒《こば》むなら、そもそも返歌しない。

鮎 あゆ

川魚です。平安貴族にはなじみの食材でした。「揺《あゆ》く（ゆれる、動揺する）」との掛詞《かけことば》にも使われます。

あらぬ

動詞「あり」に打消の助詞がついた形ですが、とんでもない、普通でない、まったく別の、不都合な、など「存在するはずがない」というニュアンスを持つことがあります。妊娠や男女関係も意味します。▼『蜻蛉日記』あらぬことありて**春**、**夏**悩み暮らして、八月《はづき》**晦日**《つごもり》に、とかう、ものしつ（身ごもって春夏病み伏して、**秋**になり8月末日に何とか出産した）。

荒布 あらめ

食べられる海藻の一つです。正月には欠かせない縁起物だったようです。▼『土佐日記』芋茎《いもし》、荒布も**歯固め**もなし（元日なのに芋茎〈里芋の茎を乾燥させたもの〉も荒布も歯固めもない）。

有明 ありあけ

月がまだ空にある段階で**夜**が明ける時間帯をいいます。その月も指します。平安の**暦**《こよみ》は月が満ち欠けする周期でひと月を定めていたため、毎月16日以降、特に20日過ぎには、この現象が起こります。

在原業平 ありわらのなりひら

（825〜880）9世紀の貴族・歌人です。高貴な血筋と歌才から「色好み」の典型として伝説化されました。『**伊勢物語**』の主人公と見られ、**皇后**・藤原高子《たかいこ》や伊勢**斎宮**《さいぐう》・恬子《てんし》**内親王**《ないしんのう》との禁断の恋や、「東下《あずまくだ》り」という地方歴訪の伝承で有名です。五男で**中将**《ちゅうじょう》だったため、在五《ざいご》中将とも呼ばれました。

▼『小倉百人一首』ちはやぶる　神世《かみよ》も聞かず　竜田川《たつたがわ》　からくれなゐに　水くくるとは（神々の時代にも聞いた例がない、竜田川が鮮《せん》紅《こう》に染まるとは）

在原行平　ありわらのゆきひら

（818〜893）9世紀の貴族・歌人です。**在原業平**《なりひら》の兄に当たります。須磨《すま》で謹慎生活を送った時期があるらしく、**『源氏物語』**や謡曲のモデルとなりました。▼**『小倉百人一首』**立ち別れ　いなばの山の　みねに生ふる　まつとし聞かば　今帰り来む（別れて、行ってしまう〈行なば＝因幡《いなば》国、稲《いな》羽《ば》山〉山の峰に生える、**松**〈＝待つ〉と聞いたらすぐ帰ってくるよ）

粟田　あわた

平安京の東方の地名です。東海道が通り、**都**の東の出入り口に当たる要所でした。一帯の山々を粟田山といい、人気のお参り先・**石山**《いしやま》**寺**《でら》へ行く際は、この山道を越えていきました。**藤原道長**《みちなが》と天下を争った兄・**道兼**《みちかね》は、この地に別荘を構えたため「粟田殿」と呼ばれました。

鮑　あわび

「**貝**《かい》**つ物**《もの》」に分類される食材でした。また女性器や女性の例えでもありました。▼『**うつほ物語**』開けて見れば、鰹《かつお》、壺焼《つぼやき》の鮑、海《み》松《る》、甘海苔《あまのり》など見ゆ（壺を開けて見たらカツオ、壺焼のアワビ、海藻、甘ノリなどが入っていた）。

あは《わ》れなり・あは《わ》れ

「あはれ」とは、現代語の「ああ」に当たる、感動を表す言葉です。ですから「あはれなり」とは、「ああと言いたくなるような、心の震える感じ」を指します。現代語同様、「哀れな／かわいそう」という意味のこともありますが、美やすばらしさなどポジティブなものでも、「心に沁《し》みる」場合は「あはれなり」です。平安文学では、**清少納言**《せいしょうなごん》が書いた『**枕草子**』が「**をかし**の文学」とされる一方で、**紫**《むらさき》**式部**《しきぶ》の『**源氏物語**』は「あはれ」を描いたとされ、よく対比されます。

「あはれ」を感じてる人は、「眺む（物思いに沈む）」「扇を置く」をやりがち

CHECK IT OUT.

「あはれ」と「をかし」共通点と違う点

「あはれ」と「をかし」は、平安の2大美意識。四季の移ろいから衣装、**手紙**、心の動きまで、ものごとをすべて繊細に受け止めた貴族たちは、魅力的なものを「あはれ」「をかし」とたたえました。一方でこの2語、性質がまったく異なります。

✓「あはれなり」のイメージ

情に訴える　ウェット　動画的・物語的　理由が背景にある感動

(訳語) 感動的な、哀れな、じ～んと感じた

✓「をかし」のイメージ

知性で感じ取る　ドライ　静止画的・絵画的　見た/聞いた瞬間ひらめく感動

(訳語) 美しい、可笑《おか》しい、ビビッと感じた

(例)『枕草子』

秋は夕暮れ。…からすの寝どころへ行くとて…飛び急ぐさへ、**あはれ**なり。まいて雁《かり》などの連ねたるが、いと小さく見ゆるはいと**をかし**。

カラスと雁、夕映えを背景とした**鳥**の飛び姿という点では、どちらも同じです。でもカラスは、家へ帰ろうと急ぐ心ばせが健気《けなげ》だから「あはれ」(=物語的)であり、雁は飛んでいる列のV字形が画《え》として美しいので「をかし」(=絵画的)と受け止められています。

安子 あんし

(927～964) 村上《むらかみ》天皇の**中宮**です。右大臣《うだいじん》・**藤原師輔**《もろすけ》の娘で3男4女を儲《もう》け、**天皇**にとても尊重されました。その皇子が2人も即位し(冷泉《れいぜい》天皇・円融《えんゆう》天皇)、師輔、その子・**兼家**《かねいえ》、孫・**道長**《みちなが》へと続く栄華の礎《いしずえ》となりました。

猪 い

イノシシのことです。食材として**鮨**《すし》(なれずし)などにされました。

飯匙 いいがい

飯を盛るための匙《さじ》、しゃもじのことです。▼『**伊勢物語**』手づから飯匙取りて、笥子《けこ》の器ものにもりけるを見て、心うがりて行かずなりにけり(女が自分でしゃもじを取ってご飯を食事用の器に盛ってい

るのを見て、嫌気《いやけ》が差して別れてしまった）。

いふ《う》かひ《い》なくなる

「**死ぬ**」の遠回しな言い方です。

家刀自《いえとじ》

「いえとうじ」とも読みます。一家の主婦のことです。服を買ったり子どもを学校へ行かせたり、という時代ではなかったため、服作りや**育児**、子どもの教育などには、「家刀自」の手作業・指導が必須でした。**妻**がいない貴族男性は仕事着の仕立てにも困り、身内の女性や優秀な**女房**（侍女《じじょ》）を家刀自代わりにしました。妻を亡くした男性の**再婚**が一般的だったのも、家庭に「女手」が必要だったからです。

魚《いお》

魚（**うお**）のことです。「寝（い）を」と掛けて**和歌**に詠んだりしました。

位階《いかい》

官人の序列を示す等級です。**親**《しん》**王**《のう》・**内親王**《ないしんのう》には一品《いっぽん》～四品《しほん》、臣下には一位《いちい》～八位《はちい》、その下の初位《そい》がありました。一位～**三位**《さんみ》にはさらに正《しょう》と従《じゅ》があり（従三位《じゅさんみ》など）、**四**《し》**位**《い》～八位には正従および上、下がありました（正五位下《しょうごいのげ》、従六位上《じゅろくいのじょう》など）。平安文学では、一位～三位が上流貴族、四位・**五位**《ごい》が中流貴族、**六位**《ろくい》が下流でそれ以下は視野の外です。男性貴族は**元服**《げんぷく》（成人式）をすると位階を頂き、あとは年功と実力により出世していきました。名門の子弟はふつうの貴族より高い位から官人人生をスタートできました。が、それでも若年時の位階は低いため、究極の身分社会である**平安京**では「下位者の屈辱」を味わうものでした。女性も、内親王や妃《きさき》、女官などには位階が授けられました。

平安朝は身分社会。現代人は「位より実力が大事」と考えがちですが、平安人には「位も実力の一つ！」。位階は年功序列。中流貴族でも実績＋長生きにより、上流に食い込めることも。

CHECK IT OUT.

女性の身分は父の位階しだい

女性の「身の程」は、父の位階で決まりました。**『うつほ物語』**のヒロイン・**あて宮**は、**女房**（侍女《じじょ》）を「四位・**宰相**の娘、**髪**丈《たけ》に余り、丈よきほどに、手書き、**歌**詠み、こと琴《きん》弾き、人の答《いらえ》することみな上手」な女性でそろえたと書かれています。女房がみな四位の娘で、中には宰相（閣僚の最下位）の娘さえいたと誇っているのです。女房を選ぶ際は「父の位の高さ」が、美貌・**書道**・**和歌**・音楽・接客技術と並ぶ「資質」として重視されたことがわかります。

一条《いちじょう》朝期に実在した女房、**清少納言**《せいしょうなごん》と**紫式部**《むらさきしきぶ》は文才をいかして活躍しましたが、父の位は五位だったので、身分には引け目があったことでしょう。

斎垣・忌垣《いがき》

垣（垣根）の一つです。「斎《い》」は「清めた、神聖な」という意味。つまり、神社の垣根です。

いかにもなる

「**死ぬ**」の遠回しな言い方です。

五十日の祝い《いかのいわい》

子どもの**誕生**50日めに行う、祝いの行事です。子どもサイズの小さな食器類が特別に用意され、新生児の口に餅を含ませました。現代の「お食い初め」のルーツに当たる**儀式**です。餅は50個を、**市**《いち》で買ってくる習わしでした。

一紫式部日記一

御五十日は霜月《しもつき》のついたちの日。

寛弘《かんこう》5（1008）年11月1日の**『紫式部日記』**《むらさきしきぶ》の記述から、平成20（2008）年の同日、11月1日を「古典の日」とする宣言があり、平成24年に法律が制定された。

衣冠《いかん》

男性貴族の準正装です。正装である**束帯**《そくたい》から、**半臂**《はんぴ》と**下襲**《したがさね》を省略し、**表袴**《うえのはかま》・**大口**《おおくち》の代わりに**指貫**《さしぬき》・**下袴**を着けた格好です。**帯**も、高価で格式のある**石帯**《せきたい》の代わりに腰帯（布地の帯）を使用しました。男性たちが**内裏**《だいり》で**宿直**《とのい》をする際には、束帯よりくつろいだ、この身なりが許されました。そのため、この姿を**宿直姿**と呼ぶこともありました。

行触　いきぶれ

死など穢《けが》れたものに行き当たって触れてしまうことです。**内裏**《だいり》に出勤できなくなるなど、生活に支障が出ました。▼**『源氏物語』**いかなる行触にかからせ給ふぞや（どんな**穢れ**に触れられたのか？）。

育児　いくじ

裕福な家庭では、新生児は**襁褓**《むつき》という産着を着ました。女児であっても「尿《しと》ふさに（たっぷりと）しかけつ」と書かれ、また親や**乳母**《めのと》らがしきりに着替えている様子から、オムツ類は着用しなかったか、しても漏れを防げる厚さ・形ではなかったと思われます。尿をかけられても、濡れたままでいたり拭くだけだったり、火鉢で乾かして済ます様子が見られます。当然ニオイはひどかったはずで、実の母が「臭からむ」と尻込みする場面があります。また0歳から、男児は**直衣**《のうし》**・袴**《はかま》という、成人男性と同じ名の服を着用する様子が見られますが、これは汚されても替えのある富豪宅だけだったと思われます。ちなみに、袖《そで》が邪魔だったためか、幼児は襷《たすき》をかけていることが多く、子ども特有のチャームポイントとして描写されています。なお、貴人の家では乳母を複数名雇用しており、子は5、6歳（数え年）でも乳を飲んでいます。

一方、絵画には幼児が丸裸で過ごすさまが描かれています。子の**誕生**が「暑き頃なれば、貧しき人のためにはいとよし」（**『うつほ物語』**）という文章もあり、余裕のない家では（**夏**は特に）衣服を着せなかったようです。**布・紙**が高価だったためでしょう。が、資料は少なく、不明な点が多々あります。

池　いけ

貴族の屋敷は、敷地の南側に池を設けるのが基本でした。自然の海辺を模倣して、緩やかな曲線の岸をもつ池を掘り、湧水《ゆうすい》や敷地外からの引水（**遣水**《やりみず》）により水を溜《た》めました。そこに水鳥がおのずから集まることが理想でした。上流貴族の邸宅では、**舟**遊びができるほど大きな池を造らせました。舟上で音楽を演奏させたり、**鵜**《う》**飼い**で魚（**うお**）を取らせたり、**中島**と岸の間に**橋**をかけたりして、主人の財力やセンスのよさをアピールしました。▼『うつほ物語』**御前**の池に網おろし鵜下《おろ》して**鯉**《こい》・**鮒**《ふな》取らせ、よき菱《ひし》子、大きなる水蕗《みずふぶき》とりいでさせ、いかめしき山**桃**《やまもも》、姫桃など中嶋《なかじま》より取出《とりい》でて…（前の池に網やウを下ろしてコイ・フナを取らせ、ヒシ・オニバスの実を取り出させ、立派なヤマモモ・ヒメモモを中島から摘んで…）。

囲碁 いご

ボードゲームです。品格のある高尚な遊戯でした。

十六夜 いざよい

月の満ち欠け（**月齢**）でひと月を測るカレンダーの、16日めのことです。16日めの月やその**夜**のことを指す場合もあります。十五夜が満月なので、その次の日である十六夜の月も明るく美しく、明かりとして役立ち見ごたえもありました。一方で欠け始めであり、不吉さや**世**の**無常**も感じさせました。

ゐざる い

座ったまま、膝《ひざ》で進む移動のしかたです。貴婦人が立ちあがるのは品のないしぐさとされ、通常は膝《しっ》行《こう》しました。▼『うつほ物語』御**扇**さし隠したまひて、静かにゐざりおはするさま、いと**うつくし**（**牛車**《ぎっしゃ》を降りる際、扇で顔をお隠しになって、静かに膝行なさる様子、たいそう可愛らしい）。

石 いし

鉱石、ガラス、サイの角、貴金属などです。「**玉**《たま》（宝石）」と見なされ、財物扱いされていました。▼『うつほ物語』故治部卿《じぶきょう》の主《ぬし》の唐《とう》より持て渡り給へりける、未《ま》だ革もつけで石にて侍《はべ》る（亡き治部卿殿が中国から持ち帰りなさった石、革をつけて**石帯**《せきたい》にせず、まだ石のままで持っております）。

椅子 いし

イスのことです。古代日本の宮廷では、中国様式をまるごと輸入したため、貴人は椅子に座りました。しかし平安時代も中期になると、日本に合ったライフスタイルが浸透し、宮廷でも床に座るようになっていました。それでも椅子を使う場合があり、**天皇**など身分が格別に高い人や、おごそかな**儀式**での主役が用いました。格の高い家具という位置づけです。

移徙《いし》

「**わたまし**」ともいいます。引っ越しのことです。占いにより、縁起のよい日・時間を選定し、土地の神を鎮める祭りを行った上で移転しました。新居でも宴を3日間行いました。

石伏《いしぶし》

川魚です。食用にされました。

石山寺《いしやまでら》

滋賀県大津市に現存するお寺です。**観音**の御利益で知られ、女性に特に篤《あつ》く信仰されました。**京**からは、東海道を東進して**賀茂**《かも》**川**を越え、**粟田**《あわたやま》山、山科《やましな》、逢坂《おうさか》の関《せき》を通り、琵琶湖岸の打出《うちで》の浜で乗船、瀬田《せた》川を下って瀬田橋を通過すると到着します。京を出てその日中に着ける近場であり、名所・逢坂の関や淡海《おうみ》（琵琶湖）、**船**乗りも楽しめる、人気の行楽地でした。▼『**更級日記**』二年ばかりありて、また石山にこもりたれば…（2年ほどして、石山寺にまた滞在型のお参りをしたところ…）。

和泉式部《いずみしきぶ》

（生没年不詳）平安中期の歌人です。大江《おおえ》氏の出で、**一条天皇**《いちじょう》**の中宮・彰子**《しょうし》に仕えました。為尊《ためたか》**親**《しん》**王**《のう》・敦道《あつみち》親王の兄弟と情熱的な恋をして、どちらにも先立たれるというドラマチックな人生を送り、恋情がほとばしる**和歌**を多々生み出しました。『**和泉式部日記**』『和泉式部集』が残されています。娘・小式部内侍《こしきぶのないし》もすぐれた歌人でした。▼『**小倉百人一首**』あらざらむ　この**世**のほかの　思ひ出に　いまひとたびの　逢ふこともがな（もうこの世にはいなくなる私、来世への思い出に、せめてもう一度だけ「会うこと〈男女の**契り**《ちぎ》〉」がほしい！）。

和泉式部日記《いずみしきぶにっき》

一条《いちじょう》朝期の日記文学です。**女房**である**和泉式部**と、**春宮**《とうぐう》（皇太子）候補でもあった敦道《あつみち》**親王**《しんのう》との身分違いの恋を、二人がやりとりした**和歌**を中心に**物語**ふうに語っています。作者は和泉式部本人だといわれますが、他作説もあります。

CHECK IT OUT.

和泉式部日記のあらすじ

恋人・為尊《ためたか》親王の死を悲しむ和泉式部は、その弟・敦道親王に慰められ、惹《ひ》かれていく。しかし身分差や世間体が気になり、心をひらけない。一方の敦道親王は、「スキャンダルだ」と周囲に諫《いさ》められ、式部の乱れた異性関係の噂《うわさ》も吹き込まれる。二人はすれ違いを重ねるが、ついには深く結ばれ、世間の非難を浴びつつ同居を始める。

伊勢神宮 いせじんぐう

三重県伊勢市に現存する神社です。内宮《ないくう》には**天照大神**《あまてらすおおみかみ》（太陽の神）、外宮《げくう》には豊受大神《とようけおおみかみ》（食物をつかさどる神）を祀《まつ》ります。天照大神は皇族の祖先神とされ、古代〜14世紀まで、未婚の皇族女性を伊勢に派遣して祭祀《さいし》を行わせる「伊勢**斎宮**《さいぐう》」という制度がありました。

伊勢物語 いせものがたり

平安前期に成立した、作者不明の**物語**です。**和歌**を中心に短編を連ねていく「**歌物語**」という形式です。**在原業平**《ありわらのなりひら》を思わせる風流な貴公子の話が多く、『在五**中将**《ざいごちゅうじょう》の日記』などとも呼ばれます。平安貴族にしてみれば「知っていて当然」の話であり、これを踏まえた和歌・会話が見られます。

源氏物語 絵合

次に伊勢物語に正三位を合はせて、また定めやらず。…（藤壺宮《ふじつぼのみや》は）「在五中将の名をば、え腐《くた》さじ」と、のたまはせて…。

宮中で**絵合**《えあわせ》という、**物語絵**のよさを競う行事をしている。『正三位』という作品のほうが見映えがしたが、「在原業平さまの評判を落とすことはできぬ」という宮さまのツルの一声で、『伊勢物語』の勝ちが決まる場面。『伊勢物語』や業平への敬意がうかがえる。

平安人に和歌は「エモさの極み」。詠まれた経緯もわかる歌物語は大人気でした。

板垣 いたがき

垣（垣根）の一つです。板で作られ、仕切りや目隠しに用いられました。

板敷 いたじき

板を張ってある床のことです。なかなか高価で、庶民宅には土間の家も見られました。貴族の屋敷はたいてい板敷で、貴人の居場所にだけ**畳**を置きました。板敷の研磨は、人手が必要で、主人の権力・財力の証しでした。服喪中は「**土**《つち》**殿**《どの》」といって、板敷を取り払い土間にする習慣がありました。▼『**栄花物語**』板敷を見れば、木賊《とくさ》・椋葉《むくのは》・**桃**の核《さね》などして、四五十人が手ごとに居《い》なみて磨き拭《のご》ふ（**藤原道長**《みちなが》が建てている**法成寺**《ほうじょうじ》の豪華なこと、板敷をみれば40～50人がトクサ・ムクの葉・モモの種を手に居並び拭き磨いています）。

出車 いだしぐるま

公的な用事のために主に**女房**の乗用として貸し出された、官用の**牛**《ぎっ》**車**《しゃ》のことです。また**簾**《すだれ》や**下簾**《したすだれ》の脇・下から、女性の衣装の端を出している牛車のことも指します。漏れ出て見える裾《すそ》や**袖口**《そでぐち》の量・豪華さは、お伴《とも》の女房の多さ・身なりの贅沢《ぜいたく》さを示し、その主君の勢力の証しでした。そのため外出や引っ越しの際には、美々《びび》しい出車を多く並べることがステイタスでした。平安末期には、女性の衣装を車内に引きかけ簾の外へ垂らして装飾とした車も出車といったようです。▼『**うつほ物語**』宮「…人の参るやうにて出車にて、夜々必ず」（皇太子は藤壺**女御**《にょうご》に「…**後**《こう》**宮**《きゅう》へ出勤する女官に見せかけて出車で、毎夜必ずいらっしゃい」と）。

いたづ《ず》らになる

「**死ぬ**」の遠回しな言い方です。

戴餅 いただきもちい

子どもの頭に餅を載《の》せる、つまり「餅を戴《いただ》かせる」**儀式**です。出世や長寿を祈念する行事で、正月の元日～3日の吉日に行いました。初正月には特に盛大に、男子は7歳、女子は5歳ごろまで実施しました。

鼬 いたち

キツネと同様、妖怪じみた生き物と思われていたようです。「鼬の無き間（の鼠《ねずみ》）」は、劣った者が優れた人のいない間だけ幅を利かせるという意味のことわざでした。また、イタチは人を見るとき怪しんで額《ひたい》に手をかざすと信じられており、人を疑わしそうな目つきで見ることを「鼬の目陰《まかげ》」といいました。▼『源氏物語』鼬とかいふなる物がさるわざする、額に手をあてて…（鼬とかいうものがするという、額に手を当てるしぐさをして…）。

市 いち

平安京内の七条《しちじょう》には、官営の市場が二つありました。左京の市を東《ひがしの》市《いち》、右京の市を西市《にしのいち》といいます。東市は月の前半、西市は後半に開かれました。籍帳《せきちょう》に登録された市《いち》人《びと》が、「いちくら（肆、市座）」と呼ばれた店で、指定された一品のみを販売します。正午に市門が開いて売買が始まり、日没になると太鼓を三度鳴らして営業を終えました。自前の物品入手ルートを持つ上流貴族でも、子どもが生まれたあとの**五十《い》日《か》の祝い・百《もも》日《か》の祝い**には、「市の餅《もちい》（市で調達した餅）」を使用するのが習わしでした。▼『枕草子』市は、たつの市。さとの市。つば市（市は、たつの市、さとの市、つば市がよい）。

平安中期の貴族、特にレディには縁遠いものだった市。しかし前期には、身分ある男女も市へ出かけ、買い物や恋を楽しんでいました。平安時代は400年もあるので、習俗も変遷しています。

CHECK IT OUT.

平安の売り買い事情

銭《ぜに》を払って買うこともありましたが、流通する銭の質・量が下降線をたどったことから、衣類などをお金代わりとする物々交換も盛んでした。ただし上流貴族は、質のよい物資が**荘園**《しょうえん》・地方官から納められてきたり、自分の屋敷に物・服をつくる部署があったりしたため、市との関わりは薄かったようです。**市女**《いちめ》が売り歩く加工食品を不安がるなど、商品の質を心配する傾向もありました。それでも市は、活気に満ちた場所であり、僧の説経や芸能の**猿楽**《さるがく》が行われて文化の母体となっていました。男女の出会いや、使用人募集の場でもありました。

壱越調 いちこつちょう

雅楽の六調子《りくちょうし》（6種類の**調子**＝音階）の一つ。壱越の音と呼ばれる、洋楽音名の「ニ（D）」に近い音を主音とする音階で、季節を問わず演奏されました。▼『源氏物語』壱越調の声に発《はち》の緒《お》（**箏**《そう》の調弦の際、基準音とする弦）をたてて…（壱越調の音に発の弦の**琴柱**《ことじ》を立てて…）。

一条院 いちじょういん

一条天皇のころの**里内裏**《さとだいり》（仮の皇居）です。本来の**内裏**が火事で焼けたため、一条天皇の母・藤原**詮**《せん》**子**《し》が所有していたこの邸宅が、一時的に内裏とされました。

一条天皇 いちじょうてんのう

（980〜1011）在位は寛和《かんな》2（986）〜寛弘《かんこう》8（1011）年。祖父・**藤原兼家**《かねいえ》のバックアップで即位し、おじの**道隆**《みちたか》・**道長**《みちなが》の娘（**定子**《ていし》・**彰子**《しょうし》）を后《きさき》として彼らの補佐のもと統治を行うという、平安中期の典型だった**天皇**です。**学問**・芸術に通じた教養人で、笛の名手でもありました。その治世には各分野で傑出した人材が活躍し、国風文化の黄金時代となりました。特に女流文学では、『**枕草子**』『**源氏物語**』『**和泉式部日記**《いずみしきぶにっき》』『**栄**《えい》**花物語**《が》』などの傑作が、一条朝期を母胎に生まれています。のちに武家の**世**となっても理想視された「王朝時代」は、一条朝期をモデルとする要素が多く、本書もこの時代をメインに記述しています。

一の者 いちのもの

「第一の人（者）」「一の所」などともいいます。摂政《せっしょう》や関白《かんぱく》、**太政**《だじょう》**大臣**《だいじん》など、臣下のトップである政治家のことです。現在一番の達人や、最も愛されている者も指します。

CHECK IT OUT.

縁故や情実こそ大事

平安社会では、コネや感情が尊重されました。権力者の信任・愛情を得て何でも思いのままになることは、一の者ならではの栄誉だったのです。世間も一の者を羨《うらや》んだり自分の運命を嘆いたりするだけで、情実主義自体への批判は見られません。

（例）『落窪物語』ただ今の一の者、太政大臣もこの君にあへば音《おと》もせぬ君ぞや…打ちあふべくもあらず〈相手〈**中将**《ちゅうじょう》・道頼《みちより》〉は今の一の者、太政大臣さえ逆らわない方だ…太刀《たち》打ちできない〉。

市女　いちめ

市で働く女性。頭に商品を載《の》せて売り歩く行商から店で売り買いする者、求人の仲介人など、いろいろいたようです。▼『**うつほ物語**』絹《きぬ》くらにある徳町《とくまち》といふ市女の富めるあなり（絹倉が集まっている市に住む、徳町という富裕な市女がいたそうだ）。

市女笠　いちめがさ

スゲなどで編んだ凸字形のかぶり物です。**市**で働く女性が用いたため、この名があります。貴族女性も徒歩（**かち**）で外出するときには使用しました。その場合は、薄い**布**（**枲の垂れ衣**）を**笠**の縁につけて垂らしたり、衣をかぶった頭に笠を載せたりして顔を隠しました。

CHECK IT OUT.

貴婦人の外出姿

姿を見せることを「恥」と感じていた貴族女性は、めったに外に出ず、外出する場合は**牛車**《ぎっしゃ》を使いました。しかし時には、乗馬したり歩いたりすることもありました。牛車に向かない山道などを行く旅行中や、苦行のため徒歩で寺社へ参るケースです。そういう際は、笠や衣で顔・体を覆いました。

糸　いと

糸は、名産地に赴任した貴族から入手したり、知り合いと贈答し合ったり、自邸で縒《よ》って製糸したりで調達しました。あまり丈夫ではなかったらしく、袖《そで》を引っぱると糸が切れる場面が見られます。糸という言葉は、**クモ**の糸、**柳**の枝、弦楽器の弦なども指しました。弦楽器そのものを「**糸物**《いともの》」、弦楽器と管楽器を総称して「糸竹（いとたけ・**しちく**）」ということもありました。▼『**落窪物語**』国々、絹、糸、しろかね、こがねなど召す（配下の**国司**がいる国々から、絹、糸、銀、金などを召し寄せる）。

いとほ《お》し

「かわいそう、気の毒」など、同情を表す言葉です。同情がつのって愛情になり、現代語と同じ「愛おしい、かわいい」の意味を持つこともあります。

糸毛車 いとげのくるま

牛車《ぎっしゃ》の一つ。**色**染めした**糸**を組緒《くみお》に編んで屋形を覆ったものです。身分のある女性、および皇太子が使用しました。▼『紫式部日記』御**輿**《こし》には宮の**宣旨**《せんじ》のる。糸毛の御車に殿のうへ（**中宮・彰子**《しょうし》さまのお輿には侍女《じじょ》の宣旨が同乗します。続く糸毛の御車には母上・**倫子**《りんし》さま）。

暇 いとま

余裕やゆとりのこと。時間の余裕、つまりヒマを指すこともあります。勤務のない時間という意味で、休暇や辞職をいうこともあり、さらには別離そのものや、その際の挨拶《あいさつ》も含みました。▼『源氏物語』花散里《はなちるさと》を思ひ出で聞《きこ》え給ひて、忍びて、**対**《たい》の上《うえ》に御暇きこえて、出で給ふ（花散里という妻を訪ねたいと思って**光源氏**さまは、正妻格の紫上《むらさきのうえ》にそう挨拶申し上げ、人目につかぬよう出かけなさいます）。

CHECK IT OUT.

「暇」は男女関係にも

平安文学では、「**天皇**が妃《きさき》の暇を許さない」場面が頻出します。**后の宮**《きさいのみや》以外の妃たち（**女御**《にょうご》や**更衣**《こうい》）は「**宮仕え**」をする身、つまり天皇に仕える臣下でした。そのため、実家への帰省は「休暇」に当たります。天皇が妃の里帰りを許可しないのは、離れたくないからであり、愛の深さの証しとされていました。

糸物 いともの

弦楽器のことです。糸竹（いとたけ**・しちく**）というと管と弦、つまり笛など管楽器と**琴**など弦楽器の総称です。

稲妻 いなずま

「**稲の夫**《つま》」という意味です。イネの**花**が咲くころ稲妻が多いことから、イネは稲妻によって身ごもり、穂が実ると考えられていました。▼『蜻蛉日記』稲妻の　光だに来《こ》ぬ　やがくれは　軒《のき》ばのなへも　物**おもふ**らし（稲の夫の光さえ訪ねてこない家の陰、軒端の苗も苦悩しているようです、夫に来てもらえないこの私も…）

稲荷信仰 いなりしんこう

稲の穀霊《こくれい》への信仰です。稲作国家

である日本では古来広く見られました。平安貴族の間でも伏見《ふしみ》稲荷大社が深く信仰され、特に2月の初午《はつうま》の日には、お参りして「験《しるし》の杉」を持ち帰る習わしでした。この風習は現在も続いています。

犬《いぬ》

番犬や猟犬として飼われていました。一方、仏教の教えでは**前世**の行いが悪かった人間が罰で畜生道《ちくしょうどう》に落ち、犬などの**獣**《けもの》に生まれ変わるとしていました。また平安時代には野ざらしの遺体が多く、それを犬が食い荒らしていました。犬が死骸を**内裏**《だいり》にくわえ込み（つまり**穢**《けが》**れ**を持ち込み）、「神事に障《さわ》る」と騒動になることも頻繁でした。そのため、平安人が犬に向ける目は、現代ほど温かいものではなかったようです。▼『枕草子』**御**《み》**厠人**《かわやうど》なるもの走り来て「あな、**いみじ**。犬を**蔵人**《くろうど》二人して打ち給ふ」（トイレ掃除を担当する者が走ってきて「ああひどい。犬を蔵人2人が打っておいでです」）。

稲《いね》

イネは稲葉・稲田なども含めて**歌**によく詠まれたほか、稲荷神社などの信仰も生みました。ただし、**平安京**内では水田耕作が禁じられていたせいか、貴族女性は農業には疎《うと》く、イネとコメとの関係さえおぼつかなかったようです。▼『枕草子』稲といふものをとり出でて…二人して引かせて歌うたはせなどするを、**めづらしく**てわらふ（稲というものを取り出して、農民2人に脱穀させて歌を歌わせたりするのを見物して、珍しくて笑いました）。

亥の子餅《いのこもち》

10月の亥《い》の日に食べた縁起物の餅です。無病息災を祈るためとも、イノシシ（**猪**《い》）の多産にかけて子孫繁栄を願うためともいわれます。

位袍《いほう》

貴族男性が正装する際の上着です。位により着用できる**色**が決まっているのでこう呼ばれます。平安中期には一位〜**四位**《しい》が黒、**五**《ご》**位**《い》が緋《あけ》、**六位**《ろくい》が緑でした。そのため、身分の高い人々の会合では黒い**袍**《ほう》が必然的に主流となり、それが格式を感じさせたようです。四位〜六位は官人として勤務する以外に、プライベートでは貴人の従者をしていたので、上流貴族の周囲には黒・緋・緑袍の者が立ち働いていました。その人数やカラフルさは、主君の勢力のバロメーターでした。

一蜻蛉日記一下

車のもとには、赤き人、黒き人押し凝《こ》りて、数も知らぬほどに立てりけり。

「赤き人」は五位。「黒き人」は、**牛車**《ぎっしゃ》のお供《とも》をする立場でかつ黒い袍なので四位と推定できる。従者が「数も知らぬほど」多いのは、上流貴族の証しであり、自慢。

いまめかし

「今風」「現代的」という意味です。平安末期以降は服・習俗のルール化が進み、決まりを守ることが重視されて、「有職故実《ゆうそくこじつ》」という学問になっていきました。しかし一《いち》条《じょう》朝期には自由度が高く、斬新さのあるファッションや感覚が「いまめかし」と称賛されたのです。

今様　いまよう

「今の流行」「流行中のもの」という意味です。また、平安中期ごろに起こった七五調の歌謡のことでもあります。一条《いちじょう》朝期には文字どおり「今流行《はや》りの音楽」だったため、「今様／今様歌」と呼ばれ、それが曲のジャンル名となりました。▼『蜻蛉日記』「今様は女も数珠《ずず》ひきさげ、**経**ひきさげぬなし」と聞きしとき「あな、まさり顔な、さる物ぞやもめにはなるてふ」など、もどきし心は、いづちか行きけん（「今どきは女でも、数珠・お経を携えぬ者はいない」と聞いたとき「まあみっともない、そんな者が夫に先立たれるのだといいますよ」と非難した気持ちは、どこへ行ったのか）。

今様色　いまよういろ

「今流行している**色**」という意味です。身分により禁じられる色を**禁色**《きんじき》といい、逆に許される色を「**聴**《ゆる》**し色**《いろ》」と呼びますが、その聴し色を許可されるギリギリまで濃く染めた、「攻めのファッション」の色だったかと思われます。濃い**紅**《くれない》が、染めに紅花を多量に用いる贅沢《ぜいたく》な色だったため禁色であり、それよりやや薄い紅が「今様色」と呼ばれたのは、ほぼ確実です。ただし、ほかの系統の色の今様色（流行色）もあったかもしれません。▼『源氏物語』今様色のえゆるすまじく艶《つや》なう古めきたる**直衣**《のうし》（許される域を超えた濃い紅の今様色の、艶がなく古ぼけた直衣)。

忌み　いみ

「避けるべきこと」という意味です。占いで不吉と出た方角・日取りです。**穢《けが》れ**に触れてしまって身を慎むことも指します。服喪《ふくも》中や産後などの、穢れたので引き籠《こも》るべきとされた一定期間のことでもあります。▼『**蜻蛉日記**』おのが忌《いみ》のうちにし給ふな(私が死んでも、せめて喪が明けるまでは**再婚**しないでください)。

いみじ

程度が規格外だ、という意味です。現代語の「とんでもない」や「やばい」と同様に、いい意味(最高、美しい、見事)でも、悪い意味(ひどい、悲しい、おそろしい)でも使います。▼『**源氏物語**』いみじき絵師といへども、筆限りありければ(すばらしい絵師といっても、画力には限界があるので)。▼『**落窪物語**』泣くさま、いといみじげなる**けしき**なれば(〈落窪《おちくぼ》の君の〉泣く様子が、とても悲しそうな感じなので)。

斎　いもい

食事や行いを慎み、身を清めて過ごすことです。その際の食事のこともいいます。

妹　いもうと

女のきょうだいです。姉にも妹にも使います。

伊予簾　いよす

「いよすだれ」ともいいます。伊予の国(現在の愛媛県)で採れる篠竹《しのだけ》で編んだ、特産の**簾《すだれ》**です。さらさらと鳴ることで知られていました。▼『**枕草子**』伊予簾などかけたるに、うちかづきて、さらさらと鳴らしたるも、いとにくし(伊予簾など掛けてあるのを、忍んで来たはずの男性が、静かにくぐれず頭にかぶってサラサラ鳴らすのも、とても憎《にく》らしい)。

異類　いるい

人ではない種類の生き物のことです。**獣《けもの》**や魚(**うお**)など実在するもののほか、**鬼**や**天狗**など架空の存在も含みます。平安人はこれらを恐れつつも敬っていました。人と異類が**結婚**する話は「異類婚姻譚《たん》」と呼ばれ、平安期にも昔話として知られていました。蛇が人の女に取り憑《つ》く話や、**陰陽師《おんようじ》・安倍《あべ》晴明《せいめい》**の母を信太《しのだ》の森の**キツネ**とする伝説が有名です。

色 いろ

現代と同じく、色彩のことです。貴族男性は、位（**官位**《かんい》）によって正装の色が規定されていたため、「色が深くなる」などの言い方で身分が上がったことを表現しました。また公的な場では女性も含めて、**天皇**・皇族以外には着用できない色（**禁色**《きんじき》）がありました。禁色の着用を特別に許可されることを「色許さる」「色許《ゆ》る」といい、たいへん名誉なことでした。

祝ひ言 いわいごと

縁起のよい言葉です。平安人は言葉の呪術的パワーを信じていたため、新年などめでたい折には祝い言を口にしました。▼『**蜻蛉日記**』（新年に）「あめつちを袋に縫ひて」と誦《ず》するに…（「あめつちを袋に縫ひて」と祝い言を唱えるので…）。

石清水八幡宮 いわしみずはちまんぐう

「石清水」「八幡の宮」とも呼ばれます。**京**の南方、約20㎞ほどの男《おとこ》山《やま》山頂にある神社で、平安初期に九州の宇佐《うさ》八幡宮から勧請《かんじょう》されました。皇祖神を祀《まつ》るとされていた神社ですが、その創建には「八幡大菩薩《だいぼさつ》」のお告げを受けた僧が関わっており、神道と仏教が一体化していた当時の信仰がうかがえます。**天皇**が**行幸**《ぎょうこう》したり、南祭《みなみまつり》（**臨**《りん》**時祭**《じのまつり》）も盛大だったりと、平安貴族には縁の深い神社でした。武家の時代には**源氏**の**氏神**《うじがみ》・武神として崇《あが》められました。

韻塞ぎ いんふたぎ

漢詩（**詩**《ふみ》）を用いる知的なゲームです。漢詩は読みあげた際に美しく響くよう、句の末尾に音が同じ漢字が配置されています。その特徴をいかして、ある句末を塞いで隠し、ほかの句末や詩の中身から推測してその漢字を当てる競技が韻塞ぎです。漢学の知識がものをいうゲームでした。

鵜 う

水にもぐって魚（**うお**）を捕らえ、丸のみにする習性がある水鳥です。人に馴《な》れやすいため、ウに魚を取らせる漁業「**鵜飼い**」は、世界各地で古来行われてきました。佐渡や**大宰府**《だざいふ》、対馬でウを捕獲し、朝廷に「官鵜」として納めた記録が残っています。

初冠《ういこうぶり》

男子の成人式、**元服**《げんぷく》のことです。「**こうぶり**」ということもあります。▼『**蜻蛉日記**』三日は帝《みかど》の御冠とて、世はさわぐ（正月3日は**天皇**さま〈円融《えんゆう》天皇〉のご元服だということで、世間は騒ぐ）。

袍《うえのきぬ》

男性が正装する際の上着です。**袍**《ほう》のことです。

表袴《うえのはかま》

男性の正装用の**袴**です。足首丈で、**束帯**《そくたい》を着る際、**大口**《おおくち》という下着の上に着用しました。近世以降の有職**装束**《ゆうそくしょうぞく》では白色・霰地《あられじ》に窠紋《かもん》が原則です。ただし平安中期には、**儀式**や用途に応じ、さまざまな**色**や**紋様**《もんよう》のものがありました。

上御局《うえのみつぼね》

「上局《うえつぼね》」とは、貴人の居間の近くに設けられた、侍女《じじょ》用の控室のことです。宮中の場合、**天皇**の身近に用意された妃《きさき》の部屋を指しました。その敬語が「上御局」です。特に**清涼殿**《せいりょうでん》（天皇の住まい）には、「**藤壺**《ふじつぼ》の上御局・**弘徽殿**《こきでん》の上御局」という二間《ふたま》があり、后妃《こうひ》らの控室となっていました。藤壺・弘徽殿と、**後宮**《こうきゅう》の建物の名がついていますが、そのほかの殿舎に住む后妃も、天皇のお呼びがかかると参上し、この上御局で待機しました。

魚《うお》

「**いお**」とも。魚のことです。**フナ**、**コイ**、**アユ**、**氷魚**《ひお》（アユの稚魚）などの川魚は、平安貴族にはなじみの食べ物でした。一方で、殺生《せっしょう》を戒める仏教の影響から、漁や魚食を**罪**としたり避けたりする空気もありました。

仏教の輪廻転生（生まれ変わり）思想も、肉食を避ける要因になりました。**獣**・魚も**前世**は人かもしれないから…。

病人が医者に指示されて、仏に謝ってから魚を食べたり。

色、いろいろ

平安時代の色の基準は法典「**延喜式**《えんぎしき》」（967年施行）で定められていました。とはいえ手作業で染めるため、染め手（主に一家の主婦たる貴婦人）の技量により、差が生じるものでした。

葡萄染《えびぞめ》

高貴な**紫**色と同じ、紫根《しこん》という染料で染めた高価な色。一条《いちじょう》朝期には、赤みの強い紫。

今様色《いまよういろ》

紅花で染めた、やや薄い紅。平安中期以降の流行色。ほかの系統の「今様色」もあったか？

檜皮色《ひわだいろ》

「**ヒノキ**の樹皮の色」という意味。褐色系の色。黒みを帯びていたか。尼《に》僧《そう》の**袴**《はかま》に使用。

蘇芳《すおう》

蘇芳という輸入品の染料で染めた紫紅色《しこうしょく》。高価・高貴な色だった。高級木材の名でもある。

紅《くれない/べに》

紅花で濃く染めた色。濃い紅は**禁色**《きんじき》かつ人気色で取り締まりとのイタチごっこが見られた。

萱草色《かんぞういろ》

赤みまたは黒みを帯びた黄色か。喪服・尼僧の服に見られ、「澄みたる」印象だったらしい。

丁子染《ちょうじぞめ》

丁子は、高級輸入品のハーブで香料にも用いられた。赤みを帯びた黄色で芳香も伴う。

落栗《おちぐり》

一条朝期には、すでに「時代遅れ」だった色と思われる。紅を黒ずむほど濃く染めた色か。

麹塵《きくじん》

黄がかった青。青色とも呼ぶ。後世、禁色視が強くなるが平安中期には臣下も着用例あり。

萌黄《もえぎ》

萌え出たばかりの若葉の色。生命力を感じさせる春の色で、老若男女問わず使用された。

山吹色《やまぶきいろ》

山吹の花の色。赤みを帯びた華やかな黄。

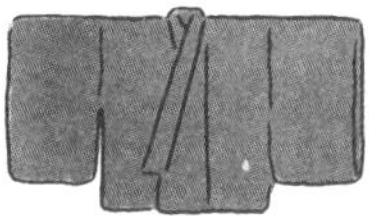

墨染《すみぞめ》

代表的な黒系の色。橡《つるばみ》や椎柴《しいしば》という植物染料で染めたか。喪服および僧・尼《あま》の平常着。

紫苑色《しおんいろ》

紫苑という、秋に咲くキク科の花の色。明るい紫。秋の衣によく用いられた。

縹《はなだ》

現在でいう薄い藍《あい》色。藍という染料で染めた。藍の分量で縹〜浅縹《うすはなだ》に染め分けたらしい。

青鈍《あおにび》

青みを加えた鈍色。僧尼《そうに》の服や喪中・仏事の衣服の色。控えめ気分の平常服にも用いたか。

薄鈍《うすにび》

薄い鈍色。僧の服や、軽い喪中に用いた。喪が明けたあとも悲しみを示して着る例あり。

鈍色《にびいろ》

墨染より薄い黒系の色。喪中の衣服・几帳《きちょう》・紙に用いた。服喪の軽重により濃さを変える。

「魚《いお》の欲しきに、われを尼になしたまへる。産まぬ子はかく腹ぎたなかりけり」

落窪物語 第四

『落窪《おちくぼ》物語』は典型的な「継子《ままこ》いじめ話」。性悪な継母《ままはは》は尼になったため、仏教の戒律で肉食不可となった。魚が食べたくなるたびに、**出家**を勧めたヒロインを逆恨《さかうら》みし、このようなセリフを吐く。

鵜飼い《うかい》

ウという水鳥を使った漁法です。野生のウを飼い馴《な》らし、その首を紐《ひも》で軽く絞めた上で、川に放して魚（**うお**）を取らせます。すると小魚は咽喉《のど》を通過してウの食料となり、大魚は首で閊《つか》えるので、船上で吐かせて人の漁獲とする仕組みです。食用の**アユ・コイ**などを取るほか、見ものとしても人気がありました。宮廷には鵜飼いの部署があり、**天皇**の食事を担当する内膳司《ないぜんし》の御厨子所《みずしどころ》が管轄していました。上流貴族も屋敷に自前の鵜《う》匠《しょう》を置いていたようです。▼**『蜻蛉日記』**鵜飼《うかい》かずをつくしてひと川浮きてさわぐ。いざ近くて見んとて…（鵜飼いが大勢、**宇治**《うじ》川いっぱいに**船**を浮かべ働いている。さあ近くで見ようということで…）。

陸の鷹狩りとペアで帝王の権威を象徴!

鶯《うぐいす》

春を代表する**鳥**で、春告鳥《はるつげどり》とも呼ばれます。**梅**に宿る鳥というイメージがありました。▼『源氏物語』園《その》の梅にまづ鶯の問《と》はずやあるべき（咲く梅のような姫〈中《なか》の君《きみ》〉を、鶯のごとき貴方〈匂宮《におうみや》〉が一番に訪ねなくてもよいとでも?）。

兎《うさぎ》

獣肉食が避けられがちだった時代ですが、ウサギは食されていたようです。『今昔《こんじゃく》物語集』には「ウサギが月に住む理由」を語るインド伝来の仏教説話があり、また『鳥獣戯画《ぎが》』にも多数描かれていることから、平安貴族にも身近な生き物だったと思われます。

牛 うし

平安貴族にとって、最も日常的な乗り物は**牛車**《ぎっしゃ》でした。したがって、それをひく牛もなじみの動物でした。毛色があめ色（薄い黄色）の牛は上等とされ、引っ越しの際、縁起物として新居でひく習慣がありました。**前世**の悪行のむくいで牛に生まれる、地獄には牛頭《ごず》（頭が牛の**鬼**）がいるなど、牛にかかわる仏教説話も知られていました。▼『**枕草子**』にげなきもの。…**月**のあかきに、屋形なき車のあひたる。また、さる車にあめ牛かけたる（似合わないもの。…月が明るく美しい**夜**に、屋形がない粗末な牛車と出くわすこと。それに、そんな車を見事な黄牛《あめうし》がひいていること）。

宇治 うじ

平安京の南東にある集落です。大和《やまと》・近江《おうみ》間の道が宇治川と交わる交通の要衝であり、古くから有名な橋「宇治橋」が架けられていました。網代《あじろ》という漁や川霧《かわぎり》が名物の景勝地で**京**の近場でもあり、多くの貴族が別荘を構えました。平安文学では、**長谷寺**《はせでら》へお参りに行く際、宇治にも一泊して楽しむ様子がよく描かれます。**藤原氏**が墓所・寺を設けた地でもあり、また宇治という名が「憂《う》し（つらい）」を連想させたため、仏教的・宗教的なイメージもありました。▼『**小倉百人一首**』わがいほは**都**の巽《たつみ》しかぞ住む**世**を宇治山《うじやま》と人は言ふなり（私の住みかは都の東南、このように安らかに住んでいる。だが人は世を恨《うら》んで住む宇治山だと陰口をきいているようですね）。

牛飼童 うしかいわらわ

牛飼《うしかい》とも。**牛車**《ぎっしゃ》をひく**牛**の世話をする使用人です。年配者でも子どもの身なり（**童姿**《わらわすがた》）で勤務し、童《わらわ》名《な》で呼ばれました。車副《くるまぞい》（貴人の車を囲む使用人たち）がいる場合は**榻**《しじ》を、そうでない場合は鞭《むち》を持ってお供《とも》しました。

氏神 うじがみ

氏族（同じ氏をもつ人々）が信仰した守り神のこと。多くは、その氏族の祖先とされます。皇族の**天《あま》照大神《てらすおおみかみ》**、**藤原氏**が**春日大社《かすがたいしゃ》**に祀《まつ》る春日大神《かすがのおおかみ》、賀茂《かも》氏が信仰し**平安京**の地主神《じぬしがみ》となった**賀茂神社**の賀茂明神《みょうじん》などが有名です。▼『**源氏物語**』女は…氏神の御《おん》つとめなど、あらはならぬ程《ほど》なればこそ、年月は紛《まぎ》れ過ぐし給へ（女は…氏神へのご奉仕などを娘時代ならなあなあにして過ごしてもよいだろうが）。

牛車 うしぐるま

牛車《ぎっしゃ》の和風の呼び方です。**大内裏《だいだいり》**の中は牛車が通行禁止で、基本は徒歩で移動しました。しかし**天皇**から特別に、**内裏《だいり》**南東の春華門《しゅんかもん》までの牛車立ち入りを許される人がいました。この許可を「牛車の**宣旨《せんじ》**」といいます。基本は、老齢の功労者への労《いたわ》り・ねぎらいであり、**大臣**級の老臣が対象です。▼『源氏物語』御位そひて、牛車ゆるされて…（**光源氏**さまはまだ32歳ですが、御位がさらに高くなり、牛車まで許可されるという格別のご出世ぶりで…）。

氏長者 うじのちょうじゃ

氏族（同じ氏をもつ人々）のリーダーのことです。基本的にはその氏族の中で、**官位**が最も高い人がなります。**氏神《うじがみ》**を祀《まつ》ったり、氏族の者たちの出世を支援したり、氏族が所有する教育機関を管理したりする役目がありました。平安中期以降の**藤原氏**は、摂政《せっしょう》・関白《かんぱく》という朝廷トップの地位を独占していたため、藤原氏の長者になることは、摂政・関白への任命と、ほぼ同じ意味となっていました。

牛屋 うしや

牛舎《ぎゅうしゃ》のことです。▼『**うつほ物語**』牛屋。よき**牛**ども十五ばかり、衣着《きぬ》せつつ並べて飼ふ（牛舎で、よい牛15頭ほどに衣を着せて飼っている）。

うしろ

背中や背後、後ろ姿、後ろに長くひいた衣装などを指します。**屏風《びょうぶ》**や**几帳《きちょう》**などパーティションの、表側ではない裏のほう、つまり陰をいうこともあります。▼『**枕草子**』「**淑景舎《しげいしゃ/しげいさ》**は見奉《みたてまつ》りたりや」と問はせ給へば…「ただ御《おん》うしろばかりをなむ、はつかに」と（「淑景舎のお姿を拝見したことがありますか」と**定子《ていし》**さまがお訊《たず》ねになったので…「ただお背中だけを、かすかに」と）。

CHECK IT OUT.

「後ろ」にまつわる単語さまざま

平安時代の「後ろ」は、現代語と同じ「後方、後部、背後」という意味をもつ語です。一方、現代語とは異なる点も多いのが、面白いところです。

例えば、平安の貴族男性は、柱などに「後ろを当てる」しぐさをよく見せます。これは背中を当てて寄りかかる動作です。また、男性が着る**下襲**《したがさね》という衣服の、後方へ長くひいた**裾**《きょ》というすそも「後ろ」と呼ばれます。

また、「**後**《うし》**ろ手**《で》」「**後見**《うしろみ》」「後ろやすし」「**後ろめたし**」は、平安文学の頻出ワードです。以下にイラストつきで特記したので、雰囲気をつかんでください。

変わったところでは、人が死んだり去ったりした「あと」を意味することもあります。

後見

後見をすること、後見人。平安時代を生きるには不可欠の、とても重要な存在でした。

後ろ手

後ろ姿。女性の場合、長く豊かな黒髪とほぼ同義です。

後ろやすし

安心という意味。パワフルな後見人が複数いるかのような「心強さ」を表す言葉です。

後ろめたし

「後ろやすし」の逆です。頼れる人がおらず、お金も物も地位も危うい…という「心細さ」です。

後ろ手 うしろで

後方から見た姿、後ろ姿のことです。女性の場合、**髪**そのものも指します。▼『うつほ物語』この御《おん》後ろ手の広《ひろ》ごりかかるに見つきてこそは、われは**聖**《ひじり》になりにたれ（わが奥方の、この豊かなお髪が背に広がりかかる美しさに惚《ほ》れ込んだからこそ、私は聖人のような、浮気心のまったく働かない人になったのだ）。

後見 うしろみ

後見をすることや後見人を指す言葉です。現代の後見より幅広く、食事や衣服の仕立てなど身の回りの世話から、身辺の護衛、屋敷の維持管理、出世の後押しなどまで含みました。平安社会は、商品が豊富に売られていたり警察・消防の役所が機能していたり、コネなく就職できたりする社会ではありません。そのため、日用品の調達、盗人・**物**《もの》**の怪**《け》の撃退、**火事**への対処、官職《かんしょく》の獲得、体面の維持など、暮らしの全てが後見人のバックアップしだいだったのです。衣食のまかないや**育児**、特に女児の養育に当たっては、母や**乳母**《めのと》など女性の後見人が腕をふるいました。出世や社会的地位の押しあげには、父・祖父など男性の権力・コネがものをいいます。後見人がいない人や愛されない人は、非常に不利な立場に置かれました。▼『栄花物語』国王の位なりとも、後見、もてはやす人なからんは、わりなかるべきわざかな（**天皇**であっても、後見し守《も》り立ててくれる者がいないと、無理だなあ）。

後ろめたし うしろめたし

心配だ、気がかりだ、という意味です。背後は自分には見えないので不安になる、という気持ちが原義です。**後見**《うしろみ》をしてくれる人がいない心細さの表現によく使われます。

失す うす

「**死ぬ**」の遠回しな言い方です。

薄物 うすもの

薄い絹織物のことです。紗《しゃ》などで、**夏**の衣服や**調度**に使われます。

薄様　うすよう

薄い**紙**のことです。細く巻いて結ぶなど外形のアレンジが容易で、恋文など美しく仕立てたい**文**《ふみ》（**手**《て》**紙**《がみ》）によく使用されました。さまざまに染色されたものがあり、また複数枚を重ねて使うこともありました。

鶉　うずら

狩りの対象であり、食用でもありました。▼『**伊勢物語**』深草《ふかくさ》に住みける女…返し「野とならば　鶉となりて　鳴きをらむ…」（深草という地に住んでいた女…返歌として「ここが野原になったなら私はウズラとなり、貴方を想って鳴いて／泣いて過ごすでしょう…」）。

歌　うた

現代では、メロディのついた歌（歌謡）と**和歌**・詩は、別のジャンルとなっています。しかし平安時代には、**催馬楽**《さいばら》などという歌謡も和歌・漢詩（**詩**《ふみ》）も、みな「歌」でした。和歌や漢詩は黙読するだけでなく、読みあげて声の美を愛《め》でるものでもあったからです。それらさまざまな歌の中で最も一般的だったのは31音の和歌で、「歌」といった場合、多くがこれを指します。

催馬楽は現代の「歌」に似ていて、歌詞がすでに完成・普及している音曲であり、楽器演奏と合わせて歌って楽しみました。和歌や漢詩は、名人の作品を鑑賞するだけでなく、自身でも作れなければなりませんでした。平安人は歌が引き起こす感動に極めて敏感で、また神仏も同様に喜ぶと考えたため、社会生活でのコミュニケーションや公務であるお祭り・宴会には、歌を作ったり歌ったりするスキルが必須でした。作歌は速ければ速いほど評価されたため、才能がものをいう領域であり、身分制社会の中では数少ない、下位の者でも成功できるジャンルでした。すぐれた歌人は広く尊敬され、和歌がストーリーの中心となる文学「**歌物語**」がもてはやされていました。

男性の美声は、公私両面で役立つ才能でした。レディも返歌に限っては、男性に声を聞かせてもOKでした。

蜻蛉日記 中

そのころ、小一条《こいちじょう》の左大臣の御《おおん》とて、世にののしる。左衛門督《さえもんのかみ》の御屏風《びょうぶ》のことせらるるとて、え避《さ》るまじきたよりをはからひて、責めらるることあり。

左大臣・藤原師尹《もろただ》の50歳祝いに、左衛門督（警護担当の役所の長官）が屏風を献上する担当となった。その屏風に書く和歌を詠むよう、筆者・**藤原道綱母**《みちつなのはは》が依頼された場面である（ここでは、責む＝所望する・せがむの意）。中流貴族である道綱母が**摂関家**《せっかんけ》（臣下筆頭の名門）の御**曹司**・**兼家**《かねいえ》と格差婚できた背景には、彼女の名高い歌才があったであろう。

歌合 うたあわせ

物合《ものあわせ》という、二手に分かれた人々が物の優劣を競い合うゲームの、**和歌**バージョンです。歌人を左と右の2チームに分けて**歌**を提出させ、判者《はんじゃ》（審判）が勝・負・持《じ》（引き分け）を定めました。天徳《てんとく》4（960）年に村上《むらかみ》**天皇**が開いた天徳歌合は特に有名で、そのあとの歌合のモデルケースとなりました。

"百人一首"の名歌
詠まれた天徳歌合!

歌物 うたいもの

メロディに乗せて歌うように朗読する**歌**や詩のことです。**神楽**《かぐら》や**催**《さい》**馬楽**《ばら》、**朗詠**《ろうえい》、**今様**《いまよう》などです。

打出 うちいで

「うち出づ」という動詞は「打って鳴らす・出立する」から「すこし出す・ちょっと口に出す」まで、幅広い意味で使われます。しかし名詞化して「打出」という場合は、**女房**（侍女《じじょ》）たちの衣装の端を、**御簾**《みす》や**几帳**《きちょう》の下から押し出すことを主に指します（出衣《いだしぎぬ》、押出《おしいだし》ともいう）。行事や宴の際は、参列する女房の多さやその衣装の豪華さがステイタスだったため、御簾などの下から漏れ出る衣装、特に**袖**《そで》**口**《ぐち》が大いに注目されたのです。平安末期には、几帳にくくりつけた**装束**を装飾として並べることも「打出」といい、また過度の贅沢《ぜいたく》への批判から遠慮される風潮もありました。▼『栄花物語』今日も打出などはせず、こなたかなた、**いみじく**装束きて**候《さぶら》ふ**（今日も打出などはせず、女院《にょいん》〈**彰子《しょうし》**〉側も**中宮**〈威子《いし》〉側も女房たちがたいそう着飾って控えています）。

枚数の多さ
染色のうまさ
センスのよさetc.
で勝負!

袿 うちぎ

「うちき」ともいいます。垂領《たりくび》という現代の着物のような衿《えり》と、角《かく》袖《そで》という四角い袖を備えた衣です。何枚も着重ねたり逆に省略したりして温度調節しました。裾《すそ》が長く非活動的で、成年貴族が男女共に、ゆったりとふるまえる状況下で着用しました。そのまま**衾《ふすま》**（掛け布団）代わりにかぶって、眠ってしまうこともありました。

貴族女性の場合、女主人であれ**女房**（侍女《じじょ》）であれ、基本的にあまり動かないライフスタイルなので、袿が最も一般的な**装束**でした。「袿姿」という、**袴《はかま》**を穿《は》いた上に袿を着重ねた服装がレディの普段着です。さらに、**小袿《こうちぎ》**や**裳《も》**・**唐衣《からぎぬ》**を羽織ることで準礼装・礼装にすることもできました。袿の**色**や**袖口《そでぐち》**の配色、着重ねたために透けて見える色合いは、着る人のセンスを表すポイントであり、非常に注意が払われました。

貴族男性は、正装（**束帯《そくたい》**を着用）するとき以外のTPOで、袿を幅広く用いました。普段着〜訪問着である「**直衣《のうし》**姿」の際、直衣の下に着用したり、最もくつろいだ服装である「袿姿」として寝室などでまとったりしました。

主役級キャラの
お召し物〜
(男女共用!)

打ち垂れ髪 うちたれがみ

結わずに垂らした**髪**型です。貴族の女性や子どもの通常のスタイルでした。

散米・打撒《うちまき》

魔除《まよ》けのためにコメをまき散らすことです。まくコメそのものも意味します。**物《もの》の怪《け》**が害をなすと信じられていた状況（**病**や**出産**）の際に行われました。当時のコメは今よりはるかに貴重な食物であり、豊富な散米は「高い費用をかけた手厚い医療」と感じられていました。▼『**紫式部日記**』いただきには、うちまきの**雪**のやうに降りかかり…（頭頂部には、散米が雪のように降りかかり…）。

打乱の箱《うちみだりのはこ》

長方形の浅い木箱です。この**箱**に物を入れたり、**髪**を梳《す》く際に髪を受ける下敷きとしたりと、幅広く使用されました。

打物《うちもの》

打って鳴らす楽器のことです。**鉦**《しょう》**鼓**《こ》、**鞨鼓**《かっこ》などです。

打つ《うつ》

ぶつ、叩《たた》く、打ち込むという意味です。そのほか、絹地《きぬじ》に艶《つや》を出すために、砧《きぬた》という台に載せ槌《つち》で叩くことも指しました。また動詞の頭につけて「ちょっと」などのニュアンスを添える語でもあります。悪目立ちを嫌った平安貴族は、「言ふ」よりは「うち言ふ」を、「出づ」よりは「うち出づ」を好みました。

卯月《うづき》

4月のこと。当時は、**月**の満ち欠け（**月齢**）をもとにした太陰暦で、4月は**夏**の初めに当たりました。

うつくし

小さくて可愛いものを、愛情こめて表す言葉です。現代語でいうと「可愛い」「愛しい」に近いニュアンスですが、「美しい」と同じ意味であることもあります。

空蝉《うつせみ》

セミの抜け殻をいいます。セミそのものを指すこともあります。空っぽであり、骸《から》（魂が抜け去った体、遺体）を連想させることから、虚《むな》しさの代名詞でした。人柄《ひとがら》（人格・性格）と掛詞《かけことば》にすることもありました。

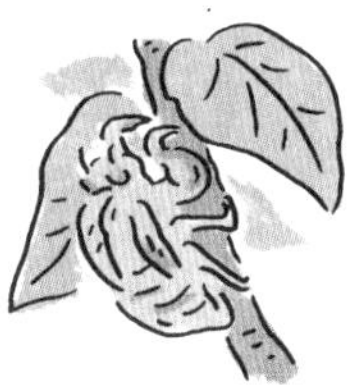

うつほ物語　うつほものがたり

10世紀後半に成立した長編の**物語**です。**琴**《きん》の名手・仲忠《なかただ》が祖父（俊《とし》蔭《かげ》）・母・娘（いぬ宮《みや》）と4代にわたり秘曲を伝承する話や、絶世の美女・**あて宮**《みや》をめぐって求婚者たちが競い合う物語、**源氏**と**藤原氏**が政権をめぐり争う話など、さまざまな物語が絡み合いながら進行します。人気の物語だったらしく、『**源氏物語**』ではその**絵巻**が品評されたり、琴を学ぶため海外まで赴いた俊蔭の人柄が称《たた》えられたりしています。▼『**枕草子**』物語は…宇津保《うつぼ》。殿《との》うつり。国譲りはにくし（物語は…うつほ物語がよい。「殿移り」の部分が特に。「国譲」の巻は憎たらしいけれど）。

移り香　うつりが

身分ある平安貴族は、衣服に**薫物**《たきもの》（お香）をたきしめていました。その香りが**褥**《しとね》（座布団）や居た場所、抱きしめた人に移ったものを移り香といいます。▼『**源氏物語**』朝《あさ》けの姿を見送りて、名残とまれる御移り香なども、人知れず物**あはれ**なるは…（朝、ご夫君《ふくん》の帰る姿を見送って、名残のただようお移り香などに、ご自身だけは気づいてしんみり感じられるとは…）。

内舎人　うどねり

中務省《なかつかさしょう》に属し、刀を帯びて雑用や警護に当たる人のこと。**随身**《ずいじん》（ボディガード）として重臣に仕えることもありました。▼『**枕草子**』**殿上**《てんじょう》ゆるさるる内舎人なめり（**昇殿**を許された内舎人のようですね）。

優曇華　うどんげ

3千年に一度開花し、その時には仏がこの**世**に出現する、とされた**花**です。

采女　うねめ

古代には、地方の豪族に未婚の娘を差し出させ、**天皇**に仕えさせた服属儀礼がありました。身分は低くとも美人ぞろいの采女たちは、天皇の愛を得て権力をふるったり、恋物語に歌われたりと宮廷を彩りました。平安時代には制度が形骸化し、水司《もといりのつかさ》・膳司《かしわでのつかさ》の下級女官の名称となっていましたが、**儀式**や行事では実務の遂行ぶりや容姿・身なりが注目されました。▼『枕草子』えせ者の所得《う》るをり。…節会《せちえ》の御まかなひの采女（つまらぬ者が映える機会。…節会で帝《みかど》の御給仕をする采女）。

卯の花 うのはな

夏を代表する**花**です。その白さから**月**や**雪**に見立てられ、また**時鳥**《ほととぎす》と併せて**歌**に詠まれました。

うば

祖母や年取った女性のことです。また**乳母**と表記した場合は「めのと」と読み、幼い主人に乳を与えて育てる役目の女性を指します。

産養 うぶやしない

子どもの**誕生**後、3日・5日・7日・9日めの**夜**に行われる祝宴です。新生児とその母親へ、食器類数十セット込みの御膳や、産着などの衣類が贈られました。主催者は子の父をはじめとする親類縁者が日替わりで務め、特に7日めは最も高貴な人が担当しました。管弦の演奏のほか、**碁**《ご》、**攤**《だ》など賭け事も行われ、碁の賭け金「碁手《ごて》の**銭**《ぜに》」を贈る風習もありました。▼『紫式部日記』七日の夜は、**おほやけ**の御産養（敦成**親王**《あつひらしんのう》〈のちの後一条《ごいちじょう》**天皇**〉の誕生後、7日めの夜は朝廷が主催する御産養だった）。

馬 うま

乗り物として重要な動物であり、近代化以前は軍備の一部でもありました。平安時代には国の役所として馬寮《めりょう》が置かれ、地方の御牧《みまき》（牧場）から献上される馬を管理していました。**白馬節会**《あおうまのせちえ》という、馬が縁起物として重要な行事や、競《くら》べ馬（馬の速さ・乗り手の馬術を競うイベント）もありました。貴族男性にとっては**牛車**《ぎっしゃ》より手軽な交通手段であり、女性も旅行の際はしばしば騎乗しました。なお、「うま」は漢字「馬《メア》」が転じた外来語といわれ、平安時代には「**むま**」とも表記されます。**和歌**では「**駒**《こま》」という呼称が好まれました。▼『源氏物語』津《つ》の国までは**舟**にて、急ぎ着きぬ（**光源氏**が**京**から明石《あかし》へ派遺した乳母《めのと》は、摂津《せっつ》までは舟、それより先は馬で、急いで到着した）。

右舞 うまい

右の方《かた》の**舞**、という意味で「うぶ」ともいいます。舞手《まいて》たちが右と左のグループに分かれて、**番舞**《つがいまい》というペアになった舞を披露する際の、右グループの演目です。

馬のはなむけ うまのはなむけ

人が旅立つ際、乗る**馬**の鼻を行き先へ向けて安全を祈った行事のことです。意味が拡大して、出立《しゅったつ》祝いに金品を贈ること、その品のことも指します。餞別《せんべつ》です。▼『枕草子』すさまじきもの。…馬のはなむけなどの使《つかい》に、**禄**《ろく》取らせぬ（興ざめなもの。…餞別を届けた使者に褒美を与えないこと）。

駅家 うまや

「むまや」とも呼びます。**律令**《りつりょう》という法律により、駅路《えきろ》（**街道**）30里（約16㎞）ごとに設置され、人馬の乗り換えの世話や宿・食糧の供給を行いました。

梅 うめ

「**むめ**」とも表記されます。古代に中国から渡来した**花**で、高貴なイメージがありました。平安の**暦**《こよみ》の1月ごろに開花するため、**春**や正月を代表する花となり、**ウグイス**がとまる**木**ともされました。『**万葉集**』では白梅が主に詠まれていますが、平安時代には紅梅も輸入され、鮮やかな**色**から大人気となりました。「紅梅」と呼ばれるカラーコーディネートは、女性**装束**の春の定番です。「梅」とだけいった場合の多くは白梅を指します。▼『**源氏物語**』梅はけしきばみ、ほゝゑみわたれる、とりわきて見ゆ。階隠《はしがくし》のもとの紅梅、いと疾《と》く咲く花にて、色づきにけり（白梅はほころび、咲き出しそうで格別に見えます。**階**《はし》〈階段〉を覆う屋根の下の紅梅は、とても早く咲く花なので、もう色づいています）。

梅枝 うめがえ

「**梅**の（**木**の）枝」という意味で、**催馬楽**《さいばら》という歌謡の曲名です。

梅壺 うめつぼ

後宮《こうきゅう》の建物（**七殿五舎**《しちでんごしゃ》）の一つ。**凝花舎**《ぎょうかしゃ》の別名です。**庭**に**梅**が植えられていたため、こう呼ばれました。

雲林院 うりんいん

京都市北区に現存するお寺です。平安時代には、**都**の北に広大な敷地を有していました。歴史**物語**『大鏡《おおかがみ》』は、ここへお参りにきた老人たちが昔を語るという形で書かれています。▼『**大鏡**』先《さい》つころ、雲林院の菩提講《ぼだいこう》に詣でて…（先日、雲林院の菩提講に詣でて…）。

閏月 うるうづき

平安時代は、**月**が満ち欠けする周期（**月齢**）でひと月を測っていました。この**暦**《こよみ》だと1年（12カ月）が約354日となり、地球が太陽の周りを1周する時間（約365日）より10日以上短い1年となります。それにより生じる季節と暦とのズレを調整するため、3年に1回程度、1カ月を特別に挿入していました。この挿《さ》し込まれた月が閏月です。▼『**栄花物語**』七月二つある年にて、暑ささへいとわりなし（7月が閏月で二つある年なので、暑さまでも、とてもひどい）。

表着 うわぎ

重ね着した際の、一番外側の衣を指す言葉です。女性の**装束**を描写する場面で、**袿**《うちぎ》の最も外側の一枚をいう語としてよく使われます。その袿は通常着重《きかさ》ねるもので、そのカラーコーディネートは注目度が特に高い要所でした。したがって表着も、一番目立つ袿としてフォーカスされ、着用者の人となりを表す服として丁寧に書き留められたのです。▼『**紫式部日記**』許されぬ人…えならぬ三重五重《みえいつえ》の袿に表着は織物、無紋の**唐衣**《からぎぬ》すくよかにして…（**禁色**《きんじき》を許されない人は…3枚重ねや5枚重ねの並々でない袿に、表着は織物、**紋様**《もんよう》のない唐衣を飾りけなく着て…）。

「表着」という特別な形の衣服があったわけではなく、表面に配置された衣のこと。

あ

繧繝縁 うんげんべり

繧繝**錦**《にしき》という高価な生地から作られた、**畳**の縁《へり》です。その縁がついた畳のことも指します。最高級品でした。

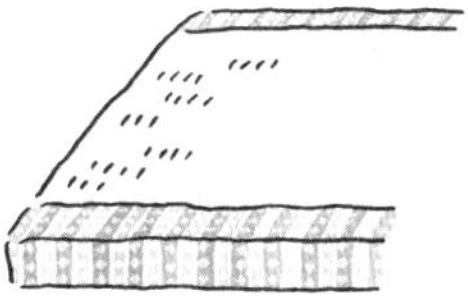

温明殿 うんめいでん

内裏《だいり》の建物の一つです。**天照大神**《あまてらすおおみかみ》の神鏡を祀《まつ》る賢所《かしこどころ》（**内侍所**《ないしどころ》とも呼ぶ）が内部にあり、女性公務員である**内侍**らの職場でした。

絵 え

印刷技術がなく、**紙**・**筆**・絵具も高価だった時代なので、絵という芸術品はまさに一財産でした。**冊**《そう》**子**《し》や巻物、**屛風**《びょうぶ》、**障子**《しょうじ》（現代の**襖**《ふすま》）、**扇**などに描かれ、人々は眺めて感動したり、心身が癒やされるように感じたりしていました。名人の作品は家宝として大事に受け継がれました。**後宮**《こうきゅう》や上流貴族の屋敷では、文化力のアピールや子女の教育のため、絵師に名品を制作させたり、貴人自身が描いたりしていました。

この時代、「絵」と「字」の垣根は低かったんです。

「**手習**《てならい》（＝お習字）」のときには字も絵もかいたし、筆跡は絵画同様、長時間眺めて楽しむものでした。

落窪物語 第一

「ありとのたまひし絵、かならず持ておはせ」と言ひたるは、「**女御**《にょうご》殿の御方にこそ**いみじく**多く候《さぶら》へ。君おはし通《かよ》はば、見給ひてんかし」と言へるなりけり。

殿方（君）が姫君に求愛中の一場面。殿方の**手紙**を持ってきた従者が「わが君が通うようになったら、女御殿（君の姉妹）がたくさんお持ちの絵が見られますよ」とくどき、姫君側が「絵があるの？　必ず持ってきて」と惹《ひ》かれている。当時の絵の価値、貴重さが感じられる。

絵合　えあわせ

「**物合**《ものあわせ》」という、手持ちの品の数・優劣を競う競技の一つです。右と左の2チームに分かれ、所有する絵画作品を一点ずつ提出して、そのすばらしさを**和歌**や弁論でアピールしました。

纓　えい

男性貴族が正装時にかぶる**冠**の、後部についているパーツの名です。2枚ひらひらと垂らす垂纓《すいえい》と、巻いて留める巻纓《けんえい》とがありました。武官が**闕腋袍**《けってきのほう》を着るときは活動しやすい巻纓にしました。また喪中にも巻纓にする習わしでした。▼『源氏物語』無紋のうへの御衣《おんぞ》に鈍色《にびいろ》の御**下襲**《したがさね》、纓巻き給へるやつれ姿（服喪中なので無紋の**袍**《ほう》に鈍色の御下襲をお召しになって、纓を巻いておいでの、地味になさった光源氏さまの姿）。

栄花物語　えいがものがたり

平安後期に成立した歴史**物語**です。**赤染衛門**《あかぞめえもん》など、**藤原道長**《みちなが》の一門に仕えた**女房**（侍女《じじょ》）が書いたと思われます。道長の栄華を称《たた》える内容で、『**紫式部日記**』など先行史料を踏まえており、史実をおおむね正確に記しています。家政や服飾文化、当時の雰囲気などを伝える貴重な史料です。

易　えき

中国から渡来した占いの一つです。**儒教**・儒学の経典「易経《えききょう》」に基づいて、算木《さんぎ》と筮竹《ぜいちく》を使い吉凶を占いました。

駅制　えきせい

律令《りつりょう》という法律により定められていた、**都**と地方を結ぶ交通システムです。駅路（**街道**）と駅家《えきか／うまや》を設置し、公用による通行者に宿・食**糧**・**馬**の世話を提供しました。使用者は地方へ赴任する**国司**や官馬《かんば》で移送される罪人で、駅鈴《えきれい》や伝符《でんぷ》により通行資格を証明しました。平安中期には制度が崩壊しつつあり、官人らは地元の役人を頼ったり有力者の家に泊まったりして通行しました。

回向　えこう

仏教用語です。自分が読経《どきょう》などをして積んだ功徳《くどく》を、他人に回してあげることです。僧や**尼**《あま》が、他者や**世**の人々にほどこす善行でした。

絵詞　えことば

物語を絵画化したものです。重要な場面を選んで絵に描きました。その場面を表す本文を書いた詞書《ことばがき》を指すこともあります。

絵所・画所　えどころ

宮中で、絵画の制作を担当した役所です。五位《ごい》の蔵人《くろうど》が長官を兼務しました。▼『栄花物語』内《うち》には絵所、造物所《つくもどころ》にて、女房の裳《も》、唐《から》衣《ぎぬ》に絵書き、つくり絵などいみじくせさせたまふ（宮中では絵所や造物所に、女房の裳・唐衣への絵描き、彩色絵の制作などを入念に行わせておいでです）。

葡萄鬘　えびかずら

髪のエクステのことです。他人または自分の髪を束ねて作りました。鬘《かずら》、髢《かもじ》ともいいます。

葡萄染　えびぞめ

紫根《しこん》（ムラサキという植物の根）で染めた、赤みの強い紫色です。袿《うちぎ》や指貫《さしぬき》に、年間を通して着用されていました。

餌袋　えぶくろ

鷹《たか》狩りの際、タカの餌や獲物を入れた袋のことです。のちには人の食料を運ぶ袋も指しました。▼『うつほ物語』野辺《のべ》ごとにあさらせ給ひて、御餌袋に入れさせ給へり。…小鳥ども生きたるは、いぬ宮に奉り給へば、もて遊び給ふ。御餌袋なるは、調じて宮に参り給ふ（仲忠《なかただ》さまは野原ごとに鷹狩りをなさって、獲物は御餌袋に入れさせなさいます。…ご帰宅後、生きている小鳥はお嬢さま〈いぬ宮〉に差しあげたので、お嬢さまは喜んで遊ばれます。御餌袋に入っている獲物は、調理して奥方さま〈女一宮《おんないちのみや》〉に差しあげます）。

烏帽子　えぼし

貴族男性の日常的なかぶりものです。髪の束ねた部分である髻《もとどり》を、この中に引き入れて着用しました。内裏《だいり》への出勤には使用できませんでした。▼『枕草子』「いざ給《たま》へかし、内裏《うち》へ」と言ふ。「烏帽子にては、いかでか」（「さあいらっしゃい、内裏へ」と私は言いました。相手は「烏帽子で、どうして参上できましょう」と…）。

絵巻
えまき

巻物形式の絵画作品です。詞書《ことばがき》と呼ばれる文章部分が付属していることもあります。巻き取りながら右から左へ読んでいくため、**霞**《かすみ》で画面を仕切る、ある箇所に描いたものをより左にもう一度描いて時の経過を表すなど、独特の絵画様式が発達しました。平安中期から鎌倉時代に流行し、『**源氏物語**絵巻』『信貴山《しぎさん》縁起絵巻』『伴大納言《ばんだいなごん》絵巻』『鳥獣戯画《ぎが》』など、現在国宝となっている傑作群が生まれました。

衛門督
えもんのかみ

衛門府（**内裏**《だいり》の諸門の警備などを担当する軍隊）の長官です。中納言《ちゅうなごん》・**参議**《さんぎ》がしばしば兼官しました。左右の衛門府に1人ずつ置かれ、通常は**検非違使**《けびいし》（警察のような官）の**別当**《べっとう》（長官）も兼ねました。

延喜式
えんぎしき

式とは、**律令**《りつりょう》（古代の法律）の「施行細則」を意味します。延喜式は延喜5（905）年、醍醐《だいご》**天皇**の命令で編纂《へんさん》が始まり、康保《こうほう》4（967）年に施行されました。宮廷の**儀式**や制度だけでなく、平安初期の社会の様子までうかがえる、第一級の史料です。

筵道
えんどう

貴人が地面を歩く際、衣の裾《すそ》を汚さぬために敷かせた**筵**《むしろ》のことです。貴婦人の場合、通常は**牛車**《ぎっしゃ》を建物に寄せて降りるので不要でした。

燕尾
えんび

男性の**冠**についている、「**纓**《えい》」というパーツの別称です。

延暦寺
えんりゃくじ

日本の天台宗の開祖・最澄《さいちょう》が延暦7（788）年に建立した寺を起源とする「王城鎮護《おうじょうちんご》」の寺です。平安貴族に深く信仰され、**病**や出産の際には、**比叡山**《ひえいざん》から僧が呼ばれ**加持祈祷**《かじきとう》を行いました。

緒　お

糸や**紐**《ひも》のことです。**琴**《こと》（弦楽器）の弦も指します。「命の緒」というニュアンスで「緒が絶えてしまう（もう死んでしまいそう）」という表現もあります。

追風　おいかぜ

現代同様、**舟**を後ろから押す順風のことです。また、平安貴族は衣服にお香をたきしめていたので、動いて**風**が起きると香りが吹かれて広がりました。このかぐわしい風も追風といいます。主に貴公子のチャームポイントです。▼『源氏物語』君の御追風《おんおいかぜ》いと殊《こと》なれば、内《うち》の人々も心づかひすべかめり（**光源氏**さまの追風がたいそうかぐわしいので、室内の女性たちも居ずまいを正す気配です）。

王　おう

皇族のカテゴリーの一つです。時代や事情により変動しますが、一般的には**天皇**の孫、曽孫《そうそん》、玄孫《げんそん》までを皇族と認め、王・**女王**《じょおう》としました。**王家統流**《わかんどおり》と呼ぶこともあります。「**蔭位**《おんい》の制」により、皇孫は従四位下《じゅしいのげ》、それ以下は従五位下《じゅごいのげ》の位（**位階**《いかい》）が与えられ、一般の貴族より優遇されていました。女性は女王といい、**宮仕え**に出た場合は王女御《おうにょうご》などと、王をつけた名で呼ばれるのが一般的でした。しかし皇族の過多が財政を圧迫したため、源《みなもと》や平《たいら》という姓を頂いて臣下になる者も多数いました（**臣籍**《しんせき》**降下**《こうか》）。

平家物語　祇園精舎

（平家一門の）先祖を尋ぬれば、桓武《かんむ》天皇第五の皇子、一品式部卿葛原親王《いっぽんしきぶきょうかずらはらのしんのう》九代の後胤《こういん》……かの親王の御子、高見王《たかみのおう》、無官無位《むかんむい》にして失せ給ひぬ。その御子、高望王《たかもちおう》の時、初めて平《たいら》の姓を賜《たま》はつて、上総介《かずさのすけ》に成り給ひしより、たちまちに王氏《おうじ》を出でて人臣《じんしん》に列《つら》なる。

一品**式部卿宮**という高貴な親王の子・高見王だが、出世できず死去した。そのため子息・高望王は臣下に降り平《たいら》となった。こうして落ちぶれた平氏の子孫・清盛《きよもり》が**太政**《だじょう》**大臣**になる大逆転こそ、『平家物語』前半の山場だ。

扇 おうぎ

平安貴族、必須の携行品です。涼をとる、塵《ちり》やお香の煙を散らす、顔を隠す、鳴らして人を呼んだり**歌**の拍子をとったりするなど、さまざまに使われました。「あふぎ」が「あふ（逢う）」を連想させたため、男女の恋の小道具や旅立つ人への餞別《せんべつ》にもなりました。▼『**栄花物語**』扇なども「賜《たま》はせたらんは、粗相《そそう》にぞあらむかし」など思て、さるべき人々に言ひつけ、我が絵師にかかせなどしたる…（**女房**たちは扇なども「お仕着せのは、きっとよくない品だろう」と思って、おねだりできる人に頼んだり、お抱えの絵師に描かせたりする…）。

枕草子 中納言まゐり給ひて

中納言まゐり給ひて、御扇たてまつらせ給ふに「隆家《たかいえ》こそ、いみじき骨《ほね》は得て侍れ。（中略）おぼろげの紙はえ張るまじ…」

蝙蝠扇《かわほりおうぎ》の骨は、漆を塗ったり彫刻を施したりと工夫が凝らされ、財産の一つと見なされるレベルの工芸品であった。ここでは中納言・隆家が「すばらしい骨を手にいれた。ふつうの紙はもったいなくて張れない」と自慢しているのである。

黄鐘調 おうじきちょう

「おうしきちょう」ともいいます。**雅楽**の六調子《りくちょうし》（6種類の**調子**＝音階）の一つです。黄鐘《おうしき》の音と呼ばれる、洋楽音名の「イ（A）」に近い音を主音とする音階です。**夏**に演奏されました。▼『源氏物語』**直衣**《のうし》ばかり着給ひて**琵琶**《びわ》を弾きゐ給へり。黄鐘調の掻《か》き合はせを…（匂宮《におうみや》さまは**指貫**《さしぬき》なしで直衣だけ着用なさって、琵琶を弾いていらっしゃいます。黄鐘調の、調律ぐあいを確認する曲を…）。

応天門 おうてんもん

大内裏《だいだいり》の諸門の一つです。貞観《じょうがん》8（866）年に炎上し、「応天門の変」と呼ばれる政変のきっかけとなりました。『伴大納言**絵巻**《ばんだいなごんえまき》』にその場面が描かれていて、応天門の当時の姿を知る上で貴重な史料となっています。平安神宮《じんぐう》建設の際には、この応天門がモデルとなりました。

CHECK IT OUT.

応天門の変とは

応天門が焼失したあと、放火犯捜しが始まりました。**大納言**《だいなごん》・伴善男《とものよしお》が左大臣・源信《みなもとのまこと》を黒幕と名指しして告発したのに対し、**太政**《だじょう》**大臣**・藤原良房《よしふさ》は逆に善男らの陰謀と主張。最終的には、善男らが真犯人と判定され、流《る》罪《ざい》に処せられました。真相はもはや解明不能ですが結果としては、古代からの名門貴族である大伴《おおとも》氏、紀《き》氏が没落し、**藤原氏**への権力集中が進みました。

大袿
おおうちぎ

ゆき丈などを特に大きく仕立てた**袿**《うちぎ》のこととよくいわれますが、『雅亮《まさすけ》**装束**《しょうぞく》抄《しょう》』という史料には「**単**《ひとえ》なしで袿2枚を重ねたもの」とあります。**禄**《ろく》（ご褒美）として与えるための品です。▼『**栄花物語**』又《また》さべき**衾**《ふすま》・大袿など、例の**公**《おおやけ》ざまの禄どもあり（また、このような場にあるべき衾・大袿など、通例どおりの朝廷からの引き出物類があります）。

大江氏
おおえし

古代の豪族・土師《はじ》氏の末裔《まつえい》とも、平城《へいぜい》**天皇**の皇子・阿保《あぼ》**親王**《しんのう》の子孫ともいわれます。平安中期には、学者の家系の中流貴族で、「江家（ごうけ）」とも呼ばれます。平安後期に『江家次第』を書いた大江匡房《まさふさ》や、鎌倉時代初期、源頼朝《みなもとのよりとも》に仕えた大江広元《ひろもと》は、この氏族の出です。

大垣
おおがき

大きな**垣**（垣根）です。上流貴族の邸宅や寺院などを囲むもので、**築地**《ついじ》などで作られました。

大口
おおくち

男性貴族の下着。**束帯**《そくたい》という正装をする際、**表袴**《うえのはかま》の下に着用しました。

多氏・太氏　おおし

古代の有力氏族で、8世紀初頭に『古事記』を編纂《へんさん》した太安万侶《おおのやすまろ》が有名です。平安中期には舞楽《ぶがく》を家芸とする**地下**《じげ》（中流以下）の貴族でした。現在も宮内庁で**雅楽**を担当しています。▼『蜻蛉日記』**舞**《まい》の師、多好茂《おおのよしもち》、女房よりあまたの物**かづく**（舞の師匠である多好茂は、侍女から多くの褒美を受ける）。

大路　おおじ

幅の広い道路です。**平安京**は道路を**格子**《こうし》状に設けた計画都市で、大路は道幅が規定され（17丈〈約51m〉、12丈〈約36m〉、10丈〈約30m〉の3種）、端には側溝や街路樹がありました。時が経つにつれて、庶民が道端に小屋を建て住宅街にしてしまった大路もありました。祭りなどではパレード見物で盛りあがりました。

―栄花物語―　とりべ野

今年（長保《ちょうほう》4〈1002〉年）は大方《おおかた》いと騒がしう、いつぞや（長徳《ちょうとく》元〈995〉年の疫病流行）の心地して、道大路《みちおおじ》のいみじきに、ものどもを見過ぐしつつあさましかりつる御夜歩きのしるしにや…。

和泉式部《いずみしきぶ》との身分差恋愛で有名な為尊親王《ためたかしんのう》、その横死を「疫病の中、恋の夜歩きがひどかったため」とする。道や大路に横たわる数々の死骸を、見ないふりして通い続けていたというから凄《すさ》まじい。

大壺・虎子　おおつぼ

大きな壺（容器）という意味ですが、便器も指します。敬語だと「大御大壺《おおみおおつぼ》」です。

大殿油　おおとなぶら

「油」の敬語です。「おおとのあぶら」の意で、宮中や貴人宅で灯す、油を使った灯火を意味しました。▼『うつほ物語』大殿油、物あらはに灯《とも》せば、物し（灯火をわざと点《つ》けるのは不快だ）。

大殿籠る　おおとのごもる

「大殿《おおとの》（**寝殿**）に籠《こ》る」という意

味で、「寝る」「眠る」「共寝する」の尊敬語です。▼『枕草子』まだ大殿ごもりたれば、まず御帳《みちょう》にあたりたる御**格子**《みこうし》を、碁盤などかき寄せて、一人念《ねん》じ上《あ》ぐる、いと重し。片《かた》つ方《かた》なれば、きしめくに、おどろかせ給ひて…（**中宮**・**定子**《ていし》さまはまだお休みでいらしたので、まず**御帳台**《みちょうだい》の前の格子を、碁盤などを引き寄せ踏み台にして、一人で頑張って押し上げ、開ける。とても重い。格子の片側だけを上げたので軋《きし》む音がして、お目覚めになって…）。

大原野神社　おおはらのじんじゃ

平安京の郊外、大原にある神社です。しばしば**天皇**の**行幸**《ぎょうこう》が行われる、由緒ある神社でした。

大蒜　おおびる

ニンニクのことです。薬草として用いられました。

大御酒　おおみき

酒の敬語です。

公　おおやけ

天皇（時に**后**《きさい》**の宮**《みや》も）や朝廷、主君のことです。公共を意味することもあり、その場合は「私」の反対語です。ただし、現代人がイメージする「公私」とは異なる部分が多々あります。例えば、**遊び**（楽器の演奏）や宴会は、神仏を喜ばせたり主君・臣下の絆《きずな》を深めたりするものと考えられ、しばしば公務でした。また后妃《こうひ》たちへの天皇の**覚え**（愛情）も公的な要素を帯びていました。

源氏物語　若菜 下

おほやけざまの心ばへばかりにて宮仕への程《ほど》も物すさまじきに、心ざし深き、わたくしのねぎ言《ごと》に靡《なび》き…自然《じねん》に心通《かよ》ひそむらん。

妃《きさき》たちが宮仕え（天皇と結婚）しても、公的なご愛情しか頂けず虚《むな》しい場合は、深く想う男の私的な告白に心が揺れ…心が自然と通じ合ってしまうだろう、という分析。平安文学が妃の密通に割と寛容なのは、こういう見方があったためだろう。

を《お》かし

すばらしい、魅力的だ、風流だなど、幅広い意味でポジティブに評価する言葉です。現代語と同じ「可笑《おか》しい」という意味もあります。

→P407も参照

荻
おぎ

イネ科の植物です。**ススキ**のような穂や長い葉を、**風**が訪れて騒がせることから「待つ恋」をイメージさせました。

納殿
おさめどの

衣服・**調度**・食物などを収納しておく場所です。**内裏**《だいり》では宜陽殿《ぎようでん》の中にありました。

鴛鴦
おし

「おしどり」ともいいます。オスは華やかな羽、メスは地味な外見をもつ水鳥です。夫婦仲がよい**鳥**とされました。

折敷
おしき

縁《ふち》がある盆です。食器や供え物などを載せるために使われました。文学では宴の豪華さを示すため、折敷の素材や数がしばしば特記されます。

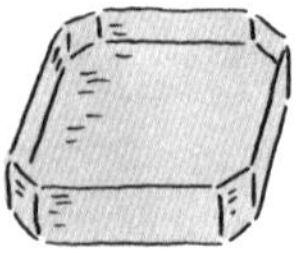

愛宕
おたぎ

鳥辺野《とりべの》と並ぶ有名な葬送（**葬儀**）地です。場所は特定できておらず、現在の鳥辺野付近とも、それより北の吉田山辺りともいわれます。

落窪物語
おちくぼものがたり

一条《いちじょう》朝期よりやや前に書かれたと思われる**物語**です。「継子《ままこ》いじめ話」の典型で、落窪の間（床が一段低い部屋）に住まわされ縫物にこきつかわれていたヒロインが、恋人に救い出され幸せになる話です。

男絵 おとこえ

「**女絵**」と対《つい》になる言葉です。技法の違いを指す用語だったと思われますが、詳細は不明です。▼『**栄花物語**』**絵**など、いとめでたく描かせ給ふ。男絵など、絵師恥《はずか》しう描かせ給ふ（**女御**《にょうご》・歓子《かんし》さまは絵をたいそうすばらしくお描きになります。男絵などは絵師が恥じ入るほどお見事です）。

男手 おとこで

漢字のことです。**真名**《まな》ともいいます。漢字を、その音や読みを利用して日本語の当て書きに使うことも男手、または真仮名《まがな》と呼びました（現代でいう万葉仮名）。▼『**うつほ物語**』男手も**女手**も習ひたまふめれ（漢字も平仮名もお習いなのでしょう）。

男踏歌 おとこどうか

踏歌という、集団で歌って舞う行事のうち、男性によって演じられたものです。正月の14日に行われました。10世紀後半には既に廃絶していたようです。『**源氏物語**』にはしばしば描かれますが、これは作品の舞台がより古い時代であるためです。

大殿 おとど

貴族の邸宅、特に**寝殿**《しんでん》をこう呼びます。屋敷のご主人のことでもあります。また女主人を指すこともあり、そこから**乳母**《めのと》や**女房**への敬称として使うこともあります。

大人し おとなし

「成人らしい」という意味です。子どもについていう場合は「大人びている、成熟している」というニュアンスです。大人に使う場合は「年配である、分別がある」という意味で、「集団の中のリーダー」を指すこともあります。▼『**源氏物語**』おとなしき御**乳母**《めのと》ども召し出でて…（仕える者たちの中でも、年配の／中心的な立場の乳母たちをお呼びになり…）。

劣り腹 おとりばら

「落《おと》し胤《だね》／落胤《らくいん》」ともいいます。貴人が身分の劣る女性に産ませた子のことです。世間からの評価が低い、子として認知されないなどの傾向がありました。▼『源氏物語』聞けば、かれも劣り腹なり（噂《うわさ》では、その人〈玉鬘《たまかずら》〉も劣り腹だと）。

同じ蓮 おなじはちす

死後は極楽で「同じ**蓮**に座ろう」という意味です。男女の愛の誓いによく使われる表現です。

蓮《はちす》の誓い、
複数の女性とする
男性もいましたよ…

鬼 おに

漢文で「鬼《き》」というと死者の霊魂を指しますが、日本語の「おに」は魔物の意味です。虎皮《とらがわ》の褌《ふんどし》を締めた角のある怪物というイメージは後世のもので、平安時代には、姿をもたない霊的な魔物も鬼といいました。「心の鬼」というと良心の呵責《かしゃく》や疑い、疑心暗鬼を意味します。**橋**や廃屋など危険な場所に棲《す》み着き、人に危害を加える存在も鬼と呼ばれています。『今昔《こんじゃく》物語集』の「安義橋《あぎのはし》の鬼」は、美女に化けたりできる青緑色の巨体（顔は朱色）の怪物です。

小野宮邸 おののみやてい

一条《いちじょう》朝期の有力貴族・**藤原実資**《さねすけ》の邸宅です。日記『小右記《しょうゆうき》』は、その建築の様子が記録された貴重な史料です。

尾花 おばな

ススキのことです。穂は紫褐色《しかっしょく》で、のちに白色に変わります。**秋の七草**で、その穂は手で人を招く袖《そで》・袂《たもと》で、美少女の**髪**にたとえられました。穂は「穂に出づ（表に出る）／仄《ほの》めく（かすかに見える）」と掛詞《かけことば》です。尾花色は穂の紫褐色かと思われます。▼『**うつほ物語**』この家の**垣**ほより、いとめでたく**色**清らなる尾花、折れ返り招く（この家の垣根に咲く、たいそう立派で色の鮮やかな尾花が、**風**に激しく揺れ手招きする）。

帯 おび

衣服や刀を体に固定するための紐《ひも》状の服飾品です。平安人は衣服に呪術的な要素を感じていたため、妊婦は**着帯**するなどの習わしがありました。恋人のもとで解いた帯に他人が手を触れると、二人の仲が絶えてしまうというジンクスもありました。また男性が正装時に締める**石帯**《せきたい》はとても高価な品で、相続（**処分**《そうぶん》）や贈答により継承されました。

『源氏物語』には、光源氏と親友・頭中将が揉み合いになる面白いシーンがあり…。

帯って引っぱると、割と簡単にほどけるものだったことが、よくわかるんですよ。

和泉式部集

男に忘られて、**装束**など
つつみておくり侍《はべ》りしに、
かはの帯にむすびつけて
泣きながす　なみだにた
へで　たえぬれば　はな
だの帯の　ここちこそす
れ

（貴方に忘れられてしまったので、流した涙が大量すぎ、帯が耐えられず切れてしまいました。だから革帯でなく、**催馬楽**《さいばら》の「辛《から》き悔《くい》する、はなだ〈藍色〉の帯」のように思えます）

革帯が実際に切れたわけではない。このような誇張した表現で相手の心変わりを恨《うら》むのが、平安の恋の「お約束」なのである。

御仏名 おぶつみょう

「**仏名会**《ぶつみょうえ》」とも。12月の19日～21日に行われた仏教の行事です。仏の名を唱えることによって、この年のうちに身に蓄積された**罪**や**穢**《けが》**れ**を祓《はら》うという**儀式**でした。

覚え おぼえ

「**おぼゆ**（記憶にある）」の名詞形で、つまり「認知度／好感度」というような意味です。貴人や世間にどのように覚えられているかは、出世や人づきあいを左右する重大ポイントでした。特に女性は、一人の夫を複数の**妻**が待っている状態であったため、夫の「記憶に残っている度合い」は夫婦仲の維持に直結しました。▼『落窪物語』我は老いしゐて、おぼえなく成り行く、かの君はただいま**大**

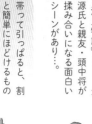

臣になりぬべき勢ひなれば…（自分は老いぼれて、世間からの評価が衰えてゆく。一方あの方は、今にも大臣になりそうな権勢だから…）。

CHECK IT OUT.

「覚え」はどう訳す？

世間からの「覚え」である場合は、「評判」と訳すのが定番です。ポジティブなケースが多いので、「人望がある」などと訳してもよいでしょう。**天皇**からの「御おぼえ」は、女性に対してなら「ご寵愛《ちょうあい》」「ご愛情」、男性に対してなら「ご評価」「ご信頼」と解釈するとわかりやすいでしょう。

覚ゆ　おぼゆ

「記憶にヒットする」感じをいいます。「昔おぼゆる**花橘**《はなたちばな》」といえば「昔のことを思い出させる花橘」ですし、人についてなら「見た、会ったような気がする」意になります。この名詞形が「**覚え**（認知度、評価）」です。

朧月　おぼろづき

「おぼろ」とは、ぼうっとした様子をいいます。つまり、**霞**《かすみ》がかかってぼんやりして見える**月**のことです。寒さが緩《ゆる》む頃に多い気象現象で、**春**の風物詩でした。

御前　おまへ

「おんまえ」「**ごぜん**」ともいいます。「前」の敬語で、貴人や神仏の面前、または近くを指します。貴人や主君自身をいうこともあります。「御前ゆるす」は、主君の側《そば》への参上を許可されることです。貴人、特に貴婦人は信頼できる使用人で周囲を固めるものだったので、指名で呼ばれたり新入りが御前ゆるされたりすることは使用人にとっての名誉でした。反対に、お怒りを買った場合は「御前に出《い》でず」、つまり謹慎が罰に相当しました。▼『紫式部日記』宮の御前、きこしめすや〈**中宮**〈**彰**《しょう》**子**《し》〉さま、お聞きになりましたか？〉。

御座　おまし

御座所《おましどころ》ともいいます。「席」の敬語で、貴人の居場所や座るところを指す言葉です。「御座よそふ」とは、**畳**を敷き、**褥**《しとね》や**衾**《ふすま》、**几帳**《きちょう》などをセッティングすることです。血縁関係のない男性が来訪した際は、**女房**（侍女《じじょ》）が**御簾**《みす》の下から褥や畳を差し出すことにより、**簀**《すの》**子**《こ》に「御座」を設けるものでした。

しかし客の身分が高い場合は、半ば戸外である簀子は失礼と感じられたらしく、**廂**《ひさし》に「御座」を用意して招き入れました。

源氏物語 橋姫

「かたはらいたき御座のさまにも侍《はべ》るかな。御簾のうちにこそ」

宰相中将《さいしょうのちゅうじょう》である**薫**《かおる》が訪問した際、経験の浅い若女房が簀子へ褥を差し出した。それを老いた女房が叱るセリフ。宰相（**参議**）は**公卿**《くぎょう》の一人、いわば閣僚級なので、もっと丁重におもてなしすべきだ、という意味である。

女郎花 おみなえし

秋の**七草**の一つです。黄色く小さい**花**が茎の先端に集まって咲きます。**風**に揺れる風情や「おみな（美女）」を含む名前から、女性や色事を連想させる花とされました。▼『源氏物語』名こそあだなれ女郎花 なべての露《つゆ》に 乱れやはする（女郎花は名こそ色好みですが、普通の露相手に乱れはしませんわ）

御室 おむろ

仁和寺《にんなじ》を指す敬語です。

思ふ おもう

現代の「思う・考える」の意味のほかに、「願う」や「愛する」という意味もあります。また「悩む、物思いをする」というニュアンスもあります。当時の**結婚**はとても不安定だったため、女性が「思ふ」という場合は多くが「このまま自然消滅か…」と悩んでいる状態です。

御膳 おもの

飲食物の敬語です。「大床子《だいしょうじ》の御膳」といえば、**天皇**が**殿上人**《てんじょうびと》を従えて取る正式のお食事を指します。▼『うつほ物語』薑《はじかみ》、漬けたる蕪《かぶら》、堅塩《かたいしお》ばかりして、**夜**《よ》さりの御膳にもあらず、朝《あした》の膳にもあらぬ程に参りたり（山椒《さんしょう》、塩漬けの蕪菜《かぶらな》、固形の塩ばかりを、夜の食事でも朝の食事でもない程度に差しあげてある）。

御湯殿の儀 おゆどののぎ

新生児に産湯《うぶゆ》を使わせる**儀式**で

す。**誕生**後7日間、1日2回行われました。魔除《まよ》けのため**鳴弦**《めいげん》（**弓**の弦を鳴らすこと。**弦打**《つるう》**ち**とも）をし、男児の場合は**博士**《はかせ》が**漢籍**《かんせき》を読みあげる**読書**《とくしょ》をしながら実施しました。湯をかける御湯殿と介添えをする御迎湯《おむかえゆ》という二人の**女房**が、湯巻《ゆまき》という浴衣姿で奉仕しました。

下り居の帝　おりいのみかど

上皇《じょうこう》（退位後の**天皇**）のことです。平安中期の天皇は、生前に譲位するのが通例であり、上皇が複数いることも珍しくありませんでした。

折句　おりく

和歌の技法です。ある単語を**歌**の中に隠し込んで作歌する技で、語《ご》彙《い》力と頭の回転が求められました。▼『**伊勢物語**』「かきつばたといふ五文字《いつもじ》を句の上《かみ》に据ゑて、旅の心を詠め」と言ひければ、詠める。からころも　きつつなれにし　つましあれば　はるばる来《き》ぬる　たびをしぞ思ふ（「カキツバタという5文字を句の先頭に据える折句で、旅する気持ちを詠め」と言われたので、こう詠んだ。衣のように着て馴染《なじ》んだ**妻**を置いてきた、この旅路の長さを思う）。

下ろし　おろし

神仏への供え物や、貴人が飲食・使用した品で、より下位の者に与えられた物のことです。要するに「お下がり」です。食べ物から衣服、書籍類まで、幅広い品が「下ろし」として、目下の者へ譲渡されました。また「下るもの」という原義から、山から吹き下りる風をいうこともあります。▼『**うつほ物語**』先《ま》づ宮に少し召させて、御おろし少し参りて、**大殿籠**《おおとのごも》**り**ぬ（奥方である姫宮〈女一宮《おんないちのみや》〉にお食事をまず差しあげて、その残り物を仲忠《なかただ》さまも召しあがり、お休みになった）。

蔭位　おんい

父や祖父が高位の者は、官人として一定の位が保障される制度です。「父祖のお蔭《かげ》の位」という意味であり、平安人には当然のものと感じられたようです。名門の子弟が出世しやすいシステムであり、身分の差を固定・拡大することにつながりました。▼『**うつほ物語**』**上達部**《かんだちめ》の御子なれば、やがてかうぶり賜ひて、**殿上**せさせ…（仲忠《なかただ》さまは**公卿**《くぎょう》の御子なので、**元服**後そのまま**五位**《ごい》の位を授かり、**昇殿**のご許可を頂いて…）。

御賀 おんが

「賀」とは「祝い」という意味です。御賀はその敬語であり、貴人のための祝いの行事、特に長寿の祝いを指しました。

御衣 おんぞ

衣の敬語です。貴人の衣服全般を指します。衣の豪華さや着重ねた枚数は、着ている人の財力・魅力を表すものとして丁寧に描写されました。また貴人は、「御衣脱ぎて被《かず》け給ふ」という行動をよく取ります。これは、すぐれた働きをした者へのご褒美（**被《かず》け物**）として、自身の着衣を脱いで与える行為です。貴婦人には「御衣ひきかづく」という、衣を全て引きかぶるしぐさがよく見られます。悲しみや衝撃を表す態度です。

栄花物語 御賀

そこらの殿《との》ばら御衣ぬがせ給へば皆はえ被《かず》き敢《あ》えねば、ただこの君の舞ひ給ふ所の庭にぬぎ集めさせ給へれば木《こ》の下《もと》に色々の**紅葉**《もみじ》散り積《つも》りたると見えて、いみじう**おかし**。

ご褒美の御衣は「被《かず》きて（肩に掛けて）」感謝を表すのが作法。しかしあまりにもたくさん頂いてしまって掛けきれず、木の下に置いたため、さまざまな秋色の**袙**《あこめ》が積まれて美しかった、という情景。

女絵 おんなえ

「**男絵**」と対になる絵画用語です。技法またはテーマの違いを指したと見られますが、詳細は不明です。▼『蜻蛉日記』女絵**をかし**くかき…（女絵をきれいに描き…）。

女楽 おんながく

女性が主要な演者を務める合奏のことです。基本的には、女性が奏でる楽器は**琴**《こと》（弦楽器）であり、管楽器や**打物**《うちもの》（打楽器）は男性が務めたようです。

女車 おんなぐるま

女性が乗車中の**牛車**《ぎっしゃ》です。**下簾**《したすだれ》を垂らして乗客の姿を隠している、女性**装束**の気配が見える、**沓**《くつ》を持った従者がいない――などの点から判別されました。官人である男性は、牛車の使用に厳しい身分規制がありましたが、女性の場合はお目こぼしされるため、身分を隠したい男性が女車を装うこともありました。**女房**（侍女《じじょ》）たちが乗る車も指します。その場合は、**歌**を詠みかけたりできる開放的な牛車であり、姫君ご乗用とはまた別の意味で、男性たちの関心を集めました。▼『**今昔物語集**』下簾《したすだれ》を垂れて、此《こ》の三人の兵、賤《あや》しの紺の**水干**《すいかん》袴《はかま》などを着ながら乗りぬ。履物共は皆車《くるま》に取り入れて、三人袖《そで》も出《い》ださずして乗りぬれば、心にくき女車に成りぬ（〈源《みなもとの》頼光《よりみつ》の家来の平貞道《たいらのさだみち》、平季武《すえたけ》、坂田《さかたの》公時《きんとき》という〉3人の武士は、女車のふりをしようとして下簾を垂らし、卑《いや》しい紺の水干袴などを着用して車に乗り込んだ。履物は車内に取り込み、袖も出さずに乗ったので、すてきな女車になった）。

女手 おんなで

平仮名（**仮名**）のことです。**和歌**や**物語**を記す際よく使われる字体でした。女性が主に使用したため女手といわれ、実際女性的なイメージではありましたが、男性も真剣に習っており、上手《うま》く書ける人は男女問わず高く評価されました。▼『**源氏物語**』女手を、心に入れて習ひし盛りに…（私・**光源氏**が女手を熱心に習っていた頃…）。

女踏歌 おんなとうか

集団で地を踏み鳴らして歌う「**踏歌**」という行事の、女性集団によるものを指します。正月16日に、40人の舞手が**紫宸殿**《ししんでん》の**南庭**《だんてい》で披露しました。

陰陽師 おんようじ

「おんみょうじ」とも。陰陽寮《おんようりょう》所属の官人で、**暦**《こよみ》作りや占いなどに携わりました。▼『**紫式部日記**』陰陽師とて世にある限り召し集めつつ、八百万《やおよろず》の神も耳振り立てぬはあらじと見え聞《きこ》ゆ（陰陽師をありったけ呼び祈祷《きとう》させたので、全ての神々が聞くに違いないと思われる）。

陰陽道 おんようどう

「おんみょうどう」とも。中国の陰陽五行説《いんようごぎょうせつ》にもとづいて、自然や人間に起こる現象を理解しようとする学問です。陰陽寮《おんようりょう》という役所が置かれ陰陽**博士**《はかせ》がいて、日常生活の吉凶を占う業務を遂行しました。平安中期には賀茂《かも》氏と安倍《あべ》氏が、家の学問として修め、継承していました。

制作ウラ話

著者 砂崎  × 監修 承香院

〖閼《あ》伽《か》棚《だな》(P.13)〗編

本書ではある項目を取り上げるか否かについても
徹底的に検討しました。その様子を一部公開します。

「閼伽棚」と「閼伽」は別の項目にしたほうがいいですよね。『源氏物語』胡蝶巻に、紫上が秋好中宮の御読経の際、ゴージャスに贈った花（金銀の花瓶にさした桜と山吹）が、そのまま「閼伽に加へさせ給」われている場面があります。戸外のシンプルな棚に、儀典の一環として迦陵頻・胡蝶の子らが献上した金・銀の花瓶を置く、というのは不自然な気がしまして…。

閼伽棚は「仏教的装置」だけではなく、実状として現代の水道と洗面所のようなやや実用的な水回りの設備も兼ねていたのではないかと。京都や奈良の社寺では本堂や金堂に閼伽棚が備えられていることはもちろん、僧が寝起きする施設にも閼伽棚の痕跡がみられたり、渡り廊下の途中に設置されていたり、さらには、本堂や金堂でも裏手に設置されていたり、側面にあったりと、様々なケースが見られたからです。大寺院の大きい金堂などですと、閼伽棚が裏手などに複数個並んで設置されており、金堂内の多くの仏像に備える花や水がたくさん必要なことを想像させられたことも興味深いです。

「閼伽に加える」や「閼伽たてまつる」は、閼伽棚と関係なく「仏像の前に水・花を供えることである」と解釈できそうですね。

はい。加えて言うと「閼伽」は、私の中では「清らかな水」というニュアンスです。つまり、「閼伽」は〝清らかな水〟、「閼伽棚」は〝清らかな水を扱う棚＝水道設備〟、「閼伽たてまつる」は、〝清らかなお水や、その水によって清められたものなどをお供えする〟という使い分けができそうですね。

平安みやこ新聞

第一號
寛和2（986）年
7月23日
（即位の礼の翌日）
発行

一条天皇、ご即位！

寛和2（986）年6月23日、花山天皇はひそかに皇居を脱出し、元慶寺にて僧侶となった。この「皇位投げ出し」により、皇太子・懐仁《やすひと》親王が即位。一条天皇が誕生した。

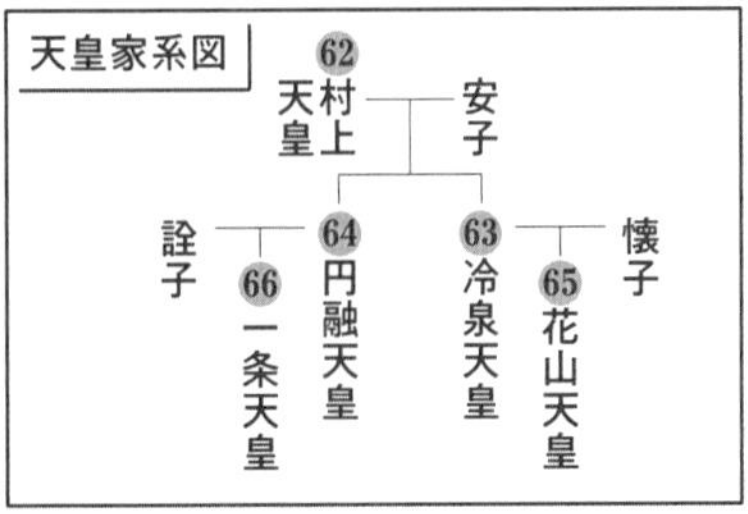

花山天皇の従兄弟　史上最年少！　7歳

新帝は天元3（980）年6月1日、時の円融天皇（現・上皇）さまと、女御・詮子さま（右大臣藤原兼家さまご息女）との間に誕生された。円融天皇にとり初めての、そして結局は唯一の御子。当然、ご愛情はきわめて厚く、なんと生後わずか1カ月強で父上へのお目通りが実現した。親王になったのも8月1日（生後2カ月）という早さであった。

天元5（982）年12月7日、御年3歳で袴着（子どものお披露目）。永観2（984）年8月27日、円融天皇から花山天皇（冷泉天皇皇子）への譲位にともない、皇太子となられた。時に御年5歳。皇太子の証し・壺切御剣の授与は、同年9月9日であった。

寛和元（985）年と同2（986）年には大饗（別格の貴人が主催する大宴会）を立派に遂行され、同年3月には花山天皇へのお目通りも果たされた。異例の即位だがきっと大成されるであろう。

君臣和楽

4年前、天元5（982）年。新帝陛下の袴着のお年と記憶する者も多いだろう。しかし一方で、花の妃の宮が尼となった年でもある。尊子内親王、御年17であられた。突然のご出家に、世は騒然となった。物の怪のせいと吹聴する者もいた。だが後に判明したのは、長年のご信仰ゆえという事実である。その後は修行に専念され、昨年、はかなく旅立たれた。きっと即座に極楽往生されたことであろう。ちなみに、尊子さまへ源為憲がさしあげた仏教のお手引書が、かの有名な『三宝絵詞』である。不意の出家という点は、花山天皇もご同様。尊子さまのごときご生活をと祈りたいが、さて、どれほどのご信心やら。

先帝不在の譲位、背景は

通常の譲位であれば、まず都外の逢坂の関などを一時閉鎖する。都内では内裏の諸門を閉ざす。警備を固めた上で、譲位する天皇が紫宸殿にお出ましになり、「譲位の宣命」が読みあげられる。その後三種の神器の二品、剣と璽《じ》が新天皇のもとへ運ばれる。

しかし、今回は異例ずくめ。なんと花山天皇が徒歩で皇居を脱出し、出家してしまわれたのである。

突然生じた、天皇位の空白。混乱を収拾したのは、一条天皇の祖父・藤原兼家さまだった。剣と璽を皇太子の御座所へ運ばせ、譲位の儀式を敢行。有無を言わせぬ剛腕ぶりで、新体制の発足に漕ぎつけた。

なお、新たな皇太子には冷泉天皇皇子・居貞親王が選ばれた。その母君は兼家さまのご息女である。つまり新天皇、新皇太子共に、兼家さまのご令孫であるわけだ。なんとめでたいことであろうか。未曽有の騒動ではあったが、兼家さまとそのご子息、道隆・道兼・道長殿には、ひたすら幸いであったようだ。

解説　摂関政治のおさらい

政治の実権は天皇の母方親族が握る

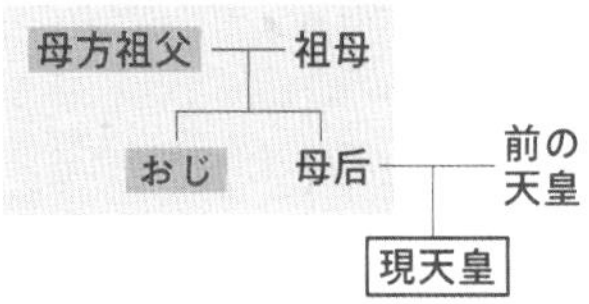

摂関とは、「摂政」と「関白」の略だ。摂政とは「幼い天皇に代わって政治をする人」、関白は「成人後の天皇を補佐する人」である。

どの家でもそうだが天皇家でも、育児の責任者は母、および母方の祖父・おじだ。だから皇子が即位すると、祖父・おじらが摂関になる。身内が天皇をお守りして政治を行うのだ。

貝 かい

「**貝つ物**」と呼ばれ、干物や**鮨**《すし》に加工することも多い馴染《なじ》みの食材でした。貝殻は**螺鈿**《らでん》などの装飾品や、**貝合**《かいあわせ》・**貝覆**《かいおお》**い**などの遊具にも用いられました。「生ける甲斐《かい》」など「甲斐」とよく掛詞《かけことば》にされます。

貝合 かいあわせ

物合《ものあわせ》という、二手に分かれた人々が物の優劣を競い合うゲームの、**貝**バージョンです。2チームに分かれて貝を提出し、その多さや見事さを比べました。物持ちであるほうが勝つゲームであり、財力や、入手できる人脈の多さを誇示する性格がありました。▼『**堤中納言物語**』貝合せさせたまはむとて、月ごろ、**いみじ**く集めさせたまふに…（貝合をなさるということで、何カ月も、たいそう収集なさっているのに…）。

貝覆ひ かいおおい

平安時代末期ごろから流行したゲームです。二枚貝であるハマグリを多く用意し、対《つい》になる貝殻を選び出す遊戯で、後世には「**貝**《かい》**合**《あわせ》」と呼ばれました。

懐紙 かいし

貴族の男性が懐《ふところ》に入れ携行した**紙**です。「**ふところがみ**」「**畳紙**《たとうがみ》」とも。

貝つ物 かいつもの

「**貝類**」という意味です。食材を指す際よく使われる言葉です。▼『**源氏物語**』**海人**《あま》ども漁《あさ》りして、貝つ物持て参れるを…（海人たちが漁をして、貝類を持って参上したのを…）。

街道 かいどう

中国から取り入れた**律令**《りつりょう》という法律により、駅路《えきろ》という街道が設けられ、**平安京**と地方をつないでいました（**駅制**）。主要な七道には東海道、東山道《とうさんどう》、北陸道、山陰道、山陽道、南海道、西海道《さいかいどう》があります。道幅は10m以上あり、平野部では直線道路です。都市間をできるだけ最短で結ぼうという意図で設計されている現代の高速道路に重なる部分が多く、古代の都市計画が感じられます。

掻練 かいねり

練って艶《つや》を出した絹糸を織った生地のことです。「掻練襲《かいねりかさね》」は、紅《くれない》の掻練を重ねた衣のことだといわれます。

垣間見 かいまみ

「垣間見る」という動詞の名詞形で、「かいばみ」ともいいます。物の隙間《すきま》から見ることです。**垣**（垣根）など、物の隙間から見ることです。平安の貴婦人は顔・姿を隠すのがエチケットだったため、恋や**結婚**へのプロセスは多くの場合、男性の垣間見から始まりました。恋心を掻《か》きたてるにも持続させるにも（または止《や》めさせるにも）、垣間見の効果が大きかったため、双方の使用人も巻き込んでの人間ドラマが展開されました。▼『**落窪物語**』まづ、垣間見をせさせよ（まず、垣間見をさせろ）。

薫 かおる

『**源氏物語**』末尾の10巻「**宇治十帖**《うじじゅうじょう》」の主人公です。出生の秘密や恋に悩み、仏教にすがるけれど救われないキャラクターです。平安後期の絶望感（**末法**《まっぽう》**思想**）に満ちた世相に合ったらしく、『狭衣《さごろも》物語』の主人公・狭衣など、類似キャラや二次創作が生まれました。

加階 かかい

位階《いかい》が上がること、つまり出世・昇進です。▼『**源氏物語**』加階などをさへ…急ぎ加へておとなびさせたまふ（上皇である冷泉院は、薫をかわいがるあまり、位も…急いで加えて、一人前におさせになります）。

雅楽 ががく

狭義には、古代に大陸から伝来した**舞**・音楽をいいます。その様式にのっとって日本で作られた作品も含みます。中国の**儒教**《じゅきょう》思想と結びついた舞・音楽で、**律令**《りつりょう》（中国から取り入れた古代の法律）に基づき、雅楽寮《ががくりょう》が置かれ**楽人**《がくじん》を育成していました。中国ルーツの**唐楽**《とうがく》だ

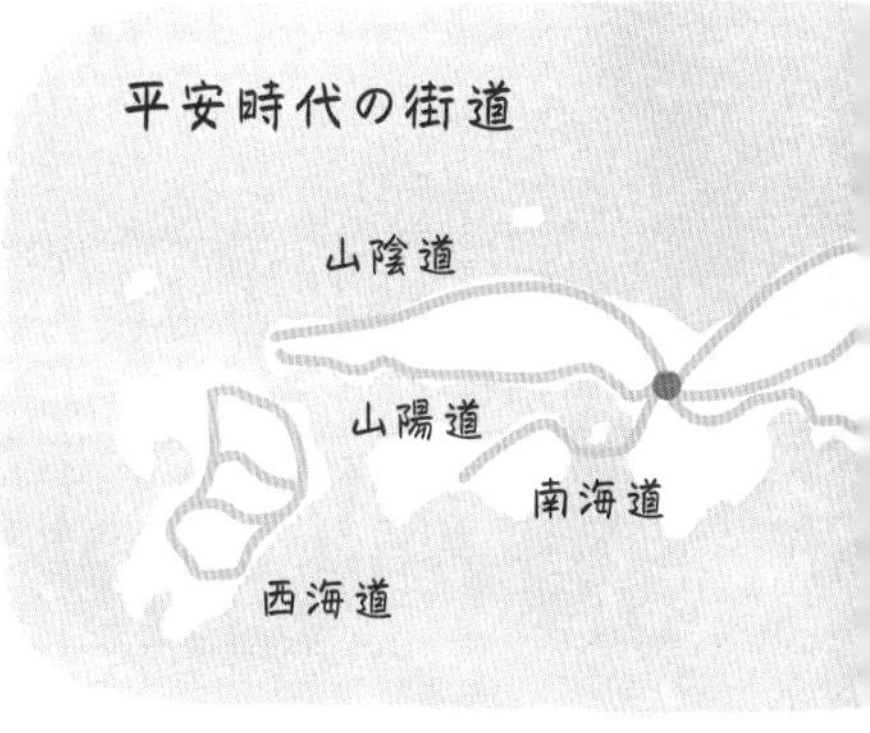

けでなく、朝鮮（**高麗**《こま》）、ベトナム（林邑《りんゆう》）、インド（**天竺**《てんじく》）から伝わった曲もあり、国風化しつつも今日まで継承されています。より広い意味では、狭義で挙げた舞・音楽に、**歌物**《うたいもの》などの歌謡、**国**《くに》**風歌舞**《ぶりのうたまい》など日本ルーツの作品も加えた、舞・音楽の総体を指します。衰退した雅楽寮に代わり**楽所**《がくしょ》で教習され、また貴族の**本才**《ほんざい》（教養）の一つにもなって、平安中～後期に最盛期を迎えました。武家の**世**にも宮廷・寺・神社で保存され、現代でも宮内庁楽部などで演奏されています。

掻上の箱　かかげのはこ

掻上とは、**髪**を掻き上げるという意味です。整髪具を入れた**箱**だと思われますが、**櫛笥**《くしげ》（櫛箱《くしばこ》）との違いは不明です。

鏡　かがみ

現代主流の、ガラス板に反射材を貼った鏡が開発されるのはずっと後代です。平安時代に鏡と呼ばれた品は、青銅や銀、鉄などの金属板でした。酸化により表面がしだいに曇っていくため、時おり水銀などで磨きました。八稜鏡《はちりょうきょう》と呼ばれる、八弁のヒシの花形をしたものが多く、鏡台に掛けたり**女房**（侍女《じじょ》）に持たせたりして使用しました。呪術的に重要な神器《じんぎ》でもあり、**御帳台**《みちょうだい》の中や寝所の枕元に飾ったり、神社で御霊代《みたましろ》（ご神体）として祀《まつ》ったりしました。▼『**枕草子**』心ときめきするもの。…唐《から》鏡《かがみ》の少し暗き見たる（胸がドキドキしてときめくもの。…中国製の高価な鏡の、少し曇ったのを覗《のぞ》く心境）。

鏡の箱　かがみのはこ

鏡をしまっておく**箱**です。中には敷物を敷き、鏡は入帷子《いれかたびら》（包むための生地）に包んで収めたようです。▼『**落窪物語**』鏡の箱の代り…をこせたり。…「黒けれど漆《うるし》つきていと良きなり」と（代わりの鏡箱をよこした。「黒いけれど漆がついていてとても良い箱だ」と）。

篝火　かがりび

室外用の照明です。火籠《ひかご》に割り木を入れ、**庭**に置いて焚《た》きました。平安時代の照明は基本的に**火**であったため、**夏**には身近で燃える

灯台よりも、遠くで焚く篝火のほうが好まれました。**神楽**《かぐら》や**鵜飼**《うか》**い**にも使用されました。

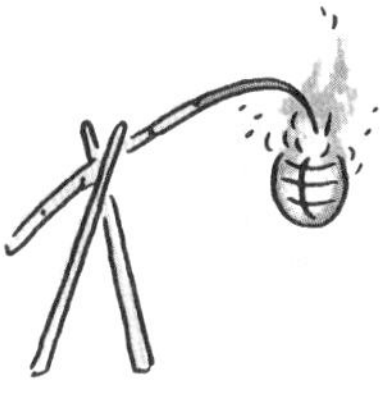

垣　かき

垣根のことです。敷地の境界を示したり、人目を遮《さえぎ》ったりするために設置されました。何《なに》で作られているかを意識した場合は、**板垣**《いたがき》、**柴垣**《しばがき》などと素材の名をつけて呼びました。神社の垣根の場合は「斎《い》むべき（神聖な）垣根」という意味で**斎垣**《いがき》というなど、設置場所を意識した呼び方もありました。垣根の作りや手入れ具合は、住人の品性や財力を表すものでした。

杜若　かきつばた

水辺に生える草花です。**夏**に紫の**花**をつける、ハナショウブに似た花です。

柿本人麻呂　かきのもとのひとまろ

生没年不詳。7世紀後半に活躍した、『**万葉集**』に多くの歌が残る歌人です。流麗な長歌が特に巧みでした。死後「歌聖《うたのひじり》」と神格化され、平安末期には人麻呂《ひとまろ》影供《えいぐ》という、肖像画を掲げて**和歌**を捧げる祭祀《さいし》が行われるようになりました。

垣穂　かきほ

垣（垣根）のことです。

楽所　がくしょ

「がくそ」ともいいます。**内裏**《だいり》の桂芳坊《けいほうぼう》に置かれた**雅楽**の役所です。天暦《てんりゃく》2（948）年ごろ設置され、雅楽寮《ががくりょう》に代わって雅楽の演奏・教習をつかさどり、明治3（1870）年雅楽局に統合されました。▼『源氏物語』**後涼殿**《こうりょうでん》の東に楽所の人々召して、暮れゆくほどに**双調**《そうじょう》に吹きて（後涼殿の東に楽所の人々をお呼びになり、日が暮れていくころに双調で演奏して）。

楽人　がくじん

「がくにん」ともいいます。音楽や**舞**を役職とする人です。平安中期には漢学・**陰陽道**《おんようどう》などと同様、音楽・舞も「家の**学問**」として、親から子へ継承される傾向が強くなっていました。有名なところでは、後に「楽家《がっけ》」となり現代に至る**多氏**《おおし》が、既に「楽人の家系」として活躍しています。楽人らは、身分としては**地下**《じげ》という中流以下の貴族でした。雅楽寮《ががくりょう》や衛府《えふ》の官人を兼務しつつ、行事の際にパフォーマンスを担当したり、名門の子弟の講師をしたりしていました。

CHECK IT OUT.

楽人と貴人の関係

平安時代、音楽・舞は公務の一環でした。そのため上流貴族も楽人から芸を習いましたが、身分は楽人のほうが下。教えた対価は「**禄**《ろく》（褒美）」として授けられました。また平安人の感覚では、晴れの場の主要パフォーマーにはそれなりの身分が必要でした。したがって、重要な舞・演奏は貴人が務めるものでした。

（例）『源氏物語』舞のさま、手づかひなむ、家の子は殊《こと》なる。この**世**に名を得たる舞の男どもも、げにいとかしこけれど、子々《ここ》しう、なまめいたる筋を、えなん見せぬ（舞の様子、手さばきが良家の子息は格別だ。高名な楽人は芸達者だが、ピュアで優美な趣は出せない）。

角筆 かくひつ

筆の一種です。**木**・**竹**・象牙などを、細く筆状にし、先を尖《とが》らせたものです。紙面をへこませて字や記号をつける道具でした。貴重な書籍に**墨**をつけずに訓点を記したい場合や、秘密の文書の作成などに用いられました。『**落窪**《おちくぼ》**物語**』では墨・筆を持ち合わせないヒロインが、角筆代わりに針で書いた**手紙**を受取人がふつうに読み取っており、意外と身近な筆記手段だったと思われます。

学問 がくもん

勉強や研究をして知識を身につけること、またはその知識です。仏教や漢詩（**詩**《ふみ》）・**漢文**、**和歌**など、書籍を読んで内容を暗記・理解するタイプの勉学を主に意味しました。▼『源氏物語』わざとの御学問はさる物にて、琴《こと》・笛の音《ね》にも雲井《くもい》を響かし…（**光源氏**さまは、本格的な学問は当然優秀で、琴・笛の音でも宮中を感動させ…）。

かぐや姫　かぐやひめ

平安人にとっては、「**物語**というものの元祖」である**『竹取物語』**のヒロインでした。**竹**から生まれ、求婚者たちに難題を与えて退け、**天皇**の求愛にも応えず月へ帰っていった天界の姫君です。

神楽　かぐら

「御神楽《みかぐら》」と敬語でいうこともあります。神事の際に演奏する**舞**・楽・歌謡です。女神アメノウズメが**天照大神**《あまてらすおおみかみ》のために天岩戸《あまのいわと》の前で踊ったことが起源という伝説があり、神々を喜ばせたり鎮《しず》めたりできる舞楽《ぶがく》とされていました。

隠る　かくる

「**死ぬ**」の遠回しな言い方です。

隠れさせ給ふ　かくれさせたまう

「**死ぬ**」の敬語です。

懸盤　かけばん

食器を載せる台です。一人用の正式なお膳で、四脚《よつあし》で縁があるのが特徴です。晴れの席で主に使われました。大規模な宴会の際などには、6脚・9脚と連ねて使うこともありました。

筧　かけひ

水を引くための樋《とい》です。節を抜いた**竹**や、中が空洞の**木**が使われました。

賭物　かけもの

「**のりもの**」とも読みます。勝負事で勝ったほうに与えられる**銭**《ぜに》や品物です。

蜻蛉　かげろう

虫の名です。トンボや、トンボに似たカゲロウをまとめてこう呼んだようです。命短い儚《はかな》い生き物というイメージがありました。

蜻蛉日記　かげろうにっき

平安中期の日記文学作品です。**藤**《ふじ》**原道綱母**《わらのみちつなのはは》と呼ばれる女性が**結婚**生活やその苦悩など、約21年を記録した自伝です。心情を赤裸々に表現し、『**源氏物語**』など後続の女流文学に影響を与えました。▼『**大鏡**』この母君、きはめたる**和歌**の上手におはしければ、この殿の通はせたまひけるほどのこと、**歌**など書き集めて、「かげろふの日記」と名づけて、**世**にひろめたまへり（道綱母は際だった名歌人でいらしたので、**藤原兼家**《かねいえ》殿がお通いの頃のことや和歌を記録して「蜻蛉の日記」と名づけて世に広めなさった）。

幸せなときもあったけど
不安定な結婚生活…ツライ

笠 かさ

雨や**雪**、日差し、人目などを遮《さえぎ》るための、頭にかぶる道具です。▼『**枕草子**』田植《たう》うとて、女の、新しき**折敷**《おしき》のやうなるものを笠に着て…（田植えということで、女が、新しい折敷状の物を笠にして…）。

傘 かさ

雨、**雪**、日差しなどを遮《さえぎ》るために、広げて頭上にかざす道具です。貴人の場合、従者に差させました。▼『**落窪物語**』大傘を二人さして…いと忍びて出《い》でたまひぬ（大傘を二人で差して…たいそうこっそりお出かけになった）。

瘡 かさ

吹き出物、腫《は》れ物《もの》のことです。「**にきみ**」ともいいます。**裳瘡**《もがさ》（天然痘《とう》）、赤裳瘡《あかもがさ》（麻疹）など重篤な感染症も含みました。▼『**栄花物語**』**北の方**も、月ごろただにもおはせざりければ、をり悪《あ》しき瘡を…（奥方さまもご懐妊中だったので、悪いタイミングでの瘡を…）。

挿頭 かざし

髪や**冠**に飾りとして、草花や造花を挿《さ》すことです。挿した草花そのものも指します。**葵**で挿す**葵**が有名です。**葵祭**《あおいまつり》（**賀茂**《かも》**神社**の例祭）で挿す葵が有名です。▼『枕草子』三月三日、頭弁《とうのべん》の、**柳**蘰《かずら》せさせ、**桃**の**花**を挿頭に刺させ、**桜**腰に差しなどして、ありかせたまひ…（3月3日、頭弁さま〈**藤原行成**《ゆきなり》〉が犬の翁丸《おきなまろ》の頭に柳を飾り、桃の花を挿花として挿し、腰には桜を差して、歩かせなさって…）。

襲

かさね

衣を重ねて着ることです。重ねて着た衣や、その重ね方、**色合い**のパターンのことも指します。平安貴族は開放的な家屋に住んでいたため、衣を着重ねる枚数によって、寒さや暑さに対処していました。その結果、重ね方がファッションとして重要になり、「襲」という語は衣のひとそろいやその配色パターンを指す、**装束**の基本単語になりました。▼『**うつほ物語**』涼しきほどなれば、**綾**の**掻練**《かいねり》一襲《ひとかさね》、赤色に二藍襲《ふたあいがさね》の**唐衣**《からぎぬ》**いとめでたき**奉《たてまつ》りて（**秋**の涼しい頃なので、**紋様**《もんよう》を織り出した練り絹の**袿**《うちぎ》一式に、赤い袿を**表着**《うわぎ》として着加え、とてもすばらしい青系配色の唐衣をお召しになって）。

汗衫

かざみ

女児が正装時に羽織った衣です。貴人の身の回りの世話をする「**女**《め》**童**《わらわ》」の衣装でした。形には諸説がありますが、『**枕草子**』には「尻《しり》長《なが》と言へかし（尻長と呼ぶといい）」と、裾長《すそなが》の衣であることが示され、『枕草子絵詞《えことば》』などの**絵巻物**などでも、裾を長く引く女童が描かれています。

飾りおろす

かざりおろす

出家のことです。**髪**が「飾り」と考えられていたためです。

飾り太刀

かざりたち

螺鈿《らでん》や**蒔絵**《まきえ》、金銀で装飾を施した**太刀**です。

『源氏物語』に登場する襲

「襲《かさね》の色目《いろめ》」とは、後世の有職故《ゆうそくこ》実《じつ》（礼式を研究する学問）で使われるようになった用語で、平安衣装の生地の配色パターンを指します。平安後期以降、「襲の色目」の種類が増え、配色パターンも表地・裏地・着重ね方が規定され、着用する季節などもルール化が進みました。

しかし一条《いちじょう》朝期には、そこまで厳格な決まりは見られません。特定の配色パターンを似た植物になぞらえて呼ぶ（紅梅襲《こうばいがさね》、藤襲《ふじがさね》など）という共通認識はあったようです。ただし季節感や流行、TPOを踏まえた上で、よりオシャレに斬新に着こなすセンスのほうが評価されたらしく、競って新しい工夫が凝らされていました。女性衣装の袖口《そでぐち》・褄《つま》・裾《すそ》は、特に注目されました。

『源氏物語』で実際に着用されている「襲」を、女童《めのわらわ》（少女の使用人）に着せて再現してみました。（推測も含みます）

山吹襲《やまぶきがさね》

濃緑の上に黄色と**山吹**色（赤みを帯びた黄色）を着重ねる。枚数は自由。色の組み合わせ方にセンスの良し悪《あ》しが表れてしまう。

紅梅襲《こうばいがさね》

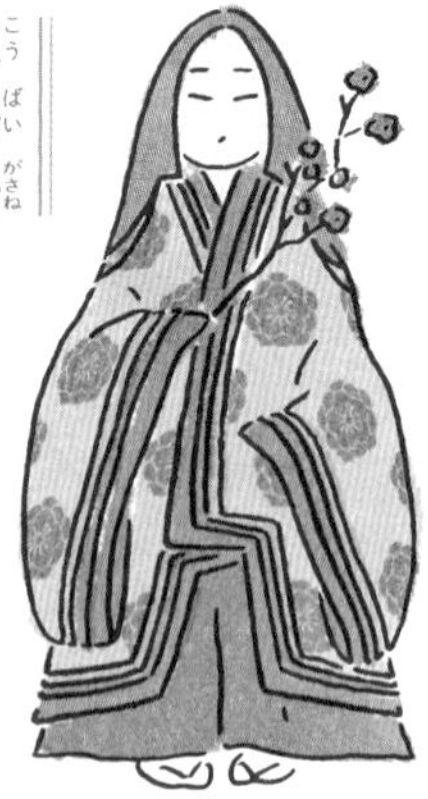

単衣《ひとえ》が緑。その上に濃いピンク〜マゼンタ系の色を着重ねる。

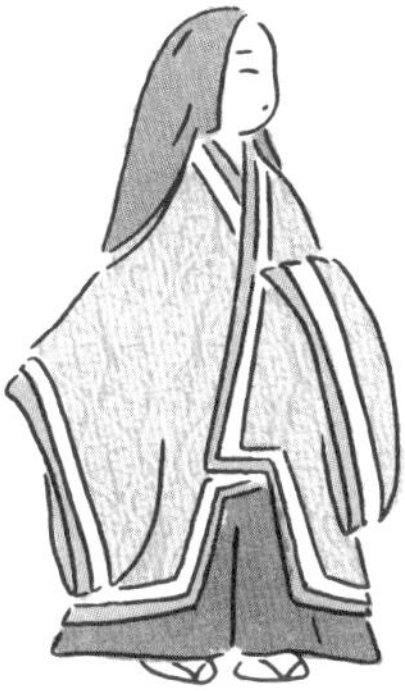

藤《ふじ》襲《がさね》

ポイントは萌黄《もえぎ》（若芽の緑色）、白、薄紫（藤の花の色）。表が薄紫、裏が緑系、単衣《ひとえ》は白。

菖《しょう》蒲《ぶ》襲《がさね》

夏をイメージさせる白い単衣に濃緑を着重ねる。差し色は紅梅（やや濃いピンク紫）。

撫《なで》子《しこ》襲《がさね》

ポイントは「表が蘇芳（ワインレッド）」。下に白を重ね、単衣は白か紅《くれない》。

蘇《す》芳《おう》襲《がさね》

単衣が濃い緑。上は全て蘇芳（ワインレッド）で、濃蘇芳〜薄蘇芳とグラデーションをつける。

桜《さくら》襲《がさね》

表が桜色、裏は蘇芳（ワインレッド）または紫（紫に禁令が出た場合は蘇芳で代用など時代により変化あり）。

花山天皇 かざんてんのう

（968～1008）平安中期の**天皇**です。後ろ盾である祖父・藤《ふじ》原伊尹《わらのこれただ》が即位以前に死去していたため立場が弱く、在位わずか2年で**一条天皇**《いちじょう》（**藤原兼家**《かねいえ》の孫）に譲位しました。色好みで、愛する妃《きさき》を亡くした悲しみを**藤原道兼**《みちかね》（兼家の子）に煽《あお》られ、だまされて僧になった逸話があります。僧になったあともスキャンダルが多く、女性絡みの誤解から**藤原伊周**《これちか》**・隆**《たか》**家**《いえ》兄弟に襲撃され、「長徳《ちょうとく》の変」という騒動のきっかけとなりました。

菓子 かし

砂糖の製造技術が未発達で、原料の入手も困難だった時代です。スイーツは基本的に高級品で、甘味料には**甘葛**《あまずら》（ツル草のツルや葉から採った汁を水あめ状に煮詰めたもの）などが用いられました。**椿**《つばき》**餅**《もち》、**粉熟**《ふずく》、中国から伝来した油で揚げる「**唐菓子**《からがし》」などがあり、貴人の家で接客に使われました。果実もスイーツともども「**くだもの**」と呼ばれ、間食や客へのもてなしとして出されました。

火事 かじ

火事は非常に身近な災害でした。建物は木造、家具はほとんどが**紙・布**製、さらに照明が**火**であったためです。放火も、政治への不満や火事場泥棒めあてで頻繁でした。**内裏**《だいり》が焼けてしまい、**天皇**が母方の実家を仮皇居とすることも多々ありました（**里内裏**《さとだいり》）。災害は天皇の不徳の現れと見られたため、内裏の焼亡を口実に、**藤原道**《みち》**長**《なが》が三条天皇に退位を迫った例もあります。

栄花物語 はつはな

今年の十一月に内《うち》（内裏）焼けぬれば、**五節**《ごせち》もえ参るまじうなりぬ。かく内のしげう焼くるを、みかど**いみじき事**におぼし嘆きて…「疾《と》くおりなん」。

あまりにもしばしば内裏が焼亡したため、**一条天皇**《いちじょう》が責任を感じ、「早く帝位をおりたい」と言う場面。

加持祈祷 かじきとう

病《やまい》を治したり災難を祓《はら》ったりするために、神仏に祈ることをいいます。その**儀式**を指すこともあります。加持とは仏教の用語で、手で印《いん》を結び（特定の形に指を組み）、金剛杵《こんごうしょ》という仏具を握り、**陀羅尼**《だらに》というお**経**を唱えて仏に祈ることです。祈祷とは神仏に祈ることです。平安時代の代表的な医療行為でした。▼『**源氏物語**』この人、亡くなりぬべし、加持し給へ（この人〈浮舟《うきふね》のこと〉、死んでしまいそうです、加持をしてくださいませ）。

傅く　かしずく

接頭語の「もて」をつけて「もてかしづ《ず》く」ということもあります。大切に育てる、大事に面倒を見る、という意味です。親や舅《しゅうと》・姑《しゅうとめ》にかしずかれることは、衣食住の質や社会的評価を大きく高めました。

頭おろす　かしらおろす

出家のことです。**髪**と頭を同一視した言い方です。

春日大社　かすがたいしゃ

奈良市に現存する神社です。**藤原氏**の氏神を祀《まつ》る神社で、平城京の建設とほぼ同時期に建てられました。常陸《ひたち》（現茨城県）の鹿島《かしま》神宮から、武甕槌命《たけみかづちのみこと》ら神々が鹿に乗って移ってきたとされます。古代の植物相を保つ神域や春日造《かすがづくり》と呼ばれる建築、代々奉納されてきた宝物類など、有形無形の文化財を有する神社です。

被衣　かずき

「**被**《かず》**く**（頭からかぶる）もの」を意味する言葉で、**袿**《うちぎ》や**単衣**《ひとえ》を頭からすっぽりかぶることや、そのかぶった衣を指しました。中流クラス以下の貴族女性が徒歩（**かち**）で外出する際、顔を隠すために着用したものです。

被く　かずく

「かぶる」という意味です。女性の場合は、悲しんだり抗議したりするとき、衣をすっぽりと「被く」態度を見せます。男性の場合は、**禄**《ろく》（ご褒美・ご祝儀）として衣類を頂いた際、それを感謝の印に「被き」ます（具体的には、肩に掛けます）。身分が高い人の場合は、目下の者に褒美として衣類を「被ける（かぶせる、つまり与える）」ことがよくあります。

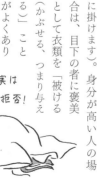

被け物 かずけもの

目上の人から目下へ、**禄**《ろく》（褒美や祝儀）として与える品です。頂いた者は、被いて（かぶって、つまり肩に掛けて）引き下がるのが作法でした。▼『うつほ物語』凶事《きょうじ》の所なれば、かづけ物はせで、御《おん》供《とも》の人々、**腰差**《こしざし》などしたまふ（凶事の場なので被け物は与えず、お伴《とも》の人たちに腰に差す巻《ま》き絹《ぎぬ》を授ける程度になさる）。

霞 かすみ

大気中を微細な水滴が漂う気象現象で、**春**のものを霞、**秋**のものを**霧**と呼び分けました。平安人は霞を春の風物詩として愛《め》で、**和歌**にも多く詠みました。動詞形は「霞む」です。

一枕草子一 祭りのころ

霞も霧も隔てぬ空の景色の、何《なに》となくすずろにをかしきに…。

ただ「祭り」といえば**葵祭**《あおいまつり》のこと。4月（**夏**）なので春の霞も秋の霧もかかっていない、すっきりとした空を愛でる心境である。

鬘 かずら

草木の枝・**花**などを頭に巻きつけた髪飾りです。また、人の頭髪を束ねて作ったウィッグのことも指しました。女性は**髪**が多く長いほど美しいとされたので、鬘で取りつくろう人もいたのです。▼『源氏物語』わが御髪《みぐし》の落ちたりけるを取り集めて**鬘**にし給へるが、九尺余ばかりにていときよらなるを…給ふ（ご自分の抜け毛を集めて作った、270cm以上あり、たいそう見事なウィッグを…お与えになる）。

風 かぜ

吹く風のことです。**夏**には涼をもたらし、音で季節感を伝える、なじみ深い存在でした。一方で**野分**《のわき》（台風）のときなどの大風は、建築技術が未熟な時代だったため、**内裏**《だいり》の官舎や**都**の入り口・大門が吹き倒される惨事となることもしばしばでした。災害は「天からの警告」と見なされていたので、政界のトップが協議し、改元や大《たい》赦《しゃ》、神社・寺での祭祀《さいし》などの復興策をとりました。

また、現代語の「かぜ」と近いニュアンスの**病**のことでもあります。「風病《ふうびょう》」「乱り心地」などともいいました。それほど重病ではなく、欠席や面会お断りなどの口実としてデッチ上げられることもありました。そのほか、習わしや伝統のことも指します。風習や家風と同義です。▼『源氏物語』はかばかしき方にはぬるくはべる家の風の…（実用的な面には疎《うと》うございます家風で…）。

乞食 かたい

物乞いで暮らす人のこと。人を罵《ののし》ったり、自分を卑下《ひげ》したりするときにも使います。「**こつじき**」と読むと仏教の修行のことです。▼『うつほ物語』「しかありける報いにかかる身となりぬ…」と言ふに、かたゐ涙を流して…（「悪行の報いでこんな身になったのだ」と僧が言うと、乞食は涙を流して…）。

CHECK IT OUT.

平安貴族と福祉

平安京には、庶民向けの慈善施設・**悲田院**《ひでんいん》や**施薬院**《せやくいん》があり、また賑給《しんごう》という、貧窮者に米塩を施す制度がありました。とはいえ現代人の目から見ると、福祉は衝撃的にお粗末です。貴族でさえ、落ちぶれて食うにも事欠く話がよく見られます。

しかし平安人に、国や富裕な貴族を責める発想は見られません。「不幸や貧困、**病**は、**前世**や今生《こんじょう》で犯した**罪の報い**」という意識が強かったようで、むしろ運命を嘆きます。また庶民も、上流貴族が施す衣服・食べ残しを、ありがたがっていた節があります。基本的に、生活水準の低さが今の比でなく、飢餓や若死《わかじ》にに慣れていたのでしょう。

片仮名　かたかな

漢字の一部を使う字体です。現代のものより複雑な字形でした。**漢籍**や仏典など**漢文**を読みくだす中から生まれた字体で、漢学者や僧が主に使いました。

方違へ　かたたがえ

ある所から別の場所へ移動する際、目的地へまっすぐ向かうのではなく、別の宿にいったん移って向かう方角を変えることをいいます。**陰陽道**《おんようどう》の思想により、**中神**《なかがみ》が塞いでいる（**塞**《ふた》**がる**）方角は避けるべきとされたため、このような住居・居所の変更が行われました。

かたちを変ふ　かたちをかう

出家することです。▼『源氏物語』御かたちも変りておはしますらむが、さまざま**悲し**（出家して〈女《おんな》三宮《さんのみや》の〉お姿も変わり果てておいでであろうことが、いろいろと悲しい）。

交野少将　かたののしょうしょう

恋の**雅**《みやび》を理解し追求する「色好み」の典型キャラです。『**落窪**《おちくぼ》**物語**』にヒロインの恋人候補としてゲスト出演し、『**源氏物語**』では**光源氏**より恋模様華《はな》やかな男とされるなど、多くの平安文学に取りあげられています。

方塞がり　かたふたがり

天一神《てんいちじん》（**中神**《なかがみ》）がいる方角は「塞がっている」と考えて、そちらへ行くことを避けた習俗。**陰陽道**《おんようどう》の考え方です。別の方角にある家へ赴くという「**方違え**《かたたがえ》」をしなければなりませんでした。

語らふ　かたらう

「繰り返し語る」がもとの意味ですが、そこから「親しくする」「男女が逢って甘い会話を交わす」というニュアンスが生まれました。「説得して味方に引き入れる」という意味もあります。『**源氏物語**』に、殿方（匂宮《におうみや》）が姫（中君《なかのきみ》）の寝所へ忍び込み、**結婚**してしまう場面がありますが、このとき周囲の漏らしたセリフが「（**女房**が）語らはれ奉《たてまつ》りぬらむ（侍女《じじょ》が宮さまに手なずけられてしまったのだろう）」です。▼『枕草子』女どちも、**契**《ちぎ》**り**ふかくて語らふ人の、末《すえ》まで仲よき人、かたし（女どうしでも、縁が深くて親しくしている人が最後まで仲よしなのは難しい）。

CHECK IT OUT.

女房との「語らひ」

貴公子が姫君に恋をしたら、まずはラブレターを送りますが、**手紙**を書いて家来に渡せば、姫の家へ行って届けてくれる…わけではありません。姫君は、女房（侍女）らにガードされている存在です。だから女房の中に味方を作って、手紙を受け取ってもらわねばなりません。というわけで、貴公子はまず女房と「語らひ」ます。繰り返し対話して、いかに真剣な恋か訴えたり、物を贈ったり出世を手引きしたり、女房と男女の仲になったりもしました。こうして「語らはれた」女房は、恋の成就に協力するようになります。時には姫の気持ちに反して貴公子を、ご寝所に導き入れたりもしたのです。

傍ら痛し　かたわらいたし

「傍らの人を意識して、心が痛む」状況をいう形容詞です。傍らの人が立派すぎて自身を恥ずかしく感じるケースは「恐れ多い、いたたまれない」、相手がみっともないのでこちらまでイライラする場合は「腹立たしい、みっともない」と訳せます。▼『**枕草子**』かたはらいたきもの。客人《まらうど》などに会ひてもの言ふに、奥の方にうちとけ言《ごと》など言ふを、えは制せで聞く心地（傍ら痛いもの。客を応接しているとき、家の奥からくだけた内輪話が聞こえてくるのを、制止もできずに聞く気持ち）。

徒歩　かち

徒歩、つまり**輿**《こし》や**牛車**《ぎっしゃ》、**馬**などに乗らず歩いていくことです。貴族はめったに歩かず移動は牛車が基本でしたが、徒歩で外出することもありました。**内裏**《だいり》内の通行や寺・神社へ**願**掛けをしてのお参り、身分を隠しての出歩きの際などです。▼『**落窪物語**』「徒歩よりおはしたなめり」と思ふに、めでたく**あはれ**なること、二つなくて…（「徒歩でおいでになったようだ」と思うと、またとなく有難《ありがた》く、心うたれて…）。

羯鼓　かっこ

鼓《つづみ》の一つ、つまり打楽器です。管弦や**唐**《とう》**楽**《がく》で用いられます。

桂　かつら

木の名称です。中国の伝説から**月**

にも生えている木とされました。**葵祭**《あおいまつり》（**賀茂**《かも》**神社**の祭り）の際には、**葵**と共に**冠**や**牛車**《ぎっしゃ》の**簾**《すだれ》に飾りました。省試《しょうし》（文官を登用する試験）に及第することを、中国の故事をふまえ「桂を折る」ともいいました。

桂川　かつらがわ

平安京の西を流れる川です。上流を大堰《おおい》川、嵐山あたりを保津《ほづ》川と呼びました。

門　かど

「**もん**」とも呼びます。貴族の場合、身分によって建ててよい門に違いがありました。

縑　かとり

「固織《かたおり》」が縮まった言葉です。つまり、目が細かい、固く織った絹織物のことです。

仮名　かな

「かんな」ともいいます。「仮り名（仮の文字）」という意味です。漢字という中国から伝来した文字を、その発音・字形などを利用して、日本語を書く文字としたものです。漢字を楷書《かいしょ》（崩さない書体）で仮名として用い当てて書きする**男**《おとこ》**手**《で》のほか、男手を草書体に崩した草仮名《そうがな》、漢字の一部を利用した**片仮名**、大幅に崩した**女手**《おんなで》（平仮名）がありました。ただ仮名といった場合は、多くが女手を指します。

▼『**源氏物語**』**消息**文《しょうそこぶみ》にも仮名といふもの書き混ぜず、むべむべしく言ひましは…（その学者の娘は、**手紙**にも仮名をまぜず格調高く書いてのけて…）。

鼎　かなえ

食物の煮炊きや湯沸かしに用いた金属器です。通常は三脚でした。

▼『**うつほ物語**』大いなる鼎たてて、**栗**を手ごとに焼きて**粥**《かゆ》に煮させ…（大きな鼎を置いて、各自が焼いた栗を入れて粥にし…）。

愛し・悲し　かなし

胸がキュッと締まるような、痛みに似た感覚をいいます。わが子への、理性を超えた愛しさを表現する際によく使われます。現代語の「悲しい」に近い、胸に迫る嘆きを表すこともあります。

源氏物語 浮舟

（匂宮《におうみや》は）泣き給ふこと、限りなし。心弱き人はまして「いと、**いみじくかなし**」と見たてまつる。いみじき仇《あた》を**鬼**に作りたりとも、おろかに見捨《みす》つまじき、人の御有様《おんありさま》なり。

匂宮という皇子の美貌・魅力を語る場面。たとえ仇敵《きゅうてき》が鬼の姿で現れたとしても、見捨てて逃げることはできまい、と感じるほどの様子だという。「心弱き人」はこの場合、侍従《じじゅう》という**女房**を指す。匂宮に惚《ほ》れ込んでいるのでその悲嘆ぶりを「かなし」と拝見する。

鉄漿 かね

「**歯黒《はぐろ》め**」ともいいます。身だしなみとして歯を黒く染めることです。その染色液のことも指します。

靴 かのくつ

男性の履物《はきもの》です。黒い革製品で、足首の部分を細いバンドで締めます。武官が**束帯《そくたい》**を着て正装するときに履きました。

壁代 かべしろ

壁代わりとして**御簾《みす》**の内側に垂らす、平絹や**綾《あや》**の布地です。表地を外へ向けて掛けました。防寒用でもあり、**更衣《ころもがえ》**の日に掛け替えたり外したりしました。▼『**うつほ物語**』少将《しょうしょう》、**直衣《のうし》**姿にて壁代と御**障《そう》子《じ》**との間《はざま》に立てり（片想いする姫〈女二宮《おんなにのみや》〉を盗み出そうとする少将が、直衣という服を着て壁代と**襖《ふすま》**の間に隠れて立っている）。

髪 かみ

男女共に、3歳ごろから髪を伸ばし始め、子ども時代は頭頂部から左右に分ける「**振り分け髪**」にして、**裾《すそ》**を切り揃《そろ》える「髪削《そ》ぎ」を時おり行いました。男児は**角髪《みずら》**を結ったり後ろで束ねたりします。成人すると、男性は髪を頭上で束ね、**元結《もとゆい》**で結んで「**髻《もとどり》**」を作りました。髻は「たぶさ」とも呼ばれ、人前にさらすことは究極の恥とされていました。そのため公式の場では**冠**、私的な場では**烏帽子**《えぼし》を常に着用します。髻や元結を切ることは、**出家**を意味しました。女性は、成人式や公式の**儀式**では髪を結いあげ、元結や**釵子**《さいし》で留める「**髪上げ**」をすることもありましたが、基本は垂れ髪でした。

平安人は垂れ髪の長さ、豊かさに極めて敏感でした。苦労や**病**のため抜けて髪の裾が細くなった様子や、裾・**下がり端**《ば》を切り揃えた手入れの行き届いた風情、光沢や衣へのかかり具合は必見ポイントでした。また姫の髪をくしけずってよいのは母・**乳母**《めのと》はじめ特に近《ちか》しい**女房**（侍女《じじょ》）であったり、髪を「撫《な》で繕《つくろ》ふ」しぐさが愛育のシンボルだったりと、髪には呪的なものが感じられていたようです。▼

『**うつほ物語**』御歳五つ。…御髪、背中ばかり…弟の宮は四つ。御髪

CHECK IT OUT.

平安の「美髪の意義」

美しい髪とは、長く、量が多く、艶《つや》がある髪でした。身の丈や服の裾《すそ》から〇尺（1尺＝約30cm）余る、溜《た》まる、多すぎて辛《つら》そう、瑩《よう》じたよう（貝で磨いて光沢を出したかのよう）などの表現は、その髪の持ち主の美貌を表します。一方、縮れ髪や赤毛、短髪、少ない毛量は欠点とされました。髪をまとめたり結んだりすると、テキパキ動けるぶん「労働する階層」っぽく見え、卑《いや》しさ・醜《みにく》さと感じられたようです。立ち働いていた**女童**《めのわらわ》（年少の侍女）が、主君の**御前**へ出る直前に、上げていた髪を下ろす場面があるほどです。それほどまでに、**打ち垂れ髪**のたっぷり感や、それが邪魔にならないゆったりライフ（つまりは富裕な暮らし）が、平安人には魅力だったのでしょう。

耳挟《みみはさ》**み**

髪を耳に掛けることです。縫物など家事にいそしむときのスタイルで、貴婦人としては品のない髪型でした。

打《う》**ち垂**《た》**れ髪**

結わずに垂らした髪です。姫君の通常スタイルでした。たいそう人気があり、「**いみじき天人の天降**《あまくだ》**れる**」ようなどと称《たた》えられています。

（例）『大和物語』夫は**妻**の「**大櫛**《おおぐし》を面櫛《つらぐし》にさしかけてをりて手づから飯《いい》盛りをりけり（大きな櫛を前髪に突きたてて自身で飯をよそっている）」という姿を見て幻滅し、**和歌**を詠める**雅**《みやび》な妻のもとへ帰る。

※**儀式**（成人式や出産儀礼）の際は、レディも髪上げや結い髪をします。

肩わたりにて…（兄宮は数え年5歳。お髪の裾が背の中あたりで…弟宮は4歳、髪が肩につくほどで…）。

紙 かみ

古代中国で発明された紙と製紙法が、日本に伝来したのは奈良時代といわれます。紙により、**文**《ふみ》（**手紙**）を書き交わす文化が育まれ、**和歌**・文学・絵画の傑作を生み、**障子**《そうじ》（現代の**襖**《ふすま》）・**扇**など独自の道具が発達しました。紙を皿や器の代わりにしたり、雛《ひな》人形やその家を紙で作ったりもしています。とはいえ、手すきで製紙する時代だったため、紙は今よりはるかに高級品でした。平安貴族は紙にも**雅**《みやび》を求めたため、染色した色紙《しきし》や薄く品《ひん》のよい**薄様**《うすよう》、輸入品である唐紙《からのかみ》・高麗紙《こまのかみ》などに、香をたきしめ、やりとりしました。**絵巻**や**冊**《そう》**子**《し》の作成には、金銀の箔《はく》を散らしたり模様をつけたりした豪華な料《りょう》紙《し》が使われました。**継紙**《つぎがみ》という、さまざまな色・質の紙を継ぎ合わせる紙は、芸術史を先取りするアブストラクト・アート（抽象芸術）でもありました。▼『**枕草子**』めでたき紙二十を包みて賜《たま》はせたり（**中宮・定子**さまがすばらしい紙を二十、包装してお与えくださった）。

髪上げ かみあげ

女子が**髪**を結いあげることです。古代には結い髪が成人女性のシンボルであり、初めての髪上げが成人式のメインイベントでした。しかし平安中期には垂れ髪が日常化し、成人式も**裳**《も》を腰に結ぶ「**裳**《も》**着**《ぎ》」が中心となっていました。それでも公式行事での正装や宮中の女官の身なりなどでは、髪を上げて**釵子**《さいし》を挿《さ》す髪型が見られました。

髪置き かみおき

幼児が**髪**を伸ばし始めることです。数え年3歳ごろから行われました。後世には**儀式**の一つにもなりました。

神上がる かむあがる

「**死ぬ**」の敬語です。**天皇**や皇族に使われます。

鴨川 かもがわ

「賀茂川」とも書きます。**平安京**の東を流れる川で、氾濫《はんらん》が都人《みやこびと》の悩みの種でした。また平安京の西部は低湿地で住みにくかったことから、平安京は当初の区画をはみ出し、鴨川を越えて北東部へ拡大しつつありました。

一蜻蛉日記一 中

石山に十日ばかりと思ひ立つ。…明けぬらんと思ふほどに出《い》で走りて、賀茂川のほど…追ひて物《もの》したる人もあり。…川原には死人《しにびと》も伏せりと見聞けど、おそろしくもあらず。

夫婦関係に悩む筆者（**藤原道綱《みちつな》母《はは》**）は、**石山寺**へお忍びでの参詣《さんけい》を思い立つ。**夜明け**にこっそり徒歩（かち）で出立《しゅったつ》し、賀茂川辺りで伴《とも》の人たちが追いついてくる。川原には死体が捨ててあるとの噂《うわさ》も、悩める筆者には気にならない、というのが生々しい。

賀茂神社　かもじんじゃ

平安京の近くにある、賀茂明神を祀《まつ》る二つの神社を指します。具体的には賀茂別雷《かもわけいかづち》神社（上賀茂《かみがも》神社）と賀茂御祖《かもみおや》神社（下鴨《しもがも》神社）です。この地域に古来住む氏族・賀茂氏が氏神として信仰し、平安京が建設された後は、**都**を守る神社とも崇《あが》められました。未婚の皇族女性が**斎王**《さいおう》に選ばれ、祭祀《さいし》を勤《つと》める「賀茂の**斎院**《さいいん》」という習わしもありました。この神社の例祭「**葵祭**《あおいまつり》」は、貴賤《きせん》・老若男女を問わず都人《みやこびと》が楽しみにする、初夏（4月）の一大イベントでした。

賀茂祭　かものまつり

賀茂神社の例祭です。**葵祭**《あおいまつり》ともいわれ、その行列には見物人が詰めかけました。

高陽院　かやのいん

藤原頼通《よりみち》の邸宅。**藤原氏**の最盛期を反映して、**内裏**《だいり》をモデルに壮麗に建築されました。後朱雀《ごすざく》天皇の時代には**里内裏**《さとだいり》にもなりました。高陽院への**行幸**《ぎょうこう》など、貴族の日記や**『栄花《えいが》物語』**に記録が多く見られます。

粥　かゆ

コメを水で炊いた食べ物です。平安文学には「御粥《おんかゆ》」と敬語で、貴人の一般的な食事として頻出します。現代の飯に当たる「固粥《かたかゆ》」と、粥に相当する「汁粥《しるかゆ》」があったといわれます。

粥の木　かゆのき

正月の15日には、主水司《もいとりのつかさ》という役所が7種類の穀物（米、粟、キビ、ヒエ、ミノ、ゴマ、小豆）で七種粥《ななくさのかゆ》を作り、宮廷に献上するという行事がありました（正月7日に食べる、**春**の**七草**を入れた七草粥《ななくさがゆ》とは別もの)。貴族の屋敷でも同様に粥を作らせ食したようです。この粥を炊いた薪の燃え残りで、粥の木または粥杖《かゆづえ》と呼ばれる杖を作りました。これで女性の腰を打つと懐妊するという俗信があり、**女房**たちが女主人や互いのお尻を打ち合って大騒ぎで楽しみました。

CHECK IT OUT.

平安のジンクス

平安時代にも、俗信やおまじないがいろいろありました。

・**硯**《すずり》に字を書いてはいけない。
・魂祭《たままつ》りの晩（大晦日《おおみそか》）には亡き人の魂が訪ねてくる。
・人の恨《うら》みを買うと祟《たた》られる。
・誰かを**夢**に見るのは、その人に想われているから。
・恋人の夢を見たいときは、衣を裏返しにして寝るとよい。

通ひ婚 かよいこん

男性が**妻**のもとへ通うという**結婚**スタイルです。**夜**、闇にまぎれて訪問し、翌朝暗いうちにひっそり帰るのが**雅**《みやび》とされました。夫婦として認知されるようになると、昼間も来たり滞在したりするようになりました。男性が通う妻を複数持つことは珍しくなく、妻・子と同居しない例も多々ありました。夫は「お客様」のような位置づけであり、訪ねてくると妻の一家を挙げて歓待し、**装束**《しょうぞく》など贈り物を貢《みつ》いで機嫌を取りました。妻や子らは妻の一族が扶養しました。▼『**落窪物語**』「四日よりは泊まると言ひし」と思ひて無期《むご》に伏せり（花婿は「新婚4日めからは滞在するものだと言われたな」と、いつまでも寝ていた）。

CHECK IT OUT.

通い婚と平安の政治

通い婚の風習は、当時の政治にも影響を及ぼしています。平安中期は、「摂関《せっかん》政治」の最盛期でした。**天皇**が母方の祖父を摂《せっ》政《しょう》・関白《かんぱく》に据え、後見してもらって統治するという政治スタイルです。今から見ると公私混同のようですが、当時は一族が団結して身・財産を守るのが当然であり、天皇も例外ではなかったのです。子どもは（皇子も含め）母の実家で育つ習慣で、たまにしか会わない父親より、母の父のほうが近しい存在だったりもしました。一方で宮廷の官職は、父から息子への世襲傾向が強まっており、父系の家制度が現れつつありました。

荷葉 かよう

ハスの葉のことです。また、ハスの**花**の香りをモデルとして調合された、**薫物**《たきもの》（お香）の名でもあります。**夏**のお香でした。

唐 から

狭義には、中国の唐《とう》王朝のことです。ただ「漢」「韓」を「から」と読むケースもあり、その場合は**天竺**《てんじく》（インド）を除く外国、つまり「(中国）大陸」というニュアンスです。平安人にとっては文化の先進地域であり、憧れの対象でした。▼『**うつほ物語**』唐土《もろこし》の人の来るごとに、唐物《からもの》の交易し給ひて…（大陸の人が来るたびに、舶来品の交易をなさって…）。

唐絵 からえ

大和絵《やまとえ》に対し、外国（主に中国）の物や人・風景などを描いた**絵**です。

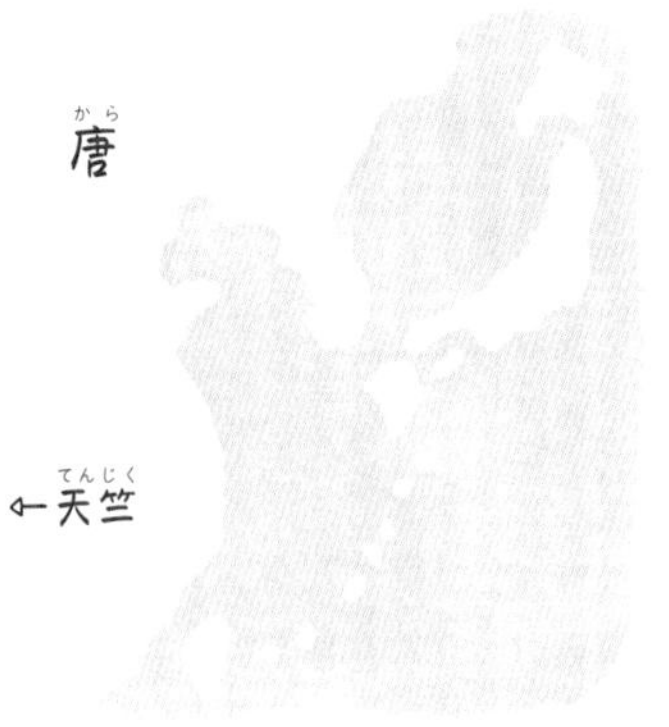

唐菓子 からがし

「からくだもの」とも。スイーツの一つです。中国伝来の食品で、油で揚げたといわれます。

唐衣 からぎぬ

女性貴族の衣装の一つです。いちばん表に羽織る、丈の短い**表着**《うわぎ》です。これを着ると正装になりました。そのため、姫君階級の人が着用するのは、公的な**儀式**の折などに限られました。ふだんは高等使用人である**女房**（侍女《じじょ》）が、主君の前に出るとき羽織る服です。宮中の場合、**綾**《あや》（**紋様**《もんよう》を織り出した豪華な絹地）で赤色または青色の唐衣は、**禁色**《きんじき》（身分により禁止されている服）でした。禁色を「着てもよい」と勅許《ちょっきょ》（**天皇**の許可）を頂くことを「**色**許《いろゆる》さる」といい、名誉なこととされていました。それ以外には、唐衣の制限はなかったので、刺繍《ししゅう》をしたり生地を重ねたりと、皆でおしゃれを競い合いました。▼『**和泉式部集**』小式部《こしきぶの》内侍《ないし》、露《つゆ》おきたる萩《はぎ》おりたる唐衣を着て侍りけるを…（小式部内侍という女房が、露をのせた萩の図柄を織り出した唐衣を着て控えていたのを…）。

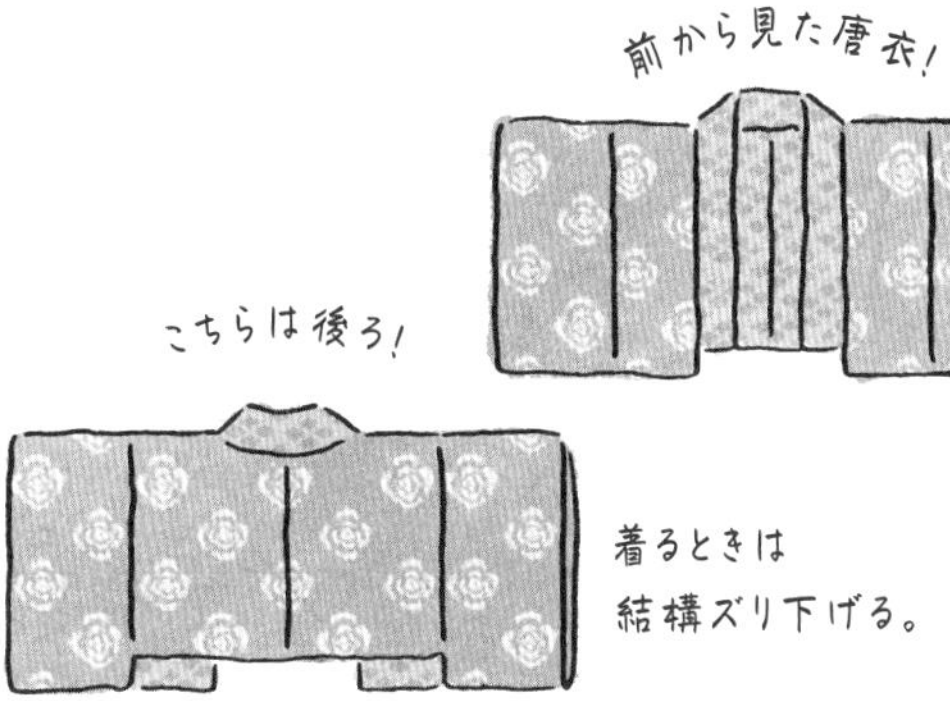
前から見た唐衣!
こちらは後ろ!
着るときは
結構ズリ下げる。

烏 からす

烏の名です。鳴き声やその騒がしさ、黒い**色**がイメージされる鳥でした。平安時代にはよい印象の鳥ではなかったようで、**歌**にもあまり詠まれません。

唐車 からのくるま

牛車《ぎっしゃ》の一つです。**唐**《から》（中国）ふうの屋根を持つ、格の高い車です。

唐廂車 からびさしのくるま

牛車《ぎっしゃ》の一つです。**唐車**《からのくるま》に**廂**《ひさし》が加わったもので、格がより高い車です。

唐櫃 からびつ

脚つきの**櫃**《ひつ》です。この構造は海外から伝わったので「唐」櫃と呼ばれました。底板の下にも風が通るので防湿性に富む優れものです。

雁 かり

「かりがね」ともいいます。**鳥**の名です。渡り鳥で、中国の故事から「**手紙**を故国へ運ぶ鳥」とされました。また、V字に連なって飛ぶ姿が親密な家族を連想させ、「列から一羽だけ離れた悲しみ」は、自分の孤独さを嘆く例としてよく用いられました。**秋**の風物詩です。

狩衣 かりぎぬ

男性の衣装の一つです。名前のとおり、もともとは**鷹**狩《たかがり》など狩りに用いた服です。肩の辺りが開いている上、**袖口**《そでぐち》に**紐**《ひも》が通してあって、いざというときにはくくれるなど、活動的な構造となっています。中流貴族以下が主に着た服で、上流貴族が着用するのはお忍びや訳アリの場合です。正装でないぶん規制もなく、さまざまな**色**の狩衣でおしゃれする例も見られました。

迦陵頻 かりょうびん

舞楽《ぶがく》の一つです。大陸から渡来した曲で、**鳥**のかっこうをした**童**《わらわ》4人が舞います。チョウを模した舞楽「**胡蝶**《こちょう》」とペアで演奏されました。

迦陵頻伽 かりょうびんが

想像上の**鳥**です。極楽にいて顔は人間の美女のよう、声も美しいとされました。舞楽《ぶがく》「**迦陵頻**」の由来にもなりました。▼『源氏物語』（**光源氏**の詠《えい》は）これや、仏の、御迦陵頻伽の声ならむ（これこそ、御仏《みほとけ》の、迦陵頻伽の声だろう）。

乾飯 かれいい

「**ほしいい**」とも。干して乾燥させた飯のことです。旅行の際に携行し、水や湯に浸して柔らかく戻してから食べました。▼『**うつほ物語**』山伏《やまぶし》ども召し集めて、飯、**酒**食はせ、乾飯、襖《あお》一つづつ取らす（山籠《やまごも》りの修行僧たちを呼び集め、飯と酒を摂《と》らせ、乾飯と冬服を一つずつ与えた）。

火炉 かろ

火舎《ほや》ともいい、火鉢のような熱源です。調理や防寒、採光などに使われました。土製・木製・金属製のものがあり、中に炭や薪を入れて焚《た》きました。

皮笛 かわぶえ

唇の皮で吹く笛、つまり口笛のことです。

蝙蝠扇 かわほりおうぎ

扇の一つです。**竹**や**木**で作った骨に**紙**や絹を張ったもので、**風**を起こしやすい品でした。**和歌**を書きつけて贈ったり、物を載せお盆《ぼん》代わりにしたりと、日常の用を足すためにも使いました。現在の蝙蝠扇は骨が5本で、紙を両側から張った品が主流ですが、平安の蝙蝠扇は骨の数が多様で、紙は片面のみ張った品が多く見られます。▼『源氏物語』夜《よ》べの蝙蝠をおとして。これは、風ぬるくこそありけれ（昨夜使っていた蝙蝠扇をなくして。この**檜扇**《ひおうぎ》は風がぬるい）。

厠 かわや

トイレのことです。**樋殿**《ひどの》ともいいます。

土器 かわらけ

素焼きの土器の器です。多くは酒《しゅ》盃《はい》を指します。宴席では、上座《かみざ》から**盃**《さかずき》がめぐってきて回し飲みをするのが通例でした。「土器あまたたび（多くの回数）流れ」という文章は、盃が何度も回ってくる、盛りあがった宴を意味します。▼『源氏物語』次々のただ人《びと》も多くて、土器あまたたび流れ、皆酔《え》ひになりて…（下座《しもざ》に次々と連なっている一般貴族も多くて、土器が何度も流れ、皆酔っぱらって…）。

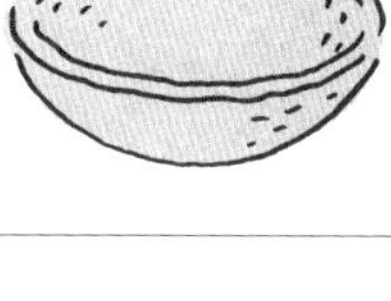

河原院 かわらのいん

平安前期の左大臣《さだいじん》・源融《みなもとのとおる》が造ったお屋敷です。奥州の**塩竈**《しおがま》という景勝地の風景をモデルに**池**を造り、海水を運ばせて塩焼きのさまを再現するなど、**贅沢**《ぜいたく》と風流をきわめた名園でした。**『源氏物語』**で**光源氏**が建てた豪邸「六条院《ろくじょういん》」や、**物《もの》の怪《け》**が出現した「なにがしの院」のモデルとされます。

CHECK IT OUT.

平安京の高級住宅街

通勤に便利な場所の地価が高騰するのは、今も昔も同じです。**平安京**でも、**内裏《だいり》**に近い一条《いちじょう》〜三条《さんじょう》は大貴族の広い屋敷が建ち並んでいました。対して六条は、内裏へ日参するには遠すぎる位置であり、通勤の必要がない引退後のVIPの住まいや、別荘のような位置づけの名園が見られました。不便な場所であるため、主人亡きあとは荒廃しがちです。河原院も、源融《みなもとのとおる》の亡霊が出るという伝説で有名になってしまいました。

願《がん》

もともとは仏教用語で、「悟《さと》りを得たい／悟りを得て命あるもの全てを救済しよう」と誓いを立てることです。平安中期には仏教と神道が混じり合い、**病**の治癒《ちゆ》や出世、身の安全など、特定の望みが叶《かな》うよう神仏に祈ることも指すようになりました。願を立てる際には供え物と共に**願文《がんもん》**を捧げます。願いが叶った暁《あかつき》にはその神社や寺にお礼としてお参りし、「願を果たす」習わしでした。

願掛けの際は、豪華な「返り申し（お礼参り）」を誓うのが定番でした。

うつほ物語 藤原の君

小さくて、病《やまい》してほとほとしかりけるに、親大きなる願どもを立てたりけり。亡くなりにけるときに言ひ置きけれど、かかる財《たから》の王にて果たさず、その罪に恐ろしき病つきて…。

三春高基《みはるたかもと》という富豪は幼いころ、重病になったため親が大願をいくつも立ててくれた。親はその願の件を遺言したけれど、ケチな高基は金持ちなのに願果たし（お参り）せず、その罰で恐ろしい病にとりつかれた、としている。平癒《へいゆ》祈願が治療の一環だったことや、願が叶ったらお礼参りを果たす義務があったことがわかる。

官位 かんい

官職《かんしょく》と**位階**《いかい》のことです。官職とは、〇〇省のすけ（次官）などと、官庁における地位を指します。一方の位階は、皇族の場合は品《ほん》（一《いっ》品《ぽん》、二品《にほん》など）、臣下の場合は位《い》（一位《いちい》、二位《にい》など）で、この位階の高さにより、なれる官職がだいたい決まっていました。官位が上がるには、生まれついての身分のほか、本人の実力（**漢文**の教養・芸事の**才**《ざえ》、美貌など）が重要でした。

美貌は実力の一部と考えられていました。容姿が理由で雇用されることも。

CHECK IT OUT.

官職あれこれ

官職は、それぞれの役所に4等官置かれていました。上から「かみ」「すけ」「じょう」「さかん」です。この呼び名に、各役所が異なる漢字を当てていました。「かみ＝頭／守／正」などです。

平安社会は二重ピラミッド構造！

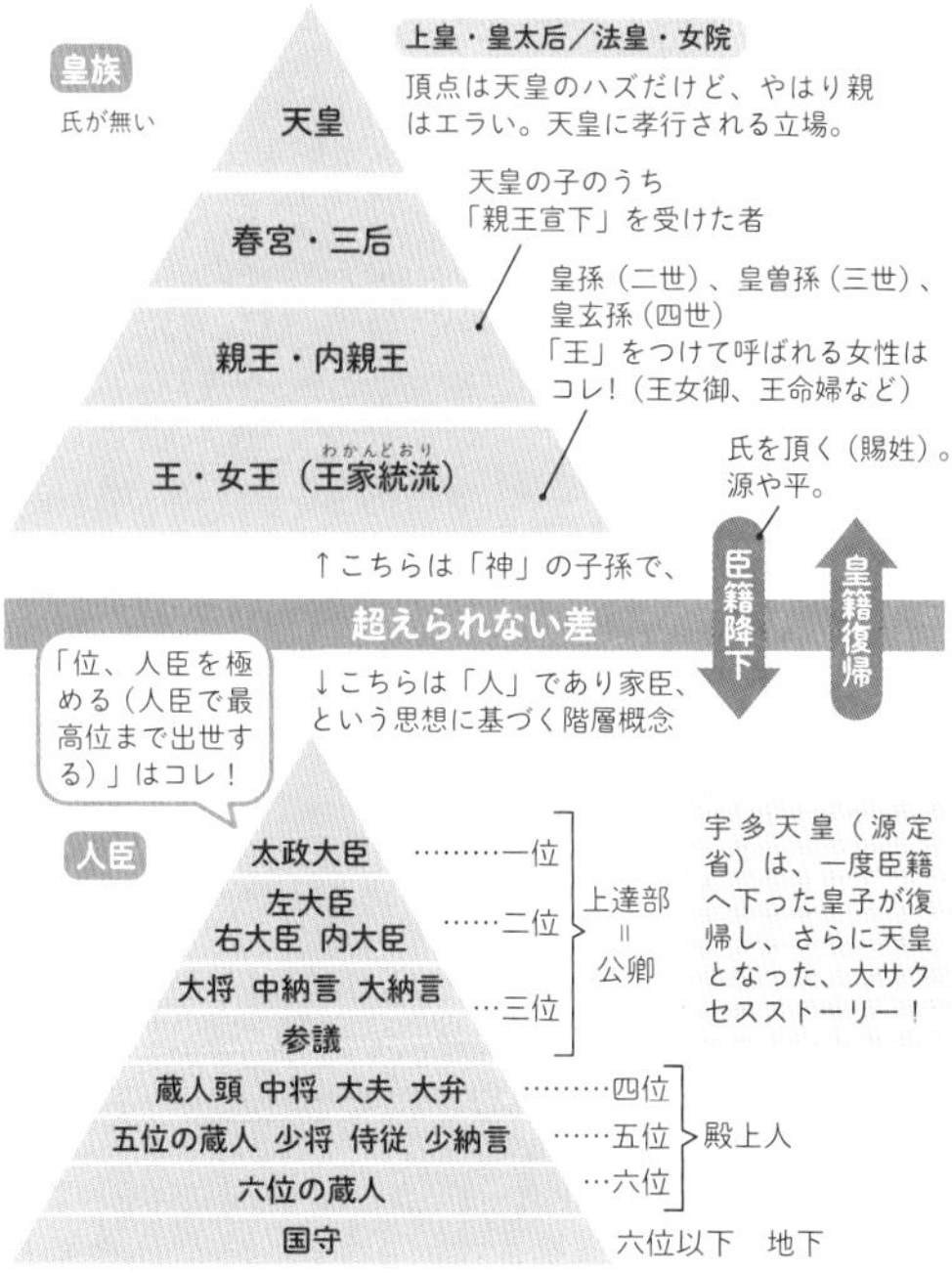

勘文 かんがえぶみ

「かもん」「かんもん」とも読みます。政治上の問題や**天変地異**などが起きた際、朝廷が各部署に質問を下し、それに応じて提出された意見書です。前例を調べたり、日時・方角・吉凶などを占ったりした結果が上申されました。明法道《みょうぼうどう》（法学）・**陰陽道**《おんようどう》（占いや天文学）など諸道の学者や、神祇官《じんぎかん》（祭祀《さいし》担当官）・外記《げき》（事務官）・史《ふひと》（史《し》官《かん》、書記官）などが担当しました。

勧学院 かんがくいん

藤原氏出身者が漢学を学ぶための寄宿舎です。それぞれの氏族がこのような教育機関を持っていました。いわば私学ですが、**大学寮**の付属機関でもありました。**氏長者**《うじのちょうじゃ》（氏族のトップ）の家におめでたいことがあると、勧学院の学生《がくしょう》たちが作法に従った歩き方でお祝いに来る習わしでした。▼『**紫式部日記**』勧学院の衆ども、歩みしてまゐれる、見参《げざん》の文《ふみ》どももまた**啓す**《けい》（勧学院の者どもが練り歩いて参上したので、その名簿を**中宮**さまに申しあげる）。

勧学会 かんがくえ

天台宗の僧と**勧学院**の学生《がくしょう》が集まって行った、お経の講義や漢詩（**詩**《ふみ》）の**作文**《さくもん》の会です。3月と9月の15日に開かれました。

簪 かんざし

髪に挿《さ》す実用品かつ飾りです。**釵**《さい》**子**《し》、**笄**《こうがい》のほか、**櫛**《くし》も簪として使うことがありました。

巻子本 かんすぼん

巻物タイプの書籍のことです。内容が知的財産であるほか、装丁も美術品・宝物として重要で、大事に贈答・相続（**処分**《そうぶん》）されました。

漢籍 かんせき

漢字で書かれた中国の書物のことです。官人となる貴族男性にとっては仕事に必須のツールでした。

観相 かんそう

人相を見て占うことです。

上達部 かんだちめ

公卿《くぎょう》のことです。いわば閣僚で、平安政界のトップ集団です。

ー紫式部日記ー

上達部・殿上人《てんじょうびと》**どもさるべきはみな宿直**《とのい》**がちにて、橋の上・対**《たい》**の簀子**《すのこ》**などに、みなうたた寝をしつつ、はかなうあそび明かす。**

中宮・彰子《しょうし》のお産が迫り、**物**《もの》**の怪**《け》などを追い払うため皆が泊まり込みで護衛に当たっている場面。トップ貴族らが、簀子など意外とカジュアルな場で寝起きしている。

神無月 かんなづき

10月のことです。初冬に当たりました。後世には、「神が無い月」と捉えて神々が出雲《いずも》へ集まる時期だという考えが生まれました。

雷鳴壺 かんなりのつぼ

後宮《こうきゅう》の建物である襲芳舎《しほうしゃ》の別称です。落雷した**木**が**壺**（中庭）にあったため、こう呼ばれました。

坎日 かんにち

暦《こよみ》の上で、万事に凶だとされた日です。▼『紫式部日記』正月一日…坎日なりければ、若宮の御**戴**《おんいただき》**餅**《もちい》のこと停《と》まりぬ（元日は…坎日だったので、皇子さま〈敦成**親王**《あつひらしんのう》＝のちの後一条《ごいちじょう》**天皇**〉の戴餅の儀は取りやめになった）。

観音 かんのん

観世音《かんぜおん》菩薩（菩薩＝未来に仏になる者）のことです。仏教で罪深い存在とされた女人《にょにん》をも救済するとされ、貴族女性たちに篤《あつ》く信仰されました（**女人往生**《にょにんおうじょう》）。**清水寺**《きよみずでら》、**石山寺**《いしやまでら》、**長谷寺**《はせでら》の観音信仰が有名です。

漢文 かんぶん

古代中国の文章・文学のことです。日本では訓読という、中国語である漢文を日本語として読み書きする独特のスキルが編み出され、公文書に使用されていました。平安時代の貴族男性には、公務上必須の知識でした。

冠 かんむり

「**こうぶり**」ともいいます。貴族

男性の正装の際のかぶり物です。

願文 がんもん

がんぶみ、がんぶん、御願書《ごがんしょ》、**御**《み》**明**《あ》**かし文**《ぶみ》とも。神仏に祈願をする際に必要だった、**願**（願い）の内容をしるした文書です。美しい言葉のパワーによって神仏の心を動かそうとしたため、すぐれた**漢文**作品も少なくありません。▼『**紫式部日記**』御願書に、**いみじき**ことども書き加へて読みあげ続けたる言《こと》の葉の、**あはれ**に尊く、頼もしげなること限りなき（ご安産祈願の願文にすばらしい文句を書き加えて読みあげ続ける言葉が、しみじみと尊く、極めて心強い）。

紙屋紙 かんやがみ

「かみやがみ」とも。朝廷の製紙所・紙屋院《かみやいん》で漉《す》かれた**紙**です。**宣旨**《せんじ》（**天皇**の命令書）に用いる紙など官用にも使われました。平安末期には、**反故**《ほご》（古紙）を漉き返した再生紙が多くなり、薄墨紙《うすずみがみ》などともいわれました。

綺 き

高価な絹織物のこと。「あやぎぬ（**紋様**《もんよう》の美しい絹地）」ともいいます。綺麗《きれい》（綺のように美しい）や、綺羅《きら》（美しい衣服、または華やかさのこと。羅は薄絹《うすぎぬ》）の語源です。

木 き

庭の美を愛し、熱心に作庭した平安貴族にとって、樹齢を重ねた木《こ》立《だち》は得難い財産でした。木を根こそぎ掘り取って移植したり、よい木のある邸宅を買い取って移住したりもしました。特に愛《め》でられる季節は**夏**と**冬**で、夏には涼しげな緑陰《りょくいん》を眺め、冬には常緑樹にかかった**雪**を観賞しました。

栄花物語 たまのむらぎく

（**土御門殿**《つちみかどどの》の）山・中島などの大木《おおき》ども、**松**の蔦《つた》かかりて**いみじかり**つるなど、おほかた一木《ひとき》残らずなりぬ。…銀《しろがね》・黄金《こがね》の御宝物はおのづから出《い》で来《き》、設けさせ給ひてん、この木どもの有様・大きさどもをぞ、世に口惜《くちお》しき事に思《おぼ》し嘆かせ給ふ。

火事で豪邸を失った**藤原道長**《みちなが》が、宝物より木立を惜しがる場面。

消え入る　きえいる

「**死ぬ**」の遠回しな言い方です。

祇園御霊会　ぎおんごりょうえ

「祇園祭」ともいいます。6月14日に行われた、祇園社（現・八坂《やさか》神社）のお祭りです。御霊会とは、**天変地異**や疫病を**御霊**（非業《ひごう》の死者の怨霊）の祟《たた》りと考え、慰めるために催された祭事のことですが、祇園の場合は牛頭天王《ごずてんのう》という仏教由来の神を祀《まつ》り、疫病鎮静を祈ったのが始まりです。災いへの恐れや五穀豊穣の祈りなど庶民の信仰に根ざしたもので、**猿楽**《さるがく》など民間の芸能も奉納され文化が発展しました。朝廷も神輿《みこし》を送るなどして尊重しました。

桔梗　ききょう

夏～**秋**に青紫または白の**花**をつける植物です。秋の花とされました。**和歌**では「きちかう」とも詠まれました。万葉の時代には「**朝顔**」とも呼ばれたようです。

飢饉　ききん

食料が不足する災害です。日照りや長雨、冷夏、病虫害などで、作物が不作の年によく起きました。農民の耕作放棄・人手不足なども原因でした。栄養不足から、たいていは疫病の流行も続きます。**京**の近隣の人々は土地を捨てて**都**へ流れ込み、路上に死者・病人が見られる事態となりました。

菊　きく

晩秋～初冬の**花**です。後代に品種改良が進んだ花で、平安期には現代のものより小ぶりで素朴でした。花盛りのときだけでなく、盛りが過ぎて花弁の色が変わる「移ろひ」も注目ポイントでした。重陽節会《ちょうようのせちえ》（9月9日）には菊の着《き》せ綿《わた》という風習があり、**庭**の菊に真綿をかぶせておいて夜露と香りをしみこませました。それで体を拭くと老いをぬぐい捨てられる、といわれていたのです。▼『**うつほ物語**』**春宮**、十一月**朔日**《ついたち》頃、残れる菊の宴《えん》きこしめしける（皇太子殿下は11月1日、残っている菊を惜しむ宴を開催なさった）。

着こむ　きこむ

「籠《こ》む」とは「中に入れる・こもらせる」という意味で、つまり衣の中に包み込むという意味です。女性は徒歩（**かち**）での外出時、**髪**をよく着こめていいます。

后の宮　きさいのみや

「きさき」が音便《おんびん》化して「きさい」と発音されます。后（**中宮**・**皇后**）への敬称で、その屋敷のことも指します。正妻として、**天皇**とならび「日と月」に例えられる存在であり、**大饗**《だいきょう》という饗宴を主催する、**御帳台**《みちょうだい》の前に獅子狛犬《ししこまいぬ》を置くなど、格式・待遇も妃《きさき》（**女御**《にょうご》・**更衣**《こうい》）たちより一段上でした。天皇への影響力や**御封**《みふ》という収入、官吏の任命権などもあり、政治的にも経済的にもパワフルで、貴族女性たちの憧れ・尊敬の的でした。

▼『**伊勢物語**』二条の后の、まだ…ただ人《びと》にておはしましける時（皇后・藤原高子《たかいこ》さまがまだ…臣下でいらっしゃった時）。

階　きざはし

「はし」とも。高床式の建物で、床と大地をつなぐ階段のことです。敬語では「御階《みはし》」といいます。

如月　きさらぎ

旧暦の2月を指す月名です。**春**に当たりました。

貴子　きし

（?〜996）高階《たかしなし》氏の出身です。**内侍**《ないし》（掌侍《ないしのじょう》）という女性公務員で漢学に通じ、歌人としても有名でした。名門の貴公子・**藤原道隆**《みちたか》と結ばれて3男4女を産み、道隆の出世と娘・**定子**《ていし》の**立后**《りっこう》で、従三位《じゅさんみ》という高位に昇ります。弱小氏族であり、また女官が「姫君らしくない」と見られがちな中で、関白《かんぱく》の正妻になるという玉《たま》の輿《こし》でした。道隆の死後は家が没落し、悲嘆のうちに死去しました。高内侍《こうのないし》、儀同三司母《ぎどうさんしのはは》とも呼ばれます。

雉　きじ

鷹狩《たかがり》の獲物や食肉として身近な**鳥**でした。現在は日本の国鳥です。

▼『**うつほ物語**』父主《ちちぬし》、手づから雉つくる（娘の婿《むこ》をもてなすため、

宮内卿《くないきょう》・在原忠保《ありわらのただやす》が自身で雉を調理する）。

儀式　ぎしき

現代では、中身のないセレモニーがイメージされがちですが、平安人には意味あるものと感じられており、政務の中でも重要な位置を占めていました。先例を調べ作法を守って行う儀式は、その重々しさ美々《びび》しさで人々を感嘆させ、神仏もお喜びくださるだろうと感じさせたのです。室内の**室礼**《しつらい》（飾りつけ）も儀式の一部でした。▼『落窪物語』**装束**ども、しつらひたる儀式、いとめやすし（衣装類や室内を整えた儀式が、たいそう感じがよい）。

汚し　きたなし

汚れている、不潔だ、腹黒い、などを指す言葉です。汚き所・穢土《えど》（**穢れ**《けが》の地）というと、仏教的な意味で「汚れたこの国」です。下着類や乳児のおもらしを指すときにも「汚きわざ」などといいます。▼『うつほ物語』汚きものは賜《たま》はり侍《はべ》りぬ（**宿直**《とのい》用の下着は頂きました）。

北の方　きたのかた

正妻への敬称です。屋敷の「**北の対**《たい》」に住むことが多かったので、こう呼びます。とはいえ、東や西など、別の**対**《たい》**の屋**《や》に居住するケースも多く見られました。▼『枕草子』ただ人《びと》の、**上達部**《かんだちめ》の北の方になり、上達部の御女《むすめ》、后《きさき》にゐたまふこそは、**めでたき**ことなめれ（普通の身分の女が、上達部の奥方になり、その上達部の令嬢が后におなりになることこそ、すばらしいことであろう）。

北野神社　きたのじんじゃ

北野天満宮ともいいます。**菅原道真**《すがわらのみちざね》を祀《まつ》る神社です。道真は藤原時《とき》平《ひら》に失脚させられ、左遷先の**大宰府**《だざいふ》（現・福岡県）で死去しました。その後、**京**では時平ら**藤原氏**一門の急死が相次ぎ、さらには**清涼殿**《せいりょうでん》（**天皇**の住まい）への落雷とそれによる**公卿**《くぎょう》（閣僚）の焼死という、前代未聞の天災・**穢れ**《けが》が発生します。貴族も民衆も「道真の祟《たた》り」と恐慌《きょうこう》をきたし、北野にあった天神《てんじん》（天の神、すなわち雷神も含む）の社《やしろ》で、道真を手厚く祀りました。この信仰は、道真の学識への敬意と天神信仰が融合し、学芸の神「天神さま」信仰となって、全国に広まっていきました。

北の対 きたのたい

平安貴族の邸宅で、**寝殿**《しんでん》（正殿）の背後（北側）にあった別棟のことです。主人の正妻が住む場所という意識があり、正妻を「**北の方**《かた》」と呼ぶようになりました。ただし一条《いちじょう》朝期には、「北の方」と呼ばれる**妻**が東・西の**対**に住む例も多く見られます。

几帳 きちょう

布タイプの衝立《ついたて》です。目隠しや仕切り、防寒などのために設置していました。特に貴族女性は、男性の**垣間見**《かいまみ》を防ぐため、**御簾**《みす》や壁沿い、自分の横に几帳を立て並べていました。**帷**《とばり》の縫合していない箇所は「几帳の綻《ほころ》び」と呼ばれ、ここから外や相手を覗き見しました。▼『源氏物語』あな、見苦した。

CHECK IT OUT.

几帳は平安のマストアイテム

几帳は、平安貴族の生活に深く関わる家具です。貴婦人たるもの、異性との対面は「御簾と几帳ごし」が当然。したがって「几帳だけを隔《へだ》てて会う」のは、相手への格別な親近感を意味しました。

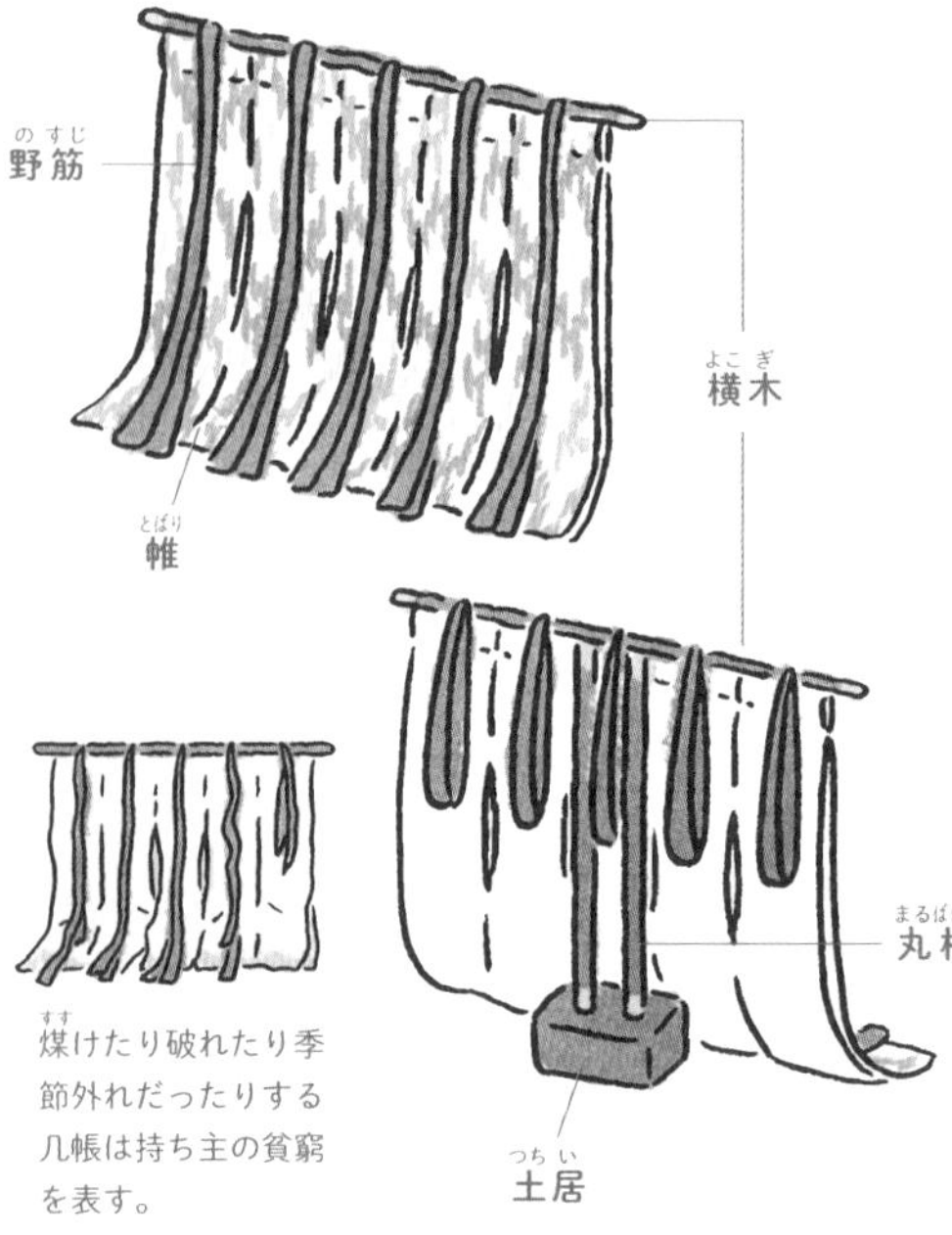
素材
冬は練絹《ねりぎぬ》、夏は生絹《すずし》。
更衣《ころもがえ》の日にいっせいに交換する！
丸柱《まるばしら》

煤《すす》けたり破れたり季節外れだったりする几帳は持ち主の貧窮を表す。

や。短き御几帳ひき寄せてこそ、さぶらひ給はめ（ああ、見苦しい。**女御**《にょうご》さまの**御前**では、短い御几帳を引き寄せ身を隠しておいでなさい）。

差し几帳

貴婦人が戸外へ出る際は、従者に几帳を持たせて姿を見られないようにしました。

毬杖　ぎちょう

「ぎっちょう」ともいいます。毬《まり》を打つ道具です。**打毬**《だきゅう》という遊戯に用いました。▼『枕草子』男児《おのこご》…「我に毬杖切りて」など乞《こ》ふ（少年が「僕に毬杖〈に使う木〉を切って」とせがむ）。

模様　織り出すか染めるか手描きする！

幅《の》　布の幅《はば》を数える単位。1幅は約30cm！

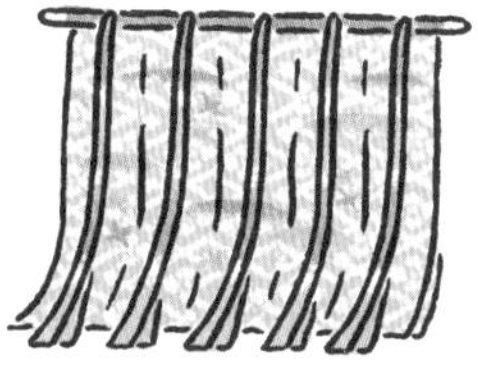

豪華な几帳！　三重襷花菱《みえだすきはなびし》という紋様《もんよう》に、手のかかる斑濃《むらご》染めの野筋《のすじ》。

朽木形《くちきがた》という木の古びたような様子の紋様。一条朝期の几帳の定番。

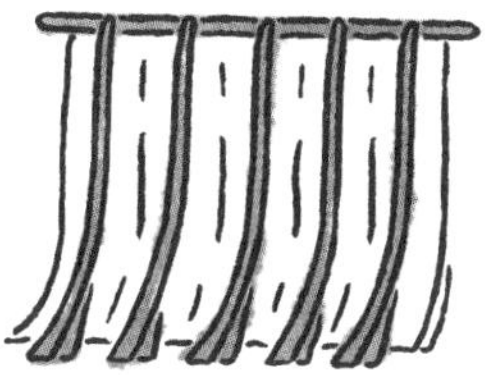

花文綾《けもんりょう》という花の紋様を織り出した絹織物の几帳も、高級品の部類。

四尺几帳

高さ4尺（約120cm）

幅5幅（約150cm）

三尺几帳

高さ3尺（約90cm）

幅4幅（約120cm）

牛車《ぎっしゃ》

牛に引かせる車です。平安貴族にとっては最も一般的な乗り物で、ただ「車」といった場合は牛車を指します。とはいえ、維持費がかさむため、基本的には中流以上の方々の乗用です。引っ越しや貴婦人の外出時には、お伴《とも》の**女房**（侍《じ》女《じょ》）が乗る牛車の多さや従う男性貴族の数・身分が、勢力のバロメーターとなりました。牛車を借りるなどして調達するコネも、社会的地位があればこそでした。▼『落窪物語』人のあまた乗りたればにやあらん、牛苦しげにて、え登らねば、しりの御車ども塞《せ》かれて…（人が多数乗っているせいか牛が苦しげで坂道を登れないので、後続の牛車が渋滞させられて…）。

CHECK IT OUT.

牛車の構造

牛車のなかでも代表的な網代車を例に、その構造を紹介します。パーツの名称は文学作品の中にも時折登場します。

屋形《やかた》
これがないと空車《むなぐるま》という荷車レベルの低級車になる。床縛り《とこしば》り（屋形を車軸〈軸《よこがみ》〉に縛りつける縄）を切られると外れてしまう。

簾《すだれ》
祭りのパレード見物の時でも、女性の乗車時は下ろす。なので「女性と同乗している」とすぐわかる。

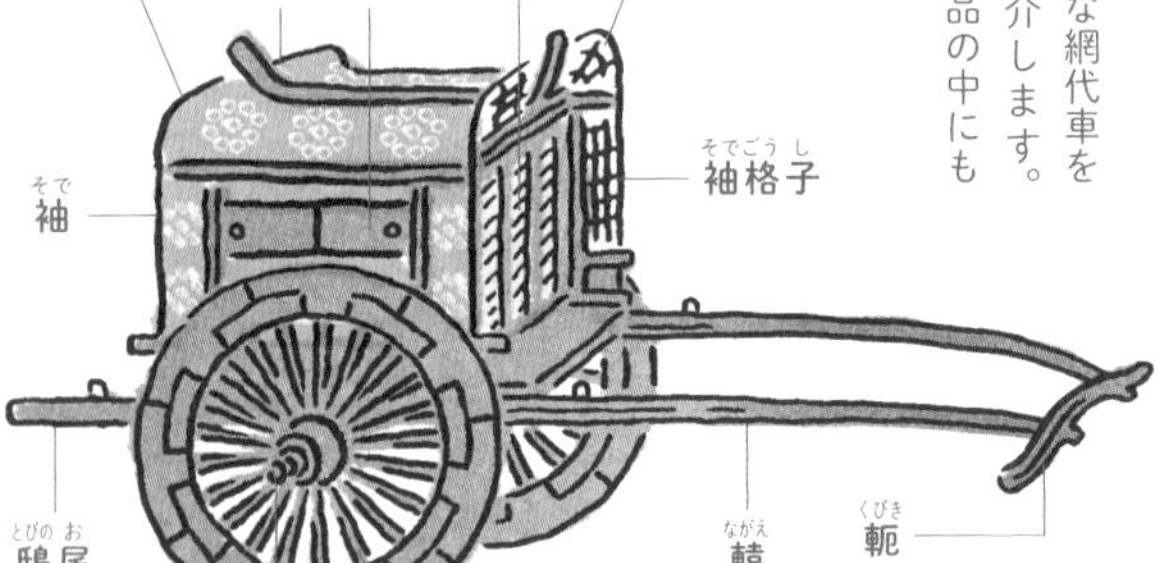

軛《くびき》
牛を外すと牛車は前に傾く。だから榻《しじ》という台に軛を載せた。

輻《や》
ここが折れてしまった場合、縄で縛るという応急処置を施す。

榻《しじ》
乗り降りの際に使う足台。通行中はお伴《とも》の人が持ち歩いた。

※黄金作り《こがねづくり》
金色の金具をつけて装飾すること。

牛車の種類

牛車には様々な車種があり、身分により、乗車できる車種に
規制がありました。ただし一条《いちじょう》朝期には、
それほど厳密に規定してはいなかったようです。

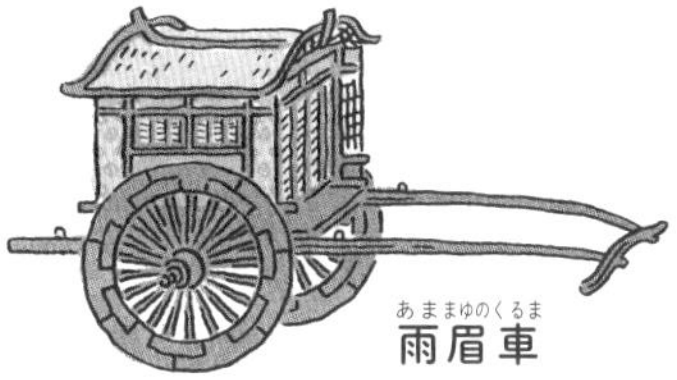

雨眉車《あままゆのくるま》

唐車という格の高い牛車の一種。屋根と眉が特徴的な形をしている。

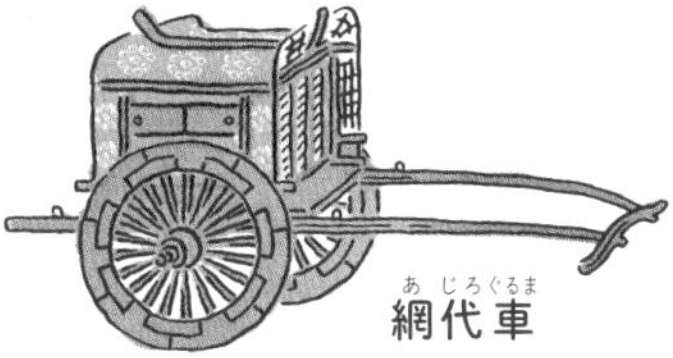

網代車《あじろぐるま》

最もポピュラーだった牛車。貴人の秘密の外出に大活躍した。

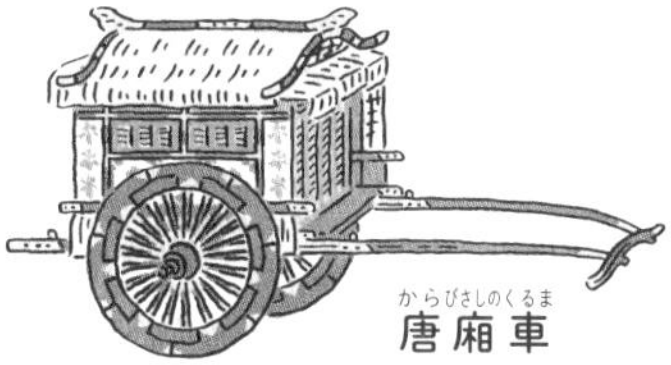

唐廂車《からびさしのくるま》

唐車に廂が加わった超高級車。屋形の大きさは牛車中で最大。

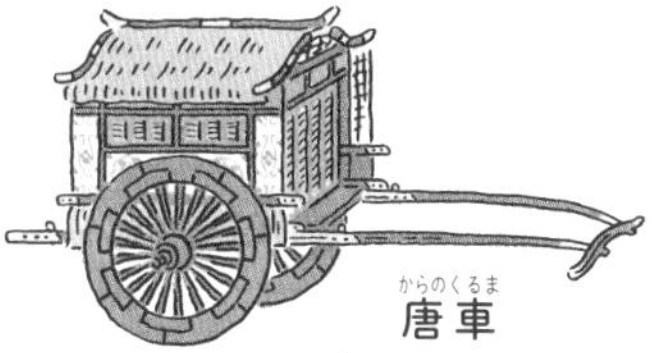

唐車《からのくるま》

唐ふうの屋根を持つ格の極めて高い車。牛車行列の先頭を行く車種。

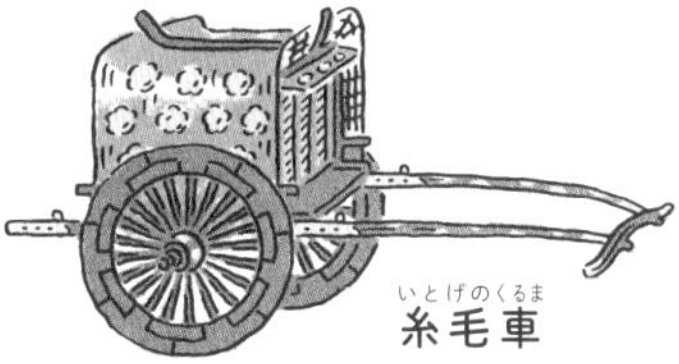

糸毛車《いとげのくるま》

貴婦人や高位の女官、皇太子が乗る格の高い車。一条朝期に活躍！

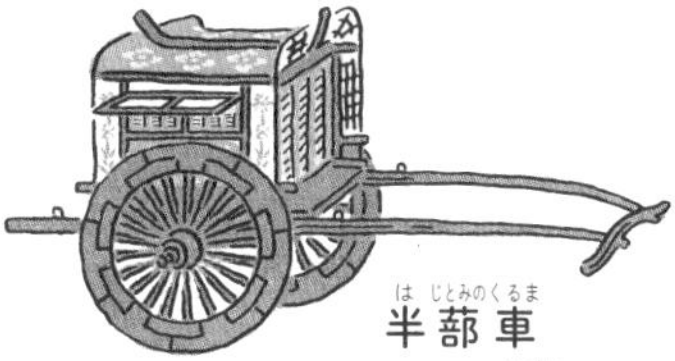

半蔀車《はじとみのくるま》

網代車の**物見窓**に、**半蔀**《はじとみ》という建具をつけた車。一条朝期には少ない。

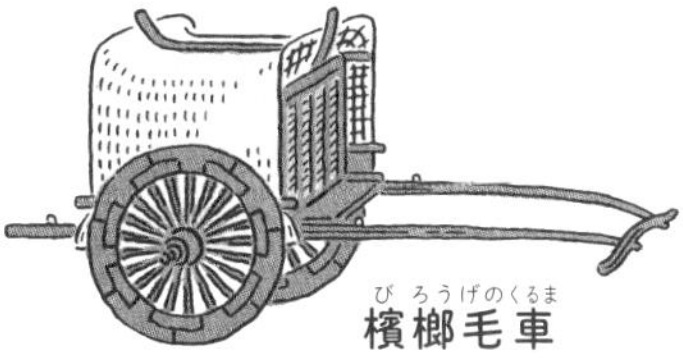

檳榔毛車《びろうげのくるま》

南国産の素材を使った、独特の風合いの車。一条朝期に人気の高級車。

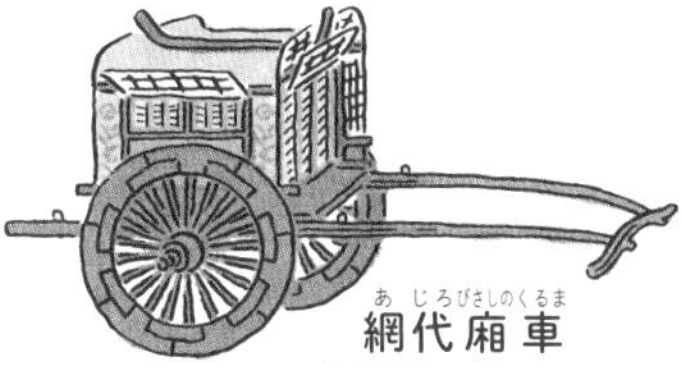

網代廂車《あじろびさしのくるま》

網代車に廂《ひさし》をつけるなどして、やや格式を上げたタイプ。

牛車の乗り降り方法

CHECK IT OUT.

牛車には、乗降時のルールも決められていました。乗るときは牛をつなぐ前に後方から乗車し、降車時は牛を外してから前方へ降ります。

乗車時 → 乗用中

男性

お伴が車を支え、乗り込みやすい角度を保つ。そのほかの伴人《ともびと》はひざまずいて敬意を見せる。貴人は榻《しじ》を踏んで乗車。

貴人の沓《くつ》はお伴が持って徒歩で従う。伴人の人数には身分規定あり。上位者の車に会ったら譲らねばならない。

女性

貴婦人の場合は建物に車を寄せて乗車。侍女《じじょ》などは廊や渡殿《わたどの》から。侍女や親族男性が、簾《すだれ》を上げるなど介添えをする。

簾を上げない、下簾《したすだれ》でさらに隠す、衣装が漏れ出ている、沓持ちの従者がいない――などが、女性乗用中の特徴。

基本のマナー

身分が上の方の車と行き会ったら、当然道を譲る。牛を外し、車を前傾させる「礼」のようなしぐさも必須。

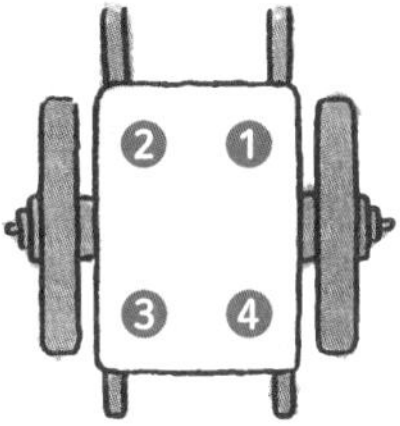

定員は4人で前方が上席。だから「車の後《しり》に乗る」のは「同乗者を立てる」謙譲の態度を意味する。

牛車にまつわる事件簿

権力者・藤原道長《みちなが》。しかし若く身分も低かった頃は、上位者の車に失礼をしてしまい、その従者らに石をぶつけられた。

勇猛な武士、平貞道《たいらのさだみち》・平季武《すえたけ》・坂田公時《さかたのきんとき》。牛車に乗れる身分ではないので密《ひそ》かに乗ったら、車酔いしてひどい目に。

降車時

牛を外すと前傾するので、榻を踏み台に降車する。お伴が簾《すだれ》を上げたりして介添えするのは乗車時と同じ。

賓客《ひんきゃく》だと手すりを外して車を寄せることも。膝行《しっこう》で辛《つら》そうに降りる、または夫に抱き下ろしてもらうのがレディ。

狐 きつね

平安文学では、妖怪の手先のような存在という扱い。実際のキツネを見ての判断というより、荒れた屋敷に棲《す》みつく生き物をまとめて「狐」と呼び、魔物にカテゴライズして気味悪がっている様子です。

—源氏物語— 蓬生

もとより荒れたりし宮のうち、いとど狐のすみかになりて、うとましう…。

「赤鼻の姫君」として有名な末《すえ》摘花《つむはな》は、落ちぶれた宮家の娘。その屋敷は**平安京**の中でありながら、狐・**梟**《ふくろう》・**木魂**《こだま》など「けしからぬ物ども」が巣くっている。

紀伝道 きでんどう

「**文章道**《もんじょうどう》」とも。**大学寮**の四道《しどう》（四つの学科）の一つです。中国の史書や詩を学ぶ学科で、文章**博士**《もんじょうはかせ》・文章生《もんじょうしょう》が専門としました。学者の登竜門とされ、**菅原氏**・**大江氏**の2氏族のお家芸でした。

後朝 きぬぎぬ

男女が共に過ごした**夜**の翌朝を指す言葉です。二人で寝る際は衣《きぬ》（服のこと。布団代わりでもあった）を掛け合ったため、「また衣を分けて着て別れる」という意味でこの名があります。当時の恋愛・**結婚**は、男性が夜に女性のもとへ行き、朝自宅に戻るものだったため、後朝は別れの**とき**であり、その切なさはよく**歌**に詠まれました。帰宅後も恋しさが収まらない場合、男性は「後朝《きぬぎぬ》の**文**《ふみ》」という**手紙**を女性に送りました。特に新《にい》枕《まくら》（**新手枕**《にいたまくら》、初めての夜）の翌朝は、後朝の文が半ば儀礼化していました。男性が恋しがっていればいるほど早く文がくるもので、逆に失望した場合は、文どころか男性が二度と来なかったりもしました（関係が自然消滅する）。そのため、後朝の文の早さ・内容は、女性側にとって一大関心事でした。

衣櫃 きぬびつ

衣を収納する**櫃**《ひつ》（ふたつきの容器）です。薄い**衣箱**《ころもばこ》に対し、箱型でより大きいものを指します。多くの場合、「御衣櫃《みぞびつ》」と敬語で呼ばれます。

紀貫之 きのつらゆき

（?～945）平安前期の歌人です。官位は、晩年に従四位《じゅしい》・木工権頭《もくごんのかみ》にやっと達するという中流貴族でしたが、和歌の才は早くから認められ、『古今和歌集《こきんわかしゅう》』の編纂《へんさん》やその「仮名序《かなじょ》」の作文、『土佐日記《とさにっき》』執筆などの偉業をなしとげました。一条朝《いちじょう》期の人々にとっては伝説的歌人であり、その直筆は宝物として子へ相続されていました。▼『小倉百人一首』人はいさ　心も知らず　ふるさとは　花ぞ昔の　香《か》に匂ひける（人の心は、さあ、わかりませんが、ふるさとの花の香りは昔と変わりませんね）。

栄花物語 御裳ぎ

一品《いっぽん》の宮の御贈物に、銀《しろがね》・黄金《こがね》の筥《はこ》どもに、貫之《つらゆき》が手づから書きたる古今《こきん》二十巻、御子左《みこひだり》（醍醐《だいご》天皇皇子・兼明《かねあきら》親王）の書き給へる後撰《ごせん》二十巻、道風《みちかぜ》が書きたる万葉集《まんようしゅう》などを奉《たてまつ》らせ給へる、世になくめでたき物なり。故円融院《えんゆういん》より一条院《いちじょういん》に渡りけるものどもなるべし。

一品の宮（禎子内親王《ていしないしんのう》）は、藤原道長《みちなが》の孫かつ三条《さんじょう》天皇の皇女という、権勢と血統共に最高の姫君。その裳着《もぎ》（成人式）に当たり、贈物の一つに選ばれたのが皇室伝来のお宝、紀貫之自筆の『古今和歌集』だった。

季の御読経 きのみどきょう

仏教の行事です。春の2月と秋の8月（または3月と9月）の吉日に、僧を100人招いて『大般若経《だいはんにゃきょう》』の要所を読ませる法会《ほうえ》です。天皇や国の安泰《あんたい》を祈って行われました。

貴船神社 きぶねじんじゃ

平安京の北方、貴船山の中腹にある神社。大和の丹生川上《にうかわかみ》神社と並ぶ水神信仰の名所で、日照りのときにはこの2社に幣《ぬさ》（捧げ物）を差し上げるのが通例でした。

消ゆ きゆ

「死ぬ」の遠回しな言い方です。

裾 きょ

男性貴族の衣服のパーツ名です。

下襲《したがさね》という、正装時に着る衣のすそを指します。「**裾**《しり》（後・尻）」ともいいます。長い裾は魅力的なものとされ、皆が競ってロング化を図りました。ついには長さが身分ごとに規定されたものの、守られず伸長が続きました。戸外でも、**儀式**など威厳が大事なときは垂らしてひき、雨天時やふだんの外歩きでは、畳んで**石帯**《せきたい》に挟んだようです。座るときは後ろに重ねました。**簀子**《すのこ》に座るときは背後の手すり「**高欄**《こうらん》」に掛け、**色**・生地さまざまな裾が居並ぶ様子は、宴の華でもありました。▼『源氏物語』**桜**の下襲、いと長う尻ひきて…あなきらきらし（〈玉鬘《たまかずら》の父・内大臣は〉桜の下襲、裾をたいそう長くひいて…ああ立派だ）。

京 きょう

都、首都のことです。平安文学では**平安京**を指すことがほとんどです。

経 きょう

仏の教えを記したものです。平安人は読経《どきょう》という行為やその声に魔《ま》除《よ》け効果があると信じていました。そのため**病**・出産（子の**誕生**）・**物忌**《ものい》**み**の際は、よく僧を呼び読経してもらいました。▼『蜻蛉日記』昨夜《よべ》は人の物《もの》したりしに**夜**の更《ふ》けにしかば、経など読ませてなん、とまりにし（〈夫・**藤原兼家**《かねいえ》の言葉〉昨夜は接客していたら夜が更けてしまったので、読経《どきょう》などをさせて、貴女のもとへ行けなくなってしまった）。

凝花舎 ぎょうかしゃ

後宮《こうきゅう》の建物（**七殿**《しちでん》**五舎**《ごしゃ》）の一つです。**庭**に白梅・紅梅が植えられていたため、**梅壺**《うめつぼ》とも呼ばれます。

行啓 ぎょうけい

三宮《さんぐう》（**皇后**《こうごう》・皇太后《こうたいごう》・太皇太后《たいこうたいごう》）や**春宮**《とうぐう》（皇太子）の外出のことです。お伴《とも》が多いためパレードのようなもので、見物として人気がありました。

行幸・御幸 ぎょうこう／ごこう

「みゆき」とも読みます。**天皇・上皇**の外出のことです。美麗な**輿**《こし》や華やかな服のお伴《とも》を目当てに、都人《みやこびと》が見物に詰めかけるものでした。▼『源氏物語』十二月に大原《おおはら》野《の》の行幸とて、**世**に残る人なく見さわぐ（12月に大原へ行幸があり、世の人は一人残らず見物しようと騒ぐ）。

凶日 きょうじつ

陰陽道《おんようどう》で不吉とする日です。万人にとって忌《い》むべき日と、個人にとっての凶日とがありました。

脇息 きょうそく

寄りかかるための道具です。いわば肘《ひじ》かけですが、脇ではなく正面に置き、乗りかかるように使用しました。日常の大半の時間を座って過ごす平安貴族には必需品で、本を載せ書見台《しょけんだい》とすることもありました。▼『うつほ物語』御脇息に倒れかかりて腰を突きに突き、御**屏風**《みびょうぶ》御**几帳**《みきちょう》もこほこほと倒れぬ（脇息に倒れかかって腰を痛打し、屏風も几帳もガタガタと倒れた）。

経箱 きょうばこ

お**経**を収納する**箱**です。より大きいタイプは「経櫃《きょうびつ》」と呼ばれました。

―源氏物語― 夕霧

経箱を添《そ》へたるが…かの手馴《てな》らし給へりし**螺鈿**《らでん》の箱なりけり。…形見にとどめ給へるなりけり。浦島の子が心地になむ。

亡き母が使い慣らしていた経箱を形見として手元にとどめ、それを見ては浦島太郎の心境になる、という場面。浦島伝説は平安貴族にもよく知られた話であった。

曲水の宴 きょくすいのえん

「ごくすいのえん」とも読みます。3月の上巳《じょうし》の日（最初の巳《み》の日）、しだいに3月3日に行われるようになった行事です。水辺に出て禊《みそぎ》をするしきたり（**上巳の祓《はらえ》**）から生まれた楽しみごとでした。**遣水《やりみず》**という、**庭**を流れる曲がりくねった流れに**盃《さかずき》**を浮かべて**酒**を飲んだり、漢詩（**詩《ふみ》**）や**和歌**を詠んだりしました。

清まはる きよまわる

「清浄にする／なる」という意味です。神社や寺にお参りする前の一定期間、酒肉を断ち行いをつつしむことを指します。女性の生理は血の**穢《けが》れ**と考えられていたので、「生理が終わった」ことも意味します。「スキャンダルの汚名を晴らす」という意味も含みます。▼**『蜻蛉日記』**清まはりぬれば、また堂《どう》にのぼりぬ（生理が終わったので、またお堂に行って籠《こも》った）。

清水寺 きよみずでら

東北地方への遠征で知られる征夷《せいい》大将軍・坂上田村麻呂《さかのうえのたむらまろ》が、798年に建てたといわれる歴史あるお寺です。**都**に近い上、現世での御利益ある**観音**さまとして平安人に篤《あつ》く信仰されました。

霧 きり

気象現象です。**秋**の風物詩でした。平安時代の家や**牛車《ぎっしゃ》**は気密性が低かったため、**霧**は衣服をダイレクトに濡らし、冷涼さを実感させました。

CHECK IT OUT.

霧と霞

霧も霞《かすみ》も大気中を漂う微細な水滴で、気象現象としては同じものです。しかし平安人は、秋に立つものを霧、**春**の現象を霞と認識していました。霞が春の光・喜びと共に描かれるのに対し、霧は秋の寂しさや世の**無常**を表します。また霞は「はるかに霞《かす》みわたりて」など、遠くにうっすらかかるイメージでした。一方、霧は「目も霧《き》りて(涙で目も見えない)」など、より近く濃く暗い印象です。

蟋蟀

きりぎりす

コオロギ類を指しました。中国の古典『礼記《らいき》』にある「蟋蟀居壁(しつしゅつかべにいる)」という表現がよく知られていて、「壁の中にいる**虫**」というイメージがありました。

桐壺

きりつぼ

後宮《こうきゅう》の建物(**七殿五舎**《しちでんごしゃ》)の一つである**淑景舎**《しげいしゃ》の別称。**庭**に桐の**木**が植えられていたことに由来します。

琴

きん

琴《こと》(弦楽器の総称)の一つです。弦が7本なので七弦琴《しちげんきん》とも呼ばれます。中国から伝来した格の高い楽器でしたが、一条朝期《いちじょうちょうき》には既に絶えていました。平安中期の文学には、神秘的な力をもつ格別な楽器として描かれます。弾ける者は皇族・旧家など由緒ある人に限られます。

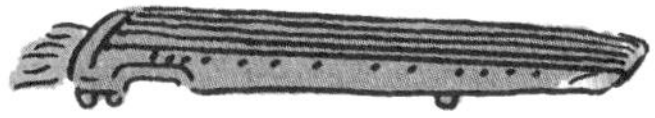

金液丹

きんえきたん

薬の名です。万病に効くとされました。

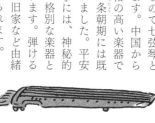

禁色

きんじき

着用を禁じられていた**色**です。男性は位により**袍**《ほう》の色が決まっていたため、それ以外の色が禁色で、女性は赤・青の織物の**唐衣**《からぎぬ》が禁じられていました。そのほかにも**天皇**・皇族以外には禁じられた色がありました。勅許《ちょっきょ》(天皇による許可)により禁色が着用できるようになることを「**色**許《いろゆる》さる」といい、特権・名誉に当たりました。なお、後代は**紋様**《もんよう》にも家柄・身分による禁止規定が生まれますが、一条朝期はそこまで厳格ではありません。例えば、現在は天皇のみの**装束**となっている麴塵《きくじん》の袍に桐《きり》竹鳳凰麒麟《たけほうおうきりん》紋様ですが、一条朝期《いちじょう》には臣下にも麴塵の着用例があります。また、桐竹鳳凰麒麟紋様の成立は平安末期以降です。

水鶏 くいな

水鳥の名。現在のヒクイナです。鳴く声が戸を叩《たた》く音に似ていることから、男性が女性を**夜**に訪ねてノックする様子を連想させせました。

公卿 くぎょう

「**上達部**《かんだちめ》」とも。厳密にいえば公とは**大臣**、卿とは**大納言**《だいなごん》・中納言・**参議**《さんぎ》のことです。一般には位でなら**三位**《さんみ》以上を指しました。官職なら参議（**宰相**《さいしょう》）以上を指しました。三位も参議も高位高官であり、まさにトップ集団、いわば閣僚です。このメンバーは、主に50、60代の重鎮らでしたが、一条朝期から名門の優遇が進みます。そして**摂関家**《せっかん》（摂政《せっしょう》・関白《かんぱく》）という超ＶＩＰ）の子弟は、20代、10代と、公卿になるスピード出世記録を更新しつつありました。

櫛 くし

長い**髪**が「命」であった貴族女性の必需品です。まずは歯の粗い解《とき》櫛《くし》でとかし、それから歯の細かい梳櫛《すきぐし》で入念にすいて、もつれのない艶《つや》やかな髪を保とうとしました。髪や櫛には呪術的なパワーがあると感じられていたことから、**儀式**や餞別《せんべつ》にも用いられました。**斎宮**《さいぐう》が伊勢へ出立《しゅったつ》する際の儀式では、**天皇**みずから斎宮の髪に「別れの小櫛《おぐし》」を挿《さ》す習わしであり、**裳着**《もぎ》（女性の成人式）には櫛が贈り物にされました。

櫛笥 くしげ

櫛箱《くしばこ》ともいいます。**櫛**、**鋏**《はさみ》、毛抜き、**笄**《こうがい》、耳かき、櫛払い、**釵子**《さいし》など、女性の理髪用品一式を収めた**箱**です。

鯨 くじら

「いさな」ともいいます。平安貴族には馴染《なじ》みが薄い生き物ですが、**歌**には詠まれました。

葛 くず

「かずら」とも読みます。ツル草です。**秋**の**七草**の一つで、紅紫色の**花**をつけます。茎の繊維からは

布（葛布《くずふ》）を作り、**根**は食用で粗末な食べ物でした。▼『うつほ物語』芋、野老《ところ》を掘りて、木《こ》の実《み》、葛《かずら》の根を掘りて養ふ（芋、トコロを掘り、木の実を拾い、葛の根を掘って母を養う）。

医師・薬師 くすし

「くすりし」とも。薬草治療がメインだったため「くす（り）し」と呼ばれました。薬を飲食させたり患部に触れたりと、身体的な施術を行う医師は、貴族には下品に見えたようです。身分も高くはありません。文学では、**加持祈祷**《かじきとう》で治す僧が尊敬され、**典薬寮**《てんやくりょう》の医師のトップ・典薬頭《てんやくのかみ》は、スケベな役やだまされるキャラが目立ちます。▼『うつほ物語』ありがたき宝物《たからもの》多かり。書《ふみ》どもは更にも言はず…医師書《くすしぶみ》、**陰陽師**《おんようじ》書《ぶみ》、人相《にんそう》する書《ふみ》、孕《はら》みたらむ人のこと言ひたる…（稀少な宝物が多かった。**漢籍**はもちろん、医術書、**陰陽道**の書、人相見〈**観相**《かんそう》〉の書、産科の書など…）。

うつほ物語 国譲 中

「物も聞こし召《め》さず、削《けず》り氷《ひ》をなん召す」。**大将**《たいしょう》、「あな恐ろしや。**いみじ**く忌《い》むものを。…医師侍《くすしはべ》り。言ひて聞《きこ》えむ」とて出《い》で給ひ、典薬頭に問ひ給へば…。

酷暑のころ、病んだ姫宮（女一《おんないちの》宮《みや》）が食欲をなくし、削り氷（かき氷）ばかり食べている場面。夫の大将は「病人に削り氷は悪いと聞く」と恐れ、医師に問う。このあとの場面では、医師が削り氷の悪影響を解説する。

薬玉 くすだま

5月5日、端午《たんご》の節句に贈り合った縁起物です。**麝香**《じゃこう》・**沈**《じん》・**丁子**《ちょうじ》などの香料（薬）を袋に入れ、**ショウブ・ヨモギ**を結び、五色《ごしき》の糸で飾ったものです。芳香を放つ品々により邪気を祓《はら》う意図がありました。宮中では、重陽《ちょうよう》の節句（9月9日）に**清涼殿**《せいりょうでん》に飾った**菊**・茱萸《ぐみ》（ゴシュユ）の袋を取り外し、代わりに薬玉を飾る習わしでした。

典薬寮 くすりのつかさ

「**てんやくりょう**」の和風の呼び方。薬草類を扱う役所です。

薬箱 くすりばこ

漢方薬を入れる**箱**です。薬研《やげん》や匙《さじ》など、調合の道具も収納されました。

果物 くだもの

間食で口にする食品です。貴人の食事の一環として、また客へのもてなしとして、しばしば**箱**の蓋《ふた》などに盛って出されました。現代の**菓子**に当たるもののほか、**柑子**《こうじ》や**橘**《たちばな》、**梨**、**栗**、ユズなど、果実や木の実もこう呼ばれました。食べる行為が下品とされていたため、文学に果物が出てくる場合は、貴人、特に女性の「果物さえ口にしない」上品さを描く小道具であることが大半です。

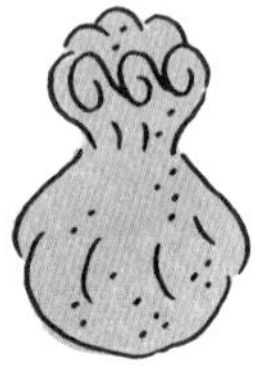

具注暦 ぐちゅうれき

月齢や日の吉凶などが注記された**暦**《こよみ》です。陰陽寮《おんようりょう》の暦**博士**《れきはかせ》が作成し、毎年11月1日に配られました。

CHECK IT OUT.

国宝カレンダー

平安の貴族男性は〝メモ魔〟でした。公務や行事で前例を踏まえる必要が多かったためです。そのため具注暦の余白に出来事や情報を日々記入し、秘伝のハウツー本として子孫に継承させました。これらは現在、平安史の第一級資料となっています。特に『御堂関白記《みどうかんぱくき》』は、天下人・**藤原道長**《みちなが》の自筆として、また質・量ともに貴重な記録として、国宝に指定されています。

沓 くつ

男性の履物で、足の甲を覆うタイプをいいます。正装の場合、ブーツである**靴**《かのくつ》かシューズである**浅沓**《あさぐつ》を履きました。

CHECK IT OUT.

貴婦人の正装と履物

身分高い女性の場合、正装に沓はありませんでした。行動する場所がほとんど屋内であり、また長い**袴**《はかま》で足をすっぽり覆っていたためです。外出時は**牛車**《ぎっしゃ》を建物に寄せて乗り降りしました。配偶者に抱きあげられたり、その沓を借りたりすることもありました。**女房**（侍女《じじょ》）など立場が下の女性は正装で地面を歩くこともありましたが、**筵**《むしろ》を敷いた上を沓なしで歩行しました。現代の皇室の**装束**には「足首丈の袴にパンプス」という女性正装がありますが、これは明治時代以降の習俗です。

功徳　くどく

仏教の思想で、よい行いのことです。それにより現世や来世で得られる幸せも指します。▼『**源氏物語**』功徳を作り給へ、この**世**の楽しみに添へても、後の世を忘れ給ふな（功徳を積みなさい、現世の楽しみにつけても、来世をお忘れになるな）。

宮内省　くないしょう

中央行政官庁で、**八省**《はっしょう》の一つです。宮中の経済・庶務を担当しました。

国守　くにのかみ

「**こくしゅ**」ともいいます。「国」は、現代でいえば県などに当たる、地方の行政単位です。「かみ」は「トップの役職」を意味します。つまり国守は地方の長官、いわば県知事です。

国風歌舞　くにぶりのうたまい

「くにぶり」とは、「日本のもの」を意味する言葉。つまり大陸伝来の音楽・**舞**ではなく、日本ルーツの芸能のことです。**東遊**《あずまあそび》や**神楽**《かぐら》など、日本各地から集められ、宮廷で洗練された**歌**・舞です。

薫衣香　くのえこう

薫物《たきもの》（お香）の一つです。衣を香らせるためのものでした。

熊　くま

平安貴族には馴染《なじ》みの薄い生き物でしたが、人を食うこともある恐ろしい獣《けもの》というイメージは知られていたようです。

熊野詣で　くまのもうで

紀伊《きい》国の熊野三山にお参りすることです。**京**からはやや遠方でしたが、男性貴族は参詣《さんけい》していました。

組　くみ

糸を編んで組紐《くみひも》を作ること、またはその**紐**です。仏具や**調度**《ちょうど》品など

うつほ物語　吹上　上

これは糸の所。御達《ごたち》二十人ばかり居て、糸繰り合はせなど、手ごとにす。織物の糸、組の糸など、竿《さお》ごとに練りかけたり。唐《から》組、新羅《しらぎ》組、ただの組など、色々にしたり。

富裕な豪族の屋敷で、御達（侍《じ》女《じょ》たち）が組を手作りしている。

に用いました。さまざまな組み方があり、「横刀《たち》の**緒**は**五位**《ごい》以上が唐組《からくみ》、**六位**《ろくい》以下が新羅組《しらぎくみ》」などの規定もありました。

蜘蛛 くも

「ささがに」とも読みます。クモの動きで恋人の訪れを予感できるという俗信がありました。▼『**源氏物語**』蜘蛛《くも》の振舞《ふるまい》は、著《しる》かりつらんものを（恋人が来ることは、わかっていたでしょうに）。

鞍馬寺 くらまでら

都の北、鞍馬山にある寺です。近くにある**貴船**《きぶね》**神社**ともども、**平安京**の北方を鎮護する聖地として尊《そん》崇《すう》されました。

栗 くり

食用でした。「落栗《おちぐり》」という**色**もありました。▼『落窪物語』よろづに**くだもの**、栗など、かきゐたり（間食品の栗などの皮を掻《か》きむいて、いろいろと整えていた）。

車争い くるまあらそい

牛車《ぎっしゃ》は平安貴族にとって最も頻繁に使用する乗り物で、乗ったまま祭りや説経を見物（**物見**《ものみ》）する習慣もありました。また、上下関係が厳しく意識される社会だったため、牛車で行き会った場合にも、身の程を意識したふるまいが求められました。そのため物見をする場所を取り合ったり、ほかの車の無作法を咎《とが》めたりで、ケンカが頻繁に起きました。勝負は、乗っている人の身分、そのときの権勢や親の七光り、お伴《とも》の数などに左右され、双方の伴人《ともびと》たちが石を投げ合ったり相手の車を腕力で押しやったりと、実力行使で決着させました。

落窪物語 第二

中将殿《ちゅうじょうどの》の人々、「え引《ひ》き遣《や》らぬ、なぞ」とて、たぶてを投ぐれば、中納言《ちゅうなごん》殿《どの》の人々腹《はら》立《だ》ちて「…中納言殿の御車《みくるま》ぞ…」。

中将・道頼《みちより》（ただし父が政界の第一人者）の一行と、中納言の一行が車争いとなった場面。中将側の伴人たちが「道を譲らない、なぜだ」とたぶて（石）を投げ、中納言側は「こちらは身分がそちらより高い中納言だぞ」とやり返す。この勝負は、権勢と伴の多さで中将側が勝った。

車宿《くるまやどり》

現代ふうにいえば車庫です。ここに**牛車**《ぎっしゃ》を停《と》め、**牛**を外しました。ここ位置は、正門を入ってすぐの南側です。▼**『和泉式部日記』**御車《みくるま》ながら人も見ぬ車宿りに引き立てて…よろづのことをのたまはせ契《ちぎ》る（宮さま〈敦道**親王**《あつみちしんのう》〉は、乗車したまま人も見ない車宿に駐車させて…本気の恋であることや将来のことなどをお誓いになり共寝される）。

枢戸《くるるど》

扉の種類です。枢《くるる》とは、開け閉めをする仕組みをいいます。戸板の端の上下につけた突起を戸枠《とわく》にあけた穴に嵌《は》め込み、これを軸に回転させることです。枢による開《ひら》き戸《ど》が枢戸で、**妻戸**《つまど》（**寝殿造り**《しんでん》の主な扉）もこの方式です。

紅《くれない》

紅花《べにばな》（またの名を末摘花《すえつむはな》）という**花**のことです。原産は中東かアフリカと推定され、中国の呉《ご/くれ》の国経由で伝わったことから、「呉《くれ》の藍《あい》（染料の代表格）」「くれない」と呼ばれました。この花で染める赤い**色**のことでもあります。高価な染料を大量に使うため、贅沢《ぜいたく》で高貴な色とされました。濃い紅は**禁色**《きんじき》（身分により禁じられる色）でもありました。**唐**《から》から伝来した鮮やかな「唐紅《からくれない》」は特に人気で、美しい赤色をたたえて「唐紅」ということもあります。▼**『うつほ物語』**紅の、黒むまで濃き唐綾《からあや》…（黒ずんで見えるほど濃く染められた赤色の、豪華な唐の**綾**〈絹織物〉…）。

紅の袴《くれないのはかま》

貴族女性が着用したボトムスです。その内側には**下袴**《したばかま》を着用したと思われます。紅花《べにばな》で濃い**紅**《くれない》に染める「紅の袴」は、高価で女性たちの憧れでした。素材は柔らかい練り絹の平絹《ひらぎぬ》（模様のない絹織物）で、夏は生絹《すずし》を用いました。丈が長く、立ちあがっても足は着こめられるものでした。

蔵人《くろうど》

天皇の身近で、秘書のような仕事をした男性官人です。長官である頭《かみ》が2人、**五位**《ごい》の蔵人が2〜3人、**六位**《ろくい》が5〜6人で、その下に**雑色**《ぞうしき》（無位《むい》の役人）が20〜30人いました。天皇との関係が強まるため、出世を期待できる役職でした。

また女官にも蔵人がいました。女《にょ》蔵人《くろうど》とも、単に蔵人ともいいます。内侍《ないし》、命婦《みょうぶ》に次ぐ地位で、天皇の身近で雑事を処理しました。

蔵人所 くろうどどころ

蔵人たちの詰め所です。

蔵人少将 くろうどのしょうしょう

男性の官職です。**近衛府**《このえふ》（警備担当の役所）の少将で、**五位**《ごい》の**蔵人**を兼務している人をいいます。

蔵人頭 くろうどのとう

蔵人所《くろうどどころ》の長官です。**四位**《しい》の**殿上人**《てんじょうびと》から2人が選ばれました。これを務めた後は**参議**《さんぎ》に昇進し、晴れて**公卿**《くぎょう》（閣僚）の仲間入りをするのが常道で、いわば出世コースに当たりました。近衛**中将**《このえのちゅうじょう》、または事務職の弁官《べんかん》との兼任が多く、それぞれ**頭中将**《とうのちゅうじょう》、**頭弁**《とうのべん》と呼ばれました。

黒戸 くろど

宮中の場所を指す言葉。**天皇**の住まいである**清涼殿**《せいりょうでん》の、北端にある廊下の黒い板戸のことです。その戸がついた**廊**《ろう》（細長い部屋）も指しました。

黒方 くろぼう

調合した**薫物**《たきもの》（お香）の一つです。六種《むくさ》の薫物といわれる代表的なお香の一つで、**冬**の香とされました。▼『紫式部日記』黒方をおしまろがして、ふつつかにしりさき切りて、白き**紙**一かさねに**立文**《たてぶみ》にしたり（黒方を押し転がして先端・後端を粗く切り、白い紙二枚重ねに包んで正式な書簡に仕立てた）。

裙帯 くんたい

「くたい」ともいいます。正式な儀礼の際、正装である**裳唐衣**《もからぎぬ》の**装束**に加えて、**裳**の左右に垂らした**紐**《ひも》です。装飾のための品でした。

笥 け

食物を盛ったり、物を入れたりする器のことです。▼『うつほ物語』**牛**どもに犂《すき》かけつつ、男ども**緒**《お》持ちて鋤《す》く。笥に飯《いい》盛りつつ食へり（牛たちに犂をかけ、使用人たちがその手綱を持って鋤いている。笥に飯を盛って食べている）。

啓す けいす

中宮（**皇后**）、**春宮**《とうぐう》（皇太子）に話をすることです。つまり、特定の人に対してのみ使える、「申しあげる」という謙譲語です。

穢らひ　けがらい

「**けがれ**」と同じです。触れると出仕や人との対面ができなくなりました。▼『蜻蛉日記』これかれぞ、**殿上**《てんじょう》などもせねば、穢らひも一つにしなし…（近親者らは殿上人ではなく出仕不要なので、穢れ〈死に触れたための隔離生活〉もいっしょに行い…）。

穢れ　けがれ

死や死体、血、出産、生理、**病**などは「穢れ」と見なされていました。「穢れ」に触れた人は決められた期間引き籠《こも》って「**物忌**《ものい》**み**」をし、その後は「**禊**《みそぎ》」という水で清める**儀式**によって、「穢れ」を祓《はら》わねばなりませんでした。「穢れ」は祭祀《さいし》に厳禁だったため、触れた人は寺・神社への参詣《さんけい》や神事への

CHECK IT OUT.

「穢れ」と平安人の習慣

仕事ができない身に…

出勤不可は大打撃。そのため屋敷で人が死にそうになると、その人を大至急運び出したり、自身が**庭**に降りたりして穢れを避けました。

▼『蜻蛉日記』助《すけ》、寮《つかさ》の使《つかい》にとて祭りにものすべければ、そのことをのみ思ふに…犬の死にたるを見つけて、いふかひなく止まりぬ（息子・道綱《みちつな》が**葵祭**《あおいまつり》で使者を務めるので、その準備に夢中だったのに、犬の死体を見つけて穢れてしまい、使者交代になってガッカリ）。

妃《きさき》**も後宮**《こうきゅう》**を出る**

出産は穢れなので、宮中を出て産まなければなりません。そのため**天皇**は、生まれた我が子になかなか会えませんでした。死の穢れはより恐れられたため、**病**になった妃も実家へ帰されました。

▼『源氏物語』ただ五六日の程にいと弱うなれば…まかでさせ奉り給ふ（桐壺更衣はわずか5、6日で重体になったので、更衣の母君が内裏から退出させ申しあげなさる）。

"チート"な対処法も

穢れ状態の人・家を訪ねても、「立ったまま」なら大丈夫とされていました。

▼『源氏物語』立ちながら、こなたに入りたまへ（穢れに触れないよう、立ったままご入室ください）。

ズル休みの理由にも…

▼『落窪物語』「にはかに穢れ侍りぬ」と申して止まれば…（女童〈あこき〉は「急に生理になりました」とウソを申しあげて、石山寺詣でを辞退し家にとどまったので…）。

参加ができませんでした。特に宮中は神を祀《まつ》る場所だったため、「穢れ」を極端に避ける習わしでした。「穢れ」は移ると考えられていたため、その状態の人や家とは濃厚接触しないよう、さまざまなルールがありました。

毛車 けぐるま

「**糸毛車**《いとげのくるま》」と呼ばれる**牛車**《ぎっしゃ》のこと。主に女性用です。

下国 げこく

全国の国々を面積・人口などで等級をつけ4種にわけた、その最下位に当たります。**大国**《たいこく》・**上国**《じょうこく》・**中国**《ちゅうごく》の下です。

袈裟 けさ

僧や**尼**《あま》の衣です。▼『源氏物語』**装束**《しょうぞく》など、まだ裁《た》ち馴《な》れぬほどはとぶらふべきを、袈裟などはいかに縫ふものぞ（尼の装束を、まだ仕立て慣れない頃は贈ってあげるべきだが、袈裟などはどのように縫うものだろうか）。

芥子 けし

カラシナという植物の種子です。**加持祈祷**《かじきとう》の際、その実を焚《た》きました。▼『源氏物語』御衣なども、ただ、芥子の香《か》にしみかへりたり（六条**御息所**《ろくじょうのみやすどころ》のお召し物などにも、芥子の香が浸み通っていたのです）。

気色 けしき

現代語では「景色」と表記し、風景を意味しますが、平安時代には人にも自然にも使う語でした。様子や表情など、見てとれるものを指します。▼『枕草子』ものしげなる御気色なるも、いと**をかし**（**定子**《ていし》さまが不愉快そうなご様子なのも、たいそう素敵だ）。

気色ばむ けしきばむ

「**気色**」が見える、または見せること。**花**の場合は開花の様子がうかがえる、つまり綻《ほころ》び始めた状態を指します。人の場合、求婚や妊娠の気配（**けわい**）が見えることです。

化粧 けしょう／けそう

現代のような顔を整えるメイク

アップは、「顔《かお》づくり」といいました。女性の場合、眉《まゆ》を抜いておいて「白きもの」という白粉《おしろい》を塗り、紅《べに》を頬に塗って眉を描き、歯は「**歯黒《はぐろ》め**（**鉄漿《かね》**）」で黒く染めるのが一般的。男性も白粉を塗っていました。「化粧ず」といった場合は、顔づくりも含みますがより広く、身なりをゴージャスにしたり香をたきしめたりすることも指します。「つくろふ」もメイクアップや整髪の意味がありました。

下衆 げす

「下種」とも書きます。身分の低い者、卑《いや》しい人間、使用人などを指す語です。「**ただびと**（ふつうの人）」が「一般の貴族」を意味する世界に生きていた平安貴族には、格下の存在でした。▼『更級日記』「このごろ下衆の中にありて、**いみじ**うわびしきこと」と言ひて、いみじう泣くさまは、あてに**をかし**げなる人と見えて…（最近は下々の者の中に置かれて、たいそう辛《つら》い」と言ってひどく泣く様子が、高貴で美しい人と見えて…）。

削り氷 けずりひ

氷を削ったものです。**夏**、涼をとるために口にしました。冷凍庫のない時代ですから、とても貴重でした。

枕草子 あてなるもの

削り氷に甘《あま》づら入れて、新しき金鋺《かなまり》に入れたる。

甘味を出せる食材も、夏の氷も貴重品であり、「貴（あて）」という最上級の形容動詞が使われている。

懸想 けそう

「想いを懸《か》ける」、つまり恋をすることです。▼『源氏物語』見たまへよ、懸想びたる**文《ふみ》**のさまか（ご覧よ、恋の**手紙**の様子ではないだろう）。

懸想文 けそうぶみ

ラブレターのことです。平安の男女交際におけるマストアイテムです。

解脱 げだつ

迷ったり苦悩したりする一般人の心理から抜け出し、悟りの境地に入ることです。仏教により、到達すべき理想とされていた状態です。

結縁 けちえん

縁を結ぶ、つまり「関係ができる」ことです。多くは「仏教と関わりを結ぶ」ことを指します。死後、極楽《ごくらく》へ行くために必須の行為でした。貴族の場合は、写経をする、**法会**《ほうえ》を開く、寺を建てる、**仏像**・**仏画**を制作させる、などの行いが結縁でした。庶民は、貴族の法会を遠くから拝観したり、僧の説経を聞いたりしました。

結婚 けっこん

平安の結婚は**妻**が実家の財産で、夫の衣食住の面倒を見るものでした。身分ある婿《むこ》に通ってもらうのは、第一に名誉であり、第二に婿の権力で守ってもらうことができ、第三に「**蔭位**《おんい》」など子どもの出世に役立ったからです。**通い婚**が多く一夫多妻制だったため、夫の「**夜離れ**《よがれ》（通ってこないこと）」は妻とその一族の、極めてよくある悩みでした。相性がよかったり子が多く生まれたりすると、夫と同居して、事実上第一夫人となりました。ただし一条《いちじょう》朝期以降は、名門どうしの政略結婚が増え、実家の勢力と**儀式**の重々しさによって婚姻時に正妻と定まる傾向が強まっていきます。

総じて結婚は流動的で、既成事実重視でもありました。**三日夜**《みかよ》**の餅**《もちい》・**露顕**《ところあらわし》という正式プロセスを踏んでも自然消滅したり、隠れた恋の相手やお手つき**女房**（侍女《じじょ》）が世間も認める妻に昇格したり、ということもありました。

ちなみに平安の姫君は究極の箱入り娘で、異性は兄弟すら**几帳**《きちょう》越しにしか会わないものです。当然、恋・男性にも興味を見せないのがたしなみでした。当時の貴婦人にとって結婚とは、親の決定もしくは男性の強引な押し切りにより、実現されるものだったのです。

蜻蛉日記 上

むべなうかんなづきつごもりがたに、三夜《みよ》しきりて見えぬときあり。

筆者・**藤原道綱母**《みちつなのはは》は夫・**兼家**《かねいえ》が、ほかの女性に**文**《ふみ》を送っている（求婚している）ことを知る。やがて「むべなう（予期した通り）」とある10月の末、兼家は3晩連続で筆者を訪ねてこなかった。筆者が夫の結婚を悟った瞬間である。

闕腋袍《けってきのほう》

男性貴族の正装である**袍**《ほう》の一つです。両腋《わき》が縫われておらず、裾《すそ》に襴《らん》という生地もついていないタイプです。動きやすく、武官が着用しました。ただしこれは、中国の「武は文より卑《いや》しい」とする思想の影響を受けた身なりです。武官でも**三位**《さんみ》以上の高官になると、文官と同じ「**縫腋袍**《ほうえきのほう》（腋を縫った袍）」を着用しました。

月齢《げつれい》

月の満ち欠けの度合いです。平安の**暦**《こよみ》は新月から新月までを1カ月としていたため、月齢により、その日が何日かが決まりました。

褻の装束《けのしょうぞく》

日常の**装束**のことです。男性の場合は**直衣**《のうし》、**狩衣**《かりぎぬ》、**水干**《すいかん》など、女性は**袿**《うちぎ》、**衵**《あこめ》などです。

検非違使《けびいし》

「**非違**《ひい》」「使《し》」とも呼ばれます。**平安京**の治安維持を担当した官人たちです。当初は殺人・強盗など凶悪犯の逮捕に当たりました。そのような実行力ある集団だったことから、他の役所の役目も吸収して、強大な権力を持つに至ります。警察兼裁判所のような組織で、**京**の民政にも携わりました。

蹴鞠《けまり》

遊戯の一つです。「懸《かかり》」と呼ばれるコートで、数人が輪になり鹿革の鞠を蹴り合いました。人を負かすのではなく、長く続けることが目的でした。それでも平安貴族には、「動きすぎて着衣が乱れる」と、ネガティブに見られるスポーツだったようです。

結婚の正式プロセス

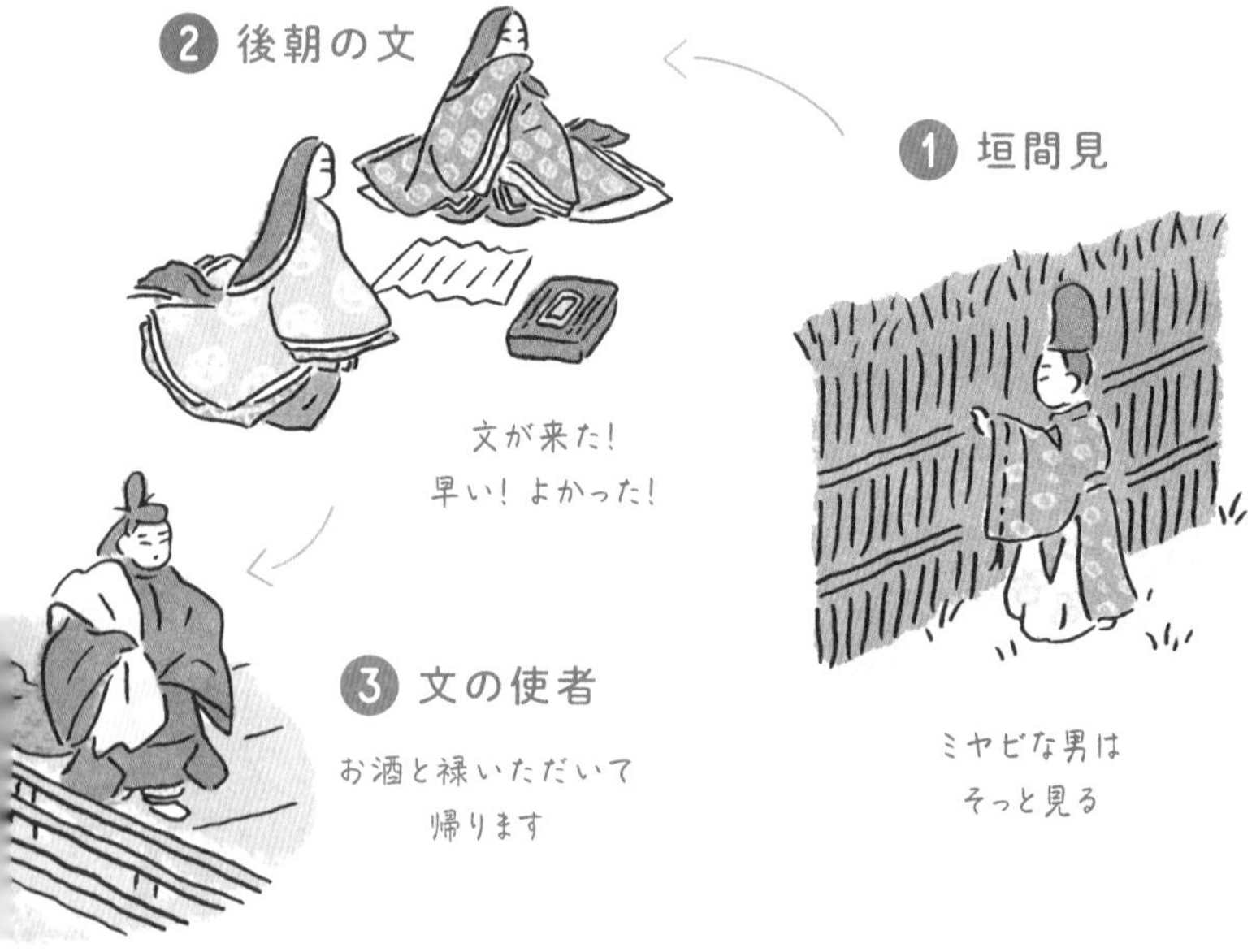

①

平安の淑女は引き籠《こも》って暮らしています。そのため結婚は、男性の情報収集から始まります。噂《うわさ》や**垣間見**《かいまみ》で好みの女性を探し、その家の使用人などと親しくなって、内情を聞いたりツテになってもらったりします。

②

それからツテを介して**文**《ふみ》（恋の和歌）を送ります。女性側は親・**乳母**《めのと》が文を審査し、男性の身分や評判を考慮して、ときどき代返します。女性直筆の返事が来るようになったらOKサインです。女性方は吉日を占わせて日取りを決め、男性に伝達し、支度を整えます。

結婚初日は、男性が深夜に訪れ早朝帰り、**後朝**《きぬぎぬ》の文という**手紙**

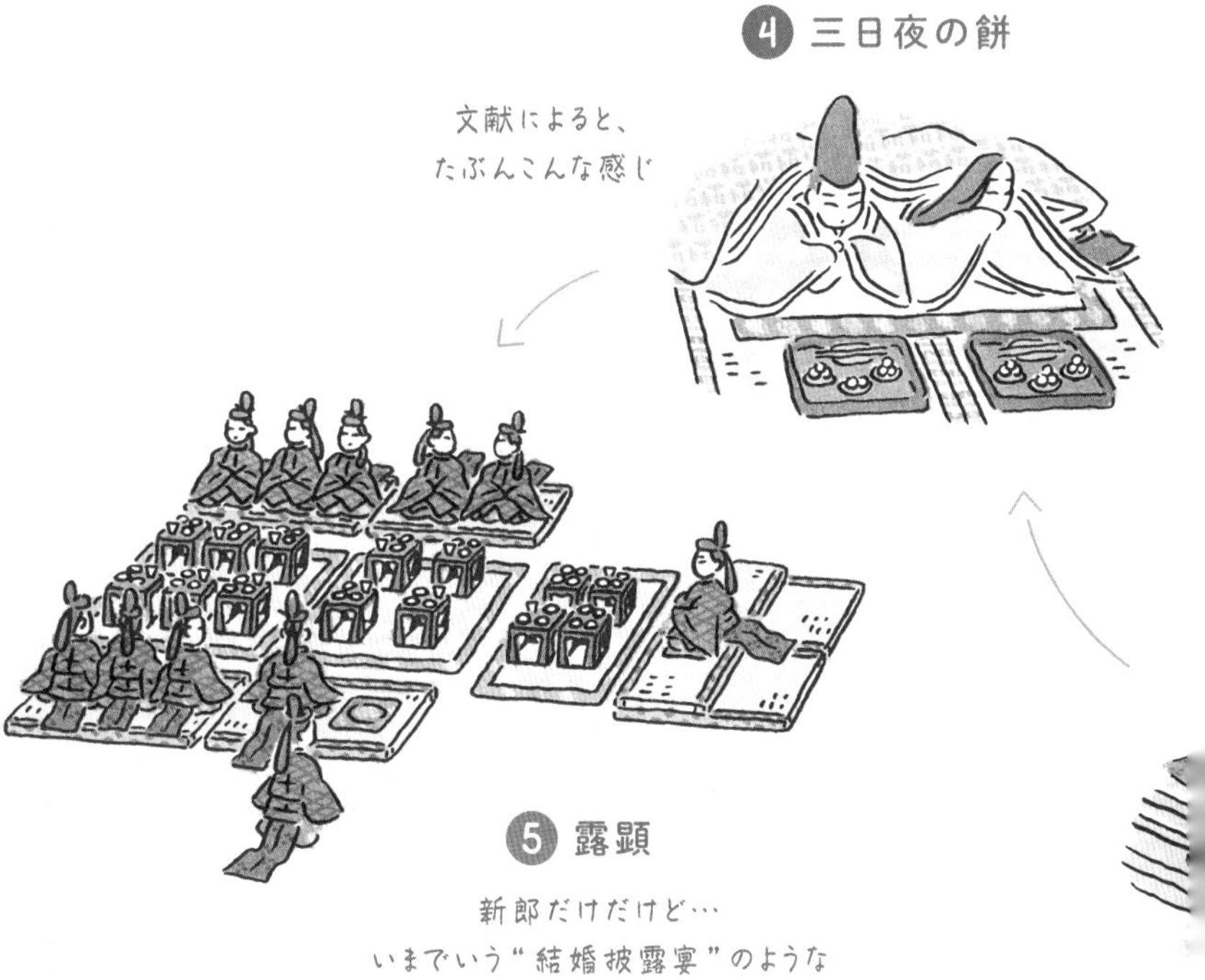
④ 三日夜の餅
文献によると、
たぶんこんな感じ
⑤ 露顕
新郎だけだけど…
いまでいう"結婚披露宴"のような

を送ってきます。この手紙は、早ければ早いほど男性の想いが熱いと判断されました。

③ 女性側は使者を酔わせて歓待し、禄《ろく》というお駄賃を与え、返歌を渡して帰します。男性が3夜連続して通うと、遊びや自由交際ではなく、結婚の意思ありと見なされます。

④ 3日めの夜には、新郎新婦は寝所で「三日夜《みかよ》の餅《もちい》」を共食します。

⑤ そのあと新郎は宴席「**露顕**《ところあらわし》」へ出て、新婦一家にもてなされます。この宴会が世間へのお披露目です。

獣 けもの

「毛物」の意です。毛皮を持つ動物全般を指しました。

下臈 げろう

「臈《ろう》」は仏教用語で、下臈とは、修行が浅く地位の低い僧を意味します。そこから、官位・身分が低い者も指すようになりました。身分の高さを尊ぶ宮中では、蔑視の対象でした。▼『枕草子』顔にくげに、いと下臈なれど…御書《おんふみ》の師《し》にて**さぶらふ**は羨《うらや》ましく**めでたし**とこそ覚《おぼ》ゆれ（**博士**《はかせ》は顔が悪く、身分もとても低いが…陛下に御**学問**の講師としてお仕えできるのは羨ましく立派に感じられる）。

気配 けわい

雰囲気や様子のことです。平安貴族、特に女性は、**御簾**《みす》や**几帳**《きちょう》をへだてて会うことが多かったため、声や衣《きぬ》ずれ、お香などによる雰囲気が印象を左右しました。高価な衣装・お香はよい「けはひ」を醸《かも》し出します。したがって身分の高い人は、概して魅力的なものでした。▼『源氏物語』**大殿油**《おおとなぶら》ほのかなれど、御けはひ、いと**めでたし**（明かりが控えめでよく見えないが、姫さまのご様子、とてもすばらしい）。

券 けん

屋敷や土地の所有を証明する権利書です。不動産の売買に当たっては、売る側と買う側それぞれが保証人を立て、京職《きょうしき》という役所に申請して売券《ばいけん》（契約書）を交わしていました。▼『落窪物語』券を盗みて売りたるを買いたるにもあらず（盗まれて売られていた券を買ったのではない）。

源氏 げんじ

「源《みなもと》」という姓《せい》のことです。その姓の人も指します。**天皇**を源とする氏族というニュアンスで、皇籍を脱し臣下に降りた人に与えられました（**臣籍降下**《しんせきこうか》）。一般の貴族や庶民から見れば尊い血筋で、皇族にとっては格下という存在でした。▼『源氏物語』親王《みこ》たちの御《おん》座《ざ》の末《すえ》に、源氏着き給へり（**親王**《しんのう》がたが居ならぶお席の末席に、**光源氏**さまはご着席になりました）。

源氏絵 げんじえ

『**源氏物語**』の場面を描いた**絵**のことです。後代には王朝文化の象徴となり、大名の出資でさまざまな流派が制作しました。現代でも日本画の一ジャンルです。

源氏物語 げんじものがたり

一条《いちじょう》天皇の**中宮《ちゅうぐう》・彰子《しょうし》**に仕えた**女房**（侍女《じじょ》）である**紫式部《むらさきしきぶ》**が書いた長編小説。当時の文学には、**歌**をテーマとする歌**物語《うたものがたり》**と、架空の世界を描く作《つく》り物語《ものがたり》という2ジャンルがありましたが、『源氏物語』は両者を融合させた作品であり、その後の文学の方向性を決定しました。一条朝期の読者にとって、醍醐《だいご》・村上《むらかみ》**天皇**が治めた「古きよき時代」を思わせる、時代小説ふうのフィクションでした。「**あはれ**」の文学ともいわれ、後世の人には、王朝文化の最盛期を象徴する作品でした。その記述をもとに朝廷**儀式**の復活が図られたり、絵画・工芸作品が作られたりと、幅広い分野に影響を与えました。

光源氏《ひかるげんじ》が紫上《むらさきのうえ》を見そめる有名な場面！

還俗 げんぞく

出家して僧や**尼《あま》**になった人が、再び俗人に戻ることです。

元服 げんぶく／げんぷく

男子の成人**儀式**です。**初冠《ういこうぶり》**、**初元《はつもと》結《ゆい》**ともいいます。11～20歳（皇族は17歳まで）に行うのが通例です。元服と同時に**位階《いかい》**と実名《じつみょう》を授かり、官人としての人生をスタートしました。

CHECK IT OUT.

元服の流れ

①髪型は**総角《あげまき》**（角髪《みずら》）、服は闕《けっ》**腋袍《てきのほう》**という**童形《どうぎょう》**（子どもの格好）で登場→②髪を切って頭頂部で**髻《もとどり》**に結う理髪の儀→③**冠**をかぶらせる加冠《かかん》の儀→④大人の縫《ほう》**腋袍《えきのほう》**に着替え宴席へ

冠をかぶらせる人を「加冠」と呼びます。髻を冠に引き入れることから「引き入れ」ともいいます。元服する少年にとっては第二の親・後見人となる大役であり、身内の有力者や声望のある人が依頼されて務めました。

御 ご

女性への敬称です。「御達《ごたち》」というと複数の女性を意味し、多くの場合**女房**（侍女《じじょ》）たちを指します。女房が一人でも「御達」ということがあります。

大和物語 第一二六段

頭《かしら》白き女《おうな》の、水汲《く》めるなん、前より、あやしきやうなる家に入《い》りける。…「これなん檜垣《ひがき》の御」と言ひけり。

「檜垣の御」とは、「マダム檜垣」のようなニュアンス。名の知られた**遊女**《あそび》・歌人《かじん》だったが、純友《すみとも》の乱《らん》で家財を焼かれ、老齢もあって落ちぶれる。その「**あはれ**」を語る場面。

碁 ご

男女問わず広く人気だったボードゲームです。黒と白の石をマス目の上に交互に置き、広く囲ったほうが勝ちになります。ただの娯楽ではなく、人格などが表れる**本才**《ほんざい》（教養）の一つと考えられていました。出産祝いなどおめでたい席では、管弦や**和歌**の「**遊び**」に加え、豪華賞品を賭けた碁の対戦もよく行われます。同じく盤上ゲームの**双六**《すぐろく》が庶民的な遊戯であるのに対し、碁には上品なイメージがありました。文学作品に出てきた場合は、打ち手や勝った側の身分・人柄のよさを暗示します。▼『源氏物語』**筆**とる道と碁うつことぞ、あやしう、魂《たましい》のほど見ゆるを（**書道**と囲碁は、不思議なことに、その人の本性が見える）。

鯉 こい

食用の川魚です。**鵜**《う》**飼い**などで捕られました。

五位 ごい

位階《いかい》の5番めです。**殿上人**《てんじょうびと》という上流貴族の、最下位に当たるポジションで、上流貴族には官人人生のスタートであり、中・下流貴族には憧れの地位でした。この位を頂くことを「叙爵《じょしゃく》」「**冠**《こうぶり》（得る）」ともいいます。

後院　ごいん

予備の御所です。**天皇**が譲位後に住むことを予定して用意されているものでした。

更衣　こうい

身分低い妃《きさき》です。**大納言**《だいなごん》以下の**殿**《てん》**上人**《じょうびと》の娘がなりました。位は**五位**《ごい》が多く、**四位**《しい》も多少おり、稀《まれ》に**三**《さん》**位**《み》（**女御**《にょうご》に相当する位）に昇る者もいました。一条《いちじょう》朝期には既に存在せず、更衣の出てくる**物語**は当時の人にとり「時代小説」でした。

更衣腹　こういばら

更衣という身分低い妃《きさき》を母とする皇子・皇女のことです。后腹《きさいばら》、女《にょう》御腹《ごばら》に比べ軽んじられたり、実家に勢力がなく落ちぶれたりしがちでした。**源氏**《げんじ》になって**臣籍降下**《しんせきこうか》するケースも多々見られました。

笄　こうがい

髪掻《かみかき》と表記することも。手元が平たく先が細い棒で、**髪**を掻きあげたり整えたりする道具です。▼『**大鏡**』御**櫛**《おんくし》・笄具《ぐ》したまへりける取り出《い》でて、つくろひなどして…（**藤原道隆**《みちたか》さまは持っていらした櫛・笄を取り出して、身づくろいなどして…）。

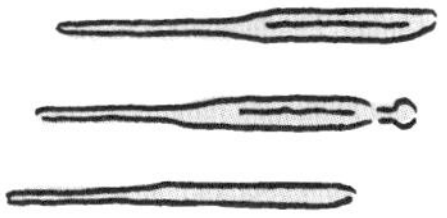

後宮　こうきゅう

内裏《だいり》の北半分です。**天皇**・**春宮**《とうぐう》（皇太子）の后妃《こうひ》らが住んだ部分で、建物が12棟（**七殿五舎**《しちでんごしゃ》）ありました。妃《きさき》やその**女房**たちが才智・技芸を競い合ったため、流行の発信地となっていました。

CHECK IT OUT.

後宮のルール

・**通い婚の真逆、嫁入り婚**

天皇家のしきたりは、古代に取り入れた中国様式が原則です。そのため天皇は**清涼殿**《せいりょうでん》で寝起きし、呼ばれた后妃が参上して**夜**を共にするのが決まり。しかし当時一般的なのは**通い婚**です。「貴婦人たるもの、夫の訪れをしとやかに待つべし」が社会の空気。**妻**が「逢いに行く」のは、天皇家ならではの習慣でした。

・**愛しているからこそ堅苦しく**

后妃が天皇と逢うには作法がありました。作法なしでベッタリお側《そば》にいるのは「お手つき使用人」の役目。ゆえに天皇が妻を尊重しているのなら、格式ばった待遇をすることで、妻の名誉を保つことこそ当たり前でした。

香壺　こうご

薫物《たきもの》を入れておく容器です。必ずしも壺《つぼ》型ではなかったようです。

皇后　こうごう

天皇の配偶者、正妻です。**中宮**《ちゅうぐう》、**后**《きさい》**の宮**《みや》ともいいました。

香壺の箱　こうごのはこ

香壺を収める**箱**です。通常は香壺4個を入れ、**二階棚**に置きました。

格子　こうし

寝殿《しんでん》**造り**の建物で、柱と柱の間に設置した建具《たてぐ》です。細い木材を複数、縦横《たてよこ》に直角に組み合わせ、枠をつけたものです。その裏に板を張ることもありました。床から上《かみ》**長押**《なげし》までを1枚で閉ざす大きいタイプ（一枚格子《いちまいごうし》）と、上下2枚でふさぐ小さいタイプ（二枚格子《にまいごうし》、**半蔀**《はじとみ》ともいう）がありました。**夜**になると戸締まりのため下ろして固定し、朝が来ると上げて日光を入れました。昼間でも、風雨が激しい場合や人目を遮《さえぎ》りたいときは下ろします。この上げ下ろしを「御格子《みこうし》まゐる（格子を扱う、を敬語にした言い回し）」といいました。朝ならば「上げる」、夜なら「下げる」を意味します。▼『源氏物語』夜深《よふか》き御《おん》**月**《つき》愛《め》でに、格子もあげられたれば、例の**物**《もの》**の怪**《け》、入り来たるなめり（深夜の月ご観賞で、格子も上げられていたので、こういうときにつけ込む物の怪が入ってきたのでしょう）。

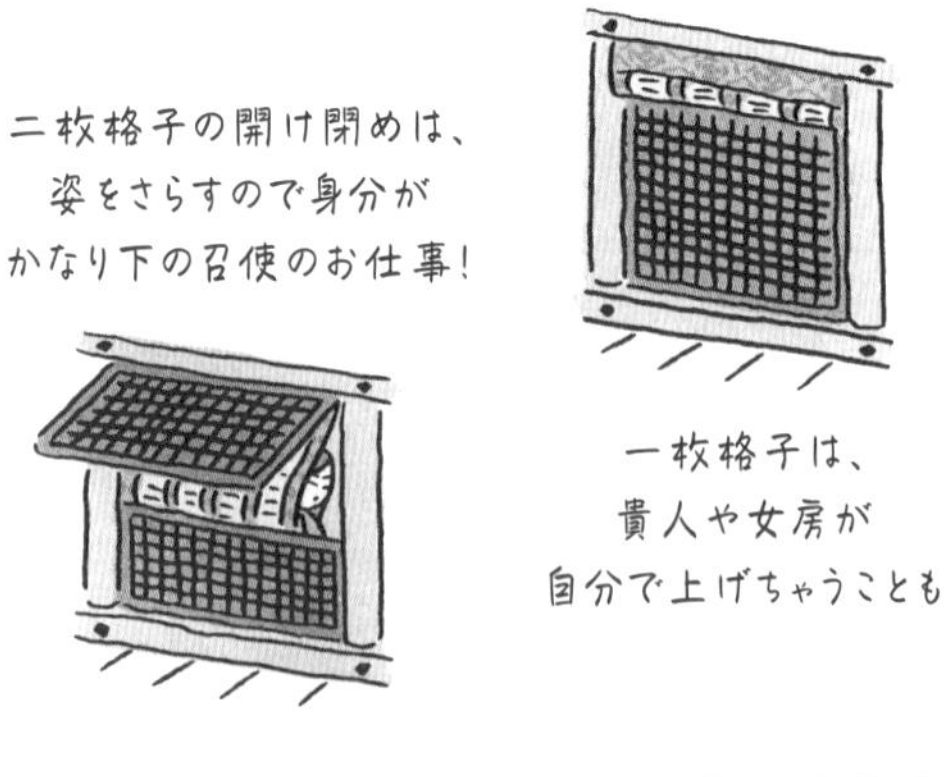
二枚格子の開け閉めは、
姿をさらすので身分が
かなり下の召使のお仕事！
一枚格子は、
貴人や女房が
自分で上げちゃうことも

孔子　こうし

「くじ」とも読みます。紀元前500年ごろの中国の思想家です。**儒教**《じゅきょう》・儒学《じゅがく》の祖となり、日本の政治・文化にも大きな影響を与えました。▼『源氏物語』ことご

CHECK IT OUT.

格子の基本Q＆A

格子は平安貴族の生活必需品。注目すると、当時の暮らしぶりが生き生きと見えてきます。

Q 一枚格子《いちまいごうし》と二枚格子《にまいごうし》、違いは？

A 引き上げる方向が逆です。

一枚格子は、建物の内部に向かって上げ、天井から垂れている金具に引っ掛けます。当然、**御簾《みす》**は格子の外側に吊るすこととなります(外御簾《そとみす》)。二枚格子(半蔀《はじとみ》)の場合は、上の格子は外へ引き上げ、金具に引っ掛けます。下の格子は、人が出入りする際は取り外しますが、そのまま嵌《は》めておくこともあります。御簾は格子の内側に垂らします(内御簾《うちみす》)。

Q 格子の違いはどう影響するの？

A 女性たちの生活を左右します。

貴婦人は御簾の外に出たりしません。したがって、一枚格子なら**女房**(侍女《じじょ》)らだけで引きあげられます。二枚格子だと、格下の使用人を呼んで上げさせねばなりません。**『枕草子』**には、女主人の**定《てい》子《し》中宮**に「香炉峰《こうろほう》の雪いかならん」と言われた**清少納言《せいしょうなごん》**が、「御格子あげさせて、御簾を高くあげ」る場面があります。これは二枚格子だと思われます。「御格子あげさせて」と、人(おそらく女官)に上げさせているからです。そして清少納言自身は御簾を上げるという、室内だけでできる仕事をしています。二枚格子だからこそ、上半分を開放しても、**中宮**さまのお姿を丸見えにせずにすむのです。

Q 格子で何がわかるの？

A 住人の性格があらわれます。

住人がしっかり者だと、格子の穴などはすぐに塞《ふさ》がれます。そうでない家は、男性の格好の「**垣間《かいま》見《み》**」対象となり、住む女性を危険にさらします。**『源氏物語』**に、殿方(匂宮《におうみや》)が「格子の隙《ひま》あるを見つけて寄り給ふに、**伊予簾《いよす》**はさらさらと鳴るも、つつまし…うち解けて、あなも塞《ふた》がず…」だったため中の美女(浮舟《うきふね》)を見て、密通に至るという場面があります(ちなみに、格子の外側に御簾があるので一枚格子です)。平安貴族はよく、人の住みかを見て「住人が尊敬に値するか否か」を判断しました。

とし様《さま》したる人の「恋の山には孔子《くじ》の倒《たお》れ」まねびつべき**気色**《けしき》に…（格式ばった様子の人が「恋の山には孔子さまも転ぶ」ということわざを真似《まね》しそうな感じで恋に溺《おぼ》れ…）。

小路　こうじ

大路《おおじ》に次ぐ道幅を持つ道路のことで、幅は4丈（12ｍ）です。**平安京**は道路を**格子**状に設けた計画都市で、小路は東西に26本、南北に22本敷設《ふせつ》されていました。

講師　こうじ

法会《ほうえ》などで高座《こうざ》につき、お**経**の内容を解説する人です。詩や**歌**の会で、参加者が作った作品を読みあげる人のこともいいます。▼『**枕草子**』説経《せきょう》の講師は顔よき（お経を解説する講師は顔のよい人がいい）。

柑子　こうじ

柑橘《かんきつ》類の一つと思われますが、正体は不明です。当の果実が栽培されなくなった、品種改良で外見が変わって名称が混乱した、などの理由が考えられます。平安文学では**橘**《たちばな》、柑子、大柑子を呼び分けているため、何らかの差異はあったと推定されます。**くだもの**（**菓子**・間食）として貴人に勧められる様子がよく描かれます。▼『**源氏物語**』柑子などをだに、触れさせ給はず…（柑子などさえ、見向きもなさらず…）。

庚申　こうしん

「庚申待《こうしんまち》」ともいいます。**暦**《こよみ》で庚申に当たる日の**夜**は、就寝中に三《さん》尸《し》という体内にいる虫が抜け出し、その人の**罪**を天に告げ口して命を失わせる、という俗信がありました。そのため眠らぬようにする習慣があり、さまざまな催しが徹夜で行われました。▼『**枕草子**』庚申せさせ給ふとて内《うち》の大臣《おおいとの》、いみじう心まうけせさせ給へり（庚申をなさるということで、内大臣さま〈**藤原伊周**《これちか》〉がとても入念に催しの支度をなさっていた）。

洪水　こうずい

東の**賀茂**《かも》**川**と西の葛野《かどの》川（**桂**《かつら》**川**）に挟まれた**平安京**は、水害に悩まされました。葛野川は大堰《おおい》（大堤防）が造られたため大堰川と呼ばれるようになりました。防鴨河使《ぼうかし》という、賀茂川の堤防修築を担当した職もありました。▼『**和泉式部日記**』五月五日になりぬ。**雨**なほやまず…大水の岸つきたるに…（5月5日になった。雨はなおも止《や》まない。賀茂川が増水して岸に到達しているのに…)。

皇籍復帰　こうせきふっき

一度臣下に降りて**源氏**《げんじ》となった者が、皇族に戻ることです。**臣籍降下**《しんせきこうか》した源定省《みなもとのさだみ》が、皇籍復帰し宇《う》多《だ》**天皇**になった例があります。

小袿　こうちぎ

「こうちき」とも。**袿**《うちぎ》と同形で身《み》丈《たけ》・裄丈《ゆきたけ》は袿より短い衣のことです。袿の上に小袿を羽織ることで、普段着の袿姿より改まった雰囲気になりました。**裳**《も》や**唐衣**《からぎぬ》を着ける正装ほどは格式ばらない身なりです。主君である女性の**装束**で、中流貴族から后《きさき》まで、姫君から年配者まで、幅広く着用されました。▼『**源氏物語**』御**前駆**《おんさき》**追ふ**声のしければ、うちとけ萎《な》えばめる姿に、小袿ひきおとして、けぢめ見せたる（先払いの声がして**光源氏**さまのお渡りだと気づいたので、くにゃっとした普段着の上に、掛けてあった小袿を羽織ってけじめを見せた）。

冠　こうぶり

「**かんむり**」とも。男性貴族が正装の際かぶるものです。**元服**《げんぶく》（男子の成人式）で初めて着用したことから、一人前の男性の象徴でした。また男性貴族の位の中では、**五位**《ごい》以上が尊重されたことから、五位を授かることや**位階**《いかい》そのものも意味しました。男性が何もかぶらない頭を見せることは非常な恥であったため、冠か**烏帽子**《えぼし》を必ず着用しました。また宮中へ参内するときや公的な場では烏帽子は許されず、冠が必須でした。▼『**うつほ物語**』冠もうちそばめてさし入れ、**指貫**《さしぬき》、**直衣**《のうし》などを引き下げて、まびろけて出《い》で来たり（冠を横に向けて**髻**《もとどり》を差し入れ、指貫や直衣などをぶら下げて、衣がはだけたまま、あわてて飛び出してきました）。

高野山　こうやさん

和歌山県東北部の山。空海《くうかい》（弘法《こうぼう》大師《だいし》）が金剛峯寺《こんごうぶじ》を建てた、真言宗の総本山です。**京**からはやや遠方ですが、男性貴族は参詣《さんけい》していました。

高麗縁　こうらいべり

畳《たたみ》の縁です。白地に黒糸で**紋様**《もんよう》を織り出しました。

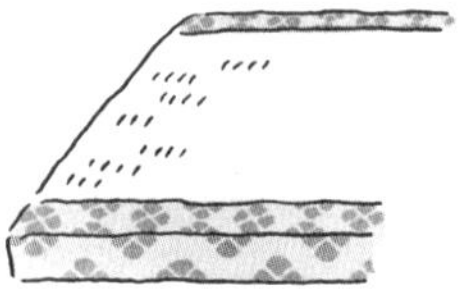

高欄・勾欄　こうらん

寝殿《しんでん》**造り**の建物で、**簀子**《すのこ》や御**階**《みはし》につけられた欄干《らんかん》のことです。簀子に座る場合は高欄を背にし、**束帯**《そくたい》を着ている場合はその**裾**《きょ》を高欄に掛けました。▼『源氏物語』西《にし》の**対**《たい》に**御座**《おまし》などよそふほど、高欄に御車《みくるま》ひき懸けて立ちたまへり〈なにがしの院＝**河原院**《かわらのいん》がモデルとされる＝の〉西の対に、おいでになる場所を設ける間、高欄に**牛車**《ぎっしゃ》の轅《ながえ》をかけておいでになる）。

後涼殿　こうりょうでん

「こうろうでん」「ごりょうでん」ともいいます。**内裏**《だいり》の建物の一つです。**天皇**のいる**清涼殿**《せいりょうでん》の西隣で、**納殿**《おさめどの》、**御厨子**《みずし》所《どころ》など物置の機能をもつ部屋がありました。

香炉　こうろ

お香をたくための器具です。もとは仏を供養するための品で、仏教と共に伝わりました。柄《え》つきの柄香炉《えこうろ》、吊って用いる吊香炉《つりこうろ》、中にジャイロスコープ構造があり転がしても平衡を保つ毬香炉《まりこうろ》などがあります。平安文学では「**火**《ひ》**取**《とり》」と呼びます。

鴻臚館 こうろかん

唐《から》や新羅《しらぎ》、**渤海**《ぼっかい》国など、外国の使節の宿泊・接待に使われた施設です。平安時代には**平安京**、**難波**《なにわ》**津**《づ》、**大宰府**《だざいふ》に置かれました。▼『源氏物語』そのころ**高麗人**《こまうど》のまゐれるが中に、賢き相人《そうにん》のありけるを聞《きこ》し召して…この御子を鴻臚館に遣《つか》はしたり（そのころ来朝した高麗人《こうらいじん》の中に、すぐれた人相見《にんそうみ》がいるとお聞きになり…幼い**光源氏**さまを鴻臚館に行かせなさいます）。

氷 こおり

「**ひ**」ともいいます。電気のない時代、**夏**の氷はとても貴重で、涼をとる数少ない手段でもありました。食用にするほか、触れて涼むこともありました。

こほ《お》ろぎ

虫の名です。**秋**に鳴く虫の総称ともいわれます。

五戒 ごかい

仏教の戒律の一つです。**出家**していない信者が守るべきとされた、最も軽い戒でした。病人や産婦は頭頂部の**髪**を形だけ剃《そ》り（または切り）、五戒を受けました。御利益により治癒すると考えられていたためです。

黄金作り こがねづくり

鍍金《めっき》（金メッキ）のこと。**太刀**《たち》の鞘《さや》などの装飾です。「黄金（作り）の車」は、鍍金の金具が使われた**牛車**《ぎっしゃ》のことで、豪華な車ではありますが、「廂《ひさし》の御車」や「**糸毛車**《いとげのくるま》」のほうが格上です。

御器 ごき

食物を盛る、蓋《ふた》つき器を指す敬語です。後世には、椀《わん》を特に意味する言葉になりました。

弘徽殿 こきでん

後宮《こうきゅう》の建物（**七殿五舎**《しちでんごしゃ》）の一つです。**天皇**のいる**清涼殿**《せいりょうでん》に近く、勢力の強い妃《きさき》の住まいでした。

古今和歌集 こきんわかしゅう

『古今集』とも。日本初の勅撰《ちょくせん》和歌集（**天皇**の命令によって編まれた**和歌**のアンソロジー）です。平安朝の体制がほぼ安定した頃、醍醐《だいご》天皇の時代につくられました。20巻、１１００首ほどが収められています。歌集の模範、和歌のテキストとして尊重され、後世に大きな影響を与えました。**紀貫之**《きのつらゆき》が

仮名で序文「仮名序」を書いたことも、日本語の歴史上、記念すべき出来事となっています。▼『**枕草子**』古今《こきん》の**歌**廿巻《はたまき》を、皆うかべさせ給ふを、御**学問**にはせさせ給へ（古今集20巻の歌をすべて暗記することを、お勉強になさいませ）。

刻　こく

時刻を表す言葉です。一日を12に分けて十二支の名をつけ、「子《ね》の刻」「丑《うし》の刻」などと呼んでいました。時は宮中の陰陽寮《おんようりょう》で漏刻《ろうこく》という水時計によって計測され、時《とき》司《づかさ》が鳴らす鐘鼓《しょうこ》によって周知されました。

国司　こくし

「くにのつかさ」とも読みます。**京**から地方へ派遣された官人です。上から守《かみ》・介《すけ》・掾《じょう》・目《さかん》と4等官に分かれていました。狭義には長官である**国守**を指しました。

国守　こくしゅ

「**くにのかみ**」とも。その国の**国司**らの中で、役職が最も上の人、いわば長官です。**親王**《しんのう》など貴人が国守に任命された場合は、本人は赴任せず代理を派遣することがありました。そういうケースと区別するため、実際に現地へ赴く国守を「**受領**《ずりょう》」と呼びました。

極熱　ごくねち

極めて熱いことです。**夏**の酷暑や薬湯の熱さを表します。▼『**うつほ物語**』極熱の頃は、誰《たれ》も誰も、をさをさ内裏《うち》へも参り給はず（酷暑の頃は、どなたも**内裏**《だいり》〈宮中〉へなかなか参上なさいません）。

国母　こくも

天皇の母のことです。親に対する孝行が重視された時代であるため、天皇に尽くされる立場の国母は、権威も実権も有する権力者でした。

苔　こけ

植物です。一面に生えることを「苔むす」といいます。時間をかけて厚くなる様子や、落葉により散らない点が、長寿や心変わりしない堅実さを連想させ、愛されました。**春**になり**色**が鮮やかになる風情や、田舎への行楽で苔を敷物代わりにする野趣《やしゅ》も好まれたようです。

御禊　ごけい

天皇や**斎王**《さいおう》が**鴨川**《かもがわ》へ出て行った**禊**《みそぎ》

（水によるお清め）の儀式です。その往来の行列が、着飾ったお伴《とも》を多数従える華麗なものであったため、貴人から庶民までこぞって見物（物見《ものみ》）を楽しみました。中でも賀茂《かも》の斎院《さいいん》の御禊は、葵祭《あおいまつり》の先駆け的なイベントであり、毎年行われるという知名度の高さもあって大変にぎわいました。大嘗会《だいじょうえ》（即位後初めての新嘗会《しんじょうえ》）で行われる天皇の御禊、伊勢の斎宮《さいぐう》が行う御禊も人気でした。

苔の衣　こけのころも

世間を離れ修行する人が着る粗末な衣服のことです。僧が自分の衣を謙遜《けんそん》する語でもあります。

心葉　こころば

総角《あげまき》結びの**組**《くみ》（組紐）などに**松**や**梅**の造花を結びつけた飾りのことです。金属の造花だったと思われます。▼『源氏物語』心葉、紺《こん》瑠《る》璃《り》には五葉《ごよう》の枝、白きには梅を彫《え》りて…（心葉は、紺瑠璃の器には五葉松の枝、白い器には梅を彫って…）。

「紺瑠璃」は青ガラス、「白き（瑠璃）」は白ガラスを指します。舶来の超高級品！

紺瑠璃の容器には松、白瑠璃には梅と、心葉も入れ物に合わせるのがミヤビ！

源氏物語　総角

中の宮、組《くみ》などし果て給ひて「心葉などは、えこそ思ひ寄り侍《はべ》らね」とせめて聞《きこ》え給へば…もろともに結びなどし給ふ。

姫たちが法事の支度として、組紐や心葉を作っている場面。装飾品が貴婦人の手作りであったことと、作り方は年長者から実地で伝えられたことがわかる。

法事の装飾品の出来栄えは、来賓みんなが注目します…レディの腕の見せどころ！

技量の良し悪しは即、噂になり女性の評判を左右…。

CHECK IT OUT.

輿の種類

人間が引く乗り物「輿」には、格別なステイタス感がありました。その使用を許されるのは超セレブの証しでした。

鳳輦《ほうれん》

平安の乗り物の最高峰。天皇のみが晴れの**儀式**でだけ使用できる。

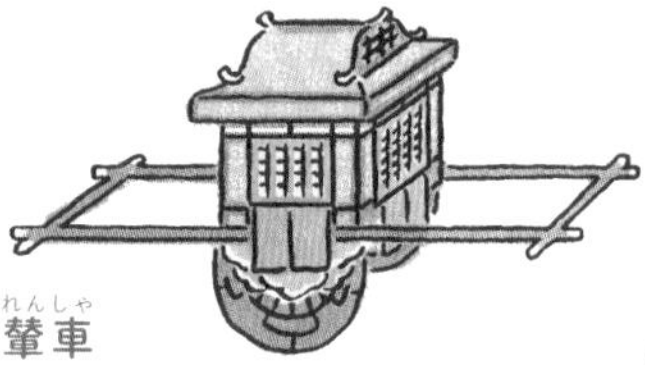

輦車《れんしゃ》

内裏《だいり》を乗り物で出入りする際の車。天皇からの格別の恩顧を表す。

葱花輦《そうかれん》

葱《ねぎ》の花の飾りが特徴。天皇の略式の乗り物。皇后・斎王も使用可。

腰輿《ようよ》（手輿《たごし》）

担ぎ手が腰の辺りで持つ輿。皇居の**火事**・**地震《ない》**など非常時に使用。

輦輿《れんよ》

肩で担ぐタイプ。格が最も高い乗り物。特別な皇族が使用する。

輿 こし

人力で動かす乗り物です。**牛車《ぎっしゃ》**より格の高い乗り物でした。駕輿丁《かよちょう》（担ぎ手）が肩に載せる**輦輿《れんよ》**と、腰の辺りで持つ腰輿《ようよ》（手輿《たごし》とも）、車輪のある**輦車《れんしゃ》**の3種類がありました。特に輦輿は、**天皇・皇后・斎王《さいおう》**（神に仕える皇族女性）だけに許される別格品でした。そのため「娘を輿に乗せる」ことは、「わが子を皇后にする」ことを意味しました。輿を使うと行列が派手になり、勢力を自慢する効果も生じたため、立場が弱い人は使用を避けたりもしました。▼『栄花物語』后《きさき》になし奉《たてまつ》りて御輿にて出《いだ》し入れ奉りて…とこそ思ひしか（娘を皇后に押しあげ、輿で出入りさせ申しあげよう…と思っていたのに）。

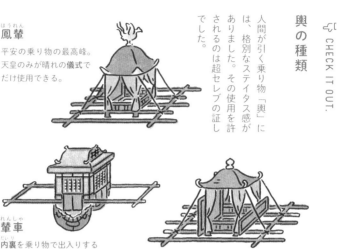

腰差　こしざし

働きを見せた者に褒美として与える、軸に巻きつけた絹の反物《たんもの》のことです。頂いた者は腰に差して引き下がるのが作法でした。▼『**うつほ物語**』御前《おんさき》にはみな腰差賜《たま》ひ、下人《しもびと》には**禄**《ろく》など賜ひて…（先《さ》駆《き》の者たちには腰差を全員にお与えになり、下人には禄などをお与えになって…）。

小柴垣　こしばがき

「**柴垣**」とは、植物の柴を立てて**垣**（垣根）にしたものです。そのうち背丈が低いタイプをこう呼びました。

五舎　ごしゃ

後宮《こうきゅう》の建物12棟（**七殿五舎**《しちでんごしゃ》）のうち、名称に「舎」がつく5棟をいいます。当初は「殿」がつく7棟（七殿）より格下だとされました。しかし**天皇**のいる**清涼殿**《せいりょうでん》が政務の中心となるにつれ、清涼殿に近い**飛香舎**《ひぎょうしゃ》（**藤壺**《ふじつぼ》）や**凝花舎**《ぎょうかしゃ》（**梅壺**《うめつぼ》）の存在感が高まっていき、そのような格下意識はなくなりました。

胡床　こしょう

「あぐら」とも読みます。折り畳み式の携帯用イスです。脚を交差させて組み、上部に革や布地を張って座面としました。江戸時代以降には「床几《しょうぎ》」と呼ばれた品です。

後生　ごしょう

後世《ごせ》と同様、死後の世界のことです。

後世　ごせ

訓読みして「のちのよ」ともいいます。仏教の考え方で、死後に赴く世界のことです。今の**世**での行いは後世で、よくも悪くも報われるとされていました。そのため平安人は、よい行いとされた仏教への奉仕（法事や**仏像・仏画**制作など）を、熱心に実行しました。

戸籍　こせき

人民を戸《こ》という基本単位で一人ずつ登録した台帳です。古代に律令《りつりょう》制下で作成され、課税などに利用されていました。平安中期にはほぼ機能しなくなっていました。

五節　ごせち

収穫祭である**新嘗会**《しんじょうえ》・**大嘗会**《だいじょうえ》の前

後4日間にわたって行われた、**舞姫**たちの**舞**を中心とする各種行事の総称です。まず、11月の中《なか》の丑《うし》の日に、舞姫が**女童**《めのわらわ》らを引き連れて**内裏**《だいり》に参上します（**帳台試**《ちょうだいのこころみ》）。翌寅《とら》の日は、「五節の淵酔《えんすい》」という宴のあと、**天皇**が舞姫の試演を見る「御前試《ごぜんのこころみ》」が行われます。卯《う》の日には新嘗会と、舞姫の伴《とも》である童女たちを天皇が見て確認する**儀式**「童女御覧《わらわごらん》」があります。辰《たつ》の日には豊明節会《とよのあかりのせちえ》という宴が開かれ、天皇が新穀を食し臣下一同にも与え、**常寧殿**《じょうねいでん》で舞姫の舞など舞楽《ぶがく》が披露されます。

大嘗会（天皇即位直後の新嘗会）の年は、舞姫も4人から5人に増え特に盛大！

源氏物語 総角

今宵《こよい》今宵と思《おぼ》しつつ、障《さわ》り多みなるほどに、五節などとく出《い》で来たる年にて、内裏《うち》わたりいまめかしく紛れがちにて、わざともなけれど過ぐいたまふ。

丑の日はたいてい月に3回あるので、五節は中の丑（2回めの丑の日）に行われるのが通例。しかし2回しかない場合は、上《かみ》の丑（1回めの丑の日）に始まる。この年はそれに当たったので、匂宮《におうみや》が**妻**（中君《なかのきみ》）のもとへ通おう通おうと思いつつも行けずにいる、という場面。

五節定 ごせちのさだめ

五節舞姫を決定する評議のことです。

五節舞姫 ごせちのまいひめ

五節のとき、**舞**を舞う少女のことです。**公卿**《くぎょう》から2人、**殿上人**《てんじょうびと》・**国司**から2人または3人を差しあげ、**天皇**のご覧に入れました。本人だけでなく、お伴《とも》の**女童**《めのわらわ》たちも美貌やたしなみで選《え》りすぐられた「美女集団」でした。そのため、**内裏**《だいり》の中を歩いて参上するときから舞を舞う本番まで非常に注目され、祭りの花形でした。舞姫を出すことが決まった家では、親類縁者一同が美しい女童を推薦したりと、盛大に**装束**を仕立てて贈ったりと、盛大に準備をしました。

CHECK IT OUT.

舞姫の悲喜こもごも

五節舞姫は、年間最大イベント「五節」の主役です。平安文学を華やかに彩る彼女たちの、光と影とは…。

✓「玉の輿」のチャンス

貴公子のお目に留まり、身分違いの恋が芽ばえることもありました。

✓スキャンダラスな一面あり

古い伝統をとどめる五節舞姫は、顔や姿をさらして舞います。平安中期は「貴婦人たるもの身を隠すべき」とされたため、舞姫は品なく見られがちでした。また、祭りのさなかに「恋の過ち」もよく起きました。

✓経済的な負担が重すぎる

天皇とお近づきになれる立場ですが、身分秩序が定まった時代には、仮にお手がついても「名誉」なだけ。なのにお支度は、競争心理から華美になる一方。あまりにもコスパが悪いと辞退者が相次ぎ、舞姫を揃《そろ》えるのも大変でした。

✓そのステイタスは乱高下

8世紀には、女性皇太子・阿倍《あべ》**内親王**が務めた五節舞姫。平安中期には中流以下の貴族が任命されました。「五節」と呼ばれる**女房**・女官も多く、つまり使用人階層です。平安末期には、再び上流層が務めました。

御前　ごぜん

「**お（ん）まえ**」を音読みしたもので、貴人の面前や貴人自身を指す言葉です。また「前駆《ぜんく》（先払いをする従者）」の敬語「御前駆」の略語でもありました。▼『**うつほ物語**』女は**髪上**《かみあげ》で、**唐衣**《からぎぬ》着では御前に出でず、男は**冠**《こうぶり》し、**袍**《うえのきぬ》着では御前に出でず（主君の御前に出るときは必ず、女は垂れ髪に唐衣着用、男は冠をかぶり袍を着る）。

木魂　こだま

樹木の精霊です。山の神「山彦《やまびこ》」とともども、音の反響を引き起こす魔物と考えられていました。▼『**源氏物語**』人げにこそ、さやうの物もせかれて影かくしけれ、木魂など怪《け》しからぬ物ども、所を得て、やうやう形をあらはし…（人の気配〈**けわい**〉が多数あると、そういう物どもも遮《さえぎ》られて身を隠すけれど、人少なになると、木魂など怪しい物どもが活躍の場を得て、姿を現すようになり…)。

五壇の御修法 ごだんのみずほう

五大明王《みょうおう》（不動明王など**密教**の仏）を祀《まつ》って行う**加持祈祷**《かじきとう》です。**天皇**や国の大事、怨霊調伏《ちょうぶく》のとき行われました。

東風 こち

東から吹いてくる**風**のことです。

胡蝶 こちょう

チョウのことです。「こてふ」と書くため「来てふ（来いと言う）」の掛詞《かけことば》によく使われます。また「胡蝶」という名の舞楽《ぶがく》があり、「**迦陵頻**《かりょうびん》」の**鳥**の曲とペアでよく披露されました。**童**《わらわ》4人がチョウの羽を背につけ、**山吹の花**を持って舞う曲です。

兀子 ごっし

四脚で座面が四角形の腰かけです。**親王**《しんのう》や**参議**《さんぎ》以上など、身分の高い者が使用しました。

乞食 こつじき

僧侶が人から食べ物をもらいながら仏教修行の日々を送ることです。のちには、物乞いで暮らす貧窮者も指すようになりました。

碁手 ごて

囲碁の勝負の**賭物**《かけもの》です。もともとは貨幣で「ごての**銭**《ぜに》」といいました。囲碁そのものが品格あるゲームだったため、出産などの祝い事の際に貴人らが行う儀礼でもありました。相手に贈り物をしたいがために負けるなど、高度なコミュニケーションも見られました。▼**『うつほ物語』色紙**《しきし》を引き違《ちが》へつつ碁手多く包みて、**御前**ごとに参れり。大将「中納言の君の宝は、みな今宵《こよい》打ち取りてむ」とて（色紙を互い違いに重ねて碁手を多く包み、客人がたそれぞれの前に差しあげます。大将さまが「中納言どのの宝は、みな今夜勝って取ってしまおう！」と仰《おっしゃ》って）。

琴 こと

「**弾物**《ひきもの》」とも。弦楽器全般を指します。**琴**《きん》、**和琴**《わごん》、**箏**《そう》、**琵琶**《びわ》などです。貴族にとっては、男女問わず必須の実務スキルでした。▼『うつほ物語』**北の方**は琴どもの**装束**しすぐりて、琵琶、箏など同じ声に調べ合はせて置き給ふ（琴《きん》の名手・俊蔭女《としかげのむすめ》は、弦楽器類を整え選《え》りすぐって、琵琶、箏などを同じ音階に調律しておきなさる）。

琴柱 ことじ

琴の胴の上に立てる、音の高低を調節するためのコマです。▼『**紫式部日記**』**雨**ふる日琴柱倒せ（雨が降る日は、湿気で弦がゆるんで音が悪くなるので、琴柱を倒しなさい）。

小舎人童 こどねりわらわ

小舎人とは、**蔵人所**《くろうどどころ》という役所に所属し、雑用をする者のことです。子どもだと使い勝手がよく、貴人に召使《めしつかい》として重宝がられたようです。転じて幼年の従者のことを「小舎人童」と呼んでいるふしもあります。▼『**和泉式部日記**』誰ならんと思ふほどに、故宮《こみや》にさぶらひし小舎人童なりけり（誰だろうと思って見ていたところ亡き**親**《しん》**王**《のう》さまにお仕えしていた小舎人童であった）。

異腹 ことはら

母親が違うことです。異母きょうだいそのものを指すこともあります。子どもは母のもとで養育されたので、異母きょうだい同士は接点が少なく、疎遠になりがちでした。▼『うつほ物語』はらからなれど異腹にて疎《うと》かりけるを…（きょうだいだが異腹で、親しくなかったのを…）。

近衛府 このえふ

天皇の身辺を警護する、武官《ぶかん》の役所です。左近衛府《さこんえふ》と右近衛府《うこんえふ》に分かれており、**六衛府**《ろくえふ》（六つある衛府＝警備担当の軍団）の二つを占めていました。長官は大将と呼ばれ、**大納言**《だいなごん》か**大臣**が兼務する重職でした。次官の**中将**《ちゅうじょう》・少将は、名家の子弟が駆け出しで就く例が多く、若さと将来性から平安文学の花形ポジションです。

平安宮廷の基本は年功序列。長年勤めて中将・少将になる叩き上げもいました。

CHECK IT OUT. サコン、ウコンとは？

平安文学によく見られる「左近」「右近」は、左右の近衛府を意味する言葉です。現代でもおひなさまの飾りなどに残る「左近の**桜**、右近の**橘**《たちばな》」は、近衛府の武官が**南庭**《だんてい》に左右に分かれて並ぶ際、目印としていた立木です。**女房**の呼び名に多い「右近」は、身内の男性が右近衛府ゆかりの人であることを示します。

駒《こま》

動物の**ウマ**のことです。**和歌**では駒というほうが好まれました。

高麗《こま》

朝鮮半島北部にあった王国・高句《こうく》麗《り》（？～668）のことです。ただし、平安の人々は大陸の事情に詳しくなかったため、朝鮮半島一帯や唐《とう》以外の大陸の国を漠然と「高麗」と呼んでいることもあります。半島から伝来した物や文化には、狛犬《こまいぬ》・**高麗笛**《こまぶえ》・**高麗楽**《こまがく》などがあり、平安貴族に親しまれていました。

高麗人《こまうど》

朝鮮半島の人のことです。半島北部の王国・高句麗《こうくり》（？～668）が滅亡したあと、多くの人々が日本に渡り、朝廷に仕えたり東国に入植したりと定住しました。そのような人々のほか、外交・貿易のために来訪した公的な使節団も高麗人といいます。この場合は、大陸で唐《とう》以外の国（高麗《こうらい》や**渤海**《ぼっかい》など）の人を、漠然と「こまうど」と呼んでいるように見えます。

催馬楽　石川

石川《いしかわ》の高麗人に帯を取られてからき悔《くい》する。

「高麗人に帯を取られて（辛《つら》い恋をして）後悔している」と嘆いてみせ、新たな恋人候補を誘惑している場面。**催馬楽**《さいばら》は古代民謡にルーツを持つ歌謡だが、この**歌**の背景は不明。定住した高麗系集落の人とのロマンスがあったのかも？

高麗楽 こまがく

朝鮮半島の国々や**渤海**《ぼっかい》国から伝来した舞楽《ぶがく》です。**左方**《ひだりかた》の**唐楽**《とうがく》と**右方**《みぎがた》の高麗楽を交互に演奏するなど、番《つがい》（ペア）で演奏されるのが通例でした。

小松 こまつ

小さな**松**のことです。正月の最初の子《ね》の日に、若菜を摘み小松を引き抜いて、長寿を祈る行事をしました。これを「小松引き」または「子の日の**遊び**」といいます。

駒牽 こまひき

諸国の御牧《みまき》（朝廷御用《ごよう》の牧場）から献上された**馬**を、**天皇**が**紫宸殿**《ししんでん》または**仁寿殿**《じじゅうでん》で見て確認したのち、馬寮《めりょう》（国の役所の一つ）や**大臣**に分配した**儀式**です。8月中旬に行われました。

高麗笛・狛笛 こまぶえ

雅楽の一つ、**高麗楽**《こまがく》で用いる笛です。**横笛**より小さく、音程は高く、指孔《ゆびあな》は六孔でした。

駒迎 こまむかえ

駒牽《こまひき》のため御牧《みまき》からひいてきた**馬**を、官人が逢坂《おうさか》の関《せき》まで迎えにいく**儀式**です。

籠物 こもの

菓子や**果物**を入れた籠《かご》です。**儀式**の際の進物《しんもつ》によく用いられ、枝につけて贈られました。

小弓 こゆみ

小型の**弓**です。もっぱら遊戯に使われました。▼『源氏物語』月の中《うち》に小弓持たせて、まゐり給へ（今月中に小弓を従者に持たせて、参上なされ）。

暦 こよみ

カレンダーのことです。平安人は物事を行う際、日の吉凶も重視したため、暦は必需品でした。巻物形式の二巻本で、上巻には1月～6月、下巻には7月～12月が書かれていました。▼『蜻蛉日記』御暦《こよみ》も軸もとになりぬ（もう4月後半、暦も終わりの軸に近くなってしまいました）。

御霊　ごりょう

「霊（魂、霊魂）」の敬語です。平安前期には、「政争に敗れ非業《ひごう》の死を遂げた貴人の霊は天災を起こして祟《たた》る」と信じられていました。疫病で多数の犠牲者が出ると「祟りのせい」とされ、朝廷だけでなく民衆も怯《おび》えて、自然発生的に鎮魂祭「御霊会《ごりょうえ》」が開かれました。**北野神社**（北野天満宮）に祀《まつ》られた**菅原道真**《すがわらのみちざね》は、このような御霊信仰の代表例です。

「御霊」観はしだいに変わったらしく、一条《いちじょう》朝期には民衆全般よりも「個人や家系に祟る霊」がよく見られます。**春宮**《とうぐう》（皇太子）の地位を勝ち取れなかった勢力（皇子本人やその母・母方祖父など）が、勝った側やその子孫に取り憑《つ》くのが典型です。平安貴族は霊の来襲を本気で恐れ、僧や**陰陽師**《おんようじ》に依頼して、**加持祈祷**《かじきとう》で身を防衛していました。また人の恨《うら》みを買わないよう腐心しました。▼『源氏物語』この御生霊《おんいきすだま》、故父大臣《こちちおとど》の御霊など言ふ者あり（葵上《あおいのうえ》の病因は、六条《ろくじょう》**御息所**《みやすどころ》の御生霊、その父の亡き大臣の御霊などと言う者がいる）。

更衣・衣更　ころもがえ

平安貴族は、**卯月**《うづき》（4月）と**神無月**《かんなづき》（10月）の一日《ついたち》に更衣を行いました。着る物を夏服・冬服に替えるだけでなく、室内の**調度**品《ちょうどひん》（**几帳**《きちょう》や**壁代**《かべしろ》）もいっせいに変更する大仕事でした。宮中では、**装束**類は内蔵寮《くらりょう》、調度は掃部寮《かもんりょう》が新調し、取り換えられた古い品は**女房**や下々の者に下げ渡されました。貴族の家における更衣は、**妻**を筆頭とする女性たちの職務であり、その実務能力の見せどころでもありました。

今昔物語集　巻二十八 第十二

「或《あ》る殿上人の家に忍びて名僧《みょうぞう》通ふものがたり」

ときはいかに　けふは卯月の　ひとひかは　まだきもしつる　更衣かな

3月20日頃の話。勤務中の夫が妻に、着替えを送ってくれと頼んだところ、妻はちょうどシッポリしていた浮気相手の服を取り違えて送ってよこした。服を見て浮気に気づいた夫は「もう衣替えしたのか」と嫌みの**和歌**を贈り、**離婚**した、という。

衣箱 ころもばこ

衣を入れる容器です。**衣櫃**《きぬびつ》より薄く小型で、手で持ち運べる程度の衣装の運搬に用いられました。▼『源氏物語』衣箱の、おもりかに古体《こたい》なる、うちおきて押し出でたり（重々しく古めかしい衣箱を、床に置いて押し出した）。

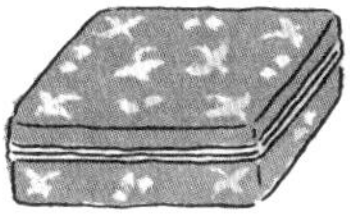

強飯 こわいい

コメを甑《こしき》で蒸したもの、おこわのことです。

声づくる こわづくる

咳払《せきばら》いをすることです。気取って発声することも指します。**御簾**《みす》などを隔てて異性に呼びかける際、よく行われました。▼『源氏物語』声づくり給へば「貴《あて》なるしはぶき」と聞き知りて…（匂宮《におうみや》さまが咳払いをなさったところ「高貴なしわぶき〈咳払い〉」と**女房**は判別して…）。

権 ごん

仮に、臨時の、などの意味があり、定員外に任命した役職であることを表す語です。**大納言**《だいなごん》の権官《ごんかん》である権大納言《ごんだいなごん》や、**大宰府**《だざいふ》の長官・**帥宮**《そちのみや》の代理である権帥《ごんのそち》などがありました。▼『源氏物語』限りと聞こしめして、にはかに権大納言になさせたまへり。よろこびに思ひおこして、いま一《ひと》たびも参りたまふやうもやあると…（**天皇**は柏木《かしわぎ》が危篤だと聞き、急に権大納言に昇進させた。その喜びで、また出仕できるのではないかと…）。

権中納言／権大納言は、「空きがなくとも昇進を」と望まれる人が就く出世コース!

訳すと「仮の／臨時の」なので軽いポジションに見えるけど、むしろ重鎮なのです。

平安みやこ新聞

第二號
永祚2（990）年
11月1日
発行

定子女御、立后

一条天皇の中宮が定子さま（摂政・道隆さまご長女）に決まった。中宮・遵子さま（円融法皇の后）は皇后宮に移行。前代未聞の四后、加えて喪中の立后は論議を呼びそうだ。

今年入内したばかり 唯一の女御が昇進

永祚2（990）年10月5日、中宮が立たれた。一条天皇は御歳11歳。即位されて5年目の今年は、1月5日にめでたく元服され、その立派なご成人ぶりに、御伯父・道隆さま始め一同涙したほどである。同月25日には定子さまがご入内。

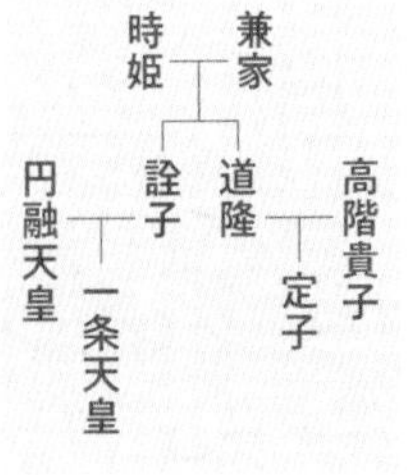

美貌と聡明の聞こえ高い定子さま、しかも道隆さまの令嬢とあって、早くも翌月、女御となられた。

さて通例では、他の重臣らも自慢の娘御を奉り、陛下のご寵愛を競われて、後宮が華やぐところである。しかしこの御世では、摂政たる道隆さまの御威光と定子さまの才色のあまりの輝かしさに、入内を試みる出過ぎ者なぞ見られない。そのため、通常は幾年か経たのちに女御がたの中から選ばれるはずの中宮も、こたびは速やかに年内決着を見たのである。

なお、お后がたの御位としては、三后（中宮・皇太后・太皇太后）が古来の常道であるが、今回の定子さまは4人目の后となられる。前関白・兼家公が7月に逝去されたため、陛下は忌明け直後、道隆さま・定子さまは喪中である点も異例だ。

君臣和楽

はて面妖な。中宮と皇后は別物とな？

わが朝では古来、后の宮という尊いご婦人は三名であった。だからこそお三方を「三后」とお呼び申しあげてきたのだ。そして中宮とは、皇后の別称であったはずだ。なのに今回、「皇后は遵子さま、中宮は定子さま」と宣言された…切り分けられるものか。餅《へい》餤《だん》じゃあるまいし。

昨年は彗星が空を荒らした。似た星は77年前にも現れたが、当時は延喜の聖代、大事は起きなかった。末世の今は改元で祓った甲斐もなく、直後に台風「永祚の風」が襲来。建礼門などを吹き倒し、鴨川は氾濫という惨状を見た。故にまた改元するそうだ…喪の穢れも憚らぬ立后が、更なる天譴《てんけん》を招かねばよいが。

解説

陛下の正式な妻「中宮」とは

皇后と分離され 新制度スタート

63 冷泉天皇 ― 昌子（太皇太后）
64 円融天皇 ― 遵子（中宮）→ 皇后へ
　　　　　 ― 詮子（皇太后）
66 一条天皇 ― 定子（女御）→ 中宮へ

中宮とは、「天皇の正式な配偶者」である。別名「皇后／后の宮」。女御など高位の妃の中から、出自や父の地位などを考慮して選ばれる。規定の歳費が支給され、格別の権威を持ち、産んだ皇子は皇太子になれる率が上がる。こたびの制度改正で、先帝の后を皇后、現帝の后を中宮とすることになった。

皇太子・居貞殿下 次なるお妃内定か

済時さまご令嬢・娍子姫
殿下から熱烈ラブコール！

居貞さまは現在15歳。元服より4年、お妃は綏子さま（兼家さまご息女）のみだった殿下だが、現在ご求婚中の模様である。お相手は娍子さま、左大将・済時さま（通称・小一条殿）のご息女だ。おばに当たる村上天皇女御・芳子さまにも劣らぬ才色兼備と評判で、かつて花山天皇を袖にしたほどの姫君である。まさに良縁と申すべきであろう。

皇太子ご一家の横顔
弟君がたもご健在

皇太子・居貞親王は冷泉上皇のお子。父上がご病気で譲位されたため、極めて異例な「帝より年長の皇太子」である。一条天皇陛下とは、父方でも母方でも従兄弟の間柄だ。同母弟の為尊親王・敦道親王は「冷泉系統は美貌の皇子ばかり！」と世間が騒ぐご容色。故・兼家公が鍾愛されたのも、むべなるかな。為尊親王は昨年元服され、恋のお噂が早くも花盛りだ。

藤原国章女 ― 綏子
兼家 ― 綏子
超子 ― 居貞
冷泉上皇 ― 居貞・為尊・敦道

斎院 さいいん

賀茂《かも》神社の**斎王《さいおう》**（神に仕える皇族女性）です。**都**の北方、紫野《むらさきの》の野《のの》宮《みや》に居住しました。一条《いちじょう》朝期には、村上《むらかみ》**天皇**皇女・選子**内親王**《せんしないしんのう》が、例外的に5代50余年にわたって在職している最中でした。そのため大斎院と呼ばれた選子は、歌人を多く召し抱えて文芸サロンを主宰し、**一条天皇**の后《きさき》、**定子**《ていし》・**彰子**《しょうし》とも交流がありました。

斎王 さいおう

「いつきのみこ」ともいいます。**伊勢神宮**または**賀茂《かも》神社**に仕えた未婚の皇族女性のことです。伊勢神宮のほうを**斎宮**《さいぐう》、賀茂神社のほうを**斎院**《さいいん》と呼び分けました。基本的には、**天皇**の代替わりの際に占いで選ばれ、次の代替わりか肉親の服喪《ふくも》により辞するまで務めました。若い姫宮が**結婚**せず制約の多い暮らしをすることや、神事に携わるため仏教と縁を断つ「**罪深い**」生活をすることなどで、同情や哀惜《あいせき》を集めました。

斎宮 さいぐう

伊勢神宮の**斎王《さいおう》**です。神職に身を捧げ遠国へ行く高貴な姫というイメージは、都人《みやこびと》の感慨をそそり、多くの文学作品に描かれました。出立《しゅったつ》に際しては**大内裏**《だいだいり》の正殿・大《だい》極殿《ごくでん》で、**天皇**自身により黄楊《つげ》の**櫛**《くし》を**髪**に挿《さ》してもらい、「**都**のかたにおもむきたまふな」と声をかけられる、有名な**儀式**があります。

再婚 さいこん

死別後の再婚は、服喪《ふくも》中には遠慮されたようですが、その後は自由でした。ただ、男性の再婚が当然と見られたのに対し、女性の再婚にはネガティブな空気があったようです。

生別後の再婚は、**離婚**がそもそも曖昧《あいまい》な時代だったため、既成事実と世間の反応で決まりました。男性は**妻**を複数持てたため、離婚を気にせず多重婚するのが通例でした。とはいえ、勢力ある家の女性を新たに妻にする場合は、相手一家の男性たちに圧力をかけられ、元からの妻と「絶えて（離婚して）」再婚することが多かったようです。女性の場合は、恋の噂《うわさ》が立つこと自体スキャンダルであり、夫を待ち続ける淑《しと》やかさが**雅**《みやび》であったため、再婚は恥でした。それでも、丸く収めて再婚した例も複数あり、当人らの人柄・評判や周囲のサポートがものを言ったようです。

大和物語 第九十六段

御息所《みやすんどころ》を、宮におはしまさずなりにければ、左《ひだり》の大臣《おとど》…御文たてまつれ給ひけり。

御息所（夫・醍醐《だいご》**天皇**と死別した藤原能子《のうし》）が、宮（**式部卿《しきぶきょうの》宮・敦実親王《あつみしんのう》**）と結ばれて捨てられ、左の大臣（藤原実頼《さねより》。清《せい》慎公《しんこう》と呼ばれる大物政治家）と再婚した、という話。能子の歌才ゆえ美しい**歌物語**となっているが、一条朝期の女性たちには「浮名《うきな》が知れ渡った気の毒なお妃《きさき》さま」と見えたかもしれない。

釵子 さいし

女性が**髪**を上げて留めるための道具です。金属製で、細長いU字形をしています。長い**緒《お》**など飾りをつけることもありました。▼『**枕草子**』御額《ひたい》上げさせ給へりける御釵子に、分け目の**御髪《みぐし》**の、いささか寄りて…（**中宮・定子《ていし》**さまの、**額髪《ひたいがみ》**を上げなさっている釵子に分け目のお髪が少し寄って…）。

西寺 さいじ

「**せいじ**」とも。**平安京**が造られた当時、**都**を守るために、**羅城門《らじょうもん》**の東西に2寺が建設されました。西寺はその西側のほうです。正暦《しょうりゃく》元（990）年に**火事**で焼失。しだいに衰退し、後の鎌倉時代に廃絶しました。

宰相 さいしょう

参議《さんぎ》（男性貴族の官職）の中国風の呼び方です。近衛**中将《このえのちゅうじょう》**という従《じゅ》四位下《しいのげ》に当たる人が参議（正四位下《しょうしいのげ》）を兼任した場合、「宰相中将」と名乗って〝格上〟感を出しました。また**女房**（侍女《じじょ》）で「宰相の君」と名乗る人は、父・兄弟がおそらく参議です。参議は**公卿《くぎょう》**（閣僚）の一員たる高官なので、出自のよいハイランク女房ということになります。

催馬楽 さいばら

古代の民謡にルーツを持つ**歌**です。宴や**儀式**などでよく歌われました。**舞**はなく、**笏《しゃく》**や**扇**を鳴らして拍子をとったり、笛や**琴《こと》**で伴奏をしたりして盛りあがりました。その歌詞を踏まえてシャレた会話ができる人は高く評価されました。

祭服・斎服　さいふく

神事に着る**装束**のことです。**天皇**が着用する白い平絹《ひらぎぬ》の帛御袍《はくのごほう》、臣下が着る青摺袍《あおずりのほう》などがあります。**大嘗会**《だいじょうえ》・**新嘗会**《しんじょうえ》に奉仕する者の祭服は右肩に赤紐《あかひも》をつけ、特別に「小忌衣《おみごろも》」と呼びました。

前松　さいまつ

松明《たいまつ》のことです。▼『蜻蛉日記』**昼間**に見えて「御さいまつ」というふほどにぞ帰る（夫・**藤原兼家**《かねいえ》は、昼間にやってきて「前松を〈つけましょう〉」という頃の時間帯に帰った）。

幸ひ　さいわい

「幸福」というより「幸運」に近いニュアンスです。**前世**の行いや神仏への奉仕に対する返報と受け止められていました。格上の男性に愛されることや后《きさき》の位を射止めること、望む性別の子を授かることなどが「幸ひ」でした。▼『栄花物語』殿の御幸ひのほどを見奉るに、まさに女におはしまさむや（**藤原道長**《みちなが》殿のこれまでのご強運から推察して、皇子がお生まれになるに違いない）。

才　ざえ

「習って身に着ける技能」のことです。「才」とだけいう場合は、漢学（漢詩や**漢文**）の教養を指すケースがほとんどで、「文才《もんざい》」「**学問**」「才学」と同じ意味です。一方で「才」にもカテゴリーがあり、「文才」つまり漢学の才と、「**本**《ほん》**才**《ざい》」とを区別することもありました。▼『源氏物語』なほ才をもととしてこそ、大和魂《やまとだましい》の**世**に用ゐらるる方《かた》も強う侍《はべ》らめ（やはり漢学を基本としてこそ、世間で評価される実務能力も高うございましょう）。

盃　さかずき

酒を注ぐ器です。土器、漆器、金属器など、さまざまな素材のものがありました。

肴　さかな

お**酒**を飲む際につまむ副菜、つまり酒のさかなのことです。▼『う

さまざまな才

平安時代の公文書は漢文で書かれ、また仕事で漢詩を詠む機会も多かったため、男性貴族に漢詩文の読み書きスキル「文才《もんざい》」は必須でした。一方、「文才」の対《つい》概念が「大和魂」や「本才《ほんざい》」で、こちらは「**和歌**、書、音楽など実務的な技能」を意味します。まぎらわしいのですが、「本才」を「才」と呼ぶケースもあります。一条《いちじょう》朝のころには、「本才」のほうが上流貴族には役立ちました。「文才」のほうは極度に専門的な知識であり、中流のややヘンクツなスペシャリストが偏《かたよ》って長《た》けている実務スキルというイメージでした。

CHECK IT OUT.

音楽の才

いい演奏を聴き、習える環境に育つことが重要。日々の習練も必須。

書の才

名書家の字をお手本に練習する。**紙**も**墨**も高価なので財力も要る。

和歌の才

即座に詠めることと名歌を引用できることを目指し古歌を暗記する。

つほ物語』さ知らましかば、いささか酒肴《すこう》構へて、まうで来《き》なましものを（そうと知っていたならば、多少の酒と肴を用意して、こちらにお伺いしたかったのに）。

下がり端 さがりば

女性の**髪**型用語です。**額髪**《ひたいがみ》という前髪に当たる髪は、ひと掴《つか》みぶん程度を、胸の辺りで短く切りました。その切られた部分の先端、つまり「下がっている髪の端《は》」が下がり端です。ここの切りそろえの鮮やかさは、女性の魅力として注目されました。

先追ふ・前追ふ　さきおう

「さき（前駆《さき》とも）」または「追う」とだけいうこともあります。貴人が外出したり、別棟に移動したりする際、お伴《とも》が先に行って目下の人々を追い払い、道をあけておくことです。移動者の身分が高ければ高いほど、伴人《ともびと》がいばって高らかに行うものであり、勢力のバロメーターでもありました。▼『**源氏物語**』御供の人の、さき追ふをも手かき制し給うて…見入れ給ふ（お伴の人が先払いしようとするのを、手で制止なさって…**垣間見**《かいまみ》なさる）。

『**源氏物語**』で、**天皇**が最愛の桐壺**更衣**を訪ねる場面。

ほかの妃たちにとっては、先追ふ声が素通りしていくので辛いわけですね…。

蜻蛉日記 下

にほふばかりの桜襲《さくらがさね》の綾、紋はこぼれぬばかりして、固紋《かたもん》のうへの袴つやつやとして、はるかに追ひちらして帰るを聞きつゝ、あな苦し…。

夫・**藤原兼家**《かねいえ》の魅力的な装いや、「さき」も派手に遠距離まで騒々しく追わせつつ帰っていく様子を見聞きして、みすぼらしい自分との差を実感する筆者（**藤原道綱母**《みちつなのはは》）である。

前世　さきのよ

前世《ぜんせ》のことです。

朔平門　さくへいもん

内裏《だいり》の諸門の一つです。北の正面の門です。

作文　さくもん

漢詩（**詩**《ふみ》）を作ることです。皆で漢詩を作って「**遊び**」をする会は、作文会《さくもんえ》といいました。

桜　さくら

日本に自生し、古来愛されてきた**花**です。奈良〜平安前期には、中国渡来のウメがエキゾチックさで人気を博しましたが、平安中期になるとサクラが盛り返しました。宮中の**南庭**《だんてい》という**庭**に植えられていた、「左近《さこん》の**梅**、右近《うこん》の**橘**《たちばな》」というペアの**木**が、「左近の桜」に植え替えられたり、ただ花といった場合は桜を指したりするようになったのです。ただし、現在大人気のソメイヨシノは江戸時代に誕生した園芸種であり、平安時代の桜には「開花期があまりにも短い」「花吹雪で一度に散る」などのイメージはありません。ヤマザクラ系の、葉もほどほどに入り交じる咲き方でした。また樺桜《かばざくら》や八重桜《やえざくら》などさまざまな種類があり、開花時期の違いや花ぶりの見事さを考慮して植えられていました。

酒　さけ

敬語で「**御酒**《みき》」「**大御酒**《おおみき》」ということもあります。宴席では、上座から下座へ**盃**《さかずき》を回して飲酒するしきたりでした。また物や**手紙**をもらったときは、持参した使者を「いたう酔はす」ことが、贈り主への感謝の表現でした。**五節**《ごせち》の淵《えん》酔《すい》のように参列者を十分酔わすことが目的の祭事もあり、貴族社会の必需品だったといえます。一方、**藤原道隆**《みちたか》など大酒により死んだと噂《うわさ》される者もおり、弊害も認識されていたようです。

大鏡　道隆

大疫癘《おおえきれい》の年こそうせたまひけれ。されど、その御病《やまい》にてはあらで、御酒のみだれさせたまひにしなり。

一条朝《いちじょう》の前期に栄華を誇った中関白《なかのかんぱく》・藤原道隆。「疫癘(感染症)大流行の年に亡くなったが、病死ではなく、酒のせい」と言われる場面。

鮭　さけ

食用の魚(**うお**)でした。▼『宇治拾遺物語』越後国《えちごのくに》より鮭を**馬**におふせて二十駄《だ》ばかり、**粟田口**《あわたぐち》より**京**へ…(新潟県からサケを馬に載せ20駄ほど〈駄＝荷を背負った馬〉粟田口から京へ…)。

桟敷　さじき

見物のために仮に建てた見物席のことです。**天皇**や**斎王**《さいおう》、**祭**《まつり》**の使**《つかい》などのパレードの際、上流貴族は道ばたに桟敷を設置させ、家族で**物**《もの》**見**《み》を楽しみました。▼『落窪物語』一条《いちじょう》の**大路**《おおじ》に、**檜皮**《ひわだ》の桟敷いといかめしうて、**御前**にみな砂子《すなご》敷かせ、**前栽**《せんざい》うゑさせ、久しう住みたまふべきやうに**しつらひ**たまふ(一条大路の道ばたに、高価な檜皮で屋根をふいた桟敷をたいそう立派に、目の前には砂を敷きつめさせ草花を植え、まるでずっと住む家かのように設置なさる)。

指貫《さしぬき》

男性貴族が普段着に着用したボトムスです。足首丈より長い**袴**《はかま》で、裾《すそ》にくくり紐《ひも》が入っており、通常は先端をつぼめて足を着込めました。外出時には足首でくくる、動作の邪魔になる際は膝下《ひざした》へくくり上げる、寒いときは綿を入れるなど、必要に応じて長さや温度を調節します。普段着なので身分規定はありませんが、上流貴族の指貫のほうが、染めあげ・織り出しなどの点で、自然と高価・ゴージャスな品になったようです。

非活動的な身なりこそ、平安の貴人の証し。裾を「気持ち引きあげる」のが貴公子のしぐさでした。

皐月《さつき》

5月のことです。**夏**に当たりました。**五月雨**《さみだれ》と呼ばれる梅雨《ばいう》に降りこめられる月でした。

里内裏《さとだいり》

内裏《だいり》が使用できない際、**天皇**の里（実家）を代わりの内裏とすることです。その邸宅のことも指します。**平安京**では**火事**が多く、内裏も何度も焼亡したため、里内裏は珍しくありませんでした。

栄花物語 根あはせ

寝殿を南殿《なでん》にて、西の**対**《たい》を**清涼殿**《せいりょうでん》にしたり。**北の対**に一品宮《いっぽんのみや》おはします。北の一の対を**内侍所**《ないしどころ》などにしたり。西の中門の**廊**《ろう》を**陣**《じん》**の座**《ざ》にしたり。いみじの京極殿《きょうごくどの》の有様や。

内裏《だいり》は建都当時にデザインされたままの、中国様式の建築である。一方、後冷泉《ごれいぜい》天皇の里内裏となった京極殿は、当時の貴族が住み慣れた**寝殿造り**《しんでん》で内裏とは形が異なる。それで半ば強引に内裏の建物名を寝殿造りの各所に割り当て、何とか機能させている場面である。

侍 さぶらい

貴人のそばに「**さぶらふ**（控える）」者のことで、雑事や警護をする従者です。のちには武士を指すようになり、音も「さむらい」に変化しました。なお平安時代には、武士は「**もののふ**」「**つわもの**」と呼ばれました。▼『**うつほ物語**』下仕《しもづか》へ八人…侍の娘（**あて宮**に仕える下女8人…侍の娘である）。

侍廊 さぶらいろう

家司《けいし》など使用人の詰め所です。正門を入った北側に設けられました。「さぶらひ」と略称することもあります。

侍ふ・候ふ さぶらう

貴人の身近にスタンバイし、お呼びがかかると応え、命令遂行することです。「控える」「お仕えする」と訳されます。平安時代の雇用はオン・オフが明確でなく、**局**《つぼね》（自室）で休憩中でも用があれば呼ばれます。反面、**御前**にいるときでも**屏風**《びょうぶ》などの陰に引っ込めば、うたた寝やおしゃべりが可能です。また「主従関係とプライベートや人格は別！」という意識はありません。女性が男性主君に「さぶらふ」場合、性関係も含む忠勤が当たり前でした。

左舞 さまい

「さぶ」ともいいます。**雅楽**で、左右に分かれペアで披露する**番舞**《つがいまい》の**左方**《ひだりかた》。**唐**《から》から伝わった**舞**です。

五月雨 さみだれ

5月に降り続く長雨のことです。現代の梅雨《つゆ》に当たります。

更級日記 さらしなにっき

菅原孝標女《すがわらのたかすえのむすめ》が書いた日記です。寛《かん》仁《にん》4（1020）年～康《こう》平《へい》元（1058）年の貴族女性の生活がわかる貴重な史料です。関東から**京**への旅の模様が細かく記録されており、当時の地方のありさま、村落の実情がうかがえます。『**源氏物語**』など**物語**に夢中だった少女時代や、理想とは程遠かった現実の暮らし、信仰にすがる晩年なども描かれています。

↓イラストP173

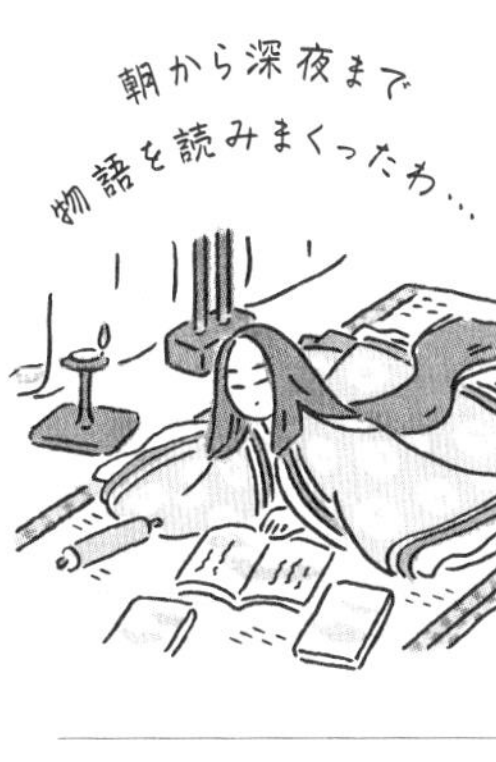

更級日記の筆者が育った
村の景色
MURA

→ P173

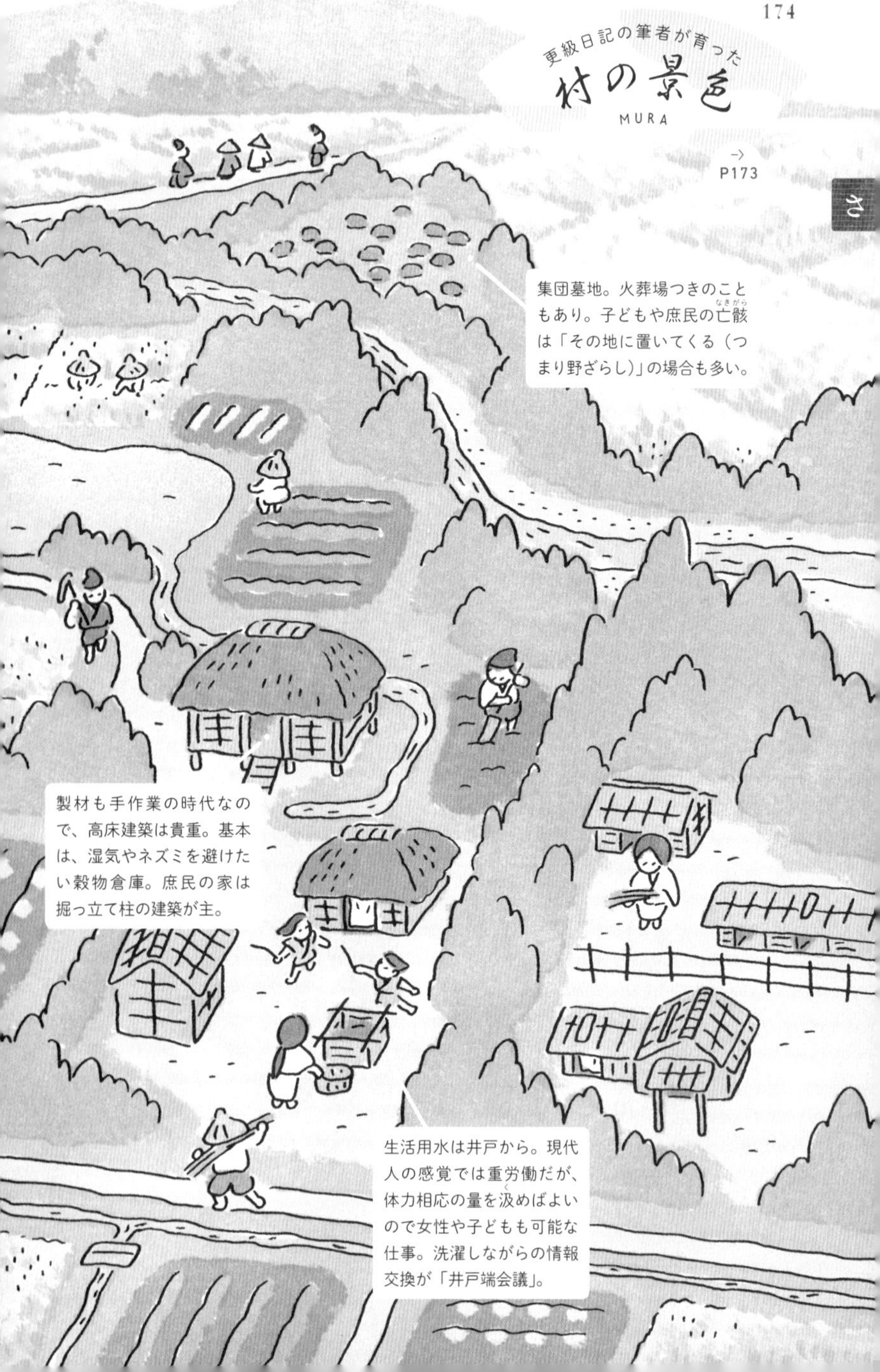
集団墓地。火葬場つきのこともあり。子どもや庶民の亡骸《なきがら》は「その地に置いてくる（つまり野ざらし）」の場合も多い。
製材も手作業の時代なので、高床建築は貴重。基本は、湿気やネズミを避けたい穀物倉庫。庶民の家は掘っ立て柱の建築が主。
生活用水は井戸から。現代人の感覚では重労働だが、体力相応の量を汲《く》めばよいので女性や子どもも可能な仕事。洗濯しながらの情報交換が「井戸端会議」。

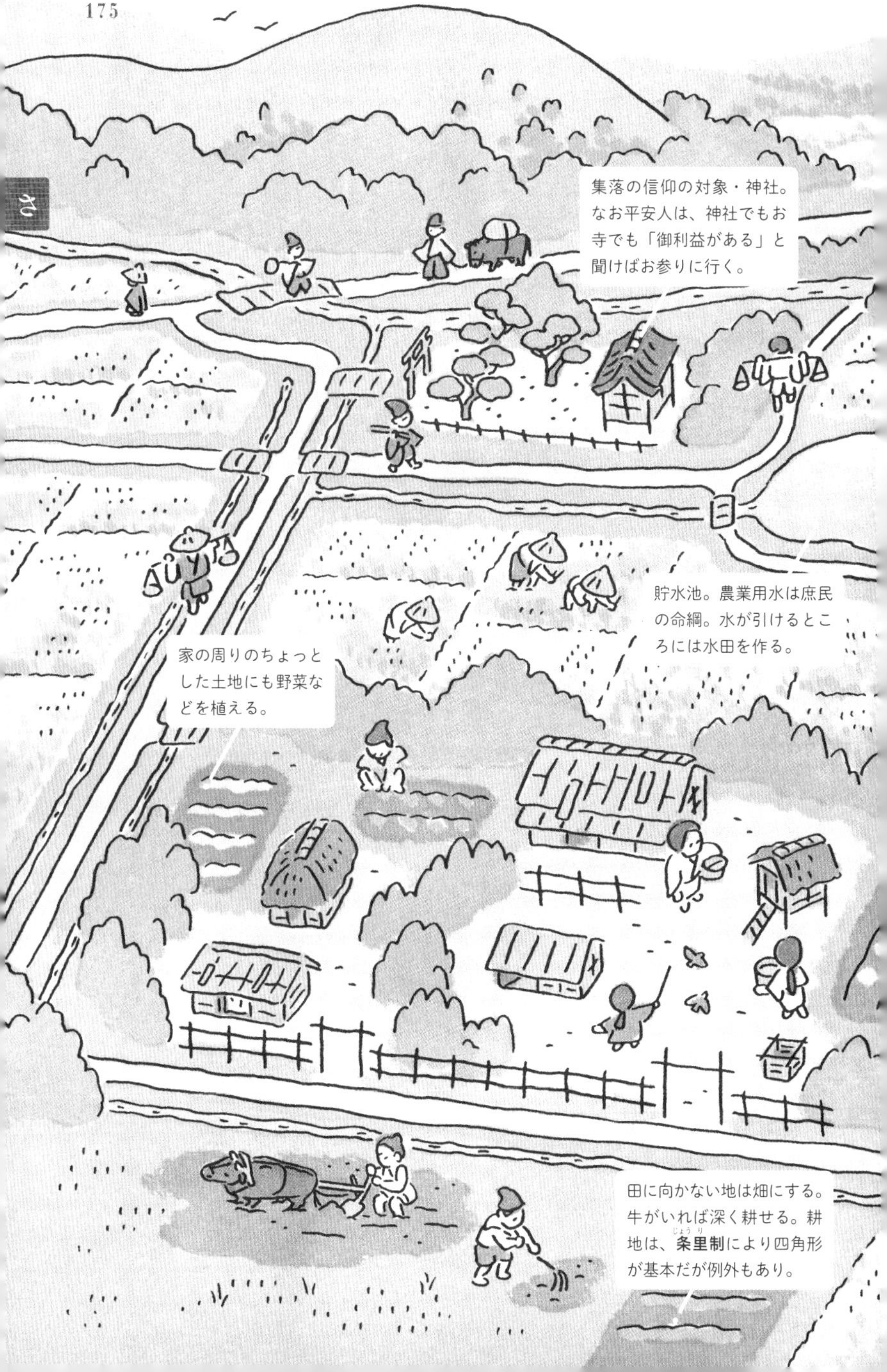
集落の信仰の対象・神社。なお平安人は、神社でもお寺でも「御利益がある」と聞けばお参りに行く。
貯水池。農業用水は庶民の命綱。水が引けるところには水田を作る。
家の周りのちょっとした土地にも野菜などを植える。
田に向かない地は畑にする。牛がいれば深く耕せる。耕地は、**条《じょう》里《り》制**により四角形が基本だが例外もあり。

猿《さる》

「まし」「**ましら**」ともいいます。神や妖怪と見る説話があります。人をサルに例えてあざける例も見られます。

猿楽《さるがく》

曲芸や物まね、寸劇など庶民の芸能です。**市**《いち》や寺社など人通りの多い所で演じられ、生業《なりわい》とする芸人集団もいたようです。お笑いの要素が強かったらしく、貴族の間で「猿楽言《さるごうごと》」というと主に「冗談、しゃれ」を意味しました。▼『**枕草子**』「疾《と》く聞こしめして、翁《おきな》・女《おうな》に御おろしをだに賜へ」など、日一日《ひひとひ》、ただ猿楽言をのみしたまふ（関白《かんぱく》・**道隆**《みちたか》さまは実の娘である**中宮**・**定子**《ていし》さまらに「ご膳を早く召しあがって、このジジイとその**女房**にお下がりだけでもくださいまし」と一日中、冗談ばかりおっしゃる）。

猿楽も猿楽言も男性的でオープンなイメージだったようです。**清少納言**

『**枕草子**』に頻出！

さるべき

「さ・ある・べき」つまり「このようになるべき」という意味です。当然と思われる、または期待されるというニュアンスで、「適切な／ふさわしい」や「立派な／相当な」と訳せます。注意すべきは、「そうなるべき運命」の意で用いられる場合です。これは、「**前世**の行いにより今生《こんじょう》の出来事が決まっている」という、きわめて平安人的な観念に基づく表現です。男女の縁や子どもの**誕生**は特に、「前世で既に定まっているもの」と考えられていました。そのため、望まぬ**結婚**など不幸に陥ったときは、「さるべきにや（こうなる運命だったのだろう）」と呟《つぶや》いて、諦めをつける姿が見られます。

算賀《さんが》

長寿のお祝いです。40歳から始めて10歳ごとに開きます。子や配偶者などが法事や**儀式**、宴を主催して祝いました。40歳ならば4、50歳ならば5にちなんだ数の、祝いの品を用意するのが習わしでした。▼『**落窪物語**』七十や六十なる年、賀《が》と言ひて**遊び**、楽《がく》をして見せ給ふ、また**若菜**《わかな》参るとて年の初めにする事、さて八講《はこう》と言ひて**経**・**仏**かき供養する事（70や60になる年、お祝いとして管弦や舞楽《ぶがく》を見せなさる、また青菜を差しあげるという年初の行事、さらに**法華八講**《ほっけはっこう》といって写経や**仏画**描きをして供養をすること）。

CHECK IT OUT.

平安人の年齢感覚

平安時代には10代で親、30代で祖父母になるのが一般的です。貴人は政略上とくに早婚で、数え年11、12歳ごろから**結婚**しました。出産は10代後半以降が多く、40代の出産例も見られます。意識の上では、15歳未満の侍女《じじょ》を「**女童**《めのわらわ》」、それ以上を「大人」と言っている例があり、女性は15歳辺りが成人年齢と感じられたようです。男性では、20歳の**春宮**《とうぐう》（皇太子）が「まだかかること（子の**誕生**）無かりつる」と嘆かれており、ライフサイクルの早さが感じられます。

三管　さんかん

雅楽の3大管楽器、笛・**笙**《しょう》・**篳篥**《ひちりき》のことです。

参議　さんぎ

中国風に「**宰相**《さいしょう》」とも呼ばれ、**大納言**《だいなごん》、中納言に続く重職。**公卿**《くぎょう》（**上達部**《かんだちめ》）という閣僚級ＶＩＰへの仲間入りを意味し、多くの男性貴族が生涯の目標とした地位でした。

三宮　さんぐう

皇后《こうごう》・皇太后《こうたいごう》・太皇太后《たいこうたいごう》という、3人の**后の宮**《きさいのみや》のことです。皇后は**天皇**の正妻で**中宮**とも呼ばれます。皇后は天皇の母または先帝の皇后で、祖母や先の皇太后が太皇太后です。天皇の代替わりや三宮の死去でポストが空くのに伴い、称号がスライドで上がっていくのが一般的です。

三国　さんごく

本朝（日本）、**唐土**《もろこし》（中国）、**天竺**《てんじく》（インド）の3カ国です。また全世界の意味でもあります。

三史　さんし

中国の3大歴史書です。一般には『史記《しき》』『漢書《かんじょ》』『後漢書《ごかんじょ》』を指します。三史と五経（易経《えききょう》、書経《しょきょう》、詩経《しきょう》、春秋《しゅんじゅう》、礼記《らいき》）が、漢学を学ぶ、主に貴族男性の教科書でした。

―源氏物語―　帚木

三史五経の道々《みちみち》しき方を明らかに悟り明かさんこそ、愛敬《あいぎょう》なからめ、などかは女と言はんからに…むげに知らず至らずしもあらむ。

紫式部《むらさきしきぶ》の教育観。三史五経をひけらかすのは愛敬がないが、女だからといって無知でいてよいものか、というニュアンス。

算道 さんどう

大学寮という教育機関で教授された、四つの科目の一つです。算**博**《さんはか》**士**《せ》が算生《さんしょう》に算術を教えました。

散位 さんに

位階《いかい》はあるけれど官職は頂いていない、という立場の男性貴族です。**三位**《さんみ》以上という高い位を持ちながら、摂関《せっかん》、**大臣**、**大納言**《だいなごん》・中納言、**参議**《さんぎ》のいずれでもない、という者を指すこともありました。

三の鼓 さんのつづみ

雅楽の一つ、**高**《こ》**麗楽**《まがく》で使われる鼓です。

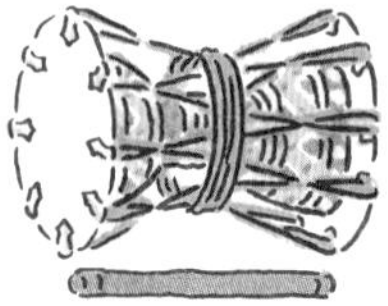

三位 さんみ

位階《いかい》の上から3番めです。三位以上は**公卿**《くぎょう》（**上達部**《かんだちめ》）と呼ばれる、いわば閣僚級の高官であり、名門の子弟でも「早く到達したい」と憧れる地位でした。なお、近衛**中**《このえのちゅう》**将**《じょう》という花形ポジションは、**四位**《しい》相当ですが三位を頂くことがあり、その場合は「三位中将《さんみのちゅうじょう》」と呼ばれました。

山陵 さんりょう

「みささぎ」「ご陵」ともいいます。**天皇**や后《きさき》の墓所です。

参籠 さんろう

寺や神社にお参りし、何日間か籠《こも》って真剣にお祈りすることです。

詩合 しあわせ

物合《ものあわせ》の一つ。左右に分かれて漢詩（**詩**《ふみ》）を作り、優劣を競います。

四位 しい

位階《いかい》で、上から4番めの位です。超正四位《しょうしい》と従四位《じゅしい》に分かれます。

名門の子弟は「**蔭位**《おんい》」という制度のおかげで、**元服**《げんぷく》と同時にこの位を頂けることがありました。黒に近い**色**の**束帯**《そくたい》を着てよい特権階級です。

紫苑 しおん

秋に咲く淡紫色の**花**です。▼『**落窪物語**』紫苑色の**綾**《あや》のなよよかなる、白き、またかの少将の脱ぎ置きし綾の**単**《ひとえ》着て…（姫君〈落窪《おちくぼ》の君〉は紫苑色の綾の柔らかな衣と白い衣、恋人の少将〈道頼《みちより》〉が脱いで置いていってくれた綾の単衣を着て…)。

鹿　しか

春日大社《かすがたいしゃ》の神獣とされた動物です。その鳴き声は、恋人を求めて泣く切ない声のイメージでした。「しか（そのように）」とよく掛詞《かけことば》にされます。

今も昔も
春日大社に集ってる

試楽　しがく

「試《こころ》み」とも。祭りや宴に備えて行う、舞楽《ぶがく》のリハーサルです。本番の場所へ行けない人（外出すべきでないとされた貴婦人など）に見せるという目的もあり、本番同様盛大に行われました。▼『源氏物語』かかる試みの日なれど「御《おん》方々《かたがた》、**物見**《ものみ》給はんに、見所《みどころ》なくはあらせじ」とて、かの**御賀**《おんが》の日は赤き白橡《しらつるばみ》に**葡萄染**《えびぞめ》の**下襲**《したがさね》を着るべし、今日は青色《あおいろ》に**蘇芳襲**《すおうがさね》（今日は試楽の日だが「夫人がたが見物なさるのに、見どころない上演にはするまい」と、本番は赤い白橡に葡萄染の下襲を着る予定であるから、今日は青色に蘇芳襲にした）。

地火炉　じかろ

地面を掘って設けた炉です。つまり囲炉裏《いろり》です。

式神　しきがみ

陰陽師《おんようじ》の言いつけに従い、不思議な現象を起こすとされた神です。使用人ならぬ〝使用神〟です。

色紙　しきし

色をつけた**紙**です。**手紙**や**本**、**絵**などに使われる、高価でおしゃれな紙でした。

陰陽師さんの
命に従います

職御曹司　しきのみぞうし

大内裏《だいだいり》の建物の一つです。中宮職《ちゅうぐうしき》という、**中宮**（**天皇**の正妻）にかかわる事務を行う役所の庁舎でした。位置は、**内裏**（天皇の住居）の外です。**清少納言**《せいしょうなごん》の女主人・**定**《てい》**子**《し》中宮は、兄弟が不祥事を起こしたため内裏に居づらい立場となり、ここにしばらく住んでいました。そのため**『枕草子』**によく登場します。

一枕草子一

職の御曹司におはしますころ

職《しき》の御《み》曹《ぞう》司《し》におはしますころ、木立《こだち》などの、はるかにもの古《ふ》り、屋《や》のさまも、高う気《け》どほけれど、すずろにをかしうおぼゆ。母《も》屋《や》は、「鬼あり」とて、南へ隔《へだ》て出《い》だして、南の廂《ひさし》に御《み》帳《ちょう》立てて、又廂《またびさし》に女房はさぶらふ。

木立が茂り鬼の噂《うわさ》がある建物。本来なら「**物《もの》の怪《け》**がいる」と忌《き》避《ひ》される場所であり、他に居場所がない定子中宮の苦しい立場を表す。にもかかわらず「すずろにをかし（何となく素敵）」と明るく書くのが清少納言らしい。

式部卿宮 しきぶきょうのみや

式部卿とは、中央官庁の一つ・**式部省**のトップである役職です。非常に重い役目だったため、**親王《しんのう》**が務めるのが通例となっており、宮をつけて式部卿宮と呼ぶことが慣例化していました。親王がなれる地位の中では、（**春宮《とうぐう》**〈皇太子〉を除けば）頂点であり、皇族のリーダーでもありました。

式部省 しきぶしょう

中央行政官庁の**八省《はっしょう》**の一つです。朝廷の礼儀や**儀式**を担当し、**官位**を授けたり文官《ぶんかん》の人事をつかさどったりもしました。祭りを国の役目として行っていた時代なので、最も権威ある役所でした。**女房**（侍女《じじょ》）として働く女性には「式部」と名乗る人が多々いますが、それは父や兄弟に式部省での勤務歴があることを意味します。

四脚門 しきゃくもん

「**よつあしもん**」とも。四つの脚を持つ、格式のある**門**のことです。

直廬 じきろ

「**ちょくろ**」ともいいます。**女御《にょうご》**・摂関《せっかん》・**大臣**・**大納言《だいなごん》**など、貴人が**内裏《だいり》**で**宿直《とのい》**・休息する場所です。

軸 じく

巻子本《かんすぼん》（巻物）の中心部分です。**紫檀《したん》**や**玉《たま》**などが使われました。

時雨 しぐれ

不意にサーッと降り、すぐ止《や》むなど、気まぐれに降る**雨**のことです。**冬**の風物詩です。「しぐる」

と動詞でいったり、涙を表したりもします。

地下　じげ

清涼殿《せいりょうでん》の「**殿上**《てんじょう》**の間**《ま》」に入ることを、許されていない者のことです。主に、**蔵人**《くろうど》を除く**六位**《ろくい》以下の官人で、中流以下の貴族に当たります。身分が絶対の宮廷世界では、見下される存在でした。

淑景舎　しげいしゃ／しげいさ

後宮《こうきゅう》の建物（**七殿五舎**《しちでんごしゃ》）の一つで、**桐壺**《きりつぼ》とも呼ばれます。**内裏**《だいり》の東北の隅にあり、**天皇**のいる**清涼殿**《せいりょうでん》からは遠かったため、勢力の弱い妃《きさき》や皇太子妃に与えられました。

榻　しじ

牛車《ぎっしゃ》の用品名です。**牛**を外したとき軛《くびき》（車の最先端の横木）を載せて、牛車を保定した台のことです。乗降する人の踏み台としても使いました。▼**『枕草子』**御**輿**《みこし》過ぎさせたまふほど、車の榻ども、一度《ひとたび》に舁《か》き下ろしたりつる…（**中宮**さまのお輿が前をお通りになるとき、ずらっと並んだ牛車の榻をみな一度に外してかき下ろし礼をする…）

ししびしお

「しし」は獣《けもの》や獣肉、「ひしお」は塩漬けにする調理法です。つまり肉の塩辛です。

侍従　じじゅう

侍従とは「主君のそばにいてご用を務める」という意味で、その立場の人も意味します。平安時代には**天皇**の身近に仕える人を指し、**中務省**《なかつかさしょう》に所属しました。名門の貴公子の場合、駆け出しでこの地位につき、**中将**《ちゅうじょう》、**公卿**《くぎょう》、**大臣**へとスピード出世することがあります。そのため文学作品では、花形キャラが若年でよく務めています。

仁寿殿　じじゅうでん

「じんじゅでん」「にんじゅでん」ともいいます。当初は**天皇**がいる建物でしたが、しだいに**清涼殿**《せいりょうでん》が日ごろの**御座**《おまし》所《どころ》になっていったため、内宴《ないえん》や**相撲**《すまい》、**蹴鞠**《けまり》など行事の場となりました。

四神　しじん

古代中国で信じられた4種の神獣（青竜《せいりゅう》、朱雀《すざく》、白虎《びゃっこ》、玄武《げんぶ》）を指す言葉です。青竜には東と**春**、朱雀には南と**夏**、白虎には西と**秋**、玄武には北と**冬**が割り当てられました。この思想は日本にも早期に伝わっており、南の門が**朱雀門**と命名されるなど、**平安京**にも影響が見られます。

上皇の住居
「朱雀院」の
名の由来!

紫宸殿 ししんでん

「ししいでん」とも。南殿《なでん》という別称もあります。**内裏**《だいり》の正殿で、即位・朝賀《ちょうが》など重要な**儀式**が行われました。正面階段の下には、左《さ》近《こん》の**桜**と右近《うこん》の**橘**《たちばな》という有名な2樹が植えられ、整列する人々の目印となっていました。

脂燭・紙燭 しそく

屋内用の照明です。紙縒《こよ》りや縒り糸、**松**の棒の先端を焦がしたものなどに、油を塗って**火**をつけました。

下襲 したがさね

男性貴族が正装時にまとう衣です。垂領《たりくび》という現代の和服のような衿《えり》で、**袙**《あこめ》の上に着用します。後へ引く**裾**《きょ》は、身分が高いほど長いという特徴があります。**直衣**《のうし》という普段着を着ている場合でも、この下襲を加えると準正装へ格式がアップします。

男のオシャレは
この染め色が命!

下簾 したすだれ

牛車《ぎっしゃ》の前と後ろに垂らす薄い布です。**簾**《すだれ》の内側に掛け、外へ長く垂らしました。女性や特に高貴な男性など、姿をさらすべきでない人が使用しました。

下袴 したばかま

袴の下に着用する下着です。**紅**《くれない》が多かったようです。必ず身に着けたかは不明で、素肌に袴を穿《は》いた場合もあったと思われます。

紫檀 したん

インド原産の高級木材です。暗赤色で木地が堅《かた》く良質でした。平安文学では、食器や**調度**《ちょうど》の豪華さをアピールする際、よく言及されます。

糸竹 しちく

糸は弦楽器、**竹**は管楽器を意味します。つまり、管弦楽やその楽器のことです。

七殿五舎 しちでんごしゃ

後宮《こうきゅう》の建物の総称です。**弘徽殿**《こきでん》など名前に「殿」のつく建物7棟、**飛香舎**《ひぎょうしゃ》（**藤壺**《ふじつぼ》）など「舎」がつく建物5棟のことです。当初は七殿のほうが格が高かったのですが、**一条天皇**《いちじょう》のころには、帝《みかど》のいる**清涼殿**《せいりょうでん》から近い藤壺も地位が高まっていました。

室礼 しつらい

「設ひ《い》」とも書きます。**寝殿造り**《しんでん》建築のガランとした巨大な室内空間を、**簾**《すだれ》・**障子**《しょうじ》・**壁代**《かべしろ》で仕切り、**几帳**《きちょう》・**屏風**《びょうぶ》で各自の居場所を設け、**御帳台**《みちょうだい》や**畳**・**褥**《しとね》を置いた上で、**厨子**《ずし》や棚、日常用具などの**調度**《ちょうど》品を作法にのっとって設置することです。ルールを知った上で個性・センスを出すのが肝心で、住人の人となりを表すものでした。▼『源氏物語』御しつらひ改めずおはしまして、朝夕に恋ひしのび聞《きこ》えたまふ（女一宮《おんないちのみや》は亡き人〈紫上《むらさきのうえ》〉が整えた室礼を変更せずお住まいになって、日々慕わしくお思い出しになる）。

しつらふ《う》

室礼《しつらい》を整えること。この動詞を名詞にした単語が「室礼」です。**結婚**や出産、引っ越しの際に、呪術的な見地から重視される行為でした。婿《むこ》や来客など大事な人を迎え入れる際に、その居場所（**御座**《おまし》）を用意することもいいました。

死出の田長　しでのたおさ

鳥の名前です。正式には**ホトトギス**を指します。この**世**と冥土《めいど》との間を往復する鳥とされていました。

襪・下沓　しとうず

男性が**沓**《くつ》を履くとき着けた足袋《たび》です。指などはないシンプルなもので、紐《ひも》で足に結びつけました。

襪は一種の特権で、高徳の老人が着用を許されたりしました。

―うつほ物語―　祭の使

「冠たたなわり、橡《つるばみ》の衣破れくづれ、下沓破れて憔悴《しょうすい》したる人の、身の才あるをなむ学生といふ」

貧しさの象徴が「破れた下沓」である。漢学者は貧乏なことが多かったらしい。

褥・茵　しとね

座布団のことです。薦《こも》を重ね藺**筵**《いむしろ》を表にした品と、それより高級な、綿を入れた織物製のものがありました。男性が客として訪れた際は、**女房**（侍女《じじょ》）が**御簾**《みす》の下から褥を差し出して座っていただくのが作法であり、そのタイミングや差し出し方で主《あるじ》の品性が推し量られました。

蔀　しとみ

板戸の一種です。細い木材を格子状に組み、裏に板を張った品で、壁の代わりにも使われました。風を防ぐ板戸である「風止《しとみ》」と木材を縦横に組んだ防犯用の建具「**格**《こう》**子**《し》」は、当初は異なる品だったものの、しだいに蔀にも格子がつき、格子にも風雨よけの**紙**・**布地**・板が張られて同化しつつあったようです。格子のほうが格式ある建物でよく見られ、蔀は山荘や粗末な家屋に多い傾向があります。

四納言　しなごん

一条《いちじょう》朝期の4人の**公卿**《くぎょう》、**藤原公**《きん》**任**《とう》・斉信《ただのぶ》・源俊賢《みなもとのとしかた》・**藤原行成**《ゆきなり》を指します。政務の実力や**和歌**・書などの見事さで名を馳《は》せました。皆が最終的には**大納言**《だいなごん》・**権**《ごん》大納言に達したことから、こう呼ばれます。

死ぬ しぬ

現在と同じく、命が終わるという意味です。**病**による若死《わかじ》に・急死が珍しくない時代で、死穢《しえ》という、死や亡骸《なきがら》を「**穢**《けが》**れ**」とする風習もあり、恐れられ忌避《きひ》されました。

CHECK IT OUT.

「死ぬ」の言い換え

非常に辛《つら》い気持ちや程度の激しさを「死ぬばかり」というなど、比喩的な「死」は頻出します。しかし実際の死去については、「**失**《う》**す**」「**絶え入る**」「**はかなくなる**」「**あさましくなる**」「果てる」「**身まかる**」など、さまざまにぼかします。先立つ／先立たれることを「後《おく》らかす」「後る」というケースもあります。

東雲 しののめ

明け方の時間帯を指す言葉です。東の空がわずかに明るくなるころです。

清箱・尿の箱 しのはこ

おまるのことです。ただ「箱」とぼかしていうこともあります。貴族女性は自室でこれに用を足しました。▼『**今昔物語集**』香染《こうぞめ》の**薄**《うす》**物**《もの》に箱を包みて…**局**《つぼね》より出《い》でて行く（召使《めしつかい》の少女が香染〈**丁字染**《ちょうじぞめ》〉の薄い絹布に箱を包んで持ち…局から出て歩いていく）。

しのぶ草 しのぶぐさ

シノブ、ノキシノブなどシダ植物の総称です。「偲《しの》ぶ（昔を懐かしむ）」という語と同音であることから、思い出の種、亡き人が遺《のこ》した子なども意味します。

柴垣 しばがき

柴を立て並べた**垣**（垣根）です。

紙筆 しひつ

紙と**筆**のことです。

治部省 じぶしょう

中央行政官庁の**八省**《はっしょう》の一つです。**五位**《ごい》以上の官人の婚姻・相続、**天皇**の**葬儀**関係、外交などを担当しました。あまり重視されなかった省です。

持仏 じぶつ

自分の守り本尊《ほんぞん》として身近に置き、日々礼拝《らいはい》する**仏像**のことです。**出家**すると、仏具や法衣《ほうえ》、経典のほか、持仏も制作されました。

紙魚　しみ

紙や布などを食害する**虫**のことです。**本**（書籍）が貴重だった平安時代には、被害が特に深刻でした。▼『源氏物語』紙魚といふ虫の住みかになりて、古めきたる黴《かび》くささながら、跡は消えず（その**手紙**は、紙魚という虫のすみかになって、古ぼけ黴臭いが、筆跡は消えていない）。

霜　しも

冬、水蒸気が結氷して地表や物を白く覆う気象現象です。平安人はその白さを愛《め》でると共に、草花を枯らすもの、黒**髪**に混じる白髪とも捉えました。▼『小倉百人一首』心あてに　折らばや折らむ　初霜の　置き惑はせる　白菊の花（もし折るなら当てずっぽうで折ろう。この白菊、初霜がカムフラージュしてるから）

除目　じもく

「**司召**《つかさめし》」とも。官人（**大臣**を除く）らに、官職を任命する**儀式**です。地方の**国守**などを任ずるものは「県召《あがためし》」ということもあります。

CHECK IT OUT.

除目は死活問題

官職を得られなかった場合、「**散位**《さんに》」という役職無しの身になります。それは平安貴族にとって、社会的にも収入面でも極めて辛《つら》い立場でした。そのため除目が近づくと、自分を売り込む「申文《もうしぶみ》」を持って有力者などを訪ね、売り込みを行いました。また上流貴族は、自分の子飼いの中・下流貴族に官職を斡《あっ》旋《せん》してやることによって、主従の絆《きずな》を深めると同時に、「お礼金」的な上納品を得ていました（**年官年爵**《ねんかんねんしゃく》）。そのため除目は全ての貴族にとって、自家の収入・繁栄が懸かった重大事でした。

今昔物語集 巻二十四 第三十

除目の時、闕国《けっこく》なきによりてなされざりけり。…藤原国盛《くにもり》といふ人のなるべかりける越前守《えちぜんのかみ》をとどめて、にはかにこの為時《ためとき》をなむなされにける。これひとへに、申文《もうしぶみ》の句を感ぜらるる故《ゆえ》なり。

除目のとき却下された藤原為時は、漢詩で申文を書き、**一条《いちじょう》天皇**に悲しみを訴えた。その結果、藤原国盛に決まっていた越前守を為時に急遽《きゅうきょ》すげ替えた、という逸話。人としての情を大事にすることが、政治でも重視される時代であった。

霜月 しもつき

11月の名です。収穫を祝う**新嘗会《しんじょうえ》**やその前後の**五節《ごせち》**、豊明節会《とよのあかりのせちえ》など、神事の多い月でした。▼『源氏物語』**気色《けしき》**ばみ給ひて五月《いつつき》ばかりにぞなり給へれば、神事《かむわざ》などに事《こと》つけて、おはしますなりけり。霜月すぐしては、まゐり給ふ（お妃《きさき》さまは懐妊して5カ月になったので、神事の大変さを口実に里帰りなさっている。11月が過ぎてから宮中に戻られる）

この若菜下巻の「霜月（十一月）」を「十一日」とする写本もありますが、源氏物語は日取りをあいまいに書くことが多く、また藤袴巻でも霜月＝「神事で多忙」としているので「十一月」でしょう。

笏 しゃく

「さく」ともいいます。貴族男性が正装時に右手に持つ板です。**儀式**をミスなく進められるよう、要点を書いた「カンニングペーパー」を裏に貼り、眺めながら仕事することもありました。

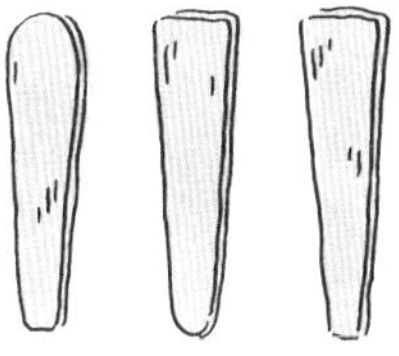

衣服令で五位以上が象牙、六位以下は木と決まっていた

錫杖 しゃくじょう

「さくじょう」とも。僧や修験者《しゅげんじゃ》が持つ杖《つえ》です。頭にリング状の金具が数個ついていて、合図などのために振り鳴らします。

尺八 しゃくはち

雅楽の楽器です。**唐楽**《とうがく》用の縦笛ですが、しだいに用いられなくなり、廃絶しました。楽曲・奏法は今日に伝わっていません。

笏拍子 しゃくびょうし

打楽器です。**歌物**《うたいもの》（**神楽**《かぐら》歌《うた》・**東**《あずま》**遊**《あそび》・**催馬楽**《さいばら》など）で使います。男性が正装時に携行する**笏**、またはそれを半分に割った形のものを打ち鳴らして、拍子を取りました。

麝香 じゃこう

「ざこう」とも。現代ではムスクといいます。ジャコウジカまたはジャコウネコの、オスの生殖腺からの分泌物です。動物性香料なので強烈ですが、ごく少量を使用すると甘く誘惑的な芳香を得られます。海外の生物なので、当然極めて高価でした。▼『落窪物語』かかる**雨**に、かくておはしましたらば、御志《おんこころざし》を思《おぼ》さむ人は、麝香の香《か》にも嗅《か》ぎなしたてまつりたまひてむ（この豪雨に、こんなに濡れ汚れてお訪ねになったら、その熱い恋心を姫君〈落窪《おちくぼ》の君〉は喜ばれ、この臭さも麝香の香と感じてしまわれますよ）。

射礼 じゃらい

正月17日に建礼門《けんれいもん》前で行われた、大**弓**で大的を射る行事です。事前に行う下稽古を「手結《てつがい》」、翌日実施する補充の**儀式**を「射遺《いのこし》」といいます。

十二単 じゅうにひとえ

女性の正装である**裳唐衣**《もからぎぬ》装束のことです。後世の呼び方です。

秋風楽 しゅうふうらく

雅楽の曲名です。左方**唐楽**《さほうとうがく》の舞楽《ぶがく》ですが、嵯峨《さが》**天皇**の命で常世乙魚《とこよのおとうお》が**舞**を、大戸清上《おおとのきよかみ》が曲を作ったといわれています。

襲芳舎 しゅうほうしゃ

「しほうさ」「しほうしゃ」ともいいます。**後宮**《こうきゅう》の建物（**七殿五舎**《しちでんごしゃ》）の一つです。落雷した**木**が**庭**にあったことから雷鳴壺《かんなりのつぼ》とも呼ばれました。右大将《うだいしょう》（**天皇**の身辺を守る部署・右近衛府《うこんえふ》の長官）の詰め所でもありました。

儒教 じゅきょう

古代中国の思想家・**孔子**《こうし》の教えです。国を支える**学問**として体系化され、孔子自身を崇《あが》める風潮も生まれて、宗教に近いものとなりました。平安中期の場合、親への孝行を尊ぶ気風に、儒教の影響が見られます。

修験道 しゅげんどう

大陸から伝来した仏教・道教《どうきょう》と、日本古来の山岳信仰などが影響し合って生まれた宗教です。山籠《やまご》もりして修行し、呪力を獲得しようとします。平安文学では、仏教で荒行《あらぎょう》をしている僧との区別が明確でなく、どちらも「山伏《やまぶし》」「験者《げんざ》」「行《おこな》ひ人《びと》」と呼んでいます。しかし、僧都《そうず》、**阿闍梨**《あじゃり》、**聖**《ひじり》などと呼ばれる仏教のれっきとした僧侶に比べると、パワーも正体も怪しい人々と見られていたようです。

朱雀門 しゅじゃくもん

「**すざくもん**」ともいいます。**大**《だい》**内裏**《だいり》の南の正門です。

呪詛 じゅそ

人を呪うことです。**病**や死の原因と信じられていたため、平安人は他人の恨《うら》みを買わないよう（つまり呪詛されないよう）気をつけました。また僧や**陰陽師**《おんようじ》を雇用し、その**加持祈祷**《かじきとう》で身を守ろうともしました。▼『栄花物語』もの問《と》はせたまふ。御**物の怪**《おんもののけ》や、また畏《かしこ》き神の気《け》や、人の呪詛などさまざまに申せば…〈**藤原道長**《みちなが》の子・頼通《よりみち》の病について〉原因をお訊《たず》ねになる。御物の怪や畏《おそ》れ多い神の力、人の呪詛など、いろいろ申しあげたところ…）。

入内 じゅだい

后妃《こうひ》に決まった姫君が**内裏**《だいり》に入ること。平安文学では「（うちに）参り給ふ」「御参り」といいます。

出家 しゅっけ

「**すけ**」とも発音します。俗世（社会生活）を捨てて、仏道修行の生活に入ることです。その象徴として「飾り」である**髪**を切ったり剃《そ》ったりすることから「**落飾**《らくしょく》」

「剃髪《ていはつ》」ともいいます。具体的には、男女の交わりや肉食・飲酒・殺生《せっしょう》を禁じられる身となります。一種の死と見なされていたため、誰かが出家を希望すると家族・親戚・家来が全力で引き留め、ついに出家となった暁には一同悲泣《ひきゅう》するのが通例でした。とはいえ、老齢になったり夫に先立たれたりすると、死後の極楽《ごくらく》往生を願って出家するのが普通のことでもありました。時には、人生に絶望するなどした若い人が、引き留め工作を出し抜いて出家を遂げるケースがあり、世間に衝撃を与えました。

一条朝期には、**定子**皇后が自身で髪を切り（＝**尼**になり）、なのに天皇に愛され続け子を産むという大スキャンダルが起きた！

出家と髪型

CHECK IT OUT.

男性の場合、全て剃り落とす「剃髪」が一般的でした。女性は腰あたりで切る「**尼削《あまそ》ぎ**」が主流でしたが、信仰心が深まるにつれて完全に剃髪することもありました。なお女性は出産や大病などの折、頭頂部の髪を少し切って、いわば「仮の出家」のような**儀式**を受けることがあります。これを「**五戒《ごかい》**を授かる」などと呼びます。出家には御利益があると考えられていたため、出家に準じる儀礼によって、無事や回復を祈願したのです。

（例）『栄花物語』名残《なごり》なきさまに背《そむ》き果てさせ給ひておはしませば、いと**あはれ**に…（故・後朱雀《ごすざく》**天皇**の**女御《にょうご》**だった生子《せいし》さまは、完全に剃髪されたので、実に心打たれるご様子で…）

女性の出家

几帳《きちょう》の綻《はころ》びから髪を出して僧に切ってもらう。非常事態的な出家では、本人や家族が切ってしまうことも。

男性の出家

四方・**氏神《うじがみ》**・父母の方角を拝礼するなどの出家作法がある。緊急の出家では、着用すべき**法服《はうふく》**が間に合わなかったりする。

春鶯囀 しゅんのうでん

雅楽の一つ、**唐楽**《とうがく》の曲名です。**壱越調**《いちこつちょう》で、6人または4人で舞います。「**春の鶯**《うぐいす》さえずるといふ**舞**」と呼ばれることもあります。

准三宮 じゅんさんぐう

「じゅさんぐう」とも。「**三宮**《さんぐう》（**皇后**ら3人の后《きさき》）に准《なずら》ふる位」という意味です。つまりは后に次ぐ称号で、**天皇**の母方親族や功績ある臣下などに与えられました。年給（**年**《ねん》**官年爵**《かんねんしゃく》）という収入などの特典があり、社会的な地位も格別でした。平安中期には一般的に、摂《せっ》関《かん》（摂政《せっしょう》や関白《かんぱく》、天皇の片腕たるVIP）がこの称号を授かりました。

叙位 じょい

位を授けることです。**親王**《しんのう》・**内親王**《ないしんのう》には一品《いっぽん》～四品《しほん》、臣下には一位《いちい》～初位《そい》を与えました。男性が対象の叙位は正月5日か6日、女性（女官や**乳母**《めのと》、**後宮**《こうきゅう》の**女房**など）が対象の女叙位《にょじょい》は8日に行われました。

笙 しょう

管楽器です。形が鳳凰《ほうおう》に例えられ、「鳳笙《ほうしょう》」とも呼ばれます。17本の竹管に、息を吹き入れたり吸い込んだりして鳴らします。音が出る原理はパイプオルガンと同じで、音色も似ています。

荘園 しょうえん

「荘《しょう》」「御荘《みそう》」とも。貴族や寺・神社など有力者が領有した私有地です。平安中期には、土地を国のものとした**律令**《りつりょう》制が機能しなくなりつつあり、荘園制が広まっていました。貴族も、官人として得られる給与は減少しており、所有する荘園が収入源となっていました。▼『**落窪物語**』わが得《え》たらむ丹波《たんば》の荘は年に米一斗《いっと》だに出《い》で来《く》べきならず（私が相続〈処分《そうぶん》〉する丹波の荘園は、年に米10升《しょう》〈1升＝10合《ごう》〉の収入さえ得られそうにない）。

貴族にとって荘園の民は、好きに使役できる家来でした。とはいえ貴族が権威や実行力を失うと、地代さえも堂々と踏み倒されたりと、荘園側の人々もなかなか強《したた》かでした。

貞観殿　じょうがんでん

後宮《こうきゅう》の建物（**七殿五舎**《しちでんごしゃ》）の一つです。皇后宮《こうごうぐう》の正庁で、後宮の事務を担当しました。

承香殿　じょうきょうでん

「**そきょうでん**」ともいいます。**後宮**《こうきゅう》の建物（**七殿五舎**《しちでんごしゃ》）の一つです。

上卿　しょうけい

朝廷の行事や会議などの際、執行の責任者として指名された**公卿**《くぎょう》（閣僚）のことです。平安時代は、神事や法事の「御利益」が真剣に信じられていた時代でした。その中で、先例や**律令**《りつりょう》（法律）なども検証しながら、実現可能、かつ神仏をも満足させる祭りを実施するのは大仕事であり、実務能力ある公卿が指名されました。反面、家柄と年功序列だけで出世した公卿は任命されなかったり、指示された**儀式**も間違ったりして、他の公卿の怒りを買っています。

鉦鼓　しょうこ

雅楽の楽器です。皿状の金属を木製の枠につるし、2本のバチで打つ打楽器です。

成功　じょうごう

一種の売官《ばいかん》制度です。資材を朝廷に献上して**内裏**《だいり》の建築や祭りの運営などを実行した者に、官職《かんしょく》や**位**《い》**階**《かい》を与えたものです。一条《いちじょう》朝期のトップ貴族・**藤原道長**《みちなが》に至っては、自邸である**土御門殿**《つちみかどどの》の建築の際にも、成功で**受領**《ずりょう》（地方知事クラスの中流貴族）を動員しています。癒着の構造ではありますが、平安中期の貴族社会では、上流貴族と中・下流貴族との間にプライベートな主従関係が成立していました。部下は従者として日々仕えたり、地方赴任で蓄えた財産を投資したりして主君の希望に応え、代わりに庇護《ひご》やよい官職を得ていたのです。そのため平安人の目に成功は、度が過ぎれば非難されますが、割と当然のことに見えたようです。ちなみに、プライベート主従関係を支えた制度には**年官年爵**《ねんかんねんしゃく》もありました。

栄花物語 あさみどり

伊予守頼光《いよのかみよりみつ》ぞ、すべて殿の内のこと、さながら仕《つか》うまつりたる。…女房の曹司《ぞうし》曹司の物の具ども、御簾《みす》、畳、半挿《はんぞう》、盥《たらい》、何くれの物の具、すべて侍《さぶらい》、蔵人所《くろうどどころ》、随身所《ずいじんどころ》などの、殿の内に、「この物こそ無けれ」と思《おぼ》し宣《のたま》はすべきやうなし。

伝説の武士・**源頼光**《みなもとのよりみつ/らいこう》だが、実に貴族らしい気配り万全の奉仕で成功を得ている。主君・藤原道長の土御門殿が焼けたあと、日用品を完璧に取り揃えて献上し、当時のご意見番・**藤原実資**《さねすけ》まで感心させた。

上国 じょうこく

全国の国々を面積・人口などで等級をつけ4種にわけた、その第2位。**大国**《たいこく》に次ぎ、**中国**《ちゅうごく》・**下国**《げこく》の上に位置するポジションです。

彰子 しょうし

一条《いちじょう》**天皇**の**中宮**（**后**《きさい》**の宮**）です。**藤原道長**《みちなが》の娘で、**定子**《ていし》に対抗する形で后《きさき》となり、「二后《にこう》並立（1人の帝《みかど》に后が2人）」という事態の初例となりました。皇子（のちの**天皇**）を2人も産んだことが、道長と**藤原氏**の最盛期を実現させました。**出家**後は上東門院《じょうとうもんいん》と名乗って87の長寿を保ち、政治にも影響力を発揮しました。そのサロンでは**紫式部**《むらさきしきぶ》、**和泉**《いずみ》**式部**、**赤染衛門**《あかぞめえもん》らが活躍しています。

床子 しょうじ

座るための道具です。四脚《よつあし》の上に細い板を透かして並べた、上から見ると長方形の台です。**天皇**用の場合はこれを二つ並べ、その上に菅《すげ》の**円座**《わろうだ》を敷いて、正式の食事「大床子の御膳《おもの》」を摂《と》る際に使用されました。

障子 しょうじ

「**そうじ**」ともいいます。現代の**襖**《ふすま》に当たる品です。表と裏に**紙**や布地を張り、枠をはめたもので、**寝殿造り**《しんでん》の建物の中では壁に近い役割を果たしていました。姫君が求婚者と対面する場合は、「掛金《かけがね》」や「端《はし》を固める」などにより、戸締まりした障子を隔てて会うのが基本です。その鍵を姫やその**女房**（侍女《じじょ》）に外させることこそ、男君の話術・魅力の見せどころでした。ただ、所詮は脆弱《ぜいじゃく》なものなので、押し開けることも可能だったようです。▼『落窪物語』障子を開け給ふに固ければ「これ開けよ」と**のたまふ**（障子〈現代の襖〉を開けようとなさったところ錠を鎖《さ》してあったので「開けなさい」と仰《おっしゃ》る）。

障子絵　しょうじえ

障子の表面に描かれた**絵**です。障子の**調度**《ちょうど》品としての価値を左右するものでした。▼『枕草子』**清涼**《せいりょう》**殿**《でん》の丑寅《うしとら》の隅《すみ》の、北のへだてなる御障子《みそうじ》は、荒海《あらうみ》の絵（清涼殿の北東の隅の、北との境界である御障子には、荒海の絵が描かれている）。

上巳の祓　じょうしのはらえ

邪気を祓《はら》う行事の一つです。旧暦3月の上巳の日（その月初めての巳《み》の日）に、水辺で**禊**《みそぎ》をして身を清めました。この禊が遊宴化したものが「**曲水**《きょくすい》**の宴**」です。のちには3月3日に行うようになりました。「**桃の節句**」のルーツです。

消息　しょうそく

「**しょうそこ**」とも。**文**《ふみ》（**手紙**）のことです。また手紙を含め、連絡全般を指すこともあります。具体的には、人に来意《らいい》を告げる、伝言するなどと訳せます。▼『源氏物語』「入《い》りて消息せよ」とのたまへば、人いれて案内《あない》せさす（**光源氏**さまが「入って来意を告げよ」と仰《おっしゃ》るので、家来を入らせて取り次ぎを頼ませる）。

装束　しょうぞく

衣服や装飾を、決まりや習わしを踏まえて整えることです。その衣や飾り、**室礼**《しつらい》（室内の装飾）そのものも意味します。ただ「装束」といった場合、多くは正装の衣を指します。男性の場合なら**束帯**《そくたい》、女性なら**袿**《うちぎ》や**細長**《ほそなが》です。装束（衣類）は、現代よりはるかに重要なアイテムでした。生地や染料が高級品な上に、貨幣経済が浸透していなかったので、装束がお金代わりにやり取りされました。貴族の男性は、勤務に束帯が必須であり、しかも**色**が規定されていたため、染色・縫製ができる女手（**妻**や母など）が必須でした。仕立ては手作業でしたが、今よりはるかに粗《あら》く縫ったため、半日から一日程度で仕上がっています。染め・縫いには女主人や**女房**（侍女《じじょ》）など、家内にいる女性たちが当たりました。手作業というと使用人の仕事に見えますが、貴婦人自身も手を下しています。むしろ高貴な女性のほうが、高価な生地・染料に触れる機会が多かったせいか、仕立て上手だったようです。▼『**落窪物語**』よしと褒《ほ》めし装束も、筋《すじ》かひ怪しげにし出《い》づれば…「いとよく縫ひし人はいづち往《い》にしぞ」（よいと褒めていた装束作りも、今は縫い筋が変な感じに仕立てられるので…「上手に縫っていた人は、どこへ行ってしまったのだ?」）。▼『**うつほ物語**』藤《とう》中納言は、**衛門**《えもんの》**督**《かみ》なれど、装束清らにせずとて、**非違**《ひい》の**別当**《べっとう》はかけず（藤中納言・仲忠《なかただ》は衛門府の長官だが、装束を美麗にしないからという理由で**検**《け》**非違**《びい》**使**《し》の別当〈長官〉は兼官しない）。

一うつほ物語一 吹上 上

ここは織物の所。機物《はたもの》ども多く立てて、織り手二十人ばかり居たり。…これは染殿。…大きなる**鼎**《かなえ》立てて染草《そめくさ》色々に煮る。**盥**《たらい》ども人毎《ひとごと》に据ゑて、手《て》毎《ごと》に物ども染めたり。**槽**《ふね》どもに女《め》の子ども下り立ちて、染草洗へり。…これは張物《はりもの》の所。巡りなき大きなる**檜皮屋**。…色々の物張りたり。

富豪の屋敷にある装束製作部署の様子。機織り、染色、張物（糊《のり》づけし、板に張って乾かす）などの工程がわかる。

CHECK IT OUT.

仕立てプロセス

『**落窪物語**《おちくぼものがたり》』には、夫が急に祭りの舞人に指名され、妻一家があわてて装束（**表袴**《うえのはかま》、**下襲**《したがさね》、**袍**《うえのきぬ》の3品）を縫う場面があります。その工程は、

①表袴の生地を裁断
②下襲の生地を裁断
③生地に折り目をつける
④袍の生地を裁断
⑤表袴を縫う
⑥下襲を縫いあげる
⑦袍の生地に2人で協力して折り目をつける
⑧袍を縫いあげる

というもの。1人ないし2人で、一晩に縫える物だったようです。

消息 しょうそこ

「**しょうそく**」とも。**手紙**など、

連絡全般をいいます。

昇殿 しょうでん

清涼殿《せいりょうでん》の**殿上**《てんじょう》の間《ま》に立ち入ることです。**公卿**《くぎょう》という高位者のほか、**四位**《しい》・**五位**《ごい》で許可された者と**六位**《ろくい》の**蔵人**《くろうど》に認められるステイタスでした。また名門の子弟も**元服**《げんぷく》前に、行儀見習いのため許可されました。

兄人 しょうと

男のきょうだい。兄でも弟でも使います。▼『更級日記』行かまほしく**思ふ**に、せうとなる人、抱《いだ》きて率《い》て行きたり（〈出産した**乳母**《めのと》の見舞いに〉行きたいと思ったところ、兄が抱っこして連れていってくれた）。

上東門第 じょうとうもんてい

土御門殿《つちみかどどの》の別称。一条《いちじょう》朝期の筆頭権力者・**藤原道長**《みちなが》が所有した屋敷の一つです。**里内裏**《さとだいり》（仮の皇居）になった時期もあります。道長の娘である**中宮・彰子**《しょうし》は、ここで後の**天皇**2人を出産しました。

常寧殿 じょうねいでん

「そうねいでん」ともいいます。**後宮**《こうきゅう》の建物（**七殿五舎**《しちでんごしゃ》）の一つです。11月の**五節**《ごせち》で五節舞《ごせちのまい》が行われたため五節殿《ごせちどの》とも呼びます。

菖蒲 しょうぶ

植物です。「**あやめ**」と呼ばれますが、現在のアヤメやハナショウブとは別種です。5月5日の端午《たんご》の節会《せちえ》に、軒を葺《ふ》いたり縁起物の**薬玉**《くすだま》に用いたりしました。

条坊制 じょうぼうせい

都市の造りの名称です。南北と東西の方向に直線の道を設けた、碁盤の目のような街なみで、**平安京**もこの造りになっています。東西の列を条《じょう》、南北を坊《ぼう》と呼びます。一条《いちじょう》、二条《にじょう》などの地名は、この街なみに由来します。

声明 しょうみょう

「梵唄《ぼんばい》（梵は仏教、唄は**歌**の意）」ともいいます。仏教の歌謡です。仏の徳を讃《たた》える「讃嘆《さんたん》」など、僧侶たちが抑揚をつけて唱えるもので、**法会**《ほうえ》などで歌われました。

逍遥 しょうよう

ぶらぶらと外出することです。日常を離れて心をゆったりとさせることであり、しばしば「**遊び**（音楽や**酒**、宴）」を伴いました。

昭陽舎 しょうようしゃ

後宮《こうきゅう》の建物（**七殿五舎**《しちでんごしゃ》）の一つで

す。**庭**にナシの**木**が植えられていたため、**梨壺**《なしつぼ》と呼ばれることもありました。

CHECK IT OUT.

清少納言の父と梨壺

梨壺は、『後撰和歌集《ごせんわかしゅう》』という歌集の編纂《へんさん》が行われた場所として有名です。この編纂に携わった歌人5名は、敬意をこめ「梨壺の五人」と呼ばれました。うち一人が清原元輔《きよはらのもとすけ》（**清少納言**《せいしょうなごん》の父）で、出世は中流貴族止まりでしたが、歌人としては名声を勝ち得ました。清少納言もこの父を誇りにしており、**中宮・定**《てい》**子**《し》さまに「元輔が後《のち》（元輔の後継者）」と呼ばれたことを、『**枕草子**』に嬉しげに記しています。

条里制 じょうりせい

古代の土地区画制度。農地を碁盤の目状に整備したのが特徴です。その影響は平安中期にも残っていて、方形《ほうけい》の田畑が見られました。

上臈 じょうろう

「臈《ろう》」は仏教用語で、上臈とは修行を長く積んだ地位の高い僧のことですが、平安中期には**官位**《かんい》・身分が高い貴族も指しました。**女房**（侍女《じじょ》）の場合、主人一家の血縁者などかなり高貴な生まれで、落ちぶれて**宮仕え**に出た者です。しばしば主人のお手がつき、公認の愛人「**召人**《めしうど》」となることもありました。その立場や生まれた子の処遇は、妻子として認知されることもあれば無視されることもありと、ケースバイケースです。

うつほ物語 楼上 下

帥《そち》の君、三尺《さんじゃく》の**几帳**《きちょう》ひきそへて、ゐざり出《い》でたり。……いとやむごとなく**大納言**《だいなごん》の御娘《おんむすめ》にて、心ことにして、我だに賄《まかな》ひもせさせず。

源涼《みなもとのすずし》（このとき中納言《ちゅうなごん》）に、帥の君（大納言の娘）が女房として仕えている。生まれのよい彼女を涼は特別に待遇し、自身の給仕《きゅうじ》さえさせない、とある。

上臈女房は労働するためではなく、主人や賓客《ひんかく》の相手を務め、主家に華《はな》を添えるために存在した。

女王 じょおう

「**にょおう**」ともいいます。皇族

カテゴリーの一つです。大まかにいうと**天皇**の孫と、それ以降の代の皇族女性を指します。才芸や由緒ある財物を親から受け継ぐことが多く、血すじも憧れられた彼女らは、**藤原氏**の大物政治家の**妻**となり、華やかに暮らすことも珍しくありませんでした。とはいえ、総じて皇族には「名誉はあっても実利は乏しい」傾向があります。**宮仕え**に出る女王はましなほうで、身分低い男性と**結婚**させられる人、さらわれるように地方へ下る人なども多々いました。

書道 しょどう

平安人は「**手習**《てならい》」と呼びます。字を美しく書けることは、社会生活で必須のスキルでした。そのため、お**手本**の収集や日々のお稽古も、熱心に行われました。

CHECK IT OUT.

平安の書道

公務で書類作り、**本**は手書きで複製、公私に**手紙**をやり取りと〝字を書きまくる〟平安貴族の生活。そのため書道が高度に発達しました。

❶さまざまな字体

- **真手**《しんで》…楷書体
- **草**《そう》（草仮名《そうがな》）…草書体
- **男手**《おとこで》…漢字
- **女手**《おんなで》…平仮名
- **片仮名**…漢字の一部を使う字体
- **葦手**《あしで》…絵と一体化した崩し字

❷書道の用語

- 放ち書き…一字一字離して書く書体。子どもの書き方。
- 水茎《みずくき》…筆跡のこと。墨汁や、続け字の流れるような字形から、涙を連想させる。

❸書道の常識

- 「**難波津**《なにわづ》**に**」と「**安積山**《あさかやま》」
「歌の父母」と呼ばれた2首の**和歌**。手習で最初に習った。
- あめつちの詞
天《あめ》、地《つち》、星《ほし》、空《そら》…という、仮名48字を一字ずつ使った歌。児童の手習に用いた。
- 筋《すじ》
書風のこと。
- 三筆《さんぴつ》
嵯峨《さが》天皇、空海、橘逸勢《たちばなのはやなり》のこと。平安前期の名書家3人。
- 三蹟《さんせき》
小野道風《おののみちかぜ》、藤原佐理《すけまさ》、**藤原行成**《ゆきなり》。平安中期の名書家3人。行成は一条朝期に活躍し、その書体は世尊寺流《せそんじりゅう》を形成した。

知らず顔 しらずがお

まるで知らないかのような顔・様子のことです。実際は「知っている」のがポイントです。人間関係が濃密だった平安の貴族社会では、「知らず顔」でやり過ごし、角を立てないことが美徳でした。

▼『落窪物語』さるべき**受領**《ずりょう》あらば、知らず顔にてくれて遣《や》らんとしつる物を（それなりの受領が言い寄ったなら、〈中納言《ちゅうなごん》の子・落窪《おちくぼ》の君を〉知らぬふりで**妻**にくれてやろうと思っていたのに）。

裾 しり

衣服の背面側の裾《すそ》のことです。特に、男性がフォーマル感を出すために着用する「**下襲**《したがさね》」の、後ろに長く垂れた**裾**《きょ》のことを指します。

知り顔 しりがお

知っているかのような顔、つまり知ったかぶりです。▼『枕草子』今参り《いままいり》のさし越えて、物知り顔に教へやうなること言ひ、**後見**たる、いとにくし（新米が身の程を超えて、物知り顔で教えるようなことを言い、世話を焼いているのはとても憎《にく》らしい）。

師走 しわす

12月の名。晩冬です。年の暮れでもあり、行事や新年の支度で忙しい時期でした。

しはぶき

咳《せき》や咳払いのことです。**病**や高齢によるもののほか、呼びかけたり応答したりする際の合図の役割も果たしました。

CHECK IT OUT.

平安の取り次ぎ作法

① 人の気配がする所へ近づき、咳《せき》払いや**扇**《おうぎ》の打ち鳴らしによって注意を引く。

② 相手が咳払いや衣ずれの音で応答し、「誰？ 身元は？」と質問してくる。

③ 名を名乗り、「ここに**宮仕え**している**侍従**《じじゅう》の君（**女房**の名）をお願いします」などと、個人的な知り合いを指名する。

④ 主人級の人へのアクセスがやっと可能になる。

脆弱《ぜいじゃく》な家屋・治安体制の中で生きていた平安貴族は、礼儀作法や個人的な信頼関係で身を守っていました。そのため、訪問先にツテがないと、取り次いでもらうことも難しかったのです。

しはぶき病　しわぶきやみ

症状として咳《せき》がめだつ**病**です。今日の風邪や喘息《ぜんそく》に当たると思われます。それほど深刻視されない病気だったらしく、欠勤などの言い訳にもされています。

沈　じん

薫物《たきもの》（お香）の原料である香木《こうぼく》です。比重が重く、水に沈むことからこの名があります。東南アジア一帯に生えるジンチョウゲ科の樹木が、**土**に埋もれ樹脂がにじみ出て生成されたものです。後代には香道で最も重要な香木となり、最上級品は伽羅《きゃら》と呼ばれました。ただし平安中期には、黒色系の高価な木材全般も沈と呼んでいます。同じく香木である**白檀**《びゃくだん》が明色の木材であることから、白檀製の品を「白」、沈のものを「黒」として、ペアで用いることもあります。

神画　しんが

神の姿を描いた**絵**。掛けて拝んだり、信仰の印に奉納したりしました。

賑恤　しんじゅつ

貧窮《ひんきゅう》した庶民への施《ほどこ》し。**天変地異**（天文の異変〈日食・月食や彗星《すいせい》など〉や地上の災い〈兵乱や干・水害、疫《えき》病《びょう》など〉）が起きると、「政治への天の警告」と解釈され、租税減免や大赦《たいしゃ》に加え賑恤が行われました。対象は**大路**《おおじ》や川原、**悲田院**《ひでんいん》（慈善施設）にいる飢民《きみん》や病老人で、与えられたのは米や塩でした。

新嘗会　しんじょうえ

「新嘗祭《にいなめまつり》」とも。新米を神に供える神事、つまり収穫祭です。11月に**五節**《ごせち》・豊明節会《とよのあかりのせちえ》などと共に行われる重要**儀式**でした。**天皇**即位後、初のものは大嘗会《だいじょうえ》といいます。

臣籍降下　しんせきこうか

皇族が臣下の身分に降りること。氏姓のない皇族から、氏姓が必要な**直人**《ただびと》（一般人）になるということで、源《みなもと》や平《たいら》などの氏を与えられました。皇族が増えすぎて財政が逼迫《ひっぱく》したため、母の身分が低い皇子・皇女や、世代を重ね**天皇**から遠くなった者を、皇籍から離脱させるようになったのです。皇位継承争いを防ぐために、**春宮**《とうぐう》（皇太子）のライバルたり得る皇子を臣籍降下させることもありました。平安の価値観では身分の下落です。しかし、天皇・春宮以外の皇族には、**兵部卿宮**《ひょうぶきょうのみや》などの名誉職しかなかったことを考えると、

「臣籍降下したほうが実力による出世が可能」ともいえました。源定省《さだみ》（宇多《うだ》天皇）のように、皇籍に復帰し天皇になれる可能性も、ごくわずかながらありました。とはいえ大多数は、しだいに中・下流貴族に落ちていきました。中には**都**にとどまれず、地方への赴任をきっかけに住み着いて、武家の棟梁《とうりょう》（リーダー）となっていく者もいました。▼『源氏物語』**藤**《ふじ》**壺**《つぼ》と聞こえしは先帝《せんだい》の**源氏**にぞ、おはしましける（藤壺**女御**《ふじつぼのにょうご》とおっしゃる方は、前の天皇の娘で源氏に臣籍降下した方でいらした）。

神泉苑　しんせんえん／しんぜんえん

朝廷直轄の禁園《きんえん》（一般人は立ち入り禁止の**庭**）で、平安時代には8町（当時の1町〈**まち**〉＝縦横それぞれ約120m）を占める広大な庭でした。高名な僧侶・空海《くうかい》が雨乞いの**加持祈祷**《かじきとう》をしたことがあり、以降、祈雨《きう》の**修法**《ずほう》の場となっていました。

寝殿　しんでん

「心殿」「正殿《せいでん》」という表記・呼び方もあります。平安のお屋敷で一般的だった建築スタイル「**寝殿造り**」の、中心となる建物です。敷地の北部に建ち、南側の広大な**庭**（**南庭**《だんてい》）に面していました。主人の「ご寝所」が原義ですが、男性当主が**対**《たい》**の屋**《や》（別棟）で寝ている例も多く、むしろ**儀式**や行事、賓《ひん》客《かく》の接待などのための「格の高い空間」と位置づけられたようです。家族の中で皇族と縁のある女性（**天皇**・**春宮**《とうぐう》の妃《きさき》となった人や、その予定で育てられている姫など）が、寝殿で起居する例も見られます。

寝殿造り　しんでんづくり

平安貴族の間で一般的だった建築様式です。**寝殿**（正殿《せいでん》）を中核として、**対**《たい》**（の屋**《や》**）**という別棟が東西や北に配置され、互いに廊下でつながれていました。理想は寝殿の南に**庭**を整え、**池**を設けて水鳥を集め、屋根は**檜皮**《ひわだ》でふくというものでした。壁の大半は**格子**や**障子**（現代の**襖**《ふすま》）という開放的な造りで、**京**の**夏**の猛暑をしのぐには適していました。反面、**冬**には極めて寒い住みかであり、着重ねるファッションが発達しました。

↓イラストP202

「寝殿造り」という言葉、実は平安時代にはありませんでした。江戸期に国学者・沢田名垂《さわだなたり》が日本住宅史の本『家屋雑考《かおくざっこう》』を執筆。そこで室町以降の「書院《しょいん》造り」ともども提示されました。

寝殿の日常
SHINDEN

→ P201

風や覗きを遮《さえぎ》る必須家具「屏風《びょうぶ》」。障子との合間は、姫や忍び込んだ男君が隠れる空間でもある。
造りつけの収納がない寝殿造り。代わりに棚や箱が活用された。泔坏《ゆするつき》（整髪用具）を置いたりして…。
寝殿造りでは、奥（中央）が格の高い場所。女房（侍女《じじょ》）はひとまわり外側のこの辺りにいた。

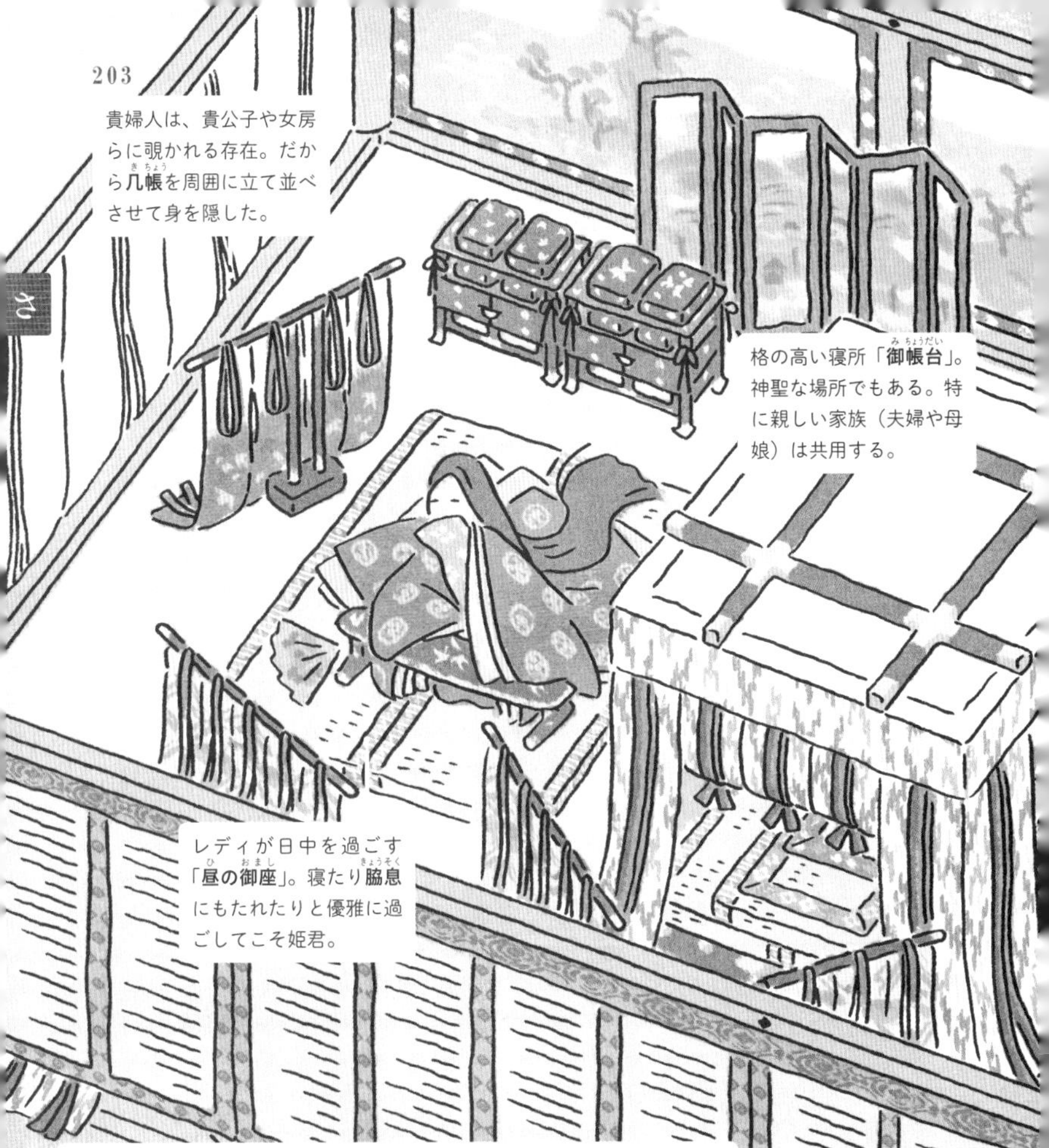

寝殿造りの構造（代表的なケース）

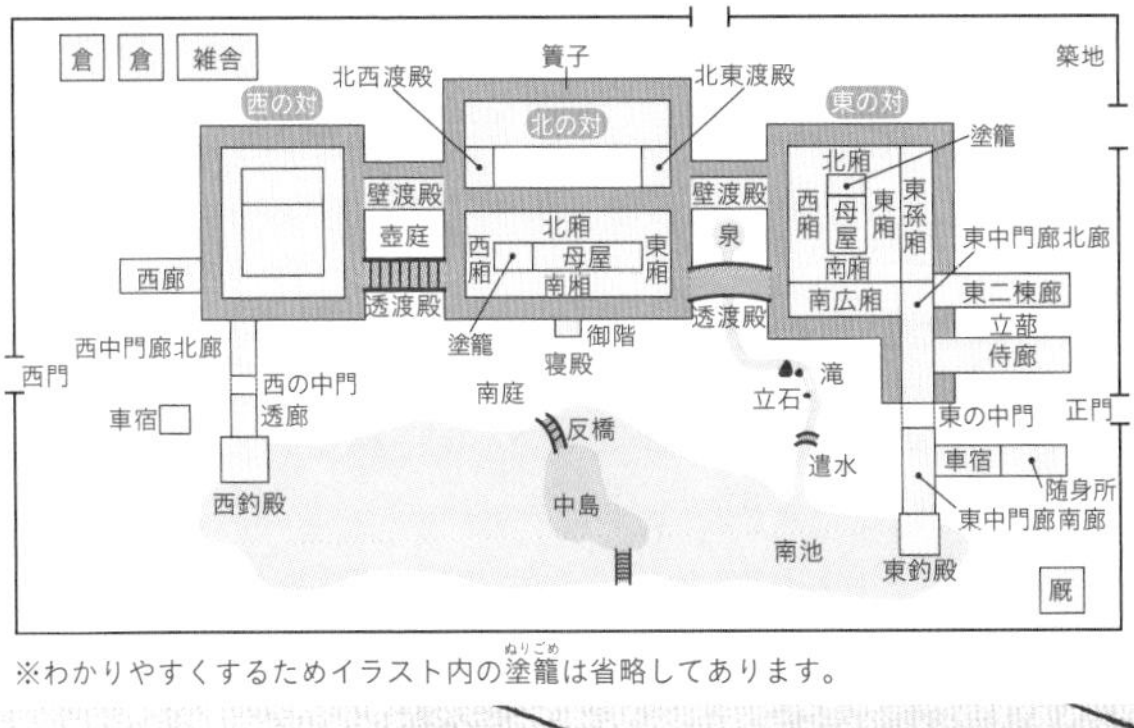

※わかりやすくするためイラスト内の塗籠《ぬりごめ》は省略してあります。

親王　しんのう

皇族の身分を表す称号です。**天皇**の息子のうち、親王宣下《せんげ》（親王の称号を許すという天皇の命令書）を頂いた者のことで、いわば正式に認知された皇子です。別名を宮といい、生まれた順に一宮《いちのみや》、二宮《にのみや》と呼ばれました。品位《ほんい》（皇族の位）を与えられると、それを冠して一《いっ》品宮《ぽんのみや》、二品宮《にほんのみや》などとも呼称されます。**春宮**《とうぐう》（皇太子）は親王の中から選ばれました。他の親王らは皇位継承者のいわば控えであり、尊貴ではありましたが政治的実権はありませんでした。**式部卿宮**《しきぶきょうのみや》、**兵部卿宮**《ひょうぶきょうのみや》など、親王が得られる官職もありましたが、品位も官職も頂けなかった親王は、ひっそりと貧乏暮らしをすることもよくありました。

親王任国　しんのうにんごく

親王が**国守**《こくしゅ》（県知事のような職）を務める国のこと。常陸《ひたち》、上総《かずさ》、上野《こうずけ》の3国です。この職に任命された場合、国守ではなく太守《たいしゅ》と呼ばれ、位も国守より高い正四位下《しょうしいのげ》に相当しました。親王の、国守レベルとは一線を画す尊貴さを示し、かつその収入を確保した制度です。地方へ実際に赴任するのは中・下流貴族の役回りであり（**受領**《ずりょう》）、親王自身が実際に行くことはありませんでした（遥任《ようにん》）。そのため親王任国では、守《かみ》（長官）に代わって介《すけ》（次官）が実質的なトップを務めました。

親王任国の「介」は、受領の中では胸を張れる立場です。

CHECK IT OUT.

物語に見る宮家の序列

『源氏物語』では**帥宮**《そちのみや》が**兵部卿宮**《ひょうぶきょうのみや》へ、兵部卿宮が**式部卿宮**《しきぶきょうのみや》へ昇進しています。一方、『源氏物語』の常陸宮《ひたちのみや》や**『うつほ物語』**の上野宮《こうずけのみや》はコミカルなキャラです。つまり、宮家のトップは式部卿宮、次が兵部卿宮、その下が帥宮、さらに下が常陸宮や上野宮という意識が窺《うかが》えます。当時は、「武より文が尊い」という中国の思想から、**式部省**（儀礼の省）が**兵部省**（軍事の省）より格上でした。また**京**を絶対視する意識から、地方官の帥宮（九州・**大宰府**《だざいふ》の長官）は格下視されたのでしょう。東国はさらに見下されがちで、その心理が常陸宮や上野宮の損な役回りにつながっていると思われます。

陣座 じんのざ

ただ「陣」ともいいます。もとは近衛府《このえふ》の武官の詰め所を指す言葉でしたが、平安中期には公卿《くぎょう》という高官たちが着座し、神事や節《せち》会《え》、任官、叙位《じょい》など、公事《こうじ》を行う場となっていました。ここで行われた評議が「陣定《じんのさだめ》」です。

“閣議決定”のようなもの…？

陣定 じんのさだめ

大臣以下の公卿《くぎょう》という、官人の最上層メンバーが集まって評議し議決することです。

透垣 すいがい

板や竹を粗《あら》く組み、透けるようにした垣（垣根）のことです。目隠しと風通しをほどほどに両立させたものでした。目を寄せると垣間《かいま》見《み》がかろうじて可能であるため、しばしばロマンスの起点となります。

水干 すいかん

狩衣《かりぎぬ》を簡素化した衣服です。元服《げんぷく》（成人式）前の少年が着用し、後世には武家の常服《じょうふく》となっていきました。▼『うつほ物語』子も、はかなき水干装束《すいかんしょうぞく》なれど、かたちまさりていとめでたし（子〈仲忠《なかただ》〉のほうも、粗末な水干姿だが、容貌《ようぼう》はすぐれてとても立派だ）。

つまり、下々の者や
童のふだん着ってこと

水干鞍 すいかんぐら

馬に乗る際に使う鞍の一つです。大和鞍《やまとぐら》を簡略にしたものです。

随身　ずいじん

貴人のボディガードです。**近衛府**《このえふ》という部署に所属する**舎人**《とねり》という官人で、**天皇**の命令により特定の貴人を護衛しました。摂政《せっしょう》や関白《かんぱく》には10人、**大臣**・大将は8人、**納**《な》**言**《ごん》・**参議**《さんぎ》6人、**中将**《ちゅうじょう》・**衛門督**《えもんのかみ》・兵《ひょう》衛督《えのかみ》（**兵衛府**長官）4人、少将・佐《すけ》2人と、割り当てられる人数が異なったため、随身の数を見ると**牛車**《ぎっしゃ》の中の人の身分が推し量れました。それを逆手にとって、お忍びのときは随身を減らす（つまり身分を低く見せる）というテクがありました。

随身所　ずいじんどころ

上流貴族の公的なボディガード・**随身**たちの詰め所です。

水飯　すいはん

飯に水を注いだものです（湯を注いだものは**湯漬**《ゆづけ》）。水飯は**夏**に食べました。▼『**蜻蛉日記**』水遣《や》りたる樋《ひ》の上に**折敷**《おしき》ども据《す》ゑて、もの食ひて手づから水飯などす…。（水を流してある樋の上に食器類を置いて、食事をし、自分の手で水飯にしたりする）。

末の松山　すえのまつやま

現在の宮城県多賀城《たがじょう》市の地名です。「決して心変わりしない」という恋の誓いの定番です。貞観《じょうがん》11（869）年に起きた大地震（**ない**）の際、津波が迫ったけれども越えなかった史実が背景にあると思われます。

一小倉百人一首一

契《ちぎ》**りきな　かたみに袖**《そで》**を**
しぼりつつ　末の松山
波越さじとは（約束したよなあ。互いに袖を涙で濡らしながら。末の松山を波の越すことがないように、私たちの恋心も決して変わらないと）

この歌を詠んだ清原元輔《きよはらのもとすけ》は、「**梨壺**《なしつぼ》**の五人**」の一人に数えられる名歌人。『**枕草子**』の作者・**清少納言**《せいしょうなごん》の父でもある。

末の世　すえのよ

世の中を「道徳が乱れ、仏教の衰えゆく絶望的な時代」と見る考え方です。仏教の**末法**《まっぽう》**思想**の影響で、平安中期の貴族には一般的な

郵便はがき

おそれいりますが切手をお貼り下さい

104-8011

東京都中央区築地5-3-2

株式会社朝日新聞出版
生活・文化編集部 行

ご住所 〒 電話 （ ）		
ふりがな お名前		
Eメールアドレス		
ご職業	年齢 歳	性別

このたびは本書をご購読いただきありがとうございます。
今後の企画の参考にさせていただきますので、ご記入のうえ、ご返送下さい。
お送りいただいた方の中から抽選で毎月10名様に図書カードを差し上げます。
当選の発表は、発送をもってかえさせていただきます。

愛読者カード

本のタイトル

お買い求めになった動機は何ですか？（複数回答可）

1．タイトルにひかれて　　2．デザインが気に入ったから
3．内容が良さそうだから　　4．人にすすめられて
5．新聞・雑誌の広告で（掲載紙誌名　　　　　　　　　　）
6．その他（　　　　　　　　　　　　　　　　　　　　　）

表紙　1．良い　2．ふつう　3．良くない
定価　1．安い　2．ふつう　3．高い

最近関心を持っていること、お読みになりたい本は？

本書に対するご意見・ご感想をお聞かせください

ご感想を広告等、書籍のPRに使わせていただいてもよろしいですか？

1．実名で可　　2．匿名で可　　3．不可

ご協力ありがとうございました。
尚、ご提供いただきました情報は、個人情報を含まない統計的な資料の作成等に使用します。その他の利用について詳しくは、当社ホームページ
https://publications.asahi.com/company/privacy/をご覧下さい。

世界観でした。▼『栄花物語』人死になどす。…殿の御政《まつりごと》も悪《あ》しうもおはしまさねど、世の末になりぬればなめり（疫病《えきびょう》で死者が出た。…**藤原道長《みちなが》**さまの政治はよいのだが、末の世になったからだろう）。

菅原氏 すがわらし

相撲《すまい》の祖・野見宿禰《のみのすくね》の子孫とされ、古代には土師《はじ》という姓を名乗っていた歴史ある氏族です。平安時代には、**藤原氏**に押されて地位が低下し、中流貴族化していきました。代々**文章道《もんじょうどう》**を学ぶ漢学者で、その家系には**学問**の神様・**菅原道真《すがわらのみちざね》**や『**更級日記《さらしな》**』の筆者・**菅原孝標女《すがわらのたかすえのむすめ》**がいます。

菅原孝標女 すがわらのたかすえのむすめ

『**更級日記《さらしな》**』の筆者です。『夜半《よわ》の寝覚《ねざめ》』『浜松中納言《はままつちゅうなごん》物語』の作者説があります。中流貴族で、子ども時代を関東で過ごし、帰京後は**物語**に没頭して暮らしました。しかし現実は、物語で夢みたような人生ではなく、物足りなさや不満・不安を抱えながら、信仰にすがる晩年を送ったようです。

菅原道真 すがわらのみちざね

（845〜903）すぐれた漢学者で、宇多《うだ》・醍醐《だいご》**天皇**に信頼され、右大臣《うだいじん》にまで出世しました。しかし**藤原氏**でも名門でもなかったため立場が弱く、藤原時平《ときひら》の企《たくら》みによって、九州の**大宰府《だざいふ》**に左遷（実質的な流刑《るけい》）にされて死去しました。その死後、怨霊《おんりょう》になったとされて恐れられ、**都**をはじめ全国の北野天神《きたのてんじん》（**北野神社**）に祀《まつ》られて、今では**学問**の神様として知られています。

好き すき

美や芸術などへの感受性が豊かで深いことです。特に異性への関心を指すことが多く、その場合は「色好み」「好色」とほぼ同義です。平安中期には、**儒教**や仏教の影響で、否定的に見られるようになりつつありました。男性については、**在原業平《ありわらのなりひら》**など伝説の「色好み」の記憶が残っていたせいもあり、評価する傾向がまだありましたが、女性の「すき」はネガティブなものとなっていました。平安後期になると「風流・風雅《ふうが》を好むこと」という意味になり、中世には「数寄《すき》」という茶の湯の概念になっていきます。

紫式部日記

源氏の物語、御前《おまえ》にあるを殿の御覧《ごらん》じて…梅の枝に敷かれたる紙に…「すきものと　名にし立てれば　見る人の　折らで過ぐるは　あらじとぞ思ふ」。給はせたれば、「人にまだ　折られぬものを　誰《たれ》かこの　すきものぞとは　口ならしけむ。めざましう」と聞こゆ。

『源氏物語』の作者・紫式部《むらさきしきぶ》を、主君・藤原道長《みちなが》が梅を踏まえて「好き者（酸《す》き物）の物語だから、作者も…」とからかった場面。紫式部は即座に「口ならす（言って回る／酸っぱさに口を鳴らす）人は誰？　不愉快ですこと」と歌でやり返した。

杉　すぎ

重要な建築材でした。常緑樹で落葉や色の変化がない点も、不老長寿や変わらない心を連想させ好まれました。**長谷寺《はせでら》**は「二本《ふたもと》の杉」という、並んだ杉で有名でした。また**『古今和歌集《こきんわかしゅう》』**の「わが庵《いお》は三輪《みわ》の山もと　恋しくは　訪《とぶら》ひ来《き》ませ　杉たてる**門《かど》**（私の家は三輪山〈三輪＝現・奈良県桜井市の地名〉のふもとです、恋しければ訪ねていらっしゃい、杉の立っている門ですよ）」という**歌**もよく知られていました。

透箱　すきばこ

飾りとして透かしが入った**箱**のことです。「すいばこ」ともいいます。高級な収納用具で、**沈《じん》**・**紫檀《したん》**など高級な輸入木材や、銀など金属で作られました。▼『うつほ物語』鋳物師《いものし》の所。男ども集まり、たたら踏み…白銀《しろかね》、黄金《こがね》、白鑞《はくろう》など沸《わ》かして、旅籠《はたご》、透箱《すいばこ》、**破子《わりご》**、**餌袋《えぶくろ》**…**色**を尽くしていだす（鋳物師の職場。男たちが集まり、ふいごを踏んで炉に風を送り…銀・金・錫《すず》などを融《と》かして、旅行用の籠《かご》・透箱・破子・餌袋を…美しい色に鋳出《いだ》す）。

誦経　ずきょう

お**経**を声に出して読みあげることです。**病**を治したり死者の魂をより高い極楽《ごくらく》へ導いたりという御利益があると感じられていました。貴人が「誦経し給ふ」という場合、自身が読経《どきょう》しているケースもありますが、布施《ふせ》を与えて僧に読ませていることもあります。また、誦経の礼に僧に贈る布施の品そのものを「誦経」ということもあります。▼『和泉式部集』小式部内侍《こしきぶのないし》みまかりて後《のち》、つねに持ち侍《はべ》りし手箱《てばこ》を、誦経の布施にす、とて(娘の小式部が亡くなった後、娘が使っていた小道具箱を、誦経の布施にするということで)。

宿世 すくせ

人間界の出来事はすべて、**前世**の行いによって決まっているという考え方です。仏教の影響によるもので、当時は一般的な思想でした。出世や男女の仲、子どもを授かるかどうか、どのような身分に生まれるかなど、すべてを運命と考えていたため、平安人は独特の諦《あきら》めを抱いて生きていました。

宿曜道 すくようどう

星の運行によって人の運命を占う**学問**です。

源氏物語 若菜 上

母君、この時に、わが御宿世も見ゆべきわざなめれば、**いみじき**心を尽くし給ふ。

光源氏の娘・明石姫君《あかしのひめぎみ》が、**春宮**《とうぐう》(皇太子)との子を出産しようとしている場面。姫の母が「自分の宿世の良し悪《あ》しが判明する瞬間」と考え、あらん限りの準備・対策をしている。無事に生まれれば、そして男児ならば、将来の**天皇**である。つまり、母君は前世で善行をしたのだろう、ということになる。

双六 すごろく

ボードゲームの一つです。盤上《ばんじょう》に12の区画があり、2個のサイコロを振って、目の数だけ駒を進めます。ギャンブル性があり、その大流行を懸念して禁止令が出されるほどでした。品格がある**碁**に比べると、やや庶民的なゲームでした。▼『**大鏡**』「今日あそばせ」とて、双六の盤を召して…この御博奕《おんばくよう》は、うちたたせたまひぬれば、二《ふた》所《ところ》ながら裸に腰からませたまひて、夜半《よなか》・**暁**《あかつき》まであそばす(**藤原道長**《みちなが》さまは**伊周**《これちか》殿に「今日は双六をなさいませ」と双六盤をお取り寄せになり…このバクチは盛りあがったので、お二人とも上着をはだけ腰に絡ませなさって、深夜・夜明け前までなさいました)。

出家 すけ

「**しゅっけ**」と同じです。社会生活を捨て、僧や**尼**《あま》になって仏教の修行に専念することです。

凄し すごし

背筋《せすじ》が寒くなる、鳥肌が立つなど「ぞっとする」感じのことです。恐ろしい、寂しいなどネガティブな場合によく使われますが、「鳥肌モノ」的に「すばらしい！」という意味で使われるケースもあります。

朱雀院 すざくいん

後院《ごいん》（**天皇**が譲位後に住んだ邸宅）の一つです。

朱雀門 すざくもん

「**しゅじゃくもん**」ともいいます。**大内裏**《だいだいり》の外側の諸門の一つで、朱雀**大路**《おおじ》に面した南の正門です。

鮨 すし

塩・飯・**酒**に漬けて自然発酵させた食品です。現代の馴鮨《なれずし》に当たります。▼『うつほ物語』盌《もい》に生《なま》物《もの》、乾物《からもの》、鮨物《すしもの》、**貝**《かい》**つ物**《もの》、丈高《たけたか》くうるはしく盛りて…（容器にナマ物、干物、鮨、**貝**類など、うずたかく見事に盛って…）。

厨子 ずし

両開きの扉がついた戸棚のことです。**紙**や**手紙**、書物などを収納しました。▼『源氏物語』ちかき**御**《み》**厨子**《ずし》なる、色々の紙なる**文**《ふみ》どもを引き出《い》でて…（〈**五月雨**《さみだれ》の宵《よい》、**光源氏**の**宿直**《とのい》所で〉そばの御厨子にある、さまざまな色の手紙類を引き出して…）。

厨子棚 ずしだな

厨子の上に棚がついた家具のことです。単に「厨子」ということもあります。通常は2基で一揃《ひとそろ》い（甲と乙の一双《いっそう》で一具）とされました。

薄 すすき

尾花《おばな》ともいいます。**秋**の**七草**です。糸薄《いとすすき》は葉や茎の細いもの、群《むら》薄《すすき》は群れになって生えているもの、花薄《はなすすき》は穂の出たススキです。

鱸 すずき

魚（**うお**）です。食用でした。『平家物語』に熊野権現《くまのごんげん》の御利益とする話が見えます。

生絹 すずし

生《き》のままの絹糸、またはそれで織った絹布です。練って柔らかくするなどの加工を加えていないので、硬いけれども軽くて薄く、**夏**の衣類や**調度**《ちょうど》品に用いられました。

鈴虫 すずむし

虫の名です。「鈴」から「振る」という単語を連想させるため、「古る／降る／振り捨つ」などの語とよく掛詞《かけことば》にされます。鈴虫と**松虫**はその後、名が入れ替わったという説もあります。いずれにしろ、どちらも美声が愛された虫でした。野原で採り集めさせてきて**庭**に放したり、籠《かご》に入れて飼ったり、「虫《むし》の音《ね》の定《さだ》め（どの虫の声がよいかの聞き比べ）」をしたりと、さまざまに愛《め》でられました。

雀 すずめ

小鳥です。ペットとして貴族女性たちに飼われていました。

CHECK IT OUT. ペットを飼う「罪」

『うつほ物語』では幼い姫君が、**鷹**《たか》狩りから帰ってきた父に生きた小鳥をもらっており、**『枕草子』**でも雀の子の「躍《おど》り来る」様子を可愛いといっています。**鳥**を飼うのはよくあることだったようです。一方、仏教では生き物を捕らえることは「罪」で、捕まった生き物を放してやる「放生《ほうじょう》」を善行としていました。そのため、**『源氏物語』**では幼い紫上《むらさきのうえ》が雀を飼い、祖母の尼君《あまぎみ》にたしなめられています。**『蜻蛉《かげろう》日記』**では筆者・**藤原道綱母**《みちつなのはは》の息子が「母上といっしょに**出家**する！」と言い、可愛がっていた鷹を放しています。「僧になるならペットはもう許されない」と考えたためです。

硯 すずり

「すみすり」の略で、固形の**墨**を磨《す》って墨汁にするための**文房具**です。墨を磨る部分を陸《おか》、水を入れる部分を海《うみ》といいました。

硯瓶 すずりがめ

硯にさす水を入れておく容器です。

硯箱 すずりばこ/すずりのはこ

硯のほか、**筆**や**墨**、小刀など筆記に必要な品を収めた**箱**です。貴人が「硯を召《め》す」という場合、この硯箱を用意させることを意味します。硯箱そのものを入れ物として使ったり、蓋《ふた》をお盆代わりにしたりすることもありました。▼『**蜻蛉日記**』**装束**一領《ひとくだり》ばかり、はかなき物など硯箱一よろひに入れて…（装束1領ほど、たわいない物などを身と蓋一対《いっつい》の硯箱に収めて…）。

裾濃 すそご

上を淡く下を濃く染める染色技法です。**几帳**《きちょう》や女性の**裳**《も》などで用いられました。

簾 すだれ

葦《あし》やヒゴ（極めて細く裂いた**竹**）を数多く並べ、**糸**で綴《つづ》り合わせて、縁《へり》をつけたものです。垂らして日除《ひよ》けや目隠しとして使います。多くの場合、「**御簾**《みす》」と敬語で呼びます。

透けて見え、風に揺れる儚い仕切りだけど心理的には男女の世界の境界線！

簀子 すのこ

寝殿《しんでん》**造り**の邸宅で、建物のいちばん外側を額縁《がくぶち》のように囲む部分のこと。室内（**母屋**《もや》と**廂**《ひさし》）を取り囲む外周です。**高欄**《こうらん》（手すり）や、**庭**へ降りる**階**《きざはし》が付属していました。室内と室外とのはざまに当たる部分といえます。**雨**が降ると濡れるため、**板敷**《いたじき》の床にすき間が設けられていて、雨水がはける仕組みになっていました。家族でない男性が訪れた際はここに座り、室

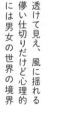

内にいる女性らとは**御簾**《みす》ごしに会話をしました。

寸白《すばく》

サナダムシなど寄生虫のことです。それによって起こる**病**も指します。▼『**栄花物語**』寸白にはしますなり（**詮子**《せんし》さまのご病気は寸白でございましょう）。

州浜《すはま》

もとの意味は「砂州《さす》が入り組んだ浜辺」です。平安文学では、そのような景色をモデルに作った台を主に指します。この台の上に島、木立《こだち》、花鳥などの置物を据え、冠婚葬祭や餞別《せんべつ》など改まったイベントの際の贈り物にしました。州浜や置物は、貴金属や香木《こうぼく》など高価な素材で作られるのが通例で、いわば「金一封」を贈るようなものでした。▼『**落窪物語**』**薄**《うす》**もの**、海の**色**に染めて敷《しき》には敷《し》けり。黄《こ》金《がね》の州浜、中にあり。**沈**《じん》の**舟**ども浮《う》けて…（薄い絹地を海の色に染めて敷物として敷いてある。金製の州浜が中に置かれている。香木の沈で作った舟が何艘《そう》も浮かべてあり…）。

すばる

プレアデス星団のことです。6個の**星**の連なりに見えることから「むつらぼし」とも呼ばれていました。

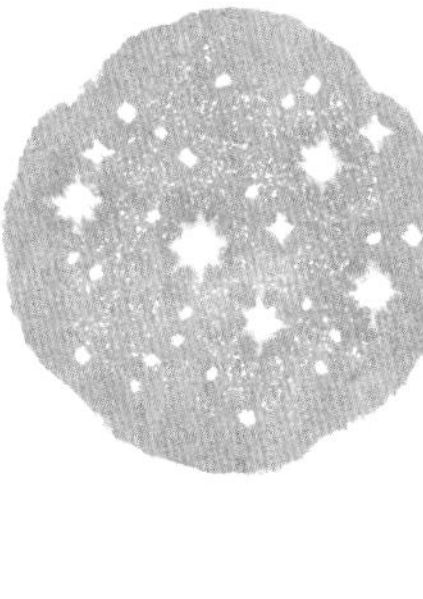

炭櫃《すびつ》

暖房器具です。四角形で脚があり、中に**炭**を入れて焚《た》きます。

修法《ずほう》

「しゅほう」「すほう」とも。仏教の読経《どきょう》や**儀式**による治療法、つまり加持祈祷《かじきとう》のことを、密教《みっきょう》では修法といいました。平安貴族にとっては、最も信頼できる医療でした。

蜻蛉日記 上

「まだ魚《いお》なども食《く》はず。今宵《こよい》なん、おはせばもろともに、とてある。いづら」など言ひて、物まゐらせたり。すこし食ひなどして…。

筆者・**藤原道綱母**《みちつなのはは》が夫・**兼家**《かねいえ》をこっそりと訪ねた場面。**病**《やまい》癒えたばかりの兼家は、修法中は**精進**《そうじ》のため断っていた魚を取り寄せ、筆者と共に食べる。女性が夫の家へ忍んで行く、食事するなど、当時としては「やや品のない」行為を重ねるところに、恋のハイテンションが窺《うかが》える。

相撲 すまい

毎年7月下旬、宮中で「相撲節会《すまいのせちえ》」が行われました。諸国から強力《ごうりき》の者を招集し、**天皇**の前で相撲を取らせる行事です。26日に**仁寿殿**《じじゅうでん》で内取り《うちど》（下稽古）、28日に**紫宸殿**《ししんでん》で召し合わせ（本相撲）、29日に追相撲《おいすまい》（抜出《ぬきで》）を行いました。左右に分かれて対戦し、勝った側は乱声《らんじょう》という声を上げます。左が勝てば「抜頭《ばとう》」、右が勝てば「**納曽利**《なそり》」という曲が、**舞**と共に披露されました。勝負が最終的に決すると、勝者側の近衛大将《このえたいしょう》（**近衛府**長官）は、自邸で「還饗《かえりあるじ》」という宴会を行って配下らをねぎらうのが習わしでした。

相撲の起源（下のコラム）が「7年7月7日」とは出来すぎ！ 史実というより、神事の由来を物語る伝説でしょう。

CHECK IT OUT.

平安の相撲

相撲の起源は、『日本書紀』にある「垂仁《すいにん》天皇の7年7月7日、大和の当麻蹶速《たいまのけはや》と出雲の野見宿禰《のみのすくね》が力比べをした」という事件だとされます。実際には収穫の良し悪《あ》しを占うために、7月（初秋）に行われた神事だったと思われます。各地の強者《つわもの》が地元を代表して対戦する国別対抗戦でもあったようです。**『うつほ物語』**には、「伊予《いよ》の最手《ほて》（最強の者）行経《ゆきつね》」と「下野《しもつけ》の並則《なみのり》」が上京して、**大臣**が大喜びするさまが描かれ、娯楽でもあったことが感じられます。

（例）『うつほ物語』こたみの相撲《すまい》の勝ち負けの定まらむこと、いと無期《むご》なり。…左勝ちぬ。

墨　すみ

字を書くために使うインクです。松根《しょうこん》を燃やした煤煙《ばいえん》を膠《にかわ》で練り、固めた状態で保存されました。使うときは墨柄《すみづか》で挟み、**硯**《すずり》に磨《す》りつけて墨汁を作りました。▼『**枕草子**』「御硯《おんすずり》の墨すれ」と仰《おお》せらるるに、目は空《そら》にて、唯《ただ》おはしますをのみ見奉《みたてまつ》れば、ほとど継《つ》ぎ目《め》も放《はな》ちつべし（「お硯の墨を磨りなさい」と**中宮・定子**《ていし》さまが仰《おっしゃ》るのに、私の目は浮足立って、いらっしゃる**天皇**陛下だけに見とれ、墨柄と墨との継ぎ目も外してしまいそうだ）。

炭　すみ

室内で熱を得るために、最も一般的に使用された燃料です。香をたくためや、冬季、暖を取るために用いました。字を書くために使うこともありました。▼『源氏物語』この頃のこととて、薪《たきぎ》・木《こ》の実、拾ひてまゐる山人《やまびと》どももあり。**阿闍**《あじゃ》**梨**《り》の室《むろ》より、炭などやうの物、奉《たてまつ》る…（冬支度の季節であり、薪や木の実を拾って献上にくる山の住人たちがいる。知り合いの僧の僧房からも、炭の類いを差しあげる）。

墨染　すみぞめ

墨汁で染めること、またはその衣です。僧や**尼**《あま》、または喪中《もちゅう》の服装でした。▼『源氏物語』墨染こそ、なほ、いとうたて、目もくるる**色**なりけれ（墨染こそ、やはりたいそう嫌な、目もくらむ色であることよ）。

受領　ずりょう

地方へ赴いて**国守**《こくしゅ》（長官）を務めた人々です。**京**では中流貴族層でしたが任地ではトップの身分で、上納分以外の税収を我が物にできたため富裕でした。その財を貢《みつ》いだりして上流貴族の「子飼いの部下」となり、引き換えに次回もよい赴任先を頂くのが、この時代の雇用関係でした。▼『栄花物語』御堂《みどう》建てさせたまふ。この二年《ふたとせ》ばかり受領ども当りて、金堂《こんどう》は播磨《はりまの》守為家《かみためいえ》ぞ造りける（白河《しらかわ》**天皇**はお堂を建てさせなさる。この2年ほど受領どもが担当して、金堂は播磨守為家という受領が造った）。

青海波　せいがいは

舞楽《ぶがく》の曲名です。**左方**《ひだりかた》の**唐楽**《とうがく》で、2人で舞います。詠《えい》という舞人《まいにん》が発声する詩句は、小野篁《おののたかむら》の作といわれます。西域《さいいき》渡来の波を連ねた**紋様**《もんよう》が衣装にあしらわれ、現代ではこの模様も「青海波」と呼びます。

西寺　せいじ

「**さいじ**」ともいいます。**東寺**と対《つい》で存在した寺です。

清少納言　せいしょうなごん

一条天皇《いちじょうてんのう》の后《きさき》・**定子**《ていし》に仕えた**女房**です。著作『**枕草子**』で「**春は曙**《あけぼの》」などと、感じたことを自在に散文で表現し、日本文学史上に「随筆」というジャンルを開拓しました。**漢文**の知識や機転をいかして、定子サロンで活躍したことでも有名です。漢学の家である清《きよ》原《はら》氏の出で、父・祖父は高名な歌人であり、女房名の「清」は姓に由来します。後世は「清女《せいじょ》」とも呼ばれ、気の強さや個性的な容姿を強調する逸話が多々語り伝えられました。

CHECK IT OUT.

本名も女房名も謎

平安の貴族女性は多くが本名不詳です。その理由は、「女性は育ちがよいほど匿《かくま》われて暮らす」という、当時の風潮のせいと思われます。顔や姿、筆跡だけでなく、本名も隠されるほうが好ましかったのでしょう。また「名指しは失礼」という意識があり、ふだんは呼び名（居住地名など）を使っていたため、本名が記録されにくかったせいでもあります。

本名が現在わかっているのは、后妃《こうひ》や女官、位を授かった人など、公人やVIPに限られます。清少納言も当然、本名は不明です。彼女の場合は、身内に「少納言」職の人が見当たらないため、なぜこの女房（侍女《じじょ》）名になったのかも謎なのです。

清涼殿《せいりょうでん》

内裏《だいり》の建物の一つです。**天皇**が日常を過ごした棟です。当初はプライベートな場でしたが、しだいに公務もここで行われるようになり、一条《いちじょう》朝期には最も重要な棟になっていました。

平安前期は、**仁寿殿**などが天皇の私的な棟でした。前の帝《みかど》がいた宮を忌《い》む空気があったため、**御**《お》**座所**《ましどころ》が転々と替わったんです。清涼殿に定まるのは9世紀の末から!

関《せき》

「関所」ともいいます。**街道**・海峡などに設けられた、通る人・物資を検査する機関です。古代には軍事的な封鎖「固関《こげん》」もありましたが、平安中期にはその必要もなく、恋を妨《さまた》げるものの例えや歌枕《うたまくら》(名所)として言及されます。帰京者を関まで迎えにいく「関迎え」という儀礼もあり、特に逢坂《おうさか》の関《せき》が有名でした。

石帯《せきたい》

貴族男性が正装時に着用した**帯**です。サイの角、貴金属、宝石など、当時の人が「**石**《いし》」にカテゴライズした素材で装飾されていました。高級品で、相続(**処分**《そうぶん》)の対象となったり贈答されたりしました。『**うつほ物語**』では「貞信公《ていしんこう》(藤原忠平《ただひら》)の帯」という、実在した大物政治家の石帯が数奇《すうき》な運命で人から人へ渡り、最後に主人公・仲忠《なかただ》のものとなる話が、テーマの一つとなっています。▼『うつほ物語』**螺鈿**《らでん》の帯の**箱**に…貞信公の石の帯、いとかしこきなり(螺鈿づくりの帯箱に…貞信公の石帯、たいそう尊い品だ)。

軟障《ぜじょう》

「軟らかい**障子**《しょうじ》」という意味で、絹布《けんぷ》による仕切りのことです。表面に**絵**を描いて装飾にしたり、目隠しとして引きめぐらしたりしました。

摂関家《せっかんけ》

摂政《せっしょう》や関白《かんぱく》を出した家のことです。摂政とは、**天皇**が幼い場合に政治を代わって行う職であり、関白は天皇の補佐役です。**律令**《りつりょう》(法律)で臣下のトップと規定された**太政**《だじょう》**大臣**をも上回る、別格の地位でした。平安中期には、**藤原氏**が摂関を独占するようになっており、藤原氏の**氏長者**《うじのちょうじゃ》にして天皇の祖父やおじに当たる人が、臣下の頂点に立つ形で務めていました。なお後世には、**藤原道長**《みちなが》の子孫のみが摂関家となり、「五摂家《ごせっけ》」という家柄が生じました。

摂政や関白は超越的な地位。天皇の祖父がなると、身内パワーも加わって最強です。

銭《ぜに》

金属の貨幣のことです。日本では、鋳銭司《じゅせんし》という役所によって「和同開珎《わどうかいほう》」以下、皇朝十二銭《こうちょうじゅうにせん》と総称される貨幣が鋳造《ちゅうぞう》されました。しかし平安も中期になると発行量も品質も下降線をたどり、一条《いちじょう》朝のころには**装束**や布地、稲束《いなづか》などが銭に代わる役割を果たしていました。

CHECK IT OUT.

平安中期の物価

米などに代替されつつも、貨幣はやはり物価の指標でした。盗難の取り調べでは、被害の程度が銭換算で記録されています。

米1石《こく》：1000文《もん》（1貫《かん》）
絹1疋《ひき》：1000～2000文
綾《あや》**1疋**：4000文
麻布1反：75文
衣装：**袿**《うちぎ》700文、**単衣**《ひとえ》50文
馬：600～1500文
牛：500～1000文
釜《かま》：100文
鏡：100文
弓：30文
太刀《たち》：300～500文
鞍《くら》：500文
※高価な装飾の品や由緒ある品は高く算定された。**『うつほ物語』**では太刀を質に入れ銭15貫を得ている。
土地：東京《ひがしのきょう》四条以北（左京の一条《いちじょう》～四条《しじょう》という高級住宅街）では1町が銭5万～7万5千貫
※1町（家つき）が5千石、8千石という取引例あり。
赤子：銭10貫
※**『大鏡』**には、**市**《いち》での赤子売買が描かれている。子どもは、労働力や老後の扶養者として需要があった。
大弐《だいに》（**大宰府**《だざいふ》の次官。高収入で人気）の職：朝廷に1千石、政権トップの**藤原道長**《みちなが》に1万石を上納
※**受領**《ずりょう》（地方官）の選考に当たっては、金品献上という「功績」も評価された。

蝉　せみ

セミとヒグラシは別物と認識されていたようです。セミの羽の薄さは**夏**の衣に例えられます。一方ヒグラシの声は**秋**・夕方と結びつけられ、**あわれ**深いものとして描かれます。

源氏物語　宿木

おほかたに　聞かまし物を　日ぐらしの　声うらめしき　秋の暮れかな

ほかの妻のもとへ向かう夫（匂《におう》宮《みや》）の車が遠ざかる音を聞きながら、女君（中君《なかのきみ》）が詠む**歌**。「秋」には「（夫に）飽きられた私」というニュアンスがにじむ。

蝉丸　せみまる

平安初期の伝説的歌人です。逢坂《おうさか》の関《せき》に隠れ住み、**源博雅**《みなもとのひろまさ》に**琵琶**《びわ》の秘曲「流泉《りゅうせん》」「啄木《たくぼく》」を伝授したといわれます。盲目であったとされ、琵琶法師《ほうし》の元祖とされたり、能《のう》や浄瑠璃《じょうるり》で取りあげられたりしています。▼『小倉百人一首』これやこの　行くも帰るも　別れては　知るも知らぬも　逢坂の関（これがあの、行く人も帰る人も、知人も他人も、別れては出会う逢坂の関だよ）。

施薬院　せやくいん

貧しい病人に薬を与える施設です。**藤原氏**の有力者からの寄付と国庫からの支出でまかなわれ、**京**内の病者を収容・治療しました。

前栽　せんざい

庭の植え込みのうち、建物の近くに植えられた草花のことです。**御簾**《みす》の中からも見やすい植栽であり、その美や季節による移ろいは深く愛され**歌**に詠まれました。そのチョイスや手入れのさせ方から、住人の人柄がわかってしまうものでもありました。▼『**落窪物語**』八月《はづき》、嵯峨野《さがの》に所《ところ》の衆《しゅう》ども前栽ほりに…（中秋のころ、嵯峨野に雑用係らが前栽の植物を掘りに行き…）。

詮子　せんし

（962〜1002）藤原兼家《かねいえ》と時姫《ときひめ》との娘です。円融《えんゆう》天皇の女御《にょうご》となってのちの一条《いちじょう》天皇を産み、兼家から息子の道隆《みちたか》・道長《みちなが》らへ続く栄華を支えました。幼くして即位した一条天皇を国母《こくも》として支え、政治にも影響力を発揮しました。出家後は東三条院《ひがしさんじょういん》という称号を授けられ、「女院《にょういん》」という存在の初の事例となりました。

宣旨　せんじ

「せじ」ともいいます。天皇の命令を伝える文書です。詔勅《しょうちょく》（天皇の正式な命令書）ほど複雑な手順を要さなかったため多用されました。宣旨を伝達する女官の称号でもあります。上皇《じょうこう》や中宮《ちゅうぐう》・斎王《さいおう》などに仕える者の場合は、最上位の女房（侍女《じじょ》）を意味します。また宣旨が代筆される文書であったことから、「宣旨書《せんじがき》（代筆による手紙）」という言葉も生まれました。

CHECK IT OUT.

代筆・代読と女性

貴婦人は屋敷の奥深くで守られているべき存在。文《ふみ》も気安く読み書きすることはありません。自筆での返事は夫・家族や、高貴すぎて代返では失礼となる相手に限られます。異性や身分の低い者、親しくない相手には、女房（侍女）に代筆・代読させました。

（例）『うつほ物語』中務《なかつかさ》の君、読み聞《きこ》え給へ（女房の中務さん、この手紙を読みあげて女一宮《おんないちのみや》さまにお聞かせ申しあげてください）。

前司　ぜんじ

「せんじ」ともいいます。以前、どこかの国の国司《こくし》（知事）だった人のことです。

前世　ぜんせ

「さきのよ」とも読みます。生まれてくる前に生きていた、別の人生のことです。仏教の考え方で、この前世の行いによって今の人生の運命が決まっている、とされていました。

先達　せんだつ

「自分より先に達した人」という意味です。指導者や案内人を指します。

洗髪　せんぱつ

泔《ゆする》とも。通常は「けず《づ》る」「くし

けずる」という**櫛**《くし》で梳《と》かす行為が洗髪代わりでした。

煎薬 せんやく

薬草を煎じた薬のことです。**薬湯**《やくとう》ともいいます。

宣耀殿 せんようでん

「せんにょうでん」とも。**後宮**《こうきゅう》の建物（**七殿五舎**《しちでんごしゃ》）の一つです。▼『枕草子』村上《むらかみ》の御時《おおんとき》に、宣耀殿の**女御**《にょうご》と聞こえけるは…（聖代《せいだい》とされた村上帝のご時代に、宣耀殿の女御と申しあげた**芳子**《ほうし》さまは…）。

箏 そう

琴《こと》（弦楽器）の一つ。弦は13本で、**和琴**《わごん》と並ぶ人気の琴でした。

葬儀 そうぎ

平安中期は、仏教の中でも浄土教《じょうどきょう》の影響が強まってくる時期。影響を受けた人々は、この**世**は穢土《えど》（汚れた地）で、死により極楽《ごくらく》浄土へ旅立てると考えました。終末期にこの世への未練を断ち切り、医療（**加持祈祷**《かじきとう》）を断って家族（俗《ぞく》世《せ》の**絆**《ほだし》）も遠ざけ、念仏を唱えながら**死ぬ**のが理想とされました。一方、未練をそのように断てず、亡くなってもなかなか北枕《きたまくら》にしないなど、魂を肉体へ呼び戻そうとすることも。屋根に登って名を呼んだり着ていた衣を振ったりする、「魂呼《たまよばい》」という呪術もその一つです。亡骸《なきがら》にとりすがる身内を、**穢れ**《けが》から守るため衣でくるむなどして引き離す処置も行われました。死が確定すると北枕にし、**屏風**《びょうぶ》の上下や**几帳**《きちょう》の裏表を逆にして、**陰陽師**《おんようじ》に葬儀の日取りを占わせます。遺体は棺《ひつぎ》に納め、魂殿《たまどの》（**霊屋**《たまや》、**殯宮**《もがりのみや》とも）に安置しました。野辺《のべ》送り（葬儀場へ送ること）は**夜**に行われます。棺を、車輪に絹を巻いた**牛車**《ぎっしゃ》（もの巻きたる車）に乗せ、男性親族が徒歩で送っていきます。女性は、参列する場合牛車です。親など目上の者は加わらないのが通例でした。貴族階級は通常は火葬で、僧が念仏を唱えるなか夜通し焼き、明け方に収骨されました。遺骨は壺に収めて**生絹**《すずし》の**緒**《お》で結び、親戚の中の身分低い者が首にかけて埋葬地へ運びました。▼『栄花物語』**暁**《あかつき》には、殿《との》、御骨《こつ》懸けさせたまひて、木幡《こはた》へ渡らせたまひて、日さし出でて還《かえ》らせたまへり（夜明け前、弟の**藤原道長**《みちなが》さまが**詮子**《せんし》さまの遺骨を首にかけて、埋葬地の木幡へお運びになり、日が昇ってから帰京された）。

僧綱 そうごう

僧の官職です。僧正《そうじょう》・僧都《そうず》・律師《りっし》の3階級があり、僧尼《そうに》らの取り締まりなどをしました。彼らが着用した法衣《ほうえ》の三角形の襟を「僧綱《そうごう》襟《えり》」といいます。▼『うつほ物語』僧綱達《たち》、名ある智者《ちしゃ》どもなど召して、論議《ろんぎ》などせさせ給ふ（僧綱たちや高名な知恵者などをお呼びになり、経文《きょうもん》の議論をおさせになる）。

冊子・草子・草紙・双紙 そうし

紙を重ねて**糸**で綴《と》じたタイプの書物のことです。巻物と対比した言い方です。草紙に書いた**仮名**書きの**本**、**物語**、日記、歌集などを指すこともあります。

更級日記

「物語もとめて見せよ見せよ」と母を責むれば、三条の宮に親族《しぞく》なる人の衛門《えもん》の命婦《みょうぶ》とてさぶらひけるたづねて…**御前**《おまえ》のをおろしたるとて、わざとめでたき冊子ども、**硯の箱**《すずり》の蓋《ふた》に入れておこせたり。

幼い筆者（**菅原孝標女**《たかすえのむすめ》）が「物語が読みたい！」とねだるので、母親が**宮仕え**をしている親戚に頼んで入手した場面。冊子は高級品なので、筆者のような中流貴族は、貴人からのお下がりを頂いた。

精進 そうじ

「しょうじん」ともいいます。身を清め、仏道修行に励むことです。▼『うつほ物語』ただ斎《いもい》、精進をし給ひて…（忠《ただ》こそが**出家**し、父〈千蔭《ちかげ》〉は仏道の戒を守ることと修行だけをなさって…）。

障子 そうじ

「**しょうじ**」とも。現代の**襖**《ふすま》のことです。

曹司 ぞうし

宮中や貴人の邸宅に設けられる、子弟や使用人が住む部屋のこと。部屋といっても建物自体が開放的なので、**廂**《ひさし》や**渡殿**《わたどの》を**屏風**《びょうぶ》・**几帳**《きちょう》で仕切っただけのスペースです。プライバシーなど概念そのものが存在せず、通ってくる男性との**語らい**なども含めて、言動は隣に筒抜けでした。同僚と相住《あいず》み（同居）することもありました。

CHECK IT OUT.

「御曹司」の元の意味

平安の「曹司」は、貴人が目下の者に与える「場所」のことを指します。「**御曹司**《みぞうし》」も、宮中や貴人宅のスペースなので敬語になって「御」がついてはいますが、基本的には「仕える者の部屋」です。しかし後代、武家の子弟が独立前に「部屋《へや》住《ず》み」だったことから、「血筋正しい若武者《わかむしゃ》」という意味が生まれました。特に義経《よしつね》伝説の中では、「御曹司《おんぞうし》」というと「若き日の義経」の意味になります。

雑色 ぞうしき

男性の雑用係です。宮中の**蔵人所**《くろうどどころ》（秘書課）や院（上皇《じょうこう》など）の御所に勤務する、無《む》位《い》の役人でした。**六位**《ろくい》を授かり**蔵人**（**天皇**の秘書）に昇進することもありました。貴族の屋敷で働く下男も、雑色と呼ばれることがあります。その場合は、主君の外出時にお伴《とも》を務める様子がよく見られますが、自家の権勢をカサに着て威圧的に悪《わる》ぶり他家の雑色とケンカをしたりと、かなり柄の悪い言動をします。賃金は、リーダー格の者で年に米（**よね**）13石《ごく》程度（米、塩、絹、綿、**布**などで支給）という例がありますが、衣食住や主君による庇護《ひご》も給料の一部となっていました。

冊子の箱 そうしのはこ

冊子（綴《と》じたタイプの**本**）を収める**箱**です。四角く平たい箱で、折《おり》立《たて》という仕切りをつけ、4冊を平置きに並べられるよう区切ってあったようです。中国風に「葉子《ようしの》箱《はこ》」ということもあります。

CHECK IT OUT.

冊子の箱は一財産

印刷術がなく**紙**や**文房具**も高価だった当時、本がぎっしり入った冊子の箱は、それ自体が貴重品でした。中身は主に『**古今**《こきん》**和歌集**』など歌集です。当時の貴族には必須の教養書であり、箱ごと家の財産として、親から子へと相続（**処分**《そうぶん》）されました。

（例）『源氏物語』冊子の箱に入るべき冊子どもの、やがて本《ほん》にもし給ふべきを、選《え》らせ給ふ（ご息女〈明石姫君《あかしのひめぎみ》〉の**結婚**に際し**光源氏**さまは、冊子の箱に入れるべき本類で、ご息女がそのまま**手本**にできるほどの品を、選ばせなさいます）。

双調　そうじょう

雅楽の六調子《りくちょうし》（6種類の**調子**＝音階）の一つ。洋楽音名の「ト（G）」に近い音を主音とする音階です。**春**に演奏されました。

奏す　そうす

天皇（まれに上皇《じょうこう》や法皇《ほうおう》）を相手として、「申しあげる」という意味の言葉。つまり特別な謙譲語です。平安中期の政治は、天皇との個人的な情・血縁が重視されるものだったため、「奏したことはみな、お聞き入れくださる」という表現が、政治力の証しとして頻出します。▼『**落窪物語**』内裏《うち》に参りて奏したまふ、「これなむ翁《おきな》の限りなく**愛**《かな》**し**と覚《おぼ》え侍《はべ》る。思し召《おぼめ》して顧《かえり》みさせ給へ」（**内裏**《だいり》に参上して天皇に申しあげなさいます、「この子はこの爺《じい》が限りなく愛しく思う孫です。お心にかけお目をかけて下さいませ」）。

草墪　そうとん

宮中で使用された腰掛けです。真菰《まこも》（**イネ**科の植物）などを芯として高さ40㎝ほどの円筒形を作り、周囲と座面を**錦**《にしき》や絹で覆ったものです。

処分　そうぶん

財産分与のことです。平安中期には、不動産は母から娘へ相続されるのが基本でした。また親が「**かなし**（可愛い）」と思い「**かしづ**《ず》**く**（大事に育てる）」子は、ほかの子より有利な財産分与を受けるものでした。

一落窪物語一　第四

頼《たの》もしげなくなり果《は》て給ひて、「生《い》けるとき処分してん、子どもの心見るに…疎々《うとうと》しくあめれば、論《ろ》なう恨《うら》みごとども出《い》で来《き》なん」とて、越前守《えちぜんのかみ》を**おまへ**に呼び据ゑて、所々《ところどころ》の庄《しょう》の券《けん》、帯など、取り出でて選《え》らせ給ふ。

老衰で死期近い**大納言**《だいなごん》・忠頼《ただより》が「子らの仲がよくないから、争いになるだろう」と生前に財産分与をする場面。長男の越前守を呼んで、不動産（**荘園**の地券《ちけん》など）や動産（**石帯**《せきたい》など）を整理している。

草薬　そうやく

薬草による薬のことです。小《こ》ひる（ニラの仲間）、大《おお》びる（ニンニク）などを乾燥させて服用しました。

承香殿　そきょうでん

「**じょうきょうでん**」とも発音します。**後宮**《こうきゅう》の建物（**七殿五舎**《しちでんごしゃ》）の一つです。

続飯　そくい

飯の粒を練って作った糊《のり》です。**手紙**の封などに用いられました。▼『**枕草子**』想ふ人の**文**《ふみ》を得て、固く封じたる続飯など開くるほど、いと心もとなし（恋しい人の手紙を受け取り、固く封をしてある続飯をはがして開封する最中は、とてもじれったい）。

束帯　そくたい

男性の正装です。夜勤で着用した**宿直**《とのい》装束に対して、昼《ひ》の**装束**とも呼ばれました。**表袴**《うえのはかま》、**単衣**《ひとえ》、**下襲**《したがさね》、**半臂**《はんぴ》、**袍**《うえのきぬ》などから構成されます。さらに**冠**をかぶり、**石帯**《せきたい》を締めて**笏**《しゃく》を持ち、**襪**《しとうず》と**沓**《くつ》を履いて**太刀**《たち》を携帯しました。男性貴族が**内裏**《だいり》へ出勤する身なりの基本型です。いわばスーツですが、袍の色が**律令**《りつりょう》（法律）で決められていた上、調達は自費で、しかも相当高価でした。「装束が整えられない」という理由での、欠勤・辞任があるほどでした。

うつほ物語　忠こそ

御甥《おんおひ》・祐宗《すけむね》といひて小将にてありける、心よろしからず、博打《ばくち》不行《ふこう》の者にて身の装束などは皆うち入れて、せむ方なく籠りゐたる…。（中略）北方、朝服など、いと清らに調じて、妻《め》の料なども、いと清らにて取らせつ。

性悪な**継母**《ままはは》（北方）は、主人公・忠《ただ》こそを陥れようと企む。その実行役に選ばれたのが、素行の悪い身内・祐宗である。ギャンブルに溺れ束帯も質に入れてしまったため、**近衛府**《このえふ》（帝の身辺警護）の小将なのに出勤できない男だ。北方は祐宗に束帯、その妻に衣服を与えて買収した。

CHECK IT OUT.

束帯の着用プロセス

官人が出勤の際、通常まとっていた束帯。一人でも着用可能です。しかし等身大の鏡がない時代なので襴《らん》（袍の裾《すそ》についている生地）や背面を整えて着つけるには人の助けが要ったはず。

1

小袖《こそで》を着て、**大口**《おおくち》を穿《は》く。いわばインナー、下着に当たる。

2

単衣《ひとえ》と**衵**《あこめ》を着る。衵は寒いと何枚も着重ねるので着ぶくれする。

3

表袴《うえのはかま》を穿く。

4

下襲《したがさね》を着る。

5

半臂《はんぴ》を着る。省略することも。

6

袍を着て石帯《せきたい》を締め、その先は背面で帯に差し込む。笏《しゃく》を持つ。

帥宮 そちのみや

大宰帥《だざいのそち》という官職にある**親王**《しんのう》です。現・福岡県にあった**大宰府**《だざいふ》は、西国《さいごく》をたばね大陸と折衝する重要官庁で、その長官は親王が務めるのが通例でした。とはいえ親王という貴人が実際に赴任するわけではなく、名目的なトップで、実務に当たるのは**大宰権帥**《ごんのそち》か**大弐**《だいに》でした。

袖口 そでぐち

貴族女性の服装は、さまざまな**色**の**袿**《うちぎ》を着重ねるものだったため、袖口は着衣の色が**本**のページのように重なって、全て見える要所でした。染色（**染め**）自体が貴婦人の手作業だったせいもあり、袖口の発色やカラーコーディネートは、レディの個性・財力・センスの精華。顔や姿は隠すのがエチケットだったため、遠慮なく見てよい、見せてよい袖口は、女性の「美」が最も目立つ箇所でした。**女房**たちの袖口が**御簾**《みす》の下から押し出されズラリ並ぶさまは、美女を大勢雇用できている証しです。そのため平安末期には、**装束**だけを**几帳**《きちょう》にくくりつける「**打出**《うちいで》」という、袖口飾りが生まれたほどでした。

栄花物語　とりべ野

御衣《おんぞ》の重なり、袖口などは、人見るごとに思ひ出《い》でらるるものを。

三条《さんじょう》**天皇**が亡き妃《きさき》・原子《げんし》（**定子**《ていし》**皇后**の妹）を偲《しの》ぶ場面。「原子の衣の重なり、袖口」が、ほかの女性を見るたびに思い出される、という。容姿や性格なみのインパクトが袖口にはあった。

染め　そめ

宮中や上流貴族・富豪の屋敷には、大量の染殿《そめどの》という染色施設があり、大量の**糸**・生地はそこで染めていました。小規模な染色は、女主《おんなあるじ》たる貴婦人と**女房**（侍女《じじょ》）たちが行うこともあり、その**色**合いの美しさは女主人の技量の見せどころでした。▼『源氏物語』**世**になき色あひ、匂ひを染めつけ給へれば、あり難《がた》しと思ひ聞《きこ》え給ふ（紫上《むらさきのうえ》は比類ない色合い、発色の染色をなさるので、**光源氏**さまは「得難い妻」とお思い申しあげます）。

染め草　そめくさ

絹布《けんぷ》を染める草のことです。茜草《あかね》、**紫草**《むらさき》、刈安《かりやす》、藍、蘇芳《すおう》、紅花などを使いました。

空薫物　そらだきもの

「空薫《そらだき》」ともいいます。**薫物**《たきもの》（お香）をたいて香りをさりげなく漂わせることです。**火取**《ひとり》という**香炉**《こうろ》で加熱し、香煙《こうえん》を**女房**が**扇**《おうぎ》であおぐなどして拡散させました。その香りの選択や煙の量は、住人のセンスの表れでした。▼『栄花物語』四《し》条《じょうの》中納言参り給へるに…殿、内《うち》より御火取持ちておはしまして、空薫物せさせたまひて…（藤原定《さだ》頼《より》殿が参上なさったところ…頼通《よりみち》さまは室内から火取を持っていらして、空薫物をなさって…）。

『**源氏物語**』では浅はかな女房（侍女《じじょ》）たちが、空薫物を過剰にたくシーンがあります。そして「富士の嶺《みね》よりも多い煙だ」と、**光源氏**に呆《あき》れられるのです。富士山、当時は活動していたとわかりますね。

平安 みやこ新聞

第三號
長徳元（995）年 12月25日 発行

激動！長徳元年

動乱の年だった。昨年荒れ狂った疫病は今年も鎮まらず、都の内外は死者で満ち、政府要人14人中8名が死去。道隆公・道兼公の相次ぐ落命で、道長公が政権を手にした。

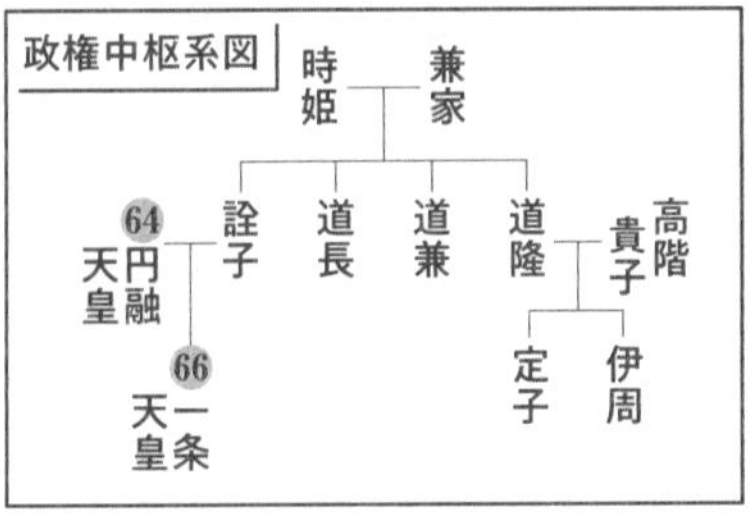

大疫癘の年 政治の中枢も大打撃

本年2月22日、長徳と改元。わずか2年の永祚、続く正暦も6年で果てた。

疫禍は続き、仁王会も大赦も空振り、路上・水路は死骸が満ちる有り様。そのためまたも改元した次第である。しかし「長徳は長毒に通う」という危惧どおりえやみは猛威を増し公卿（閣僚）の過半が横死、赤裳瘡まで出現したのだ。

政情も揺れ続けた。関白・道隆公が4月に死去。後継は「長男・伊周に」とのご遺志だったが、母后・詮子さまは道兼殿推し。対して中宮・定子さまは伊周公を推し陛下に直訴。悶着の末、詮子さまの御意が通り、道兼公が選ばれた。ところが直後、道兼公も病死。世人は「七日関白」と嘲《あざけ》った。そして再びの関白位争奪戦。伊周公・道長殿が競り合い、こたびも詮子さまの意向どおり、道長殿が勝った。

かくして政争は終わった。疫病もようやく下火。久々に穏やかな師走である。

君臣和楽

公職は、息子が継ぐべきか。それとも弟か。

本年は、故・道隆公の後をめぐり、弟である道兼・道長公と、子息・伊周公が争った。根底には「兄弟相続か父子相続か」がある。唐の例に倣い、子が継ぐのが道理ではあろう。ただし我が朝では、弟が継いで吉と出た例も多い。子はえてして年若で弟の方が頼りになる。子が大人びるまで父が生きているのが理想だが、末世にそれは期待できぬ。

疫禍は昨年初頭に始まった。改元も効果なく、却りて4・5月の猖獗《しょうけつ》を極めたのは天の咎めであろう。年来の失政に加え、政権担当者が兄弟・叔父甥あい争い、相手の死を喜ぶとは。来たる年には、徳ある政治を望みたい。

キングメーカー母后の思惑

道隆公の後継者争い。詮子さまは一貫して伊周殿を排除された。なぜか。

最大の理由は、伊周殿の若さと不人気であろう。伊周殿は昨年わずか21歳で大臣となられた。父・道隆公による強引な昇進。当然、公卿がたは猛反発された。特に道長殿も超越させたのが致命的。道隆公の「弟より子」方針があらわになり、弟君たち（道兼・道長）をも敵に回してしまったのである。詮子さまには、陛下の御世の安定が何より大事。孤立している伊周殿より、確かな地歩を築いている道兼・道長殿を選んだ…そういう次第だろう。

詮子さまの宿願は一条天皇皇子の皇位継承だ。しかし定子さまはいっこうに懐妊されない。ほかの妃の入内は道隆公が阻止。それでいて道隆公ご自身は、冷泉系統の皇子がたにも、娘御を次々嫁がせた。そちらに皇子が誕生したら、道隆公ご一家は陛下を排除するやも知れぬ。詮子さまはそう疑われたのだろう。

解説　今さら聞けない！皇位の継承順

現在は、冷泉系統と円融系統の両統迭立《りょうとうてつりつ》

- 懐子 ― 63 冷泉天皇
  - 65 花山天皇
- 63 冷泉天皇 ― 超子
  - 皇太子居貞親王
  - 為尊親王
  - 敦道親王
- 64 円融天皇 ― 詮子
  - 66 一条天皇

皇位は目下、冷泉帝とその皇子がた、円融帝とそのご子息が、交互に継承されている。これは冷泉帝がご病気のため、急きょ譲位されたためだ。当時、第一皇子（のちの花山帝）はまだ幼児だった。ゆえに円融帝が中継ぎに立たれたのである。冷泉系統に有力な皇子があまたおられ、皇室はご安泰だ。

お悔やみ
今年逝去された公卿の方々

前関白・藤原道隆さま、関白・藤原道兼さま、左大臣・源重信さま、大納言・藤原朝光さま、大納言・藤原済時さま、権大納言・藤原道頼さま、中納言・源保光さま、権中納言・源伊陟さま

母后・詮子さまと中宮・定子さま
緊迫するヨメ姑！
「唯一の妻のくせにいつ皇子を産むのか」

女院付き女房・宣旨が激白
「イマドキの方だからと…定子さまを庇ってこられた
詮子さまも遂に限界」

「父上の死の穢れを内裏へ持ち込むとは！」
詮子さまをキレさせた定子さまの非常識

中宮付き女房ら　喪中の大騒ぎ
「なんと姿をさらして鐘楼に！」「左衛門の陣で椅子類を毀損！」

某の命婦、苦笑
「定子サロンはもともと人材不足」「上臈は宰相、中納言だけ」「唯一のキレ者・清少納言は、たかが受領の娘」

貴《あて》人《びと》自身
悲しみの后妃たち…
道隆公のご息女：中宮・定子さま、皇太子妃・原子さま、敦道親王妃・三の君
麗しの喪服姿
皇太子ご一家最新レポ！
敦明親王殿下2歳 お健やかにご成長

攤 だ

サイコロを振って、出た目の多さを競う賭け事です。詳細は不明ですが、**双六**《すごろく》に似た、しかし双六盤は使わないものであったようです。

対 たい

対《たい》**の屋**《や》という別棟のことです。そこに住む女性を「対の君」「対の御方」と呼ぶなど、人の呼称になることもあります。

題 だい

書物や文章の最初に記した字、タイトルのことです。**和歌**や**絵**のテーマのことも指します。平安時代には**歌合**《うたあわせ》という**歌**の競技会があり、「**恋**」「**秋**」などが歌題《かだい》としてよく与えられました。出席者はそれをテーマとした和歌を詠み、優劣を競いました。

大学寮 だいがくりょう

式部省《しきぶしょう》に属する、官吏《かんり》養成機関のことです。和名では「ふみやつかさ」といいます。学生《がくしょう》は官吏を目指す者たちで、**字**《あざな》（漢学者としての名前）を付けてもらい、文章院《もんじょういん》という大学寮付属の機関に寄宿して、漢学（中国の歴史や文学、**漢文**）を学びます。そして大学寮の試験「**寮試**《りょうし》」を受け、合格すると擬文章生《ぎもんじょうしょう》に昇格です。次には**式部省**が行う「省試《しょうし》」を受け、作詩の実力を証明すると、文章生（進士《しんじ》）に昇ります。省試は、合格までに何年もかかる超難関であり、合格者は弁官《べんかん》や外記《げき》など、漢文力を問われる官職で活躍しました。

CHECK IT OUT.

貧乏の代名詞

漢文に通じた大学出身者は、公文書作成のスペシャリストとして、実務で重宝されました。しかし、多くは中流貴族止まりでした。平安人の目から見た彼らは、専門分野とその業界だけを狭く深く極めた、ちょっと偏屈《へんくつ》な人々だったようです。TPOに合わせた気の利く行動が「雅《みやび》」と重んじられた宮中では、学者の貧相さ、場違いぶりは嘲《あざけ》りの対象でした。

一方で、苦学のわりに報われない境遇は同情もされました。学者の不遇を見て政治を批判することや、彼らを認めて引き立てた上流貴族を称《たた》えることは、平安文学の定番です。

大饗　だいきょう

「たいきょう」「おおあえ」ともいいます。「盛大な饗宴（御馳走《ごちそう》でもてなす宴会）」という意味です。平安中期には、正月に「二宮《にぐう》の大饗」と「**大臣の大饗**」がひらかれていました。二宮の大饗とは、**中宮**《ちゅうぐう》（**天皇**の母后《ははきさき》または妻后《つまきさき》）と**春宮**《とうぐう》（皇太子）の主催による宴会のことで、宮と臣下の関係を確かめ固める意義がありました。大臣の大饗は、太政官《だじょうかん》のトップである大臣が配下の太政官らをもてなす宴で、朝廷から蘇《そ》（乳製品）と甘栗《あまぐり》（干した**栗**）を与えられる公式行事でした。▼『**枕草子**』大饗の折の甘栗《あまぐり》の使《つかい》などに参りたる…（大饗の際に甘栗の使者などとして参上する…）。

大国　たいこく

全国の国々を面積・人口などで等級をつけ4種にわけた、その最上位です。下に**上国**《じょうこく》・**中国**《ちゅうごく》・**下国**《げこく》が続きます。

醍醐寺　だいごじ

醍醐天皇の**願**《がん》によって建てられた寺です。格式ある寺として尊崇されました。五重塔は天暦《てんりゃく》6（952）年に建立されたもので、平安時代の様式を伝える貴重な建築物です。

太食調　たいしきちょう

雅楽の六調子《りくちょうし》（6種類の**調子**＝音階）の一つです。**平調**《ひょうじょう》の音を主音としますが（洋楽音名の「ホ〈E〉」に近い音）、平調とは異なる調子に属します。

大嘗会　だいじょうえ

天皇即位後、初の**新嘗会**《しんじょうえ》のこと。

大臣　だいじん

和風には「おとど」といいます。**律令**《りつりょう》という法律では、太政官《だじょうかん》の最高の官に位置づけられています。平安中期には、さらに上に摂政《せっしょう》や関白《かんぱく》が生じていましたが、それでも大臣の重みは格別であり、名門の貴公子たちが憧れをもって目指す地位でした。上から**太政**《だじょう》**大臣**、左大臣《さだいじん》、右大臣《うだいじん》、内大臣《ないだいじん》がいて、太政大臣・内大臣は欠員もありえましたが、左右の大臣は常におり、国政の重鎮でした。

大内裏　だいだいり

皇居（**内裏**）と諸官庁の集まる区域です。**平安京**の場合、南北約

大内裏の構造

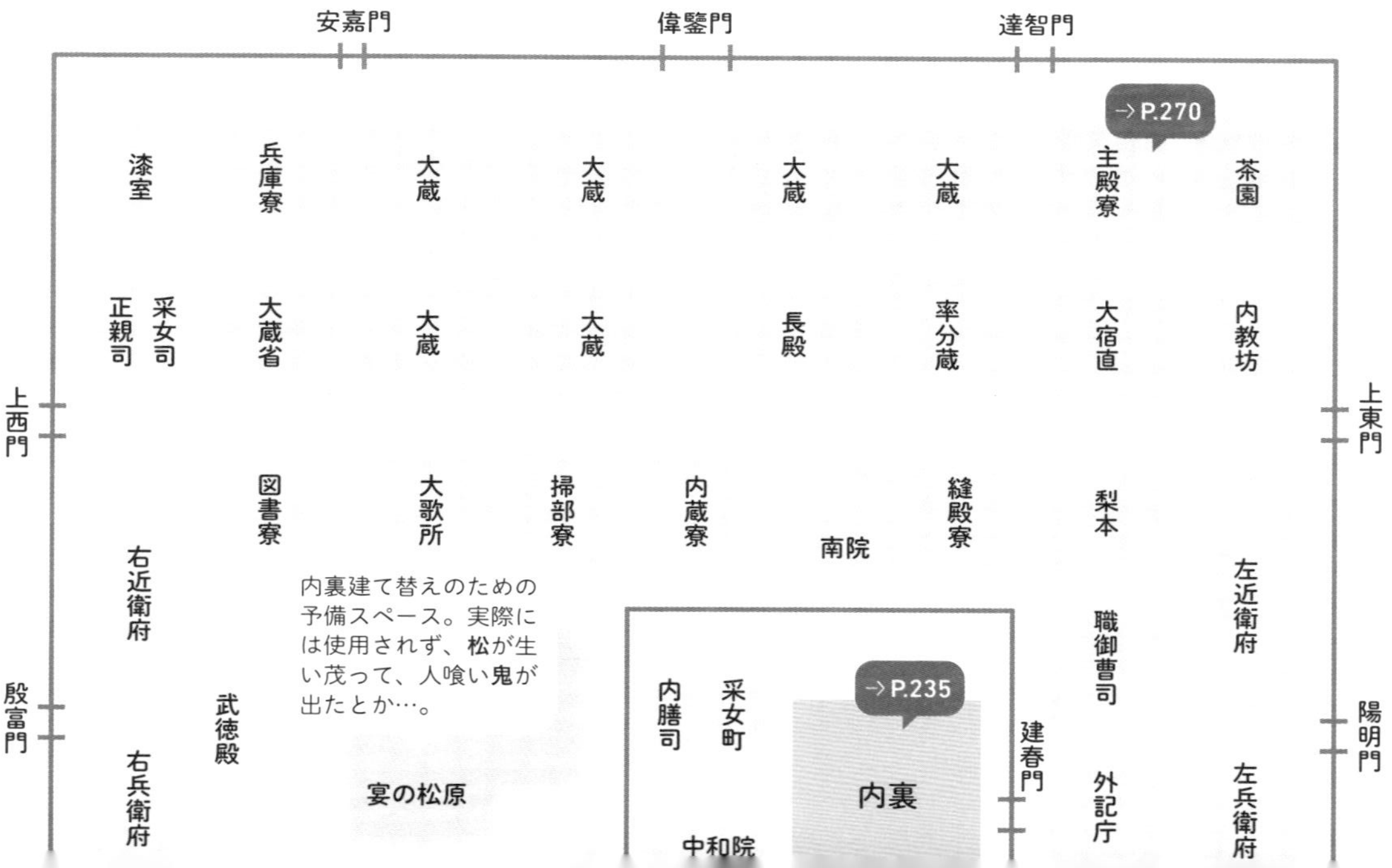
安嘉門
偉鑒門
達智門
上西門
殷富門
上東門
陽明門
建春門
漆室
兵庫寮
大蔵
大蔵
大蔵
大蔵
主殿寮
茶園
正親司
采女司
大蔵省
大蔵
大蔵
長殿
率分蔵
大宿直
内教坊
図書寮
大歌所
掃部寮
内蔵寮
縫殿寮
梨本
南院
右近衛府
左近衛府
職御曹司
武徳殿
右兵衛府
左兵衛府
外記庁
内裏建て替えのための予備スペース。実際には使用されず、松が生い茂って、人喰い鬼が出たとか…。
宴の松原
内膳司
采女町
中和院
内裏
→P.270
→P.235

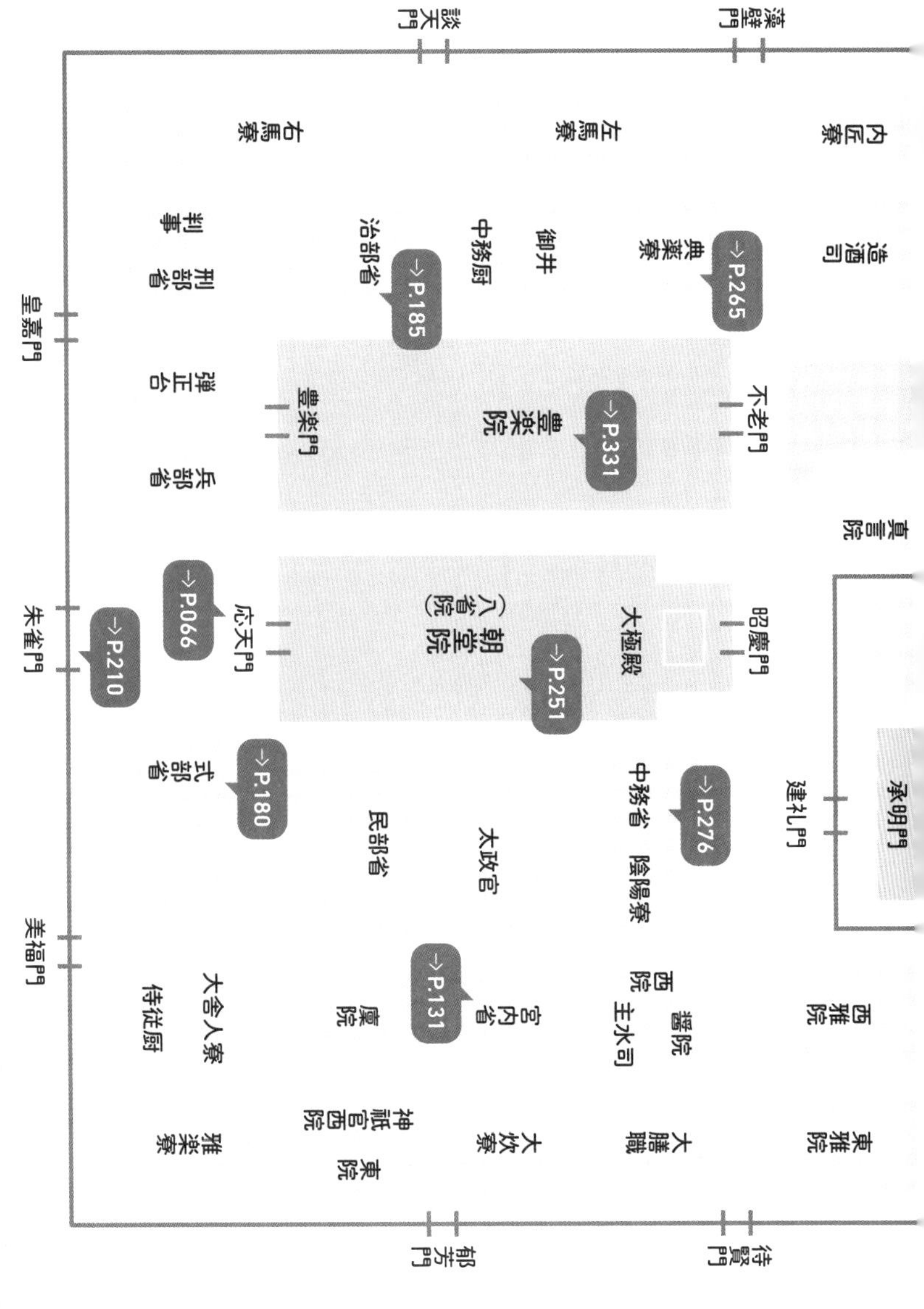

藻壁門
談天門
内匠寮
左馬寮
右馬寮
造酒司
典薬寮
→P.265
御井
中務厨
治部省
→P.185
判事
刑部省
皇嘉門
弾正台
不老門
豊楽院
→P.331
豊楽門
兵部省
真言院
昭慶門
大極殿
朝堂院（八省院）
→P.251
応天門
→P.066
朱雀門
→P.210
承明門
建礼門
中務省
→P.276
陰陽寮
太政官
民部省
式部省
→P.180
美福門
西雅院
醤院
西院
主水司
宮内省
→P.131
廩院
大舎人寮
侍従厨
東雅院
大膳職
大炊寮
神祇官西院
東院
雅楽寮
待賢門
郁芳門

1・4km、東西約1・2kmという四角い形をしていました。「天子は南面する（南を向く）」という中国古来の思想により、**都**の北の端に設置されていました。大内《おおうち》、宮城《きゅうじょう》とも呼ばれます。

台所　だいどころ

「**台盤所**《だいばんどころ》」の略です。食事をととのえる所でした。**女房**（侍女《じじょ》）の詰め所を意味することもあります。

大納言　だいなごん

公卿《くぎょう》（閣僚）の一員である高官です。**大臣**に次ぐ地位で、その代理も務められる要職でした。▼『**落窪物語**』わが身の、大納言になるまじき報《ほう》にてこそありけれ（私〈忠頼《ただより》〉は、大納言になれない**前世**の報いであったのか）。

大弐　だいに

大宰府《だざいふ》（現・福岡県にあった役所）の次官です。大宰府の長官（帥《そち》）は皇族が名目的に務めることが多く、大弐が実質的なトップでした。そのため大弐を「帥」と呼ぶこともあります。大陸との交易に関わることができ高収入だったため、地方官僚の間では人気ナンバーワンのポジションでした。

対の屋　たいのや

平安貴族の邸宅で、**寝殿**《しんでん》（中心の建物）の左右や背後に建てられた別棟のことをいいます。左右の対の屋をそれぞれ「東《ひがし》の**対**《たい》」「西《にし》の対《たい》」、背後のものを「**北**《きた》**の対**《たい》」と呼びます。公的な性格を持つ寝殿に対して、対の屋は主《あるじ》一家の居住の場でした。

台盤　だいばん

食器などを載せる台のことです。四角形で縁《ふち》があり、脚が4本ついていました。木製で、高級品には**沈**《じん》製、漆塗り、**螺鈿**《らでん》のものなどがありました。大きさにより「長《なが》台盤」「切《きり》台盤」「小《こ》台盤」などと呼び分けます。

台盤所　だいばんどころ

台盤（食器などを載せる台）がある所という意味。貴人の家の食事を用意する場所です。**女房**（侍女《じじょ》）の詰め所を指すこともありました。

台盤なども、かたへは塵《ちり》ばみて、畳《たたみ》、ところどころ引き返したり。

【源氏物語】須磨

訪問者の数は、上流貴族の勢力を端的に示す。中・下流の貴族が個人的に出入りし、用務を務めて代わりに官職をもらっていたためである（**年官年爵**《ねんかんねんしゃく》）。落ちぶれたVIPの家では来客が激減し、台盤が使われず塵まみれという寂しい状況となった。

大夫　たいふ

五位《ごい》の者の総称です。なお、「だいぶ」と発音した場合は職《しき》や坊《ぼう》という部署、例えば**中宮**《ちゅうぐうしき》職や**春宮**《とうぐうぼう》坊の長官を意味します。

大弁　だいべん

官職の一つ。太政官《だじょうかん》の一つで、弁《べん》官局《かんきょく》（事務局）の長官です。左大《さだい》弁《べん》と右大弁《うだいべん》がいました。**宣旨**《せんじ》などの行政命令書を発行する重役で、高度な**漢文**スキルを要します。いわば、実務家官僚のトップでした。

松明　たいまつ

「**まつ／さいまつ**」ともいいます。携帯用の明かりです。**松**の木の根や芯など油分の多い箇所を、細かく割ってたばね、先端を焦がして油を沁《し》み込ませておいて、**火**をつけました。**絵**にこれが描かれている場合は、画面が明るく見えても**夜**の場面です。

平将門　たいらのまさかど

（？～940）平安中期に関東で反乱を起こした武将です。その蜂《ほう》起《き》は相続争いによるもので、いわば身内の抗争でした。しかし同時期に純友《すみとも》の乱《らん》が起きたことや、将門が成り行きから「新皇《しんのう》」と名乗り独立国の体裁を取ったことから、朝廷や都人《みやこびと》に多大な衝撃を与えました。死後、怨霊《おんりょう》（御霊《ごりょう》）と見られるようになり、神田明神《かんだみょうじん》などに祀《まつ》られたほか、多くの伝説が生まれました。

内裏　だいり

「うち」とも。**天皇**が居住する場所です。**大内裏**《だいだいり》の中央、やや北東寄りにあり、**築地**《ついじ》で囲まれています。南北約300m、東西約220mの長方形の区域です。

内裏の構造

平安京が建てられた頃は唐《とう》の制度に倣《なら》い、天皇の私的な場という位置づけで、政務は大内裏の**朝堂**《ちょうどう》**院**《いん》や**大極殿**《だいごくでん》で行われていましたが、しだいに内裏が政治面でも中心となっていきました。南半分は天皇の職場兼住まいで、北半分は后妃《こうひ》たちの住居である**後宮**《こうきゅう》です。

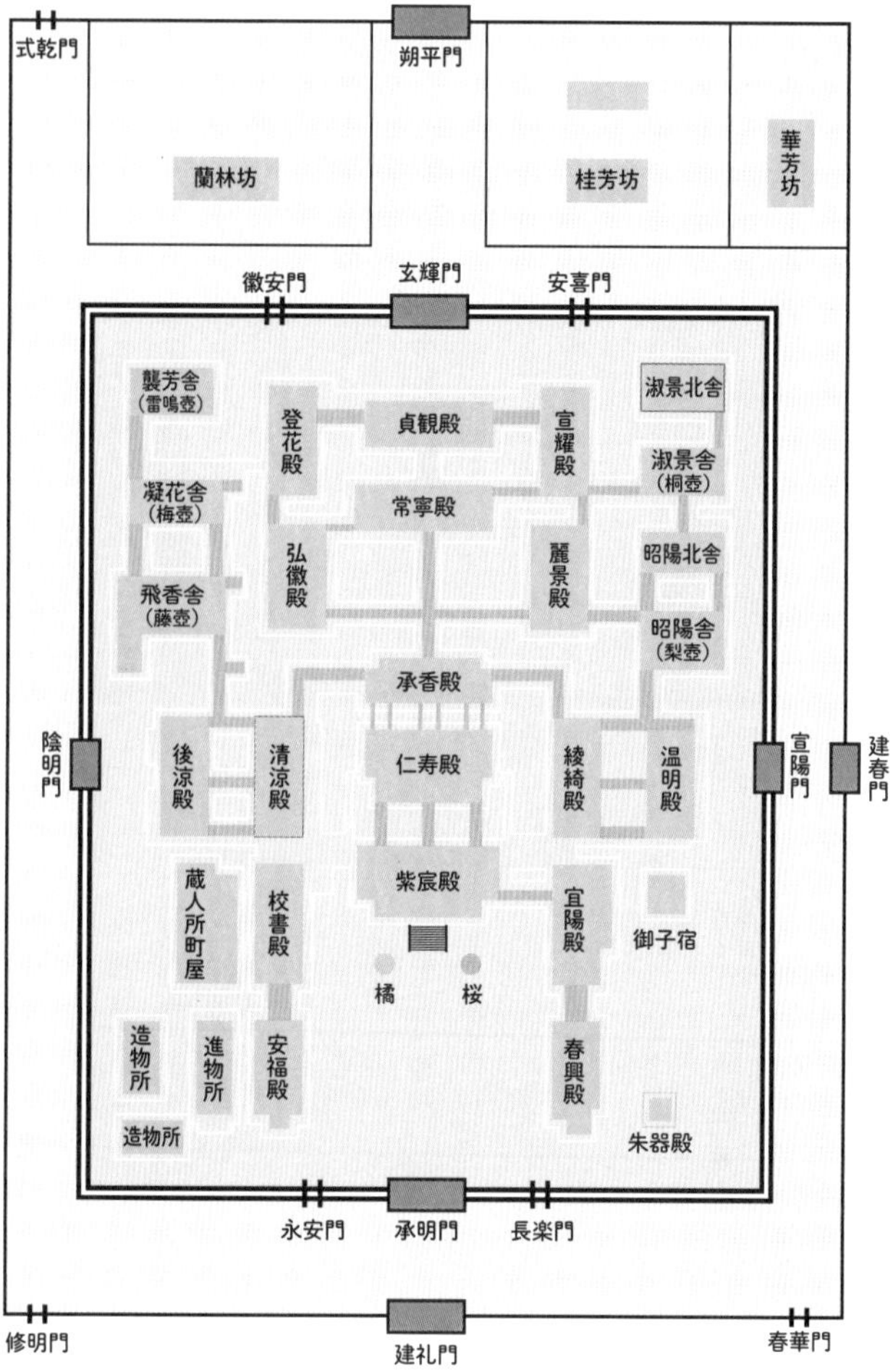

絶え入る たえいる

「**死ぬ**」の遠回しな言い方です。
「絶え果つ」も同じです。

鷹 たか

タカを飼い慣らして猟に使う鷹狩りは、貴人たちのたしなみでした。タカが貴族の邸宅で大事に飼われていたり、郊外での遊興に伴われたりする様子は、平安文学にたびたび現れます。

鷹が獲った鳥は枝をつけて飾り、**鵜飼い**の魚とセットで献上します。

今昔物語集 巻二十二 第七
高藤内大臣語《たかふじのないだいじんのこと》

高藤と申す人おはしけり。…年十五六歳ばかりの程《ほど》に、九月《ながつき》の頃《ころ》ほひ、この君鷹狩《たかがり》に出《い》で給ひにけり。

下流貴族の娘・宮道列子《みやじのれっし》は、貴公子・藤原高藤と結ばれて産んだ女児が、まさかの幸運で**国母**《こくも》（**天皇の母**）となったため、自身も高い位を授かった。平安人を驚かせ、『今昔物語集《こんじゃくものがたりしゅう》』にも記録された玉《たま》の輿《こし》事件、出会いのきっかけは鷹狩りと伝えられている。

高坏 たかつき

食物を載せる台です。円形または四角形の板に、一本足がついたものです。その素材や数は宴の豪華さの指標であり、**紫檀**《したん》製、銀製など高価な品が見られます。

角高坏と丸高坏

高坏灯台 たかつきとうだい

高坏という足つきの食器を伏せて置き、その上に油皿《あぶらざら》を載せた**灯台**です。背丈が低いため、手元を照らすのに向いていました。

高灯台 たかとうだい

最も一般的な**灯台**です。1m以上ある棒を台座に立て、その上に油皿《あぶらざら》を置きました。広範囲を照らすために使われました。

平安の屋内は灯《ひ》をつけても暗く、しばしば手探りで行動しました。

滝 たき

滝は景観や音が平安貴族に好まれ、行楽や**歌**詠みの際の注目ポイントでした。自然の滝を観光するほか、自邸の**庭**に滝を作ることもありました。

弾碁 たぎ

「たんぎ」ともいいます。中国から伝わったボードゲームです。中央が高くなっている四角い盤を使い、碁石を弾《はじ》いて相手の石に当てて、取った石の多さを競う遊戯でした。

滝口 たきぐち

滝の水の落下地点のことです。**平安京**の**内裏**《だいり》の中には、「御溝水《みかわみず》」と呼ばれる流水が走っており、**清**《せい》**涼殿**《りょうでん》の北東で小さな滝となっていました。そのため周辺は「滝口」と呼ばれていました。この近くに、宮中警備の武士たちの詰め所があったため、詰め所は「滝口の陣／滝口所《どころ》」、武士たちは「滝口」と呼ばれました。

薫物 たきもの

お香《こう》のことです。仏教と共に伝来し、法事の必需品となっていました。場を清める「薬効」もあると思われていたらしく、もちろん**化粧**の一環、たしなみとしても使われました。その原料は、**沈**《じん》や**白**《びゃく》**檀**《だん》、**麝香**《じゃこう》など海外産で、ツテのある貴族しか入手しにくく、当然たいへん貴重でした。にもかかわらず、すでに平安前期には仁明《にんみょう》**天皇**、本康《もとやす》**親王**、源公忠《みなもとのきんただ》など、香の調合の達人といわれる人々が活躍し、彼らの編み出した秘密の方《ほう》（レシピ）は、一条《いちじょう》朝期の名門貴族がおのおの秘方《ひほう》として継承していました。つまり合《あわ》せ薫物《たきもの》（調合したお香）は、調合者の財力・教養・センスだけでなく、家柄・人脈まで誇示するものだったのです。香の調合は、原料を鉄臼《かなうす》でついて粉末状にし、棒状に押し丸めたあと、切り分けて使用したようです。▼『うつほ物語』大いなる銀《しろかね》の狛犬《こまいぬ》四つに同じ**火取**《ひとり》据ゑて、香の合せの薫物絶えず焚《た》きて、御帳の隅々《すみずみ》に据ゑたり（お産〈仲忠《なかただ》の**妻**・女一宮《おんないちのみや》がいぬ宮を出産〉の直後なので邪気祓《ばら》いとして、大きな銀製の狛犬四つの中に同じく銀製の**香炉**を収めて、香料を調合した薫物をたき続けにして、**御帳台**《みちょうだい》の四隅に置いている）。

香道《こうどう》（合せ薫物ではなく、香木《こうぼく》のみをたく精神修養）や便利な線香は、後世の文化・発明です。

CHECK IT OUT.

薫物と宮仕え

中流貴族は上流貴族に、男は従者、女は**女房**（侍女《じじょ》）として仕えていました。仕えるというと、労働を提供し報酬をもらうと思うかもしれません。確かに、主君の食べ残しを食事に頂いたり、折にふれ絹・衣装を授与されたりはします。しかし反対に、従者が主君に金品を献上したり、女房が衣服を自弁したりもするのです。では中流貴族は、なぜ**宮仕え**をしていたのか？ その目的と思われるものの一つが薫物です。

市場（**市**《いち》）が未熟だった当時、海外産の香料を入手できる人は限られていました。またレシピは名家の秘伝でした。そのため上質の薫物は、名門とのコネで入手するものだったのです。

打毬 だきゅう

馬に乗り、**毬杖**《ぎっちょう》という杖でボールをゴールへ打ち込むという、大陸渡来の遊戯です。江戸時代、馬術の鍛錬なども兼ねて再興され、今も継承されています。

託宣 たくせん

神が人に託して「**宣ふ**《のたま》（仰《おっしゃ》る）」ことです。巫女《みこ》などが神霊に乗り移られて語るお告げの類いです。

茸 たけ

キノコのことです。食用でしたが、毒キノコに「酔《え》ふ（**酔う**、中毒する）」話もよくあります。

竹 たけ

常緑のため**松**と同様、堅実さや不老長寿を表す縁起のよい植物でした。その強靭《きょうじん》さ、入手しやすさから素材としても重宝され、細く裂いて**簾**《すだれ》に、編んで網代《あじろ》に、細いものを笛に、とさまざまに活用されました。またタケノコは食用でした。

竹河　たけかわ

催馬楽《さいばら》という、古代民謡にルーツのある歌謡の曲名です。**男踏歌**《おとこどうか》という正月のイベントにも歌われたようです。

竹取物語　たけとりものがたり

平安初期に書かれた、現存する最古の**物語**です。作り物語という、フィクションを語るジャンルの皮切りです。一条《いちじょう》朝期の人は「物語の出《い》で来《き》始《はじ》めの祖《おや》」と認識していました。そのヒロイン**かぐや姫**を**『源氏物語』**は、「**竹**から生まれたのは出自が卑《いや》しい」「**天皇**の求婚に応じなかったため天下を照らす光にはなれなかった」と批評しています。

唾壺　だこ

痰《たん》や唾《つば》を吐き入れる容器です。主に**二階棚**《にかいだな》に設置されます。

大宰権帥　だざいのごんのそち

「筑紫《つくし》の帥《かみ》」ともいいます。筑紫（北九州）にあった役所・**大宰府**《だざいふ》の権帥《ごんのそち》（臨時の長官）です。**大臣**など高位の人が任じられる場合、実質的な追放・流刑《るけい》でした。とはいえ、大陸からの文物が流入する部署で収入も見込めたため、希望して務めた貴人もいました。

―栄花物語―　月の宴

みかどを傾《かたぶ》け奉《たてまつ》らんと構《かま》ふる罪によりて、大宰権帥になして流し遣《つか》はす。

安和《あんな》の変である。左大臣《さだいじん》・源《みなもと》高明《たかあきら》が**天皇**に対する謀反《むほん》の罪に問われ、大宰権帥に左遷・追放された。

大宰府　だざいふ

現在の福岡県に置かれた役所です。西国《さいごく》を統括すると共に、大陸に対し防衛・外交にも当たった部署で、「遠《とお》の朝廷《みかど》」「鎮西府《ちんぜいふ》」とも呼ばれました。帥《そち》（長官）には**親《しん》王《のう》**が任命されましたが（**帥宮《そちのみや》**）、実際に赴任するのは**大宰権帥《ごんのそち》**（臨時の帥）か**大弐《だいに》**（次官）であり、彼らが実質的なトップでした。大陸との交易で副収入が見込める役所であり、**受領《ずりょう》**という中流貴族層には憧れの部署でした。なお寛仁《かんにん》3（1019）年には「刀伊《とい》の入《にゅう》寇《こう》」という、沿海州《えんかいしゅう》の女真族《じょしんぞく》が壱《い》岐《き》・対馬・北九州を襲撃した戦争があり、当時の権帥・**藤原隆家《たかいえ》**が撃退しています。

太政大臣　だじょうだいじん／だいじょうだいじん

律令《りつりょう》という法律が定める最高官で、位は一位《いちい》に相当します。「大《だい》相国《しょうこく》」「おおきおとど」ともいいます。もともとは、適任者がなければ欠員とされる官でしたが、**藤原氏**の勢力が強まるにつれて、摂《せっ》政《しょう》や関白《かんぱく》ともどもその**氏長者《うじのちょうじゃ》**が務めるようになりました。一条《いちじょう》朝期には、摂政・関白のほうが実権を握っており、太政大臣は長老の名誉職化しつつありました。

鶴　たず

ツルのことです。**和歌**では「たづ《ず》」のほうがよく見られます。

尋常　ただ

「ふつうの」「当たり前の」という意味です。「ただならず」は、「並々でない」「ふつうでない」ことを指し、女性の妊娠も含意します。

大太鼓　だだいこ

雅楽で用いられる巨大な打楽器です。**左方《ひだりかた》**の**唐楽《とうがく》**では三《み》つ巴《どもえ》の**紋様《もんよう》**を描き、金で太陽をかたどった大太鼓を、**右方《みぎかた》**の**高麗楽《こまがく》**では二《ふた》つ巴《どもえ》に銀で**月**を模した大太鼓を用いました。

直人・徒人　ただびと

「ただうど」ともいいます。一般人・普通の貴族のことです。神仏に対しては人間、**天皇**や皇族に対しては臣下を指します。▼『**枕草子**』あれは、ただ人にこそはありけめ（あれ〈**白居易《はくきょい》**の詩「**琵琶行《びわこう》**」の名妓《めいぎ》〉はしょせん、庶民だったでしょうから）。

畳 たたみ

筵《むしろ》を何枚も重ねて**糸**で締め、藺草《いぐさ》を編んだ畳表で覆って縁《へり》をつけたものです。人が座ったり寝たりする場所にだけ置き、必要がない場合は隅へ片づけました。敷き布団代わりに使うこともあります。現代のもののような硬い芯がなく、比較的軟らかい「筵の重なり」でした。▼**『落窪物語』**酢、**酒**、**魚**《いお》などまさなくしたる部屋の、ただ畳一《ひと》ひら、口のもとにうち敷きて……〈落窪《おちくぼ》の姫君を閉じ込めるのに〉酢、酒、魚など見苦しく置いてある部屋に、ただ畳一枚、入り口にちょっと敷いて…〉

太刀 たち

貴族男性は正装時、華やかな太刀を帯び、勤務外でも携行しました。ケンカの時のほか、魔除《まよ》けにも抜刀することがありました。

橘 たちばな

ニッポンタチバナ、コウジ、カラタチなど諸説ありますが、食用の小型ミカンです。『古事記』『日本書紀』には「非時香菓《ときじくのかくのこのみ》」を橘だとする記述があります。平安文学では、**くだもの**（間食）として貴人によく出されています。**冬**に黄色の果実を、初夏に白い**花**（**花橘**《はなたちばな》）をつける**木**です。常緑樹である点も愛されました。

冬に生《な》った実を収穫せず、初夏の開花まで待つと実と花が両方そろいます。

伊勢物語 花橘

さかなりける橘をとりて「五月《さつき》待つ 花たちばなの 香《か》をかげば **昔の**人の 袖《そで》の香《か》ぞする」と…。

開花期の橘は**ホトトギス**がよく宿る木とされていた。「五月待つ」は、5月になると人里へ来るホトトギスを男性に、花橘を「その訪れを待つ女性」に見立てた表現であろう。

橘氏 たちばなし

歴史ある氏族の一つです。平安前期には**皇后**・橘嘉智子《たちばなのかちこ》を出し、その子・仁明《にんみょう》天皇の外戚《がいせき》として勢力をふるいました。しだいに**藤原氏**に押され、平安中期には中流貴族としてもっぱら地方へ赴任する

受領《ずりょう》となっていました。**『更級日記**《さらしな》**』**の著者・**菅原孝標女**《すがわらのたかすえのむすめ》は橘俊通《としみち》の後妻となり、夫の地方赴任中は別居婚でしたが、深い絆《きずな》を育んでいたようです。

立石《たていし》

寝殿造り《しんでん》の**庭**で、計画的に配置された石のことです。景観をデザインしたり流れの水音を増したりするために立てられ、「石を立つ」で作庭そのものも意味しました。

立蔀《たてじとみ》

板塀《いたべい》の一種です。木材を**格子**《こうし》状に組み、台座に立てたもので移動可能です。**庭**先に設置して目隠しとしました。▼『枕草子』**登花殿**《とうかでん》の**御前**《おまえ》は立蔀ちかくてせばし。**雪**、いと**をかし**（登花殿の前は立蔀が近くに立ててあって狭い。雪はとても美しい）。

立文《たてぶみ》

文《ふみ》（**手紙**）の一つです。正式・事務的な書状を出す際の体裁でした。白い**紙**を縦長に包み、上下を折り曲げて封をしたものです。

ラブレター（**結**《むす》**び文**《ぶみ》が定番）であることを隠すため、あえて立文に仕立てることも。

畳紙《たとうがみ》

「**懐紙**《かいし》」「**ふところがみ**」ともいいます。貴族男性が持ち歩いた**紙**です。懐に二つ折りに畳《たた》んで入れておき、鼻紙やメモ用紙など、幅広い用途に使用しました。文学では、男性が心中を**和歌**に詠んで書き留めたり、女性へ**文**《ふみ》をとっさに贈ったりする際よく使われていま

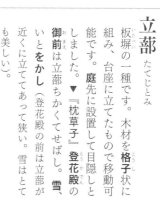

す。厚手で丈夫な**陸奥国紙**《みちのくにがみ》が人気でした。

源氏物語 賢木

畳紙の、手習《てならい》**などしたる、御几帳**《みきちょう》**の下**《もと》**に落ちたりけり。**

光源氏と朧月夜《おぼろづきよ》の密会が発覚したのは、朧月夜の寝所に男性の持ち物「畳紙」があったため。

狸 たぬき

日本土着のイヌ科哺乳《ほにゅう》類です。ただし、昔の人は似た点のある動物を同じ名前でカテゴライズしたり、ある漢字の表す獣《けもの》が何か理解できず推測で適当な生物に当てはめたりしていました。タヌキもムジナ、イタチと呼ばれたり、狸という漢字でネコを表したりと、名称・表記に混乱が見られます。大体においてはキツネ同様、人を化《ば》かす獣というイメージでした。お腹を鼓《つづみ》のように打って**月**の**夜**に騒ぐという伝説もあります。

玉 たま

宝石のことです。真珠や**瑠璃**《るり》（ガラス）も含みます。美しいもの、大事なものや、丸いもの（涙・露《つゆ》）の例えでもあります。

玉垣 たまがき

「たまかき」とも。**玉**のような垣根という意味で、神社や皇居などの**垣**をたたえていう表現です。

玉手箱 たまてばこ

「手箱」とは、身の回りの小道具などを入れておく**箱**です。「**玉**《たま》」は美しい、すばらしいなどという意味を加える言葉なので、つまりは「見事な手箱」という意味です。

霊屋 たまや

魂殿《たまどの》、**殯宮**《もがりのみや》ともいいます。**葬儀**の前に遺体を安置しておく場所です。**一条天皇**《いちじょう》の**中宮**（のちに**皇后**）**定子**《ていし》は、当時少数派だった土葬を希望したため、**鳥辺野**《とりべの》に霊屋を築いてその中に納められました。

絶ゆ たゆ

「**死ぬ**」の遠回しな言い方です。男女の関係が終わりになるという意味のこともあります。

陀羅尼 だらに

「真言《しんごん》」「呪《じゅ》」ともいいます。梵語《ぼんご》（古代サンスクリット語）の文章を原語のまま読みあげるもので、御利益があるとされていました。▼『枕草子』陀羅尼は**あかつき**、**経**は夕暮れ（陀羅尼は**夜**《よ》明《あ》けに、お経は夕暮れに聞くのがよい）。

垂氷 たるひ

氷柱《つらら》のことです。▼『蜻蛉日記』垂氷いふかたなうしたり。…ありつる**氷**《こおり》を**単衣**《ひとえ》の袖《そで》に包み持たりて食ひゆく（氷柱が言いようもなく多く垂れている。…**童**《わらわ》がその氷柱を単衣の袖に包んで持って、かじりながら行く）。

壇 だん

病《やまい》の治療などで**修法**《ずほう》を行う際、**仏像**や法具を据えるために設置する台です。木または土製です。壇の多さは充実した医療を意味し、心強さやその家の財力を感じさせました。撤去は修法の終了であり、病人の死の場合は悲しみをそそりました。▼『うつほ物語』修法せむに五石いるべし、壇塗るに**土**《つち》いるべし（修法の布施には米5石は要るだろう、壇を塗り築くには土が要るだろう）。

探韻 たんいん

漢詩（**詩**《ふみ》）を作る知的な**遊び**です。まず、漢字一字を書いた**紙**をたくさん置いておきます。出席者はその一枚を探り取って、書かれている字を使い即興で作詩する、というものです。

うつほ物語 祭の使

探韻給ひて八韻の文《ふみ》作る。…式部丞《しきぶのじょう》、**講師**して詠みあぐ。諸《もろ》誦《ず》す。…**夜**も更《ふ》けゆくに琴《こと》の音《ね》・人の声、豊かに高し。藤英《とうえい》、己《おのれ》が作れる文を声の限りふりたてて誦《ず》する声、**高麗**《こま》鈴《すず》をふりたつるに劣らず。主《あるじ》の**大臣**、聞《き》こし召して…「…**いみじきものかな**」。

探韻を始め、宴が盛りあがっていく場面。出席者らが提出した漢詩を、講師が詠みあげ、皆が復唱する。やがて声に合わせて琴《きん》の演奏も始まる。夜が更けるにつれ琴・声いっそう美しく、**字**《あざな》を藤英という男の詩才・美声が際だって、大臣の耳に留まる。

誕生　たんじょう

姫君は恥じらいから妊娠のことなど言わないので、周囲が「例の事（月経）がない」と察知します。そして「**標《しるし》の帯**」を腰に結んで過ごします（**着帯《ちゃくたい》**）。産み月が近づくと、**調度《ちょうど》**や**装束**を白一色に統一した空間「**産屋《うぶや》**」を設《しつら》えます。出産の前後にはさまざまな**物の怪《もののけ》**が暴れるので、**加持祈祷《かじきとう》**や**散米《うちまき》**、**鳴弦《めいげん》**など対策を取ります。出産は座って行う座産《ざさん》で、分娩《ぶんべん》が迫ると産婦をかき起こします。そして**脇息《きょうそく》**などに座った人が背後から抱えあげ、前からもう一人が抱きついて支え、出産と後産《あとざん》（**後の事《のちのこと》**）をさせます。

誕生後は、竹刀などでへその緒を切る「臍《ほぞ》の緒の儀」、乳を初めて含ませる「**乳付《ちつけ》の儀**」などが行われます。産湯《うぶゆ》を使わせる「**御湯殿《おゆどの》の儀**」は誕生後7日間、1日2回行います。男児の場合は、**漢籍**を朗読する「**読書《とくしょ》**」も行われます。3日・5日・7日・9日めの**夜**には「**産養《うぶやしない》**」という祝宴が開かれます。主催者は近親の有力者が日替わりで務め、産婦と乳児に食料・調度・衣類などを贈ります。その後は生後50日めと100日めに、「**五十日《いか》の祝い**」「**百日《ももか》の祝い**」がそれぞれ開かれます。

弾正台　だんじょうだい

警察機関です。**八省《はっしょう》**から独立して官人の監視や治安の維持にあたる役職でした。しだいに**検非違使《けびいし》**に取って代わられ、有名無実化しました。

南庭　だんてい

「**なんてい**」とも読みます。建物の南側にある**庭**のことです。特に**内裏《だいり》**の、**紫宸殿《ししんでん》**の正面にある広い庭のことを指しました。

丹薬　たんやく

薬剤を蜜（**みち**）で練って丸めた丸薬《がんやく》のことです。

契り　ちぎり

契約の「契」の通り、「約束」や「取り決め」という意味です。ただし金銭（**銭《ぜに》**）だの、書面を交わしただのという契約ではありません。仏教の輪廻転生《りんねてんせい》（生まれ変わり）観に基づく「**前世**からの約束」です。親子や男女の関係も、前世での縁が深かったため、今生《こんじょう》でも出会ったとされていました。▼『源氏物語』前の世《さき よ》にも御契《おんちぎ》りや深かりけむ、世になく清《きよ》らなる、玉《たま》の男御子《おのこみこ》さへ生まれ給ひぬ（前世でもご縁が深かったのだろう、帝《みかど》と桐《きり》壺更衣《つぼのこうい》の間には、比類なく美しい玉のような男児〈**光源氏**〉までもがお生まれになった）。

児・稚児 ちご

乳幼児のことです。生まれた直後から「**童**《わらわ》」と呼ばれる頃まで、つまり8、9歳頃までを指す呼び方です。また、寺で召し使う少年をこう呼ぶこともありました。▼『源氏物語』御遊びがたきの童べ・児ども…**おもふ**ことなくて、あそびあへり（姫君〈若紫《わかむらさき》＝のちの紫上〉の遊び相手である童・児たちも…不満などなく、一緒に遊んで過ごした）。

CHECK IT OUT.

宮中・お屋敷と子どもたち

宮中や上流貴族の屋敷で働く**女房**（侍女《じじょ》）たちは、多くが住み込みでしたが、**局**《つぼね》（自室）に男性を通わせるという形で**結婚**生活を送り、子をもうけました。ある程度大きくなった子どもは母の勤務先に出入りするようになります。また主《あるじ》一家に子が生まれると**乳母**《めのと》たちが雇用されるため、乳母自身の子（乳母子《めのとご》）も主家と関わります。行儀見習いやコネ作りを目的に、「童《わらわ》」として働きに出る子どももいます。というわけで、貴人の周りには子どもが大勢いました。彼らは主家の子女の遊び相手や雑用を務めつつ育ち、主君との間に絆《きずな》を育んで、腹心の家人《けにん》・女房となっていきました。

乳付の儀 ちつけのぎ

貴人の出生**儀式**の一つです。産児に初めて乳を含ませるもので、**乳母**《めのと》が務めました。

千鳥 ちどり

チドリ科の**鳥**の総称です。鳴き声が愛され、**和歌**によく詠まれました。

粽 ちまき

5月5日には、古代中国の屈原《くつげん》と

いう人の供養として、粽を食べる習慣がありました。

着座　ちゃくざ

公卿《くぎょう》という高官が、任命されたあと初めて、太政官庁《だじょうかんちょう》・外記庁《げきのちょう》の所定の座に着く**儀式**です。▼『蜻蛉日記』着座といふわざしては**慎**《つつし》**み**ければ…（〈夫・**藤原兼家**《かねいえ》**が**〉新任の官職に就いたので着座という儀式をしては、慎んで…）。

着陣　ちゃくじん

陣とは、**陣座**《じんのざ》ともいい、**公卿**《くぎょう》という高官たちが評議を行う場です。「着陣」はその陣座に、公卿が任命後初めて着座する**儀式**を指しました。

着帯　ちゃくたい

帯を締めること、またはその**儀式**です。女性が妊娠した場合に行われました。▼『**源氏物語**』しるしの帯の引き結《ゆ》はれたるほどなど、いと**あはれ**に…（標《しるし》の帯が腰に結われている様子など、たいそう心打たれるもので…）。

着裳　ちゃくも

裳着《もぎ》のことです。女子の成人式です。

着袴　ちゃっこ

幼児に**袴**《はかま》を着せる**儀式**・**袴着**《はかまぎ》の別称です。子の存在をお披露目するイベントでした。

中宮　ちゅうぐう

后妃《こうひ》らのトップである地位です。**后**《きさい》**の宮**と敬称されます。平安中期には**皇后**の別称で、**天皇**のただ一人の正妻を指しました。しかし**一**《いち》**条**《じょう》**天皇**の時代に、政治的事情から中宮と皇后を分離し、さらに一人の天皇が二人の后《きさき》を持つという例も生まれました。**物語**の中では従来どおり、ただ一人の抜きん出た后妃であるケースがほとんどです。

中国　ちゅうごく

全国の国々を面積・人口などで等級をつけ4種にわけた、その第3位です。**大国**《たいこく》・**上国**《じょうこく》に次ぎ、**下国**《げこく》の上に位置するポジションです。

中将　ちゅうじょう

近衛府《このえふ》の次官です。**蔵人頭**《くろうどのとう》という秘書官筆頭のような職を兼任した場合は、**頭中将**《とうのちゅうじょう》と呼ばれます。**四**《し》**位**《い》が相当とされる地位ですが、中には**三位**《さんみ》を頂く者もおり、その場合は特別に「三位中将《さんみのちゅうじょう》」と呼ばれました。若くして中将になれるのは、生まれと才芸に秀でたエリートのみであり、そのため**物語**のイケメンキャラに多い役職です。中流貴族の場合は、最終・最高の地位が中将という人もいました。

虫損 ちゅうそん

紙魚《しみ》が食ったことによる、**紙**の損傷です。紙や**本**が貴重な平安時代には大変深刻な、しかし非常にありふれた損害でした。▼『源氏物語』虫、みな損《そこな》ひてければ（虫が**草子**《そうし》を全部だめにしてしまったので）。

中門 ちゅうもん

寝殿造り《しんでん》で、中門廊（**対の屋**《たいや》から南へまっすぐにのびる**渡殿**《わたどの》）の中ほどを切り通して設けた**門**のことです。正門から**寝殿**（正殿《せいでん》）にアクセスする際はここを通ります。▼『**蜻蛉日記**』ここなる男《おのこ》ども中門おし開《ひら》きて、ひざまづきてをるに、むべもなく引き過ぎぬ（我が家の下男どもが中門を押し開けて、膝《ひざ》をついてお待ちしているのに、夫・**藤原兼家**《かねいえ》の**牛車**《ぎっしゃ》は案の定、素通りしていった）。

中臈 ちゅうろう

「臈《ろう》」とは仏教用語で修行を積んだ年数をいい、転じて身分の高さを表します。中臈とは、**上臈**《じょうろう》と**下**《げ》**臈**《ろう》の間、つまり中流である身分を指します。▼『**紫式部日記**』上臈・中臈のほどぞあまりひき入《い》り上衆《じょうず》めきてのみ侍《はべ》める（上級、中級の**女房**たちはあまりにも控えめで、お上品すぎる振る舞いです）。

帳 ちょう

布地の仕切りの総称です。**御帳台**《みちょうだい》（ベッド）を指すこともあります。

長歌 ちょうか

「**ながうた**」ともいいます。三十《みそ》一文字《ひともじ》（短歌）ではなく、五・七の句を長く続ける詩歌《しいか》です。

短歌で表しきれないほど思い余ると長歌を詠む！ でも高度な歌スキルが必要。

調楽 ちょうがく

舞楽《ぶがく》のリハーサルのことです。特に、**賀茂**《かも》**神社**・**石清水八幡宮**《いわしみず》の**臨**《りん》**時祭**《じのまつり》のために、宮中で行うものを指しました。▼『**源氏物語**』臨時の祭の調楽に**夜**更《ふ》けて、**いみじう**霙《みぞれ》ふる夜…「家路《いえじ》」と思はん方《かた》はまたなかりけり（臨時祭の調楽で遅くなり、みぞれがひどく降る夜…「我が家」と思う場所は他になかった）。

調子　ちょうし

雅楽の用語です。洋楽にハ長調(C major)などの音の組み合わせがあるように、雅楽にも**壱越調《いちこつちょう》**、**盤渉調《ばんしきちょう》**など六調子《りくちょうし》といわれる調《しらべ》があり、季節ごとにふさわしい調子が定まっていました。また六調子それぞれが持つ、一種の前奏曲のことも指します。

丁子　ちょうじ

東南アジアの香料諸島(モルッカ諸島)が原産のハーブです。英語名はクローブです。正倉院《しょうそういん》にも保存されている、「お宝」級に貴重な香料で、**薫物《たきもの》**(お香)や薬に使ったほか、「丁子染《ちょうじぞめ》」という染色(**染め**)にも使いました。

手水　ちょうず

手や顔を洗うこと、またはそれに用いる水のことです。**角盥《つのだらい》**などに入れた水を、貴人の寝所や居間に運び入れて行いました。▼**『枕草子』**つとめて、御《み》けづり髪《ぐし》、御手《みちょう》水《ず》などまゐりて…(早朝、**皇后・定子《ていし》**さまはお髪の手入れ、ご洗面などなさって…)。

帳台　ちょうだい

「**御帳台《みちょうだい》**」とも。貴人用の、周囲に帷子《かたびら》を垂らした寝所のことです。

帳台試　ちょうだいのこころみ

五節《ごせち》の**儀式**の一つです。11月の中《なか》の丑《うし》の日、**天皇**が**常寧殿《じょうねいでん》**の**御帳台《みちょうだい》**から行った、**舞姫**の**舞**の下見です。

調度　ちょうど

身の回りの道具や家具のことです。武士の場合、**弓**矢など武器を意味しますが、平安文学では家具を主に指します。**几帳《きちょう》**や**屏風《びょうぶ》**、ベッドである**御帳台《みちょうだい》**、**厨子棚《ずしだな》**や**唐《から》櫃《びつ》**などの収納具、**櫛笥《くしげ》**や**泔坏《ゆするつき》**など日用品などです。つまりは実用品ですが、貴人宅の調度は、**螺鈿《らでん》**や**蒔絵《まきえ》**、書画、高価な絹織物などで装飾されていました。そのため第一級の美術品であり、財産としての価値もありました。冠婚葬祭の時には、身内や知人が総力を挙げて新調し贈る品々でした。名品は相続(**処分《そうぶん》**)されて、持ち主の血筋正しさの象徴となりましたが、没落すると栄光の残滓《ざんし》と化したり、売り払われて困窮ぶりを象徴したりしました。

源氏物語 蓬生

御調度《みちょうど》どもも、いと古代《こだい》に馴《な》れたるが昔様《むかしよう》にてうるはしきを…「わざとその人・かの人にせさせ給へる」とたづね聞きて案内《あない》するを、おのづから「かかる貧しきあたり」と思ひ侮《あなづ》りて言《い》ひ来《く》るを……。

赤い鼻で有名な姫君・末摘花《すえつむはな》、貧窮してはいるがさすが宮家の令嬢である。故・常陸宮《ひたちのみや》（末摘花の父）が名のある職人に特注した調度品を所有している。それを「売りませんか」と言われることと自体、宮家にとっては侮辱である、という場面。

朝堂院 ちょうどういん

八省院《はっしょういん》とも呼ばれました。本来は朝賀《ちょうが》や即位など、最も重要な**儀式**が行われる場所でした。三つの区画から成り、南側から朝集堂院《ちょうしゅうどういん》（官人が出仕の際に集まる場所）、朝堂院（官人が列座する場所）、奥が大極殿院《だいごくでんいん》（**天皇**がお出ましになる正殿）です。平安貴族にとっては、中国風でいかめしい、威厳のある建物でした。

朝服 ちょうふく

内裏《だいり》へ参上するときに着る正装のことです。男性は**束帯**《そくたい》姿、女性は**裳唐衣**《もからぎぬ》装束、**女童**《めのわらわ》は**汗衫**《かざみ》着用が原則です。

調伏する ちょうぶくする

「調《ちょう》ず」ともいいます。仏教用語で、仏に祈り、その力によって邪鬼などを押さえこむことです。平安文学では僧が**加持祈祷**《かじきとう》により、**物**《も》**の怪**《け》を調伏する場面がよく描かれます。病人に取り憑《つ》いている物の怪を、**憑坐**《よりまし》という人に駆《か》り移すことができると、調伏は成功です。

直廬 ちょくろ

「**じきろ**」ともいいます。**女御**《にょうご》・摂関《せっかん》・**大臣**《だいじん》・**大納言**《だいなごん》など上流貴族が、**内裏**《だいり》に頂いた**宿直**《とのい》・休息のための場所です。通常は宜陽殿《ぎようでん》という建物の東廂《ひがしびさし》でした。ただし、**藤原道長**《みちなが》は長女・**彰子**《しょうし》**中宮**の住む**飛**《ひ》**香舎**《ぎょうしゃ》（**藤壺**《ふじつぼ》）に持つなど、縁《ゆかり》のある殿舎に持った例もあります。

築垣 ついがき

「ついかき」ともいいます。**土**を

盛りあげて築いた垣のことです。**築地**《ついじ》と同じです。

衝重　ついがさね

お膳のタイプです。**折敷**《おしき》という四角いお盆の下に、四角い脚をつけたもの。脚の三面に透かし飾りを施したタイプは「三方《さんぼう》」と呼ばれ、現代でも使われています。

築地　ついじ

「ついひじ」とも読みます。**土**を盛りあげて築いた**垣**です。寺院や上流貴族の屋敷の周りに作られました。白い漆喰《しっくい》を塗って美観を整えたり、上を板や瓦《かわら》で覆ったりすることもありました。▼『**うつほ物語**』築地、二、三百人の夫《ぶ》どもして、その年のうちに築きつ（〈仲忠《なかただ》が旧邸を修復する際〉築地を、200～300人の人足《にんそく》たちによって、年内に築いてしまった）。

CHECK IT OUT.

築地が示すもの

六位《ろくい》以下の屋敷には許されない垣根です。土塀なので草が生えやすく、**雨**などで崩れることも多く、維持には人手と費用を要しました。そのため、平安文学に「築地の崩れ」が書かれている場合、落ちぶれて修繕できない家か、当主の死去や追放で男手がなくなり管理が行き届いていない女所帯か、などと「訳あり」の背景が疑われます。

追善　ついぜん

人が亡くなったあとの供養です。

追善供養が手厚いほど故人の罪が軽くなると信じられていました。

朔日　ついたち

「つきたち」の音便化です。月の1日めや上旬を指します。

番舞　つがいまい

雅楽で、ペアになった**舞**のことです。**鳥**を模した「**迦陵頻**《かりょうびん》」とチョウの「**胡蝶**《こちょう》」のように、対称性のある2種類の舞でした。

司召　つかさめし

「司召の**除目**《じもく》」の略。**秋**の除目ともいいます。**大臣**以外の官人に、官職を任命する**儀式**です。

月 つき

天体です。その満ち欠けの周期性は古代人にも観測しやすく、新月から新月までをひと月とする太陰《たいいん》暦《れき》は、平安時代にも用いられていました。また、月は貴重な光源、いわば照明でもありました。十五夜が近づくにつれ明るくなることや、月の出・入りの時間が変動することは、平安人なら自然と考慮するものでした。**春**の**霞**《かすみ》がかった月や**秋**・**冬**のクリアに見える月など、季節ごとの違いも堪能されました。

月頃《つきごろ》といえば「この数カ月」の意。同様に、日頃（この数日）、年頃（この数年）という語もありました。

CHECK IT OUT.

月に関わる単語

大《だい》の月：ひと月に日数が30日ある月。

小《しょう》の月：ひと月に日数が29日以下の月。

閏《うるう》月：季節と月がずれていくのを調整するため、挿入される月。

立待《たちまち》月：17日の**夜**の月。立って少し待っていれば出る月、の意。

居待《いまち》月：18日の月。座って待つくらいで昇ってくる。

寝待《ねまち》月：19日。待ちきれず横になるころ出る月。

朧《おぼろ》月：**春**の夜の、朧に霞《かす》んで見える月。

名月：陰暦8月15日の月。中秋の名月。

継紙 つぎがみ

巻物のように糊《のり》で継いだ**紙**のことです。また、**歌**や**物語**を書く高級な料紙《りょうし》として、さまざまな**色**・**種**類の紙を継ぎ一枚にしたもののこともいいます。作品の雰囲気を抽象的な模様で表したものであり、アブストラクト・アート（抽象芸術）の先駆けです。▼『源氏物語』色々の紙を継ぎつつ**手習**《てならい》をし給…（〈**光源氏**が須磨《すま》で〉色とりどりの紙を継紙にして書や**絵**をおかきになり…）。

筑紫 つくし

現在の福岡県を指す地名です。筑《ちく》前《ぜん》と筑後《ちくご》に分けられます。この地に置かれた役所・**大宰府**《だざいふ》を指すこともありました。

作物所・造物所　つくもどころ

「作《つく》り物所《ものどころ》」の意味で、**調度**品類《ちょうどひん》を製作した場所です。宮中の場合は**蔵人所**《くろうどどころ》に属する部署でした。上流貴族や富豪も、屋敷に作物所を持っていたようです。▼『**うつほ物語**』これ、作物所。細工《さいく》三十人ばかり居て、**沈**《じん》、**蘇芳**《すおう》、**紫檀**《したん》らして**破子**《わりご》、**折敷**《おしき》、机どもなど色々に作る。轆轤《ろくろ》師ども居て、御器《ごき》ども、同じものして挽《ひ》く（ここは作物所。細工師が30人ばかりいて、沈・蘇芳・紫檀など高級な輸入木材で破子・折敷・机などをさまざまに作っている。轆轤師たちもいて、蓋《ふた》つき椀《わん》を轆轤で削り出している）。

晦日　つごもり

「**月**が籠《こも》る（隠れる）」の意です。陰暦の月の下旬、または最終日です。月が細く見える時期で、**夜**の暗いころというイメージです。

土　つち

大地や土、土塊《つちくれ》などをいいます。そのほか、「**地下人**《じげびと》」と呼ばれた中・下流貴族を「土」ということもありました。

土忌み　つちいみ

陰陽道《おんようどう》で、地の神「土公神《どくじん》」のいる方角に対して工事を行うことを忌む（避ける）習慣です。やむを得ず工事する場合、家人《かじん》はしばらく他所へ引っ越しました。▼『**更級日記**』土忌みに人のもとに渡りたるに…（土忌みのため人の家へ移っていたところ…）。

土殿　つちどの

喪中《もちゅう》の家族がこもって暮らす建物のことです。屋敷の**板敷**《いたじき》（板の床）を除去して土間《どま》にし、質素な**簾**《すだれ》・家具を設置しました。▼『**栄花物語**』東三条院《ひがしさんじょういん》の廊《ろう》・**渡殿**《わたどの》をみな土殿にしつつ…（**藤原兼家**《かねいえ》さまの死後、**東三条邸**の廊下や渡り廊下を全て土殿にして…）。

土御門殿　つちみかどどの

一条《いちじょう》朝期の大貴族・**藤原道長**《みちなが》が所有した邸宅の一つです。京極殿《きょうごくどの》、**上東門第**《じょうとうもんてい》とも呼ばれ、しばしば**里内裏**《さとだいり》（仮の皇居）になりました。道長自身をこう敬称することもあります。

躑躅　つつじ

春の**花**です。濃紅、紫、白などさまざまな**色**があります。平安のツツジは今のヤマツツジに近い花です。また「岩躑躅」は岩の間に生えているツツジの意で、現代のイワツツジとは異なります。

慎み給ふべき年　つつしみたまうべきとし

厄年の敬語です。「慎ませ給ふべき年」というと、敬意の度合いがさらに上がります。

慎む　つつしむ

危険や**罪**、過ちを避けるため気をつけて過ごすことです。用心や謹慎に近いニュアンスです。そのために行う**物忌《ものい》み**や**加持祈祷《かじきとう》**、潔斎《けっさい》（心身を清めること）も含みます。

▼『源氏物語』いと恐ろしく占ひたる物忌《ものいみ》により、**京**の内をさへ去りて慎むなり（非常に恐ろしい占いが出て物忌みとなったので、**都**にいることさえ避けて田舎家に隠れ、堅く慎むことにした）。

包み文　つつみぶみ

文（**手紙**）の体裁の一つ。手紙本体を**薄様《うすよう》**など薄い**紙**で包んだものです。**立文《たてぶみ》**ほどではありませんが、やや改まった印象になります。

常ならず　つねならず

「普段通りではない」という意味です。異常がある場合や、妊娠を婉曲に表現する際、また仏教的にこの**世**の儚《はかな》さを嘆くときに使う言葉です。

仏教用語「無常（万物は変化し続ける）」を訓読すると「常なし」。

角盥　つのだらい

左右に角のような取っ手が二つずつ付いた盥です。取っ手は運搬の際の持ち手とも、使用時に袖《そで》を掛けるためともいわれます。

椿餅　つばきもち

「つばいもちい」ともいいます。**甘葛《あまずら》**というツル草から採った甘味料をかけ、ツバキの葉で包んだ餅です。

壺　つぼ

中庭のことです。**渡殿《わたどの》**（渡り廊下）や建物で囲まれた空間です。**御簾《みす》**の外に出ない貴婦人にはとても身近な場所であり、泉や**遣水《やりみず》**、植え込みを設けて眺めました。宮中の建物に藤壺《ふじつぼ》・桐壺《きりつぼ》などの呼び名があるのは、その建物の壺に植えられていた植物に由来します。

壺切 つぼきり

春宮《とうぐう》（皇太子）が代々、守り刀として受け継いだ刀です。**藤原道長**《みちなが》は自身の孫でない皇太子・敦明**親王**《あつあきらしんのう》に圧力をかけ、皇太子位を辞退させて、孫の敦良《あつなが》親王（のちの後《ご》朱雀《すざく》**天皇**）を代わりに立てました。その嫌がらせの一つとして、敦明には壺切を渡さず、敦良にはすぐ授けた話が有名です。▼『大鏡』三宮《さんのみや》、東宮《とうぐう》にたたせたまひて、同月の二十三日にこそは、壺切といふ**太刀**《たち》は、内より持《も》てまゐりしか（敦良親王が皇太子におなりになって、同じ月の23日にはもう、壺切の太刀は**内裏**《だいり》から持って来られたのですよ）。

令和の立皇嗣《りっこうし》の礼でも、壺切御剣《つぼきりのぎょけん》と呼ばれる剣が授与されました。

壺装束 つぼしょうぞく

中流以下の貴族女性の外出姿です。徒歩（**かち**）または騎馬の際の身なりです。トップスの衣類はたくしあげて腰紐《こしひも》でくくり、**市女**《いちめ》**笠**《がさ》・**枲**《むし》**の垂れ衣**・**被衣**《かずき》などで顔を隠し、草鞋《わらじ》か半靴《ほうか》を履きました。騎乗の際は、短い切袴《きりばかま》か**指貫**《さしぬき》を穿《は》くこともありました。

局 つぼね

屏風《びょうぶ》や**几帳**《きちょう》で「つぼねて（仕切って）」設けた空間です。使用人などに部屋として与えられました。**曹司**《ぞうし》と似た意味ですが女性について使われることが多く、そこに住む**女房**（侍女《じじょ》）・女官を指すこともあります。

紫式部は同僚に「日《に》本紀《ほんぎ》の御局《みつぼね》」と揶揄《やゆ》されました。

栄花物語 わかばえ

局《つぼね》して候《さぶら》ひつきたる人々は、局ながら万《よろづ》をし急ぎたるに、里の残《のこり》の人々は参りて、**台盤所**《だいばんどころ》にて、はかなく屏風・几帳《きちょう》ばかりをひきつぼねて、隙《ひま》もなく居たり。

盛大な**大饗**《だいきょう》が行われるので、住み込み女房たちは局で支度にいそしみ、自宅に滞在していた女房たちは出勤して、台盤所にいる、という場面。屏風や几帳といったパーティションで仕切っただけの、いわば「仮の局」が、台盤所にぎっしり並んでいる。

つま

配偶者のことです。男女の両方に使われ、「夫」とも「妻」とも表記します。

妻戸 つまど

寝殿造《しんでんづく》**り**の建物で、出入り口となっている両開きの板戸です。建物の両端に設けられた、つま（端）の戸です。寝殿造りは壁らしい壁がなく、**御簾**《みす》・**壁代**《かべしろ》を垂れているだけなので、たいていの場所が出入り可能です。しかし**夜**は**格子**《こうし》を下ろして壁代わりにするため、妻戸だけが出入りできる箇所となりました。

源氏物語 蛍

（男君は）よろしき御返《おんかえ》りのあるを**珍しがりて**、いと忍びやかにおはしましたり。妻戸の間に御**茵**《しとね》まゐらせ…姫君は東おもてに引き入りて**大殿籠**《おおとのごも》**り**けるを、**宰相**《さいしょう》の君の御消息《おんしょうそこ》つたへにゐざり入りたる…すべり出でて、**母屋**《もや》の際《きわ》なる御**几帳**《きちょう》のもとに、かたはら伏し給へり。

求婚中の男君（蛍宮《ほたるみや》）は仲介の**女房**・宰相の君から珍しく返事をもらい、喜んで夜ソッと来訪。慎み深い姫（玉鬘《たまかずら》）は恋に無関心で既に就寝していたが、宰相の君が男君の言葉を伝えに来ると仕方なく母屋の端まで出る。男君がいるのが「妻戸の間」。

妻戸の間　つまどのま

妻戸に接している部分の**廂**《ひさし》のことです。建物の四隅にあります。夜間の出入り口である妻戸のすぐ傍《そば》なので、姫君に求婚中の男性をここで応接するなど、ロマンスの重要舞台でもありました。

罪　つみ

悪い行いや、それへの罰のことです。「欠点」程度の軽いニュアンスの例もありますが、道徳や法律への違反など重い意味のケースも多々あります。特に仏教での罪は、極楽《ごくらく》往生を妨げるなど、来世に関わる深刻なものでした。なお、女に生まれたこと、親より先に**死ぬ**ことや孝行しないこと、生き物を飼うこと、**出家**した人の心を乱すこと、愛したり恨《うら》んだりと深く執着することも、罪と考えられていました。

爪　つめ

手足の爪です。バツが悪く恥ずかしがるときは「爪食《つめく》ふ」しぐさをします。「爪弾《つまはじ》き」は、非難したいときやゾッとした際に行う、指を親指に掛けて弾く行為です。「爪印《つまじるし》」は、**紙**に爪でつける印です。文章を読んでいて不明点があったときや、書かれた**和歌**などから一つを選んだ際につけます。そのほか**琴**《こと》（弦楽器）を弾くときに嵌《は》める爪も指します。「爪音《つまおと》」は奏でられた音色です。

露　つゆ

水滴のことです。草葉の上に光る露は、その美が愛《め》でられ、**風**に散らされる儚《はかな》さが**世**の**無常**を思わせるものでした。ごく小さいものであることから「少しも」というニュアンスで使われることもあります。▼『源氏物語』つゆ、まどろまれず〈桐壺**更衣**《きりつぼのこうい》が**病**で退出し、帝《みかど》は〉全く眠れない〉。

釣灯籠　つりどうろう

照明器具の一つです。**灯籠**（油皿《あぶらざら》を入れて灯《ひ》をともすランプ）を、軒などから吊るしたものです。

釣殿　つりどの

池の際《きわ》または上に建てた別棟のことです。**寝殿**《しんでん》や**対**《たい》**の屋**《や》から南へ向かってまっすぐ伸びた**廊**《ろう》の先端に多く造られます。**夏**の納涼や、池に浮かべた**舟**への乗り降りに使用されました。

鶴 つる

千年の寿命を持つ**鳥**とされ、**マツ**の**木**やカメと並ぶ「長寿／吉祥のしるし」でした。そのめでたさから、慶事の際の贈答品にはツルの模様や置物が人気でした。鋭いよく通る声で鳴くことで知られ、**和歌**にもよく詠まれました。歌語では「たづ」といいます。

弦打ち つるうち

「**鳴弦**《めいげん》」とも。**弓**の弦を鳴らすことです。魔除《まよ》けに行われました。

剣 つるぎ

腰につけて、武器として携帯する刃物のうち、両刃のものです。三種の神器の一つが剣である通り、神聖視されていた品で、魔除《まよ》けの意味もありました。▼『**栄花物語**』**春宮**《とうぐう》の御方《おんかた》には…獅子狛犬《ししこまいぬ》・日記《ひき》の御**厨子**《みずし》・御剣など渡り…（皇太子〈敦良**親王**《あつながしんのう》＝のちの後朱雀《ごすざく》天皇〉の方には…獅子狛犬・日記の御厨子・御剣など**天皇**位を象徴する品々が運ばれ…）。

兵 つわもの

武器も指しますが、**武士**《もののふ》、兵士の意で多く使われます。**律令**《りつりょう》制の崩壊と共に兵制もゆるみ、治安が悪化したため、武装した集団が各地に生まれていました。彼らのトップは**平安京**で貴族に仕え、護衛を務めるようになります。その対価は、**官位**《かんい》や政治的な庇護《ひご》でした。

CHECK IT OUT.

「武士集団と貴族」が支える平安京

(例)『源氏物語』この大将殿の御庄《みそう》の人々といふ者は、**いみじ**き武道の者どもにて、一類《ひとるい》この里に満ちて侍《はべ》るなり。大方《おおかた》この山城大和《やましろやまと》に、殿の領じ給ふ所々《ところどころ》の人なむ皆この**内舎人**《うどねり》といふ者のゆかりかけつつ侍るなる。それが婿《むこ》の右近大夫《うこんのたいふ》といふ者を本《もと》として、よろづのことを掟《おき》て仰《おお》せられたるなり。

右近衛府《うこんえふ》の大将（長官）という上流貴族（薫《かおる》）が、山城・大和に**荘園**を複数持ち、その民に**宇治**《じ》の自邸を警備させている場面。荘園の人々は「武道（別写本では無道）」の大集団です。貴族に仕えるこのような武士集団の台頭は、約150年後の話です。

手　て

現代同様「手段」という意味があり、そのほか筆跡や楽器の演奏法、人に負わされた傷などについてもいいました。

平安貴族は手（筆跡）の美に弱い…現代の美貌・美声に当たるかな。

女性の手（縫製の力量）が最も可視化される箇所は、縫い目ですね。

定子　ていし

一条《いちじょう》天皇の**中宮**（のちに**皇后**）です。**藤原道隆《みちたか》**の娘で、宮廷に華やかなサロンを築きました。父の没後は不遇の日々を送り25歳で死去

「て」のいろいろ

CHECK IT OUT.

「手」は現代と同様、人体のパーツを意味します。

しかし、今とは異なる意味も多々あります。例えば「手《て》を折《お》りて数《かぞ》ふ」という表現。この場合は指の意です。

道具類の突き出た部分も「手」といいます。**几帳《きちょう》**の横木の先や、盥《たらい》の取っ手などです。

文字や筆跡も「手」です。「**女手《おんなで》**」といえば、主に女性が書いた平仮名（**仮名**）のこと、「御手《おんて》」は、貴人の筆跡です。楽器の奏法や曲のことも「手」といいます。貴婦人の筆跡や、男女問わず優れた演奏は、隠すことが美徳でした。

後世の鎌倉時代によく書かれた軍記物語では、部下を「誰それの手の者」といいます。また負傷のことを「手を負《お》ふ」と表現します。

傷

王朝時代の一条朝期には用例が少ないが、**武士《もののふ》**の世で「手」といえば傷。

縫物

腕前や技量という意味も。女性の縫物の「手」は高く評価された。

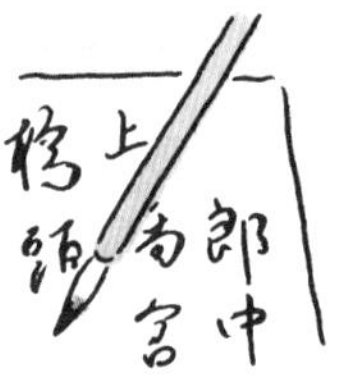

筆跡

平安人は「手」を見れば、書いた人の教養・育ち・人柄を推測できた。

します。その魅力や才気は『**枕草子**《まくらのそうし》』に、悲運や帝《みかど》とのロマンスは『**栄花物語**《えいがものがたり》』に書きとどめられました。

CHECK IT OUT.

名前の読み方

平安の女性名には読み方不明のものが多く、その場合は「音読み」するのが国文学の慣例となっています。そのため定子は「ていし」と呼ばれています。「この漢字なら『さだこ』でしょ?」と思うかもしれませんが、「明子」は「あきらけいこ」、「高子」は「たかいこ」であることがわかっています。つまり、現代の常識とはまるで違った読みだとわかっている例が複数あるため、断定できないのです。

手紙　てがみ

平安貴族にとって、最も重要なコミュニケーション手段。「**文**《ふみ》」とも。

輦車　てぐるま

輿《こし》の一種。「**れんしゃ**」「こしぐるま」とも呼びます。多人数で引く人力車です。**内裏**《だいり》の中は貴人でも徒歩が原則でしたが、勅許《ちょっきょ》（**天皇**の許可）を特別に得た人だけは、この車に乗って出入りできました。高位の妃《きさき》や権力者の正妻など、「お姿を人目にさらすなど畏《おそ》れ多い」と人々に思われるような貴婦人の特権でした。▼『**源氏物語**』出《い》で給ふ**儀式**の、いと殊《こと》によそほしく、御輦車《おんてぐるま》など許され給ひて、**女御**《にょうご》の御有様《おんありさま》に異《こと》ならぬを…（**光源氏**の**妻**・紫上《むらさきのうえ》が内裏をお出になる儀式が、格別に美々《びび》しく、お輦車など許されなさって、お妃さまにも等しいご様子なのを…）。

手作　てづくり

手織《ており》ともいいます。織機《おりき》ではなく**手**で織った**布**で、主に庶民が着た粗末な生地でした。素材は**葛**《くず》や麻、カラムシなどで、**糸**が太いため厚地でした。▼『**うつほ物語**』自《みずか》らも**綾**《あや》、手織《ており》ならぬもの着…（自分も綾という絹織物の、手織でない贅沢《ぜいたく》な品を着て…）。

手習　てならい

「**筆とる道**」の修練、つまりお習字です。筆跡（**手**《て》）の美が高く評価された時代であり、公務でもコミュニケーションでも**書道**のスキルが役立ったので、手習は重要な教育でした。子どもだけでなく、大人も日々手習をしました。一方で手習は、レクリエーションの一つでもありました。その場合は字だけでなく**絵**も描いたり、心に浮かぶ**和歌**を書き連ねたりしました。

源氏物語 浮舟

（男君は）**硯**《すずり》ひき寄せて手習などし給ふ。いと、**を かしげ**に書きすさび、**絵**などを見どころ多く書き給へれば、（姫君の）わかき心地には思ひも移りぬべし。

夜を過ごし、**昼**もそのまま共寝している男女（匂宮《におうみや》と浮舟《うきふね》）が、手習をして遊ぶ場面。絵や**紙**・筆が貴重だった時代なので、手習の見事さは教養や財力の表れであり、異性の心を惹《ひ》きつけた。

手本 てほん

書の上達のために模範とする、名書家が書いた文章です。**書道**が必須スキルであり、かつ書籍は**手**で書くしかなかった時代であるため、名人が書いた**本**は非常に貴重でした。財産として大事に相続（**処分**《そうぶん》）されたり、1行程度の名筆が人から人へと大事に譲られたりしました。▼『**更級日記**』「これ手本にせよ」とて、この姫君の御手《おんて》をとらせたりしを…（「これをお手本にしなさい」と、**大納言**《だいなごん》・**藤原行成**《ゆきなり》さまの令嬢が書かれたものを私〈**菅原孝標女**《たかすえのむすめ》〉に受け取らせたのを…）。

田楽 でんがく

庶民の間で行われていた音楽や**舞**などです。農耕に関わる神事と庶民の娯楽、大陸渡来の楽器・曲芸などが影響し合って形成されたと思われます。貴族も興味深く鑑賞していたようです。▼『**栄花物語**』田楽といひて、あやしきやうなる鼓《つづみ》、腰に結《ゆ》ひつけて、笛吹き、ささらといふもの突き、さまざまの舞して、あやしの男《おのこ》ども**歌**うたひ…（田楽といって、粗末な鼓を腰に結いつけて、笛を吹き、ササラというものを突き、さまざまな舞をして、身分低い男どもが歌を歌い…）。

現代でも「民俗芸能」として
残っている！

天狗　てんぐ

想像上の生き物です。突出した鼻に赤顔というのは後世のイメージで、むしろ**鳥**のトビの印象だったようです。悪さを働く妖怪で、仏道修行を妨げる邪《よこしま》な存在でした。▼『**栄花物語**』天狗などむつかしき辺りにて、**いみじ**う煩《わずら》はせ給ふ（その屋敷は天狗などがいて厄介な場所だったので、お住まいの**彰子**《しょうし》さまは**病**で苦しまれた）。

天竺　てんじく

インドのことです。仏教の生まれた国、とても遠い外国というイメージでした。

伝授　でんじゅ

芸などを教え伝えることです。平安文学では、楽器の奏法の伝授が特に注目されています。▼『源氏物語』なにがしが延喜《えんぎ》の御**手**《おんて》より弾き伝へたる事、三代《さんだい》になむなり侍《はべ》りぬるを…（私《わたくし》め〈明石入道《あかしのにゅうどう》〉は、醍醐《だいご》**天皇**の御奏法を弾き伝えて3代になっておりますが…）。

殿上　てんじょう

清涼殿《せいりょうでん》（**天皇**が住まう殿舎）にある、上流貴族の控えの間「殿上《てんじょう》の間《ま》」のことです。尊い空間とされ、ここへの立ち入りが許されることを「**昇殿**《しょうでん》を許さる」と表現しました。昇殿は、皇族、**公卿**《くぎょう》、**四位**《しい》・**五位**《ごい》の一部、**六位**《ろくい》の**蔵人**《くろうど》、行儀見習いの**童殿上**《わらわてんじょう》のみに許される特権でした。▼『平家物語』殿上の仙籍《せんせき》をば未《いま》だ許されず（平氏は、殿上をまだ許されぬ身分であった）。

殿上人　てんじょうびと

清涼殿《せいりょうでん》の**殿上**の間《ま》への立ち入りを許された人、つまり上流貴族の総称です。堂上《どうじょう》、雲上人《うんじょうびと》、雲客《うんかく》ともいい、立ち入りを許されない「**地下**《じげ》」との間には歴然たる身分差がありました。閣僚に当たる**公卿**《くぎょう》を含めることもありますが、通常は**四位**《しい》・**五位**《ごい》の殿上できる者と**六位**《ろくい》の**蔵人**《くろうど》のことを指し、公卿と地下《じげ》との間の階層と見られていました。なお、殿上の間への立ち入りは、皇族のほか雑用をする**童殿上**《わらわてんじょう》も許可されましたが、彼らは殿上人とは呼ばれません。

天神信仰　てんじんしんこう

平安京では、「死後、雷で祟《たた》った」とされる**菅原道真**《すがわらのみちざね》への恐れが、雷神、ひいては天神への信仰と融合しました。その結果が**御霊会**《ごりょうえ》という祭りや**北野神社**《きたの》（北野天満宮）です。

天皇 てんのう

7世紀以後の日本の君主の称号です。平安文学では、「帝《みかど》」「上《うえ》」「うち」と呼ぶほか、**行幸**《ぎょうこう》（天皇の外出）など特別な用語・敬語を用い、名指しせず言及する文が多く見られます。祖先神とする**天照大神**《あまてらすおおみかみ》をはじめ多くの神々を大切に祀《まつ》り、仏教は神への配慮により**内裏**《だいり》から遠ざける方針をとりつつも国を守る教えとして尊重するのが、平安の天皇のあり方でした。天皇家は氏《うじ》を持たず、父系血族により皇位を継承し、母方親族に後見（**うしろみ**）され政治を執りました。当時は生前に譲位するのが通例で、**春宮**《とうぐう》（皇太子）が弟や甥《おい》、従兄弟《いとこ》であることも多々ありました。

―枕草子― はしたなきもの

八幡《やわた》の行幸《ぎょうこう》の還《かえ》らせ給ふに、女院《にょいん》の御桟敷《おんさじき》のあなたに御輿《みこし》とどめて、御消息《おんしょうそこ》申させ給ひしなど、**いみじく**めでたく、さばかりの御有様《おんありさま》にてかしこまり申させ給ふが、**世に知らず**いみじきに、まことにこぼるばかり、**化粧**《けそう》じたる顔、皆あらはれて、いかに見苦しからむ。

一条天皇《いちじょう》は行幸のとき、見物していた生母（女院・**詮子**《せんし》）の桟敷前で輿を停《と》め、挨拶《あいさつ》をした。天皇という尊い身でありながら母には孝行・礼儀を尽くす態度に、**女房**たちが感泣した場面。

天変地異 てんぺんちい

自然界の異変のことです。天変は**野分**《のわき》（台風）、雷、豪雨、日食、彗星《すいせい》など天の異常、地異は地震（**ない**）や大水など地上の変事をいいました。政治《まつりごと》に対する天の警告と見なされていたため、世論は政権を責め、**天皇**は責任を感じて譲位を考えるものでした。天変地異発生の報告があると、朝廷は外記《げき》・**陰陽師**《おんようじ》・史官《しかん》などに命じ、前例調査や各種占いなどにより災害の原因を調査させます。そして「～の祟《たた》り」などと**勘文**《かんがえぶみ》（報告書）が上がってくると、「どのお**経**を読ませるか」など対策を決定し、実施しました。貴族の日記には、「読経《どきょう》のあと害虫が死滅した」などと、政策の「効果」が喜びと共に記録されています。庶民も朝廷にはこの類いの「外国からきた、進んだ祭祀《さいし》」を期待していました。

源氏物語 薄雲

物のさとし繁《しげ》く、のどかならで、「天《あま》つ空《そら》にも例に違《たが》へる月・日・星の光見え、雲のたたずまひあり」とのみ、世の人驚くこと多くて、みちみちの勘《かんが》へ文《ぶみ》ども奉《たてまつ》れるにも、あやしう…。

「物のさとし」とは神仏のお告げの意味で天変地異を指す。それで**明法道**《みょうぼうどう》・**陰陽道**《おんようどう》などさまざまな道の専門家たちが状況を判断し、「かんがえぶみ」という意見書を差し上げたわけである。

天文道 てんもんどう

天体や気象を観察し、その異変から吉凶を判断する**学問**です。陰陽《おんよう》寮《りょう》の学科でした。

典薬寮 てんやくりょう

宮内省に属する役所です。和風に「くすりのつかさ」ということもあります。診療・医薬・薬草の管理などに当たりました。典薬寮の長官が典薬頭《てんやくのかみ》です。

踏歌 とうか

男性と女性がそれぞれ集団をつくり、地を踏み鳴らしながら、**催馬**《さいば》**楽**《ら》などを歌う行事です。**男踏歌**は正月14日、**女踏歌**は16日に行われました。最後に「よろづとせ　あられ（万年、存在なさいませ）」と歌いながら走って退出することから、「あらればしり」ともいいます。

唐楽 とうがく

唐の時代の中国から伝来した舞楽《ぶがく》です。林邑《りんゆう》（ベトナム）や**天竺**《てんじく》（インド）ルーツの音曲も含まれています。**左方**《ひだりかた》の唐楽と**右方**《みぎかた》の**高麗楽**《こまがく》を交互に演奏するなど、番《つがい》（ペア）で演奏されるのが通例でした。

登花殿 とうかでん

後宮《こうきゅう》の建物で、**七殿五舎**《しちでんごしゃ》の一つです。▼『栄花物語』登花殿に住ませ給ふ。**春宮**《とうぐう》も**梅壺**《うめつぼ》におはしませば、ことさらに近き殿《でん》をとおぼしめすなりけり（**藤原道長**《みちなが》さまは娘の嬉子《きし》さまが皇太子妃になった際、登花殿に住まわせなさった。皇太子〈敦良《あつなが》**親王**《しんのう》＝のちの後朱雀《ごすざく》**天皇**〉が梅壺〈**凝**《ぎょう》**花舎**《かしゃ》〉にいらっしゃるので、「特に近い建物を」とお思いになったのだ）。

童形《どうぎょう》

子どもの身なりのことです。**装束**や**髪**型がポイントなので、年齢が高くとも「童形」の人もいます。

東京錦《とうぎょうき》

中国安南《あんなん》の東京《とうぎょう》産の**錦**《にしき》です。白地に**鳥・蝶**《ちょう》などの**紋様**《もんよう》を赤く織り出した品でした。これが使われた**褥**《しとね》（座布団）は最高級品とされていました。

春宮《とうぐう》

「東宮」とも。皇太子のことです。春宮になることが「**立坊**《りつぼう》」です。

唐詩《とうし》

漢詩（**ふみ**）のうち、唐の時代（618～907）の中国で作られたものです。唐代は詩の黄金時代で、**白**《はく》**居易**《きょい》、王維《おうい》、李白《りはく》、杜甫《とほ》などの作品は平安人にも大人気でした。

東寺《とうじ》

平安京が造られた当時、**都**を守るために、**羅城門**《らじょうもん》の東西に2寺が建設されました。東寺はその東側のほうです。のちに日本真言宗《しんごんしゅう》の祖・空海《くうかい》に与えられ、真言**密教**《みっきょう》の寺となりました。衰退した時期や度重なる焼失を乗り越え、現存します。

灯台《とうだい》

屋内用の照明具です。油盞《あぶらつき》という皿に油を入れ、浸した灯心《とうしん》に点火して明かりとしました。背が高く広範囲を照らす**高灯台**《たかとうだい》、それより低く簡略な切灯台《きりとうだい》、伏せた**高坏**《たかつき》に油盞を載せる手元用の**高坏灯台**《とうだい》などがありました。

一枕草子一

宮に初めて参りたるころ

高坏《たかつき》に参らせたる**大殿油**《おおとなぶら》なれば、**髪**の筋《すじ》なども、なかなか**昼**よりも顕証《けそう》に見えてまばゆけれど…。

低い位置に灯《とも》る高坏灯台だったため、髪や手元が昼間よりも明るく見え恥ずかしかった、という意味。**宮仕え**に出たばかりの**清少納言**《せいしょうなごん》の、うぶな心情を表している。

頭中将《とうのちゅうじょう》

近衛中将《このえのちゅうじょう》という、**近衛府**《このえふ》（**天皇**の身近を警護する部署）の次官である官職に加え、**蔵人**《くろうど》（天皇の秘書的な役職）のトップである**蔵人頭**《くろうどのとう》を兼任している人です。名門かつ優秀な貴公子は、若くして頭中将を務め、出世コースを駆けあがっていくものでした。

頭弁 とうのべん
弁官《べんかん》という事務職と、**蔵人**《くろうど》（**天皇**秘書）のトップである**蔵人頭**《くろうどのとう》を兼任する人のことです。

湯薬 とうやく
お湯状の薬です。主に薬草を煎《せん》じたものでした。

灯籠 とうろ
「とうろう」ともいいます。中に火をいれ、吊り下げたり置いておいたりして明かりにする籠《かご》です。

時姫 ときひめ
平安中期の貴族女性です。中流貴族でしたが、名門の**藤原兼家**《かねいえ》と**結婚**し正妻となりました。『**蜻蛉日**《かげろう》**記**』の著者・**藤原道綱母**《みちつなのはは》とは、夫の愛を競うライバルだったわけですが、子どもたち、特に娘を2人も産んだことが、時姫の強みになったと思われます。娘たちはそれぞれ**天皇**の后妃《こうひ》となり、のちの天皇を産んで、時姫は（すでに死去後でしたが）正一位《しょういちい》という高位（**位階**《いかい》）を得ました。

常磐木・常盤木 ときわぎ
常緑樹のことです。紅葉や落葉をせず、緑の葉を年間通じて保つことから、不老長寿や変わらない思いを連想させ、縁起のよい**木**とされていました。▼『**源氏物語**』常磐木の影、繁《しげ》れり。「かれ見給へ。いとはかなけれど、千歳《ちとせ》も経《ふ》べき緑の深さを」（常緑樹が影濃く繁っている。「あれをご覧なさい。大したことないものですが、緑は千年も不変であろう深さですよ」）。

独鈷 とくこ
「**とっこ**」とも。仏具の一つです。

読書 とくしょ
漢籍を読むことです。男児が**誕生**した際には、**御湯殿**《おゆどの》**の儀**の際、漢学の**博士**が『史記《しき》』『孝経《こうきょう》』などのめでたい一節を読みあげました。これを読書の儀といいます。

得度 とくど
俗世《ぞくせ》を捨て、仏道修行に専念する

ことです。**出家**とほぼ同義です。

独鈷 とこ

「**とっこ**」とも。仏具の一つです。

床縛り とこしばり

牛車《ぎっしゃ》の屋形《やかた》（乗車部分にかぶせる箱状の部分）を車軸（軸《よこがみ》）に縛り、固定する縄です。▼『**落窪物語**』車のとこしばりをふつふつと切りてければ、**大路**中《おおじなか》にはくと引き落としつ（〈**賀茂祭**《かものまつり》での**車争いで**〉床縛りをブツブツと切ってしまったので、屋形を大路のただ中でバタリと落としてしまった）。

露顕 ところあらわし

結婚したことを披露する宴です。新婦の屋敷で、新婦の後見人（親など）が主催します。平安中期には、新婚3日めの夜、**三日夜**《みかよ》**の餅**《もちい》を寝所で食したあとに新郎のみが宴席へ移動し、新婦親族らに饗応《きょうおう》される形が主流でした。新婦に頼れる身内がいない場合や恋愛が秘《ひ》密裡《みつり》に進んだケースなどでは、行われないこともありました。勢力ある貴族が婿《むこ》取りした場合は、面子《メンツ》をかけて盛大に行い、しだいに日を改めて、より**儀式**化して行うようになっていきました。▼『**落窪物語**』忍びてもあらましを、所《ところ》あらはしをさへして…我も人も**ゆゆしき**恥を見ること（不名誉な婿〈面白《おもしろ》の駒〉なので内々の結婚にしておきたかったものを、露顕まで行って、こちらも向こうもひどい恥をかいたこと！）。

土佐日記 とさにっき

「土左日記」とも書きます。**紀貫**《きのつら》**之**《ゆき》作の日記文学作品です。承平《じょうへい》4（934）年12月〜翌年2月の、土佐から**都**へ帰る旅の模様を、亡きわが子への悲しみをこめて記しています。男性が公的に用いるべきとされた**漢文**ではなく、女性が書いた体裁をとって**仮名**文で書いたことに特色があります。日本語と仮名で自身について書く「日記文学」を切り拓《ひら》いた作品です。一条《いちじょう》朝期（986〜1011）より古い習俗や言葉づかいが見られます。

刀自 とじ

「とうじ」ともいいます。家政を

取り仕切る家内トップの女性、つまり主婦のことです。女性への敬称となる例もあります。また、宮中では**台盤所**《だいばんどころ》、**内侍所**《ないしどころ》、**御厨子**《みずし》所《どころ》などで雑用をする下位女官を指しました。

屯食 とじき

「**とんじき**」とも。握り飯のことです。

独鈷 とっこ

「**とこ**」「**とくこ**」「どっこ」とも。真言**密教**《しんごんみっきょう》で用いる仏具です。金属製で両端がとがっており、「煩悩《ぼんのう》を砕く」という意味で悟りを表しています。お守りとしても使用されました。▼『源氏物語』**聖**《ひじり》、御《おん》まもりに独鈷たてまつる（僧は、北山から帰京する**光源氏**さまのお守りにと独鈷を差しあげます）。

舎人 とねり

下級官人です。**中務省**《なかつかさしょう》や**近衛府**《このえふ》などに所属し、**天皇**や皇族に仕えて雑用や警護に当たりました。

宿直 とのい

宮仕えをする者が、夜間、職場に泊まり込みで勤務することです。**夜**、貴人のそばにいて話し相手をしたり雑用を務めたりすることも指しました。**女御**《にょうご》・**更衣**《こうい》など妃《きさき》の場合は、**天皇**の「夜のお相手」を勤めるという意味です。▼『源氏物語』物恐《ものおそ》ろしき、夜のさまなめるを。宿直人《とのいびと》にて侍《はべ》らん（〈若紫《わかむらさき》＝のちの紫上＝の屋敷で〉**物**《もの》**の怪**《け》が恐ろしげな夜ですから。私〈**光源氏**〉が宿直人をいたしましょう）。

CHECK IT OUT.

平安の夜勤事情

平安人にとって、宿直は防災対策の一つでした。物の怪などの存在が信じられていたため、夜や嵐など「危険」な時間帯には、使用人たちが主君の**御座**《おまし》所《どころ》を囲んだのです。多くの人の気配（**けわい**）による安心感が「魔を遠ざける」と感じられていたのでしょう。また貴婦人にとっては、男の侵入から身を守るという実際的な効用もありました。これらの事情から「ただ傍《そば》にいる」「起きている」宿直が、平安人にとっては重要な「仕事」だったのです。現代人から見るとかなりアットホームな勤めぶりで、主君が起きていても、**女房**らは**屏風**《びょうぶ》・**几帳**《きちょう》にちょっと隠れて居眠りしていたりします。

宿直姿 とのいすがた

宿直とは、泊まり込み勤務のことです。つまり、**宮仕え**をする者の夜勤時の身なりです。男性は**束帯**《そくたい》ではなく**衣冠**《いかん》で、女性は女房**装束**の**唐衣**《からぎぬ》や**女童**《めのわらわ》の**汗衫**《かざみ》を省略し、通常の勤務時よりくだけた服装でした。▼『源氏物語』**簀子**《すのこ》などに、**童**《わらわ》べ、ところどころに伏して、いまぞ起きさわぐ。宿直姿ども、**をかし**うて…（簀子などで女童たちがあちこちに寝ていて、**光源氏**さまがご帰宅になった今、あわてて起き出す。その宿直姿が魅力的で…）。

宿直物 とのいもの

宿直の際の必需品です。衣や寝具、寝具としても使える衣などを指したようです。

CHECK IT OUT.

平安の宿直セット

『うつほ物語』には、宿直を不意に命じられた貴族（仲忠《なかただ》）が「宿直物、給はせよ（宿直グッズを送ってください）」という**手紙**を、自宅の**妻**へ書く場面があります。それに応じて届けられた品々が、綿《わた》入りの**直垂**《ひたたれ》・**袿**《うちぎ》・貂《ふるき》の毛皮の衣・三重襲《みえがさね》の**夜**《よる》の**袴**《はかま》・**直衣**《のうし》・**指貫**《さしぬき》・**下袴**《したばかま》・**泔坏**《ゆするつき》と整髪道具でした。ただしこれは、超セレブの豪華な宿直物です。

殿原 とのばら

複数の**貴人**を指す敬称です。「殿さま方」のようなニュアンスです。

主殿司 とのもりづかさ

後宮《こうきゅう》の部署の一つです。主殿寮《とのもりょう》という役所が男性の官人らにより、**天皇**の**輿**《こし》や入浴の手配、灯火や薪《しん》炭《たん》の管理、**庭**の清掃を行っていましたが、その女性バージョンが主殿司です。後宮で暮らす后妃《こうひ》やその**女房**（侍女《じじょ》）たちのため、女官らが清掃や灯火・薪炭の手配に当たっていました。主殿寮・主殿司に勤める人を指すこともあります。

帳 とばり

布地の仕切りのことです。鴨居《かもい》から垂らして、壁代わりや目隠しにしました。

ともかくもなる

「なるようになる」に近い意味で

す。「今は混乱していてまるで予想できないが、結局運命どおりになる」という、平安人の宿世《すくせ》観を反映した言い方です。婉曲に「**死ぬ**」を指すこともあります。▼『源氏物語』また逢《あ》ひ見でもこそ、ともかくもなれ（〈浮舟《うきふね》は〉もう二度と会えないまま死んでしまうかも〈と思って〉）。

虎 とら

書物でしか知らない、異国の動物でした。中国の**本**の影響を受け、大きく強く、時に凶暴ですが気高いイメージでした。

鳥 とり

ホトトギスや**ウグイス**などは、美しい鳴き声が愛《め》でられ、**和歌**にも詠まれました。**スズメ**などはペットにされ、**ニワトリ**は鶏合《とりあわせ》という闘鶏に使われました。飛ぶ性質から、異界や死後の世界と行き交う使者ともされました。**キジ**などは食用でした。

鳥辺野 とりべの

東山《ひがしやま》の西のふもと一帯を指す地名です。「鳥辺山《とりべやま》」とも呼ばれました。**平安京**内では火葬が禁止されていたため、洛外《らくがい》であるこの一帯は主な**葬儀**場の一つでした。「鳥辺野／鳥辺山の煙」というと、亡《な》骸《がら》を火葬する煙を意味します。

平安貴族、亡骸が「損なはる（損壊する）」ことには慣れてました…。

屯食 とんじき

握り飯のことです。コメを甑《こしき》で蒸した「**強飯**《こわいい》」を握り固めて作りました。宴席や使用人たちへの食事によく出されました。

CHECK IT OUT.

平安人にとっての鳥辺野

当時は貴族でも、幼児の葬儀は行わず、袋に入れて鳥辺野などに放置しました。庶民の葬儀はさらに簡略だったと思われます。したがって鳥辺野は、遺体が無数に横たわり、犬に食われたり風雨にさらされたりして、自然に戻っていく場所でした。仏教の影響もあり、「鳥辺野」といえば肉体美のむなしさや人生の儚《はかな》さなど、「**世の無常**」を連想させるようになりました。

遁世 とんせい

「世を遁《のが》れる」という意味で、**出家**《しゅっけ》を指します。

平安みやこ新聞

第四號
長徳2（996）年
5月5日
発行

号外！伊周追放！

今年の1月、とある御方のご一行を、伊周・隆家の兄弟が襲撃した。それを皮切りに彼らの悪事が次々発覚。両人は左遷のうえ追放され、定子中宮は出家なさった。

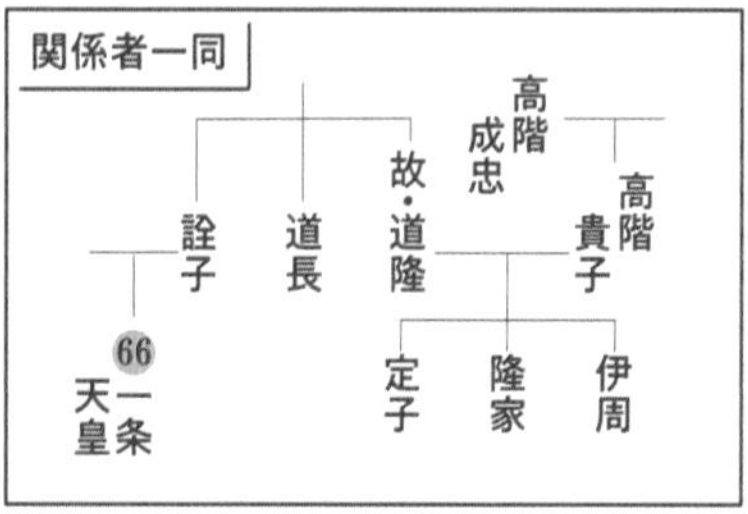

詮子母后を呪詛 大それた秘法を実施

長徳2（996）年1月、奇怪な噂が駆けめぐった。故太政大臣・藤原為光公のお屋敷で乱闘があり、下人2人が殺され首を持ち去られたそうだが、驚くなかれ、その場には、さる高貴な、口にするも憚られる方がおられたという。

大逆とも言える事件ゆえに、一条天皇ご自身が捜査を厳命なさる事態に。そして明らかになったのは、内大臣（当時）の伊周と、その弟・隆家（権中納言…当時）が従者らに命じ、某貴人に矢を射かけ申しあげたという事実である。

3月末には、彼らが陛下の母上・詮子さまを呪詛し申しあげていたことが判明した。さらに法琳寺からの報告で、臣下が行ってはならない加持祈祷「太元帥《たいげんの》法《ほう》」を、伊周が行っていたことも露見した。

これらの罪により、伊周は大宰権帥、隆家は出雲権守への左遷が決定。捕らえられて任地へ連行された。姉妹である定子中宮は尼になられた。

用語解説

藤原為光 4年前逝去した上流貴族。娘の忯子さまは花山天皇の愛妃で、その死は花山さまの退位・出家の原因となった。現在の為光邸には、公の三女・四女が居住。三の君は伊周と、四の君は「さるお方」と密かな恋仲とのこと。

太元帥法 「帥」の字は発音せず、「たいげんのほう」と読む。真言密教の修法で、本尊は大元帥明王。国家の安泰や怨敵の打破などを祈る威力ある加持祈祷で、毎年1月および兵乱の際などに行う。朝廷のみが実施できる秘法。

呪詛 手を打ったり言葉で呪ったりなど軽微な呪詛ならともかく、僧・陰陽師に依頼して行う強力な呪詛は犯罪である。呪符をつけた人形など「厭物《まじもの》」は動かぬ証拠となる。

出家の重み　今一度見直せ

近ごろ都に流行るもの。それは「出家」だ。熱に浮かされて、衝動的に僧尼になる。イケてるファッションとでも勘違いしているのではあるまいか。髪を落とせば悟りがひらけ執着が消えるわけではない。外見を整え時刻ごとにお勤めしても、内に怪しき心をうごめかすようでは、却って罪が深いというものである。ましてや一線を越えるなど、口にするのもおぞましい。

なのに最近は、女人でさえ数珠を持ち経をひもとくとか。それが深い決意ゆえなら実に尊い。しかし実態は、いっときの興奮で御教えにかぶれ、「なんと意識高い！」とおだてられて、勢いで寺へ飛び込む方ばかりだ。そして案の定、醒めれば逆戻り、ご本性のまま夜歩きを始めなさる。

そのようなご縁をお受けするほうもするほうだ。浮いた噂が立つだけでも、姫君にはあるまじき醜態。その上かほどに罪深き仲らいとは、この末世、貴人もここまで堕ちたか。嘆かわしい限りだ。

解説

権帥、権守って？

臨時の地方官だが実質は追放刑

不祥事を起こした伊周・隆家は、それぞれ太宰権帥・出雲権守に任命された。太宰帥とは九州・大宰府の長官、出雲守とは出雲の知事、権は「仮の／臨時の」という意味。つまり二人は地方官僚の準トップに異動したのだ。しかし公卿がこの地位に落ちるのは左遷。赴任には監視がつく。要するに実態は流刑だ。

美麗品！

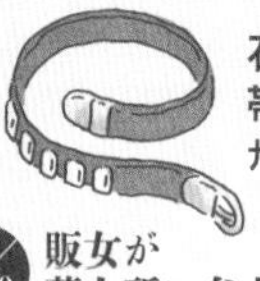

石帯ナド

6/10 販女が蔵人所に参上

月刊八咫烏

呆れた醜聞！

花山法皇（先帝）、出家の身でオンナ通い！

愛妃・忯子女御の妹君と…。

愚行！「法皇さまがオレの三の君と…!?」
伊周のカン違い＆
嫉妬で一家破滅

故・道隆派いまだ止めぬ呪詛！
成りあがり高階、伊周公を「贔屓の引き倒し」

蔵人A、嘆息
「伊周殿ご本人は聡明なのに、卑しい身内が…」

陛下またも療休
果たしてご執務は可能なのか…
一条朝なりふり構わぬ
ギリギリ延命策

どうなる（陛下の）円融系統
冷泉系統には男性皇族が〇人もいる！

政界のご意見番！実資殿さすがの名言
「賢を用いる世には貴賤研精す」

ウワサの新妃なんと3人も!?
母后・詮子さまの執念
「誰でもよい、陛下の皇子さえ産めば」

地震 ない

地震のことです。平安中期の**京**は、たまたまですが巨大地震の空白期であり、大震災は文学に現れません。しかし小規模な地震はありました。▼**『蜻蛉日記』**（天延《てんえん》二年一月）十五日、地震あり。

内教坊 ないきょうぼう

宮中の部署です。妓女《ぎじょ》という女性たちに音楽や**舞**を教習し、**女楽**《おんながく》や**女踏歌**《おんなとうか》にも関わりました。▼**『源氏物語』琴琵琶**《ことびわ》の師とて、内教坊のわたりより迎へとりつつ習はす（琴や琵琶の教師を、内教坊あたりから迎えて娘たちに習わせる）。

内侍 ないし

後宮《こうきゅう》の部署・内侍司《ないしのつかさ》に勤務する女官の総称です。特に**掌侍**《ないしのじょう》を指します。上皇《じょうこう》や**中宮**《ちゅうぐう》、**斎王**《さいおう》などのもとにも、内侍に任命される女官がいました。

内侍所 ないしどころ

「賢所《かしこどころ》」ともいいます。三種の神器の一つである八咫鏡《やたのかがみ》を安置した場所のことです。**内裏**《だいり》の中の**温明**《うんめい》**殿**《でん》にあり、**内侍**という女官が常に仕えていました。

尚侍 ないしのかみ

内侍司《ないしのつかさ》（**後宮**《こうきゅう》の部署で女官たちが勤務する）の長官で、「かみ（かん）の君」とも呼ばれました。定員は2名で位は従**三位**《じゅさんみ》相当です。**天皇**の秘書的な重職で、勤続年数の長い**典侍**《ないしのすけ》が昇格するか、名門の女性が名誉職として就任するかでした。天皇の側近で、かつ仕事と男女関係の境界があいまいな時代だったこともあり、なかば公認の妃《きさき》でした。一条《いちじょう》朝期には、皇太子妃またはその予定の姫君が、箔《はく》づけに就任する傾向でした。

掌侍 ないしのじょう

音読みで「しょうじ」ということもあります。内侍司《ないしのつかさ》の判官《ほうがん》（三等官）の女官です。**尚侍**《ないしのかみ》や**典侍**《ないしのすけ》が后《こう》妃《ひ》や**天皇**の**乳母**《めのと》に対する箔《はく》づけ称号となりつつあったため、掌侍が実務官僚の中心でした。ただ「**内侍**」といった場合は、この掌侍を指すことがほとんどです。

典侍 ないしのすけ

音読みで「てんじ」ということも。内侍司《ないしのつかさ》の次官です。長官の**尚侍**《ないしのかみ》が后妃《こうひ》化しつつあったため、実質は長官でした。バリキャリ女官として長年勤め、**位階**《いかい》は二位《にい》・**三位**《さんみ》という高位まで昇進する者もいました。**天皇**の**乳母**《めのと》がなることも多く、社会的評価の高い職でした。

内親王 ないしんのう

天皇の娘のうち、親王宣下《しんのうせんげ》を頂いた者のこと。いわば正式に認知された皇女です。別名を宮《みや》といい、生まれた順に一宮《いちのみや》、二宮《にのみや》と呼ばれました。男性である**親王**と同様に「みこ」「宮」ともいわれますが、性別を意識した場合は「ひめみこ（姫御子、皇女）」「うちのみこ」「女宮《おんなみや》」「姫宮《ひめみや》」、または生まれた順の数字を入れて「女《おんな》○宮《のみや》」と呼ばれました。品位《ほんい》（皇族の**位階**《いかい》）を与えられた人は、それを冠して一品宮《いっぽんのみや》、二品宮《にほんのみや》などとも呼称されます。皇族以外とは**結婚**しないのが原則であり、独身であるほうが好ましいという風潮がありました。

CHECK IT OUT.

女性と「内《ない》」の関係

内という漢字は、古代中国で女性の居場所が主に家の奥だったことから、女という意味も持っています。そのため、天皇家の娘を指す和語「ひめみこ」の「ひめ」に内、「みこ」に親王があてられて、内親王の語が創られたものと思われます。一方「内侍」は、中国の**後宮**《こうきゅう》制度から採られた語で、日本では女官の官職となりました。また平安の役所では、長官は「かみ」、二等官は「すけ」、三等官は「じょう」と呼ばれていました。結果、「**尚侍**《ないしのかみ》」「**典侍**《ないしのすけ》」など、漢字表記は異なるけれど読みは「ないしの○○」である女官が多いのです。とはいえ「内」がつけば女性、ということではありません。内記《ないき》、内舎人《うどねり》など男性官人もいます。

なほ《お》し

男性の普段着「直衣」のことです。現代は「**のうし**」という発音が普及していますが、平安には「なおし」だった可能性があります。

私服ですが宮中で着てもいい条件・事例が複雑で、まだまだ研究が必要です。

長歌 ながうた

「**ちょうか**」ともいいます。平安中期の**和歌**（日本の伝統的な**歌**）は、三十一文字《みそひともじ》の短歌が主流でしたが、感情を強く訴えかけたい時などには長歌が詠まれました。五・七の句を長く続け、末尾のみ七・七で閉じます。そのあとに反歌《はんか》という、同内容を凝縮した短歌を添えました。

轅
ながえ

車のパーツ名です。車の前に長く突き出た2本の棒で、先端には軛《くびき》という横木《よこぎ》を渡します。▼『**蜻蛉日記**』中門《ちゅうもん》押しあけて車ごめ引き入《い》るるを見れば、**御前**《ごぜん》の男《おのこ》どもあまた轅につきて…（中門をあけて主《あるじ》を乗せたままの**牛車**《ぎっしゃ》を、**寝殿**《しんでん》の前まで引き入れる様子を見たら、夫・**藤原兼家**《かねいえ》の先駆《さき》の従者たちが大勢轅をつかんで引っ張って…）。

中神
なかがみ

天一神《てんいちじん》ともいいます。**陰陽道**《おんようどう》の思想で、世界の八つの方角を巡り、悪い方角を塞ぎ守る神とされました。この神が塞いでいる（**塞**《ふた》**がる**）方角は避ける必要があり、方角を変えるため「**方違**《かたたが》**え**」という、別の宿に移る習慣がありました。

中川
なかがわ

東京極**大路**《ひがしきょうごくおおじ》あたりを流れていた川です。**鴨川**《かもがわ》の支流だと思われます。ここから水を取り入れていた貴族邸もありました。▼『**蜻蛉日記**』この中川も大川も一つに行き合ひぬべく見ゆれば、今や流るるとさへ**おぼゆ**（長雨〈**ながめ**〉で、家の前の中川も鴨川と合流しそうで、うちが今にも流失するかと思う）。

中島
なかじま

寝殿《しんでん》**造り**では、**庭**に**遣水**《やりみず》を引き、**池**に溜《た》め、また流し出す作庭《さくてい》が理想とされました。大貴族の場合、池に中島を築いて草木を植え、**橋**を架けたり別棟を建てたりと工夫を凝らしました。

中務省
なかつかさしょう

中央行政官庁の**八省**《はっしょう》の一つです。**中宮**《ちゅうぐう》職《しき》などを管轄しました。

長月
ながつき

9月のことです。晩秋です。**結婚**や**洗髪**を避ける月でした。▼『**源氏物語**』長月は、明日こそ、節分《せちぶ》と聞きしか（婚姻には不吉な長月ですが、明日が節分で今日9月13日まではまだ8月の節ですから）。

長雨
ながめ

長く降り続く**雨**のことです。「眺

め」とよく掛詞《かけことば》にして、悩み物思いをするイメージを表します。

「思い悩む」のは**雅**《みやび》なこと！ 生活に余裕がある証しだったのかも。

長押 なげし

柱と柱の間に渡した材木のことです。上のほうを上長押《かみなげし》、下部の床上にあるものを下長押《しもなげし》と呼びます。**寝殿造り**《しんでん》の場合、**簀子**《すのこ》と**廂**《ひさし》、廂と**母屋**《もや》との間という、床の高さが変わる箇所にあり、境を成していました。そのため寄りかかったり、距離感の目安にしたりされました。▼『**源氏物語**』**御前**《おまえ》近くもえ参らぬつつましさに、長押にもえのぼらず（従者はお側《そば》に近づけない身分なので気が引けてしまい、下長押にも上れません）。

納言 なごん

大納言《だいなごん》・中納言《ちゅうなごん》・少納言《しょうなごん》の総称です。ただし、**公卿**《くぎょう》（閣僚）というVIPである大納言・中納言に対し、そうでない少納言は格がだいぶ下がります。基本的に「納言」とは「ものもうす、つかさ（**天皇**に対し申しあげる官）」という意味で、**大臣**とともども政務を審議したほか、天皇の側《そば》で奏上《そうじょう》・宣下《せんげ》（用件を言上《ごんじょう》することと、お言葉を下へ伝えること）に携わりました。大納言は大臣の代行が可能なのに対し中納言は不可であり、少納言はさらに下って実務官僚という差がありました。

情け なさけ

思いやりや**雅**《みやび》を理解する感受性など、人として持つべき情のことです。特に男女の間の気持ちをいい、恋愛対象と思えない異性であっても、人情をもって接することが理想とされました。「情けを交わす」「情けだつ人」などというと、深い仲であることを意味します。

梨 なし

果実は「**くだもの**（間食）」としてよく食されました。庭木でもあり、**後宮**《こうきゅう》の「**梨壺**（ナシの**庭**）」が有名です。**春**に咲く白い**花**は、人気はありませんでしたが**漢籍**《かんせき》ではたたえられました。▼『枕草子』梨の花。世にすさまじきものにして、近うもてなさず、はかなき**文**《ふみ》付《つ》けなどだにせず（ナシの花は、世間では面白みのない花だといい、身近なものとして扱わず、ちょっとした文付けの枝にもしない）。

梨壺 なしつぼ

「**昭陽舎**《しょうようしゃ》」ともいいます。**後宮**《こうきゅう》の建物（**七殿五舎**《しちでんごしゃ》）の一つです。**庭**に**ナシ**の**木**が植えてあるため、こう呼ばれます。天暦《てんりゃく》5（951）年に**和歌**所《わかどころ》が置かれ、ここで『後《ご》撰集《せんしゅう》』の編纂《へんさん》や『**万葉集**《まんようしゅう》』の研究が行われました。その担当者は大《おお》中臣能宣《なかとみのよしのぶ》・清原元輔《きよはらのもとすけ》・源順《みなもとのしたごう》・紀《き》時文《ときぶみ》・坂上望城《さかのうえのもちき》の5名です。名だたる歌人《かじん》だった彼らは、敬意をこめて「梨壺の五人《ごにん》」と呼ばれました。

清少納言、下段のシーンでは謙遜してますけど実際は和歌の腕前にも自信ありますよね。

枕草子

五月《さつき》の御精進《みそうじ》のほど

（中宮定子《ちゅうぐうていし》）元輔《もとすけ》が 後《のち》と言はるる 君しもや 今宵《こよい》の歌に はづれてはをる

（清少納言《せいしょうなごん》）その人の 後と言はれぬ 身なりせば 今宵の歌を まづぞよまし

清少納言は「梨壺の五人」の一人、清原元輔の娘。父への誇りから和歌を軽々には詠まない彼女と、それを理解している中宮・定子のやり取りである。

納曽利・納蘇利 なそり

「落蹲《らくそん》」ともいいます。**雅楽**の曲名です。**右方**《みぎがた》、**高麗楽**《こまがく》の舞楽《ぶがく》で、**調子**は**壱越調**《いちこつちょう》です。

名対面　なだいめん

「宿直奏《とのいもうし》」ともいいます。宮中で亥《い》の刻《こく》（午後10時頃）行われる点呼で、**宿直**の**殿上人**《てんじょうびと》（**殿上**の間《ま》に立ち入れる貴人）と、護衛である**滝口**の武士が対象でした。また、**天皇**・**皇后**が外出した際、お伴《とも》した**親王**《しんのう》・**公卿**《くぎょう》が目的地で点呼を受け、名を名乗ることも指しました。

夏　なつ

暦《こよみ》の4〜6月が夏とされました。現代の感覚では**春**に感じられますが、それは暦の違いによるもので、今のカレンダーでは5月半ば〜8月上旬あたりに相当します。**葵祭**《あおいまつり》や端午節会《たんごのせちえ》などで楽しく賑《にぎ》やかに始まり、盛りには酷暑に苦しむ季節というイメージでした。

「夏」は4月〜6月

CHECK IT OUT.

夏は**更衣**《ころもがえ》で始まります。4月〜5月5日は各神社の祭礼や端午節会で、忙しくも賑やかな時期。それから暑く鬱陶《うっとう》しい雨期が到来します。5月は斎月《さいげつ》／忌月《いみづき》という謹慎ムードの月でもあり、夫が訪問を控えがちで、**妻**には物思わしい時節でした。「短夜《みじかよ》」もまた、恋人たちの嘆きの種でした。

もう一つ辛《つら》いのが暑さです。涼をとるには水や**風**、極めて貴重な**氷**しかありませんでした。**『うつほ物語』**には、「**極熱**《ごくねち》の頃は、誰《たれ》も誰もをさをさ内裏《うち》へも参り給はず、籠《こも》りおはします（酷暑の頃は皆さま出勤もめったにせず、引き籠っておいでです）」という文があり、猛暑は天災の一つと思われていたようです。

4月

更衣《ころもがえ》。**藤**がまだ咲いている季節。**橘**の白い花が開き、**花橘**《はなたちばな》となる。中旬か下旬は葵祭があり、盛りあがる。

5月

時鳥《ほととぎす》が里に飛来。端午節会には**菖蒲**《しょうぶ》を飾り、競馬《くらべうま》など競技を行う。**五月雨**《さみだれ》（梅雨）ゆえ**物**《もの》**忌**《い》**み**して**精進**《そうじ》の日々。

6月

猛暑の時期。**祇園御霊**《ぎおんごりょう》**会**《え》が行われる。半年の締め括《くく》りとして、**大祓**《おおはらえ》や水無月祓《みなづきはらえ》（夏越祓《なごしのはらえ》）で**穢れ**《けが》を落とす。

なつかし

「なつきたくなる」という気持ちを表す形容詞です。好ましい、親しみ深いなどと訳します。人と人が個人的・感情的に結びついていた社会なので、主君が「なつかしい」人である場合、主従関係がより強固になりました。▼『源氏物語』なつかしう、**をかし**き御ありさまにて…まかで散るもなし（紫《むらさきの》上《うえ》さまのお人柄が慕わしく魅力的なので…辞めて去る**女房**〈侍女《じじょ》〉はいない）。

名簿　なづき

「**みょうぶ**」とも。姓名・官職を記した名札で、家来になるとき貴人に提出したものです。隅に「能は**歌**詠み（特技は**和歌**）」などとPRポイントを書くこともありました。

CHECK IT OUT.

平安の就活

平安の召使《めしつかい》は、親の**宮仕**《みやづか》**え**先に子も出仕《しゅっし》するなど縁故《えんこ》採用が主流でしたが、名簿《なづき》（履歴書）を提出する「就活」もありました。男性の場合、朝廷の官人として働く傍《かたわ》ら、上司のカバン持ちもしました。

報酬は食事や衣類です。主君が官職を斡旋《あっせん》したり、ケンカで捕まった際に揉《も》み消してくれたりする「役得《やくとく》」も、報酬の一部でした。

そのため『**栄花**《えいが》**物語**』に「召し使はせ給ふをば、**世**にめでたく羨《うらや》ましく思ひて**幸ひ**人とぞつけたる（**藤原道長**《みちなが》・**彰子**《しょうし》親子の召使は、世間から羨ましがられ、『幸運な人』とあだ名された）」とあるように、権力者の下には就職希望者が殺到しました。

夏虫　なつむし

ガのことです。火虫《ひむし》ともいいます。燃える恋の**火**に飛び込む例えとしてよく引き合いに出されました。▼『枕草子』夏虫…灯近《ひちこ》う取りよせて**物語**など見るに、**草子**《そうし》の上などに跳びありく、いと**をかし**（夏虫は…灯火を身近に置いて物語など見ていると、**本**の上などを跳び歩くのがとても魅力的だ）。

撫子　なでしこ

花の名です。日本の自生種・カワラナデシコを撫子と呼んでいましたが、中国からセキチクが渡来するとこちらを**唐**撫子《からなでしこ》と呼び、前者は大和撫子と言い分けるようになりました。「撫でし子（撫でた子）」という響きから、愛する子どもや女性によく例えられます。別名を

「常夏《とこなつ》」といい、「床《とこ》（ベッド）」と同音であるため恋人や共寝の意も含みました。

七草 ななくさ

正月7日には七草の若菜を食べる習慣がありました。この七草は諸説ありますが、一般にはセリ、ナズナ、ゴギョウ、ハコベラ、ホトケノザ、スズナ、スズシロとされます。また**秋**の七草は、**『万葉集』**で山上憶良《やまのうえのおくら》が、**萩**、**尾花**、**葛**《くず》、**撫**《なでし》**子**《こ》、**女郎花**《おみなえし》、**藤袴**《ふじばかま》、**朝顔**を挙げています。

難波津 なにわづ

「難波」は現在の大阪市の一部に当たる地名で、「津」は港を意味します。つまり大阪湾岸の港という意味で、周辺にあった船着き場を総称して「難波津」と呼んでいました。後代、川が運んでくる土砂によって埋め立てが進んだため、現在は陸地になっています。

難波津に なにわづに

「**難波津**に　咲くやこの**花**　**冬**ごもり　今は**春**べと　咲くやこの花（難波津に咲くこの**梅**の花よ、冬に耐えて、今こそ春だと咲いている花よ）」という**和歌**のことです。「**安積山**《あさかやま》」の和歌と並んで、字や歌の勉強をする人がいちばん初めに習う歌とされていました。当時の和歌のバイブルであった**『古今**《こきん》**和歌集』**でも、序文で例として挙げられています。

膾 なます

料理の種類です。魚貝、**獣**《けもの》、**鳥**《とり》の生肉を細かく切ったものです。

悩み なやみ

苦悩や悩みという意味もありますが、**病**や妊娠の苦しみも指します。平安人は**前世**を信じており、病苦は悪行の報いだと考えたので、よい人キャラの場合は「御悩《おんなや》み、おどろおどろしからず」など、苦痛は少なかったように描写されます。▼**『源氏物語』**いたくなやみたまふこともなくて、男御子にさへおはす（〈明石姫君《あかしのひめぎみ》のご出産は〉苦痛もひどくなく、その上お生まれになったのは皇子だった）。

平安末期の絵巻『病草紙』は、平安人の「病」観がわかる貴重な史料。

CHECK IT OUT.

平安貴族と医療

平安貴族は病気になると、朴《ほお》、**蒜**《ひる》など薬草を摂《と》ったり、「茹《ゆ》で」という温浴、水をかける冷水療法をしたりしました。しかし**医師**《くすし》や薬草はあまり信用されておらず、むしろ僧の**加持祈祷**《かじきとう》が信じられていました。病は**罪**の報い、または**物の怪**《もののけ》のせいとされていたため、次のような「治療」が一般的でした。

・神仏に「この患者は罪の軽い善人です」と弁明する。
・物の怪を病人から駆《か》り出し、**憑坐**《よりまし》に憑《つ》かせて幽閉、その間に病人を別室に（物の怪には患者の居場所がわからなくなる）。
・**出家**や**五戒**《ごかい》の御利益に頼る。
・声のよい法師に尊いお**経**を朗読させる。

なよたけ

細くしなやかな**竹**のことです。

別業 なりどころ

「**べつぎょう**」ともいいます。皇族・貴族が、本宅とは別に持った屋敷です。田畑が付属していて収穫があがるものもありました。

南池 なんち

寝殿《しんでん》**造り**で、屋敷の南方に造られる**池**です。

南庭 なんてい

「**だんてい**」とも。建物の南側にある**庭**です。特に**内裏**《だいり》の、**紫宸殿**《ししんでん》の正面の庭を指します。**儀式**や接待に用いられる格の高い空間で、砂子《すなご》を敷き詰め美観を整えました。

新手枕 にいたまくら

新婚のことです。「手枕」とは腕枕で、男女の共寝を指します。「新枕《にいまくら》」とも。

鳰鳥 におどり

「にほ《お》」とだけいうこともあります。カイツブリという水鳥のことです。水上に巣を作り、水にもぐって魚（**うお**）を捕ります。「鳰の海」というと琵琶湖を指します。

二階棚 にかいだな

「二階」ということもあります。二段式の棚で、これに**火取**《ひとり》や**泔**《ゆする》**坏**《つき》、**打乱**《うちみだり》**の箱**《はこ》、**唾壺**《だこ》などの道具を収納しました。

苦竹 にがたけ

真竹《まだけ》または女竹《めだけ》の名です。タケノ

コが苦いことに由来します。

にきみ

腫《は》れ物《もの》のことです。「**瘡**《かさ》」ともいいます。後朱雀《ごすざく》**天皇**の死因となりました。▼『**栄花物語**』内《うち》の御《おん》にきみの事、猶《なお》おこたらせ給はねば…沃《い》たてまつる。いと寒き頃、耐《た》へ難《がた》げに見えさせ給ふ（天皇陛下〈後朱雀天皇〉は御にきみで、なおも治癒なさらないので…冷水をかける療法を施し申しあげる。たいそう寒い時期なので辛《つら》そうなご様子である）。

虹 にじ

気象現象です。**和歌**には意外と詠まれていません。気象条件により、白い虹が日を貫いて見える現象は、「白虹《はっこう》」と呼ばれ凶兆とされていました。

錦 にしき

金糸・銀糸など五色《ごしき》の**糸**で**紋様**《もんよう》を織り出した絹織物です。とても高価な品であり、美しい景色の例えなどにも使われました。

二十四節気 にじゅうしせっき

季節の移り変わりを測るための、12の中気《ちゅうき》と12の節気のことです。

日本紀 にほんぎ

「日本の歴史書」という意味です。六国史《りっこくし》と呼ばれる、古代～平安前期に成立した公的な歴史書を指します。日本書紀、続日本紀《しょくにほんぎ》、日本後紀《こうき》、続日本後紀、日本文徳《もんとく》天皇実録、日本三代実録です。

入道 にゅうどう

出家しても寺に入らず、それ以前から住んでいる家にいて、ある程度の社会生活を続ける人のことです。仏道に入った人、という意味です。▼『**源氏物語**』入道の姫君の御方に（〈**文**《ふみ》の宛名書き例〉入道の姫君へ〈＝浮舟《うきふね》へ〉）。

入浴 にゅうよく

貴族の場合、**湯殿**《ゆどの》で5日に1回程度行っていました。

女御 にょうご

后《きさき》（**皇后・中宮**《ちゅうぐう》）に次ぐ、身分の高い妃《きさき》です。**女王**《じょおう》などの皇族女性や、**大臣**以上の娘がなりました。**三位**《さんみ》相当で、后は女御たちの中から選ばれました。

女御代 にょうごだい

女御（身分の高い妃《きさき》）の代わりに**禊**《みそぎ》に奉仕した女官です。**天皇**が幼少などでふさわしい女御が不在のとき、代わりとして**大嘗会**《だいじょうえ》（天皇即位後、初の**新嘗会**《しんじょうえ》）の**御禊**《ごけい》に参加しました。▼『蜻蛉日記』大嘗会の御禊、これより女御代出《い》で立《た》たるべし（大嘗会の禊には、わが〈**藤原兼家**《かねいえ》の〉家から女御代が立たれるだろう）。

現代の**葵祭**《あおいまつり》も、**斎王**《さいおう》がもう存在しないので「斎王代」を立ててます。

女房 にょうぼう

「人々」「**御**《ご》」「御達《ごたち》」といわれることもあります。貴人に仕えた女性のことです。使用人というと現代人は、身分が低い者をイメージしがちですが、平安人の感覚では、貴人のお側《そば》に寄れるのは身分ある者だけです。つまり、平安朝の女房はみな貴族女性です。自身が姫であり使用人を抱え、教育・教養のある女性が、より高貴な姫に仕えると「女房」と呼ばれるのです。主君より格下であることを表すため、**裳**《も》・**唐衣**《からぎぬ》を着けて正装します。要するに女房とは、自邸にいれば主人側である人間が「**宮仕え**」に出た姿であり、ある種の悲哀がある立場でした。女房になるのは、親が死去して守ってくれる人（**後見**《うしろみ》）がいなくなった、VIPから「お願い」されて断れなかったなど、よんどころない事情からです。女房の中にも、**上臈**《じょうろう》・**中臈**《ちゅうろう》・**下臈**《げろう》という身分差がありました。顔や姿を人目にさらすことから「貴婦人」とは見られにくく、また「仕える」が性の意味も含む時代だったため、主筋《しゅうすじ》の男性のお手つきになるのはほぼ必然でした。

一方で女房の質や数は、主家の勢力を象徴するものであり、その獲得は主家どうしの争奪戦になるほどでした。主君と女房たちは一つのコミュニティであり、親子2代3代にわたる絆《きずな》を育んだり、主君の引き立てで大出世したり、落ちぶれた主君を扶養したりということもありました。主君に仕えるのをボイコットしたりお手がつくのを拒《こば》んだり、見切りをつけて転職したりと、パワフルに行動する一面も見られました。

女房は、屋敷を飾り男性賓客をもてなす「生きた花」。蔑視もされる存在で、主君とは身分が異なりました。一方で女房が女主人に昇格したり、女房腹の子が主君に認知されたりもしました。

一枕草子一　大納言殿まゐり給ひて

夜中ばかりに、**廊**《ろう》に出《い》でて人呼べば、「下《お》るるか。いで、送らむ」とのたまへば、裳・唐衣は**屏風**《びょうぶ》にうち掛《か》けて行くに、月のいみじう明《あか》く、**御直衣**《おんのうし》のいと白う見ゆるに、**指貫**《さしぬき》を長う踏みしだきて、袖《そで》をひかへて、「倒《たお》るな」と言ひて、おはす…。

女房の、ある意味華《はな》やかな宮廷ライフ。**清少納言**《せいしょうなごん》が自室に下がろうとしたところ、**大納言**《だいなごん》**・藤原伊周**《これちか》という貴公子が屏風で姿を隠してくれ、袖を支えて送り届けてくれた、という場面。貴公子と女房の身分違いの恋は、このようなことから芽生えたのであろう。

CHECK IT OUT.

女房・女童の日常生活

（**御厨子所**《みずしどころ》に）行きて語らふ。「帯刀《たちはき》の友《とも》だちなん…**粥**《かゆ》食はせんと思ふをなん、なくて。**土器**《かわらけ》少し給へ。さては引《ひ》き干《ぼ》しなどや残りたる。少し給へ」…と言ひて、**紙**に取り分けて…つゆに「御粥《おんかゆ》、いとよくして持《も》て来《こ》」。

『**落窪物語**《おちくぼ》』より、**女童**《めのわらわ》・あこきの台詞《せりふ》です。あこきは、上流貴族の屋敷に仕え、**曹司**《ぞうし》部屋も頂いている住み込み使用人。婿《むこ》君の従者《じゅうしゃ》・帯刀《たちはき》に求愛されて**結婚**し、帯刀も曹司を与えられて、新婚生活を送りつつ勤務しています。

この場面は、あこきが御厨子所（台所）へ行って、「夫の友人らが来ているので粥を出したいが、ない。土器（**盃**《さかずき》、つまり**酒**）も下さい、引き干し（干した海藻類、酒の**肴**《さかな》）も」と頼んでいるシーンです。そして首尾よく入手して紙に入れて持ち帰り、つゆ（あこきの召使《めしつかい》）に「きれいに盛りつけて持って来て」と渡しています。

あこきは親に先立たれた身ですが、勤務先がいわばセーフティネットとなり、衣食住には困っていません。このような女性・子どもはかなりいたようです。その後は大人《おとな》の女房となって衛門《えもん》と改名し、宮仕えを続け、帯刀の出世に伴って最後は「**受**《ず》**領**《りょう》**の妻**」になりました。受領は中流貴族ですが裕福なので、宮仕え女性としては「勝ち組」だったでしょう。

女王　にょおう

「**じょおう**」とも。皇族カテゴリーの一つです。

女人往生　にょにんおうじょう

女性が極楽《ごくらく》に行くことです。仏教には「女性は**罪**深い存在」とする思想があり、平安中期の人々はその影響を受けていました。不幸に直面した女性には特に深刻に受け止められ、「この**世**は諦めて来世に期待しよう」と仏道修行《ぶつどうしゅぎょう》や**出家**《しゅっけ》が流行《はや》りました。女人往生を唱える**観音**《かんのん》や『**法華経**第五巻《ほけきょうだいごかん》』は、そのような女性たちの信仰を集めました。

女別当　にょべっとう

斎宮《さいぐう》や**斎院**《さいいん》など、神に仕える皇族女性の屋敷に置かれた高級女官です。**宣旨**《せんじ》という女官に次ぐ重い立場です。上皇《じょうこう》・**春宮**《とうぐう》・**中宮**らのもとにいた女官・**御匣殿**《みくしげどの》（衣服調製部署の最高担当者）に相当します。

庭　にわ

貴族の庭は陰陽五行説《いんようごぎょうせつ》などを踏まえて設計されました。基本的には**南庭**《なんてい》を中心に、築山《つきやま》を作り、**遣水**《やりみず》（水路）を通し、樹木や草花を植えて作庭《さくてい》しました。富裕な貴族は、舟遊《ふなあそ》びできるほど広い**池**や、**中島**、島へ架かる**橋**、泉、**滝**などを設けました。美しく整備された庭園は極楽《ごくらく》を思わせる場所であり、**物の怪**《もののけ》の類《たぐい》など近寄れない、寿命が延びる心地がするユートピアでした。庭の維持管理には、財力・指導力に加えマンパワーが要り、引き立てを望む中・下流貴族や所有する**荘園**《しょうえん》の農民などに、どれだけ貢献させられるかが肝《きも》でした。つまり主人の勢力が端的に表れる箇所であり、当主の死後や失脚後は即荒れ始めて、悲哀や**世**《よ》の**無常**《むじょう》、魔物の跳梁《ちょうりょう》を感じさせました。

庭石　にわいし

「**立石**《たていし》」ともいいます。**庭**に運ばせ、計画的に配置した天然の石のことです。石の並べ方には、陰陽《いんよう》五行説《ごぎょうせつ》などに基づいた禁忌《きんき》があり、水の流れを調節したり**池**・**中島**の形を整えたりする機能もありました。その考案・維持管理には男性当主がみずから携わったため、その知識やセンス、指導力をアピールするものでもありました。

滞りなく流れる水やせせらぎの音には神聖な意味があったらしい。

CHECK IT OUT.

平安のガーデニング

(例)『蜻蛉日記』「宮より**薄**《すすき》」と…長櫃《ながびつ》といふものに、うるはしう掘り立てて青き**色紙**《しきし》を結びつけたり(「宮さまから薄です」と長櫃に立派に移植して立て、青い色紙の送り状が結んであった)

付き合いがある宮家の薄が見事だったため、筆者が「分けて」と頼み、後日届けられた場面。庭の管理は、主《あるじ》の知識・気配り・統率力の表れでした。**雅**《みやび》な人は、開花期・花ぶりの個体差を踏まえて、美しく作庭・贈答するもの。植栽の入手方法は、株分けを依頼する、非難されない程度に枝・種を採取する、購入を打診するなどでした。身分の高い人の従者らは、下位者の庭から堂々と持ち去りました。

鶏 にわとり

明け方に鳴く性質で知られ、恋人たちには別れの時刻を告げる**鳥**でした。闘鶏《とうけい》も行われていました。

仁和寺 にんなじ

光孝《こうこう》**天皇**の遺志を継いだ宇多《うだ》天皇が、仁和4(888)年に建てた寺です。宇多天皇が退位・**出家**ののち暮らした御所があり、それが「**御室**《おむろ》」と呼ばれたことから、仁和寺そのものやその住職、この一帯も御室といいます。**一条**《いちじょう》**天皇**も堂舎《どうしゃ》を建てており、一条朝期の人にとっては、皇室と縁の深い格の高い寺というイメージでした。

仁王会 にんのうえ

『仁王般若**経**《にんのうはんにゃきょう》』を講《こう》じて国の安泰を祈願する**法会**《ほうえ》です。**天皇**が在位中に一度だけ全国規模で行うものと、災害が起きたとき臨時に行うものとがありました。▼『**源氏物語**』この雨風、いとあやしき物のさとしなりとて、仁王会など行はるべしと(この暴風雨は、たいそう奇怪な天の警告だということで、仁王会などが行われるべきだと)。

寝 ぬ

「寝《ね》ず/寝《ね》たり/寝《ぬ》/寝《ぬ》る夜/寝《ぬ》れば/寝《ね》よ」と、現代語とはやや異なる紛らわしい発音です。眠る、横たわるのほか、男女の共寝を意味することもあります。▼『**古今和歌集**』(小野小町) 思ひつつ 寝《ぬ》ればや人の 見えつらむ **夢**と知りせば 覚めざらましを(想いながら寝たから、あの人を見たのかしら。夢と知っていたら目覚めなかったのに)。

貫簀 ぬきす

竹を編んだ小型の**簾**《すだれ》です。水回りの小道具で、ふだんは盥《たらい》の上に掛けておき、盥を使用する際はその下に敷いて、水の跳ねを受け止めさせました。

幣 ぬさ

紙や絹を細く切ったもので、神に捧げました。旅行の際は道祖神《どうそじん》に幣を捧げて旅の安全を祈るものであり、旅立ち時の餞別《せんべつ》も幣と呼ぶことがありました。▼『**小倉百人一首**』このたびは　幣も取りあへず　手向山《たむけやま》　**紅葉**《もみじ》の**錦**《にしき》　神のまにまに（この度＝旅は捧げ物も間に合いません。手向山の見事な紅葉を手向けますので、神の御心のままにお納めください）。

盗む ぬすむ

人のものをこっそりと急いで取ること。時間を盗むという意味で、「暇を何とか見つけて行動する」という意味もあります。また男性が女性を、親の許しを得ずに連れ出し**妻**とすることも指しました。

落窪物語 **第一**

（落窪《おちくぼ》の君を）いかで、**思**ふやうならん人に盗ませ奉《たてまつ》らん。

父と継母《ままはは》に虐待されている姫・落窪の君を、理想的な男性に「何とかして盗ませてさしあげたい」と、姫の忠実なしもべ・あこきが言う場面。女性が同意して恋人と共に逃げる場合でも、その親の許可がなければ「盗む」である。

布 ぬの

麻《あさ》や**葛**《くず》、カラムシなどの織物です。庶民が使う下等な生地で、下位の使用人に**禄**《ろく》（褒美）として与えることもありました。絹物《きぬもの》は「布」には含まれませんでした。貴族が着るのは粗末な服をあえて着用する場合で、**喪服**や修行僧の衣としてまといました。▼『**源氏物語**』**下衆**《げす》どもの料《りょう》にとて、布などいふ物をさへ召して賜《た》ぶ（下人どもが着る物にと、布などという品さえ取り寄せて、お与えになる）。

塗籠 ぬりごめ

母屋《もや》に設けられた、四方が壁の部屋です。開放的な**寝殿**《しんでん》**造り**の中では稀《まれ》な閉鎖的空間で、代々継承する宝物など、貴重品を保管する場所でした。**物語**では人が隠れたり、女君が求婚者を避けて閉じこもったり、親亡き姫が隠れ住んだりしています。とはいえ出入り口は通常2カ所あり、そこの戸締まりは簡易なものだったようで、現代人が考えるほどの密閉性はないようです。▼『**栄花物語**』「塗籠をあけて組入《くみれ》のかみなどをも見よ」と…この塗籠を割《わ》りののしる（**藤原伊周**殿《これちかどの》を捜索し、「塗籠を開けて**格子**《こうし》を組んだ天井の上なども見よ」と…この塗籠を割り、騒ぐ）。

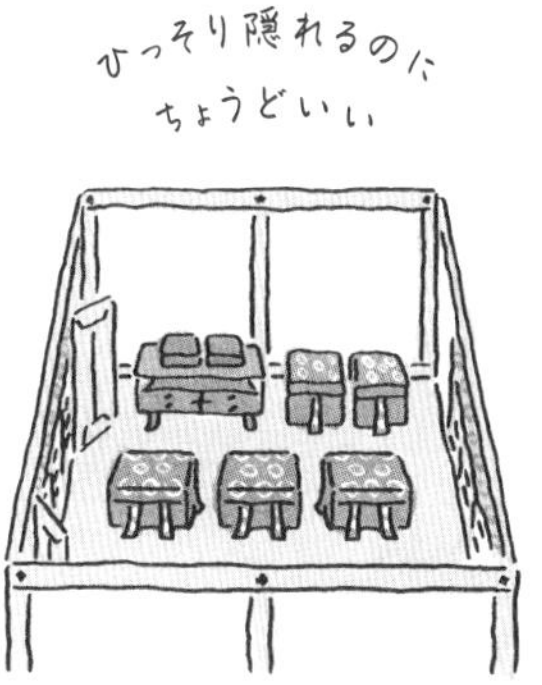

な

根 ね

ショウブの根は、長さを尊ばれ縁起物とされました。**トコロ**・**クズ**の根は食用でした。「寝《ね》」や「音《ね》」と掛詞《かけことば》にもされました。

猫 ねこ

現在世界に広まっているイエネコは、中東原産リビアヤマネコの子孫です。日本には弥生時代に渡来して定住しました。ネズミから穀物を、後には書物（**本**）・お**経**を守るため、**船**に乗せられたと思われます。平安時代にも大陸から輸入され、それまでに定住していたネコとはやや異なる見た目から「**唐猫**《からねこ》」と呼び分けられ愛《め》でられました。▼『**更級日記**』**夢**にこの猫の傍《かたわ》らに来て「おのれは**侍従**《じじゅう》の**大納言**《だいなごん》殿《どの》の御女《おんむすめ》のかくなりたるなり…」と言ひて…（夢でこの猫が横に来て「自分は大納言・**藤原行成**《ゆきなり》さまの令嬢が死後猫に生まれ変わったものだ…」と言って…）。

宇多天皇（平安中期）の日記は日本最古のmy猫記録

年官年爵 ねんかんねんしゃく

年給ともいいます。一種の売官《ばいかん》制度で、皇族・**公卿**《くぎょう》などVIPには収入源の一つでした。決められた数の官職《かんしょく》・**位階**《いかい》を、VIPが「この者に授与するべき」と推薦でき、その結果任命された者からお礼がVIPに上納されるシステムです。子飼いの家来にメリットを与えたい上流貴族と、ご主君に金品・労働を貢《みつ》いで役職を得たい家来（中・下流貴族）との間を結んだ制度でした。主従をつないだ制度には、ほかに**成功**《じょうごう》があります。

年中行事絵巻《ねんちゅうぎょうじえまき》

後白河法皇《ごしらかわほうおう》の命により描かれたと伝わる**絵巻**です。平安期の政治では**儀式**を前例通りに遂行することが重視されたため、記録として様子を描かせる習慣がありました。本作はその種の大プロジェクトだったと思われ、平安末期の宮廷行事や儀式、祭り、**法会**《ほうえ》などの場面を、民間の風俗も交えて描いています。原本は焼失してしまいましたが、江戸期に優れた模写本が制作されたため、平安期の貴重な史料となっています。

年中行事をしっかり理解し遂行することこそ政治の要でした。

直衣《のうし》

「**なおし**」と発音した可能性もあります。貴族男性の日常的なトップス、アウターです。いわば普段着ですが、「雑袍《ざっぽう》の勅許《ちょっきょ》」という**天皇**じきじきの許可を得ると、**内裏**《だいり》への出勤にも着用できました。また**宿直**《とのい》（夜勤）の際は、よりリラックスした身なりが許されるため、直衣を着ることもありました。くつろいでいるときは襟《えり》まわりの**紐**《ひも》を解き、威儀《いぎ》を正すときは差し直しました。基本的には私服なので**色**・材質に規定はありませんが、目上の人と同席する場合は、圧倒するような華美な色・**紋**《もん》**様**《よう》は控えられたようです。時代が下るにつれて、身分や季節によるルールが増え、色・紋様が規定されるようになっていきました。

―和泉式部日記―

御直衣《おんのうし》に、えならぬ**御衣**《おんぞ》、出《い》だし**袿**《うちぎ》にし給へる、あらまほしう見ゆ。目さへあだあだしきにや、とまで**おぼゆ**。

出だし袿は、直衣の裾《すそ》から袿がはみ出すように着つける着装。当時の流行だったらしい。恋人のファッションに見とれ、「理想的に見える。私の目までが色気づいてしまったのか」と書く率直さが、恋歌の名手・**和泉式部**《いずみしきぶ》ならでは。

能筆《のうひつ》

字が上手なことです。それを書ける人のことも指します。

宣ふ《のたまう》

「言う」の敬語で「おっしゃる」という意味です。「物を宣ふ」という場合は、男女の関係を指すこともあります。▼『栄花物語』御目《め》とまりければ、物など宣はせける程《ほど》に（**藤原道長**《みちなが》さまはその**女房**に目が留まったので、関係を持っていらっしゃるうちに）。

後の事《のちのこと》

「後《あと》で起きること」という意味で、将来や死後を指します。没後にいとなまれる法事や、後産《あとざん》（出産後に胎盤などが母体から排出されること）も指します。後産が正常におりず産婦が死に至る例は多々見られました。そのため出産の現場では、親族や使用人一同がまずは胎児の生誕を祈り、**誕生**後は後産の無事を願って祈願を続けました。

―栄花物語― とりべ野

今は後《のち》の御事《おんこと》になりぬ。額《ぬか》をつき騒ぎ、よろづに**御誦経**《みずきょう》とり出《い》でさせ給ふに、…いと久《ひさ》しうなりぬれば…やがて冷《ひ》えさせ給ひにけり。

一条天皇《いちじょう》の**皇后**・**定子**《ていし》は長保《ちょうほう》2（1000）年、出産後に後産がなく逝去した。享年25。

後の月《のちのつき》

9月十三夜の**月**のことです。8月十五夜の月に対する言葉です。

法《のり》

決まりやお**手本**など、人が守るべ

きものを指す言葉です。**仏法**《ぶっぽう》（仏教の教え）も意味します。敬語は「**御法**《みのり》」です。

祝詞 のりと

神を祀《まつ》るとき、神に向かって唱える言葉です。繁栄を祈るおまじないである寿詞《よごと》、お祓《はら》いの際唱える祓詞《はらえのことば》なども含みます。古代に成立した、独特の文体と用語を持つ言葉です。

賭物 のりもの

「**かけもの**」とも読みます。**弓**、**馬**、**囲碁**など、勝負事で勝ったほうに与えられる**銭**《ぜに》や品物です。

賭弓 のりゆみ

賭物《のりもの》を賭けて行う**弓**の競技です。**内裏**《だいり》で行う場合は、前方と後方に分かれて競い、勝ったほうは舞楽《ぶがく》を披露するという大がかりな行事になりました。

蜻蛉日記 中

内裏《うち》の賭弓のことありて…をさなき人、後《しりえ》の方《かた》にとられて出《い》でにたり。「方《かた》勝つ物ならば、その方《かた》の舞《まひ》もすべし」とあれば、このごろはよろづ忘れて、このことをいそぐ。

幼い息子・道綱《みちつな》が賭弓に出ると決まった場面。衣装を用意するだけでなく舞の稽古もさせねばならず、筆者（**藤原道綱母**）も母として大わらわである。なお後日だが、道綱は見事に大活躍し、筆者夫婦は久々に仲よく喜びを共有した。

野分 のわき

暴風、台風のことです。**秋**のイメージでした。弱い野分は季節の美を感じさせる**雅**《みやび》な現象でしたが、激しいものが襲来すると、建物が損壊したりする**天変地異**となりました。**平安京**の南端の門・**羅**《ら》**城門**《じょうもん》が野分でたびたび吹き倒され、天元《てんげん》3（980）年の倒壊以降は再建できなかったほど、平安人には深刻な災害でした。▼『源氏物語』「ここらの齢《よわい》に、まだかく騒がしき野分にこそあはざりつれ」と、ただわななきにわななきたまふ（老婦人〈夕霧《ゆうぎり》の祖母〉は「長年生きてきたが、こんなひどい野分には遭ったことがない」と、ひたすら震えておいでだ）。

CHECK IT OUT.

なぜ平安貴族にとって和歌が重要だったの？

和歌は、「和風の**歌**（『漢詩』の反対）」という意味で、短歌も**長歌**《ちょうか》もふくめた総称です。平安貴族は、基本的には短歌をやりとりしていましたが、思い余ると長い歌を書いて相手に訴えていました（長歌）。

たとえば**『蜻蛉《かげろう》日記』**の**藤原道綱母**《みちつなのはは》は思いつめたとき、長歌を書いて夫・**藤原兼家**《かねいえ》に送りつけています。その後、二人は別れずに済んでいることから、兼家の心には猛烈アピールになったようです。

和歌には〝シチュエーションづくり〟の効果もありました。こんな夫（**妻**）はもうキライだ！と思っていても、美麗な筆跡（**手**《て》）・きれいな紙で胸を打つ和歌が来たら「…やっぱり別れられない」となったのです。

ここでは、平安人の感覚から和歌の用語を解説していきます。

☑掛詞（かけことば）

同じ発音の語に二つの意味を持たせるテクニック。「**松**＝待つ」、「古（ふる）＝降る」など。

平安の歌は「耳で聴く」ことが基本だったので、このような〝ダブルミーニングの響き〟がクールで、胸をキュンとさせていたのです。

☑縁語（えんご）

詠み込んだ語に「その語から連想される言葉」を加える技法。「火→燃ゆ、煙《けぶり》」「衣→着る、端《つま》、裏《うら》」など。統一感ある歌に仕上がるので、聞いた瞬間「その歌の世界観」がパッと広がります。掛詞との合わせ技（火＝思ひ、端＝妻など）で、語彙力もアピールできます。歌学の勉強で磨けるスキルですが、テンプレに陥りがちで古臭くなるので使いすぎは×です。

☑枕詞（まくらことば）

特定の単語を引っぱり出す、きれいでイメージ力豊富な言葉。「ちはやぶる（力の荒々しい）→神」「ぬばたま（黒い種子）の→黒、**夜**、闇」など。続語感が美しく、耳に快い語です。続く語が予想できるので、安心して聴けます。そこへ想定外の展開や〆が来ると、驚きで感動ひとしおです。

☑序詞（じょことば）

枕詞の長いバージョン。ただし枕詞ほど定型化されておらず、作者の語彙力とセンスが高度に問われる。

例：瀬をはやみ岩にせかるる滝川のわれても末に逢はむとぞ思ふ

「割れ（別れ）ても後に合（逢）う」という流水の動きの「割れ」を引き出すために、「瀬を～滝川の（流れが速いので岩に堰き止められる滝川のように）」を創作しています。

平安
みやこ新聞

第五號
長保元(1000)年
12月25日
発行

彰子中宮誕生か⁉

先月、一条天皇の妃になったばかりの彰子さまが、后（中宮）に昇格するとの噂。陛下の後宮には現在、定子中宮（出家済）がおられる。相変わらず波乱含みの内廷だ。

皇室と摂関家

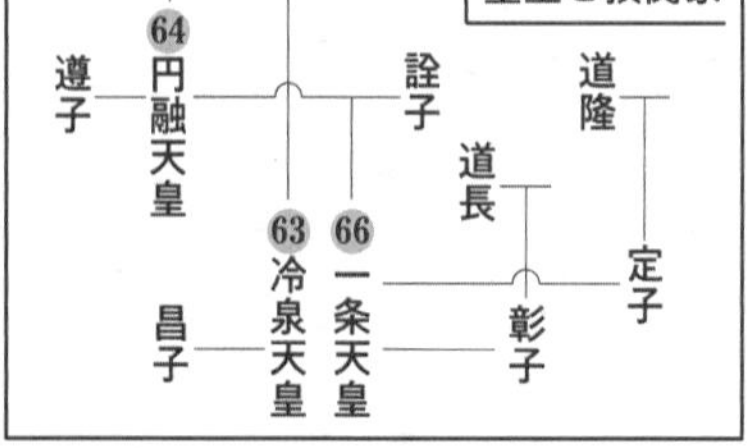

一帝二后なるか 先例なき後宮体制

今月1日、太皇太后・昌子さまが崩御され、后の御位が一つ空席となった。そこへ、道長公ご息女・彰子さまを昇進させる動きがあるという。某公卿筋より弊紙が入手した極秘情報だ。

後宮には現在、一条天皇の后妃として、定子中宮、義子女御、元子女御、御匣殿・尊子さまがおられる。そこへ本年11月、政権筆頭者・道長公がご長女・彰子さまを奉った。「一の人」の姫だけあって、わずか7日で女御の位を頂いた彰子さま。陛下の母后・詮子さまとの関係も良好である。さらに、何というタイミングか。この折に后の御位が空いたのである。

本来ならば、この后位は空席のままとなるはずだ。陛下の后は既に定子中宮と定まっているからである。だが定子さまを皇后に上げ、そこに彰子さまを中宮にする計画が、現在、極秘裏に進行中だという。

1人の帝に后2人とは前代未聞。この動き、弊紙は今後も総力取材する。

君臣和楽

もはや、何が起きても驚かない。1月。日照りなどの天変により、長保に改元された。一条帝の御世、4つめの元号である。にもかかわらず、3月には駿河なる霊峰・不二が噴火。卜占によれば兵乱または疫病の予告だが、そも、疫病はもはや常態化している。6月には、何の御さとしか、内裏が焼亡。陛下や詮子さまもご病気続き。唯一の明るいニュースは、彰子さまの華々しいご入内であった。おう、あと御猫のご出産もあったか。后の選定は、各女御がたの勤続年数や、お産みした皇子女の数などを考慮すべき…という正論は、もう申すまい。中宮・皇后の分離にも呆れたが、一帝二后とは。道理も底が抜けたというところか。

解説　1人の天皇に2人の后「一帝二后」

一人の天皇が二人の后（正式な妻）を持つこと

63冷泉天皇 ― 昌子（太皇太后）
64円融天皇 ― 遵子（中宮）
64円融天皇 ― 詮子（皇太后）［一条の母としての「后」］
66一条天皇 ― 定子
66一条天皇 ― 彰子

定子さまが中宮に昇格したとき、新制度により、中宮とその別称・皇后が分離された。それでも当時は、円融帝の后を皇后、一条帝の后を中宮としたもので、一帝一后という大原則は保持された。今回は、皇后となる定子さまも中宮になる彰子さまも、いずれも一条帝の后である。1人の天皇が后を2人持つ珍事だ。

内裏大火、原因に迫る！

本年6月14日。大内裏の中の内裏(陛下のお住まい)が炎上し、陛下は脱出。以後は一条院を里内裏（仮の皇居）とされている。

この火災のもとは何なのか。勘申によれば、宮廷の種々の緩み、特に贅沢への天罰とのことで、陛下は新たな制度を施行された。そのご意欲は真率にして誠実、ご立派であらせられる。しかし、もっと根本的なことを正視されるべきだ。中宮・定子さまの件である。

定子さまは長徳の変のとき、ご自身でお髪を切り出家されたとの噂だ。尼の御身で後宮に住まわれ、さらにご懐妊あそばすとは、ゆゆしきことである。唐の国も、出家後に再度後宮入りした妃・則天武后によって、短期間だが滅亡した。某O博士の解釈するところでは、この火災は武則天の例を彷彿とさせるという。

かの長徳の変は、それこそ「出家の身の貴人」の乱倫が発端ではなかったか。陛下のご内省をひらに期待もうしあげる。

お子が生まれたら！
五十日、百日の祝いの餅、ご用命を！

西市廿壱本店

週刊風流男《みやびを》

急展開！
円融系統
現天皇直系継承の見込み！

皇后・定子サイド呆れた抗弁
「宮さまは出家なさってない！」

敦康親王誕生　命婦のおとど
「猫さまの産養」が吉と出たか？

亡国のきざし「尼の出産」
則天武后の例か!?

一帝二后か廃后か
藤原氏の（マトモな）后が大原野祭には必須！

新中宮・彰子さま
父は一の人、母は大臣家令嬢・天皇の孫

母后・詮子さまご満悦
「後宮がやっと、づしやかに…皇子も誕生」

梅花 ばいか

梅の**花**です。また、その香りを模した**薫物**《たきもの》（お香）の名でもあります。**春**の香りでした。

拝舞 はいむ

「拝す」「**舞踏**《ぶとう》」ともいいます。目上の人に感謝を示すため、作法にのっとって舞うことです。

這ひ渡る はいわたる

近距離をちょっと、または非公式に移動することです。植物が平面的に生え広がった様子もいいます。

這ふ はう

平面に沿って移動することです。現代語と同じ腹這《はらば》いでの移動のほか、肘《ひじ》をついたり四つん這いになったりで移動することも含んだと見られます。貴人が「**先追ふ**」をさせずイレギュラーに他棟・他家を訪問することも指します。植物が**垣**（垣根）に沿って生え登ることも指します。

墓 はか

古代には、**天皇**家でもない限り墓にはこだわらない傾向がありましたが、平安時代には墓参りの習慣が生じ始めていました。

博士 はかせ

官名の一つです。ある学術・技芸に通じ、かつその教育を担当する職です。**大学寮**に所属する紀伝《きでん》（文章《もんじょう》）博士、陰陽寮《おんようりょう》の暦《れき》博士、天文《てんもん》博士、**典薬寮**《てんやくりょう》の医《い》博士、呪禁《じゅごん》博士などがいました。中でも**紀伝**《きでん》**道**《どう》（のちには**文章道**《もんじょうどう》とも呼ばれた）という、**漢籍**で文学・史学を学ぶ学問の文章《もんじょう》博士は、**天皇**など貴人にもレクチャーする立場でした。

歯固 はがため

神に供えた鏡餅や**鹿**肉、大根などを食べて、長寿を祈った行事です。正月の三《さん》が日《にち》に行いました。

はかなくなる

「**死ぬ**」の遠回しな言い方です。

袴 はかま

男女共に使用したボトムスです。内側には**大口**《おおくち》・**下袴**《したばかま》などを穿《は》き、その上に季節や場合に応じて、**単**《ひとえ》（一重）から袷《あわせ》（二重）、三重《みえ》などの袴（**表袴**《うえのはかま》）を着用しました。貴族女性の場合は、長い丈の袴を穿いて足を着込めるスタイルが一般的です。**色**は赤系統が多く、身分高い女性は特に、紅花《べにばな》を豊富に使って染めた**紅**《くれない》（濃い赤）の袴を好みました。服喪《ふくも》中や**出家**後には萱草色《かんぞういろ》（くすんだオレンジ色）や**檜皮色**《ひわだいろ》（茶色）の袴を穿きました。一般的に、使用人は活動的な短い袴を着用し、貴人は長いものを穿く傾向がありました。ただし外出時や騎乗時など必要な時には、貴族も（女性を含め）短い袴を用いました。▼『宇治拾遺物語』我《われ》は男の脱ぎたる**生絹**《すずし》の袴を着て…（自分〈越前敦賀《えちぜんつるが》の女〉は夫の脱ぎ捨てた生絹の袴を着て…）。

袴着 はかまぎ

着袴《ちゃっこ》ともいいます。幼児が初めて**袴**を着ける**儀式**とその後の祝宴のことです。わが子のお披露目でした。「忍ぶ仲（秘している男女交際）」も珍しくない時代だったため、袴着を父が主催してくれるかや、どれほど豪勢か、招待客の数や身分がどの程度かは、子どもの将来を左右しました。3～5歳頃に行います。

―源氏物語― 薄雲

袴着のことなども、人知れぬさまならず、しなさむとなむ思ふ。

光源氏が娘（明石姫君《あかしのひめぎみ》）の袴着を、身分低い生母のもとでではなく、世間に知られるよう自邸で盛大に行いたいと述べる場面。后《きさい》がね（**皇后**候補）としての人生のスタートである。

親の影響力が弱いと、呼べる客も限られるのです。

萩 はぎ

紅紫《こうし》または白の**花**をつける植物です。**秋**の**七草**でもあります。細い枝が**風**になびく優雅さが愛され、また**鹿**の**妻**であると見立てられました。

白居易 はくきょい

（772～846）中国、唐《とう》の時代の詩人です。**字**《あざな》は楽天なので**白楽天**《はくらくてん》とも呼ばれます。平安貴族には特に人気で、玄宗《げんそう》皇帝と楊貴妃《ようきひ》のロマンスを歌った『長恨歌《ちょうごんか》』や、名妓《めいぎ》だった女性が自分の不遇を嘆く『**琵琶行**《びわこう》』は、『**源氏物語**』や『**枕草子**』に引用されています。これらの作品を収めた詩文集に『白氏《はくし》文集《もんじゅう》』があります。

白楽天　はくらくてん

中国の詩人・**白居易**《はくきょい》のことです。

歯黒め　はぐろめ

「**鉄漿**《かね》」とも。後世「お歯黒《はぐろ》」と呼ばれた、歯を黒く染める身だしなみのことです。鉄片を酢などに浸して酸化させた液に、五倍子《ふし》（木のこぶ）の粉を混ぜ、専用の**筆**で歯に塗りました。平安中期の女性は、年頃になると眉《まゆ》を抜いて作り眉を描き、同時に歯黒めも行ったようです。平安後期には、貴族男性や武士も行うようになりました。

源氏物語　末摘花

歯黒めも、まだしかりけるを、ひきつくろはせ給へれば、眉《まゆ》のけざやかになりたるも美しう清らなり。

十《とお》ばかりの少女（のちの紫上《むらさきのうえ》）が、まだだった歯黒めと描《か》き眉《まゆ》を施され、美しくなった場面。

箱・筥　はこ

寝殿《しんでん》**造り**の建物には造りつけの収納がなかったため、箱は物を整頓しておくために必須でした。贈答品のやり取りの際にも、ふさわしい箱に収める必要がありました。そのため**紫檀**《したん》、**沈**《じん》など高価な木材で作られた箱や、**螺鈿**《らでん》・**蒔絵**《まきえ》など装飾の施された品は、美術品としても動産としても価値がありました。また箱の蓋《ふた》は物を差し出す際に、現代のお盆のようにも使いました。

鋏　はさみ

物を切る道具です。U字形をしていて握ることで裁断しました。いわゆる和鋏《わばさみ》です。

橋 はし

平安貴族は高床式《たかゆかしき》の家で暮らしていたため、棟と棟との間にも橋を架けたり、打橋《うちはし》（取り外し可能な板状の橋）を渡したりして行き来していました。現代同様、川を渡るための構造物も橋と呼びます。橋の維持は今の比でなく困難で、橋板《はしいた》が欠落したり、**大雨**で丸ごと流れたりということもしばしばでした。橋のある地は交通の要衝で、戦時には合戦が行われました。橋には人柱《ひとばしら》伝説や、神・**鬼**が棲《す》むという話も伝わっていました。**平安京**の場合、**陰陽師**《おんようじ》・**安倍**《あべの》**晴明**《せいめい》が一条戻り橋《いちじょうもどりばし》の下に**式神**《しきがみ》を飼っていたといわれます。また**宇**《う》**治**《じ》橋には**橋姫**という、夫を待ち続けた橋の守護女神の伝説があり、後世には鬼女《きじょ》ともされました。

階 はし

「**きざはし**」ともいいます。床の高い建物と地面とをつなぐ階段です。**寝殿**《しんでん》など格の高い建物には**高**《こう》**欄**《らん》（欄干《らんかん》）つきの、**対**《たい》**の屋**《や》など一般の建物には欄干なしの階が設けられました。

更級日記

浜名《はまな》の橋、下《くだ》りし時は黒《くろ》木《き》をわたしたりし、この度《たび》は跡《あと》だに見えねば、**舟**にて渡る。

筆者・**菅原孝標女**《すがわらのたかすえのむすめ》が上京する際の出来事。3年前、父の任地・上総《かずさ》（現・千葉県）に下るときは渡してあった丸太のままの橋が、今回は跡形も無くなっていた、と語る。

端近 はしぢか

邸内の、外に近い場所をいいます。具体的な場所を指す言葉ではありません。その人の性別・身分・立場などからして「ここにいるべき」とされる場所より、外側にいる場合にこういいます。屋敷の中心部こそ神聖な場所であり、端へ近づくほど格が下がると感じられていたためです。端近にいるような「軽率さ・浅はかさ」を意味することもあります。▼『栄花物語』御心掟《おんこころおきて》・有様《ありさま》などは、いかで、かく古体《こたい》ならず**今**《いま》**めかし**う、さりとて端近にやはおはします（〈**藤原道長**《みちなが》さまの令嬢がたの〉ご性格・態度は、古めかしくなく現代的で、かといって浅はかではない）。

半蔀 はじとみ

建具の一つです。蔀《しとみ》は風よけの板戸で、格子《こうし》を貼り付けることもありました。半蔀は、柱と柱の間のスペースを、下部は格子や板、上部は小さめの蔀で塞《ふさ》いだ建具を指したかと思われます。庶民の家や田舎の別荘に多い傾向があります。▼『源氏物語』上は半蔀四五《しご》間《けん》ばかり上げ渡して簾《すだれ》なども、いと白う涼しげなるに…（その〈五《ご》条《じょう》にある〉小家《こいえ》は半蔀を4、5間ほど引きあげて、簾などがとても白く涼しげで…）。

半蔀車 はじとみのくるま

牛車《ぎっしゃ》の一つです。**網代**《あじろ》**車**に**物見**《ものみ》**窓**がついたタイプです。窓に**半蔀**という建具がついていています。

橋姫 はしひめ

橋を守護する女神です。特に**宇治**《うじ》の宇治橋の女神を指します。

蓮 はす

「はちす」ともいいます。仏教では極楽《ごくらく》浄土に咲く**花**で、仏や極楽に行けた人はハスの花の上に座るとされました。そのため**仏像**は蓮《れん》華《げ》台《だい》の上に置かれ、恋の誓いには「来世も一緒に」という意味で「**同じ蓮**《はちす》の上に」という台詞《せりふ》がつきものでした。

はづ《ず》かし

現代語と同じく、「自分が恥に感じる」という意味もありますが、「周囲に恥ずかしさを感じさせるほど立派だ」という意味でもよく使われます。▼『源氏物語』恥づかしげに、け高《だこ》う**美しげ**なる御《おん》かたち（〈葵上《あおいのうえ》は〉気が引けるような、気高く美しいご容貌）。

長谷寺 はせでら

「**初瀬**《はつせ》」ともいいます。奈良県桜井市に現存する寺です。**観音**《かんのん》信仰で名高く、貴族女性から特に熱心に信仰されました。境内にある「二本《ふたもと》の**杉**」や近くを流れる初瀬《はつせ》川《がわ》も有名です。

鉢 はち

円形の深い容器です。本来は、僧が施しを受けるための器でしたが、入れ物として広く使われました。僧のものは多くが鉄製ですが、石製・木製の品も見られます。

八代集 はちだいしゅう

平安前期から鎌倉初期にかけて編《へん》

は

纂《さん》された、八つの勅撰《ちょくせん》和歌集（**天皇**の命令によって編まれた**和歌**の名作集）を指す言葉です。**古今**《こきん》・後撰《ごせん》・拾遺《しゅうい》・後拾遺《ごしゅうい》・金葉《きんよう》・詞花《しいか》・千載《せんざい》・新古今《しんこきん》を指す言葉です。成立年代的に、一条《いちじょう》朝期の人々が親しんでいたのは古今と後撰でした。

八幡宮　はちまんぐう

「やわたのみや」ともいいます。八幡神《はちまんじん》を祀《まつ》った神社です。八幡神は、大分県に現存する歴史ある神社・宇佐《うさ》神宮に祀られたのが始まりで、貞観《じょうがん》元（859）年に**石清水八幡宮**《いわしみず》に分霊《ぶんれい》されました。貴族から庶民まで広く信仰され、また後世には源頼朝《みなもとのよりとも》が鎌倉の鶴岡《つるがおか》八幡宮に分祀《ぶんし》して、武神としても信仰が広まっていきました。

跋　ばつ

後書きのことです。**草子**《そうし》や**絵巻**の末尾に記しました。

葉月　はづき

8月のことです。仲秋に当たります。この月の十五夜は特に愛《め》でられました。

初笄　はつこうがい

女児の成人**儀式**・**裳着**《もぎ》のことです。

八省　はっしょう

中央行政官庁のうち、主だった八つの省のことです。**中務省**《なかつかさ》、**式部**《しきぶ》**省**、**治部省**《じぶ》、**民部省**《みんぶ》、**兵部省**《ひょうぶ》、刑部《ぎょうぶ》省、大蔵《おおくら》省、**宮内省**《くない》です。

初瀬　はつせ

長谷寺《はせでら》のことです。「はつせ」が変化し、「はせ」と呼ばれるようになりました。

初元結　はつもとゆい

男児の成人**儀式**・**元服**《げんぶく》のことです。

鳩　はと

食用であり、八幡大菩薩《はちまんだいぼさつ》の使いともされた**鳥**です。高齢者には鳩の飾りをつけた杖を贈る風習がありました。馴染《なじ》みのある鳥ではなかったようです。▼『源氏物語』**竹**の中に家鳩《いえばと》といふ鳥の、ふつゝかに鳴くを…（竹の中で家鳩という鳥が野暮ったく鳴くのを…）。

花　はな

花は、満開時の美と香りがもてはやされるのは言うまでもなく、時の経過につれて変わる風情や、盛りを過ぎて枯れゆく哀れ（**あはれ**

なり）まで、細やかに見つめられ愛《め》でられました。**庭**や行楽先によく咲いた花があると、花見の宴を開いたり、摘み取って親しい人に見せたり、お土産として贈ったりするものでした。また恋の**手紙**は、花につけて送られました。姫君たるもの異性からの手紙など手も触れないのが常識であり、何とか読んでもらうために、美しい花に**結《むす》び文《ぶみ》**にしたり、花弁に**和歌**を書きこんだりしたのです。

鼻　はな

現代同様、**鼻**または鼻水のことです。**鼻**をかむ際は、貴人は**紙**を用い、庶民は手でかみました。**鼻**をかむ行為やその回数の多さは、感動や悲哀《ひあい》の涙と共によく描かれます。また「**鼻《はな》ひる**」はくしゃみを意味しました。不吉なものとされ、「休息万命急々如律令《くそくまんみょうきゅうきゅうにょりつりょう》」などのめでたい文句を、おまじないとして唱えました。

花橘　はなたちばな

花の咲いている**橘**のことです。橘の花を指すこともあります。**ホトトギス**がよく訪れる**木**とされていました。実を食べる際に、飾りとして白い花をつけたまま出すこともありました。

源氏物語　若菜　下

五月《さつき》待《ま》つ花たちばなの、花も実も具《ぐ》して、おし折れる薫りおぼゆ。

橘は**冬**に実を、初夏に花をつける。実が枝に長い間ついている果樹であるため、4月末～5月の開花期まで実も残った状態が「花も実も具して」であろう。

放出　はなちいで

貴族の屋敷の、室内スペースを指す言葉です。**母屋《もや》**と**廂《ひさし》**との間の**簾《すだれ》・壁代《かべしろ》**を取り除いた上で、外へ向かって開放する形で、**屏風《びょうぶ》**などで囲み出した空間のことだといわれます。催事や作業の際、臨時に設けられました。

花机　はなづくえ

経文《きょうもん》や仏具・花瓶などを載せる台で、法事に使用しました。花机本体やその覆いの豪華さは、法事の立派さのバロメーターでした。

歯の病　はのやまい

虫歯のことです。「歯を病む」「歯が朽ちる」といいました。「口の内の物はみな揺《ゆる》ぎて」「息の香《か》、あまり臭く」という、歯槽膿漏《しそうのうろう》らしき表現も見られます。対策としては、楊枝で歯の掃除を日々行いました。**歯黒め**にも虫歯予防効果があったといわれます。治療には**加持祈祷**《かじきとう》が行われました。また「**天皇**が庶民の老女に歯を抜いてもらう」という、当時の身分秩序からすると驚異的な記録もあり、「抜歯の名人」が存在したようです。▼『源氏物語』御歯《おんは》の少し朽《く》ちて口のうち黒みて笑み給へ《え》る、かをり**美し**…（〈**春宮**《とうぐう》＝のちの冷泉《れいぜい》帝《てい》の〉お歯が少し虫歯になって、口内が黒みがかった状態で微笑《ほほえ》んでいらっしゃるご様子は、香るように美しい…）。

腹 はら

お腹《なか》のことです。女性の場合、産んだことや生まれた子どもを指すこともあります。▼『源氏物語』腹を病みて…あな、腹々《はらはら》（お腹の具合が悪くて…ああ、お腹がお腹が！）。

「子が腹々《はらばら》（それぞれの**妻**）に大勢いる」のは、成功したセレブ男性の証しでした。

祓 はらえ

穢れ《けが》を身から除去する行事です。川や海、**遣水**《やりみず》など水辺に出て、**陰**《おん》**陽師**《ようじ》の采配のもと、着ていた衣服や撫物《なでもの》（人の形に切った**紙**）を水に流しました。穢れが**病**・災いをもたらすと思っていた平安人にとっては、健康増進法や人生への投資に当たる、重要かつ人気のイベントでした。難波《なにわ》や津《つ》、唐崎《からさき》などが祓の名所でした。

うつほ物語 国譲 中

亥《い》の時《とき》に「御祓時《おはらいとき》なりぬ」と申す。…水堰《ぜ》き入れて、**滝**落として大井川のごと行く。**簀子**《すのこ》には**御簾**《みす》かけ御床《おんゆか》立てて御**屏風**《みびょうぶ》ども立てたり。そこに宮、三所《みところ》出《い》で給ふ。…陰陽頭《おんようのかみ》、御祓物して仕《つこ》うまつる。**馬**ども木綿《ゆう》付けて引きたり。**御衣**《おんぞ》脱ぎ給ふ。

邸内に水を引き込み、祓を行う場面。**内親王**《ないしんのう》3人は**母屋**《もや》から簀子に出て、床（浜床《はまゆか》＝**帳台**《ちょうだい》の台座）の上に屏風に囲まれて着座。木綿をつけた馬が縁起物として連れてこられ、貴族たちは衣を脱ぐ。この衣は流し捨てるものだが、実質的には陰陽師らへの**禄**《ろく》となったものか。

同胞 はらから

同母の兄弟姉妹のことです。転じて、それ以外のきょうだいも指します。

同母きょうだいを「同腹《ひとつはら》」、異母きょうだいを「異腹《ことはら》」と呼びました。

春 はる

暦《こよみ》の1〜3月が春とされました。現代の感覚では冬に感じられますが、それは暦の違いによるもので、今の2月半ば〜5月上旬あたりに相当します。「張る」という言葉が掛詞《かけことば》です。行事の多い1月に始まり、陽光の明るさ・暖かさを喜び、庭の美や花見の宴を楽しむ、華やかで幸せな季節です。

CHECK IT OUT.

「春」明るくて暖かい喜びの季節

「年が返る」と1月1日、春の到来です。日差しの明るさ、現れ始める草木の若芽、梅の花と鶯《うぐいす》が、春の風物詩として愛《め》でられました。寒い冬を乗り越えた喜びと、草花の芽吹きに感じられる生命力は、平安人に活気を与えたようです。1月には国の安泰《あんたい》と人の長寿を祈る行事がひしめいています。

春の定番は、「うららか」な光、大気が温《ぬる》んで景色を「けぶる」ように見せる「霞《かすみ》」、そこへ昇る「朧月《おぼろづき》」です。花（桜）の宴《えん》、藤の宴と花見も盛りあがります。その場で人気の話題は「春秋優劣論《しゅんじゅうゆうれつろん》」です。春と秋のどちらが好きかを巡るディベート合戦で、教養のほどが問われました。

1月

光（陽光）明るく、咲いた梅に鶯が宿る。新年の行事が目白押し。

2月

桜が開き、春本番。伏《ふし》見稲荷詣《みいなりもう》でや春日祭《かすがのまつり》、季《き》の御読経《みどきょう》で賑わう。

3月

上巳《じょうし》の祓《はらえ》（ひな祭りの起源）や石清水《いわしみず》臨時祭。夏が意識され始める。

蛮絵 ばんえ

中華思想には外国を「野蛮な地域」とする見方があり、その影響を受けた日本にも**唐**《から》・**天竺**《てんじく》・**高麗**《こま》以外を「蛮／南蛮」と呼ぶ表現がありました。そんな異国から渡来した**絵**が蛮絵です。多くは**紋様**《もんよう》化されたので、円形内に描かれた独特の紋様も蛮絵と呼びます。シルクロードを伝わってきたイラン系の絵柄や、林邑《りんゆう》（現ベトナム）由来の紋様などがありました。渡来した舞楽《ぶがく》の衣装によく見られます。

盤渉調 ばんしきちょう

雅楽の六調子《りくちょうし》（6種類の**調子**＝音階）の一つです。洋楽音名の「ロ（B）」に近い音を主音とする音階で、**冬**に演奏されました。

半挿 はんぞう

水差しです。洗面の際、盥《たらい》に湯や水を注ぐために使用しました。

半臂 はんぴ

男性貴族の衣の一つです。**袍**《うえのきぬ》と**下襲**《したがさね》の間に着用します。裾《すそ》に襴《らん》というヒダのある生地がついた、腰丈ほどの短い衣です。極めて長い**緒**《お》（**紐**《ひも》の一種）で腰回りを結んで、結び余りは畳んで垂らして飾り（忘《わす》れ緒《お》）としました。▼『うつほ物語』表衣《うえのきぬ》のわわけ、下襲の半臂もなき、太帷子《ふとかたびら》の上に着て、上の**袴**《はかま》、下の袴もなし（貧乏学生の藤《とう》英《えい》は、破れ乱れた袍《うえのきぬ》を、下襲の半臂もなく、安価な太い**糸**で織った**単**《ひとえ》の衣の上に着て、**表袴**《うえのはかま》も**大口**《おおくち》もない）。

日 ひ

太陽や天気のことを指します。日にち、日数、**昼間**という意味もあります。

火 ひ

火や炎です。灯火の光や暖房の炭火、**火事**のこともいいます。「想い（おもひ）」や「恋（こひ）」の掛詞《かけことば》として恋の**和歌**によく歌われます。

氷 ひ

氷（**こおり**）のことです。雹《ひょう》も含

みます。▼『源氏物語』氷降り、雷《いかづち》のしずまらぬ…（〈須磨《すま》の暴風雨で〉雹が降り、雷が鎮まらない…）。

非違　ひい

検非違使《けびいし》（警察兼裁判所のような官）の別名です。

雛　ひいな

人形です。女児のおもちゃで、10歳を超えたら遊ぶべきではないとされた、子どもの遊具でした。遊び方は、衣装を着せたり雛用の家の中でままごとをさせたりだったようです。雛やその家は、用済みの**手紙**などリサイクル紙で作った例があり、胴体部分は棒状の紙芯のみだったかもしれません。現代のひな人形のルーツです。▼『源氏物語』まだいはけたる御雛遊びなどの**けはひ**の見ゆれば…雛の殿の**宮仕へ**、いとよくしたまひて（妹姫〈明石姫君《あかしのひめぎみ》〉はまだ幼げで雛遊びをしているご様子なので、兄君〈**夕霧**《ゆうぎり》〉はその雛の御殿《ごてん》の宮仕えに付き合っておあげになって）。

比叡山　ひえいざん

平安京から見て鬼門に当たる、東北の方角にある山です。**延暦寺**《えんりゃくじ》が築かれ、**陰陽道**《おんようどう》的観点から「**都**の守護」をしていました。

氷魚　ひお

鮎《あゆ》の稚魚です。平安貴族には馴染《なじ》みの食材でした。それを採る様子もめずらしかったらしく、特に**宇**《う》**治**《じ》川では、網代《あじろ》という**竹**細工による漁が有名でした。

檜扇　ひおうぎ

扇の一つです。**ヒノキ**または**スギ**の薄板《うすいた》を重ね、下端を貫き留《と》めて要《かなめ》としたものです。端を折ってメモ用紙代わりに使うこともありました。▼『源氏物語』扇の端《つま》を折りて…とある**手**を思し出《い》づれば、かの**典侍**《ないしのすけ》なりけり（扇の端を折って**和歌**を書いてよこした…**光源氏**さまはその筆跡をご覧になって「この扇の主はあの源典侍《げんのないしのすけ》か」と）。

火桶　ひおけ

暖房具です。中に「落とし」と呼ぶ金属製の器を置き、灰を入れて

炭を焚《た》きました。桶の内側に**絵**を描かせる、香を入れて薫《た》き匂わすなどにより、使い手の趣味のよさをアピールできる品でもありました。

一枕草子一 常に文おこする人の、面様《おもよう》よき人の、暗きほどに**文**《ふみ》を得て、**火**ともす程《ほど》も心もとなきにや、火桶の火を挟《はさ》みあげて、たどたどしげに見居《みい》たるこそ、**をかし**けれ。

手紙をもらって早く読みたくてたまらず、灯火をつける間も待てずに、火桶の炭火をつまみあげて紙面を照らし、読もうとしている美女の様子を、**清少納言**は「をかし」と見ている。

檜垣　ひがき

ヒノキの薄い板を編んで作った**垣**（垣根）です。**都**の下流貴族邸などにあったようです。▼『源氏物語』この家のかたはらに、檜垣といふもの新しうして…（この五条《ごじょう》にある小家の横には、檜垣というものを新しく作って…）。

日陰草　ひかげぐさ

ヒカゲノカズラとも呼ばれます。神事の際、臣下一同が着用する衣の装飾に使います。**五節舞姫**《ごせちのまいひめ》も頭に飾りました。

東三条邸　ひがしさんじょうてい

実在した屋敷の名です。**藤原氏**の中でも最も成功した家系、良房《よしふさ》・基経《もとつね》・忠平《ただひら》・**兼家**《かねいえ》へと相続され、**里内裏**《さとだいり》（仮の皇居）になった時期もあります。兼家の娘・**詮子**《せんし》（**一**《いち》**条**《じょう》**天皇**の生母）は、この屋敷にちなんで「東三条院」という称号を得ました。

光源氏　ひかるげんじ

『源氏物語』の大半で主役を務める男性キャラです。皇統で美貌、才芸に秀で情が深いという、平安女性の理想像です。▼**『更級日記』**光る源氏ばかりの人は、この**世**におはしけりやは（光源氏ほどの人が、この世にいらっしゃるはずがない）。

引直衣　ひきのうし

「**下直衣**《さげのうし》」ともいう、直衣の崩した着方です。後世には、長く仕立てた「御引《おひき》直衣」となり、**天皇**・上皇《じょうこう》が日常で着用しました。

弾物　ひきもの

琴《こと》（弦楽器）を指す言葉です。**琴**《きん》、**箏**《そう》、**和琴**《わごん》、**琵琶**《びわ》などです。

飛香舎　ひぎょうしゃ

後宮《こうきゅう》の建物（**七殿五舎**《しちでんごしゃ》）の一つです。**庭**に**藤**が植えられていたことから「**藤壺**《ふじつぼ》」とも呼ばれました。**藤原氏**の最盛期に、**道長**《みちなが》の娘たち（**中宮彰子**《しょうし》・中宮威子《いし》）が住まいとした殿舎です。**天皇**のいる**清涼殿**《せいりょうでん》に近く、平安文学では藤壺に住む后妃《こうひ》がしばしば別格扱いされています。

髭籠　ひげこ

籠《かご》の一種です。**竹**や針金などを編みあげていき、残った端を飾りとして、ヒゲのように残したものです。

彦星　ひこぼし

七夕伝説の牽牛星《けんぎゅうせい》です。一年に一度7月7日の**夜**だけ天の川を渡って織姫星《おりひめぼし》に逢う、という話は、平安人にもよく知られていました。

▼『源氏物語』七夕ばかりにても、かかる彦星の光をこそ待ち出《い》でめ（年に一度しか会いに来て頂けなかったとしても、このような立派な婿殿《むこ》〈匂宮《におうみや》〉をお迎えしたいものだ）。

緋金綺　ひごんき

金を織り込んだ**錦**《にしき》、金襴《きんらん》のことです。非常に高価な生地でした。

提子　ひさげ

金属製の容器です。水や**酒**を温めたり、酒を注いだりするのに使います。

廂・庇　ひさし

寝殿《しんでん》**造り**の建築で、**母屋**《もや》と**簀子**《すのこ》の間のスペース。主人一家が過ごす母屋を、ぐるりと取り巻く外周部分です。**女房**（侍女《じじょ》）らはたいてい、ここにいます。**御簾**《みす》の中なので基本は女性の場所ですが、男性でも血縁者や特に高貴な客は、ここに席を用意されることもあります。

は

廂の間 ひさしのま

「**ひさし**」と同じです。**屏風**《びょうぶ》などで仕切って**女房**（侍女《じじょ》）の居室とした場合など、「部屋」と認識した際にはこういいます。

販女・販婦 ひさめ

「ひさぎめ」ともいいます。女性の行商人のことです。食材を売り歩くほか、**鮨**《すし》など加工食品を作って販売する者もいました。魚（**うお**）と偽《いつわ》ってヘビ肉を売っていた、汚してしまった鮨をごまかして売っていたなどの逸話が残っており、信用度の低い職業だったようです。▼『**今昔物語集**』**市**町《いちまち》に売る物も、販婦の売る物も極めて汚《きたな》きなり…目の前にして確かに調《ととの》へさせたらむを食《く》ふべきなり（市や販婦の売る物は極めて汚いのだ…目の前で調理させた物を食べるべきだ）。

醤 ひしお

大豆、のちには小麦を原料とした発酵調味料のことです。現代の味《み》噌《そ》・醤油《しょうゆ》のルーツといえます。▼『**うつほ物語**』酒殿《さかどの》。十石入《い》るばかりの瓮《かめ》二十ばかり据《す》ゑて**酒**《さけ》造りたり。酢《す》・醤《ひしお》・漬物《つけもの》、みな同じごとしたり（酒殿で、10石も入りそうなカメを20個ほども置いて酒を造っている。酢、醤、漬物も同様に造っている）。

ひじき藻 ひじきも

海藻の名です。ヒジキです。

聖 ひじり

僧など、徳の高い立派な人のことです。▼『**枕草子**』ないがしろなるもの。女官どもの**髪上げ**姿…聖のふるまひ（無礼もの。下級女官の**髪**を上げた姿…高僧の振る舞い）。

樋洗童 ひすましわらわ

便器（清箱《しのはこ》・大壺《おおつぼ》）の洗浄を担当した**童**（子ども）のことです。下級の使用人で、使者も務めました。▼『**和泉式部日記**』樋洗童して「右近《うこん》の尉《じょう》にさし取らせて来《こ》」とてやる（樋洗童に「この**手紙**を右近の尉〈**近衛府**《このえふ》の官人で、敦道**親王**《あつみちしんのう》の側近〉に渡して来なさい」と命じて派遣した）。

飛騨 ひだ

現・岐阜県北部を指す地名です。すぐれた大工を輩出する地として知られていました。▼『**栄花物語**』御堂《みどう》造れる飛騨の工匠《たくみ》ども、爵《こうぶり》給はせ…（**藤原道長**《みちなが》さまは、**法成寺**《ほうじょうじ》の御堂を造った飛騨の大工たちに、**こ**

うぶり〈**五位**《ごい》の位〉を褒美としてお与えになり…）。

額髪　ひたいがみ

女性の、額から生えている**髪**です。一部は胸辺りで切り「**下**《さ》**がり端**《ば》」とします。額髪は頬に触れるため、涙や汗で濡れやすく、その風情は女性の美の象徴でした。**出家**すると頬骨《ほおぼね》の辺りで断ち落とします。短い額髪がばらけるのは、出家を実感させる感触だったようです。▼『**源氏物語**』額髪をかき探《さぐ》りて、あへなく心細《こころぼそ》ければ…（感情的に出家して後悔している女が、額髪を手探りしてみて、虚《むな》しく、心細いので…）。

直垂　ひたたれ

垂領《たりくび》（今の和服のような衿《えり》）に袖《そで》のついた衣です。平安中期には、上・中流貴族の男女が寝間着《ねまき》・寝具として、使用した衣類だったようです。**単**《ひとえ》（一重）・袷《あわせ》（二重）・綿《わた》入れの例があります。このお下がりが使用人層に着用されたものか、同型の衣が着やすさから普及したのか、庶民も日常着として着ています。そして、この時代には中・下流層だった侍《さむらい》の常服となっていき、鎧《よろい》の上または下に着る「鎧直垂《よろいひたたれ》」となったものと思われます。なお後代には高級化して、武家の正装にもなりました。

和泉式部集

しのびたる人の、**とのゐもの**に、**むらさき**の直垂をとりにやるとて
色にいで　人にかたるな
むらさきの　ねずりのころも　きて寝たりきと

紫という、尊重された色の直垂があったことと、それが「宿直物（夜勤の時の用具）」であったことがわかる。

左方　ひだりかた

「さほう」とも。**雅楽**や**物合**《ものあわせ》など、二手に分かれて競う際の、左側グループです。左方は赤系、**右方**《みぎかた》は青系の衣装にしてオシャレ度を競うなど、張り合うものでした。

篳篥 ひちりき

管楽器の一つです。中国の西域を起源とする、**竹**製の縦笛です。平安文学では、貴公子が**横笛**《よこぶえ》や**高麗笛**《こまぶえ》をよく吹くのに対し、篳篥はあまり描かれません。▼『枕草子』篳篥、いとかしかましく…うたて、け近《ぢか》く聞かまほしからず（篳篥はたいそううるさく、嫌なもので近くで聞きたくはない）。

櫃 ひつ

蓋《ふた》つきの**箱**です。さまざまな呼び方があり、脚のないものは「**和櫃**《わびつ》／大和櫃《やまとびつ》」、あるものは**唐櫃**《からびつ》といいます。外形に着目した場合は長《なが》櫃《びつ》、小櫃《こびつ》などと呼びます。用途を意識すると**衣櫃**《きぬびつ》（敬語だと**御衣**《みぞ》**櫃**《びつ》）、文櫃《ふみびつ》などです。衣類や雑具の収納に用いられ、**禄**《ろく》（褒美）を与える際の容器として、また物を運ぶときの運搬用具としても使われました。持ち運ぶ際には**紐**《ひも》をかけ、朸《おうご》という天秤棒《てんびんぼう》を通して担ぎました。

悲田院 ひでんいん

仏教の思想による慈善施設です。**平安京**の南辺にあり、貧窮《ひんきゅう》者や孤児、病人を収容しました。

単・単衣 ひとえ

男女共に着用した衣です。垂領《たりくび》（今日の着物のような衿《えり》）で、裏地などをつけない一重《ひとえ》の仕立てです。**袴**《はかま》や**下袴**《したばかま》などボトムスを着けたあと、トップスとして素肌の上に羽織りました。男性の単衣は、**束帯**《そくたい》を着る際には袴（**表袴**《うえのはかま》）の中に着込めました。**色**は束帯の場合、**紅**《くれない》か白でした。女性の場合は白、紅、青が多く、上に着るものとの色の調和がたいへん重視されました。また袖《そで》の部分は、涙を拭くなどハンカチのようにも使いました。▼『**蜻蛉日記**』単衣の袖あまたたび引き出《い》でつつ泣かるれば…（単衣の袖を何度も引っぱり出しつつ泣いてしまったので…）。

人給ひ ひとだまい

貴人が目下の者や使用人に物を与えることです。その物も指します。平安文学では、貴人がお伴《とも》の者らに貸し与える**牛車**《ぎっしゃ》という意味でよく使われます。牛車は維持費がかさんだため、「人給ひ」の多さは、高級車を持ったり借りたりできる財力・人脈力の証しでした。

つひに御車ども立て続けつれば、人だまひの奥に押しやられて、物も見えず。

源氏物語 葵

光源氏の妻・**葵上**《あおいのうえ》と愛人・**六**《ろく》**条御息所**《じょうのみやすどころ》が、駐車場所をめぐってケンカとなった「**車争い**」の場面。主君である六条の車を、葵の使用人らが乗る「人給ひ」より後ろに押しやるという、侮辱ぶりのひどさを表す一文。

樋殿 ひどの

トイレのことです。「**厠**《かわや》」ともいいます。貴族でも男性はトイレへ出向いて用を足しました。▼『落窪物語』つとめて、**おとど**樋殿におはしけるままに…（早朝、ご主人さまがトイレにいらっしゃったついでに…）。

CHECK IT OUT.

平安のトイレ事情

☑貴族の場合

男性は「樋殿」に出向いて用を足しました。樋殿は**渡殿**《わたどの》（建物と建物をつなぐ廊下）などに設けられたので、**夜**トイレに行って渡殿から落ちてケガした、という事件もありました。女性は自室でおまる（**清箱**《しのはこ》）に用を足しました。その箱は薄い布に包むなどして**女童**《めのわらわ》が運び去り、**樋洗童**《ひすましわらわ》や**御厠人**《みかわやうど》に渡して始末させたようです。イベントなどで客（主に男性）をおおぜい招待したときは、男性もおまるを使用しました。床板に穴をあけて下におまるを置きトイレにすることもありました。夜、**女房**（侍女《じじょ》）のもとへ通っていった際には、「たまたまあいていた床の穴から用を足してしまう」という例も見られます。排泄物《はいせつ》は、溝を掘って屋敷外から引き込んだ水に流し、敷地の外へ排出しました。**平安京**は道路に側溝を設け水を流していたので、これが下水道代わりだったのです。

☑庶民の場合

庶民には道端《みちばた》がトイレでした。足回りを汚さぬよう、高い下駄を履いて出て、用を足したあとは木片（籌《ちゅう》木《ぎ》）で拭《ぬぐ》ったようです。というわけで**花の都**も、道の中央はともかく端は不潔でした。**『落窪物語』**《おちくぼ》ではイケメンキャラの男君〈少将・道頼《みちより》〉が、そのせいで服を汚してしまっています。徒歩で外出中、目上の人の行列に遭遇し、道を譲らされたのです。それで「糞《くそ》のいと多かる」路傍《ろぼう》に寄り、身を小さくしてお通しした…というすごいお話です。

火取　ひとり

薫物《たきもの》（お香）をたくのに使う**香炉**のことです。外側は木、内側は金属で、中に灰を入れ、**火**のついた**炭**をうずめて使用しました。大きな火取は、部屋全体を香らせる「**空薫物**《そらだきもの》」に使いました。伏せた籠《かご》をかぶせて衣類を載せ、温もりや香りをつけたりもしました。小さい火取は袖《そで》の中に入れるなど、ピンポイントの匂いづけに使われました。

人笑へ　ひとわらえ

他人に笑われることです。世間の物笑い、皆に笑い者にされる、というニュアンスです。平安貴族には最大の恥辱《ちじょく》でした。

捻り　ひねり

仕立ての技の一つ。生地の端を内側に折り込んで処理したものです。▼『紫式部日記』縫ふものの、かさねひねり、教へ…（縫物の、表裏を重ねて**袖口**《そでぐち》や褄《つま》を捻る技を教え…）。

昼の御座　ひのおまし

「**ひるのおまし**」とも。貴人の**昼**の居場所です。

檜　ひのき

「**真木**《まき》」と美称される、良質の建材でした。

緋の袴　ひのはかま

一条《いちじょう》朝期には見られません。後代、「未婚者は濃色《こきいろ》（**紫**系の色）、既婚者は緋色（紅《くれない》）の**袴**を穿《は》く」というルールが生じました。

氷水　ひみず

氷を入れた水です。**夏**の高価な飲料でした。

氷室　ひむろ

氷を貯蔵する施設です。標高が高く、山や木々の陰となって涼しい場所に、大きく深い穴を掘って造りました。氷は近くの池「氷池《ひいけ》」を手入れして、**冬**場に自然に凍結させ、規定のサイズに切りそろえて貯蔵していました。管轄は主水《もいとりの》司《つかさ》という役所で、4月～9月の毎日、氷を**馬**にのせて**京**へ運び、**天皇**や貴族に差しあげる習わしでした。現・京都市の氷室町に残る3基の穴は、『**延喜式**《えんぎしき》』という法律に記載されている「愛宕郡栗栖野《おたぎぐんくるすの》氷室」の跡だといわれています。

紐 ひも

装束から**調度**《ちょうど》品まで、幅広く活用されました。もちろん手作業で、**唐組**《からくみ》、新羅組《しらぎぐみ》などさまざまな組み方で編んでいった品であり、現代とは比較にならない高級品です。

白檀 びゃくだん

栴檀《せんだん》ともいいます。インドや東南アジアで産出する香木《こうぼく》で、当然、極めて貴重な木材でした。**色**は黄味を帯びた白色で芳香が強く、**仏像**の彫刻などに使われました。

百歩香 ひゃくぶこう

薫物《たきもの》の名。百歩の歩幅の距離より遠くまで香る、といわれた名品です。

兵衛府 ひょうえふ

左兵衛府《さひょうえふ》と右兵衛府《うひょうえふ》に分かれ、**六**《ろく》**衛府**《えふ》（警備を担当する六つの部署）のうち二つを占めます。**内裏**《だいり》の中郭諸門の警備を担当しました。

平調 ひょうじょう

雅楽の六調子《りくちょうし》（6種類の**調子**＝音階）の一つ。基音である壱越《いちこつ》の音から3番目の、洋楽音名の「ホ（E）」に近い音を主音とする音階です。**秋**に演奏されました。

平等院 びょうどういん

宇治《うじ》にあった**藤原氏**の別荘を、藤原頼通《よりみち》が寺として創建したものです。鳳凰堂《ほうおうどう》など、平安期に建てられた建物が一部現存します。

屏風 びょうぶ

折り畳みできるパーティションです。開放的な**寝殿**《しんでん》**造り**の家では、**風**を遮《さえぎ》り壁の役割も果たす必須の家具でした。不使用時には畳んで壁に寄せたり袋に入れたりして片づけました。美術的価値の高い屏風が競って作られ、名歌人が詠んだ**和歌**、能筆の書、有名絵師による**絵**などを貼った品は、装飾品かつ財産としてもてはやされました。

—源氏物語— 浮舟

網代《あじろ》屏風など、御覧《ごらん》じも知らぬ**しつらひ**にて…。

屏風の種類もピンからキリまであった。網代という、**竹**や**板**を編んだ素材による屏風は、貴人（匂宮《におうみや》）には「御覧になったこともない」粗末な品だった。

屏風絵 びょうぶえ

屏風に描かれた**絵**のことです。▼

『枕草子』昔おぼえて不用なるもの。…唐絵《からえ》の屏風の黒み、面《おもて》そこなはれたる（立派だった昔が思い出されて今は無益なもの。唐絵が描かれた屏風で、黒ずみ表面が傷んだもの）。

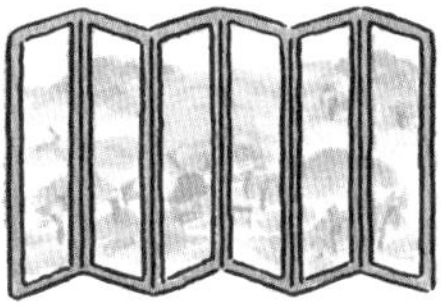

兵部卿宮　ひょうぶきょうのみや

兵部卿（**兵部省**《ひょうぶしょう》の長官）である**親王**《しんのう》です。この卿《かみ》（長官）は名誉職化しており、親王がしばしば任命されました。

兵部省　ひょうぶしょう

中央行政官庁である**八省**《はっしょう》の一つです。軍政全般を担当しました。「兵部の君」などと呼ばれる人は、この省の関係者です。

平茸　ひらたけ

食用の**茸**《たけ》（キノコ）の一つ。見た目の似た毒キノコがあり、中毒で亡くなった人がいたそうです。

蒜　ひる

野蒜《のびる》やニンニク、ニラなど、香りの強い食用草の総称です。薬草として**草薬**《そうやく》に用いられました。

昼　ひる

昼間のことです。「干る（干上がる）」とよく掛詞《かけことば》にされます。

昼の御座　ひるのおまし

「**ひのおまし**」「ひのござ」ともいいます。貴人が**昼**を過ごす席で、**畳**《たたみ》の上に**褥**《しとね》や**脇息**《きょうそく》がセッティングされた場所です。**夜の御座**《おまし》である**御帳台**《みちょうだい》ともども、**母屋**《もや》（建物の中央部）に設けられました。**天皇**の場合、**内裏**《だいり》の**清涼殿**《せいりょうでん》にありました。▼『源氏物語』昼の御座にゐざり出《い》でておはします（〈**藤壺中宮**《ふじつぼのちゅうぐう》は〉御帳台から膝行《しっこう》で出て、昼の御座においでになります）。

領巾　ひれ

正式な儀礼の際、正装である**裳**《も》**唐**《から》**衣**《ぎぬ》装束に加えて、肩に掛けた切れです。装飾のための品でした。

古代からの女性装身具で、佐賀県の領巾振山《ひれふりやま》（鏡山）など伝説にちなむ地名もあります。

檳榔毛車　びろうげのくるま

「びりょうげのくるま」ともいいます。**牛車**《ぎっしゃ》の一つです。檳榔（枇榔とも）とは亜熱帯に生えるヤシ科の常緑樹で、その葉を裂き、さらして白くした上で、編んで牛車の屋形としたものです。独特の風合いが愛《め》でられましたが、檳榔の葉は四国南部や九州、または外国から入手するものであり、当然きわめて高価でした。そのため檳榔毛車はいわば「ブランド車」で、威勢を誇示したい外出時には、借りてでも数を揃《そろ》えました。サイズも大型だったようです。上皇《じょうこう》・**親**《しん》**王**《のう》・**大臣**以下**四位**《しい》以上、女官、高僧が乗車できました。

檳榔毛車は滑らかな輪郭や細かい網目模様が独特なので、**絵巻**の中から見つけやすい！

―うつほ物語― 楼上 下

西《にし》の対《たい》に人々枇榔毛《びろうげ》に乗りたるをばまづおろして、（**后**《きさい》**の宮**《みや》**の**）御車、**中門**《ちゅうもん》より入れて、**寝殿**の坤《ひつじさる》の方の**高**《こう》**欄**《らん》をはなちており給ふ。

第一級レディ・后の宮の降車シーン。枇榔毛車に乗ってきたお付きの**女房**たちを西の対にまず降ろす。それから本人の車を中門から入れ奥まで通して、寝殿（正殿）の西南部分で降車していただく。高欄を外して車をつけるのがダイナミック。

檳榔は葉だけでなく、種子「檳榔子《びんろうじ》」も寸白《すばく》（寄生虫症）の薬として珍重されました。

広廂 ひろびさし

建物の、**廂**《ひさし》と**簀子**《すのこ》の間に設けられることがあったスペースです。室内と室外の中間に当たり、**儀式**や接客に使われました。

琵琶 びわ

撥《ばち》を使って演奏する**琴**《こと》（弦楽器）の一種です。インド・中国を経て日本に伝わった楽器で、正倉院《しょうそういん》に残る『**螺鈿紫檀**《らでんしたんの》五絃琵琶《ごげんびわ》』にはラクダが描かれ、国際的なルーツを感じさせます。名手・**源博雅**《みなもとのひろまさ》が名器・玄象《げんじょう》を**鬼**から奪い返したり、逢坂《おうさか》に住む**蝉丸**《せみまる》法師《ほうし》から秘曲を習ったりと、多くの伝説を持つ楽器です。唐の詩人・**白居易**《はくきょい》の詩『琵琶行《びわこう》』も知られており、**清少**《せいしょう》**納言**《なごん》はその詩句を引き合いに主君・**定子**《ていし》**中宮**の美貌を称《たた》えています。▼『**うつほ物語**』今さへ、この小さき琵琶を弾き給ふは、いと見苦しからむは（大きくなられた今でも子ども用琵琶をお弾きになるのはみっともないのでは?）。

―源氏物語― 橋姫

琵琶を前に置きて、撥《ばち》を手まさぐりにしつつ居《い》たるに：「入《い》る日を返す撥こそありけれ。さま異《こと》にも思ひ及び給ふ御心かな」…「及ばずとも、これも月に離るる物かは」。

美人姉妹が琵琶と月を話題にしている場面。「入る日を返す撥」とは、舞楽《ぶがく》『**陵王**《りょうおう》』の「没する日を鼓《つづみ》の〝桴《ばち》〟で招き返す」しぐさを踏まえた台詞《せりふ》で、姉姫（大君《おおいぎみ》）の博識を物語る。対して「これも月に離るる物かは」は、琵琶にあいている穴を「隠月《いんげつ》」と呼ぶことからの連想で、妹姫（中君《なかのきみ》）の機転を表す。

檜皮　ひわだ

ヒノキの皮のことです。屋根ふき用の高級素材でした。檜皮ぶきの屋根そのものを指すこともあります。▼『**うつほ物語**』**曹司**《ぞうし》町《まち》、下《しも》屋《や》ども、みな檜皮なり（**女房**たちが住む棟、召使《めしつかい》用の建物などさえ、みな檜皮ぶきである）。

檜皮色　ひわだいろ

ヒノキの樹皮のような**色**、黄色がかった赤褐色《せきかっしょく》のことです。**尼**《あま》がよく着るなど、地味な色というイメージでした。▼『**源氏物語**』**袴**《はかま》も、檜皮色にならひたるにや、光も見えず黒きを着せ奉り…（尼たちは、檜皮色の染色に慣れすぎていて、姫君〈浮舟《うきふね》〉の袴なのに光沢もない黒に染めて着せ申しあげ…）。

檜破子・檜破籠　ひわりご

破籠《わりご》とは、宴席や外出時に用いられた、食べ物を入れる容器です。それを**ヒノキ**の薄い板で作ったという意味で、つまりは高級な弁当箱を指します。

鬢　びん

頭の側面の**髪**のことです。この毛筋を**鬢茎**《びんぐき》と呼びます。鬢や鬢茎を整えることは男性に必須の身だしなみでした。▼『うつほ物語』鬢かき、髭《ひげ》剃り、**装束**せさせ…こよなくまさりたり（〈貧乏学生・藤英《とうえい》の〉髪を整え、髭を剃り、衣装を着せ…見目《みめ》がすばらしくよくなった）。

殯宮　ひんきゅう

和風に「**もがりのみや**」ともいいます。死者の亡骸《なきがら》を安置する場所です。

風俗歌　ふうぞくうた

「**ふぞくうた**」ともいいます。歌謡の一つです。

深沓　ふかぐつ

「**かのくつ**」というブーツ型の履《はき》物《もの》のうち、足首を包む部分が比較的長いものです。

服　ぶく

喪服のことです。喪に服することや、服喪《ふくも》期間の意味でもあります。死者との続き柄により、期間や軽重が細かく規定されていました。主君・父母・夫を亡くした場合は重服《じゅうぶく》で1年、**妻**や兄弟姉妹は軽服《きょうぶく》3カ月です。重服では黒、軽服では**薄墨色**《うすずみいろ》（薄鈍色《うすにびいろ》）の喪服を着用しました。この規定を守りつつも、悲しみの深さや故人との関係により、やや濃く染めたり喪が明けても地味な服を着たりしていました。

蜻蛉日記 上

服《ぶく》ぬぐに、鈍色《にびいろ》のものども、扇《おうぎ》まで、祓《はらえ》などするほどに、

藤衣《ふじごろも》　ながすなみだの　川水《かわみず》は　きしにもまさる　ものにぞ有《あり》ける

筆者・**藤原道綱母**《みちつなのはは》が、服喪を終える場面。**鴨川**《かもがわ》へ出て祓をし、喪中に使用していた鈍色の**調度**《ちょうど》（**几帳**《きちょう》**や扇**）と喪服（藤衣）を流した。

武具　ぶぐ

戦闘用具です。武器の主なものは刀・**剣**《つるぎ》・**弓**・**胡簶**《やなぐい》。儀礼用の装飾的な品もあり、貴族が**儀式**や**行幸**《ぎょうこう》で携行しました。防具には鎧《よろい》・兜《かぶと》・盾《たて》などがあります。平安中期にも**平将門**《たいらのまさかど》の乱《らん》・**藤原純友**《ふじわらのすみとも》の乱など地方での兵乱はあり、防具が活躍したと思われますが、平安文学にはあまり描かれません。

梟　ふくろう

不吉な**鳥**とされ、鳴き声が特に嫌われました。

藤　ふじ

晩春から初夏にかけて、紫の**花**を房状に垂らすツル性植物です。花《はな》房《ぶさ》が**風**になびく様子は「藤波《ふじなみ》」と波に例えられました。また**松**と藤はよくペアにされ、常緑で堅牢《けんろう》な**木**である松を**天皇**家に、それに掛かって咲く**春**の藤を**藤原氏**に、なぞらえて**歌**に詠むこともありました。藤の繊維を織った藤衣《ふじごろも》は粗末な服であり、喪服（**服**《ぶく》）にも用いられました。

藤壺　ふじつぼ

後宮《こうきゅう》の建物（**七殿五舎**《しちでんごしゃ》）の一つ。**飛**《ひ》**香舎**《ぎょうしゃ》の別称です。**庭**に**藤**が植えられていたため、こう呼ばれました。

藤袴　ふじばかま

秋の**七草**の一つです。漢名を蘭というため「らにの花」ともいわれました。よい香りも愛されました。

不浄　ふじょう

清浄でないことです。女性の月経の意でもあります。▼『蜻蛉日記』今宵《こよい》より不浄なることあるべし。これ人忌《ひとい》むといふことなるを…（元日の夕方から月経が始まった。これは人が不吉だと言うことなので…）。

藤原氏　ふじわらし

大化《たいか》の改新（645年〜）の功労者・中臣鎌足《なかとみのかまたり》がこの姓を頂いたことに始まる氏族です。平安時代、**天皇**の外戚《がいせき》たる地位をめざして有力貴族どうしが争う中、しだいに藤原氏が優勢となり、朝廷の上層を独占しました。一条《いちじょう》朝期は、他氏はもはや敵でない藤原氏が内輪で権力争いしている状態であり、

藤原氏＋皇族の系図

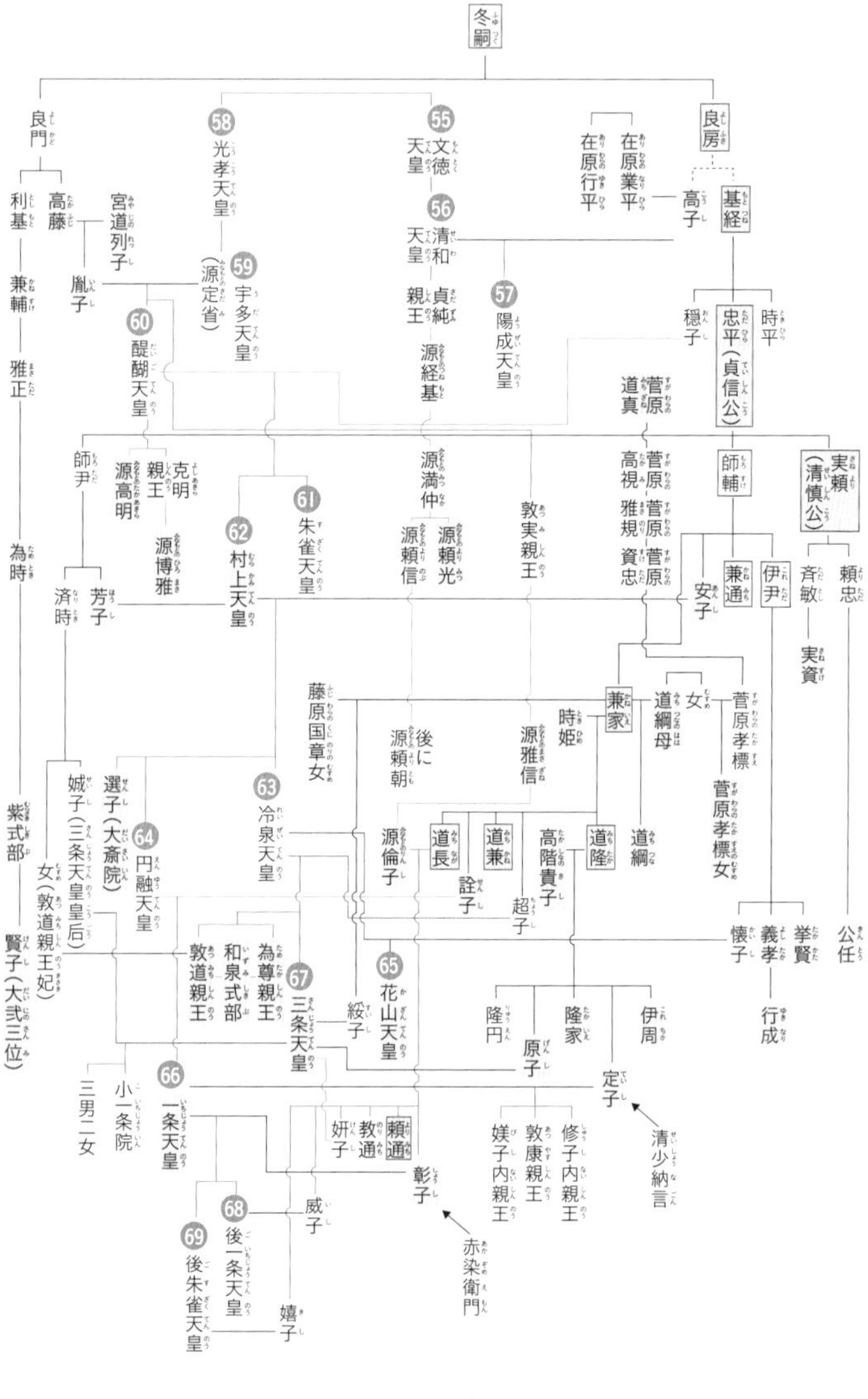
冬嗣《ふゆつぐ》
良門《よしかど》
58 光孝天皇《こうこうてんのう》
55 文徳天皇《もんとくてんのう》
良房《よしふさ》
在原業平《ありわらのなりひら》
在原行平《ありわらのゆきひら》
高子《こうし》
基経《もとつね》
利基《としもと》
高藤《たかふじ》
宮道列子《みやじのれっし》
胤子《いんし》
（源定省《みなもとのさだみ》）
59 宇多天皇《うだてんのう》
56 清和天皇《せいわてんのう》
貞純親王《さだずみしんのう》
源経基《みなもとのつねもと》
57 陽成天皇《ようぜいてんのう》
穏子《おんし》
忠平《ただひら》（貞信公《ていしんこう》）
時平《ときひら》
兼輔《かねすけ》
60 醍醐天皇《だいごてんのう》
雅正《まさただ》
菅原道真《すがわらのみちざね》
師尹《もろただ》
源高明《みなもとのたかあきら》
克明親王《よしあきらしんのう》
源博雅《みなもとのひろまさ》
62 村上天皇《むらかみてんのう》
61 朱雀天皇《すざくてんのう》
源満仲《みなもとのみつなか》
源頼信《みなもとのよりのぶ》
源頼光《みなもとのよりみつ》
敦実親王《あつみしんのう》
菅原高視《すがわらのたかみ》
菅原雅規《すがわらのまさのり》
菅原資忠《すがわらのすけただ》
師輔《もろすけ》
実頼《さねより》（清慎公《せいしんこう》）
為時《ためとき》
済時《なりとき》
芳子《ほうし》
安子《あんし》
兼通《かねみち》
伊尹《これただ》
斉敏《ただとし》
頼忠《よりただ》
実資《さねすけ》
藤原国章女《ふじわらのくにあきのむすめ》
後に源頼朝《みなもとのよりとも》
源雅信《みなもとのまさざね》
時姫《ときひめ》
兼家《かねいえ》
道綱母《みちつなのはは》
女《むすめ》
菅原孝標《すがわらのたかすえ》
菅原孝標女《すがわらのたかすえのむすめ》
娍子《せいし》（三条天皇皇后《さんじょうてんのうこうごう》）
選子《せんし》（大斎院《だいさいいん》）
64 円融天皇《えんゆうてんのう》
63 冷泉天皇《れいぜいてんのう》
源倫子《みなもとのりんし》
道長《みちなが》
道兼《みちかね》
高階貴子《たかしなのきし》
道隆《みちたか》
道綱《みちつな》
詮子《せんし》
超子《ちょうし》
紫式部《むらさきしきぶ》
女（敦道親王妃《あつみちしんのうのきさき》）
賢子《けんし》（大弐三位《だいにのさんみ》）
敦道親王《あつみちしんのう》
和泉式部《いずみしきぶ》
為尊親王《ためたかしんのう》
67 三条天皇《さんじょうてんのう》
綏子《すいし》
65 花山天皇《かざんてんのう》
隆円《りゅうえん》
原子《げんし》
隆家《たかいえ》
伊周《これちか》
懐子《かいし》
義孝《よしたか》
挙賢《たかかた》
公任《きんとう》
行成《ゆきなり》
定子《ていし》
清少納言《せいしょうなごん》
三男二女
小一条院《こいちじょういん》
66 一条天皇《いちじょうてんのう》
妍子《けんし》
教通《のりみち》
頼通《よりみち》
媄子内親王《びしないしんのう》
敦康親王《あつやすしんのう》
脩子内親王《しゅうしないしんのう》
彰子《しょうし》
威子《いし》
赤染衛門《あかぞめえもん》
68 後一条天皇《ごいちじょうてんのう》
69 後朱雀天皇《ごすざくてんのう》
嬉子《きし》

その競い合いで文化が高度に洗練されました。平安以降も、公家《くげ》の大半は藤原氏であり、判別のために近衛《このえ》家、鷹司《たかつかさ》家などと家名を使うほどでした。

藤原兼家 ふじわらのかねいえ

（929～990）**藤原師輔《もろすけ》**の三男で、村上《むらかみ》**天皇**の**中宮・安子《あんし》**の弟です。父と姉の権勢をバックに政界デビューし、兄たちとの権力争いを制して、自家の繁栄を固めました。息子・**道兼《みちかね》**と共謀して**花山《かざん》天皇**を退位・**出家**に追い込み、娘の**詮子《せんし》**が産んだ**一条《いちじょう》天皇**を即位させたエピソードは有名です。子の**道隆《みちたか》**・道兼・**道長《みちなが》**は一条朝期を重臣として支えました。**妻**の一人が『**蜻蛉日記《かげろうにっき》**』の著者・**道綱母《みちつなのはは》**で、その記述により多情さや奔放さ、情の深さなど、兼家の人となりがうかがえます。

藤原公任 ふじわらのきんとう

（966～1041）一条《いちじょう》朝期に**四納言《しなごん》**（**納言**の地位にある有名な4人）の一人とされた、代表的な文化人です。漢詩、**和歌**、管絃《かんげん》のいずれにも秀でて「三船《さんせん》の才《さい》」とたたえられました。**『和漢朗詠集《わかんろうえいしゅう》』**という、読みあげて愛《め》でるべき名歌集を編集するなど、文化面でも多くの業績を残しました。

一条天皇の皇子（敦成《あつひら》親王・のちの後一条天皇）の「五十日の祝い」は寛弘5（1008）年11月1日。この日、公任が紫式部に「このわたりに我が紫やさぶらふ（この辺に私の紫がおいでては？）」と言ったことから、「古典の日」が制定されました。

大鏡 三船の才

入道殿《にゅうどうどの》の大井川に**逍遥《しょうよう》**せさせ給ひしに、**作文《さくもん》**の舟・管絃の舟・和歌の舟と分《わか》たせ給ひて、その道にたへたる人々を乗せさせ給ひしに、この**大納言《だいなごん》**の参り給へるを、入道殿、「かの大納言、いづれの舟にか乗らるべき」とのたまはすれば、「和歌の舟に乗り侍《はべ》らむ」とのたまひて…。

藤原道長《みちなが》（入道殿）が川遊びを催した際の話。漢詩（作文）、管絃、和歌と3隻の舟を用意して、それぞれの名人を選び乗せたけれども、公任には舟を選ばせた。公任のオールマイティーさを物語る話。

は

藤原伊周　ふじわらのこれちか

（974～1010）一条《いちじょう》朝期の有力貴族です。関白《かんぱく》・**藤原道隆《みちたか》**を父に、**中宮《ないだいじん》**・**定子《ていし》**を妹に持ち、若くして内大臣《ないだいじん》に出世しました。しかし父の死後は、叔父・**道長《みちなが》**らとの政争に敗れ、長徳《ちょうとく》の変《へん》と呼ばれる不祥事を起こして左遷されるなど、不遇のうちに没しました。

藤原実資　ふじわらのさねすけ

（957～1046）一条《いちじょう》朝期の有力貴族です。藤原氏の「**氏長者《うじのちょうじゃ》**」は**藤原道長《みちなが》**らの家系に移ってしまったものの、もともとは実資のほうが本流であり、相続した膨大な財産と書籍により知識人として重きをなしました。日記『小右記《しょうゆうき》』は、権力者・道長を批判的に記録した面もあって、貴重な史料となっています。

藤原純友　ふじわらのすみとも

（?～941）平安前期、瀬戸内海で反乱を起こした人物です。もとは下流貴族として伊予《いよ》（愛媛県）に赴任しましたが、任期満了後も帰京せず、海賊の首領となって国府や**大宰府《だざいふ》**を襲撃しました。平安人には、**平将門《たいらのまさかど》**と並ぶ「賊臣《ぞくしん》」というイメージでした。

藤原隆家　ふじわらのたかいえ

（979～1044）一条《いちじょう》朝期の有力貴族です。父である関白《かんぱく》・**藤原道隆《みちたか》**の引き立てで**公卿《くぎょう》**に出世しますが、父の死後は兄・**伊周《これちか》**ともども左遷されました。長徳《ちょうとく》の変《へん》で花山法皇《かざんほうおう》（**花山天皇**）一行を襲撃する、刀伊《とい》の入寇《にゅうこう》（大陸の異民族の襲来）で**大宰権帥《だざいのごんのそち》**として敵を撃退するなど、平安貴族の中では武闘派な行動が目立つ人であり、その気骨は貴族らに一目置かれました。

藤原道兼　ふじわらのみちかね

（961～995）**藤原兼家《かねいえ》**の息子です。**花山《かざん》天皇**を騙《だま》して**出家**させ、甥《おい》・**一条《いちじょう》天皇**の即位を実現した、兼家一家の「功労者」でした。兄・**道隆《みちたか》**とその子・**伊周《これちか》**、弟・**道長《みちなが》**らと出世を争い、道隆の死後は関白《かんぱく》の地位を手に入れます。しかし折からの疫病で**公卿《くぎょう》**（閣僚）6人が死去する中、道兼も就任後数日で病死しました。そのドラマチックな人生は平安人に強い印象を残し、「七日関白《なのかかんぱく》」と呼ばれました。別荘の所在地から、**粟田殿《あわたどの》**という呼称もあります。

藤原道隆《ふじわらのみちたか》

（953〜995）**藤原《ふじわらの》兼家《かねいえ》**の長男でその跡を継ぎ、**藤原氏**の「**氏《うじの》長者《ちょうじゃ》**」、および**一条《いちじょう》天皇**の摂政《せっしょう》・関白《かんぱく》（**摂関家**）という、政界トップの座に着きました。女官の高階《たかしなの》**貴子《きし》**と格差婚をして正妻に迎え、間に生まれた**伊周《これちか》・定子《ていし》**らを高位につけて栄華を極めました。冗談好きで快活な性格は、『**枕草子**』に活写されています。その死により一家が没落し、兼家・**道長《みちなが》**の中継ぎ政権となったことから「中関《なかのかん》白《ばく》」とも呼ばれます。▼『**大鏡**』「済時《なりとき》・朝光《あさみつ》なんどもや極楽《ごくらく》にはあらむずらむ」と仰せられけるこそ、**あはれ**なれ（道隆さまに関しては、ご臨終の際「飲み友達の済時や朝光なども極楽にいるだろうか」と仰《おっしゃ》ったのが、心打たれますなあ）。

藤原道綱母《ふじわらのみちつなのはは》

（?〜995?）平安中期の歌人です。中流貴族ながら、名門の貴公子・**藤原兼家《かねいえ》**と結ばれ、道綱を産みました。兼家には複数の**妻**があった上に、感情的な行き違いも多く、道綱母は不安な**結婚**生活を送りました。そんな日々を、歌才・文才をいかしてつづったのが『**蜻蛉日記《かげろうにっき》**』です。▼『小倉百人一首』嘆きつつ　一人寝《ぬ》る**夜《よ》**の明《あ》くる間《ま》は　いかに久しき　ものとかは知る（悲しみながら一人寝る夜が明けるまでの時間が、どれほど長いか、貴方は知っていますか、いや知らないでしょうね）

平安政界の超重要人物・兼家の私的な姿を、妻視点で記録し伝えてくれた人！

藤原道長《ふじわらのみちなが》

（966〜1028）**藤原氏**が築きあげた、**天皇**の親戚になって摂《せっ》政《しょう》・関白《かんぱく》となり実権を握る政治体制、その全盛期を実現した人です。長女の**彰子《しょうし》**を**一条《いちじょう》天皇**の**中宮**にしたのを皮切りに、3代の后《きさき》を全てわが娘で占める前代未聞の栄華を達成しました。自筆の日記『御堂関白記《みどうかんぱくき》』が現存し国宝となっているほか、パトロンとして**紫式部《むらさきしきぶ》・和泉式部《いずみしきぶ》・赤染衛門《あかぞめえもん》**ら平安女流文学の担い手たちを活躍させ、『**栄花物語《えいがものがたり》**』に賛美をこめて描かれています。

藤原師輔《ふじわらのもろすけ》

（908〜960）平安中期の貴族です。娘の**安子《あんし》**が村上《むらかみ》**天皇**の后《きさき》となり、冷泉《れいぜい》天皇・円融《えんゆう》天皇を産んだことから政治の実権を握りました。その孫・**藤原道長**《みちなが》の時代に**藤原氏**の栄華は頂点に達します。

藤原行成 ふじわらのゆきなり

（972～1028）一条《いちじょう》朝期を代表する貴族です。**書道**にすぐれ、小野道風《おののみちかぜ》、藤原佐理《すけまさ》と並んで「三跡《さんせき》」とたたえられます。権勢が**藤原道隆**《みちたか》から**道長**《みちなが》へと移り変わる中、道長の娘・**彰子**《しょうし》の立后《りっこう》を支持して勢力を維持しました。日記『権記《ごんき》』を残し、また書風は世尊《せそん》寺流《じりゅう》として継承されました。「こうぜい」とも呼ばれます。

伏す ふす

高さを下げること（と、その結果見えにくくなること）です。人の場合、横になる、寝る（**寝**《ぬ》）、顔をうつむけるなどを意味します。貴族、特に女性は、起きている間でも伏していることがよくあります。隠れる、ひそむという意味もあります。

粉熟 ふずく

「**くだもの**」と総称された間食品の一つです。コメ（**米**《よね》）、マメ、ゴマなど五穀の粉を蒸して餅状にし、**甘葛**《あまずら》を混ぜ、**竹**の筒に押し入れて成形したスイーツです。

衾 ふすま

寝具です。平安中期の貴族は、着ている**装束**をそのまま掛けて眠る姿がよく見られますが、衾と呼ばれる寝具を追加する例もあります。**御帳台**《みちょうだい》という貴人用ベッドの中や、殿方が通ってきて女主人と同衾《どうきん》する場合に衾の使用例が多く、また**結婚**儀礼である「衾覆《ふすまおおい》の儀《ぎ》」がこの頃から見られるようになることからも、格式を感じさせる品だったと思われます。衾の形には、衿《えり》や袖《そで》のある大きな衣のようなもの（のちに直垂《ひたたれ》衾と呼称）と、現代の掛け布団に似た長方形のものの2種類があったようです。この2種類の使い分けや、衣の「**直垂**」との差異は未詳です。

襖 ふすま

現代の襖に当たるものは「**障子**《しょうじ》」と呼ばれていました。**寝殿**《しんでん》**造り**は壁がほとんどなかったので、壁代わりでした。

襖絵　ふすまえ

襖に描いた**絵**（**障子絵**《しょうじえ》）のことです。

伏せ籠　ふせご

「篭《こ》」とも。伏せて使用する籠のことです。中に**火取**《ひとり》という**香炉**《こうろ》を入れて衣類をかぶせ、加温したり香をたきしめたりするために用います。▼『源氏物語』萎《な》えたる衣《きぬ》どもの厚肥《あつこ》えたる、大《おお》いなる籠にうち掛けて…待ちける様《さま》なり（綿で厚く膨れた柔らかい衣類を、大きな籠に掛けて温め…私〈左馬頭《さまのかみ》〉が来るのを待っていた様子だった）。

風俗歌　ふぞくうた

「**ふうぞくうた**」とも「国風歌《くにぶりのうた》」ともいいます。古代に朝廷へ提出された地方歌謡で、貴族が歌うようになり**雅楽**となったものです。現存しません。

塞がる　ふたがる

世界の八つの方角を巡る**中神**《なかがみ》により方角が塞がっているとする**陰陽**《おんよう》**道**《どう》の思想です。塞がっていない方角の家へ移る「**方違**《かたたが》**え**」をしなければなりませんでした。▼『**源氏物語**』今年より塞がりたる方《かた》に侍りければ違《たが》ふとて、あやしき所にものし給ひ…（〈夕顔《ゆうがお》は〉引っ越し先が今年は塞がっている方角でしたので、方角を変えるということで、卑《いや》しい場所にお住まいになっていて…）。

CHECK IT OUT.

「塞がる」と男女

通い婚が多い平安時代、夫の家から見てわが家の方角が塞がっていると、**妻**は憂鬱《ゆううつ》になりました。夫が来ない、来ても泊まらない日だったからです。一方で方違えは、出会いが起きやすい風習でした。家によその男性が泊まりに来る、ふだん外出しない女性が引っ越しするなどしたからです。期間も1日だけの外泊から、長期にわたる仮住まいまでさまざまでした。平安文学には、「塞がる」ために起きる人間ドラマが頻出します。

仏画　ぶつが

仏教に関わるテーマを描いた**絵**の

ことです。多くは仏の画像で、それを礼拝することもありました。仏画を制作させること自体が信仰心を表す行為であり、写**経**などと並んで尊ばれました。▼『**蜻蛉日記**』わが心ざしには、仏をぞ画《か》かせたる（母の四十九日に私〈**藤原道《みち》綱母《つなのはは》**〉からの供養として、仏画を描かせた）。

文月《ふづき》

「**ふみづき**」ともいいます。7月のことです。

仏師《ぶっし》

仏像をつくる職人です。▼『**更級日記**』仏師にて、仏をいと多く造り奉りし**功徳《くどく》**によりて…人と生まれたるなり（〈お前＝**菅原孝標女《すがわらのたかすえのむすめ》**の**前世**は〉仏師で、仏像をとても多くつくり申しあげた功徳によって…今《こん》生《じょう》も人に生まれたのだ）。

仏事《ぶつじ》

仏教の**儀式**のことです。死後の供養をする法事のほか、僧にお**経**の講義をしてもらう**法会《ほうえ》**などもありました。

仏像《ぶつぞう》

仏の彫像です。信仰の対象であり、また仏像を制作させること自体が善行とされたため、盛んにつくられました。

仏法《ぶっぽう》

仏の教えのことです。平安社会では**末法思想《まっぽうしそう》**が流布しました。

仏名会《ぶつみょうえ》

「**御仏名《おぶつみょう》**」ともいいます。年末に行われた仏教行事です。

筆《ふで》

文房具の一つです。墨汁をつけて字を書く筆記具です。穂先は**ウサギ**、**タヌキ**、**シカ**などの毛でした。携帯用に、柄《え》の短い品もありました。

ました。

舞踏　ぶとう

「拝す」「拝舞《はいむ》」ともいいます。目上の人に対し、感謝の意を示すために舞うことです。ダンス／踊りというより、全身をゆったりと動かして拝礼をする動作だったと思われます。**官位**や**禄**《ろく》（褒美）を頂いたときや、格式ある行事の際に行われました。▼『源氏物語』内裏《うち》のみかど、**御衣**《おんぞ》ぬぎて賜《たま》ふ。**太政大臣**《だじょうだいじん》、おりて舞踏し給ふ（**天皇**〈冷泉帝《れいぜいてい》〉が御衣を脱いで、褒美としてお与えになる。そのお礼に太政大臣が地上に降りて舞踏なさる）。

懐紙　ふところがみ

「**かいし**」「**畳紙**《たとうがみ》」とも。貴族の男性が懐に入れて持ち歩いた**紙**です。

鮒　ふな

魚（**うお**）の名です。食用でした。

船楽　ふながく

楽人《がくじん》たちを**舟**に乗せ、水上で音楽を演奏することです。その音楽や演奏のことも指します。**天皇**の**行幸**《ぎょうこう》など盛大な催しの際に行われました。

船・舟　ふね

舟は海、川のほか、上流貴族の屋敷内の**池**でも使われました。海で乗る大型船は、地方と**京**との行き来に使われ、櫓《ろ》で漕いだり帆《ほ》をあげたりして進みました。川をさかのぼるときは「綱手《つなで》」というロープで、岸辺を歩く下人たちがひっぱりあげます。川を渡る場合も、**橋**が朽ちたり洪水で流失したりしている場合は渡し船を使いました。また**牛車**《ぎっしゃ》を船で渡す場合は、平らで浅い平田船《ひらたぶね》を2～4艘《そう》まとめ、上に板を渡した「組船《くみぶね》」に牛車を乗せました。▼『うつほ物語』御車《みくるま》どもして舟あみて据ゑて渡り給ひぬ（舟を編んで、その上に御車を乗せて**釣殿**《つりどの》にお渡りになった）。

文箱　ふばこ

文《ふみ》（**手紙**）を入れておく**箱**です。または、正式な書状を送る際に収めた箱です。

風病　ふびょう

「風邪」の漢語ふうな言い方です。

源氏物語　帚木

風病重《おも》きに耐《た》へかねて、極熱《ごくねち》の草薬《そうやく》を服《ふく》し…。

漢学者の娘が漢語を乱発して話すという笑い話。風邪を「風病」、とても熱いことを「極熱」、薬を「草薬」、のむを「服す」と言っている。漢学の素養は男女問わず尊ばれたが、漢語づくしの話し方や漢学業界特有のふるまいは、滑稽《こっけい》に見えたようである。女性の場合は特に敬遠され、和風に言い換えるほうが好まれた。

文　ふみ

手紙のことです。平安貴族の主要コミュニケーション・ツールでした。夫婦や家族でも、別居や別棟居住が珍しくなかったため、手紙で連絡を取ったのです。仲がよいほど文通も多いものでした。一般には、用件や思いに加え**和歌**を書きました。手紙は内容だけでなく、筆跡（**手**《て》）や**紙**の美しさ、添えた草花や飾りのオシャレ度、送信・受信の速さ及びタイミング、使者に与えた**禄**《ろく》（お駄賃）の質・量まで、全てが厳しく評価されました。見事な手紙や和歌は語り伝えられて評判となり、ダサい手紙は差出人の声望を損ないました。

詩　ふみ

漢詩のことです。男性貴族にとっては、漢詩を作るのも仕事の一環でした。

文通はし　ふみかよわし

文通、つまり**文**《ふみ》（**手紙**）のやりとりをすることです。男女の交際の重要なステップです。同性どうしや恋愛関係でない男女間でも、季節の挨拶《あいさつ》や贈答品のやりとりで手紙を交わすことは多々ありました。外出が極端に難しいライフスタイルだったため、交際といえば文通がメインだったのです。

文使ひ　ふみづかい

文《ふみ》（**手紙**）の使者のことです。「文」を省略し敬語化して「御使《おんつかい》」ということもあります。平安人は手紙を頻繁にやりとりしていましたが、郵便システムは無論ないので、使用人に持参させました。上流貴族の場合、下位の官人を私的に雇用していたため、**随身**《ずいじん》、右近《うこんの》将監《じょう》などれっきとした役人も使者を務めます。使者は通例、届け先で**禄**《ろく》（お駄賃）を貰《もら》いますが、相手に負担をかけぬよう「逃《に》ぐ（辞退して逃げ去る）」ケースも見られます。使者の見た目や服装、ふるまいは、差出人のセンスを表すものだったため、愛らしい**童**《わらわ》や気の利いた側近が選抜されました。届け先を間違ったり、スパイのように活躍したりして、人間模様にドラマを巻き起こす存在です。また、男性から「御使の隙《ひま》なき（ご使者がひっきりなし）」に来ることは、恋情の熱さを意味します。

文月 ふみづき

「**ふづき**」ともいいます。7月のことです。平安の**暦**《こよみ》では初秋にカテゴライズされます。現代の暦だと8月上旬、立秋以降のひと月に当たります。

―うつほ物語― 楼上 上

被《かず》け給へるに「御返《おんがえ》りの限《かぎ》り」とて取らねば、強《し》ひて取らすれば、歩《あゆ》み去りて**御前**《おまえ》のむら**薄**《すすき》の上にうちかけて走り出《い》でぬ。…御返り参らすとて、「しかじかなむして逃げて参りつる」と申さすれば、（主人は）「いと**をかしく**したり」と仰《おお》せられて、**御衵一襲**《おんあこめひとかさね》給はす。

貧しい姫が禄（**被け物**《かず》）を与えた場面。聡明な使者（**小舎人童**《こどねりわらわ》）は返事だけ受け取り、禄は固辞する。姫にもプライドがあるので強引に渡すが、使者はそれを**前栽**《せんざい》に掛けて走り去る。その件を報告された主人（仲忠《なかただ》）は、使者にご褒美を与えた。

文挟み ふみばさみ

先端に**文**《ふみ》（**手紙**）を挟むことができる道具です。身分の低い者が貴人に文を差し出すとき使われました。▼『**うつほ物語**』うれへ文《ぶみ》を作りて、文挟みに挟みて出《い》で立《た》ち給ふ（〈**あて宮**の求婚者の一人が〉悲しみを訴える手紙を書いて、文挟みに挟んでお出かけになる）。

高貴すぎる受取人には
文挟みで差しあげます

書始め ふみはじめ

初めて**漢籍**《かんせき》の読み方を習う**儀式**です。「**読書**《とくしょ》**始め**」ともいいます。7歳前後で行いました。

冬 ふゆ

暦《こよみ》の10～12月が冬とされました。現代の感覚では**秋**に感じられますが、それは暦の違いによるもので、今のカレンダーだと11月半ば～2月上旬あたりの時期に相当します。収穫を祝う**大嘗会**《だいじょうえ》・新嘗祭《にいなめまつり》（**新嘗会**《しんじょうえ》）などの神事や、年末の法事、年始への支度で多忙な時期でした。開放的な家屋で暮らしていたため、衣《ころも》や**炭**を調達できない貧しい貴族には、寒さが苛烈《かれつ》な季節でもありました。

CHECK IT OUT.

「冬」室内の色彩を愉《たの》しむ

10月1日、**更衣**《ころもがえ》により衣服や**室礼**《しつらい》が冬物に変わります。生地を豊富に調達できる宮中や富豪宅では、目もあやな色彩と豪華な**装束**が眼福《がんぷく》だったようです。

建物が開放的だったので相当寒かったはずですが、**夏**の暑さに比べると嘆く記述は少なめです。これは「寒いと嘆く」＝「炭の入手や重ね着ができない貧乏人」だったため、セレブは見栄《みえ》もあって公言しなかったのでしょう。

冬は、収穫した農産物を神に捧げて感謝する**五節**《ごせち》という重要行事があり、**五節舞姫**《ごせちのまいひめ》による舞楽《ぶがく》は宮廷人の楽しみでした。また**雪**が降ると、雪山を築かせたりしてその美を愛《め》でました。年末は、新年の支度で女性たちが多忙な時期でした。

10月

一日《ついたち》に更衣《ころもがえ》。残菊の宴で**菊**を惜しむ。**亥**《い》**の子**《こ》**餅**《もち》は子孫繁栄の縁起物。

11月

五節は4日間行う一大行事。賀茂**臨時祭**《かものりんじのまつり》もあり、祭りづくし。

12月

御仏名《おぶつみょう》という読経《どきょう》で一年の**罪**を消す。大晦日《おおみそか》には**鬼遣**《おにや》らい（追儺《ついな》）で邪鬼祓《ばら》い。

豊楽院　ぶらくいん

大内裏《だいだいり》の建物の一つです。「豊楽」とは宴会の意であり、古代中国の理想どおり、**天皇**と家臣たちが和《わ》気《き》あいあいと共食《きょうしょく》するための施設でした。中国風の建物で、**大嘗**《だいじょう》**会**《え》、節会《せちえ》、**射礼**《じゃらい》、競馬《くらべうま》、**相撲**《すまい》などが行われた記録がありますが、しだいに使用されなくなり、平安中期には荒廃していました。▼『**大鏡**』**道隆**《みちたか》は豊楽院、**道兼**《みちかね》は**仁寿殿**《じじゅうでん》の**塗籠**《ぬりごめ》、**道長**《みちなが》は大極殿《だいごくでん》へ行け（肝試しとして、藤原道隆は豊楽院、道兼は仁寿殿の塗籠、道長は大極殿へ行け）。

振り分け髪　ふりわけがみ

男女の幼児期の髪型。頭頂部で**髪**に分け目をつけ、左右に振り分けたものです。

降る　ふる

現代同様、**雨**や**雪**が空から落ちてくる気象現象を指します。経《ふ》る、古《ふ》る、振るとよく掛詞《かけことば》にされます。

「通い婚」を阻む雨。
降る（古る）から
白髪になった…

文房具　ぶんぼうぐ

文房とは、「読み書きする部屋」という意味です。つまり文房具とは、その部屋で使う道具を指します。文房具のうち、欠くことのできないものが**筆**・**硯**《すずり》・**紙**・**墨**であり、「文房四宝《しほう》」と呼ばれました。

平安宮　へいあんきゅう

平安京の宮殿、つまり**大内裏**《だいだいり》のことです。「たいらのみや」ともいいます。

平安京　へいあんきょう

桓武《かんむ》**天皇**が造らせ、延暦《えんりゃく》13（794）年に遷都《せんと》した**都**です。平清盛《たいらのきよもり》が強引に福原《ふくはら》（現・神戸市）へ遷都した治承《じしょう》4（1180）年の約半年間を除き、明治元（1868）年まで都でした。現・京都市の中心部に該当します。東西約4・5km、南北約5・2kmの長方形で、東西と南北に敷いた直線の道路により、碁盤《ごばん》の目《め》状に区画された計画都市です（**条坊**《じょうぼう》**制**）。平安時代の人口は10万～15万人と推定されます。**大内裏**《だいだいり》などの官庁で働く官人は約1万人ほど、中・上流の貴

CHECK IT OUT.

平安京全図

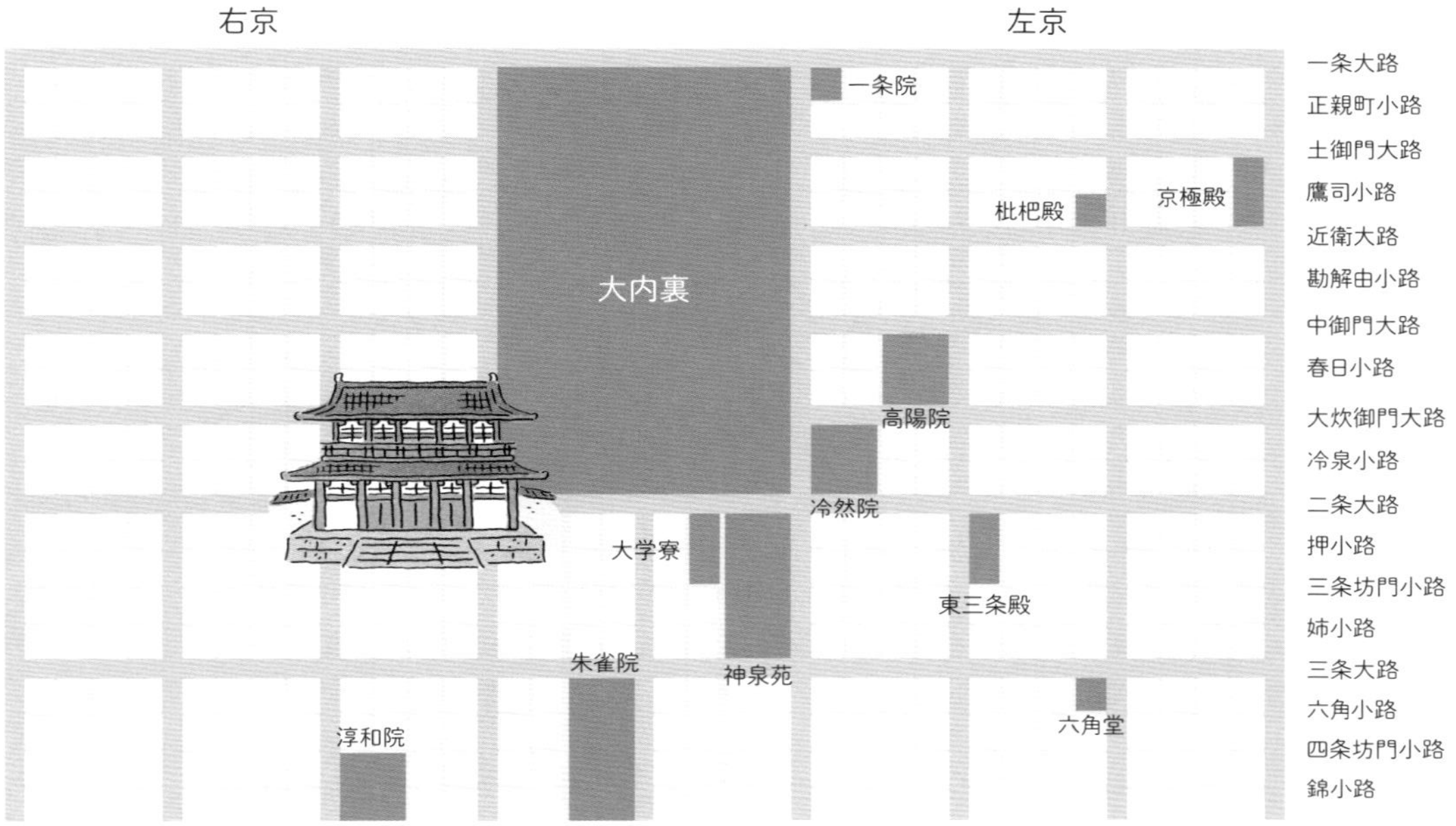

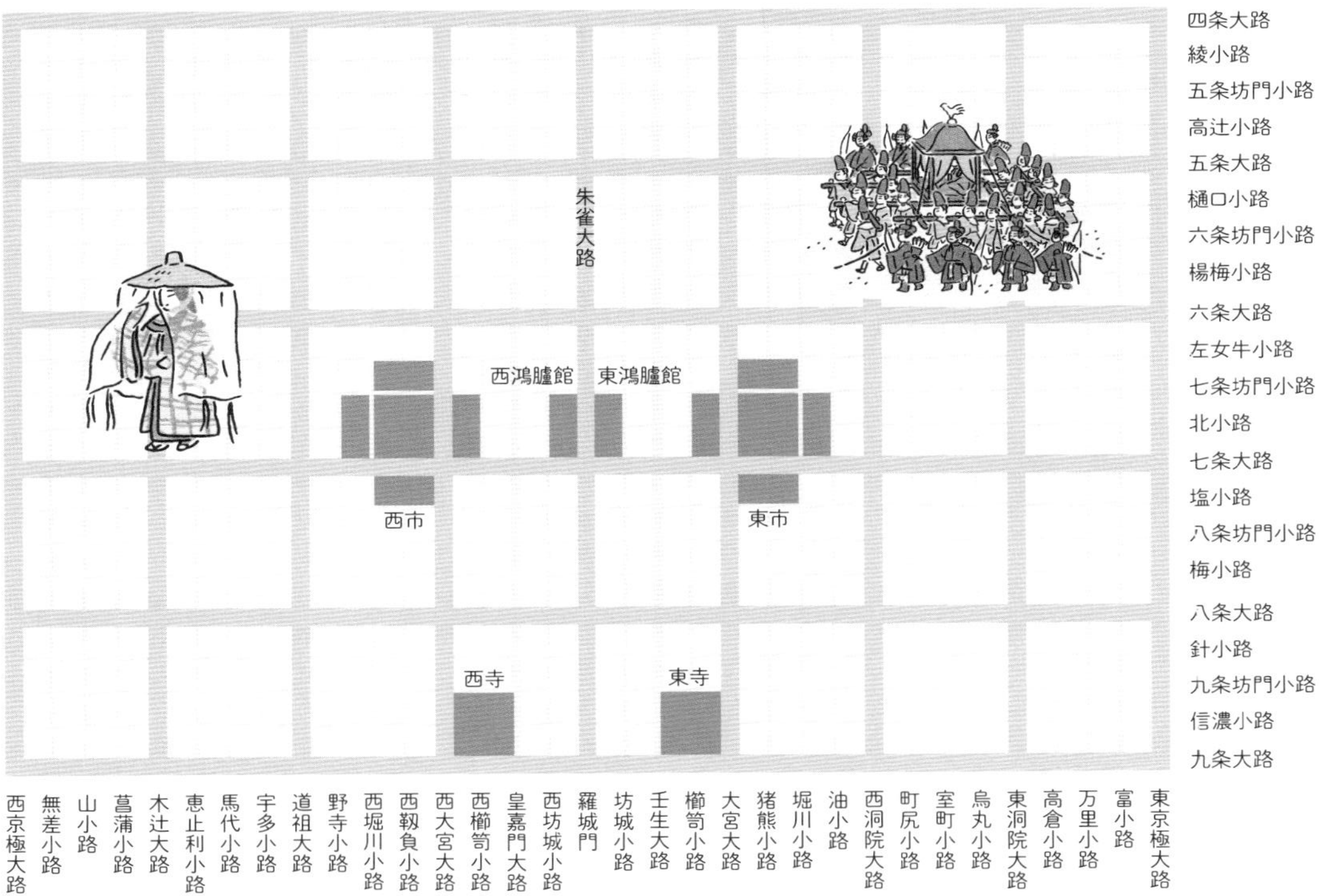
四条大路
綾小路
五条坊門小路
高辻小路
五条大路
樋口小路
六条坊門小路
楊梅小路
六条大路
左女牛小路
七条坊門小路
北小路
七条大路
塩小路
八条坊門小路
梅小路
八条大路
針小路
九条坊門小路
信濃小路
九条大路
朱雀大路
西鴻臚館
東鴻臚館
西市
東市
西寺
東寺
西京極大路
無差小路
山小路
菖蒲小路
木辻大路
恵止利小路
馬代小路
宇多小路
道祖大路
野寺小路
西堀川小路
西靫負小路
西大宮大路
西櫛笥小路
皇嘉門大路
西坊城小路
羅城門
坊城小路
壬生大路
櫛笥小路
大宮大路
猪熊小路
堀川小路
油小路
西洞院大路
町尻小路
室町小路
烏丸小路
東洞院大路
高倉小路
万里小路
富小路
東京極大路

族（男性）は200〜300人程度だったと思われます。庶民層には、官庁や貴族屋敷で働く者や商工業者のほか、都の外の水田、京内の空き地の畑などで耕作する農民もいました。平安人の感覚では、**京**こそ世界の中心かつ頂点であり、地方在住・出身の者はそれだけで軽視されました。

瓶子 へいじ

酒器の一つです。**酒**を入れておき、**盃**《さかずき》に注ぐために用いる、いわばお銚子《ちょうし》です。

平中 へいじゅう／へいちゅう

（871?〜923）「平仲」とも。本名は平貞文《たいらのさだふん》（定文）といい、10世紀初頭に実在した歌人です。その**歌**と「**すき**もの（風流な人）」ぶりはさまざまな**物語**になって語り継がれ、お笑い要素も加えられて、平安の人気キャラクターとなりました。▼『源氏物語』「平仲がやうに、色どり、添へ給ふな…」と戯《たわぶ》れ給ふ…（「平仲のように〈硯瓶《すずりがめ》の墨で〉顔を色づけなさるな」と冗談をおっしゃる）。

平中は硯瓶の水で顔を濡らし、恋の涙を装っていた。女が硯瓶に墨を入れておいた所、泣き真似した平中の顔が黒くなった、という話。

平中物語 へいじゅうものがたり

「平仲物語」とも表記します。10世紀半ば頃に原型ができた**歌物語**集です。平貞文《たいらのさだふん》（定文）＝**平中**＝の恋愛話で、時代や語り手により内容がだいぶ変わっていったと思われます。お笑い要素があり、当時の生活ぶりも感じられる**物語**です。

―大和物語―

平中その逢《あ》ひけるつとめて、人遣《おこ》せむと思ひけるに、司《つかさ》の督《かみ》、俄かに物へいますとて…この女のがり行かむとするに、方塞《かたふた》がりければ…。

平安人にとっての「初夜の直後の手紙（**後朝《きぬぎぬ》の文**）」、および「方塞《ふた》がり」の重要性がわかる逸話。平中は、上司の外出に付き合わされて**文使《ふみづか》い**を派遣できず、さらに方角が凶で恋人を訪ねられなかった。女は捨てられたと思い込み、**出家**してしまう。

屏障具 へいしょうぐ

パーティションや目隠しとして使われる**調度**《ちょうど》品の総称。**屏風**《びょうぶ》や**几**《き》**帳**《ちょう》、**障子**などです。平安貴族の住まいは開放的な造りだったので、屏障具が壁に近い役割を果たしていました。もちろん音は筒抜けで、防犯効果もほとんどありません。プライバシーという概念はなく、防犯は社会的なエチケットや使用人を多く傍《そば》に置くことを、心理的な歯止めとしていました。

餅餤 へいだん

食品の名です。ガチョウ、カモなどの卵と野菜を煮て、餅で挟んで四角に切った、包み餅です。列見《れっけん》や定考《こうじょう》（官吏を昇進させる**儀式**）などの際に出されました。

隔つ へだつ

人との間に邪魔物（物や時間・距離など）を置いて遮《さえぎ》ることです。**屏風**《びょうぶ》や**几帳**《きちょう》などの目隠しを設置して距離を取ることから、人間関係を疎遠にすることまで、幅広く使われます。

枕草子

成信の中将は この頃《ごろ》うちしきり見ゆる人の、今夜**いみじ**からむ雨に障《さわ》らで来たらむは、「なほ『一夜《いちや》も隔てじ』と思ふなめり」と、**あはれなりなむ**。

男性が通ってくる頻度は、愛情のバロメーター。「一夜でも会わずにはおかない」という熱意みなぎる通い方を「胸がキュンとしてしまう」と書き留めた**清**《せい》**少納言**《しょうなごん》、「この頃」「今夜」と、臨場感ある表現が巧みである。

隔て へだて

「**隔つ**」の名詞形で、「人との間を遮《さえぎ》るもの」のことです。**几帳**《きちょう》や**簾**《すだれ》など具体的な品から心理的な距離まで、広く指します。▼『**源氏物語**』御心の隔てもまさるを、いと苦しく…（奥様〈葵上《あおいのうえ》〉がますます冷たくなられるので、**光源氏**さまはたいそう苦しく…）。

平安人は浮気そのものより、心に隔てを設けて隠すことを責めます。

別業 べつぎょう

「**なりどころ**」「べつごう」ともいいます。皇族・貴族が本宅以外に持っていた邸宅、つまり別荘のことです。

別当 べっとう

本来は、「本官が別にある人が兼ねて担当する」という意味でしたが、長官という意味でも使われました。**検非違使**《けびいし》庁の別当が有名です。

戸主《へぬし》

平安京の宅地の単位です。間口《まぐち》が南北5丈《じょう》（15ｍ）、奥行きは東西10丈（30ｍ）の広さで、32戸主＝1町（**まち**）でした。五条《ごじょう》辺りなどの庶民街には、1戸主程度の小家が多く見られました。

偏継《へんつぎ》

ゲームの名です。漢字の旁《つくり》を示し、偏《へん》をつけていくという、漢字の知識を競う**遊び**事だったといわれます。

本意遂ぐ《ほいとぐ》

「本来の志を遂げる」という意味で、**出家**を指します。平安の知識人は仏道に専心する生活を理想としていたため、「いずれは出家を」と願うのが当たり前でした。

袍《ほう》

「**うえのきぬ**」「**位袍**《いほう》」ともいいます。貴族男性が正装する際の上着です。位（**官位**《かんい》）により**色**が決まっており、平安中期には一位《いちい》～**四位**《しい》が黒、**五位**《ごい》が緋《あけ》、**六位**《ろくい》が緑でした。文官《ぶんかん》と高位の武官《ぶかん》は**縫腋袍**《ほうえきのほう》（腋《わき》を縫い合わせた袍）、四位以下の武官は**闕腋袍**《けってきのほう》（腋を縫い合わせていない活動的な袍）を着用しました。「雑袍《ざっぽう》」といった場合は**直衣**《のうし》を含みます。**夏**は**単**《ひとえ》（一重）、**冬**は袷《あわせ》（二重）です。その仕立てや洗い張《は》り、**染め**、縫い直しは**妻**の役目で、知識と経験を要するスキルでした。

法会《ほうえ》

仏教の集いです。説経《せっきょう》を聞いたり、死者の供養をしたりするための集会です。

縫腋袍《ほうえきのほう》

男性貴族の正装である**袍**《ほう》（**うえのきぬ**）の、両腋《わき》が縫われていて、裾《すそ》に襴《らん》という生地がついているタイプです。文官《ぶんかん》の服装です。武官《ぶかん》でも**三位**《さんみ》以上の高官は**闕腋袍**《けってきのほう》でなく、縫腋袍を着用しました。

崩御《ほうぎょ》

「**死ぬ**」の敬語です。「崩じ給ふ」などということもあります。**天皇**や**皇后**・上皇《じょうこう》など、特定の貴人にのみ使われます。

布袴《ほうこ》

貴族男性の服装です。正装である**束帯**《そくたい》に次ぐ格式の身なりです。束帯から**表袴**《うえのはかま》と**大口**《おおくち》というフォーマル感あるボトムスを省略し、代わりにカジュアルウェアである**指貫**《さしぬき》と**下袴**《したばかま》を穿《は》いたものです。手には**笏**《しゃく》という板を持ちました。

芳子《ほうし》

（？～967）村上《むらかみ》天皇のときの**宣耀殿**《せんようでん》の**女御**《にょうご》です。豊かな長い**髪**の美女で、**『古今《こきん》和歌集』**を全暗記するなど教養もあり、**天皇**に寵《ちょう》愛《あい》されました。一条《いちじょう》朝期のサロンでも、憧れをこめて語り継がれる存在でした。

法成寺《ほうじょうじ》

藤原道長《みちなが》が創建した寺です。御堂《みどう》とも呼ばれました。道長の「御堂関白《かんぱく》」という俗称は、これに由来します。金堂《こんどう》の供養の日には、道長の孫である**天皇**と**春宮**《とうぐう》（後一条《ごいちじょう》天皇と敦良**親王**《あつながしんのう》）、娘である后《きさい》の宮たち3人（**彰子**《しょうし》、妍子《けんし》、威子《いし》）が参加するという、空前絶後の栄華が実現されました。道長が選んだ最期の場所でもあります。しかし約30年後に**火事**で全焼し、再建と焼失・震災被害を繰り返し、14世紀に廃絶しました。

―栄花物語― けぶりの後

同じ二月二十三日の**夜**、御堂《みどう》焼けぬ。さばかりめでたくおはします百体の釈迦《しゃか》、百体の**観音**《かんのん》、**阿弥**《あみ》**陀**《だ》、七仏薬師《しちぶつやくし》など丈六《じょうろく》の御仏《みほとけ》たち、**火**の中にきらめきて立たせたまへる、あさましく**悲し**。

天喜《てんぎ》6（1058）年は、同月26日に**内裏**《だいり》も焼亡《しょうぼう》している。豪華を極めた法成寺が一夜にして灰燼《かいじん》に帰《き》した有り様も、世人《せじん》に末世《まっせ》を感じさせたことだろう。

包丁・庖丁《ほうちょう》

料理に使う刃物です。料理人や料理の腕前を指すこともあります。

袍（ほう／うえのきぬ）官位による色の違い

●袍の基本

貴族男性は**内裏**《だいり》へ出勤する際、**束**《そく》**帯**《たい》という正装が基本でした。束帯の一番上（外側）のトップスが「上の衣」、つまり「**袍**（うえのきぬ）」です。音読みして「袍（ほう）」、位ごとに**色**が決まっていたため「**位袍**《いほう》」ともいいます。

●袍の色

もとの法律では、
一位《いちい》：深紫
二位《にい》：浅紫（または中紫）
等々こまかく規定されていました。しかし染色（**染め**）は各自が自邸で**手**で行っていたため、染める人（主に**妻**）の腕前により差が生じました。上位の色に近づけたい、黒みを帯びるほど濃く染めたい（高価な染料を豊富に使える証し）

一位

一条朝期には黒。規定では**紫草**《むらさき》で染めた深紫だった。

二位

一条朝期には黒。規定では浅紫や中紫など。

三位

一条朝期には黒。規定では浅紫や中紫など。

四位

一条朝期には黒。規定では深緋、**参議**《さんぎ》に昇進後は中紫など。

五位

一条朝期には緋（赤色）。規定では浅緋。

六位

一条朝期には浅葱（緑色）。規定では深緑。

という心理も働きました。
これらの結果、袍の色はしだいに変わっていき、一条《いちじょう》朝期には、
一位～四位《しい》：黒に近い色
五位《ごい》：緋《あけ》（赤色）
六位《ろくい》：浅葱《あさぎ》（緑色）
となっていました。

●文武の違い

袍には文官《ぶんかん》（事務官）と武官《ぶかん》（軍人）の違いもありました。原則は、
文官：縫腋袍《ほうえきのほう》（腋《わき》が縫われている）
武官：闕腋袍《けってきのほう》（腋があいている）
で、武官のほうが動きやすい服装です。しかし当時は中国の思想の影響で「武は卑《いや》しい（文が尊い）」とされていました。動き回るのは「下々の者」という空気もありました。そのため武官でも三位《さんみ》以上は文官の服をまといました。

武官

原則として闕腋袍

一条朝期には黒。規定では深緋、参議に昇進後は中紫など。

一条朝期には緋（赤色）。規定では浅緋。

一条朝期には浅葱（緑色）。規定では深緑。

取り巻きの身分は袍で一目瞭然！

貴人の外出には「取り巻き」が必須でした。親族・姻族《いんぞく》の目下の者や、勤務先の部下、私的に抱えている家来らが、先駆《さき》（露払い）や伴《とも》（従者）を務めたのです。取り巻きは数だけでなく、身分も重要でした。位袍により身分が一目でわかったため、「誰それさまのお伴は、○位が何人」とカウントでき、噂《うわさ》がたちまち広まったのです。

（例）『うつほ物語』**御前**、四位二十人、五位四十人、六位は数知らず（先駆は四位20人、五位40人、六位は無数）。

平安文学では、男性貴族が俎板《まないた》に向かい調理をする姿も見られます。

法服　ほうふく

狭義には僧の礼装を、広義には僧や**尼**《あま》の着る服全般を指します。一番上に着ける**袈裟**《けさ》が有名で、**法会**《ほうえ》などの際には身分により**色**が決まっていました。基本的には、墨《すみ》染《ぞめ》、薄墨《うすずみ》、鈍色《にびいろ》など、暗い色調を着用しました。

奉幣使　ほうへいし

天皇の命令によって、神社に赴き**幣**《ぬさ》（捧げ物）を供える使者です。

放免　ほうめん

検非違使《けびいし》（警察兼裁判所のような官）の配下です。元軽犯罪者で放免（**罪**を許されること）された者たちでした。実働部隊として犯人の探索・逮捕・護送に携わり、「**穢**《けが》**れ**」に当たる死骸《しがい》を除去するなど、清掃業務も務めました。触《しょく》法《ほう》世界の事情に詳しいため犯人の追跡には向いていましたが、物を**盗む**などの悪行もしばしばでした。**賀茂祭**《かものまつり》（**葵祭**《あおいまつり》）ではパレードへ加わり、華美な衣装で注目を集めましたが、「あの衣装は盗品だ」とも噂《うわさ》されました。

検非違使にいわゆる「警察」の働きは期待できません。何しろ配下が元ドロボウですから…。貴人は子飼いの部下に護衛させました。

法華経　ほけきょう

『妙法蓮華経《みょうほうれんげきょう》』の略です。釈迦《しゃか》の教えの中で最も高尚とされ、平安期に大いに尊ばれました。**女人往**《にょにんおう》

CHECK IT OUT.

平安京と泥棒

平安は、「盗人《ぬすびと》」が日常的な時代でした。狙いはたいてい、当時の人には通貨でもあった着衣です。下働きの多い宮中は、護衛がいても出入りしやすかったらしく、**天皇**の身近でも「**女房**（侍女《じじょ》）2人が服を強奪されて丸裸に！」という事件が起きています。深夜帰宅する官人や恋人を訪ねる男性も被害に遭ったようです。

反面、服を奪うだけで、凶悪犯は少なかった模様です。被害者側の反応も長閑《のどか》で、笑い話にしたり、「では代わりの服を」で終了しています。貴族にとっては、呪いや**物**《もの》**の怪**《け》のほうがよほど恐ろしかったらしく、泥棒などは「にわか雨で濡れちゃった」程度の不運だったようです。

生《じょう》（女性の救済）に関わる第五巻《だいごかん》は、貴族女性に特に関心を持たれました。『法華経』を4日かけて講説《こうぜち》する**法華八講《ほっけはっこう》**（**御八講《みはっこう》**）は、死者の供養として盛大に営まれました。

反故・反古 ほご

「ほうご／ほうぐ／ほぐ／ほんご」ともいいます。文字や**絵**を書いた**紙**で不要になったもののことです。見られて困るものは**灯台**で焼いたり水に捨てさせたりし、そうでないものはメモ紙や素材などとして再利用しました。▼『**紫式部日記**』反古どもみな破《や》り焼き失ひ、雛《ひな》などの屋《や》つくりにこの**春**し侍《はべ》り…（この春、反古を全て破り、焼いて処分し、またはひな人形の家作りの材料に致《いた》しました…）。

星 ほし

月を非常に愛《め》でたのに比べると、星への関心は低調です。それでも、**彦星《ひこぼし》**と織姫《おりひめ》の話は知られていました。**宿曜道《すくようどう》**という星占いや、天体や気象から吉凶を占う**天文道《てんもんどう》**は盛んで、異常があると上申書が出されました。

乾飯 ほしいい

「**かれいい**」ともいいます。乾燥させた飯で、食べるときに水か湯で柔らかく戻します。旅の糧食《りょうしょく》でした。

細殿 ほそどの

廂《ひさし》の間《ま》のうち、細長いもののことです。**屏風《びょうぶ》**や**几帳《きちょう》**で仕切って、**女房**たちの**曹司《ぞうし》**（部屋）として使う例がよく見られます。

一枕草子一 内裏の局は

内裏《うち》の局《つぼね》は、細殿《ほそどの》いみじうをかし。…風いみじう吹き入れて、夏もいみじう涼し。冬は、雪《ゆき》、霰《あられ》などの、風にたぐひて降り入りたるも、いとをかし。

宮中で女房らが私室とした細殿は、冬には雪が降り込む場所であった。しかしそのような点を**清少納言《せいしょうなごん》**は「をかし」と言っている。

細長 ほそなが

貴族が着用した衣服です。名前の通り細長い形状だったと思われますが、詳細は不明です。男性・女性・乳児に用例が見られますが、同じ形状の品だったかはわかりません。文学では、主人に当たる女性が年齢を問わず、袿《うちぎ》の上、または**小袿**《こうちぎ》の上か下に、重ねて着る姿が多く見られ、おしゃれ着だったものかと思われます。

保曽呂俱世利 ほそろぐせり

雅楽の曲名です。**高麗楽**《こまがく》、**調子**は**壱越調**《いちこつちょう》の曲です。

絆 ほだし

手足を縛る綱《つな》、束縛のことです。現代語の「絆《きずな》」とは異なり、ネガティブな語です。仏教の清らかな信仰生活に入ることを、感情的・社会的に邪魔するものを指します。家族への愛や責任、社会人としての義理・義務などです。▼『**落窪物語**』**尼**《あま》になりなむと思ひければ、この児のいと**愛し**《かな》う覚えければ絆にて…（尼になってしまおうと思うけれど、この子がとても愛しいので絆になって…）。

蛍 ほたる

虫の名です。**夏**の風物詩であり、発光する性質から「おもひ（想い、**火**）」のイメージもありました。蛍の光や窓の**雪**の明かりで苦学する例え「蛍雪《けいせつ》の功」も知られていました。

渤海 ぼっかい

698年〜926年の間、朝鮮半島北部から中国東北部に存在した王国です。貿易も兼ねて使節団が来日、朝貢《ちょうこう》していました。渤海の輸出品は毛皮・ニンジン・薬など、日本からは絹・綿・工芸品などを輸出しました。

法華八講 ほっけはっこう

『**法華経**《ほけきょう》』8巻を、4日間かけて読みあげ解説する**法会**《ほうえ》です。現世・来世の御利益があり死者の供養にもなるとされていました。非常に豪華かつ大がかりな法事で、身内や知人が貢献する必要があり、主催者の財力や人望、影響力、一族の結束力などが端的に表れる機会でした。3日めは、**女人**《にょにん》**往生**《おうじょう》や悪人の成仏《じょうぶつ》を説く第五巻《だいごかん》が読まれる日で、参列者が捧げ物を持って列をなして歩く「薪《たきぎ》の行道《ぎょうどう》」があり、特に重視されました。

発心《ほっしん》

仏教用語で、悟りを得ようという気持ちが起こることです。**出家**することを指す場合もあります。

時鳥《ほととぎす》

「郭公」とも書きます。平安貴族にはとても身近な**鳥**で、鳴き声が特に愛されました。声が鋭く、口の中が赤く、恋の時間である**夜**にも鳴く習性から、「悲しみや物思いのために血を吐いて泣く」イメージでした。初夏の4月には山でひっそりと鳴き、5月になると人里へ降りてきて甲高《かんだか》く鳴くとされたほか、**花橘《はなたちばな》・卯《う》の花・藤《ふじ》**に好んで留《と》まる鳥、さまざまな**花**を渡り歩く多情な鳥ともされました。托卵《たくらん》する習性も知られていました。

『枕草子』の清少納言、一推しの鳥！

本《ほん》

現代では「綴《と》じた冊子（**そうし**）本」を意味しますが、平安では巻物なども含みます。平安時代には印刷術などなく、本とは「人から借りて書き写す」ことにより入手するものでした。また、「お**手本**」「模範」という意味もあります。

本才《ほんざい》

社会で役立つ実際的な技能のことです。**儀式**を遂行する才覚、音楽や舞楽《ぶがく》のパフォーマンス力、**絵**や書の巧みさ、**碁**《ご》打ちの腕などです。当時の貴族には、公務や社会生活で必須のスキルでした。

本地垂迹《ほんちすいじゃく》

日本古来の神々への信仰と、渡来の仏教信仰が融合した思想です。神々は仏や菩薩《ぼさつ》（未来に仏になる者）が民衆を救うため形を変えて仮に現れたものだ、という信仰です。

逆に"神仏をハッキリ分けなきゃ！"って思想もありました

平安
みやこ新聞

第六號
寛弘2（1005）年
11月29日
発行

八咫鏡、焼損！

今月15日、子の刻。内裏で火事が起き、神鏡・八咫鏡《やたのかがみ》もろとも諸殿舎が焼失。一条天皇と中宮・彰子さまは徒歩で脱出。里内裏（仮皇居）は東三条殿となった。

皇祖神の御霊が宿る御鏡、損壊

寛弘2（1005）年11月15日、子の刻（深夜12時前後）。宮中で火事があり、内裏の大半が焼失した。神聖なる皇居が燃えるというだけでも、極めて恐ろしく不吉な事態だが、今回はさらにゆゆしきこととなった。皇室の秘宝・八咫鏡まで焼けたのである。政権筆頭者・道長公も即座に参上され、神器の搬出を真っ先に指令されたのだが、火元が八咫鏡のご安置所・温明殿に近く、手の施しようがなかったという。

一方、その際天皇陛下は中宮・彰子さまの殿舎・飛香舎（藤壺）におられた。過去の火事の際は輿で避難あそばされたが、こたびはなんと、中宮さまとお二人きり、おみ足にて出御されたのだ。なんとおそれ多く、申し訳ないことであろうか。事態の緊迫度、深刻さがわかるであろう。

現在、陛下と中宮さまは東三条殿で、災禍の収拾に努められている。八咫鏡は焼け跡から、わずかに周縁部のみが発見された。その御残りを御筥に納め、引き続きお祀り申しあげる予定である。

八咫鏡想像図

見ることは陛下にも許されぬ秘鏡

君臣和楽

「延喜・天暦の治」。漢学者・大江匡衡は、醍醐帝・村上帝の御世をそう評する。聖代と呼ばれるお二方の時代。しかし彗星の出現、大反乱…実は天変地異も多かったのだ。災害は、確かに天の御さとしである。為政者は重く受け止めねばならない。が、ひとえに陛下の不徳のせいとはいえないのである。特に今上陛下の場合、天に愛まれ人に敬われて、稀有な長さのご在位となっておられる。長期間ゆえ、良きことも悪しきことも多々起こるのだ。その悪事のみを見るのは不適切であろう。陛下は深く自責され、「譲位したい」と仰っているとか。かたじけなき大御心である。もろ人こぞりてお支え申しあげようではないか。

彰子さま、敦康親王の養母に

5年前に崩御された皇后・定子さま。その忘れ形見が敦康親王殿下（7歳）だ。一条帝にとっては、たった1人のお世継ぎ候補である。ほかの后妃には皇子女がない中で、3人も授かった定子さまは、陛下とのご縁がさぞかし深かったのであろう。敦康さまはすくすく成長され、今月13日、めでたく書始め《ふみはじめ》（学習を始める儀式）を迎えられた。今は中宮・彰子さまの養子になっておいでである。もともと定子さまと彰子さまは従姉妹どうし。円満なご様子で何よりである。

伊周殿ご一家の命綱・敦康殿下

長徳の変の罪も許され、宮廷に戻った藤原伊周殿。周囲の目は冷たいが、道長公のご寛仁もあり、順調に復権されている。今後天下人になるのはさすがに難しかろうが、逆転の可能性もないではない。それは甥・敦康殿下が天皇になられたら、である。

皇后だった定子さま、その亡きあと陛下に愛された御匣殿、皇太子妃の原子さま。伊周殿の頼みの綱だった妹姫たちは、すでに故人。寂しい末世だ。

解説　八咫鏡とは何なのか

八咫鏡は、内裏の賢所《かしこどころ》（別名、内侍所）に安置されている神鏡である。わが朝最古級の歴史書である『古事記』『日本書紀』が伝えるところでは、天皇家のご先祖・天照大神が孫の君を地上へ送り出すとき、御身代わりとして授けたお鏡とのこと。これをお祀りすることは、皇室と朝廷の大事なご公務である。

皇室の祖先神のお形代

健やかなる赤児
売っています！
性別・男
希望価格
銭10貫
東市ニテ

話題沸騰！賛否両論！
大ブレイク中
『枕草子』（by 清少納言）のウソ・ホント

お騒がせ女房・清少納言
伊周殿がプッシュする炎上商法
「全ては敦康さまのため」

敦康親王殿下7つに。

回顧（故）皇后・定子さま
才気と斬新。プロデュース

上の女房語る「おいたわしい陛下…定子さまに続き、代わりに愛された御匣殿まで」

某女御筋
嘲笑
「定子殿も妹・御匣殿もお産で死去。積悪の御家の因果でしょうね」

貴人《あてびと》自身
魔性の女・和泉！
兄弟親王（為尊・敦道）
両方を射止めた
「和歌のテク♪」
沁みる歌物語
『和泉式部日記』
中宮・彰子さま
作者をスカウト?!

舞 まい

音楽に合わせて披露するダンスです。神仏を喜ばせるものと考えられ、政治(まつりごと)の中でも特に重視されていました。**童舞**《わらわまい》の愛らしさは特に人気だったようです。

舞茸 まいたけ

食用キノコです。「焼いて食べたら酔って踊った」という話が命名の由来です。ただし、この中毒になったキノコと実際のマイタケとは、種が違ったようです。▼『**今昔物語集**』近来《このごろ》も其《そ》の舞茸あれども、これを食ふ人、必ず舞はずは(今もマイタケはあるが、食べた人は必ずしも踊らない)。

舞姫 まいひめ

舞を披露する女性です。**五節舞姫**《ごせちのまいひめ》が特に有名です。

参る まいる

尊い場所や目上の人のもとへ行く、または来ることを指す謙譲語です。「参上する」「お側《そば》に上がる」「お参りする」などと訳せます。姫君の場合「うちへ参り給ふ」や「御参り」は、**天皇**の妃《きさき》になるため**内裏**《だいり》へ行くことを意味します(**入内**《じゅだい》)。貴人に奉仕すること、具体的には飲食物をサーブしたり整髪したりすることもいいます。貴人のもとへ物や行為が近づくことも指し、この場合は「召しあがる」など尊敬語のニュアンスをもちます。

籬 まがき

「**ませがき**」「**ませ**」ともいいます。柴(**柴垣**《しばがき》)や**竹**、**木**などを結って作る丈の低い**垣**(垣根)のことです。植えられた植物が巻きつくなど、植栽と一体化したさまが愛《め》でられました。

真木 まき

「良質の木材」「立派な**木**」という意味です。**ヒノキ・スギ・マツ**などの常緑樹(**常磐木**《ときわぎ》)をいいます。

蒔絵 まきえ

日本独自の漆工芸《うるしこうげい》です。漆で模様を描き、金銀や**色**つきの粉を蒔《ま》いて**紋様**《もんよう》を表現する技法です。**螺鈿**《らでん》(貝殻細工)と共に、高価な品の象徴たる技法であり、**櫛**《くし》や**盥**《たらい》などの日用品から**箱**・**櫃**《ひつ》など収納具、**屏**《びょう》**風**《ぶ》の枠など、あらゆる**調度**《ちょうど》品に使われました。各時代で優品を生み出しつつ現代に至っています。

―落窪物語―　第一

「この箱のやうに、今の世の蒔絵こそ、さらにかくせね」

落窪の君が持つ、亡き母譲りの箱が「今の世の職人には出来ないほど見事な蒔絵」とほめられ、継母《ままはは》に取り上げられる場面。

真木柱　まきばしら

スギや**ヒノキ**で作った柱のことです。立派な柱という意味の美称でもあります。

ま

秣　まぐさ

馬や**牛**などの飼料です。「まくさ」とも。▼『源氏物語』御秣《みまくさ》取りに仕《つこ》うまつる人びとに、御荘《みそう》などやりける（〈**薫**《かおる》の**宇治**《うじ》訪問の際〉**荘**《しょう》**園**《えん》などで働く者たちのもとへ、秣を取りに人を派遣する）。

枕　まくら

主に木製でした。サイズには、5寸5分（約17㎝）×3寸8分（約11㎝）×2寸4分（約7㎝）という例があります。東または南向きで就寝し、死後は北枕《きたまくら》にしました。

病中に
見舞い客に会うなら
烏帽子をかぶる!

枕草子　まくらのそうし

一条《いちじょう》**天皇**の**中宮**《ちゅうぐう》（のちに**皇后**《こうごう》）**定**《てい》**子**《し》に仕えた**女房**（侍女）・**清少納**《せいしょうな》**言**《ごん》が書いたエッセイ集。「**をかし**」の文学と呼ばれます。「**春は曙**《あけぼの》」など心惹《ひ》かれたものを列挙したり、宮廷での体験を記録したり、思いを文章で表現したりしています。それまでの文学の定型にとらわれず、感じたままを綴《つづ》るという独創性で、日本文学史上に「随《ずい》筆《ひつ》」というジャンルを切り拓《ひら》きました。

春は曙～
明るむ空の美がよいのよ～

孫廂　まごびさし

寝殿造り《しんでん》で、**廂**《ひさし》と**簀子**《すのこ》との間に設けられた、サブの廂のことです。宴会などの会場になりました。

猿　ましら／まし

サルのことです。

籬　ませ

竹や**木**を組んで作る低い**垣**（垣根）のことです。**籬**《まがき》ともいいます。

籬は、草花を支えたり絡みつかれたりして、一体となった様《さま》が愛されました。よく「籬を結う」といいます。

籬垣　ませがき

「**ませ**」「**まがき**」と同じです。

町　まち

道路を碁盤《ごばん》の目《め》状に敷いた、**条坊**《じょうぼう》**制**《せい》という造りの計画都市において、一つの区画を指す言葉です。**平安京**の場合、縦横それぞれ40丈《じょう》（約120m）でした。それ以前の**都**の例から類推して、**三位**《さんみ》以上は1町以下、**五位**《ごい》以上は半町以下、六位以下は4分の1町以下など、身分により所有できる宅地面積の規定があったと思われます。とはいえ、破格の権力者がそれ以上の豪邸を築いたり、**受領**《ずりょう》という裕福な中流貴族たちが1町の家を持って禁止令が出されたりと、実態はより緩やかでした。

うつほ物語　吹上　下

籬《ませ》の縦木《たてぎ》には**紫檀**《したん》、横木《よこぎ》には**沈**《じん》、結《ゆ》ひ**緒**《お》には緂《だん》の組《くみ》して結ひて、黄金《こがね》の沙《すな》敷きて、**黒方**《くろぼう》を土にしたり。

籬とは、**木**を縦横に組んで**紐**《ひも》で結ぶものであったことがわかる。もちろん、これほどの贅沢《ぜいたく》は**物語**ならではの誇張である。

松　まつ

寿命が長い上、常緑樹（**常磐木**《ときわぎ》）で葉の**色**が変わらないことから、永遠不変を意味する縁起のよい植物でした。「待つ」との掛詞《かけことば》にすることが多く、また松風は**琴**《こと》の音を連想させました。正月の初子《はつね》（1番めの子《ね》の日）には、不老長寿を祈って「**小松**引き」という、小さな松を引き抜いてきて「**遊び**」をする習慣がありました。

松明 まつ

たいまつの略称です。木材の先端に**火**をつけ、照明として用いました。

松茸 まったけ

キノコです。味だけでなく、香りも愛《め》でられました。**秋**の風物詩「茸狩《たけがり》（キノコ狩り）」の対象でした。

末法思想 まっぽうしそう

仏教の思想の一つです。「釈迦《しゃか》の死後、その教え（**仏法**《ぶっぽう》）がしだいに行われなくなり、1052年には『末法』という絶望的な時代に入る」とされました。**一条天皇**《いちじょう》（在位986～1011）の時代の人々に、この思想は重くのしかかっており、「現世はあきらめて**後世**《ごせ》の極楽往生《ごくらくおうじょう》を祈るべきだ」という、暗い雰囲気が社会の底を流れていました。天然痘《てんねんとう》など致命的な感染症がしばしば流行し、若者や天下人《てんかびと》でも突然死去したり、それにより政界が動揺して名門が一転没落したりという**世**の不安定さも、この風潮を煽《あお》りました。

松虫 まつむし

現在のマツムシと同じ昆虫とも、**スズムシ**のことだともいわれます。美声で人気の**秋**の**虫**でした。恋しい人を「待つ」ことを連想させる、恋の虫でもありました。

祭の使 まつりのつかい

神社の祭りの際、**幣**《ぬさ》を捧げるために朝廷から派遣される使者のことです。政治（まつりごと）を担う重要な役目であり、**賀茂神社**《かも》・**石清水八幡宮**《いわしみず》・**春日大社**《かすが》への使者は特に、勅使《ちょくし》（**天皇**の使者）として重んぜられました。**賀茂祭**《かものまつり》（**葵**《あおい》**祭**《まつり》）の勅使一行は、華やかな身なりで祭りの花形でした。▼『枕草子』祭の使などに出《い》でたるも、面《おも》立《だ》たしからずやはある（葵祭の使者などに出たりするのも誇らしい）。

真名 まな

漢字や楷書《かいしょ》のことです。「名」は「文字」という意味なので、「本物の字」というニュアンスです。漢字を、日本語の当て書きに使う場合は「**仮名**」（仮の字）と呼びました。それに対し「真名」は「正式な書体」を意味し、漢字を**漢文**体の文章で用いたり崩さずに書いたりすることを指しました。

真名序《まなじょ》

漢文で書かれた序文です。「**仮名**」で書かれた序文は「仮名序」といいます。

学ぶ《まねぶ》

「まねをする」ということであり、「模倣により習得する」「学習する」という意味にもなります。また「伝言する」「見たまま聞いたままに伝える」という意もあり、平安社会の噂《うわさ》の根源でした。

万歳楽《まんざいらく》

「まざいらく」とも。**雅楽**の曲名です。**左方**《ひだりかた》、**唐楽**《とうがく》に属する**平調**《ひょうじょう》の舞楽《ぶがく》で、めでたい曲として**行幸**《ぎょうこう》や**算賀**《さんが》で演奏されました。

万葉集《まんようしゅう》

8世紀後半に成立した、現存する最古の歌集です。その編纂《へんさん》には、大伴家持《おおとものやかもち》が中心的役割を果たしたといわれます。約4500首の**和歌**が収録され、万葉**仮名**という漢字で日本語を記録した独特の表記法が使われています。平安人には、骨董《こっとう》品としても**歌**の教科書としても価値がある**本**《ほん》でした。『**古**《こ》**今**《きん》**和歌集**』を『続《しょく》万葉集』と呼んだりしたため、区別して『古《こ》万葉集』と呼ぶこともありました。

源氏物語 梅枝

嵯峨《さが》の帝《みかど》の、古万葉集《こまんようしゅう》を選び書かせ給へる四巻《よまき》、延喜《えんぎ》の帝の古今和歌集《こきんわかしゅう》を……「女子《おなご》などを持て侍《はべ》らましにだに、をさをさ見はやすまじからんには伝ふまじきを……」など聞こえて、奉《たてまつ》れ給ふ。

名筆で名高い嵯峨帝が書写した万葉集など、内容も書き手も超一級の名品が、**光源氏**の娘（明石姫君《あかしのひめぎみ》）の**入内**《じゅだい》にあたり、蛍宮《ほたるみや》（光源氏の異母弟）から贈られる。その際の口上から、「女子が相続（**処分**《そうぶん》）すべき品」と考えられていたことがわかる。

御明かし文　みあかしぶみ

願文《がんもん》とも。神仏に捧げる、祈願の内容を表した文書です。

三井寺　みいでら

正式名称を園城寺《おんじょうじ》という、滋賀県大津市に現存する寺です。**比叡山**《ひえいざん》**延暦寺**《えんりゃくじ》を「山門《さんもん》」と呼ぶのに対し、三井寺は「寺門《じもん》」といわれ、両者はしばしば対立・抗争していました。平安時代後期には多くの**歌合**《うたあわせ》が開催されました。

三重襲　みえがさね

表地と裏地との間に中倍《なかえ》（中陪《なかべ》）を入れて三重にした衣服のことです。生地を豊富に使う豪華な衣装でした。**扇**《おうぎ》にも「三重がさね」があります。薄い板を3枚張り合わせて連ねた扇だと思われます。▼

『うつほ物語』例《れい》は…少将《しょうしょう》には白き**袿一襲**《うちぎひとかさね》、**袴**《はかま》をなむ、ものするをこの度は…**綾**《あや》の袿、三重襲の袴などを設《もう》けたまへ（〈**相撲**《すまい》の還饗《かえりあるじ》で〉通常は…少将への**禄**《ろく》は白い袿と袴だが、今回は…もっと豪華に綾織物の袿と三重襲の袴を用意してください）。

三日夜の餅　みかよのもちい

新婚3日めの**夜**に、新婦の側が用意する祝いの餅です。現代の「固めの杯《さかずき》」に似た、呪術的な意味がある「祝いの**儀式**」でした。寝所内にいる新婚夫婦に、皿に載せた複数個の小餅を差し入れ、食《しょく》させるのが流儀です。

結婚を象徴する大事なお餅。現代の指輪みたいなものかな。でも餅なしで夫婦になった例もあります。

落窪物語　第一

「もちゐにこそあめれ。いか食うやうありとか。いかがする」…「切らで三《み》つとこそは」…女君に参り給へど、恥ぢて参らず。（男君は）いと実法《じほう》に三つ食《く》いて…。

男君（道頼《みちより》）が**女童**《めのわらわ》（あこき）に三日夜の餅を食す作法を訊《たず》ね、「食い切らないようにして、3枚食べる」と教えられる場面。女君（落窪《おちくぼ》の君）は恥じらって口をつけないが、それで問題なかったことがわかる。

御厠人　みかわやうど

トイレ（**厠**、**樋殿**《ひどの》）の掃除を担当した女性。「樋洗《ひすまし》」ともいいます。下級の使用人に相当しました。

御酒　みき

酒の敬語です。「**大御酒**《おおみき》」というとさらに丁寧です。

右方　みぎがた

「うほう」ともいいます。**左方**《ひだりかた》と分かれて競ったり舞楽《ぶがく》を奏したりする場合の、右側チームです。

御髪　みぐし

髪《かみ》の敬語です。

御髪おろす　みぐしおろす

「**髪**《かみ》を切る」の敬語で、**出家**を意味します。

御匣殿　みくしげどの

後宮《こうきゅう》の**貞観殿**《じょうがんでん》内に置かれた、**装束**の縫製や調達に関わった部署です。その**別当**《べっとう》（長官）である身分の高い女官や、貞観殿そのものの別称でもありました。上皇《じょうこう》や**春宮**《とうぐう》・**中宮**などに仕える者の場合は、**宣旨**《せんじ》に次ぐ**上臈女房**《じょうろう》を意味します。また上流貴族も、自邸に装束を作る部署を持っており、それを御匣殿と呼びました。

CHECK IT OUT.

女性官僚から妃へ

御匣殿の別当は女官のポジションです。ただし、そのような高官になれる女性はもともと上流貴族の姫であることが多く、また**天皇**の身近にいる立場から、お手つきとなるのはほぼ必然でした。そのため、実質は后妃《こうひ》であったり、后妃になる前の箔《はく》づけに御匣殿になったり、ということもありました。

御格子　みこうし

「**格子**」の敬語です。宮中、または上流貴族の邸宅内の格子をこう呼びました。

御簾　みす

簾《すだれ》の敬語です。平安貴族の屋敷では、壁に近い役割を果たしていました。**簀子**《すのこ》と**廂**《ひさし》の間、および廂と**母屋**《もや》の間に垂らすのが通例です。明るい側からは暗い側が見えないため、室内にいる貴人・女性からは外が見えるけれど、逆は不可でした。成人男性で御簾の内に入《はい》れるのは、身内や身分高い人、格別に親しい人に限られました。来訪した男性が「御簾の外に座れと？　よそよそしいお扱いですね」と恨《うら》むのは、平安文学の定番です。

一蜻蛉日記一 下

簀子に灯したりつる火は、早う消えにけり。…影も や見えつらんと思ふにあ さましうて、「腹黒う、消えぬとも物せ給はで」 と言へば、「何かは」と さぶらふ人も答へて…。

御簾の外側の灯がいつの間にか消えていた、つまり、内側にいる筆者・**藤原道綱母**の姿（シルエット）が丸見えになっていた。道綱母は「消えたとおっしゃらないなんて腹黒い」と、客の男性（藤原遠度）を咎める。相手は「何の（見えてません よ）」と答えたがウソである。こういうチャンスには、じっくり目に焼きつけるのが平安の男。

ま

瑞垣 みずがき

「瑞」は、みずみずしい、麗しい という意味で、**垣**（垣根）の美しさ・見事さをたたえた言い方です。和歌などで使われます。

御厨子 みずし

厨子（観音扉つき戸棚）の敬語です。また、厨房用の棚という意味から、宮中や貴人宅の台所（御厨子所）も意味します。

角髪 みずら

「総角」ともいいます。男児が正装する際の**髪型**。両耳のあたりで輪のようにして結います。

御曹司 みぞうし

曹司（部屋）の敬語です。

御衣掛 みぞかけ

衣桁という、衣を掛けておくための家具の敬語です。▼『うつほ物語』御衣掛にかけたる桂ども五つ ひき重ねて…着せ給へれば（衣桁に掛けてあった桂を5枚重ねて…お着せになったので）。

禊 みそぎ

川原など水辺に出て、水で心身を清める**儀式**です。「穢れ」や罪を祓うときや、神事に携わる前に行いました。天皇や斎王が鴨川へ出て行う「**御禊**」は、その行き来の行列が華麗だったため、都人がこぞって見物しました。

御衣櫃 みぞびつ

衣装を入れる大型の入れ物「**衣櫃**」の敬語です。

蜜　みち

ハチミツのことです。食用のほか、**薫物**《たきもの》の調合にも使いました。▼『**うつほ物語**』金《こがね》の瓶《かめ》二つに、一つには蜜、一つには**甘葛**《あまずら》入れて…（〈**産養**《うぶやしない》の贈り物として〉金の瓶二つに、片方には蜜、もう片方には甘葛を入れて…）。

陸奥国紙　みちのくにがみ

「みちのくがみ」「檀紙《だんし》」ともいいます。陸奥国《むつ／みちのく》（東北地方）で主に生産された**紙**です。厚く丈夫で実用的であり、**畳紙**《たとうがみ》などに人気でした。

御帳台　みちょうだい

貴人用のベッド式寝所のことです。浜床《はまゆか》という一段高い台を置いて**畳**を敷き、四隅に柱を立てて帷《かた》子《びら》という生地を垂らし、魔除《まよ》けの**鏡**を吊るしました。建物の中央部である**母屋**《もや》に設置します。「**夜の御座**《おまし》」ともいい、貴人の寝所でしたが、これ以外の場所で寝ている例も見られます。

その建物内で一番格が高い場所！　**内裏**の**清涼殿**《せいりょうでん》では帝の玉座として使われたし、**仏像**を安置した例も。

密教　みっきょう

仏教の流派の一つで、秘密仏教の意です。天台宗《てんだいしゅう》の密教を台密《たいみつ》、真《しん》言宗《ごんしゅう》のものを東密《とうみつ》（**東寺**《とうじ》の密教）といいます。修行を積んだ僧が**独**《とっ》**鈷**《こ》などの法具を使い、手は仏を表す形に組み（「印を結ぶ」という）、真言《しんごん》（呪文）を唱えて**加持祈祷**《かじきとう》を行うものです。**病**の治癒など現世での御利益をもたらすとされ、平安貴族に篤《あつ》く信仰されました。

御局　みつぼね

「**局**」の敬語です。「局」とは「部屋／控室」のこと。部屋を与えられた**女房**（侍女《じじょ》）という意味もあります。

「〇の局」という女官の呼称、後世には格式ある呼び方となっていきますが、この時代にはレアです。

御幣　みてぐら

幣《ぬさ》など、神への捧げ物のことです。▼『蜻蛉日記』「いかに、御幣をや奉《たてまつ》らまし」など、やすらひの**気色**《けしき》あれど「いと用《よう》ないことなり」など、そそのかし出《い》だす（〈夫・**藤原兼家**《かねいえ》**が**〉「御幣を捧げて、**方塞**《かたふた》**がり**を犯すお許しを頂こうか」と、泊まっていきたげな様子を見せるが、「とても無駄なことです」と勧めて帰宅させせます）。

水無月　みなづき

6月のこと。晩夏です。現代の**暦**《こよみ》だと7月～8月に当たります。

源博雅　みなもとのひろまさ

（918～980）博雅三位《はくがのさんみ》とも呼ばれます。醍醐《だいご》**天皇**の孫で、源という姓を頂いて臣下に降《くだ》った一世**源氏**です（**臣籍降下**《しんせきこうか》）。**和琴**《わごん》・**琵**《び》**琶**《わ》・**箏**《そう》・**横笛**《よこぶえ》・**篳篥**《ひちりき》に秀でた**雅楽**《ががく》家で、笛譜『博雅笛譜《はくがのふえふ》』を著しました。楽才にまつわる伝説的なエピソードが多く、名手・**蝉丸**《せみまる》から琵琶の秘曲を習った話、琵琶の名器「玄象《げんじょう》」を**羅城門**《らじょうもん》で**鬼**から取り返した話、**朱雀門**《すざくもん》の鬼から名笛《めいてき》「葉二《はふたつ》」をもらった話などが残ります。

源雅信　みなもとのまさのぶ

（920～993）宇多《うだ》**天皇**の孫で、源という姓を頂いて臣下に降《くだ》った一世**源氏**です（**臣籍降下**《しんせきこうか》）。皇族育ちで「政務に疎《うと》い」面を努力で克服し、従一《じゅいち》位《い》・左大臣《さだいじん》（贈《ぞう》・正一位《しょういちい》）まで昇進しました。**和歌**や**蹴**《け》**鞠**《まり》など諸芸にも秀でた才人で、特に音楽にすぐれ、**催馬楽**《さいばら》や**朗詠**《ろうえい》の名手でした。娘・**倫子**《りんし》を**藤原道長**《みちなが》と**結婚**させ、この夫婦はその後、驚異的幸運にめぐまれて貴族社会の頂点に立ちますが、雅信自身はそれを見る前に死去しました。

源頼光　みなもとのよりみつ

（948～1021）名は「らいこう」とも。清和《せいわ》**天皇**の玄孫《げんそん》（孫の孫）に当たる**源氏**です。父・満《みつ》仲《なか》ともども、一条《いちじょう》朝期のすぐれた武士（**もののふ**）と称《たた》えられました。とはいえこの時代の武士は後世よりはるかに貴族的です。頼光も、例えれば学者の家系が漢学を強みとしたようなもので、父譲りの武芸を特技としつつ、典型的な平安貴族として生きました。**弓**の腕を激賞されても謙遜《けんそん》し、**和歌**にも秀《ひい》で、権力者・**藤原道長**《みちなが》に仕えて気配りで評価されています。**国**《こく》**司**《し》（知事）を歴任する裕福な**受領**《ずりょう》で、正四位下《しょうしいのげ》まで出世しました。中流貴族の成功者といえるでしょう。異母弟・頼信《よりのぶ》の子孫が武士と

ま

して繁栄し、源頼朝《よりとも》が出て鎌倉幕府を立てたせいか、後代に伝説化が進みました。坂田公時《さかたのきんとき》ら「頼光《らいこう》四天王《してんのう》」を従えて酒呑童子《しゅてんどうじ》を討伐したなどの、**鬼**退治話が有名です。

御法 みのり

「**法**《のり》」の敬語です。「法」は仏の教え（**仏法**《ぶっぽう》）という意味です。

御佩刀 みはかし

腰に帯びる刀を意味する敬語です。貴族男性は節会《せちえ》などの宮中行事の際、正装の一環として刀を身に着けました。赤子が**誕生**すると男女問わず、お守りとして刀を授ける習慣もありました。この刀は幼児期まで、魔除《まよ》け人形・**天児**《あまがつ》と共に持ち歩くものでした。

―うつほ物語― 吹上 上

「節会《せちえ》に佩《は》き給ふ御佩刀を質《しち》に置《お》かん」「さて、正月《しょうがつ》の節会などには如何《いかが》せん」…「稲おほく出《い》で来《こ》なば、いと疾《と》く出《い》だしてむぞ」。

貧しい**妻**が夫・源仲頼《なかより》を世話するため、両親ともどもお金の工面に苦慮している場面。「婿殿《むこどの》が節会で帯びる刀を質に入れようよ」「では、正月の節会の際にはどうしたら？」「うちの**荘園**《しょうえん》の稲が実ったらすぐ請《う》けだそう」と、生々しい会話である。

御八講 みはっこう

「**法華八講**《ほっけはっこう》」という法事を指す敬語です。

御封 みふ

「封戸《ふこ》」の敬語です。封戸とは、朝廷から皇族や臣下に与えられた民戸《みんこ》（人民の家）のことです。その民戸から納められる税の大半が、与えられた者の収入となりました。**位階**《いかい》に対して与えられる位《い》封《ふ》、官職による職封《しきふ》などがあります。

御簡 みふだ

殿上人《てんじょうびと》の、いわば出席簿です。姓名を記した小さい札で、出仕すると**殿上**の間《ま》に位の順に掛けました。殿上人でなくなることを「御簡を削る」ともいいました。▼『**うつほ物語**』御返《おんかえ》り持《も》て参らずば、簡《ふだ》けづらん（お妃《きさき》さま〈**あて宮**〉のお返事を頂いてこないなら、免官するぞ）。

身まかる　みまかる

「身が（この**世**から）退出する」という意味で、**死ぬ**ことです。

御厩　みまや

厩舎《きゅうしゃ》の敬語です。▼『うつほ物語』御厩。よき**馬**二十づつ、西東《にしひんがし》に立てたり。…傍《かたわ》らに**鷹**十ばかり据《す》ゑたり（〈紀伊国《きいのくに》の豪邸の〉厩舎。良馬20頭がいる厩舎を西東に建て…その横にタカを10ばかり留《と》まらせてある）。

↓イラストP358

耳挟み　みみはさみ

女性の**髪**のスタイルです。髪を両耳に挟んで、作業をする邪魔にならないようにしたものです。貴婦人にとっては品のないしぐさ・髪型でした。

都　みやこ

宮（**天皇**の宮殿）のある場所、という意味で首都のことです。平安時代の場合、**平安京**を指します。

都鳥　みやこどり

水鳥の名です。全身が白く、嘴《くちばし》と脚が赤い**鳥**で、今のユリカモメといわれます。

御息所　みやすどころ

「みやすんどころ」ともいいます。**女御**《にょうご》や**更衣**《こうい》のうち、**天皇**の子を産んだ者を指す言葉です。**春宮**《とうぐう》（皇太子）や**親王**《しんのう》の妃《きさき》に対して使われるケースもあります。

宮仕へ　みやづかえ

内裏《だいり》や貴人宅に仕えることです。男性の場合、官人となって内裏で働くことや、主君の用事を務めることを指します。平安貴族の家に男児として生まれたら、宮仕えが人生の基本ルートです。10歳前後から**童**《わらわ》として内裏や貴人宅で雑用係を務め、**元服**《げんぷく》（成人式）後は官職を得て、**公卿**《くぎょう》（閣僚）を夢みて勤務しました。

貴族女性の宮仕えには、2種類ありました。一つは**女御**《にょうご》や**更衣**《こうい》など妃《きさき》として、**天皇**や**春宮**《とうぐう》（皇太子）に「仕える」ことです。愛されて皇子《みこ》を産み、**后**《きさい》**の宮**《みや》（**中宮**《ちゅうぐう》や**皇后**）という「配偶者」の地位に昇格すること、それが姫君たる者の志

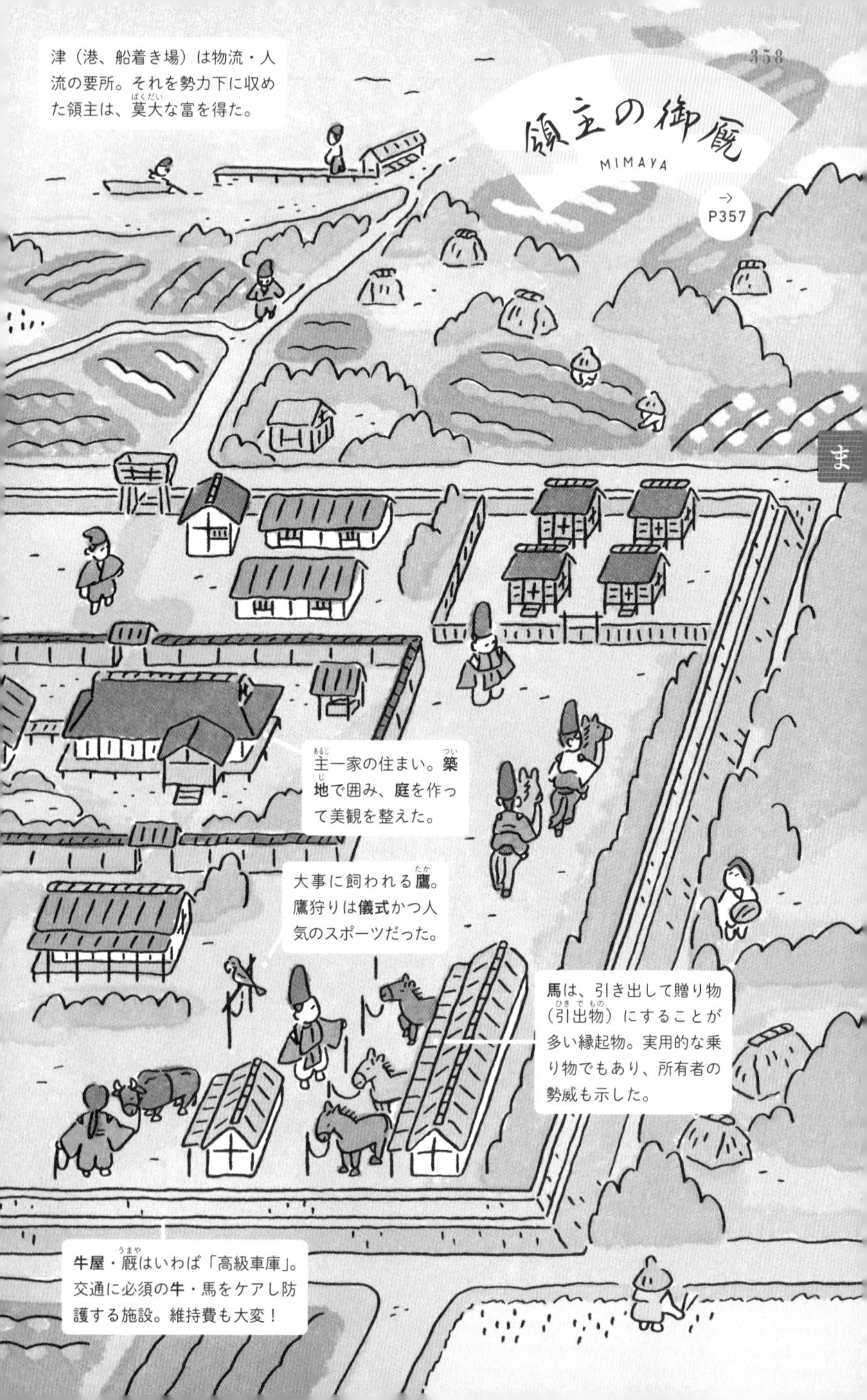
領主の御厩
MIMAYA
→ P357
津（港、船着き場）は物流・人流の要所。それを勢力下に収めた領主は、莫大《ばくだい》な富を得た。

主《あるじ》一家の住まい。築地《ついじ》で囲み、庭を作って美観を整えた。

大事に飼われる鷹《たか》。鷹狩りは儀式かつ人気のスポーツだった。

馬は、引き出して贈り物（引出物《ひきでもの》）にすることが多い縁起物。実用的な乗り物でもあり、所有者の勢威も示した。

牛屋・厩《うまや》はいわば「高級車庫」。交通に必須の牛・馬をケアし防護する施設。維持費も大変！

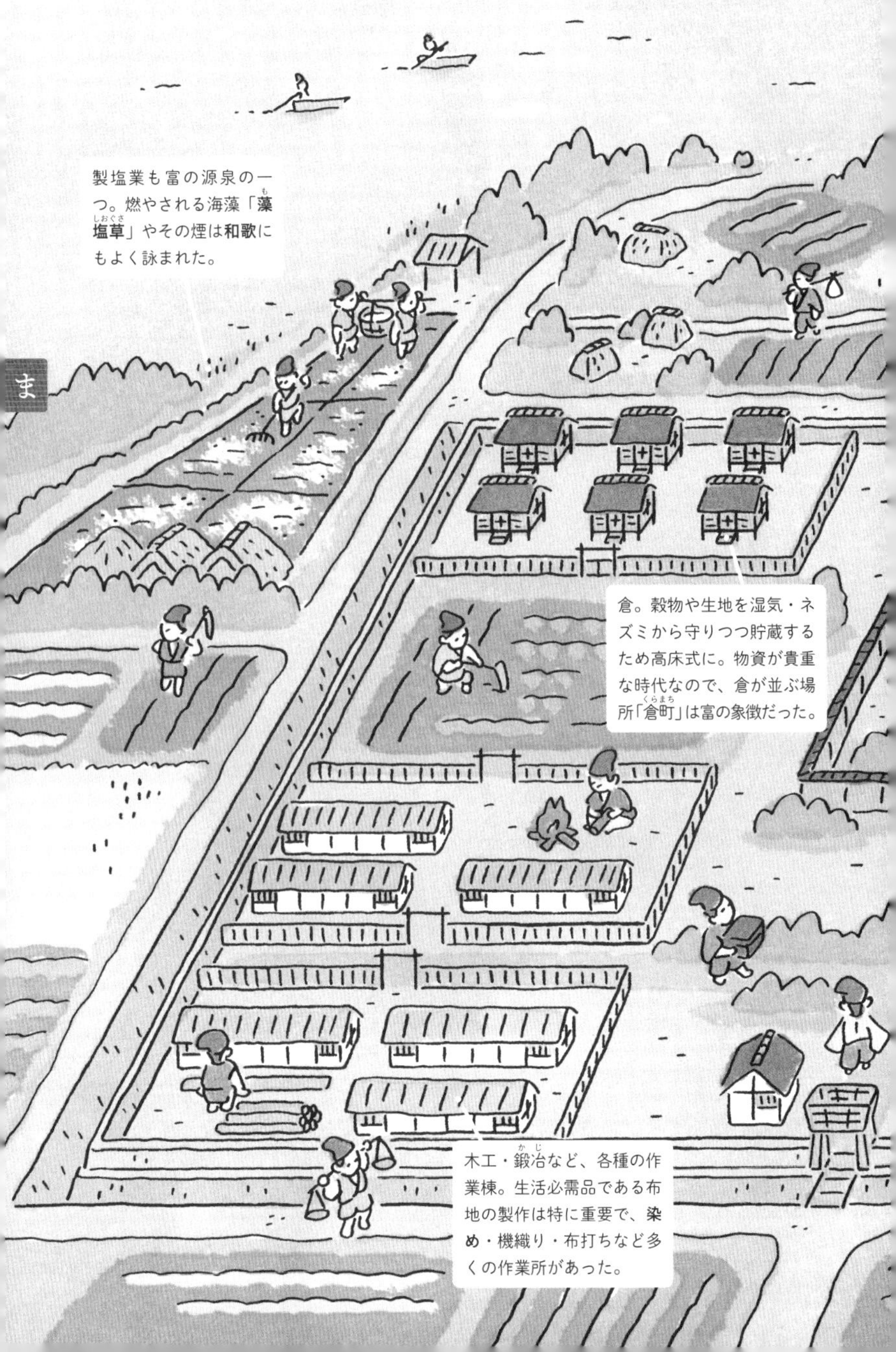
製塩業も富の源泉の一つ。燃やされる海藻「藻《も》塩草《しおぐさ》」やその煙は和歌にもよく詠まれた。
倉。穀物や生地を湿気・ネズミから守りつつ貯蔵するため高床式に。物資が貴重な時代なので、倉が並ぶ場所「倉町《くらまち》」は富の象徴だった。
木工・鍛冶《かじ》など、各種の作業棟。生活必需品である布地の製作は特に重要で、染め・機織り・布打ちなど多くの作業所があった。

（本意《ほい》）であり、誇りをもって目指すべき夢でした。もう一つは、女官や**女房**として仕えることです。女官とはいわば女性公務員で、例えば**内侍**《ないし》として天皇の秘書を務めたり**儀式**に携わったりしました。女房はよりプライベートな働き方で、貴人の周りで雑用から話し相手まで、さまざまな用事をしました。「宮仕え」している女御・更衣に、女房として「宮仕え」する貴族女性たちもいました。女官・女房としての宮仕えは、人前に姿をさらしたり男性と接したりすることが多かったため、華やかですが蔑視もされる立場でした。

宮腹 みやばら

姫宮（**内親王**《ないしんのう》）を母とする人のことです。貴種として尊敬されました。

CHECK IT OUT. 宮仕え女性への蔑視

『**源氏物語**』には「宮仕へと言ひて、我も人も同じ君に馴《な》れ仕《つこ》うまつる程《ほど》に…物の紛れ、多かりぬべきわざなり」という文章があります。「宮仕えは、男性ともども天皇にお仕えしているうちに、男女関係が乱れやすい」という意味です。宮仕え女性に対する微妙な感情が窺《うかが》えます。そのような空気に反発してか、『**枕草子**』には「女性も宮仕えして見聞を広めるべき！」と主張する段（「生《お》ひさきなく、まめやかに」）も。しかし「宮仕え女性は、奥方さまと呼んで大事に**妻**に据えるには、品がなく感じるだろう、それは当然だが」と但《ただ》し書きもしています。**清少納言**《せいしょうなごん》でさえ、宮仕えを無条件には推奨できなかったのです。

みやび

「宮ぶ」が名詞になった語で、「宮廷風」という意味。平安貴族の理想です。ＴＰＯやしきたりをわきまえた上で、目新しさや豪華さ、センスのよさが出るよう、細部まで気づかって実現すべき「おしゃれ」でした。宮中の人々がシェアしている知識・流行をベースにした美意識であり、**内裏**《だいり》との縁が薄れた人や**京**にいない者は雅《みやび》でない、つまり野暮《やぼ》と見なされがちでした。

行幸・御幸 みゆき

「**行幸**《ぎょうこう》」とも。**天皇**・上皇《じょうこう》の外出のことです。

明経道 みょうぎょうどう

大学寮の学科の一つです。**儒教**《じゅきょう》の**学問**で、しだいに清原《きよはら》家・中原《なかはら》家が**博士**《はかせ》を世襲するようになりました。

命婦《みょうぶ》

女官の名称です。平安中期には、**四位**《しい》・**五位**《ごい》の中級女官で、**内侍**《ないし》（**掌侍**《ないしのじょう》）の下位に当たりました。雑用係的な存在で、貴婦人にしてはフットワークの軽い地位・職務です。そのため文学作品では、使者や高貴な男女の仲介人として活躍しています。

天皇の乳母や乳母子が名誉職的に命婦を名乗る例も！

枕草子

うへにさぶらふ御猫は

うへにさぶらふ御猫は、かうぶりにて命婦の**おと**どとて…。

一条天皇《いちじょう》の愛猫は、「かうぶり」（**こうぶり＝五位**《ごい》）の位と命婦の官職を与えられた。帝《みかど》に親しくお仕えする者が無位無官という「卑《いや》しい」身などあり得ない、というのが平安人の感性である。ちなみに女官なのでメス。

名簿《みょうぶ》

「**なづき**」とも読みます。官職や姓名を記した名札です。貴人に仕えたい者が提出した、いわば履歴書です。▼『栄花物語』御**召人**《おんめしうど》の**典侍**《ないしのすけ》の**おぼえ**、年月《としつき》にそへてただ**権**《ごん》の**北**《きた》**の方**《かた》にて、**世の中**の人、名簿し、さて**司召**《つかさめし》の折はただこの**局**《つぼね》に集まる（摂政《せっしょう》・**藤原兼家**《かねいえ》さまのご愛人・典侍は、年を重ねいっそう愛されて正妻も同然なので、世間の人はこぞって名簿を送り、官吏任命《かんり》の時期にはそのお部屋に詰めかける）。

明法道《みょうぼうどう》

大学寮の学科の一つ。**律令**《りつりょう》（法律）を学びました。

見る《みる》

現代と同じ「目で認識する」意味のほか、「男女の関係を持つ」という意もあります。そのため「見す（見せる）」は「**結婚**させる」という意味も含みます。貴婦人は屋敷の奥深くに隠され、守られている存在だったため、「見る」男性は夫だけだったからです。父・夫・息子にかしずかれたり（「**傅**《かしず》

く」)、自身で振る舞いに気をつけたりして、見られぬ状態をキープできる女性は尊敬されました。反面、姿をさらす女性は軽んじられました。▼『**うつほ物語**』祖父《おおじ》大臣《おとど》ゆかしがり聞《きこ》え給へど、さらに見せ奉《たてまつ》り給はず(いぬ宮はたいそう愛育され、祖父の**大臣**が会いたがりなさるのにさえ、まったくお見せしない)。

弥勒 みろく

弥勒菩薩《ぼさつ》ともいいます。釈迦《しゃか》の死後、56億7千万年経ってから人間界に現れ、救済してくださる菩薩(=未来に仏になる者)とされます。長い時間の例えにも引き合いに出されます。

民部省 みんぶしょう

「たみのつかさ」と呼ぶこともあります。中央行政官庁で、**八省**《はっしょう》の一つです。戸籍、租税、賦役《ふえき》(労働で支払う税)など全国の民政・財政を担当しました。

昔の人 むかしのひと

故人のことです。昔親しくした人も指します。

葎 むぐら

ツル性の植物のことです。クワ科のカナムグラのこととされています。ムグラが茂りに茂った様子を「**八重葎**《やえむぐら》」ともいい、**和歌**にも詠まれます。貴族の自然豊かな**庭**は、男性当主が死去または失墜すると家来らが寄りつかなくなるため、たちまち草が繁茂《はんも》しました。その荒廃を表す文章には、葎、**蓬**《よもぎ》、**浅茅**《あさじ》が頻出します。

婿 むこ

娘の夫です。平安中期の貴族の家では、男子は他家の女性のもとへ通い(しばしば住みつき)、女子は親許《おやもと》で**結婚**する、つまり婿取りするのが一般的でした(**通い婚**)。評判の青年に通ってもらうことは、名誉でもあり、その子をもうけて自家を繁栄させるという出世の戦略でもありました。▼『**枕草子**』婿になりて、ただ一月《ひとつき》ばかりもはかばかしう来《こ》でやみにしかば…(婿になって1カ月もろくに通わず、そのまま別れてしまったので…)。

CHECK IT OUT.

男性が結婚に求めたもの

『**うつほ物語**』に、「父母《ちちはは》はありや、家所《いえところ》はありや、洗《あら》はひ、綻《ほころ》びはしつべしや、供の人にものはくれ、**馬**、**牛**は飼ひてむや」という台詞《せりふ》が出てきます。「最近の男性は**妻**選びの際、『妻の両親は健在か、屋敷と土地を所有しているか、私の従者の給料を払っきるか、洗濯・裁縫はでてくれるか、馬・牛を所有しているか』を重視する」と嘆かれる場面です。貴族男性の出世には、規定を満たす高価な**装束**や主君への金品献上（**年官年爵**《ねんかんねんしゃく》など）が必須でした。そのため、貢《みつ》いでくれる妻を求めたのです。

ま

虫
むし

昆虫だけでなく、**鳥**や魚（**うお**）以外の小さな生物はみな「虫」にカテゴライズされていました。**クモ**やカタツムリ、ヘビも含むことがあり、儚《はかな》いものやつまらない生き物の代名詞でもありました。また「蝗虫《こうちゅう》（イナゴなど害虫）」の大量発生は収穫への大ダメージであり、天からの警告と受け止められました。そのため前例を調べたり陰陽寮《おんようりょう》に占わせたりして原因を調べ、神社や寺で祭祀《さいし》をして鎮めようとしました。

枲の垂れ衣
むしのたれぎぬ

「枲（カラムシ）」は繊維を採る植物の名で、「むし」「むしたれ」ともいいました。貴族女性が外出する際、**市女笠**《いちめがさ》の縁につけて垂らした薄い**布**のことです。顔を隠すためのものでした。

無常
むじょう

仏教の思想です。**世の中**の物事は全て「常《つね》なることが無《な》い」とする考えです。平安時代には、人の命や家の繁栄が儚《はかな》いことを主に指します。**天変地異**や疫病《えきびょう》に対して人が無力だった時代でもあり、諦めや絶望を込めて「常ならぬ**世**《よ》」と嘆くのが定番でした。

筵
むしろ

イグサや**竹**、藁《わら》などを編んだ敷物

のことです。「筵《むしろ》張りの車」は、屋形部分を筵でつくった牛車《ぎっしゃ》のことで下位の者の乗用です。

想定外の時には貴人も使う
縁《へり》をつけると高級度アップ!

結び文　むすびぶみ

文《ふみ》（手紙）のスタイルで、薄様《うすよう》など薄い紙に書き、細く巻いて結んだもの。結び目に封として、墨で線を引くこともありました。正式・事務的な立文《たてぶみ》に対し、結び文は私的でおしゃれな印象があり、恋の手紙の定番です。紙と同じ色の草花につけたり、贈り物にさりげなく結びつけたりなど、工夫を凝らして送るものでした。なお一《いち》条《じょう》朝期には「結び文」というよりも、「結びたる文」「引き結びて」などという表現が一般的です。

つける草花にも雅《みやび》を追求!

―枕草子―

常に文おこする人の白き色紙《しきし》の結びたる、上《うえ》に引きわたしける墨のふと凍《こお》りにければ、末薄《すえうす》になりたるを開《あ》けたれば…。

白い紙の結び文を見たところ、上に引いてある封の線の墨汁が凍り、端が薄くなっている…という、季節感の感じられる文章。紙が白いのは「氷の重ね」か。

睦月　むつき

1月のことです。初春に当たります。陰暦は現代の暦《こよみ》よりひと月ほど遅く、梅が咲き始め、日差しに明るさが見えてくる頃でした。正月なので神事・儀式も多く、賑《にぎ》やかな月でした。

襁褓　むつき

新生児の衣類のことです。産養《うぶやしない》（誕生後の祝宴）の際、主催者から産婦側によく贈られる品でした。

むなしくなる

亡くなる（死ぬ）ことです。

無品親王　むほんしんのう

品位《ほんい》（親王に与えられる位階《いかい》）を授与されていない親王のことです。母の身分が低い、母方の祖父・おじの勢力が弱いなどの場合、無品親王になりがちでした。その子、孫の代にはさらに落ちぶれて、多くは臣下に降《くだ》りました（**臣籍降下《しんせきこうか》**）。

源氏物語 桐壺

今までこの君を親王《みこ》にもなさせ給はざりけるを……無品親王の、外戚《げさく》の寄せなきにては漂《ただよ》はさじ。……**源氏**になし奉《たてまつ》るべく、思《おぼ》し掟《おき》てたり。

桐壺帝《きりつぼ》が、愛し子・**光源氏**の将来を案じて、あえて親王にせず、源氏にする（臣籍降下させる）と決定した場面。外戚《がいせき》（母方親族）のバックアップも頼りない、品位もない親王になって困窮するより実力しだいで出世できる源氏に、という決断である。

馬 むま

ウマのことです。

梅 むめ

ウメのことです。高貴な**花**とされ愛されました。

古代中国語の馬《メア》・梅《ムエ》が日本語化したといわれます。うま／むま、うめ／むめ、両方の表記がありました。

紫 むらさき

「紫草《むらさき》」という植物の名です。その根「紫根《しこん》」は染料や薬草として古来珍重されました。紫根で染めた**色**も指します。紫根が貴重だったため、高価で高貴な色でした。

紫式部 むらさきしきぶ

一条《いちじょう》天皇の后《きさき》・**彰子《しょうし》**に仕えた**女房**です。**藤原氏**であり身内が**式部省《しきぶしょう》**勤務だったため「藤式部《とうしきぶ》」と名乗りました。のちに「紫式部」という呼び名が定着し、後世には「紫《し》女《じょ》」とも呼ばれます。漢学者の父・為時《ためとき》から学んだ学識をいかして彰子サロンの一角を担い、『**源氏物語**』や『**紫式部日記**』を執筆しました。娘の賢子《けんし》（大弐三位《だいにのさんみ》）も、歌人かつ**天皇**の**乳母《めのと》**として名を残しました。

紫式部日記 むらさきしきぶにっき

紫式部が書いた日記です。主君・**彰子《しょうし》中宮**の皇子（敦成《あつひら》**親王**＝のちの後一条《ごいちじょう》**天皇**）出産とその前後の記事が中心です。彰子かその父・**藤原道長《みちなが》**の意向で書いた、主家の栄光の記録であり、広報でもあったと思われます。内容は寛弘《かんこう》5（1008）年～寛弘7（1010）

年の出来事で、当時の貴人の出産事情、**儀式**や**装束**などが知れる第一級の史料です。ライバル・**清少納言**《せいしょうなごん》や同僚・**和泉式部**《いずみしきぶ》についても触れられています。

村雨 むらさめ

さっと降り過ぎる**雨**、にわか雨のことです。

無量寿院 むりょうじゅいん

平安中期のトップ貴族である**藤原道長**《みちなが》が建てた寺の名です。のちに拡張して**法成寺**《ほうじょうじ》となりました。

妻 め

妻《つま》のことです。敬語で「御妻《みめ》」ということもあります。

布 め

海藻類の総称です。水中に生える植物（**藻**《も》）の中でも食用のものをいいます。

CHECK IT OUT.

貴族の贅沢と庶民

平安は、富が貴族・富豪に偏在していた時代です。そのせいか「民衆は搾取されて苦しみ、貴族を憎んでいた」というイメージがあるようですが、**絵巻**や説話からは、なりにオシャレでエンタメも楽しんでいた庶民ライフが窺《うかが》えます。また貴族が豪勢にパレードする**葵祭**《あおいまつり》や、華やかな**遊び**（音楽や**舞**）を披露する法事には、庶民も喜んで見物に詰めかけ、御利益にあずかろうとしています。庶民にとって**天皇**・貴族は、「**前世**の善行でその地位に生まれた方」であり、「大陸渡来の専門知識で神仏を鎮められる特技保持者」として、憧れ・尊敬の対象であったようです。

鳴弦 めいげん

「**弦打ち**《つるうち》」ともいいます。魔除《まよ》けの一つです。矢をつがえずに**弓**を持ち、弦を引き鳴らして音を立てました。病中や出産（子の**誕生**）前後、夜間、人《ひと》けが少ないときなど、魔が忍び寄りやすいとされた不吉な折に行われました。

目刺 めざし

幼児の髪型です。削《そ》っていた**髪**を伸ばし始め、目を刺す程度の長さになったことを意味します。その年ごろの子どもを指すこともあります。

目ざまし めざまし

「目が覚めるような感じ」という

意味です。ポジティブにもネガティブにも使います。「見てハッとするほどすばらしい／立派だ」とも「目について不愉快／目障《めざわ》り」とも訳せます。

—源氏物語— 藤裏葉

（明石君《あかしのきみ》が）ものなどうち言ひたる**気配**《けわい》など「むべこそは」と（紫上《むらさきのうえ》は）めざましう見給《みたま》ふ。

光源氏の**妻**どうしが初めて対面したシーン。紫上が正妻格で、明石君は身分が低い。だが明石君の言動には気品と魅力があり、紫上は「（光源氏に愛されるのも）当然だ」と納得する。そのときの紫上の心境が「めざまし」。感心と不快の両方がこもっている。

ま

召人 めしうど

「お呼びにあずかった人」という意味です。舞楽《ぶがく》や**和歌**など一芸にすぐれた者が、貴人にお呼びいただいて仕事を任された際、こう呼ばれます。ご主君の「公認の愛人」になった**女房**（侍女《じじょ》）も指します。▼『源氏物語』召人とか憎げなる名のりする人どもなむ数あまた聞こゆる（〈玉鬘《たまかずら》に思いを寄せる蛍宮《ほたるみや》は〉召人だとか、けしからん名乗りをする人を大勢お持ちだそうだ）。

珍し、愛づらし めずらし

もともとの意味は「愛されるような」で、「すばらしい／目新しい」というニュアンスです。そこから「めったにない」という意味でも使われました。「めづらしきさま／こと」で、妊娠や出産（子の**誕生**）を指すこともあります。

愛でたし めでたし

「見事だ／すばらしい」という意味の形容詞です。「愛《め》づ（愛する／ほめる）」から派生した言葉で、心が動いて魅了されている際に使われる言葉です。▼『枕草子』のたまはする御**気色**《みけしき》も、いとめでたし（**中宮・定子**《ていし》さまは、そう仰るご様子も、たいそう魅力的ですばらしい）。

馬道 めどう

馬を引き入れるための土間の通路のことで、必要に応じて厚板を渡したり外したりします。建物の中を貫通している長廊下のこともいいます。

乳母 めのと

貴人の子に授乳して養育する女性のことです。通常は、一人の乳児に対し複数の乳母が選定されます。ただの授乳係ではなく**後見**《うしろみ》・親代わりでもあり、自身の子である「乳母子《めのとご》」ともども、養《やしな》い君《ぎみ》と深い絆《きずな》で結ばれていました。養い君が落ちぶれた際には扶養したり、逆にお引き立てにあずかって大出世できたりしました。特に**天皇**の乳母は、**典侍**《ないしのすけ》や**三位**《さんみ》など高いポジション（**官位**《かんい》）を頂けました。

▼『**枕草子**』ただの**女房**にて**さぶらふ**人の、御《おん》乳母になりたる、**唐**《から》**衣**《ぎぬ》も着ず、**裳**《も》をだにもよう言はば着ぬさまにて…（ただの女房でも御乳母になると、唐衣も着ず裳さえ着けない状態が許され…）。

女童 めのわらわ

女児、女の子のことです。平安文学では多くの場合、雑用を務める少女の召使《めしつかい》を指します。成人女性は身を隠すのがたしなみだったので、おおっぴらに行動できる女童は重宝されました。童女ならではの美貌や言動も愛《め》でられました。人目につく立場だったことから、主君が念入りにオシャレさせることが多く、特に行事や**儀式**の際はその衣装が注目の的となりました。**五節**《ごせち》という宮中の一大イベントでは、主役の**舞姫**《まいひめ》だけでなく、お伴《とも》の女童たちまで**天皇**が見て確認なさったほどです。

ちご（幼児）以上から、実質大人だけど成人式がまだの子まで、年齢には幅あり！

源氏物語 乙女

「御方々《おんかたがた》の童《わらわ》・下仕《しもづか》へのすぐれたるを」と御覧《ごらん》じくらべ、選《え》り出《い》で…もてなし・用意《ようい》によりてぞ選びに入《い》りける。

五節舞姫《ごせちのまいひめ》を出す担当となった**光源氏**が、お伴の女童・下女《しもおんな》たちを自ら選びだす場面。御方々（**妻たち**）が雇用している女童の中から、容姿の優れた者が選抜され、立ち居ふるまいや心配りまで審査して最終決定している。

裳 も

貴族女性の衣装のパーツです。腰に結びつけ、背後に長く引くもので、正装には必須の品でした。女性の成人式は、裳を初めて着ける**儀式**であったため、「**裳着**《もぎ》」「**着**《ちゃく》**裳**《も》」と呼ばれました。使用人である**女房**には必需品で、目立つパーツだったため、刺繍《ししゅう》や箔《はく》づけで豪華さを競いました。▼『**枕草子**』裳は、大海《おおうみ》（裳は、海辺を表す海《かい》賦紋《ふもん》を描いたものがよい）。

藻 も

海藻類（**布**《め》）、または水中に生える植物の総称です。食用にするものもありました。製塩のため焼かれる海藻「**藻塩草**《もしおぐさ》」はしばしば**和歌**に詠まれ、また多く重ねた豪華な衣装は「玉藻（**玉**《たま》のように美しい藻）」によく例えられました。

疱瘡 もがさ

「とうそう」「裳瘡《もがさ》」とも。天然痘《てんねんとう》という感染症のことです。致死率が高く、治っても失明したりあばたが残ったりしたため、非常に恐れられました。日本には古代に渡来し、20～30年おきに流行して被害を出しました。特に一条《いちじょう》朝期の995年には、前年から疫病《えきびょう》（おそらく天然痘）が流行し、庶民はむろん、**公卿**《くぎょう》（閣僚）も6人が死去する大惨事となったため、年号が正暦《しょうりゃく》から長徳《ちょうとく》へ改元されたほどです。この年に**藤原道隆**《みちたか》、**道兼**《みちかね》の兄弟が相次いで亡くなったことにより、彼らの弟で出世の見込みのなかった**道長**《みちなが》が、棚ぼた式に栄華をつかみました。

栄花物語　花山たづぬる中納言

今年は世の中に疱瘡といふもの出《い》で来《き》て、よもやまの人、上下《かみしも》病みののしるに…前摂政殿《さきのせっしょうどの》の前少《さきのしょう》将《しょう》・後少将《のちのしょうしょう》、同じ日うち続き失《う》せ給ひて、母北《ははきた》の方《かた》あはれにいみじう思《おぼ》し嘆く…。

「君がため　惜しからざりし命さへ　長くもがなと　思ひけるかな」という名歌で有名な藤原義孝《よしたか》（後少将）は天然痘により21歳で死去した。兄の挙賢《たかかた》（前少将）も同日に同病で死去し、母を嘆かせた。なお、義孝の息子が日本史上屈指の名書家・**藤原行成**《ゆきなり》である。3歳で父に先立たれ、圧倒的に不利な人生スタートとなった。

ま

裳唐衣

もからぎぬ

貴族女性の正装です。**裳**《も》と**唐衣**《からぎぬ》を着用して格式を高めた服装で、**女房**が主君の前に出るときの身なりだったため女房**装束**とも呼ばれました。主君である立場の貴婦人も、**儀式**のときにはこの格好をします。後世、**十二単**《じゅうにひとえ》と呼ばれるようになった衣装です。▼『源氏物語』裳・唐衣も脱ぎすべしたりけるを、とかく引きかけなどするに…（〈女房が〉気を抜いて裳も唐衣も脱ぎ滑り落としてあったのを、主君がいらしたので慌てて、とにかく引きかけなどしている際に…）。

立つことも稀《まれ》なレディには重い…

CHECK IT OUT.

裳唐衣装束の着用プロセス

裳唐衣装束は、平安中期のフォーマルウェア。貴族女性の普段着である「**袿姿**《うちぎすがた》」に、唐衣という羽織り物と、裳（長い裾《すそ》）を追加した身なりです。女房（侍女《じじょ》）は勤務時この格好をします。女主人も、格の高い儀式に出るときはこの服装で、**髪**を上げ**釵子**《さいし》を挿《さ》します。つまり、裳唐衣装束＋**髪上げ**が、最上級の礼装です。裳と唐衣は通常セットで着用しますが、「裳ばかり引きかけ給ふ（裳だけを、しっかり結びつけはしないが、掛けるように形だけお着けになる）こともあります。それは、一流の貴婦人が訳あって謙遜《けんそん》を示す際です。

貴婦人の訳あり姿とは「正装すべき立場だが、身分柄おいたわし過ぎるので裳だけで良し」状態。高貴な姫が女房（侍女）に落ちぶれた場合や、后《きさき》となったわが子に対面する母などです。

小袖《こそで》というトップスと、ボトムスの**袴**《はかま》を着用する。**下袴**《したばかま》も穿《は》いたかも？

単衣《ひとえ》を着る。

袿を、気温に合った枚数ぶん着重ねる。のちに五衣《いつつぎぬ》（5枚）がルールに。

裳と唐衣を着ける。特別なときは髪上げを加え、訳ありなら唐衣省略。

殯宮《もがりのみや》

死後、**葬儀**まで遺体を安置しておく建物のことです。「**ひんきゅう**」と音読みすることもあります。

裳着《もぎ》

女子の成人**儀式**です。**裳**を腰に結いつけるという正装を初めて着用する儀礼で、**着裳**《ちゃくも》ともいいます。裳を腰に結ぶ「腰結《こしゆい》」の役は、身内の実力者や社会的地位のある知人に依頼するのが通例でした。多くの場合12～14歳頃、**結婚**の見込みがつくと行われました。

帽額《もこう》

御簾《みす》**・御帳台**《みちょうだい》の上部や上**長押**《かみなげし》など、建物・家具の上のほうに、長い布地を横方向へ引き渡し、装飾としたものです。屋敷やもてなしの豪華さを示す際によく描写されます。▼『**うつほ物語**』御簾の帽額には大紋《だいもん》の**錦**《にしき》…御浜床《おんはまゆか》に**蒔絵**《まきえ》して、**椅子**《いし》にも**紫檀**《したん》…（〈**天皇**の**行幸**《みゆき》に際して〉**簾**《すだれ》の帽額には大きな**紋様**《もんよう》の錦を使い、浜床は蒔絵入り、椅子は紫檀製…）。

藻塩草《もしおぐさ》

製塩のために利用する海藻（**藻**《も》）です。かき集めて焼いて塩を採ることから、「書く」「書き集《つ》む」と掛詞《かけことば》にしたり、書き溜《た》めたものを指したりします。

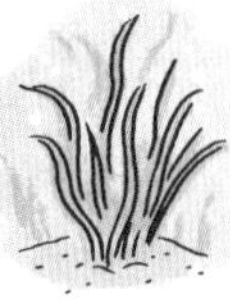

望月《もちづき》

満月のことです。平安時代は陰暦（**月**の満ち欠けでひと月を測る**暦**《こよみ》）なので、望月とは十五夜の月です。明かり代わりになるほど明るく、欠けた点もなく、おめでたいイメージの月でした。一方で、これから欠けていく虚《むな》しさや、常なるもの（永遠に在るもの）など無いという儚《はかな》さと、表裏一体のものでもありました。

髻《もとどり》

「たぶさ」ともいいます。男性の**髪**型の、頭上で束ねて**元結**《もとゆい》で結んだ部分のことです。**冠**をかぶる際は巾子《こじ》（後部の突出した部分）にこの髻を入れ、横から**簪**《かんざし》を挿《さ》して固定しました。髻を人前にさらすことは恥とされました。▼『落窪物語』冠《こうぶり》をはくと打ち落としつ。髻は塵《ちり》ばかりにて額《ひたい》ははげ入《い》りて…人に揺《ゆ》すりて笑はる（冠をはっしと打ち落とした。髻は実にとぼしく額は禿《は》げあがっていて…人々に爆笑された）。

求子　もとめご

東遊《あずまあそび》という、東国の民謡にルーツをもつ**歌**の曲名です。求子歌《もとめごうた》ともいい、**舞**もありました。

元結　もとゆい

髪を結ぶ細い**緒**《お》です。**組**《くみ》（組紐）や麻糸、糊《のり》で固めた**紙**製のコヨリなどを用いました。男性の場合、**元服**《げんぷく》（成人式）で髪を結うことを「初元結《はつもとゆい》」といい、「元結を切る」で**出家**を意味するなど、社会的生命を象徴するものでした。

物合　ものあわせ

左右のグループ（**左方**《ひだりかた》・**右方**《みぎがた》）に分かれ、決めておいた物を提出し合って、優劣を競うゲームです。**歌**の出来ばえを比べる「**歌合**《うたあわせ》」が有名です。判者《はんざ》（審判）が勝ち・負け・持《じ》（引き分け）を判定しました。判断に迷う場合は、観覧している**貴人**が裁定することもありました。

物言ふ　ものいう

男女の関係になるという意味です。ぼかして「物など言ふ」ということや、敬語化して「物の**たまふ**」ということもあります。▼『**源氏物語**』物のたまはせけるを、知る人も侍《はべ》らざりけるに、女御子をなむ、産みて侍りけるを（手をおつけになったのを、知る人もございませんでしたのに、何とまあ女の御子〈浮舟《うきふね》〉を産みまして）。

物忌み　ものいみ

神事などの前に一定期間、飲食や行為に気をつけて心身を清めることです。また、家に籠《こも》って身を清めて過ごすことも指しました。家籠りは、**暦**《こよみ》の上で凶の日や、悪夢を見たり**穢れ**《けが》に触れたりした際に、災いを避けるために行いました。「物忌」と**柳**の木材や**紙**の札に書き、**簾**《すだれ》や男子の被《かぶ》り物などにつけました。▼『**落窪物語**』「けふあす、御物忌《おんものいみ》に侍《はべ》り」と答《いら》ふれば「あな、ことごとし。なでう、我が家などなき所にてか、もの忌み侍る」（「今日明日、御物忌みです」と答えたので「まあ〈落窪《おちくぼ》の君は〉大げさな。自分の家もない立場で、なぜ物忌みするの？」）。

CHECK IT OUT.

ふしぎな習慣「物忌み」

平安貴族は、物忌みを頻繁に行いました。その実態を見てみましょう。

Q 具体的には何をした？

A 肉食や性交渉を断つ、水で手や顔、体を洗う、清浄な場所に引き籠る、などです。

Q 物忌みの影響は？

A 引き籠った場所から出られないので、実質休業日に。**手紙**のやりとりも基本できません。

Q 物忌みを破るとどうなる？

A 『今昔《こんじゃく》物語集』に「安義橋《あぎのはし》の**鬼**」という話があり、物忌みなのに客を家に入れた男は、鬼に食い殺されます。したがって「破ると恐ろしいことが起こる」という気持ちはあったようです。一方で、物忌みと称してズル休み（特に秘密の恋）をする例も多く見られます。物忌みをデッチあげること自体は**罪**ではなかったようです。

Q 物忌みができない場合は？

A チートな回避策もありました。神社へ**幣**《ぬさ》を捧げて代わりとする、**門**を開閉してはいけないので門の下から手紙をやりとりする、などです。また当然ながら、物忌み（という休養）ができるのは裕福な人だけです。身の回りの世話を代行してもらえない庶民層、特に「**穢**《けが》**れ**」の除去（捨てられている死体の片づけなど）をさせられた人々は、当時の価値観でも今日の目から見ても、危険にさらされていたといえるでしょう。

物語　ものがたり

平安時代は、「物語」という文学ジャンルが生まれた時代です。もともとの意味は「物を語る」ことであり、世間話やおしゃべりも指しました。しかし情報の伝達手段が少ない時代だったため、このような「語り」は、先例や世論を知る手段としてとても重視されていました。「物語」はそのような中生まれた文学であり、「そらごと（フィクション）」と軽視されつつも、人気があり女児の勉強にもなると考えられていました。男女間で「物語す」という場合は、性的な関係を指すこともあります。

物語絵　ものがたりえ

文学作品「**物語**」の挿絵《さしえ》です。**文房具**や絵具が高価だった時代なので、「物語」は非常に贅沢《ぜいたく》なアートで、しばしば挿絵つきでした。姫君は**絵**が描かれた冊子（**そうし**）を眺め、声のよい**女房**（侍女《じじょ》）が別冊の本文を読みあげ、他の女房たちが周りに集まって聞く、これが物語の一般的な楽しみ方でした。

ものあは《わ》れ

人生や世界に対する、人間らしい情愛のことです。平安人は、自然の美や人の**情け**に敏感な、豊かな感受性を大事にしていました。そのため、「物事に対して『ああ』と心を震わせる繊細さ」を持っていることは、貴人や女性の美徳でした。▼『**うつほ物語**』なほ、こたみばかりは御返《おんかえ》り賜《たま》へ。もののあはれ知らぬやうなり（〈**あて宮**に対して〉やはり、今回だけは恋文にお返事を下さいませ。もののあはれを理解できない人のように見えますよ）。

枕草子

もののあはれ知らせ顔なるもの

もののあはれ知らせ顔なるもの。はな垂り、間もなうかみつつ物いふ声。眉抜《まゆぬ》く。

「知らせ顔」とは「まるで知らせるかのような顔」である。もののあはれそのものではなく、「それを知ったかぶった感じのヤツ」に着目している。**清少納**言《せいしょうなごん》というトガッた**女房**の、らしいところといえよう。洟《はな》かみつつ話す声のもったいぶった感じや、眉を抜いた瞬間のしかめ面を例に挙げている。

物の怪《もののけ》

恨《うら》みを持つ人間の死霊・生霊のことです。人に取り憑《つ》き、**病**・死・不幸を起こすと信じられていました。一条《いちじょう》朝期の物の怪は、絶対的に強い怪物ではなく、病気や出産などの弱《よわ》り目《め》や人《ひと》けの少なさに乗じて出現します。祟《たた》られた側も無力ではなく、僧や**陰陽師**《おんようじ》を多く招いて**加持祈祷**《かじきとう》の量・質を上げることにより、物の怪を圧倒しようとしました。また物の怪にも強弱があり、弱いものは制圧できたけれど、強い（執念深い）ものには勝てないケースもありました。▼『**紫式部日記**』**阿闍梨**《あじゃり》の験《げん》の薄《うす》きにあらず、御物怪《おんもののけ》の**いみじ**う強《こわ》きなりけり（〈**彰子**《しょうし》さまの出産場面で〉僧の法力《ほうりき》が弱いのではなく、物の怪が非常に頑強なのであった）。

武士《もののふ》

武芸の心得がある者、武士・兵士

（**兵**《つわもの》）のことです。平安中期には、上流貴族の**侍**《さぶらい》（従者・護衛）を務める中・下流の貴族でした。貴婦人たちには、無粋《ぶすい》で恐ろしい存在だったようです。▼**『源氏物語』いみじき**武士、仇敵なりとも、見てはうち笑まれぬべきさま（恐ろしい武士や仇敵でも、〈幼い光源氏を〉見ると自然と微笑んでしまうような様子）。

もの巻きたる車

ものまきたるくるま

霊柩車《れいきゅうしゃ》です。**葬儀**の際に棺《ひつぎ》を載せる**牛車**《ぎっしゃ》は、車輪に絹を巻きました。▼**『栄花物語』**御車に物まきなどして…やがて児君も同じ物に入れ奉りて、かきそへて御懐に抱きたる様にて臥し奉る（〈藤原長家《ながいえ》の妻は死産後に死去したので〉霊柩車の車輪に布地を巻くなどして…御子の亡骸《なきがら》も同じ棺に入れ、胸に抱くような形で横たえ申しあげる）。

物見

ものみ

物を**見る**、つまり見物することです。行事や音楽の演奏、**舞**などを眺めるのは、平安人の大きな楽しみでした。**天皇**や**斎王**《さいおう》などの行列も、**輿**《こし》やお伴《とも》の身なりが美麗だったため、物見の対象となりました。行列が通る道沿いには**桟敷**《さじき》が設けられ、**牛車**《ぎっしゃ》が集まり、徒歩（**かち**）の庶民たちもひしめきあって、大変な騒ぎとなりました。場所取りのため地面に杭《くい》を打っておいたり、場所をめぐり牛車どうしがケンカ（**車争い**）したりということもありました。▼**『更級日記』**田舎《いなか》より物見に上《のぼ》る者ども、水の流るるやうにぞ見ゆるや（**大嘗会**《だいじょうえ》の**御禊**《ごけい》を見るために田舎から物見に

大鏡 兼家

帥宮《そちのみや》の、祭のかへさ、**和泉式部**《いずみしきぶ》の君《きみ》とあひ乗らせたまて御覧《ごらん》ぜしさまも、いと興《きょう》ありきやな。御車《みくるま》の口《くち》の**簾**《すだれ》を中より切らせたまひて、わが御方《おんかた》をば高う上げさせたまひ、式部が乗りたる方をば下ろして、衣《きぬ》ながう出《い》ださせて…物見よりは、それをこそ人見るめりしか。

敦道**親王**《あつみちしんのう》（帥宮）と和泉式部のスキャンダルである。女性が乗っているので簾を下ろすべきなのに、切って半分だけ垂らした。式部との同乗をあえて見せつける態度である。物見に集まった人々は、**葵祭**《あおいまつり》の行列よりもこの牛車を眺めていた、と語っている。

上京する者どもが多くて水が流れるように見える)。

物見車　ものみぐるま

物見をする人が乗っている**牛車**《ぎっしゃ》です。貴族たちの中でも女性や身分ある男性は、牛車の中から見物を楽しむものでした。男性だけが乗車中の場合は**簾**《すだれ》を上げますが、女性は簾越しに見物しました。▼『**源氏物語**』心にくくよしある御**けはひ**なれば、物見車多かる日なり（六条《ろくじょうの》**御息所**《みやすどころ》のご行列が心惹《ひ》かれる奥ゆかしいご様子なので、物見車が多い日でした）。

物見窓　ものみまど

牛車《ぎっしゃ》の屋形に設けられている窓のことです。この窓に**半蔀**《はじとみ》（小型の**格子**《こうし》）がついている牛車は、**半蔀**《はじとみの》**車**《くるま》と呼ばれます。

物詣で　ものもうで

お寺や神社にお参りすること。御利益を祈ることに加え、旅行を楽しむという目的もありました。

CHECK IT OUT. 物詣でと平安の庶民たち

後世に「門前町《もんぜんまち》」という言葉が生まれたほど、寺社には人が集まるものでした。『餓鬼草子《がきぞうし》』にも、寺社の門前に**市**《いち》が立ち、**仏画**《ぶつが》を売ったりしている様子が描かれています。そのような賑《にぎ》わいは、貴族には下品に見えたようです。『**蜻蛉日記**《かげろうにっき》』には**長谷寺**《はせでら》が「**下衆**《げす》ちかなる心《ここ》ちして入《い》り劣《おと》りしてぞ**覚ゆる**《おぼ》（身分低い者どもに近い感じがして、境内に入ってむしろがっかり）」と書かれています。

紅葉・黄葉　もみじ

木の葉が**秋**に赤や黄に**色**づくこと、またはその葉です。「もみづ（紅葉する）」という動詞もあります。

桃　もも

中国原産で古代に渡来し、その**花**が愛《め》でられました。3月上巳《じょうし》の節会《せちえ》には桃花を飾りました。**平安京**内の地名「桃園《ももぞの》」は、モモが植えられていたことに由来します。▼『**蜻蛉日記**』三月《やよい》ばかりにもなりぬ。桃の花などや取《と》り設《もう》けたりけん、待つに見えず（3月になった。モモの花など用意したものだったか、待っていたのに夫〈**藤原兼家**《かねいえ》〉は来なかった）。

百日の祝い ももかのいわい

子どもの誕生100日めに行う、祝いの行事です。餅を100個用意する以外は、**五十日《いか》の祝い**と変わりません。

母屋 もや

寝殿《しんでん》造りで、建物の中心を成す部分です。主人やその家族が寝起きする場所であり、**御帳台《みちょうだい》**というベッドや「**昼《ひ》の御座《おまし》**」という日中お過ごしになる席、**塗籠《ぬりごめ》**という金庫のような部屋が配置されていました。貴人、特に淑女は、このスペースにおさまっているべき存在であり、外へ出るのは「**端近《はしぢか》**だ」と非難されました。

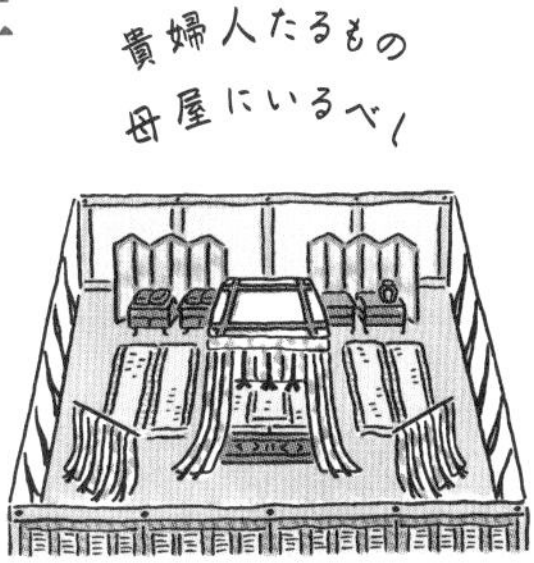

唐土 もろこし

「とうど」とも読みます。狭義には、中国の唐《とう》王朝のことです。ただそれ以前の王朝時代も含め、中国全般を指すこともあります。平安貴族にとっては憧れの、文化の先進地域でした。

門 もん

「**かど**」ともいいます。邸宅の東・西・北などに設け、そのうち東か西を正門にしました。身分により設置してよい門のタイプ（八脚《やつあし》門《もん》、**四脚門《よつあしもん》**、棟門《むなもん》など）が決まっており、また朱雀《すざく》**大路《おおじ》**（**平安京**のメインストリート）に面した**築地《ついじ》**には設けられないなど、制約がいろいろありました。

文章道 もんじょうどう

大学寮の学科の一つ。**紀伝道《きでんどう》**の俗称です。**漢文**や歴史を学びました。

紋様・文様 もんよう

布地の模様のことです。機織《はたお》りの際に織り出しました。後世には、身分により着用してよい柄が定められましたが、一条《いちじょう》朝期にはそこまで厳格な規定はありません。ただし、紋様を派手に織り出した生地は、華やかで格が高い感じがしたようです。そのため目上の方の前や、喪《も》の悲しみが癒えないうちなどは、着用を避ける空気がありました。

ま

平安みやこ新聞

第七號
寛弘5（1008）年
12月21日
発行

敦成親王、百日儀

本年の9月11日、一条天皇と中宮・彰子さまの間に皇子・敦成親王が誕生した。彰子さまの父は政界の第一人者・道長公。そのご威勢ゆえ、生後の儀式は極めて盛大であった。

皇室と摂関家

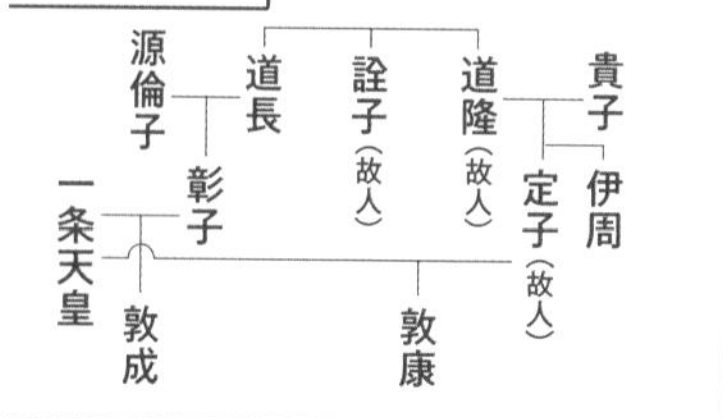

後見人が有力な皇子 春宮候補ナンバー1

今月20日、敦成さまの「百日《ももか》の祝い」が行われた。ご生母は中宮という別格おきさきであり、母方祖父・道長公は現在の政権担当者。ご誕生の翌月には早くも親王の称号を授かった至尊の皇子だ。世人はこぞってお祝いに参上した。

しかし、その席上で珍事が出来《しゅったい》。公卿の皆さまがお詠みになった和歌に、当代一の書道家・藤原行成殿が序文を書こうとした際のことだ。伊周公がやにわに割り込み筆をふるったのである。それだけでも呆れた振る舞いだが、内容がさらにひどかった。陛下の御世を称えつつも、自家や第一皇子・敦康親王を誇示するものだったのだ。

伊周公は過去に道長公やその姉君・詮子さまを呪詛し、追放刑に処されたことがある。それが政界へ復帰でき、高い位まで授かっているのは、道長公の優しさのおかげだ。にもかかわらず、このような所業をなすとは。先行きが案じられるお方である。

君臣和楽

「今後も災いが起きるなら譲位したい」。天災に責任を感じる名君が口になさるセリフである。それを重臣が止めるのもまた定番。しかし一条天皇と道長公の場合、実は本気の会話だったのやもしれぬ。

3年前、八咫鏡が焼損したとき、陛下は深く苦悩され退位を望まれた。あの折に譲位されていたら、春宮（皇太子）居貞親王が即位されたはず。そして新たな春宮には、陛下の第一皇子・敦康親王が選ばれたであろう。

敦康さまは定子皇后の遺子。陛下はご鍾愛で内心「春宮に」とご希望であろう。しかし道長公は彰子中宮の皇子を待ちわびておられた。そのお気持ちを尊重された辺り、さすが陛下、寛仁なるお人柄である。

どちらの親王が皇統を？

敦成親王が誕生され、一条天皇の皇子はお2人となった。さて、どちらが皇位を継承されるものか。お二方とも、ご生母は后で、血筋は同格である。ご年齢という点では兄・敦康親王が上。しかし、敦康親王には、確かな後見人がおられない。

通常、皇族の皆さまは、母方の親族にバックアップされる。だが敦康親王の場合、母・定子さま、母方祖父・道隆さまは既に逝去。伯父の伊周公には前科があり、上流貴族層から敬遠されている。そのような状態で春宮になられても不吉、最悪、廃位になりかねない。

皇位は神のご意志で決まる。伊周公サイドがどのようにあがいても、ご運がつたなければ致し方ない。にもかかわらず、近ごろお身内の高階光子が、円能とやらいう呪詛に長けた法師に接触しているという。中関白家（道隆一家）、各位はすぐれてご立派なのに、卑しき家人が出しゃばって災禍を招くようだ。

解説　「慎み」と「物忌み」は違う

穢れ／災難に遭わぬよう気をつけること

格子の閉じまりをしっかりすることも「物忌み」対応の一つ

先ごろ「来年は陛下が重く慎むべき年」という速報が出たが、慎みと物忌みを混同している人が多いようだ。「慎む」の本義は「気をつける」。ただし、凶事の予兆があったため「慎む」場合は、危険を避けるよう気をつける訳なので、結果的に物忌みをすることが多い。お経を読ませたりお祓いを受けたりも有効だ。

中関白家と皇室

女
高階成忠（故人）
高階光子
高階貴子（故人）
道隆（故人）
伊周
定子（故人）
一条天皇
敦康親王

道長公、号泣！
「待望のキズ無き皇子！
姉上（詮子さま）に
見せたかった…」

先行公開！
敦成親王ご誕生の記録！
執筆は『源氏物語』の紫式部

土御門邸の名花：中宮付きの
（超高貴な！）上臈女房たち
（スゴイ枚数の）
袖口お宝ショット集

目利き揃い
大斎院の女房らに訊いた！
『うつほ』仲忠と
『源氏』の光る君
貴女はどっち推し？

ご乱心か!? 伊周公
割り込み揮毫と奇怪な噂
母方の（成りあがり）高階どもが
怪しい法師に…

貴《あて》人《びと》自身 いんたびゅう
宰相君（彰子さま女房）
“私の祖母と『蜻蛉日記』”
「父は弓は上手いの！」

この物語がすごし！
『落窪物語』
推薦者・斎院の右近
「典薬助は憎し、されど…」

焼い米　やいごめ

「焼き米」の意で、食べ物の一つです。新米を籾《もみ》のまま煎《い》り、搗《つ》いて籾殻《もみがら》を除去したものです。▼『うつほ物語』焼米《やいごめ》は翁《おきな》の歯、痛くて噛み残したり。若人《わこうど》の御《おん》もとに（焼い米は、この爺《じい》の歯には痛くて食べられませんでしたから、お若いあなたに差しあげます）。

落窪物語 第一

この焼い米は、つゆと言ふらむ人に、物し給へ。

「つゆ」は使用人の名。「人（召《めし》使《つかい》）にお与えください」は、送り状の決まり文句だ。本当に先方の部下用である例もあれば、「あなたにふさわしい品ではない」という謙遜《けんそん》の場合もある。

八重葎　やえむぐら

幾重《いくえ》にも重なって生えている**ムグラ**のことです。屋敷の荒廃ぶりを象徴する植物です。

焼き石　やきいし

焼いて加熱した石です。**箱**に入れたり布地に包んだりして体に当てました。**冬**に暖をとったり、患部を温めたりする道具です。

薬湯　やくとう

薬草を煎じた**湯**のことで、**煎薬**《せんやく》ともいいます。飲み薬です。

厄年　やくどし

「やくねん」とも。**陰陽道**《おんようどう》で、「災厄に遭う恐れが高いので身を慎んで過ごすべき」とされた年齢です。室町時代の百科事典『拾芥抄《しゅうがいしょう》』によると、男女の別なく数え年の13、25、37、49、61、85、99歳です。平安文学では「キャラに不幸が起こる年齢」として、よく特筆されます。

やつす

見た目をみすぼらしくすることです。その姿を「やつれ姿」といいます。貴人の外出はお伴《とも》が多く目立つので、人目につきたくない場合は身を「やつし」ました。**網代《あじろ》車《くるま》**という一般的な**牛車**《ぎっしゃ》を使用したり、**馬**に乗ったりするのが定番です。**出家**も、美しく豪勢な外見から、**髪**を切り粗末な衣装へダウングレードするので、「やつす」に含まれました。▼『源氏物語』殊更《ことさら》にやつれたる**けはひ**、しるく見ゆる車二つあり（〈**斎院**《さいいん》の**御禊**《ごけい》の日〉極めて高貴な方のお忍びであることが、はっきりわかる車が二つあった)。

柳 やなぎ

木の名です。中春《ちゅうしゅん》（旧暦2月）の芽吹き始めたころの、たおやかな風情が「青柳《あおやぎ》の糸」と愛《め》でられました。

胡簶 やなぐい

武具の名です。矢を入れて持ち運ぶ容器であり、背中に背負いました。武官にとっては正装の一部でもありました。

病 やまい

病気のことです。平安人にとっては、物思い（思ふ《う》、悩み）や物《もの》の怪《け》により起こるものでした。

倭歌 やまとうた

和歌のことです。漢詩（詩《ふみ》）に対して、やまと（日本）の歌という意味で、こう呼ばれました。

大和絵 やまとえ

唐絵《からえ》（中国の絵）の対概念《ついがいねん》で、日本の絵という意味です。日本の風《ふう》物《ぶつ》を描いたものが多く、障子絵や物語絵、屏風絵《びょうぶえ》などに見られました。

大和鞍 やまとぐら

馬具の一つです。唐風《からふう》の鞍《くら》に対し、和風《わふう》のものを指しました。

大和相 やまとそう

日本式の観相《かんそう》（人相見《にんそうみ》）です。

大和物語 やまとものがたり

10世紀中ごろに成立した、作者不明の歌物語《うたものがたり》です。歌のやり取りとそれにまつわるエピソードが記録され、「猿沢池《さるさわいけ》の采女《うねめ》」「生田川《いくたがわ》」など古伝説《こでんせつ》類も収められています。平安貴族がどんな物語を愛《め》でたのか、どのような昔話が知られていたのか、などが感じ取れます。後世には『伊勢《いせ》物語』と並んで、歌人必読《かじんひつどく》の書《しょ》とされました。

山鳥 やまどり

鳥の名です。尾が長いことから「(**夜**の時間が)長い」例として、よく引き合いに出されました。オスとメスが夜、峰を隔《へだ》てて寝る鳥とされ、独《ひと》り寝《ね》や叶《かな》わぬ恋を連想させました。

山彦 やまびこ

「ヒコ」は古代に美称《びしょう》として男性名の末尾につけられた語です(女性はヒメ)。つまりヤマビコとは山の男神という意味で、山あいで起きる音の反響は、この霊のしわざと考えられていました。平安文学では**京**にも出現します。魔物の一種です。▼『源氏物語』手をたたき給へば、山彦の答《こた》ふる声いとうとまし(〈**夜**の「某《なにがし》の院」で〉手をお鳴らしになると、山彦が答える声がたいそう気味悪い)。

山吹・款冬 やまぶき

藤と並ぶ、晩春を代表する**花**です。花弁が「梔子《くちなし》色(クチナシの果実で染めた赤みのある濃黄)」であることから、「口無し/物を言わない」というイメージがありました。

蓑《みの》(雨具)無し、=実が無い、も掛詞《かけことば》

弥生 やよい

3月のことです。**春**の最後の月に当たります。

1月を「新春!」と大喜びで迎える平安貴族ですが、3月も「**桜**をはじめ**花**が満開!」と大いに愛《め》でます。

遣戸 やりど

左右にスライドして開閉する扉、つまり引き戸です。▼『落窪物語』「遣戸あけたりとて、**おとど**苛《さいな》む」とて、引き立てて錠《じょう》さすと…(「『遣戸が開けっ放しだ』と殿が叱る」といい、閉めて錠をかけようと…)。

遣水 やりみず

寝殿《しんでん》**造り**の邸宅で、**庭**に設けられた人工の小川です。**平安京**の中をめぐらされた溝から水を引いたり、湧き水を水源としたりしました。理想とされたのは、自然の小川のように見える曲がった流れで、石を組んで水音を立て、流路は東から南へ、そして西へ流出させるものでした。そのほとりで貴婦人が**洗髪**した例も見られます。

殿方が部下に清掃させます。
縁起をよくする効果あり!

湯 ゆ

薬草を煎《せん》じた飲み薬（**薬湯**《やくとう》・**煎薬**《せんやく》）のことです。

夕顔 ゆうがお

ウリ科の植物です。**夏**の夕方、白い**花**をつけますが、翌朝にはしぼんでしまいます。

はかなさ、無常を
感じさせます

夕占 ゆうけ

夕方、道端へ出て通行人の話を聞き、その内容から吉凶や幸不幸を判断する占いです。

遊仙窟 ゆうせんくつ

中国、唐代の伝奇小説です。道に迷った男が2人の仙女に歓待されるという話で、平安貴族に広く知られていました。

夕づつ ゆうづつ

金星が、夕暮れどき西の空に見える場合の呼び名です。▼『枕草子』**星は、すばる。彦星。**夕づつ（星は、昴、彦星、宵《よい》の明星《みょうじょう》がよい）。

星に疎《うと》い平安貴族も
さすがに知ってました

ゆかし

「行《ゆ》く」が形容詞化した語で、心がそちらへ行く感じ、つまり「惹《ひ》かれる」ことを表します。見たい、聞きたい、慕わしい、というニュアンスです。▼『更級日記』

ゆかしくしたまふなる物を奉《たてまつ》らむ（〈おばが**菅原孝標女**《すがわらのたかすえのむすめ》に〉お好きだという物をさしあげましょう）。

湯帷子　ゆかたびら

入浴時、または入浴後に着る衣です。▼『**栄花物語**』急ぎ上《のぼ》らせ給ひて、御《おん》湯帷子ながら…（急いで参上なさって、ご入浴直後の湯帷子のままで…）。

雪　ゆき

雪景色は、貴族たちが喜んで観賞した**冬**の美でした。使用人に雪の山を作らせたり雪遊びをさせたりして、その様子を眺めることもよく行われました。

靫負　ゆげい

衛門府《えもんふ》（**内裏**《だいり》の諸門の警備などを担当する武官《ぶかん》の役所）の別名です。そこに勤める者やその縁故者を指すこともあります。

泔　ゆする

洗髪のことで、整髪用の水を指すこともあります。コメのとぎ汁や**強飯**《こわいい》を蒸して出た湯を用いました。身の丈ほどの長髪だった貴族女性にとって**髪**を洗うのは大仕事です。川や**遣水**《やりみず》のほとりなど屋外で洗うこともあり、その際は浜床《はまゆか》という台を置き、周囲に歩障《ほしょう》をめぐらして行いました。1、4、5、9、10月の洗髪は禁忌《きんき》で、それ以外の月でも吉日を選ばねばなりませんでした。「**御髪**《みぐし》すます」も洗髪のことです。

―うつほ物語―　蔵開　中

宮、つとめてより暮るるまで御髪すます。…すまし果《は》てて、高き**御厨子**《みずし》の上に**御褥**《おんしとね》敷きて干し給ふ。…**御火桶**《おんひおけ》据ゑて火起こして、**薫物**《たきもの》どもくべて薫き匂はし、御髪あぶり、拭《のご》ひ、集《あつ》まりて仕《つこ》うまつる。

貴婦人（女一宮《おんないちのみや》）が洗髪に早朝から日没までをかけている。洗髪の大変さは、髪が長く量も多いという「美貌」の描写であり、それを苦しがる「か弱さ」は姫君らしさを表す。髪を乾かすために多くの**女房**（侍女《じじょ》）を集められるという、裕福さのアピールでもある場面。

泔坏　ゆするつき

洗髪・**整髪**用の水を入れる容器のことです。**二階棚**《にかいだな》に置かれ、部屋を装飾する品でもありました。▼『**蜻蛉日記**』出《い》でし日使ひし泔坏の水は、さながらありけり。上に塵《ちり》ゐてあり（夫〈**藤原兼家**《かねいえ》〉が、この家で身支度して出勤していった日に使った泔坏は、水もそのまま置いてある。その上に塵が積もっていて、来てくれない日数の積もりを感じさせる）。

油単　ゆたん

防水用に油を引いた**布**・**紙**です。覆いや打敷《うちしき》（敷物）として使われました。▼『**枕草子**』指油《さしあぶら》するに、**灯台**の打敷を踏みて立てるに、新しき油単に**襪**《しとうず》は、いとよくとらへられにけり。さし歩《あゆ》みて帰れば、やがて灯台は倒れぬ。…まことに大地震動《しんどう》したりしか（まぬけな人が、灯台に油を注ぎ足す際に新しい油単を踏み、靴下にくっつけたまま歩いたので、灯台はそのまま倒れ…本当に大地が震動した）。

湯漬　ゆづけ

飯に湯を注いだものです（水を注いだものは**水飯**《すいはん》）。湯漬は主に**冬**の食べ物ですが、衰弱した貴人に提供されることもあります。

湯殿　ゆどの

入浴する場所です。入浴そのものも指します。**寝殿**《しんでん》**造り**に固定的な浴室はなく、**渡殿**《わたどの》や雑舎《ぞうしゃ》などに浴槽を置いて浴室に仕立てました。浸かるのではなく、**湯帷子**《ゆかたびら》を羽織った体に湯をかけたようです。石鹸《せっけん》としては澡豆《さくず》という、豆の粉に生薬などを配合したものを使いました。入浴頻度は5日に1度程度でした。**泔**《ゆする》と呼ばれる**洗髪**は、また別の身だしなみであったようです。▼『**源氏物語**』下屋《しもや》に湯におりて。ただ今参らん（使用人棟へ下がって入浴しております。すぐ参りますでしょう）。

弓　ゆみ

矢を放つための**武具**です。弓を射ることや、弓で的を射て成績を競う競射《きょうしゃ》のことも指します。平安中期の貴族の場合、実戦や警備に使う「兵仗《ひょうじょう》」より、**儀式**や魔除《まよ》けに用いる美麗な「儀仗《ぎじょう》」のほうが身近でした。長さはおおよそ6～8

尺（約1・8～2・4m）で、**螺**《ら》**鈿**《でん》や**蒔絵**《まきえ》で装飾をし、**胡籙**《やなぐい》（矢を入れる用具）と共に武官《ぶかん》が携帯しました。魔除けのために弓の弦を鳴らす習慣もありました（**鳴弦**《めいげん》）。

夢 ゆめ

「寝目《いめ》」ともいいます。平安人は夢を、「もう一つの現実／異界とのチャンネル」と考えていました。現代のdreamのような、「希望に満ちた未来／明るい幻想」ではありません。厳粛で時に恐ろしく、未来を予見させるものです。夢に恋人が出てくるのは、その人が自分のことを考えているからだとされました。▼『源氏物語』夢に、いと騒《さわ》がしくて見え給ひつれば、**誦経**《ずきょう》、所々《ところどころ》せさせなどし侍《はべ》る（夢に貴女〈浮舟《うきふね》〉が、とても不穏に現れなさったので、あちこちの寺に魔除《まよ》けのお**経**を読ませなど致しました）。

夢合 ゆめあわせ

意味がありそうな**夢**を見たとき、その内容を他人に話して分析させることです。仮によい夢を見たとしても、聞かされた者が重大性を理解できなかったり実現前に口外したりすると、叶《かな》わないと考えられていました。

夢解 ゆめとき

夢合《ゆめあわせ》と同様、**夢**の解析を意味します。また、「合はする者」つまり、夢合をする専門家を指すこともありました。

湯屋 ゆや

湯殿《ゆどの》（浴室）のことです。寺では温室《うんじつ》・湯屋と呼び、お参りする前に身を清める場所でした。▼『蜻蛉日記』湯屋に物など敷きたりければ、行きて伏《ふ》しぬ。…**夜**になりて湯など物《もの》して、御堂《みどう》に昇《のぼ》る（湯屋に敷物を敷いてあったので、行って横になった。…夜になり、湯で身を清めて、お堂に入った）。

ゆゆし

「不吉だ」「縁起が悪い」など、避けたくなる感じをいう言葉です。ただし、美しい人やすぐれた演奏には「神や魔が魅入《みい》る」と考えられていたため、あまりにも魅力的な人・物に対して「ゆゆし」ということもあります。さらに、程度がはなはだしいということで「とても」の意味で使われることもあります。▼『源氏物語』一日《ひとひ》の源《げん》氏《じ》の御夕影《おんゆうかげ》ゆゆしう思されて、御《み》**誦経**《ずきょう》など所々《ところどころ》にせさせ給ふ（先の夕方の**光源氏**さまの美しさを父帝は不吉にお思いになり、魔除《まよ》けのお**経**をあちこちの寺でお読ませになる）。

聴し色・許し色　ゆるしいろ

禁色《きんじき》（身分により着用を禁じられた色）の反対語で、つまり**天皇**の許可がなくても着られる色のことです。**紅**《くれない》や**紫**の薄い色だといわれますが、ほかにも別系統の「聴し色」があったかもしれません。▼『源氏物語』山《やま》がつめきて、聴し色の黄《き》がちなるに、青鈍《あおにび》の**狩衣**《かりぎぬ》…（〈須磨《すま》での**光源氏**は〉山に住む卑《いや》しい者めいて、聴し色の黄色味《きいろみ》が強い衣に、青鈍色の狩衣をお召しになって…）。

輿　よ

輿《こし》のことです。身分が格別に高い人の乗り物でした。

世　よ

仏教の考え方で、**前世**・現世・来世のそれぞれをいいます。また、ある**天皇**が統治している期間や、個人の一生など、一定の時間という意味もあります。夫婦仲や男女の仲、俗世間なども指します。「世を出《い》づ／厭《いと》ふ／捨つ／背《そむ》く／遁《のが》る／離る」といった場合は、**出家**したという意味です。▼『源氏物語』世や尽《つ》きぬらん（〈藤壺《ふじつぼ》の言葉〉私は死んでしまうのかしら）。

夜　よ

「**よる**」ということもあります。日没から**日**の出までです。**物**《もの》**の怪**《け》の活動する時間帯であり、**格子**《こうし》を下ろし**女房**・従者《ずさ》らを控えさせて守りを固めました。また男性が恋人のもとへ通う時間帯であったため、「**世**《よ》（夫婦仲）」と掛詞《かけことば》にして恋の悩みを**歌**に詠むのが定番です。

夜居　よい

夜間、貴人のそばに寝ずに控えていることです。**宿直**《とのい》ともいいます。僧の場合は、徹夜で**加持祈祷**《かじきとう》や**修法**《ずほう》に当たることを意味します。

酔ふ　よう

魂を奪われ、恍惚《こうこつ》とした理性のない状態となることです。**酒**・**乗り物**に酔うことから中毒まで、ポジティブにもネガティブにも使う言葉です。酔わせることや、「もう飲めない」と困る使者に酒をさらに強いて酔いつぶすことは、歓待ぶりの証しでした。▼『落窪物語』殿の「酔《え》はし奉《たてまつ》れ」と**のたまふ**に、青く出《い》で給はば便《びん》なし（殿〈道頼《みちより》〉が「酔わせ申しあげよ」と仰《おっしゃ》ったからには、顔が赤くない状態でお帰しはできません）。

養子　ようし

養子縁組《えんぐみ》は頻繁に行われていました。子どもにとっては、実親との親子関係も続く上に養親からの後援（**後見**《うしろみ》）が得られるため、出世や相続で有利だったからです。養親の側には、老後の扶養や宮廷での人脈強化が期待できるというメリットがありました。平安中期の養子は個人単位で縁組され、**妻**が夫に知らせないまま養子を迎えたりということもありました。養親が亡くなった場合、実親と同様に喪《も》に服しました。

CHECK IT OUT.

平安の養子

『**落窪**《おちくぼ》**物語**』ではヒロインの次男が、**誕生**した直後に舅《しゅうと》・姑《しゅうとめ》に引き取られ、「うちの息子だ（ヒロイン一家の子ではない）」と言われて育てられます。現代の目ではひどい扱いに見えますが、原典ではヒロインの幸せぶりを強調する話という位置づけです。**育児**を肩代わりしてもらった上、次男は舅に溺愛《できあい》され、その「**蔭位**《おんい》」とコネでぐんぐん出世していく、めでたい、というわけです。一方で『**蜻蛉**《かげろう》**日記**』や『**源氏**《げんじ》**物語**』には、わが子を手放す悲しみが切々とつづられており、やはり寂しさもあったようです。

楊枝　ようじ

歯の垢《あか》を取り除く道具、いわば歯ブラシです。楊柳《ようりゅう》（**ヤナギ**）の枝の先を噛《か》み、細い筋状にして使用しました。貴族は起床後、**手水**《ちょうず》と楊枝で洗面するのが習わしでした。

瑩ず　ようず

貝や金属で作った、艶《つや》を出す道具で磨いて、生地に光沢を出すことです。黒い**髪**の美しさを、まるで「瑩じ」たかのよう、と例えることもあります。

揚名　ようめい

官名を授かるけれども職務も給与もない役職のことです。「名を揚《あ》げる」、つまり名誉職のようなもので、称号だけをもらうイメージです。地方官の次官（揚名介《ようめいのすけ》）、三等官（揚名掾《ようめいのじょう》）がいました。

横笛　よこぶえ

音読みして「おうてき」ともいい、また**竜笛**《りゅうてき》ともいいます。管弦でメロディを担当することが多い楽器で、主に男性が吹きます。

吉野山　よしのやま

奈良県の山です。景色の美しさや**修験道**《しゅげんどう》の聖地として知られる古来の名所です。

四脚門　よつあしもん

「しきゃくもん」「よつあし」とも呼びます。親柱《おやばしら》の前後に控柱《ひかえばしら》をそれぞれ2本設けた**門**です。八脚門《やつあしもん》に次ぐ格式ある門でした。▼『**枕草子**』大進生昌《だいじんなりまさ》が家に宮の出《い》でさせ給ふに、ひんがしの**門**《かど》は四足《よつあし》になして、それより御**輿**《みこし》は入《い》らせ給ふ（**中宮**《ちゅうぐう》・**定子**《ていし》さまがお産のため**内**《だい》**裏**《り》を退出なさって、中宮職《ちゅうぐうしき》の三等官・平生昌《たいらのなりまさ》の家にお出でになるということで、生昌の家の正門を四脚門に改造して、中宮さまの御輿はその門からお入りになります）。

米　よね

イネやコメのことです。平安貴族はコメを税として上納させ、主食や**酒**、魔除《まよ》けにフル活用していました。ただ、それがどんな植物かは、知らないことがむしろステイタスだったようです。農作業は珍しい**物見**《ものみ》でもありました。▼『**和泉式部集**』石山に参りて…ののしりけるを、たづねければ、あやしの賤《しづ》の女《め》が米というものしらげ侍《はべ》り、と（**石山寺**にお参りする途中の宿で…騒々しい理由を尋ねたら、卑《いや》しい下女《げじょ》が米というものを精米しております、と）。

世の中 よのなか

現代同様「世間」を意味することもありますが、男女の仲・夫婦関係をいうケースも多々見られます。▼『更級日記』継母《ままはは》なりし人は…世の中うらめしげにて、外《ほか》に渡る（継母であった人は…夫婦仲に不満ありげで**離婚**してよそへ行った）。

呼子鳥 よぶこどり

恋人を慕って呼ぶような声で鳴く**鳥**のことです。**ホトトギス**やカッコウのことといわれますが、諸説あります。

蓬 よもぎ

現在でも草餅などに使われる植物です。香りの高さから「邪気を祓《はら》う」といわれ、5月5日の端午節《たんごのせち》会《え》には**菖蒲**《しょうぶ／あやめ》と共に飾られました。一方で、屋敷の荒れようを象徴する植物でもあり、「蓬の宿」や「蓬の**門**《かど》」といえば、没落した家の定型表現です。

蓬生 よもぎう

蓬の生い茂っている場所です。家や**庭**の荒廃ぶりを表す表現によく使われます。

憑坐 よりまし

物《もの》**の怪**《け》を一時的に乗り移らせるための人です。一条《いちじょう》朝期には**童**《わらわ》や女《にょ》**蔵人**《くろうど》（女官の一種）が役目として務めています。「物の怪がねたみののしる」は、乗り移られた憑坐を「物の怪」と同一視する表現です。「物の怪出《い》で来て」は、「物の怪が憑坐に乗り移り、目に見える姿となって出現した」という意味です。

夜 よる

「**よ**」ともいいます。現代と同じく夜間のことです。「寄る」とよく掛詞《かけことば》にされます。

「住江の　岸に寄る波　夜さへや　夢の通ひ路　人目避くらむ」って和歌が有名！

制作ウラ話

〘直垂《ひたたれ》(P.310)・衾《ふすま》(P.324)〙編

いわゆる"掛け布団"であった直垂と衾。それぞれどのように使い分けられていたのか、意見を交わしました。

『和泉式部集』に「しのびたる人の、とのゐものに、むらさきの直垂をとりにやるとて　色にいで　人にかたるな　むらさきの　ねずりのころも　きて寝たりきと」とあります。『源氏物語』には「御衾」はたびたび出ますが、この「直垂」との違いは何だと思いますか？　どちらも掛け布団的な使い方をしていたと思われるのですが。

装束としての「直垂」は、平安後期に突如見られるようになりました。直垂は「ひたたる」「したたる」と関連があると考えられ、「上下ひとつづきのもの」と考えます。

ある論文を見たところ、一条朝期には、「衾」という語・概念しか存在しなかったが、のちに掛け布団が、「長方形の品」もしくは「かいまき風の品」に分離したとのこと。当時、儀式にあたって前例書の「衾」だけではどちらか理解できなくなったのかもしれません。

「直垂」は当初「優雅なものではない」という印象を帯びていた気がします。現代でも毛布や羽毛布団、タオルケットを使い分けるように、平安時代もあの建物ですから、当然使い分けた可能性があるなと。960年代の『多武峰少将物語《とうのみねしょうしょうものがたり》』では「装束」と「直垂」を使い分けている一方、平安末期には衣服としてとらえられているあたりも、「直垂」の定義が変容したことは間違いないでしょう。

『多武峰～』でも『和泉式部集』でも「直垂」とサクッと言っているので「口にするのは少々憚《はばか》られるので文学にはあまり書かないけれども、皆が知っている品」という気がします。または、気取った場では「衾」と呼び、くだけた場合や地の文では「直垂」と言っていたのか…。

平安 みやこ新聞

第八號
寛弘8（1011）年
6月29日
発行

帝、譲位&崩御

さらば一条朝、そして陛下。何という幕切れか。先月22日、病臥された陛下は、ただ5日6日のほどに重体になり、6月13日に譲位、22日に崩御された。御歳32、御宇25年。

歴史的な長期政権　温和・寛仁・好学の君

一条天皇陛下は、先月下旬、体調を崩された。もとよりご病弱なため、当初は通常の祈祷で経過を拝見。ただご治世が25年と、既に記録的な長さである。それゆえ「この際退位して養生なさっては」と、補佐役・道長公が譲位の手配を開始された。ところが、譲位手続きで占いをさせたところ、出たのは「崩御」の予告であった。

実際、ご病状は急激に悪化。もはや猶予はならず、6月13日春宮（皇太子）居貞親王が代わって践祚され三条天皇が誕生した。新たな春宮は一条天皇第二皇子・敦成親王に決定。これで重責から解放された一条院さまは、安堵のため回復されるだろうと皆期待した。しかし、何たる老少不定。お加減は悪化の一途をたどり、19日にはご出家、そして22日、灯りが消えるように崩御された。

これほど長い在位期間を保ち得た帝は、数えるほどしかいらっしゃらない。陛下の人徳やお人柄を、天がよみしたためであろう。今はただ、そのご夭逝を惜しむのみである。

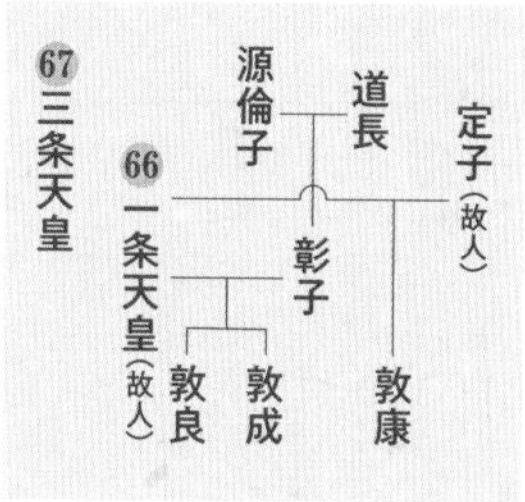

君臣和楽

永祚元（989）年10月、宮中の御遊。一条さまの笛の見事さに、誰もが「有り難きご本才」と落涙した。そのとき御歳10歳。即位なさって3年の冬であった。あれから22年。末世ゆえ変事は多かったが、昼は道理ある政治が行われ、夜には宴で一同楽しみ、まこと素晴らしきご治世であった。お優しく情け深く、しかし筋は通された陛下。み徳を慕って人が集まり、優れた宮びとが古今例なきほど輩出された。ご自身が深夜まで学に励まれ、身をもって範を示されたためであろう。お手元には醍醐・村上帝のお日記が常にあり、ご偉業に倣おうと努力されていた。今後は陛下のご足跡が崇められるだろう。謹んで「寛弘の治」とお呼び申しあげたい。

どうなる皇統 冷泉系の候補者激減

皇位を交互に継いできた冷泉系統・円融系統。政界第一人者の道隆公や道長公にとり、円融系は長らく中継ぎだった。血縁の皇子が冷泉系には3人もおり、円融系には一条帝のみだったからである。一条帝が不都合な君主であれば、冷泉系皇子にスゲ替える手もあった。しかし今や形勢は逆転。冷泉系にはお身内の皇子が三条帝のみ、円融系には複数いる。今後の道長公は、非血縁天皇の出現を阻止するため、円融系をゴリ推しなさるだろう。

解説 「極楽往生」を考える

死によってこの世を去り極楽に生まれ変わること

汚い現世に縛られている我らだが、阿弥陀仏がお迎えに来てくだされば、極楽往生も可能である。横川の僧都・源信さまの『往生要集』によれば、極楽往生のために大事なのは、臨終時にお念仏を唱え阿弥陀さまを念じることだ。出家して信仰生活を送ってからが望ましいが、臨終に急いで出家しても御利益はある。

皇統 最新図

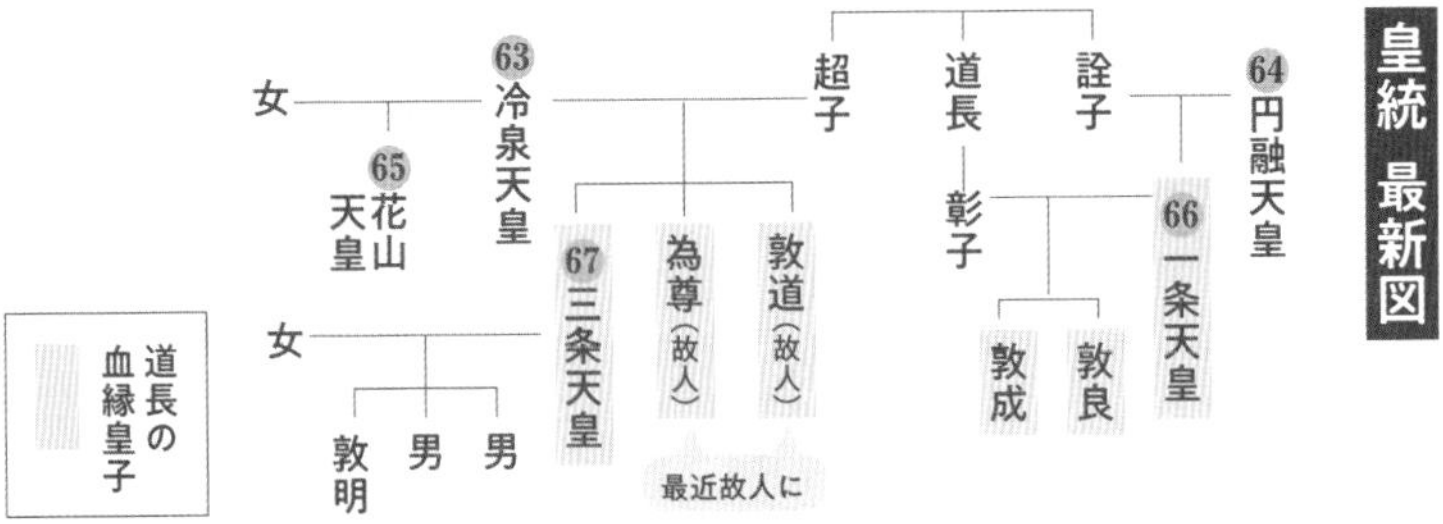

櫑子 らいし

縁の高い**高坏**《たかつき》形の酒器とされますが、詳細は不明です。食物を入れることもあったようです。▼『**源氏物語**』この筍の櫑子に何とも知らず立ち寄りて…食ひかなぐり…（〈幼児＝**薫**《かおる》が〉このタケノコが入った櫑子に、何とも理解せず近づき…かじり散らして…）。

礼服 らいふく

即位の儀・**大嘗会**《だいじょうえ》・朝賀《ちょうが》など、格式が最も高い**儀式**に着用する正装です。**天皇**が着用したほか、**春宮**《とうぐう》（皇太子）・**親王**《しんのう》・諸王・**内親王**《ないしんのう》・**女王**《じょおう》・**五位**《ごい》以上の臣下が着る定めでした。平安中期の貴族が通常の正装にしていた**束帯**《そくたい》に比べると、より中国風で、中国式の制度を採り入れて制定した奈良時代の規定を色濃く反映しています。衣は身分により**色**・形が異なりました。

落飾 らくしょく

出家のことです。「飾り」である**髪**を落としたという意味です。

羅城門 らじょうもん

平城京と**平安京**の正門の名です。羅城とは**都**の外郭《がいかく》という意味です。つまりは都の表玄関に当たり、朱雀**大路**《すざくおおじ》の南端に設けられていました。平安京の場合、正面7間《けん》の重層構造です。建都後この一帯は荒廃が進み、人家もまばらで、田畑がある野中に羅城門ひとつが佇《たたず》む状態でした。門の2階には人の亡骸《なきがら》が遺棄され、**鬼**の伝説が生まれる有り様でした。後代には羅生門（らしょうもん、らせいもん）ともいいます。

平安京には
外壁がないので、
羅城門は野原に
ぽつんと立っていた

今昔物語集

巻二十四 第二十四

「玄象《げんじょう》といふ琵琶《びわ》、鬼《おに》の為《ため》に取らるる語《こと》」

既に羅城門に至《いた》りぬ。門の下に立ちて聞くに、門の上の層《こし》に玄象を弾くなりけり。博雅《ひろまさ》：「…定めて鬼などの弾くにこそはあらめ」と思ふ…。

琵琶《びわ》の名手・**源博雅**《みなもとのひろまさ》が、**内裏**《だいり》から行方不明になった名器・玄象を取り戻す話。内裏から遠い羅城門一帯の、荒廃した様子がうかがえる。

螺鈿 らでん

螺《ら》は**貝**、鈿《でん》は装飾という意味で、工芸の技術です。貝殻の光沢がある部分を切り出し、漆器《しっき》や木工品に嵌《は》めたり張ったりして飾りとする技法です。奈良時代に**唐**《から》から伝来した技術で、現代も行われています。平安時代には**蒔絵**《まきえ》と並んで、高級かつ人気の工芸品でした。「貝磨《かいす》りたる」と表現することもあります。▼『落窪物語』御《おん》供《とも》に下《くだ》る人々に**北**《きた》**の方**《かた》、いとよくしたる**扇**二十、貝磨りたる**櫛**《くし》、蒔絵の**箱**白い物入れて…取らす（地方赴任にお伴《とも》して下る使用人たちに、奥方さまは、とてもよい作りの扇を20本、螺鈿の櫛、おしろいを入れた蒔絵の箱を…贈りました）。

六道輪廻 りくどうりんね

仏教の思想で、人は六道という6世界を生まれ変わり続けるとする考え方です。六道とは、悪の道である地獄《じごく》・餓鬼《がき》・畜生《ちくしょう》の三つ（三《さん》悪道《あくどう》）と、善の道の修羅《しゅら》・人間《にんげん》・天上《てんじょう》（三善道《さんぜんどう》）のことです。人は生前の行いの良し悪《あ》しで、死後どの道に生まれ変わるか決まるとされていました。▼『更級日記』仏をいと多く造り奉《たてまつ》りし**功徳**《くどく》によりて、ありし素姓《すじょう》まさりて人と生まれたるなり（貴女は**前世**で、仏師として**仏像**を多く造り申しあげ功徳を積んだので、前の育ちを上回って人間道に生まれたのだ）。

「女は**罪深い**」という仏教思想があった時代。でも男性仏師より貴族女性のほうが上だったとわかります。

離婚　りこん

律令《りつりょう》の戸令《こりょう》という法律には、「夫が外国（**都**から遠く離れた地）へ行った場合、子のない**妻**は3年経ったら**再婚**できる」とあります。『**伊勢物語**《いせものがたり》』の「梓弓《あずさゆみ》」という話は、この規定を踏まえたものと見られ、ある程度は普及していたルールのようです。

一方で、同じ戸令にある、離婚する場合は「夫が手書《しゅしょ》する」という規定は守られた形跡がなく、なし崩し的に離婚となっているケースがほとんどです。多くは**通い婚**だったため、夫が「離《か》る」「来《こ》ず」「絶《た》ゆ」などと通ってこなくなるだけで、自然消滅に至りました。妻が転居する、閉め出す、**手紙**や日用品を送り返すことなども離婚宣言だったようです。したがって、当人らもいつ離婚したのかはっきりしませんでした。疎遠《そえん》になったあと復縁した例もあれば、離別のままだったケースもあります。同居の夫婦の場合、一方が出ていくことで、事実上の離婚状態に入りました。そのまま別れるか元に戻るかはケースバイケースです。

離婚後の子どもは、通い婚が多かったという事情もあり、主に母方で養育されました。父が子に無関心な例も多々ありますが、のちに引き取ったりほかの妻の**養子**にしたりすることもありました。

なお、当時多かった離婚事由に「妻の親の死」があります。そもそも**結婚**というものが、妻とその実家による婿《むこ》の扶養であった時代なので、親の死去やそれによる貧窮《ひんきゅう》は、「離婚して当然」と見られたのです。

―蜻蛉日記―　上

「…今はおはせずとか」など人につきて聞こえごつを聞くを物《もの》しうのみ**覚**《おぼ》**ゆれば**、日暮れは悲しうのみ覚ゆ。子供あまたありと聞くところも、むげに絶えぬと聞く。

筆者・**藤原道綱母**《ふじわらのみちつなのはは》が「**兼家殿**《かねいえ》は今はもう来られないとか」と求婚されている場面。夫・兼家の無沙汰《ぶさた》が続き、離婚に見えたことがわかる。ただし筆者も、「むげに絶えぬ」と噂《うわさ》された正妻・**時姫**《ときひめ》も、この後も兼家と関係継続している。

立后　りっこう

后の宮《きさいのみや》（**中宮**《ちゅうぐう》や**皇后**）を立てるこ

と、つまり**天皇**の配偶者を決定することです。複数の妃《きさき》（**女御**《にょうご》・**更衣**《こうい》）の中から、皇子を産んだか、子女は多いか、実家の勢力は強いか、などによって一人を選びました。后《きさき》には**律令**《りつりょう》（法律）で決められた収入や人事権があり、身分ももはや臣下ではなく皇族に入るなど、妃たちとは各段の差がありました。そのため有力貴族たちが自分の娘を推し、激しい権力争いを繰り広げました。一条《いちじょう》朝期以降は時の権力者が、ほかの家の娘を妃にさえさせるまいと、圧力をかけるようになったほどです。

立坊　りつぼう

春宮《とうぐう》（皇太子）を立てることです。春宮は皇子の生まれた順ではなく、母方の勢力の強さによって決まりました。政治の実権は、帝《みかど》の近親が握るものであったため、立坊はそれぞれの皇子の祖父・おじたちが激突する、権力争いの主戦場でした。

—うつほ物語—　国譲　下

東宮には若宮居《い》たまひにけり。昨日の酉《とり》の時ばかりになむ、**宣旨**《せんじ》下りはべりにし。…巳《み》の時にぞ、列引くべう侍《はべ》る。

立坊の宣旨（**天皇**の内輪の命令書）が前日の酉の刻（午後6時頃）に下った、このあと巳の刻（午前10時頃）に立太子の儀が行われる、と告げる場面。「列引く」とは、立太子の儀で**親王**《しんのう》以下の者が**紫宸殿**《ししんでん》の前庭に列をなすこと。**五位**《ごい》以上が承明門《しょうめいもん》内、**六位**《ろくい》以下は門外に並ぶ。

律令　りつりょう

古代東アジアの法典。中国で古くから発達し、隋《ずい》（581〜618）・唐《とう》（618〜907）の時代にほぼ完成しました。日本には飛鳥《あすか》時代（592〜710）の後半から導入され、国づくりの根幹となりました。律令とは、刑法の「律《りつ》」と基本法の「令《りょう》」の意。さらに、律令を改正する「格《きゃく》」、律令の施行細則である「式《しき》」もあり、これらの「律令格式」が平安朝を動かしていました。ただし律令には、日本の実情に合わせて変えられている点があり、要注意です。例えば一条《いちじょう》朝期には、令外官《りょうげのかん》（令の規定外で新設された官職）の関白《かんぱく》・**蔵人**《くろうど》・**検非違使**《けびいし》が活躍していました。また、律令の規定が文字通り実施されていたわけではありません。虚構が含まれる文学作品の場合は特に、気をつけて読み解く必要があります。

竜 りゅう

想像上の巨大生物。インド神話ではヘビの神格化であり、仏教と融合して日本に伝来、**仏法**《ぶっぽう》を守護する存在と崇《あが》められました。中国では皇帝の象徴たる霊獣で、四方を守護する**四神**《しじん》のうち東方の守護神は「青竜《せいりゅう》」とされました。日本では、それら外来の概念と古来のヘビ神信仰が影響し合っています。平安中期の貴族には、海に棲《す》み**雨**を降らすなど、水界《すいかい》の神というイメージだったようです。▼『源氏物語』海の中の竜王、よろづの神たちに**願**《がん》を立てさせたまふ（〈暴風雨の須磨《すま》で〉海の中にいる竜王やすべての神々に願を立てさせなさる）。

柳花苑 りゅうかえん

雅楽の曲名です。**唐楽**《とうがく》の**双調**《そうじょう》の曲でした。平安文学では舞曲ですが、現代に**舞**は伝わっていません。

竜笛 りゅうてき

「**横笛**《よこぶえ》」「おうてき」ともいいます。管弦でメロディを担当することが多い楽器で、主に男性が吹きます。

陵王 りょうおう

「羅陵王《らりょうおう》」ともいいます。**雅楽**の**舞**の曲の一つです。中国から伝わった**唐楽**《とうがく》で、左右に分かれて舞う左の方（**左舞**《さまい》）の曲であり、曲は**壱越調**《いちこつちょう》です。ペアとなる曲（**番**《つがい》**舞**《まい》）は**納曽利**《なそり》です。

綾綺殿 りょうきでん

内裏《だいり》の建物の一つ。**天皇**が入浴し、また**斎服**《さいふく》を身につけた場所です。

寮試 りょうし

大学寮で行った漢学の試験です。合格すれば「学生《がくしょう》」から「擬文章《ぎもんじょう》生《しょう》」へ昇格できました。

竜頭鷁首 りょうとうげきしゅ

舟の一つです。2隻で一対の舟で、**竜**と鷁《げき》（古代中国の想像上の**鳥**）の頭部をかたどった彫り物が船首についていました。舟**遊び**をしたり、**楽人**《がくじん》を乗せて**庭**の**池**に浮かべ演奏をさせたりしました。

VIPのお庭の池は舟遊びできるくらい広大です

呂律 りょりつ

呂も律もそれぞれ音を指します。**雅楽**の音階・**調子**のことです。後世の「ロレツが回らない」という慣用句の語源です。

倫子 りんし

（964〜1053）**源**《みなもとの》**雅信**《まさのぶ》の娘で、**藤原道長**《みちなが》と結ばれ2男4女を産みました。娘たちはみな**天皇**や**春宮**《とうぐう》（皇太子）に嫁ぎ、息子たちは関白《かんぱく》という頂点の位にまで出世し、孫3人は天皇になるという栄華を極めた女性です。享年90と、当時稀有《けう》な長寿でもありました。

臨時客 りんじきゃく

正月に行われた宴会です。「**大饗**《だいきょう》（宮中で行われた盛大な宴会）」に似たものですが、より私的な性格を持つ宴で、規模も小さめでした。摂政《せっしょう》や関白《かんぱく》、**大臣**などＶＩＰが主催し、上・中流層の貴族がもてなされました。人間関係の上下を確認し、親睦《しんぼく》を深める意義がありました。▼『**紫式部日記**』二日、宮の**大饗**はとまりて臨時客、東面とりはらひて例のごとしたり（正月2日、**中宮**・**彰子**《しょうし》さまの大饗は取りやめになって、臨時客は建物の東側を開放して通例どおり行った）。

大鏡 宇多天皇

「春は祭多く侍《はべ》り。冬の**いみじくつれづれなるに**、祭賜《たま》はらむ」と（賀茂明神が）申し給へば…（宇多天皇は）かく位に就かせ給へりければ、臨時の祭せさせ給へるぞかし。

宇多《うだ》天皇がまだ臣下だった不遇の時代、賀茂明神に「冬さびしいので祭りを頼む」と**夢**で頼まれ、さらに将来の帝位を予言された。そして実際、**天皇**になれたので臨時祭を行った、という逸話。平安人の考え方や祭りの意味を感じさせる話である。

臨時祭 りんじのまつり

臨時祭とは、恒例の祭り（例祭）以外に行われた、神社のお祭りです。特別な事情により行われたことから「臨時」と呼ばれましたが、恒例化することもありました。特に**賀茂**《かも》**神社**（11月）、**石清水八幡宮**《いわしみずはちまんぐう》（3月）の臨時祭は有名で毎年行われました。賀茂のほうは北《きた》祭《まつり》、石清水のものは南祭《みなみまつり》ともいわれました。

竜胆《りんどう》

秋の**花**です。青紫色の鐘状の花をつけます。

瑠璃《るり》

ガラスのことです。技術が未発達だった平安時代には、宝石（**玉**《たま》）にカテゴライズされる貴重品でした。白瑠璃《はくるり》、紺瑠璃《こんるり》の**香壺**《こうご》、碗《わん》、**盃**《さかずき》などが、高級品として描写されています。ただし当時の分類は科学的なものではないので、水晶その他も混同されていると思われます。ちなみに「瑠璃」は女性の幼《よう》名《めい》としても人気だったようです。▼『栄花物語』瑠璃**女御**《るりのにょうご》と世人聞《よのひときこ》ゆめり、**童**名《わらわな》なるべし〈小一条院《こいちじょういん》が寵愛《ちょうあい》した方を〉瑠璃女御と世の人々はお呼び申しあげているようだ、童名であろう）。

麗景殿《れいけいでん》

後宮《こうきゅう》の建物（**七殿五舎**《しちでんごしゃ》）の一つです。▼『栄花物語』麗景殿は里にのみおはしまして、けしからぬ名をのみ取りたまふ（麗景殿**女御**《れいけいでんのにょうご》〈**藤原兼家**《かねいえ》の娘・綏子《すいし》〉は実家にばかりおいでで、浮気の噂《うわさ》ばかり名高くていらっしゃる）。

冷泉院《れいぜいいん》

後院《ごいん》（**天皇**が譲位後に住んだ御所）の一つです。▼『栄花物語』譲位の帝は冷泉院にぞおはします。されば冷泉院と聞《きこ》えさす（譲位なさった陛下は冷泉院にお住まいです。故に冷泉院と呼ばれておいでです）。

例ならず《れいならず》

妊娠を指す婉曲ないい方です。「例のさま」「**ただ**ならぬさま」などということもあります。

暦道《れきどう》

陰陽寮《おんようりょう》の学科の一つです。暦法（**暦**《こよみ》の法則）と、漏刻《ろうこく》という時計にかかわる**学問**でした。

輦車《れんしゃ》

輿《こし》の一種。「**てぐるま**」という、人が引く車のことです。

廊 ろう

建物と建物とをつなぐ渡り廊下のことです。通常は屋根があります。▼**『源氏物語』**八月、**野分**荒かりし年、廊どもも倒れ伏し…(八月、台風のひどかった年に、廊なども吹き倒されて…)。

朗詠 ろうえい

歌物《うたいもの》の一ジャンルです。漢詩(**詩**《ふみ》)や**和歌**を**雅楽**ふうのメロディに乗せて、歌うように朗読しました。

緑衫 ろうそう/ろくさん

六位《ろくい》の官人が着る**袍**《ほう》のことです。緑衣《りょくい》ともいいます。

禄 ろく

人の働きをほめ、ねぎらって与える品のことです。**文**《ふみ》(**手紙**)を持参した使者や、宴席で芸能を披露した者に授けられました。多くの場合は衣類、特に女性ものの**装束**《しょうぞく》でした。装束を与えられたら肩に掛ける(**被く**《かず》)、巻き絹なら腰に差すなど、いただいた場合の作法もありました。▼**『源氏物語』**いたく濡れてまいりたれば、禄たまふ(〈匂宮《におうみや》の使者が**宇治**《うじ》から〉たいそう濡れて帰って参ったので、禄をお与えになる)。

六位 ろくい

位階《いかい》の6番めに当たる位です。**袍**《ほう》の色は浅葱《あさぎ》(緑)でした。この位は昇殿《しょうでん》(**殿上**《てんじょう》の間《ま》への立ち入り)という、上流貴族ならではの名誉が、基本的には与えられません。ただ**蔵人**《くろうど》という職になれた場合のみ、昇殿できました。上流と中流のはざまを揺れる微妙な立場であり、昇殿をめぐる葛藤など、悲喜こもごもの人間ドラマが見られました。

六衛府 ろくえふ

「りくえふ」ともいいます。**近衛**《このえ》**府**《ふ》、衛門府《えもんふ》、**兵衛府**《ひょうえふ》という役所には、それぞれ右と左があるため「全ての衛府」をこう呼びました。**内裏**《だいり》や**天皇**外出時の警備をする6役所です。

我家　わいえ

催馬楽《さいばら》という、民謡にルーツをもつ歌謡の曲名です。「我家《わいえ》は　とばり帳《ちょう》も垂《た》れたるを　大君来《おおきみき》ませ　婿《むこ》にせむ　御**肴**《みさかな》に何《なに》よけむ　**鮑**《あわび》・栄螺《さだお》か石陰子《かせ》よけむ（わが家では寝所に**帳**《とばり》も垂らして、初夜の支度ができています。旦那さん、いらっしゃい。婿にお迎えしましょう。召しあがり物は何がいいですか。アワビ、サザエかウニがよいですか）」という、古代的で猥雑《わいざつ》な歌です。

和歌　わか

詩の一つです。「**やまとうた**」とも呼ばれます。5文字と7文字の句を連ねることが多い、型の定まった詩で、最も一般的なタイプは5・7・5・7・7の三十一文字《みそひともじ》でした。平安人は、言葉によって感情が動くことを「言霊《ことだま》」という霊的なパワーだと思っていたため、神仏への祈願にも人への挨《あい》拶《さつ》・男女のやりとりにも、和歌は重要なプレゼン手段でした。すぐれた歌人には出世や良縁の道がひらけ、歌学《かがく》という**学問**も生まれました。反面、**歌**が苦手で苦労する貴族もおり、人に代作してもらうこともありました。

若菜　わかな

1月（初春）に生える食用草です。古来、正月に野へ出て若菜を摘み、調理して食べることで長寿を祈る風習がありました。これが宮廷にも取り入れられ、1月の最初の子《ね》の日に「若菜を供《くう》ず」という儀礼が、内蔵寮《くらりょう》と内膳司《ないぜんし》により行われました。**算賀**《さんが》（御賀《おんが》）で若菜を食べる習慣もありました。

蜻蛉日記　上

「とまりぬべきことあらば」など言へど…

「いかがせん　山の端《は》にだに　とどまらで　心も空に　出《い》でむ**月**をば」。

かへし、

「ひさかたの　空に心の　出づと言へば　影はそこにも　とまるべきかな」

とて、とどまりにけり。

筆者・**藤原道綱母**《みちつなのはは》は**歌**の名手。夫**兼家**《かねいえ》は自邸へ帰ろうとしつつ「留まるべきこと（言葉＝歌）があれば（泊まっていくよ）」と催促する。筆者は即座に「月（貴方）を留めるなんて無理でしょ」と歌ですねてみせた。満足した夫は「留まるべきだね」と返歌し、その**夜**も共に過ごす。

王家統流　わかんどおり

「わかうどおり／わかむどおり」とも書きます。皇室の血統のことで、主に**王**《おう》や**女王**《じょおう》を指します。「わかんどおり腹《はら》」は、女王を母に持つ人を意味します。▼『落窪物語』さるは、わかうどほり腹なりかし。我にかれ、みそかに逢《あ》はせよ（ならば、〈落窪《おちくぼ》の君は〉王家の母を持つ姫なのだろう。私〈道《みち》頼《より》〉に彼女を密《ひそ》かに取り持て）。

芽ばえの生命力に
あやかりたい…

CHECK IT OUT.

平安人の「貴種」観

信仰と政治が一体の時代。人々は**天皇**を「**天照御神**《あまてるおんかみ》の子孫かつ祭祀者《さいし》」と尊崇していました。権力を独占する**藤原氏**への不満から、「それ以上に尊貴な一族」皇族を美化する風潮もあったようです。加えて当時は縁故《えんこ》社会。良質のモノ・知識を入手できるのは、いわゆる良家の人に限られました。良家中の良家である皇族は、貴重な**本**や楽器、才芸を継承していることが多かったのです。後に吉田兼好《けんこう》は『徒然草《つれづれぐさ》』で「竹の園生《そのう》の末葉《すえは》まで人間の種《たね》ならぬぞ、やんごとなき（皇族は子々孫々まで人間の種族ではないのが尊い）」と書きました。平安の**物語**は軒なみ、皇族・王家統流が主役。憧れの強さが感じられます。

和漢朗詠集　わかんろうえいしゅう

一条《いちじょう》朝屈指の文化人・**藤原公任**《きんとう》が編纂《へんさん》した詩歌集《しかしゅう》です。**朗詠**（歌謡の一種）に適した漢詩（**詩**《ふみ》）や**和歌**を選《え》りすぐったもので、後世にも多大な影響を与えました。

和琴　わごん

「東琴《あずまごと》」「大和琴《やまとごと》」ともいいます。**神楽**《かぐら》や**東遊**《あずまあそび》など、日本古来の**歌**や**舞**で用いられた**琴**《こと》（弦楽器）で、弦は6本です。

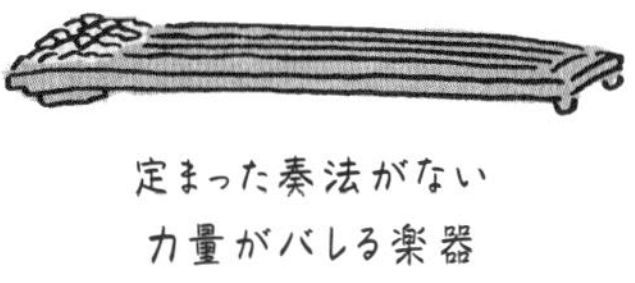
定まった奏法がない
力量がバレる楽器

源氏物語 東屋

「『あはれ、わが妻』といふ琴《こと》は、さりとも手馴《な》らし給ひけむ」など問《と》ひ給ふ。「その大和言葉《やまとことば》だに、つきなくならひにたれば、まして、これは」と言ふ。

「わが妻」とは「吾妻《あがつま》」、つまり「あづま」。したがって「わが妻という琴」とは東琴《あずまごと》を指す。要するに、「東琴（和琴）を弾けるか」と男（**薫**《かおる》）が訊《き》き、女（浮舟《うきふね》）が「大和こと（大和琴）ばにも慣れない田舎者ですので」と、謙遜《けんそん》して返事したわけである。和琴の別名と掛詞《かけことば》をいかした言葉**遊び**を双方が行っている。このような知的ゲームをこなせる機転は、高く評価された。

忘れ草 わすれぐさ

萱草《かんぞう》という草の別名です。『**万葉集**』の時代には、「身につけると悲恋や物思いを忘れる草」というイメージがありました。平安中期になるともっと広く、「忘れること全般」を指す語になりました。▼『**うつほ物語**』**あて宮**、「あだ人《びと》の　心をかくる　岸なれや　人忘れ草　摘《つ》みに行くらむ」（あて宮の**和歌**〈仲忠《なかただ》への返歌〉、「真心のない人だから恋心も忘れるのでしょうね）。

渡殿 わたどの

建物と建物をつなぐ、屋根のある渡り廊下のことです。壁のないタイプは透渡殿《すきわたどの》と呼ばれ、通路でした。壁のある渡殿は、**几帳**《きちょう》や**屏風**《びょうぶ》で仕切って**局**《つぼね》（部屋）として使いました。主に**女房**（侍女《じじょ》）など使用人の居住場所です。▼『**源氏物語**』**乳母**《めのと》の局には、西の渡殿の北にあたれるを、せさせ給へり（〈明石姫君《あかしのひめぎみ》の〉乳母の部屋は、**寝殿**《しんでん》と西《にし》の**対**《たい》を結ぶ2本の渡殿のうち、北のほうの渡殿に設《しつら》えなさった）。

移徙 わたまし

引っ越しのことです。時を占い、土地の神を鎮める祭を行うなど、**儀式**が必要でした。

和太利 わたり

毒キノコです。ヒラタケに似た外見だったようです。▼『**今昔物語集**』**茸**《たけ》の中に和太利と云《い》ふ茸こそ、人それを食ひつれば酔ひて必ず**死ぬれ**（キノコの中でもワタリは、人が食べると中毒（**酔ふ**《よう》）して必ず死ぬ）。

和櫃　わびつ

「**櫃**《ひつ》」とは、蓋《ふた》つきの大型収納**箱**のことです。脚のない櫃を和櫃または大和櫃《やまとびつ》といいます。

童　わらわ

子どものことです。おおむね10歳前後の者を指しますが、より年長でも、**元服**《げんぷく》・**裳着**《もぎ》をまだ行っていない者は童扱いされました。通ってくる男性がいる、つまり結婚生活を送っている女性が「**女童**《めのわらわ》」であることもありました。▼『**落窪物語**』かく大人《おとな》になり、わらはになり、一人いそぎ暮らしつ（このように、あこきという女童は、**女房**の役と女童の職責を交互に務め、一人で奮闘する日を過ごした）。

CHECK IT OUT.

子どもの労働

平安の宮中や貴族の屋敷では、子どもがおおぜい働いていました。大人は身分や性別により、行動の制約が多々ありましたが、子どもは比較的自由にふるまえたからです。貴人のお傍《そば》へ寄ることが許される、男でも**御簾**《みす》内に入ることをお目こぼしされる、女でも走ったり**庭**へ下りたりできる――それらは児童の特権でした。そのような特質をいかして、**文**《ふみ》（**手紙**）の使いや雑用、公的な**儀式**での介添えなどに、**童**・**女童**が活躍していました。

外見の愛らしさも人気でした

童姿　わらわすがた

「**童装束**《わらわしょうぞく》」ともいいます。子どもの身なり（**装束**）のことです。男児は**髪**を**角髪**《みずら》に結って、**水干**《すいかん》や**狩**《かり》**衣**《ぎぬ》をまとい、女児は垂《た》れ髪《がみ》に**衵**《あこめ》や**汗衫**《かざみ》を着て**扇**《おうぎ》を持ちました。基本的には幼年者の格好ですが、「**牛**《うし》**飼童**《かいわらわ》」だけは例外的に、年齢にかかわらず童姿で務めました。▼『**蜻蛉日記**』大人《おとな》なるものの童装束して、髪**をかし**げにて行くあり（大人で童装束をして、髪が魅力的な様子で行く者がいた）。

交渉や調整に活躍する子も！

童殿上 わらわてんじょう

貴族の男児が**童**（子ども）のうちから、宮中に出勤し雑用を務めることです。「**殿上**《てんじょう》の間《ま》」という特別な部屋にも出入りを許されました。作法やしきたりを身に着ける、**天皇**や上流貴族との人脈ができるなどのメリットがあり、成人後の出世につながりました。8、9歳ごろから可能でしたが、権力ある後見人（**うしろみ**）がいないとできなかったようです。

瘧病 わらわやみ

「えやみ」「おこり」とも呼ばれます。発熱と悪寒《おかん》が繰り返し起きる**病**をこう呼びました。蚊《か》が媒介する感染症であるマラリアと症状が似ていますが、風邪や体調不良も混同されていると思われます。

破籠・破子 わりご

食べ物を入れる容器です。内部に仕切りがある蓋《ふた》つきの**箱**で、木材や金属の薄い板で作られました。中に入れた料理そのものを指すこともありました。▼『**蜻蛉日記**』蔭《かげ》に車かきおろして、**馬**ども浦にひきおろして冷《ひや》しなどして、「ここにて御破籠《おんわりご》待ちつけん」（〈琵琶湖岸の唐崎《からさき》への道中〉木陰で**牛**を放し**牛車**《ぎっしゃ》の**轅**《ながえ》を下ろして、馬たちは湖の入江に下ろして水浴させ、「ここでお弁当の到着を待ちましょう」）。

藁沓 わろうず

藁《わら》で編んだ履物《はきもの》、つまり「わらじ」のことです。▼『**和泉式部集**』賀茂《かも》に参りたりしに、わらうづに足をくはれて、**紙**を巻き…（**賀茂神社**へ参詣《さんけい》したところ、藁沓で足が傷ついたので紙を巻き…）。

CHECK IT OUT. 貴族女性が沓を履くとき

めったに外出しない貴族女性は、ふだんは履物《はきもの》と無縁でした。しかし例外もあります。例えば移動手段として、**牛車**《ぎっしゃ》でなく**馬**を利用したときです。その際は半靴《ほうか》を履きました。また、寺や神社にお参りするとき、さらなる御利益を願い苦行《くぎょう》として徒歩（**かち**）で行くこともありました。そのとき履いたのが藁沓です。これらは男性の**沓**《くつ》の流用で、女性固有のオシャレな履物などはありませんでした。

円座 わろうだ

「えんざ」ともいいます。**藁**《わら》などを平たく渦《うず》状に編んだ丸い敷物で、座布団のように使用しました。

家族でない男性が来訪したら、女性は**御簾**《みす》の下から円座を差し出します。焦らず遅すぎず品よく、ね！

を《お》かし

現代語の「可笑しい／面白い」だけでなく、「いい／美しい／魅力的だ」など、広い意味を持つほめ言葉です。「心にビビッと来た感じ」と言えましょう。**清少納言**《せいしょうなごん》という女性が書いた**『枕草子』**は、「をかしの文学」と呼ばれます。彼女がとても鋭い美意識の持ち主で、身の回りからさまざまな「をかし（すばらし）」いものを見つけ出し、心が羽ばたくままに書きつづったためです。なお、「をかし（イケてる!-)）」とよく対比されるのが、「**あはれ**（エモい）」です。「をかし」は理知的な、「あはれ」は感情的な魅力を指す、と違いがよく強調されるので、反対語のように錯覚するかもしれません。実際には両方ともほめ言葉なので、しばしば併用されます。▼『源氏物語』かく、すきたまへる心ばへを見るが、をかしうもあはれにも**おぼゆ**るかな（〈弟＝蛍宮《ほたるみや》が〉このように恋をなさっているのを見るのは、魅力的にも感慨深くも感じられます）。

枕草子 春はあけぼの

夏は夜。蛍《ほたる》の…うち光りて行くもをかし。雨など降るもをかし。

有名な出だし「春はあけぼの」に続いて、夏のよさを列挙している部分。短い文中に「をかし」を2度使い、キレよく畳みかけることで語呂《ご ろ》を整え、意味も印象づけている。まさに「をかしの文学」である。

を《お》し

天皇から**盃**《さかずき》を頂いた際、飲む前に発する儀礼的な言葉。「頂戴いたします」という意味です。また、貴人が通行する際、人々を道から追い払ったり静かにさせたりするために、先駆け（**先追ふ**《さきお》）の家来たちが発した声のことでもありました。▼『枕草子』警蹕《けいひつ》など「おし」といふ声きこゆるも…（〈**清**《せい》**涼殿**《りょうでん》の**昼**《ひ》**の御座**《おまし》のほうから〉先払いの人などが「おし」と言う声が聞こえるのも…）。

貴人がおいでだからこそ発せられる、重々しい言葉！

わ

もっと知りたい

暦

中国から伝わった暦。太陽年で季節を測り、
月の満ち欠けでひと月を把握する、太陰太陽暦でした。
平安人には、日付・季節を知るだけでなく、
吉日凶日などを確認する必須のツールでした。

太陽暦

（新暦）

現代で私たちの生活の基になっている暦。明治6(1873)年1月1日から導入。1年＝365日が基本。

1月	2月	3月	4月	5月
冬		春		

太陰暦

（旧暦）

太陽暦を使用するまでの日本の暦。新月の日が、各月の1日となる。1年が約354日。

11月	12月	1月	2月	3月
霜月	師走	睦月	如月	弥生
大	大	小	小	大

1カ月は月の満ち欠けによって決まった

1日頃	2日頃	3日頃	7日頃	8日頃	9日頃	11日頃	13日頃	15日頃	16日頃	17日頃	18日頃	19日頃	20日頃
新月《しんげつ》	二日月《ふつかづき》	三日月《みかづき》	七日月《なのかづき》	八日月《ようかづき》	九日月《ここのかづき》	十日余《とおかあま》りの月	十三夜月《じゅうさんやづき》	満月《まんげつ》 望月《もちづき》	十六夜《いざよい》	立待月《たちまちづき》	居待月《いまちづき》	臥待月《ふしまちづき》（寝待月《ねまちづき》）	更待月《ふけまちづき》（宵闇月《よいやみづき》）

12月	11月	10月	9月	8月	7月	6月

冬　秋　夏

11月	10月	9月	8月	7月	6月	5月	4月
霜月	神無月	長月	葉月	文月	水無月	皐月	卯月
大	小	大	大	小	大	小	大

22日頃 二十日《はつか》余《あま》りの月

23日頃 二十三夜月《にじゅうさんやづき》

30日頃 つごもり（新月）

※太陰暦では大の月、小の月の割り当てが年によって異なります。ここでは、一条天皇が誕生した天元3（980）年の例を紹介しています（ただしこの年は、3月のあとに閏3月〈小の月〉が入ります）。

小の月と大の月

月は29.5日周期で満ち欠けを繰り返すため、30日の月と29日の月を作って調整をしていました。大の月は30日、小の月は29日でした。

閏月と閏年

小の月、大の月の調整だけでは、何年か経つと暦と季節がずれてしまいます。そのため5年に2度、19年に7度の割合で同じ月を2回繰り返し、1年を「13カ月」にしていました。13カ月にした年を「閏《うるう》年《どし》」、増やした月を「閏月《うるうづき》」と呼びます。

もっと知りたい

貴族の一日

平安貴族は、内裏で「行政」「政治」を行うのが仕事。
「早朝に起床して10時頃まで働いたら
後は自由時間」が原則でしたが、
交際や私的な主君への奉仕もあり、かなり多忙でした。

AM 3－7時

身支度

AM3時頃起床。着替えだけでなく、お祈り、占い、宮中の出来事や儀式のやり方などを記した日記を書くなど、出勤前の雑務があれこれとある。

身内や子孫に残す
業務ハウツー本!

時刻と方位に十二支を割り当てる

一日を12等分して子《ね》、丑《うし》、寅《とら》…の順で十二支を均等に割り当てる定時法を採用。例えば午前1時～3時が「丑の刻」となります。宮中では漏刻《ろうこく》という水時計で時を計り、太鼓を打って時を周知しました。ちなみに十二支は方角も示していました。子を北、卯《う》を東、午《うま》を南、酉《とり》を西に割り当てていました。

AM 7－PM 0時

勤務

出勤の合図は太鼓の音。
自邸から大内裏に向かう。
主な仕事内容は、
書類の作成・確認・
会議など。

既定の装束を
入手するのも
仕事のうち!

女性や庶民の一日

貴族女性は、男性同様AM10時とPM4時頃に正式な食事をとりました。そのほか間食をつまみ、家事（裁縫や染色、育児）をし、和歌・楽器・書道を勉強、疲れれば適宜寝る…だったと思われます。庶民は、日の出・入りに合わせた起床・就寝が基本だったでしょう。農民は耕作や収穫、脱穀を行っていました。女性には水汲みや井戸端での洗濯、布張り、炊事などの仕事も。都の庶民には、官庁や貴人宅で働く者もいました。食事や衣類のお下がりも給与でした。

PM **6**－AM **3**時

夜勤・睡眠

庶民は基本的に夜は早く休む。
貴族は夜勤（宿直：翌朝までの勤務）も割とある。
通い婚であった当時、
妻の家を訪ねるのもこの時間帯。

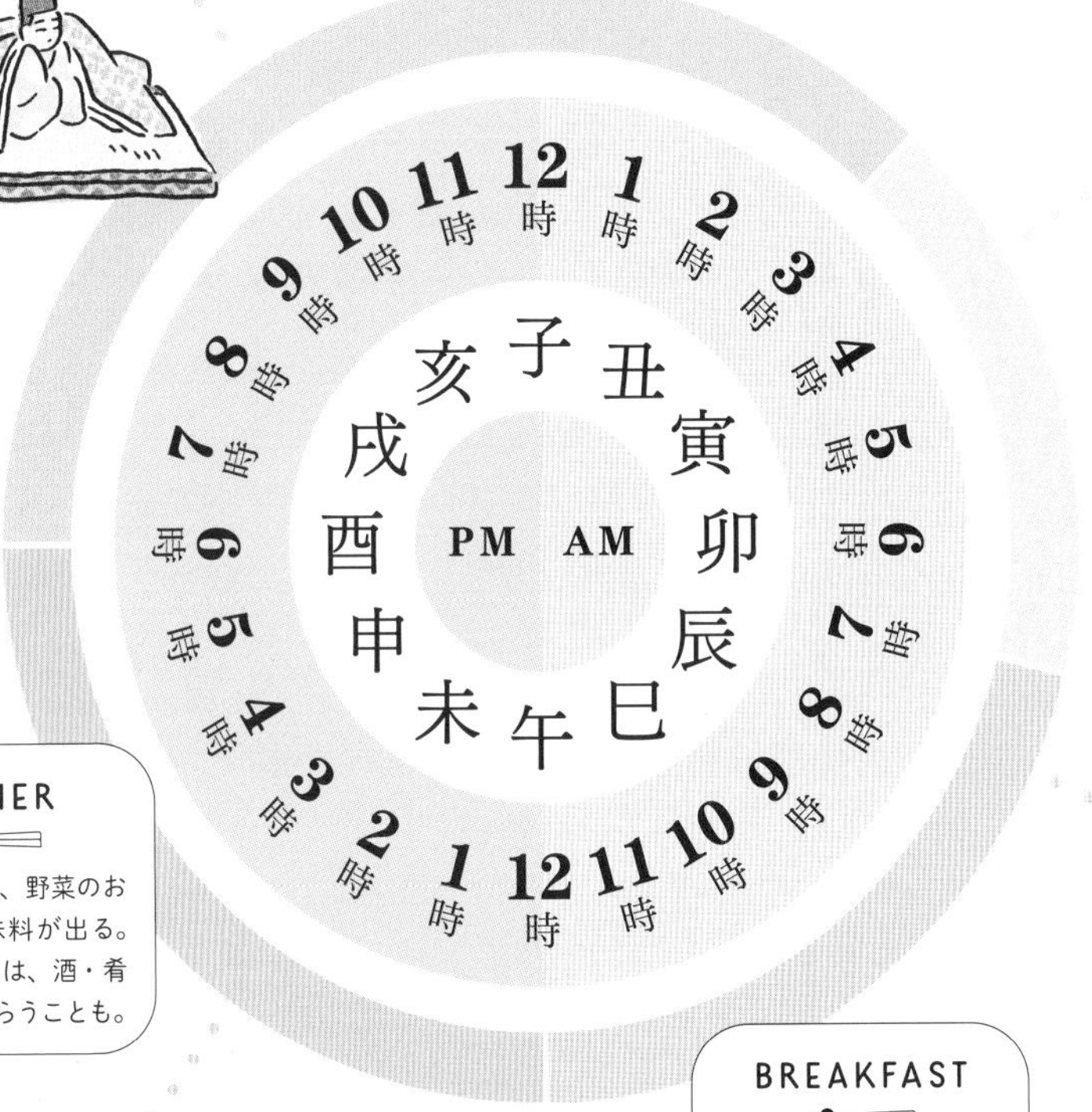

DINNER

主食の飯の他、野菜のおかず類、調味料が出る。男性使用人には、酒・肴を与えてねぎらうことも。

BREAKFAST

粥と強飯《こわいい》を同時に食べる例も。朝夕の正式な食事の他、間食や水飯・湯漬けも適宜とる。

PM **0**－PM **6**時

自由時間

妻への和歌を作ったり、
碁や双六を
楽しんだりした。

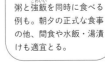

＼もっと知りたい／

年中行事

平安貴族にとって、行事はメインの仕事のひとつ。
古来の農業にまつわる風習が、仏教行事や中国の制度を取り入れて、平安時代に「行事」として完成しました。
ここでは季節ごとに、代表的なものを紹介します。

春

旧暦1〜3月。新年である1月には、1年の中でも特に行事が集中している。

1月（睦月）

元日　【**四方拝**《しほうはい》】早朝に清涼殿の東庭で、天皇が天地四方の神を遥拝し、1年の豊作と国家安泰を祈る。
【**朝賀**《ちょうが》・**朝拝**《ちょうはい》】午前中、大極殿で天皇が群臣から年賀の挨拶を受ける。
【**小朝拝**《こちょうはい》】殿上人が天皇に拝賀。
【**元日節会**《がんじつのせちえ》】豊楽院《ぶらくいん》（のちに紫宸殿《ししんでん》）で、天皇が宴を催す。

7日　【**白馬節会**《あおうまのせちえ》】↓P13　【**七草**《ななくさ》】↓P281

14日　【**男踏歌**《おとことうか》】↓P71

16日　【**女踏歌**《おんなとうか》】↓P78

18日　【**賭弓**《のりゆみ》】↓P292

最初の子の日　**子**《ね》**の日**《ひ》**の遊**《あそ》**び**…野に出て小松を引き、若菜を摘んで長寿を祈る。

最初の卯の日　【**卯杖**《うづえ》・**卯槌**《うづち》】柊《ひいらぎ》・桃・梅などで作る杖（卯杖）と桃の木で作る木づち（卯槌）を朝廷に献上。

2月（如月）

4日　【**祈念祭**《としごいのまつり》】神祇官や国司の庁で豊作や国家安泰を祈願。

15日　【**涅槃会**《ねはんえ》】釈迦の入滅を追悼する法会。

最初の午の日　【**初午**《はつうま》】稲荷大社に詣でる。

3月（弥生）

3日　【**曲水の宴**《きょくすいのえん》】↓P126

最初の巳《み》の日　【**上巳の祓**《じょうしのはらえ》】↓P194

15日　【**勧学会**《かんがくえ》】↓P110

夏

旧暦4〜6月。4月は神社の祭りが多数行われ、6月は半年の節目の行事が多々ある。

4月（卯月）

1日　【**更衣**《ころもがえ》】↓P162

1日　【**孟夏旬**《もうかのしゅん》】群臣が天皇から宴を賜る。夏には扇、冬の孟冬旬《もうとうのしゅん》には氷魚《ひお》を賜った。

8日　【**灌仏会**《かんぶつえ》】釈迦の誕生を祝う法会。

2回めの酉の日　【**賀茂祭**《かものまつり》】↓P102

5月（皐月）

3日　【**献菖蒲**《けんしょうぶ》】端午節会で使う薬玉の材料にする菖蒲を献上。

5日　【**端午節会**《たんごのせちえ》】五節句の一つ。
【**賀茂競馬**《かものくらべうま》】上賀茂神社の境内で馬を走らせて競う。

行事の様子は、『西宮記』という儀式書に
記録されたほか、『枕草子』はじめ
様々な古記録や絵巻などを手がかりに
研究が進められています

6月（水無月）

30日【大祓《おおはらえ》】半年間の穢れを祓《はら》う。

秋

旧暦7～9月。ほかの季節よりも行事が少ないが、風流なものが多く詩歌に詠まれた。

7月（文月）

7日【乞巧奠《きこうでん》】七夕ともいう。五節句の一つ。女性が裁縫の上達を願う祭り。

15日【盂蘭盆会《うらぼんえ》】供え物と読経で、死者を供養する。

26・28・29日【相撲節会《すまいのせちえ》】→P214

8月（葉月）

15日【石清水放生会《いわしみずほうじょうえ》】石清水八幡宮の例祭。魚鳥類を放って供養する。舞楽・相撲なども行われた。

15日【観月の宴《かんげつのえん》】中秋の名月の夜に開かれる月見の宴。和歌・管弦の遊びが行われた。

中旬【駒牽《こまひき》】朝廷に献上された馬を天皇の前で引きまわし、諸臣に分配する。

9月（長月）

9日【重陽節会《ちょうようのせちえ》】五節句の一つ。陽数（奇数）の九が重なることを祝う。宮中では菊の花を酒に浮かべて飲むなどし、長寿を願う。

13日【十三夜《じゅうさんや》】十三夜の月を観賞する。

不定【司召の除目《つかさめしのじもく》】→P252

冬

旧暦10～12月。最も重要な新嘗会や、一年を締めくくる大祓などあわただしい季節。

10月（神無月）

1日【更衣《ころもがえ》】→P162

1日【孟冬旬《もうとうのしゅん》】群臣が天皇から宴を賜る。

最初の亥の日【亥の子餅《いのこもち》】→P41

11月（霜月）

2回めの丑・寅・卯・辰の日【五節《ごせち》】→P155

2回めの卯の日【新嘗会《しんじょうえ》】→P200

2回めの辰の日【豊明節会《とよのあかりのせちえ》】新嘗会の翌日に行われる賜宴。天皇が新穀を食し、群臣たちにもふるまう。五節舞姫が舞を披露する。

12月（師走）

吉日【内侍所御神楽《ないしどころのみかぐら》】温明殿《うんめいでん》の内侍所の前庭で催される神楽。

19～21日【御仏名《おぶつみょう》】→P73

30日【大祓《おおはらえ》】6月の大祓と同じ。

30日【追儺《ついな》】1年の邪気の象徴である鬼を桃弓と蘆矢で追い払う行事。「おにやらい」ともいい、節分の行事の元となった。

参考文献

『平安大事典』倉田実編　朝日新聞出版

『王朝文学文化歴史大事典』小町谷照彦・倉田実編著　笠間書院

『源氏物語図典』秋山虔・小町谷照彦編　小学館

『朝日百科　日本の歴史新訂増補　3古代から中世へ』朝日新聞社

『王朝貴族の葬送儀礼と仏事』上野勝之　臨川書店

『災害と生きる中世　旱魃・洪水・大風・害虫』水野章二　吉川弘文館

『源氏物語　虚構の婚姻』青島麻子　武蔵野書院

『源氏物語の音楽と時間』森野正弘　新典社

『絵巻物の建築を読む』小泉和子ほか編　東京大学出版会

『牛車で行こう！　平安貴族と乗り物文化』京樂真帆子　吉川弘文館

『源氏物語と平安京　考古・建築・儀礼』日向一雅編　青簡舎

『藤原道長の日常生活』倉本一宏　講談社

『平安貴族社会と具注暦』山下克明　臨川書店

『王朝社会の権力と服装』中井真木　東京大学出版会

『平安朝物語の後宮空間―宇津保物語から源氏物語へ―』栗本賀世子　武蔵野書院

『原色シグマ新国語便覧　増補三訂版』文英堂

PROFILE

著者

砂崎良

フリーライター。東京大学文学部卒。古典・歴史・語学・現代史など学習参考書を中心に執筆。著書に『マンガでわかる源氏物語』『マンガでわかる世界の英雄伝説』（ともに池田書店）、『リアルな今がわかる日本と世界の地理』（小社）。『角川まんが学習シリーズ　日本の歴史』でシナリオ制作、『マンガでわかる地政学』（池田書店）に執筆協力、『ホロリスニング ホロライブEnglish -Myth- と学ぶ 不思議な世界の英会話！』（一迅社）の英語翻訳など。

X（旧Twitter）：@SazakiRyo

監修

承香院

平安時代の周辺文化実践研究家。平安の装束や文化を実践しながら独自に研究。装束を縫って着て、復元、自作し、楽器を奏で、絵巻を眺め、花を愛で、和歌を詠み、定説を信じ過ぎずにリアルな平安の姿を調査。本書では特に装束と調度類に関する部分を監修。

X（旧Twitter）：@jyoukouin

STAFF
イラスト 鈴木 衣津子
デザイン 八木 孝枝
DTP 朝日メディアインターナショナル
校閲 若杉 穂高
編集協力 石丸 桃麻
編集 上原 千穂、橋田 真琴
（朝日新聞出版 生活・文化編集部）

平安《へいあん》もの こと ひと事典《じてん》
著 者 砂崎 良
監 修 承香院
発行者 片桐圭子
発行所 朝日新聞出版
〒104-8011
東京都中央区築地5-3-2
お問い合わせ infojitsuyo@asahi.com
印刷所 図書印刷株式会社

ISBN 978-4-02-334150-0
定価はカバーに表示してあります。
落丁・乱丁の場合は
弊社業務部（電話03-5540-7800）へご連絡ください。
送料弊社負担にてお取り替えいたします。